云球

第二部

乱局

云球白丁 / 著

北京理工大学出版社

版权专有　侵权必究

图书在版编目（CIP）数据

云球.第二部,乱局/云球白丁著.--北京：北京理工大学出版社,2023.4

ISBN 978-7-5763-1732-9

Ⅰ.①云… Ⅱ.①云… Ⅲ.①幻想小说-中国-当代 Ⅳ.①I247.5

中国版本图书馆CIP数据核字(2022)第173174号

出版发行 / 北京理工大学出版社有限责任公司	
社　　址 / 北京市海淀区中关村南大街5号	
邮　　编 / 100081	
电　　话 /（010）68914775（总编室）	
（010）82562903（教材售后服务热线）	
（010）68944723（其他图书服务热线）	
网　　址 / http://www.bitpress.com.cn	
经　　销 / 全国各地新华书店	
印　　刷 / 三河市九洲财鑫印刷有限公司	
开　　本 / 710毫米×1000毫米　1／16	
印　　张 / 30	责任编辑 / 李慧智
字　　数 / 403千字	文案编辑 / 李慧智
版　　次 / 2023年4月第1版　2023年4月第1次印刷	责任校对 / 刘亚男
定　　价 / 68.00元	责任印制 / 施胜娟

图书出现印装质量问题，请拨打售后服务热线，本社负责调换

目录

41) 斯年已矣　　　　　001

42) 瓦尔普莱索的谋杀　013

43) 坎提拉的死血病　　022

44) 格兰特的逻辑　　　041

45) 赫尔维蒂亚的柳杨　053

46) 柳暗花明的王陆杰　067

47) 奇怪的辛可儿　　　083

48) 诅咒草悬疑　　　　095

49) 国王的不安　　　　106

50) 跨越时代　　　　　120

51) 意外的死与生　　　140

52) 摁下葫芦浮起瓢　　153

53	声色之地	168
54	偷渡者	179
55	图图的阴谋	187
56	电子胃、招魂术和其他	199
57	架构师	206
58	时钟差	222
59	反目成仇	232
60	刨根问底	241
61	德克拉共和国	250
62	黑洞之狱	262
63	天使之渡	274
64	违法监禁整体解决方案	284
65	剖腹产	293
66	爱之坦白	302

67	云球的进化	316
68	公关死局	329
69	伦理困境	336
70	伊甸园的夏娃	345
71	演化重启	352
72	《云球日报》	367
73	第二天	381
74	第三天	389
75	黑格尔·穆勒	398
76	意识机器人	410
77	自杀芯片	421
78	听证会	430
79	分布式宇宙	454
80	教宗的覆灭	464

41 斯年已矣

你茫然地回过头，看着身后的人群，他们仍在为了挤过那道门而努力。那是一道普通的铁门，大概比你高出两个头。两个门扇大开着，由于年久失修而显得破败不堪。每一根铁棍都锈迹斑斑，其中多数已经有些弯曲。虽然是一道铁门，但却非常脆弱。左边那扇门和门柱连接的两个合页中，上面的一个已经完全断掉，所以整个门扇倾斜了出去。幸好在它背后长了一棵老槐树。它靠在那棵老槐树上，把很大的力量转移了过去，你能看到老槐树树干被铁门的上边缘压出的一道深深的痕迹。而右边的那扇门，合页虽没有脱落，整个门扇的形状却已经扭曲。它靠在一面墙上，就像一个虚弱的姑娘，拖着重病的身躯，依靠着一个宽厚结实的肩膀。两扇门都只能打开九十度，形成了一个通道。这个通道只有三四米宽，但是在二三十分钟的时间里，却必须要通过上千人。你想，至少有上千人吧。

这是候车大厅外面左侧的一扇门，可以直接通到月台上。通常人们应该在候车大厅里检票上到月台，但是在春运期间，狭小的候车厅已经无法容纳如此多的旅客,所以每年这个时候,这扇铁门都会打开,迎接庞大的人流,春运之后再重新关上。不过,就今年而言,你不觉得这扇门在春运后还能够关得上。

左边的门扇,在人群的拥挤下,不停地做着轻微的摆动,还发出一些刺耳的声音,好像另外一个合页也随时会断掉,那可能会砸着正在下面通过的人。一个中年人正在这个门扇下面挣扎着,试图向前移动。但是旁边的人挤住了他,使他非常艰难。他的旅行包有一个角斜斜地插在门扇的两个铁楔之间,这也增加了更多的阻力。他反复使力,却无法将旅行包拽出来。

你扭过头来,绿色的火车就像一条巨大的虫子,横亘在你的面前,丑陋而强大。火车的每个门都是一个战场,人们为了远方的某种期望在这里奋斗着。火车后面,远方淡青色的天空上,挂着火红的夕阳,周围簇拥着被它的火红所感染的云彩,大概就是小学课本上说的火烧云吧。那是多么美丽静谧的情景,在那下面,一定有幽静的村庄、古朴的老树、潺潺的流水和嬉闹的孩子。可是现在,在你的眼前,那美丽的夕阳下面,是疯狂的人群。这些专注而愤怒的面孔,这些歇斯底里的喊叫,让你感到恐惧无助,觉得自己无比渺小,轻易就会被人群淹没,然后毫无声息地消失。

但是,你知道必须继续参与这场战斗。你吸了一口气,振作了一下精神,迎着夕阳走向战场。看着火车,你选择了一个门,准备从那里走向未来。虽然没有什么依据,但你莫名地认为,在这里可以比较容易地赢得战斗。结果证明,你是正确的。

在刚刚挤入人群时,你听到身后有人喊:"这里,这里。"接着,你感觉到有人靠在背后,同时也有人靠在左边和右边,把你紧紧地挤在中间。然后,一股巨大的力量涌了过来,你被包裹着,不由自主地登上了火车,左小腿还在火车门口的阶梯上撞了一下,非常疼。你知道,那是铁的阶梯,但却已经顾不上要小心了。前面有些人在回头叫骂,不过在包裹你的巨大力量的对比下,这些叫骂显得软弱无力。而叫骂的人也很快停止了叫骂，转头去应付出现在前后左右的不可捉摸的力量。

你站在火车上，身后的力量消失了，终于有机会回头看看，背后是些什么人。你的头扭得太厉害了，有些难受，但也只看到了几个背影，正在挤向方向相反的一节车厢。在你准备把头扭回正常的方向时，那几个人中站在最后的一个，忽然回头看了过来。

那是一张丰满的脸，戴着一副眼镜，看起来很和气。但不知为什么，他却让你害怕。他比你至少要高一个头，很强壮，穿着一件黑色的呢子大衣，在人群中显得有些鹤立鸡群。虽说他很肥胖，并不适合用鹤来形容，但你却无法找出更合适的形容词。他的眼神扫过来，和你的眼神不期而遇。你有些紧张，想移开眼神，他却忽然露出了一点笑容，然后又迅速地回过头去，对前面的人说："就这边，就这边。"

火车上拥挤嘈杂，到处都是人。不仅是座位，包括走道、厕所、门口、座位底下甚至行李架上，所有能够待人的地方，几乎全都挤满了人，还有很多行李见缝插针地放在人们之间那狭窄的缝隙中，成为依靠或者坐卧的软垫。

你从来没有奢望过，某次走上这趟火车的时候，会有一个可以坐下的地方等着自己。你只希望，能够找到一个能够舒服站着的地方。为了这个目标，你必须说服自己在人群中往前走。挤过紧靠的肩膀和重叠的腿脚，忍受夸张的愤怒和无尽的厌烦。你低着头，一次次地研究着下次落脚的可能性，同时用一个卑微的希望不停地鼓励着自己。你把旅行包高高举起，注意不要碰到任何人的头，虽然通常那是不可避免的。

火车已经开了。人群的骚动稍微安静了一点，人们开始担忧并计划着，自己在这趟火车上十几小时的小小未来中的卑微命运。一些站着的人在和旁边座位上的人交谈，打探有没有人会在自己之前下车，下一站、再下一站，或者哪怕是自己下车的终点站之前的最后一站。同时，他们也观察着周围其他站着的人，评估自己在这个人下车之后抢到座位的可能性。为此，他们的声音尽量小，以避免信息的大范围泄露。另一些站着的人则会蹲下去，和躺在座位底下的人交谈，劝说他们，在已经躺了十个小时之后，是不是应该出来站一会儿，活动一下筋骨，而让自己进去躺一会儿。在这种情况下，证明自己在躺了一会儿之后会立即把地方归还给对方是个关键。也的确有人觉得自己有必要从座位底下出来一下，不是为了活动筋骨，而是为了上厕所。可是，探头出来看了一下以后，他们就放弃了这个打算。因为看起来，不可能有一个尚在工作的厕所。于是，他们就缩了回去，一边后悔着在上车前的暴饮暴食。

时间一分一秒在流逝，你仍然无法找到可以舒服一点立足的地方。你看了看表，通过一节完整的车厢，需要花大概二十分钟。如果找到一个满意地方的目标不容易达到，那么看起来这样走路也是一个比较有效率的消耗时间的方法。于是你坚持着往前走，觉得自己是一个没有头脑的机器人，只是机械地前行，仅仅因为那是自己被设计出来时就已经确定的宿命。

天空逐渐暗了下去，车厢里的灯亮了起来。窗外掠过的风景已经看不见了，车窗上是人群的另一个侧面。在脏乎乎的玻璃上，你看到一双明亮的眼睛，它们属于一个被尘土和一些不知名的液体弄脏了后背的姑娘。她盯着窗外的黑暗虚空，抑或是盯着车窗上的某个影像，不知在想着什么。而她的后背此时正对着你，偶尔会扭动一下，似乎身上有些什么地方感到不舒服。在她旁边，站着一个粗壮的中年人，正凶狠地盯着你。你下意识地移开目光，看到车窗里他的背影。他的后脑已经秃了一片，显示正在经历人生中一个不很愉快的阶段，不知是生理上的原因还是精神压力太大。

你又走过了一个车厢，在和下一个车厢的接合处，打算停下来歇口气。这个地方挤满了坐在地上的带着孩子的妇女，看起来沾亲带故。你在她们中间停了下来，伸出一只手扶住车厢壁，因为车厢壁太远，不得不稍稍弯着身子。你另一只手把旅行包背到肩上，尽量背得高一些，以免碰到坐在地上的一位母亲的头。那位母亲抬头，用怀疑的眼神看看那晃晃荡荡的旅行包，然后又看了你一眼。你想要说句什么，但是没有说，她似乎也想要说句什么，但是也没有说。

  你就这样站着，喘着气，想着那个姑娘的眼睛，她一定是在盯着某个影像。

  李斯年的手指停止在键盘上，呆呆地看着屏幕上自己写的东西。

  "你的文笔越来越好了。最起码，多写写还是有这个好处。"背后响起妻子的声音。

  李斯年扭过头，辛雨同正站在背后，眼睛也看着屏幕。他没有注意辛雨同什么时候走了过来。看到他扭头，辛雨同也把目光投向他，眼睛里充满了温柔和关怀。

  "这些内容，你看得懂吗？"李斯年问。

  "当然看得懂。"辛雨同说，"你可别小看我。我虽然学的是基因生物学，但小时候也是个喜欢历史的孩子。你写的那个年代，应该在脑科学方面已经开展了一些基础工作。"

  "基础工作——"李斯年喃喃自语地重复了一遍，"我倒宁愿现在还停留在那个只有基础工作的年代。那时候大家是不是能够活得容易一点？"

  "如果停留在那个年代，至少我还可以从事基因编辑研究。当然了，水平会很落后。但总比现在好，现在只能做嗅觉分析了。"说着话，辛雨同仿佛有些担心，"你怎么了？又开始瞎琢磨了。脑科学所的工作不好开展吗？"

  "还好吧。"李斯年摇摇头，"只是现在公布了意识场的发现，真正的发现者却不署名，搞得大家议论纷纷，各种流言甚至谣言到处传播，这不是很尴尬吗？"

  "是啊，你也不肯署名，黎教授、王教授、李舒他们也都不肯署名。最后的论文和实验报告只有你们的单位名称，没有任何个人署名，这确实显得有点奇怪。"辛雨同说。

"我署什么名？这个发现和我有什么关系？我只是后来帮他们设计了一个小工具。"李斯年说，"如果柳杨还在，他的署名在前面，大家在后面署名，一定都高兴死了。这么重大的发现，谁不愿意留下一个名字呢？可没有柳杨的名字，谁敢把自己的名字放在最前面？那几乎等于剽窃了。"

"那大家就难免会猜：谁才是这个伟大发现的核心人物？"辛雨同说，"其实你们都应该署名，署名的人越多越好，写上排名不分先后，那样也许情况会好一点。"

"这也是没办法，是前沿院反复讨论后的决定。"李斯年说，"你要知道，实际上大家的贡献是分先后的。虽然大家不肯率先署名，但那是因为柳杨。如果乱署名，大家还是会不高兴的。我猜，前沿院最终这样决定，干脆没有个人署名，是留了一个余地，是为了在以后某个时刻公布真正的参与者名单，包括正确的人员顺序。"

"这样吗？也有道理。这么说，将来有一天柳杨还是会得到他应得的名誉。"辛雨同说，"我看到网上有些讨论，很多人把目标指向了柳杨。其实谁都看得出来，柳杨担任脑科学所的所长有十几年了，刚刚离开没多久，脑科学所就做出这么伟大的发现，怎么说都离不开他的工作。"

"所以，这个保密工作没法做，什么保密协议都没用。我看前沿院也没打算真的保密，只是暂时这么处理而已。"李斯年说，"不过，我确实不理解，柳杨到底要干什么？"

"当时签保密协议干吗呢？欧阳院长没想到今天的状况吗？"辛雨同问。

"怎么会没想到呢？"李斯年摇了摇头，"他们只是为了挽留柳杨，这算是一种善意的要挟吧。可是柳杨毫不犹豫地答应了所有条件。他太坚决了，欧阳院长也没办法。"

"是啊，柳杨真够坚决的。"辛雨同说。

"不过现在，对他来说也是好事。"李斯年说，"我们现在压力很大，有很多人骂我们。要是作为主要发现者在论文和实验报告上署名，他在赫尔维蒂亚一定会很不舒服。"

"也是，都怪卫生总署。"辛雨同说，"你们一宣布，卫生总署就马上跟着宣布，KillKiller 的病人不会纳入医保，说那些人都是死人。然后好多国家跟风做了同样的决定，搞得到处都是游行。反驳他们又很难，只能质疑你们了。"

"是啊。"李斯年说，"要不是因为卫生总署，领导也不会这么着急宣布这个发现，其实时间上是有点仓促的。但也要理解他们，KillKiller 的状况的确给各个国家的财政带来了很大压力。"

"还有那个 KHA。"辛雨同说，"很多人还天真地认为，意识场的公布会减少 KHA 的暴力行动，可结果是暴力行动越来越多。"

"也不能这么说。"李斯年说，"我听说 KHA 分裂成了两派，暴力派和温和派。"

"我也听说了。"辛雨同说，"这种组织不都这样嘛！乱七八糟。那个攻击 KHA 的组织，FightingRobots，不也是从 CryingRobots 里面分裂出来的吗？"

"CryingRobots 是其中一部分人从和平走向了暴力，KHA 是其中一部分人从暴力走向了和平。所以，KHA 的分裂怎么说都应该算是好事。虽然也许会有一些新人加入暴力派，但总的来说，暴力还是被大大地削弱了。"李斯年说。

"可暴力派那些人更加疯狂、更加肆无忌惮了。科学已经做了背书，杀的人本来就是死人，暴力派最后一点心理压力也消失了。"辛雨同说，"而温和派，说是走向了和平，却根本不敢抛头露面，只能写写文章什么的。他们现在是温和派，之前可是参与过核爆炸这种事情，在全世界被追捕。如果目标达不到，又不能被赦免以前的罪行，这样一直持续下去，这些所谓的温和派说不定哪天就又回头了。"

"唉，"李斯年叹了口气，"是啊，都不容易。对，KHA 袭击的那个 KillKiller 的老板，黑格尔·穆勒，还一直想要见我呢！"

"你见了吗？"辛雨同问。

"没有，我不想见他。"李斯年说，"我感觉不好，这些事情太复杂了。

41·斯年已矣

他倒是认识柳杨，可柳杨走了。"

"嗯——"辛雨同说，"不见比较好。现在有的人很支持意识场，有的人却疯狂反对意识场，情况还是挺敏感的。你们的压力很大，极端情况下说不定有人身危险，还是要小心。"

"嗯。"李斯年应了一声。

"所以，"辛雨同又想起了什么，接着说，"柳杨的离开，实际上是保护了自己。可以这么认为吗？"

"你是说，柳杨想保护自己才离开的？"李斯年说着，摇了摇头，"不，不，柳杨才不在乎呢！"

"是啊，"辛雨同说，"以柳杨的性格，应该不会在乎的。再说，现在大家也还是怀疑他，离开也没什么用处。"

"对，离开有什么用呢？"李斯年说，"目前，除了前沿院的人，可能还没多少人知道柳杨去了哪里，他的安全应该没有什么问题。离开这里客观上确实是有一些保护作用，但这恐怕是非常暂时的。如果有人要对付他，很快就会找到他。不过我肯定，这不是柳杨离开的原因，他不在乎，就算是真的不安全也不会在乎。实际上柳杨根本不关心这些事情，我没感觉到他有什么压力。"

"这些天你联系过柳杨？"辛雨同问。

"今天上午还跟柳杨通过一个电话，问了一点工作上的事情。"李斯年说，"听起来，他过得还不错，但好像有点心不在焉。"

"柳杨不是一贯心不在焉吗？"辛雨同问，一边撇了撇嘴。

"不，不。"李斯年断然地摇摇头，"柳杨心不在焉的时候，只是因为在谈不感兴趣的话题，在工作上他从来没有心不在焉过，通常反而是过于认真了。"

"工作？柳杨对现在的工作心不在焉吗？"辛雨同接着问。

"对。"李斯年说，"柳杨跟我讨论问题的时候是很认真的，就好像还在脑科学所工作一样。我能感觉到，他的心还在脑科学所。后来，我顺口问了几句他现在的工作，心理学研究。他反倒心不在焉起来，好像我在问根本和他没关系的事情。"

"哦,"辛雨同说,"这也不难理解。去做心理学研究肯定不是柳杨的初衷。一定是有什么别的原因,他才去了赫尔维蒂亚。他这样一个人怎么可能去做心理学研究呢?太难以想象了。"

"是啊,"李斯年说,"到底为什么呢?"

"真是奇怪,谁知道呢!"辛雨同说,一边撇了撇嘴。

"从柳杨的回答中可以听出来,"李斯年说,"他根本没开展任何心理学方面的研究,而是把精力放在了别的事情上面。"

"你确定不是意识场公布给他带来的压力吗?"辛雨同问。

"我确定。"李斯年说,"我提了一句现在的舆论,他不以为然。他说,科学就是科学。多数老百姓只看得见自己家的厨房,这很正常,没什么好奇怪的,也用不着理会。"

"那你觉得,他把精力放在什么事情上了?"辛雨同问。

"法律。"李斯年说。

"法律?"辛雨同问,有点吃惊。

"是的,法律。"李斯年回答说,顿了一下,又接着说:"你知道,他说话的时候,经常会莫名其妙地说些不相干的事情。但以前我从没听他提过法律。"

"和地球所的云球人人权有关吗?"辛雨同问,她的反应很快,马上想到了云球。

"啊——"李斯年说,"我觉得和云球没关系,云球人又不在赫尔维蒂亚。如果要为云球人争取人权,跑去赫尔维蒂亚干什么?而且,云球人有意识场的事情并没有对外公布,怎么争取人权?连讨论都不行。再说,这应该是任为的事情,又不是他的事情。任为还在云球里传播思想呢,什么也没做,柳杨又怎么会跳出来?他可不是那种爱多管闲事的人。"

"你跟柳杨讨论什么问题?"辛雨同问,"是工作上碰到什么难题了吗?"

"不,谈不上什么难题,只是交换一下意见。"李斯年说,"之前,脑科学所和地球所有一个结论,说是意识场寿命的消耗取决于宿主的状态。如果宿主处于生长状态，那么意识场不会衰老，而如果宿主处于衰老状态，那么意识场也会衰老，这和宿主对意识场的能量供给趋势有关。"

"怎么，这个结论有错误吗？"辛雨同说，"我听你说起过，他们好像是做过实验的，不仅仅是理论推测。"

"的确做过实验，在云球做的实验，这种实验在地球没办法做。"李斯年说，"但那些实验并不能完全说明问题。"

"怎么讲呢？"辛雨同问。

"衡量意识场寿命的主要手段是意识波的强度，目前还没有办法把意识波强度和意识场年龄精确地对应起来。这和个体有关，恐怕很难有一个普适判断。但就任何具体的个体而言，确实能够看到意识波强度的一个变化趋势。"李斯年说，"之前做实验的时候，先是检测大量不同年龄段云球人意识波强度的变化趋势，发现男性在三十二岁左右、女性在三十岁左右是个拐点。然后使用地球动物做实验，把动物意识场送到云球去，检测意识波强度的变化。他们发现，如果宿主处于生长状态，那么即使意识场原本已经处于衰老状态也会停止衰老；而反过来，如果宿主处于衰老状态，那么即使意识场原本处于生长状态也会停止生长。"

"这还不说明问题吗？"辛雨同问。

"时间太短了，观察的时间太短了。"李斯年说，"我跟你提过，因为意识场的研究，最近一段时间云球和地球的时钟一直同步，所以云球时间的流逝和地球一样缓慢。在这种情况下做实验，观察意识场衰老与否的时间窗口很有限，只能观察几天，最多几周。按说，应该调整云球时钟，拉长这个时间窗口，但因为同时还在做一些其他实验，要观测的东西很多，所以不能这么做。另一方面，可能大家也的确没有想得太周到，有点大意了，这就造成了一些问题。就像你们生物学的基因实验，观察生物体的变化趋势，动辄就需要几年几十年，几天几个月不一定能说明问题。"

"你是说，变化可能太微小而无法检测出来？"辛雨同问。

"不，不是因为变化微小无法检测。仪器都很灵敏，检测精度很高。如果是仪器都检测不出来的变化，那么应该说意识场的衰老也是微乎其微的，可以忽略不计。"李斯年说，"但是，大家都缺省地认定，如果意识场衰老或者生长，那么这个过程会是一个连续变化的曲线，这个想法是有问题的，过于想当然了。"

"你的意思是，过一段时间就会发生大幅度的跳跃性变化？"辛雨同问。

"是的。"李斯年说，"那些实验动物，有一些一直在云球中，我们也一直在追踪检测。一个衰老的意识场，生活在一个年轻的宿主中，本该连续衰老的意识场的确暂时停止了衰老，这就是以前的结论，看起来没什么问题。但是我们发现，过了一段时间以后，一个足够长的时间以后，它们的意识波强度会忽然下降一个台阶，也就是说，意识场产生了瞬间的衰老。瞬间衰老的幅度和估算的连续衰老应该有的幅度几乎相当。这个台阶对于不同的动物来说长度是不同的。人类没有实验品，还不清楚对于人类来说这个台阶会有多长。"

李斯年停了停，接着说："但无论台阶长度是多少，对于延缓衰老而言，最终都没有意义。唯一的好处是，这个人能够在过程中享受更多的年轻、更多的精力充沛。我跟柳杨主要就是讨论这个问题，他也基本认可我的想法。"

"那地球所的派遣队员就是会变老了？"辛雨同问。

"还不能百分之百确定，但推测是这样。从这个研究的角度看，派遣队员就是实验品了，继续观察就会知道确切的答案。不过，现在是观察周期，无论如何也不会比在地球变得更老。"李斯年说，"如果是演化周期，的确就会老得太快了。"

辛雨同沉默了一会儿，然后说："长生不老的梦想破灭了。"

"不，也不尽然。"李斯年说，"我在研究这种变化，为什么连续的衰老变成了台阶式的衰老？"

"你有什么想法？"辛雨同问。

"柳杨认为，宿主的生长或者衰老对意识场而言其实意味着能量供给趋势的变化。"李斯年说，"我也是沿着这个方向思考的。我认为，宿主的生长状态，也就是能量供给加强的趋势，确实遏制了意识场的衰老。但这就像使劲按着一个浮在水面的气球，试图把它按到水里去——这是很困难的，对吗？除非力量非常大，同时力量的角度也非常准确和全面，否则气球迟早会漂起来。意识场衰老就是那个气球，而宿主的生长状态就是那只按着气球的手。要么是力量不够大，要么是力量的角度不够准确和全面，总之，意识场衰老这个气球最终还是不可避免地漂了起来。"

"所以，必须使宿主的生长状态这只手更加疯狂，更大更全面的力量才能完全按住意识场衰老这个气球。"辛雨同说。

"靠人脑不行。无论是地球人的人脑还是云球人的人脑，都不可能做得到。"李斯年说，"只有机器人才可以。"

他抬起头，看着辛雨同，但仿佛在凝思。

"云球人的脑单元必须符合生物学规律，所以，他们是人，而不是真正的机器人。"他继续说，"如果要长生不老，必须制造出违反生物学规律的机器人，既能够像人脑或者脑单元一样作为意识场的宿主，又能够疯狂生长，具有压制意识场衰老的巨大力量。"

"谁说人脑不行的？"辛雨同本来有点弓着身子，双手搭在李斯年的肩膀上，现在忽然站直了起来，正色说："人脑当然也可以，不过需要做些工作而已。"

"还想着基因编辑呢？"李斯年说，"你疯了，想被抓起来吗？"

"我不想被抓起来，所以应该去地球所工作。"辛雨同说，样子看起来很认真。

"在云球上没有基因编辑禁令吧！"她接着说，"而且就像你刚才说的，在云球的演化周期中，我们作为观察者可以拥有飞快的时间流逝。这对于基因编辑技术的长期生物学观察来说非常难得，在地球上完全不可能实现。"

李斯年看着她，摇了摇头，有些无奈，"你可以找吕青，你们不是认识吗？或者找欧阳院长，他很欣赏你。"

"我就找你。"辛雨同说，"我和你最熟。"

"哦——"李斯年长长地哦了一声，"好吧，我可以试试。不过你不能着急，我只能等机会。"他抬起头，皱着眉，似乎在想，什么时候会有机会。

42 / 瓦尔普莱索的谋杀

坐在瓦格纳上校小别墅的后院里，看着远处的太平洋，眼角余光里是院子下面的山坡密林，海风有力地拂过面庞，阳光暖暖地洒在全身，吕博源将军沉思着。

他的手中拿着一个玩偶，那是俄罗斯套娃。不过，他打开看过了，里面并没有更小的套娃，而是一个骰子。骰子很普通，就是中国麻将必须使用的那种骰子。俄罗斯套娃、骰子，这两样东西在智利都不常见，特别是在瓦尔普莱索这种地方。

吕博源将军是在山下的中餐馆吃的早餐。吃完早餐后，他驾驶着瓦格纳上校的古董车，那辆咣啷咣啷到处发出声响的古董车，沿着瓦尔普莱索著名的三十八度街开回了瓦格纳上校的小别墅。据说，那条路的坡度真的有三十八度，不过这在瓦尔普莱索也算不了什么。这里，闻名世界的有三样东西：一是遍布大街小巷每一座建筑墙壁上的魔幻涂鸦，那些神奇的形象和怪诞的色彩，是时间沉淀下来的无价宝藏；二是密集散布的拥有巨大坡度的东西方向的市内道路，那来自城市在太平洋岸边安第斯山脉陡坡上的独特地理位置；三是这里更多的人喜欢亲自开古董车而不是乘坐自动驾驶汽车，因为在那些狭窄的陡坡上，驾驶汽车是很困难的，但也是不可多得的体验，特别是对像吕博源将军这样的游客而言。

显然，在这样的狭窄陡坡单行线上，右手路边还拥挤地停放着汽车，把车开得很快是不可能的。九十岁的吕博源将军早就过了喜欢开快车的年纪，所以，他的车速相当地缓慢而均匀。他像是在仔细体验开车驶向天空的感觉，偶尔扭头，就可以顺便欣赏两边建筑墙壁上的神奇涂鸦。确实，在这样角度的道路上开车，不需要抬头就能看到天空，湛蓝底色上飘着几朵白色云彩的美丽天空。

只是这会儿，太阳虽然还藏在安第斯山脉背后，天光却已经大亮了。吕博源将军在想，如果明天起床再早一点的话，吃完早餐开上来的时候，也许能看到漂亮的晨曦。

正在他想着明天是否应该早起的时候，前面的一辆车，一辆看起来比瓦格纳上校的车更加古老的古董车，本来静静地停在右手路边，在前面一辆红色自动驾驶汽车和后面一辆灰色古董车之间显得毫不起眼，此时却忽然打开了左边车门，而且车门开的角度很大，那个锈迹斑斑的车门，几乎横到了马路中间。

司机想要下车？但那辆车停在那里有一段时间了。

沿着这条路开上来，前后都没有车，路上很安静，吕博源将军没有看到有汽车刚刚停在路边。他虽然有点惊讶，却不得不停了下来。路实在太窄了，除非冲着那扇车门撞上去，否则他没法过去。他只能等着，看看会发生什么。

并没有人下车，车门又关上了。吕博源将军刚想启动自己的汽车，却又停顿了下来，因为他发现，那个已经关上的车门，车窗却是开着的，车窗里伸出一只手。手臂靠在车窗的下沿上，伸得很直，肤色很白，在手腕处有一个不大的刺青，似乎是一只动物。刺青下方，那只手懒洋洋地耷拉着，手中拿了一个俄罗斯套娃。

吕博源将军没有动，似乎不再惊讶，但有些迟疑。不过，他没有迟疑很久，几秒钟后就启动了汽车。他摇下了右边车窗，然后慢慢地开过去，尤其在路过那辆汽车的时候，开得很慢很慢。他没有扭头往右边看，但他知道，那只手把俄罗斯套娃扔进了他的汽车里。

他把车速加快了一些。他看了一眼右边的后视镜，那只手已经缩了回去。他没有去看右边座位上的俄罗斯套娃，只是专心致志地开车，继续欣赏着前面的湛蓝天空和两边的漂亮涂鸦。

现在，坐在这个花草过于繁茂的小小院子里，除了这张小桌子和周围的两把椅子之外几乎无处下脚的院子里，他打开了俄罗斯套娃。他看到了里面的骰子，并且把骰子拿出来，翻来覆去地仔细观察了一下，确认那是一个普通的骰子。然后，他把骰子放了回去，又翻来覆去看了一下俄罗斯套娃，那也是一个普通的俄罗斯套娃。

他右手的拇指和无名指接连碰了两下，一串闪光的数字在他眼前闪了起来，两秒钟后就消失了。

九点四十，现在的时间是九点四十。

他抬头，眺望着远处的太平洋，陷入沉思。

"嘟嘟嘟嘟——"

他的SSI响起了有信息进入的提示声。那是一张图片，不过加密了。没关系，他知道如何打开它。

一位姑娘带着毛线帽，穿着紧身的牛仔短上衣和黑色长裤，非常精干，站在大街上，正和一位小伙子在交谈。由于拍摄角度的问题，她的脸只有半边。不过半边已经够了，吕博源将军立刻认出，那是自己的孙女任明明，他的心脏一阵抽痛。

他叹了一口气，想把俄罗斯套娃放到小桌子上。但他抬起手的时候，觉得手指有些无力。俄罗斯套娃掉在地上，发出咣嘟嘟的几声，滚了几圈，那个骰子也掉了出来。

"叮铃铃"的电话声在脑中响了起来，是瓦格纳上校。他接听了电话，电话也是加密的。

"收到照片了？"瓦格纳上校说。

"收到了。"吕博源将军说，他想接着说什么，但没有说。

"那个姑娘也许就是 RevengeGirl。"瓦格纳上校说。

"为什么？"吕博源将军问。

"我的直觉。"瓦格纳上校说，"我们一直在跟踪丘比什，跟得很紧，他和这个姑娘见了几面。虽然我们不知道他们在说什么，但观察他们的神态，我认为丘比什对她的态度很尊敬，一直都像是在请示什么事情。"

"唇语解读呢？"吕博源将军问。

"他们显然经过训练，唇语解读不了。"瓦格纳上校说，"解读系统一直在破解和训练。不过系统认为，他们的唇语模式隐藏着某种持续的变化，恐怕很难破解。"

"估计不是经过训练，而是在 SSI 中安装了肌肉发声系统混淆软件。"吕博源将军说。

"是的，有可能，他们都更换了加过密的 SSI。"瓦格纳上校说。

"他们在哪里？"沉默了一下，吕博源将军接着问。

"德克拉岛，德克拉共和国的首府。"瓦格纳上校说，"那可是我们的地盘，但撞到这个姑娘，完全是因为跟踪丘比什，否则我们不可能直接找到她，我们不知道她长什么样，也不知道其他信息。"

"德克拉？"吕博源将军似乎有点奇怪，"她去那里干什么？那里没有 KillKiller，也没有 KHA。"

"但是有 SmartDecision。"瓦格纳上校说，"也许，她想和 SmartDecision 开个会。"

"和 SmartDecision 开个会？"吕博源将军慢慢地重复了一遍。

"您说呢？"瓦格纳上校说，"不然还能干什么？"

"也许吧。"吕博源将军似乎在喃喃自语，显得有点心烦意乱。

"听起来——"瓦格纳上校说，"您精神不太好。在我那里住得不舒服吗？那儿也确实不怎么样，说是别墅，其实就是一幢普通民房，唯一的好处就是能看到海。"

"不，不，很好。"吕博源将军说，"我只是有点疲劳。"

"您的年纪不年轻了，您还是要保重。"瓦格纳上校说，"上次，他们说您的四肢肌肉有些问题，现在感觉怎么样？"

吕博源将军低头看了看地上的俄罗斯套娃和骰子，说："还好吧，我的手指有时确实会感觉到没有力量，不过也仅此而已。"

"您还是要解决这个问题，否则会继续恶化的。"瓦格纳上校说，"您为什么不去治疗呢？总是这样，他们恐怕会有看法。"

"我会去的。"吕博源将军说，"他们不会有看法，你放心好了。"

"好吧。"瓦格纳上校说，"那么，RevengeGirl，我们竟然这么快就遇到她了。这有点意外，我们要按照计划进行吗？"

吕博源将军稍微迟疑了一下，然后说："对，按计划进行。像盯住丘比什一样，盯住她就可以了。"

"好的。"瓦格纳上校说，"您放心，我们会盯紧的。她的背景我们也在查，不过还没什么线索。"

"她的背景不重要。"吕博源将军说，停了一下，又接着说，"暂时也不要对她做什么，我们需要查清他们的组织。"

"好吧，我明白。"瓦格纳上校说。

"这件事都有哪些人知道？"吕博源将军问。

"只有跟踪丘比什的凯瑟琳和我，当然，还有您。"瓦格纳上校说，"只有我们三个人，那些当地的调查局特工不知道他们是谁，也不知道我们在干什么。"

"嗯，很好，我知道了。"吕博源将军说，"你们先跟进吧，消息暂时要保密。"

"好的。"瓦格纳上校说，"再见。"

"再见。"说着，吕博源将军挂断了电话。

老将军在SSI中重新调出了任明明的照片，那张照片就漂浮在他的眼前。他盯着照片中的任明明。那是一张像他记忆中一样美丽的脸。不过老将军看得出来,那张脸虽然很年轻,但却已经没有了天真,而是充满了力量。

老将军想起了任明明小时候的样子,那是一个活泼可爱的小姑娘,一天到晚蹦蹦跳跳,满脸欢笑。不需要SSI,她的那些样子一直深深地刻在老将军的生物学大脑里。但是很可惜,老将军不记得有几次和她愉快玩耍的场景。不要说她,就算是她的母亲吕青,老将军都没有多少一起玩耍的记忆。

在老将军的一生中,责任感压倒了一切。即使退休之后,他也从来没有放弃过自己的责任。他能感觉到,吕青和任明明以及任为,虽然都很孝顺,却都和他有一种距离感。但这种距离感怪不了别人,他很确定是自己造成的,甚至是自己刻意造成的,特别是在老伴儿去世以后。他几乎没有在家里待过,这是一个原因,不过也许只是表象,而真相则被他不自觉地深深隐藏起来了。

想起老伴儿,他从上衣口袋里掏出一个很小的玻璃瓶,那里面有老伴儿的骨灰。他一直把玻璃瓶带在身边,从来没有离开过。他举起了玻璃瓶,就在照片的影像旁边。他关掉了照片的影像,把玻璃瓶移到了视野中间,背景是广阔的太平洋。

他看了一会儿,然后拧开了瓶盖,把玻璃瓶倾斜了一个很大的角度,骨灰慢慢地从玻璃瓶里滑了出来。

滑出来的那一点点骨灰,一离开瓶口,就被海风给吹散了。

他就这样看着玻璃瓶中的骨灰逐渐消失了。最后,他稍微使劲甩了两下玻璃瓶,然后仔细看了看,似乎玻璃瓶中已经没有什么骨灰了。他拧好瓶盖,想了想,挥手把玻璃瓶朝院子下方的密林扔了出去。那小小的玻璃瓶在空中翻着跟头,很快就看不见了。

看着玻璃瓶消失的方向,老将军静静地盯了一会儿。

老将军回过神来,又在SSI中调出了任明明的照片,看了看任明明,又扫了一眼她旁边的小伙子。小伙子也只有半张脸,但看得出来很英俊,非常精神。会和明明是一对儿吗?他想。

他没有让自己想下去。他的手指连续做了一些操作,从SSI中删除了这张照片。然后,他继续动着手指,开始干一些更加复杂的事情。这让他觉得有些困难，时不时，手指就忽然乏力，不听使唤。不过，现在这还只是断续发生的情况，他还勉强可以把想干的事情干下去。虽然有些困难，但他的动作仍然算是很快。他想起了自己的父亲，还有自己的爷爷。显然，就像医生说的，这个毛病是遗传的，是基因方面的缺陷。至于治疗，不是他不去治疗，而是他知道，目前这种病无法治疗。虽然医疗科技已经很发达，可是由于基因编辑是违法的，所以这种病不但无法治疗，甚至连研究都无法开展。在老将军模糊的幼年记忆中，爷爷就是这样。后来他长大了，记得很清楚，父亲也是这样。现在，轮到他自己了。不过看来，他的运气很好，症状来得比较晚。几十年前，他本来以为，自己在现在这个年纪，应该已经像爷爷和父亲一样，躺在床上完全不能动了。

在手指的动作中，除去时不时地手指无力，他有时也会停下来，思考一会儿。他的脸上没有什么表情，如果有人在旁边，会觉得他很平静。如果不是手指一直在动，他更像是在看一部温馨平静的家庭电影。电影中没有什么波澜，故事平淡，甚至有些乏味。

直到两个多小时以后，他的手指才停下来。他的眼睛早已经闭上了，显得有些疲倦。这么多的手指动作，对年轻人来说也许算不了什么，但却已经让他感到劳累，甚至出了不少汗。他睁开眼，深吸一口气，站了起来，重新遥望着远处的太平洋。

遥望了一会儿，他转过身，走回屋子里。进入屋门，就是别墅的开放式厨房，连着一个相当大的古朴的餐厅。他为自己倒了一杯橙汁，一边喝着，一边走出餐厅，走进客厅。

客厅中有一组很大的布艺沙发，看着就觉得舒服。大沙发的侧面对着过廊，过廊尽头是小别墅的门。门外有个很小的前院，前院有一扇铁门。但那扇铁门没有锁，只是个摆设，轻轻一推就可以推开。老将军刚刚走进客厅，就听见铁门似乎"叮"地轻轻响了一声。那通常意味着有人推开铁门，走了进来。

果然很快，门铃响了起来。老将军扫了一眼客厅墙上挂着的壁钟。既然有壁钟，他就不需要调用SSI查看时间了，他的手指感到有些麻木和酸痛。

正好十二点，现在正好十二点。

他走过去，打开了房门。门口站着一个年轻人，长相非常普通，穿着最普通的格子衬衫和奶黄色长裤，身材也是普通人的身材，既不胖，也不瘦，看起来是那种很容易在人群中消失的人。不过，他的两只衬衫袖子都挽起了一点，如果注意观察的话，这让他显得稍微有点不普通，因为他的左臂手腕上有一个刺青。

现在距离很近，老将军可以看清楚了，那是一只考拉——权且认为是考拉吧，至少他的第一感觉那是一只考拉。事实上，作为刺青而言，如果面积只有卡片大小，又没有什么特别明显的标志，很难精确分辨出那到底是什么动物。

"您好。"年轻人彬彬有礼地说。

"你好。"老将军慢慢地说。他看着年轻人，年轻人没有回避他的目光，冲他微微地笑了笑。

老将军没有再说什么，他默默地回过头，走回客厅，坐到了大沙发上，仿佛还陷入在沉思中，有点神不守舍。

他低着头，盯着自己手中的橙汁。过了一会儿，他举起橙汁又喝了一小口。然后，他动作缓慢地稍微晃了晃杯子，橙汁也晃了起来，形成一个小小的漩涡。漩涡在旋转，但逐渐平静了下来。老将军一直盯着漩涡在看，当漩涡停止的时候，他终于抬起了头。

他看到年轻人站在面前，手里拿了一把枪，指着他。从枪上闪动的光泽来看，肯定是一把纳米塑料枪，而不是金属枪。很多纳米塑料枪看起来不像一把真枪，倒像是孩子的玩具枪。但老将军知道，现在的枪支多半使用纳米塑料。纳米塑料非常坚硬，同时又很轻。更重要的是，纳米塑料不像金属，它们没有任何简单有效的方法可以在非接触的情况下被检测出来，所以纳米塑料制作的枪支非常受欢迎，特别是在没有持枪权的普通人手里。虽然和金属枪支相比要昂贵一些，可无论在正规的枪店还是在黑市上，都有非常好的销路。

看到一把枪指着自己，老将军并没有显得吃惊，也看不出有什么别的表情。年轻人盯着他,脸上同样没有什么表情,但看起来似乎比老将军还要紧张一点。

老将军看着那把枪,发现枪口指向的是自己的脖子,而非通常枪口会瞄准的脑袋之类的地方,但他没有打算询问这是为什么。他静静地待了一小会儿,然后闭上了眼睛,等待枪声响起。果然很快,枪声就响了,并不响亮,和普通的枪声不同,只是"噗"的一声闷响。

老将军觉得喉结左侧的位置一阵刺痛,可并不是很痛,不是被真正的子弹击中的那种痛。他身上有的是弹痕,知道被各种子弹击中是什么感觉。但是现在这种感觉,不是被任何一种子弹击中的感觉,更像是打了一针的感觉。他感受到的,正是那种小孩子很怕的打针的疼。看来,这可能是一把假枪。

但没关系,无论如何,这是一把有用的枪。老将军很快感觉到,一阵眩晕涌进自己的大脑,而心脏开始异乎寻常地跳动。

这让他回忆起年轻的时候,自己正在跑步,已经太累太累了却不能停下,脑子开始缺氧,心脏跳得无比狂躁。不过那时,他一定会大口大口地喘着气,但现在他却并没有想大口喘气,只是觉得非常疲倦,疲倦得想要睡过去。

他想睁开眼睛,再看年轻人一眼。可他的眼皮已经很难睁开,就像手指忽然无力的感觉一样。不过挣扎着,他的眼皮还是睁开了一条细细的缝隙,隐约看到年轻人拿着枪的手臂慢慢地收了回去,动作很稳定。而年轻人的脸上仍然没什么表情,也已经看不出任何紧张。那是一张非常普通的脸,几乎没有任何容易描述的特征,很适合做一个杀手。

这是吕博源将军最后看到的世界。而他最后想到的是吕青、任为和任明明一家人。但愿他们一家人能够平安,他想,然后,他就失去了知觉。

43 坎提拉的死血病

他蹲在水边,掐了一朵自己已经看了半天的那种小小的紫色花朵,举到眼前更加仔细地观察着。

他确定,这就是罗尔花。他的穿越者缓冲区存储了几万种云球植物的信息,在所有这些植物中,罗尔花是罗尔素含量最高的植物。

已经跋涉了很久,罗尔花很难找。

他们走在坎提拉的边缘地带,离开了哈特尔那些寂静的荒山,看到了表面平静辽阔而实际上杀机四伏的沼泽。长长的草丛在冷风中起伏,厚厚的苔藓让人看不到任何土地的痕迹,纵横交错的溪流和水洼在阳光下闪闪发光。他们知道,这些闪闪发光的溪流和水洼并不是这里水的主体,更多的水隐藏在长长的草丛和厚厚的苔藓之下。当你一脚踩上去,你不知道迎接你的是勉强可以立足的支撑还是会让你迅速消失的陷阱。

无数次拒绝了坎提拉同伴的警告,无数次迈出了走向未知的步伐,无数次经历了小心翼翼的落足,现在,他终于找到了第一朵罗尔花,一定要找到的救命之花。

他抬头四顾,没有看到坎提拉同伴,却在不远处看到了很多这种小小的紫色花朵。他必须赶快回露营地，明天一早，要和坎提拉同伴一起重新来到这里，尽量多地采集这种罗尔花，特别是它们的根。

寻找罗尔花的行程缓慢而辛苦，但好在有坎提拉同伴的帮助，而且，虽然为了罗尔花不停地有所偏离，可总的来说这本来就是他的方向。前方，一直向前，他不知道按照自己这样的速度，走到目的地还需要多久。按照坎提拉同伴的看法，需要多久还真不好说，这取决于运气。不过无论如何，坎提拉同伴很确定，前方就是他们的目的地，沼泽中的纳金阿城。

出发之前，他就知道，在这个方向上，在他的起点和目标之间，特别是沼泽边缘，一定有罗尔花。虽然分布得并不广泛，甚至是很稀少，可如果一旦找到，就应该会有一片。看起来，缓冲区资料是正确的。其实，他也有一些替代方案，那些东西比罗尔花好找得多，不用这么费力。但是，它们的有效成分含量都太低，而如果真像坎提拉同伴所描述的，今年的死血病和往年不同，非常严重的话，他担心那些东西的效果不够好。所以，他坚决地进行着冒险，去寻找少见的罗尔花，那种坎提拉同伴根本不知道的东西。

这些天，他有时会有点后悔，缓冲区资料还是太少，准备工作还是不够。当然，需要做的准备工作太多了，永远也不会足够的。也许他应该在缓冲区中存储非常精确的罗尔花的聚集位置，那就不会这么难找了。当时的他，仅仅满足于知道动植物们的大致分布地带，完全没有想到自己竟然会需要什么东西的精确位置。每种动植物都一样，都只有大致的分布地带而没有精确位置。事实上，不可能在缓冲区中标明几乎无数种动植物中每一种的精确分布。无论如何，总没办法在缓冲区中存储世界上所有的知识。

现在这种情况，其实已经很不错了。至少，他在缓冲区中查到了罗尔素可以治疗死血病，罗尔素含量最高的植物是罗尔花，而且还知道罗尔花的大致分布。来到云球之前，罗尔花和别的云球动植物相比没有任何特殊之处——他并没有打算去坎提拉沼泽。但现在，情况却忽然之间变得不同了。

如果需要，现在仍然可以通过鸡毛信要求地球提供更多云球资料，不过他不想这样做。鸡毛信能够连接到地球的公众网络，查看找得到的任何信息，但却都是地球的信息。至于云球的信息，需要在云球系统中查看。虽然已经和公众网络有了物理连接，可严格的权限管理还在，对云球系统的查看不是随随便便就能做到的。穿越计划规定，派遣队员必须将云球资料的查询申请提交给地球研究所，然后由地球研究所决定是否可以反馈这样的资料。这不是技术方面的问题，而是经过反复讨论的业务规则，被称为"上帝规则"。作为穿越计划的编外派遣队员，同时又是地球所的领导，他不想带这个头，过多地使用上帝规则。

穿越计划的最后几次会议，讨论的主要焦点集中在一个问题上：参与穿越计划的派遣队员们拥有什么样的权限。这是一个从地球角度来看的专业说法，但实际上，从云球角度来看，大家讨论的是派遣队员在云球中将成为哪一个层面上的神灵。他们拥有什么样的神力，以及在多大程度上被允许使用这些神力。

在会议上，孙斐曾经貌似很认真地说："我认为，可以把云球系统的所有管理权限，包括根用户的管理权限全部实时授权给派遣队员。这样，派遣队员就能够最大限度地让云球迅速进化到和今天地球等同的地步。"

这甚至让很少生气的张琦很恼火，他沉默了半天，问孙斐："包括伊甸园星的权限吗？"

"不，当然不。"孙斐说，"伊甸园星是落后思维的代表，它不可能承载你们的梦想，仅仅只能作为一个反面教材存在，教育大家不要思维僵化、一成不变。"

虽然孙斐的反讽让大家或者恼火，或者尴尬，但也确实提醒了大家，穿越计划的初衷是什么。显然，人类很容易忘掉自己的初衷，有不少意见倾向于对派遣队员过于宽泛的授权。

宽泛的授权意味着派遣队员对自己的安全状况能够有更大的控制，同时，理所当然地会促进任务的完成。但是，以孙斐的反讽为代表，另外一些意见认为，云球是研究自然演化的，穿越计划已经打破了这个自然的进程。如果说穿越计划是不得已而为之的话，那么，在这个过程中，克制应该成为在讨论系统授权时的首要考虑因素。

访问地球的公众网络可以为派遣队员提供来自家乡的慰藉和知识。但是，访问云球系统，例如查看某个云球对手的个人资料，则为派遣队员带来了上帝的视角和能力。这两者是截然不同的。最后大家同意，派遣队员不能随意拥有上帝的视角和能力——否则，还不如直接修改云球系统，让他们一步变成今天的地球好了。

按照最初的设想，派遣队员要完成任务，但应该尽可能少做事情，至少是尽可能少做超越普通云球人能力范围的事情，这才能观察到最接近自然的演化过程。同时，考虑到一些无法预料并且万不得已的情况，上帝的视角和能力没有被完全禁止，但是需要派遣队员提出申请，走一个流程，由地球所最终决定是否可以实施。

实际上可以这么认为，在这里，关于云球的静态知识、动态信息和执行能力这三个方面被进行了清晰的划分。原则上，派遣队员对于静态知识的需求将被实时满足，而对于动态信息和执行能力的需求将被抑制，至少是需要经过评估才能暂时获得。

上帝规则就这样被确定下来了，但无论是任为还是其他五位派遣队员，都表示上帝规则其实并不需要，至多只是有备无患。他们都已经做了充分准备，自己能够搞得定。即使没有上帝规则，他们也不会轻易动用地球人的资源，甚至不会轻易动用鸡毛信，包括访问地球的公众网络或者和地球人通话。

拉斯利在老巴力之屋待了很多天，除了给自己弄点吃的，他几乎都只是静静地坐着，什么也不干。

进入云球之前，拉斯利已经对附近的环境了解得非常清楚。来到这里之后，他只花了不长的时间就学会了必要的生存技巧。猎杀几只愚蠢的草食动物，寻找一些能够吃下去的植物，在这里似乎并不是特别困难的事情。拉斯利拥有从小就练武狩猎的体魄，而现在又拥有了曾经上帝才拥有的知识和智慧，生存显然并非难题。

难题是究竟要做什么。他曾经以为自己已经想好了要做什么，但看来并没有想清楚。在没有任何专家提供专业意见，也没有任何其他人参与的情况下，作为一个科学家的他，在考虑这种问题时经常显得很幼稚。

拉斯利以为自己很清楚想要的东西是什么，他想要心灵的平静。所以，他给自己的核心思想起了个名字，叫"不争"。他甚至在考虑，是否应该把自己的名字改作叫"不争"，或者干脆把自己要创立的宗教叫作"不争"。

第一次在老巴力之屋睁开眼睛之后，不知为什么，拉斯利想到了一个类似的名字："非攻"。他忽然明白，除非考虑纯粹的科学问题或技术问题，自己在地球的日子其实一直在梦游——想到"不争"的时候，居然没有立刻想到"非攻"，等到现在却想了起来。

他环顾了一下屋子，看得很仔细，这种感觉和在地球所进行观察是非常不同的。无论是通过电球观察还是通过SSI观察，感觉都非常不同。这间屋子里的一切都很陈旧破败，同时四周寂静冷清，也许这让他的脑子更加清醒了吧。

他屠杀了那么多云球人。他不想用"屠杀"这个词，但却越来越多下意识地这么用。他相信自己并没有任何恶意，试图将行为的发生归因到自己对科学的执着上。不过他总是怀疑，自己内心的欲望、自己想要争取什么，才是真正的原因，最终导致了所有一切成为现实。

他在争取突破技术的藩篱，他在争取获知世界的真相，他在争取探究知识的极限。甚至他经常想起，在自己的人生中，曾经争取的每一个考试分数，每一次入学机会，每一个工作职位，每一笔科研拨款，每一次技术进展。总之，他一直在争取某种东西，从来没有停止过。有时很成功，有时很失败，但这种争取却从来没有停止过。

所以，拉斯利忽然爱上了"不争"两个字，像一个初次堕入情感旋涡的懵懂少年。他似乎觉得"不争"能够解决自己的所有问题，甚至面对着写下来的这两个字的时候，他的心脏竟然会怦怦乱跳。

他恍惚觉得找到了万能的解药，或者干脆说找到了心仪已久的情人。虽然这和穿越计划推动云球发展的初衷毫无关系，甚至是背道而驰，但他不在乎，反正还有五位派遣队员和他同时进入云球，以后也许还有更多。

可是，此时在老巴力之屋，他忽然意识到，"非攻"似乎需要以战止战，那"不争"是要以争止争吗？

就算这说得过去，他有这个能力吗？他如何能够争取让别人不去争取？他如何能够由此获得内心的平静？他失去了方向。他想要来这里追求内心的平静，但从第一天开始，他就陷入了内心的混乱。

也许，这只是语义学的问题，是由人类语言所固有的结构缺陷导致的。他甚至通过鸡毛信找了一本语义学著作阅读了一下，这些他不太懂。然后，当了解了一点点之后，他试图用数学语言来解释一些语义学的问题。他觉得数学更加严谨，应该可以更容易地解决一些语义学中的逻辑问题。但是很快，他意识到，跑到云球上来研究地球上的现代理论，似乎是一件很可笑的事情，真的应该这么做吗？

拉斯利就这样混乱着，花费大把时间坐在那里思考，面对着茫茫的群山和密林。有时他想，这倒很像是一个宗教创始者该有的思考过程，只是不知什么时候才会顿悟。这样想的时候，他经常露出苦笑，或者下意识地摇摇头。这有点破坏形象，这表情和动作，他会接着想。不过反正也没人会看到，他又会这样想。

拉斯利的胡思乱想终于还是停止了，但并非因为他想通了什么，只是因为一个人的闯入打断了他。

后来他知道，这个人叫赫乎达。

拉斯利见到赫乎达的时候，赫乎达几乎已经快要死了。他是拉斯利去西边的山脚下采集莱莱果的时候碰到的。

莱莱果是一种很好吃而且很有营养的果实，口味类似于地球上的苹果，外表长得像红薯，果肉却是黑色的。云球中很少有人吃这种东西，因为它埋在地下深处，并且仅仅分布于哈特尔山的西北麓。拉斯利知道，可惜云球人并不知道，否则像老巴力这样的哈特尔山居民也许就不会生活得那么辛苦了。偶尔的意外事件，比如腹狐或者山地黑鼠的折腾，让少数莱莱果来到了地面，极少数饿极了的云球人曾经吃过，给它们起了莱莱果的名字。可它们被云球人吃到嘴里的时候通常并不好吃，因为腹狐和山地黑鼠只会去寻找熟透了的莱莱果——它们闻到了某种恶臭的味道，它们喜欢的一种恶臭。和地球上的大多数果实相反，熟透了的莱莱果不但恶臭，吃到嘴里也非常苦涩。不过，云球人不知道，在它们熟透之前，有漫长的前成熟期，那时，它们闻起来是没有味道的，而吃起来则甘甜无比。

哈特尔山西北麓通向坎提拉沼泽。坎提拉沼泽对萨波人而言是一个无比荒蛮的存在，甚至比西方斯吉卜斯沙漠更加荒蛮，所以总体来说，向西北方向，哈特尔山越来越荒凉。老巴力这样的居民，通常只会向东北方、东方、东南方或者南方下山，那里通向雷未法瑞斯、黑石城、白汀港和凯旋关。所以，哈特尔山西北麓人烟稀少，如果有人，一般是从坎提拉沼泽过来的。相较于坎提拉沼泽，这里似乎好了很多，但真正的坎提拉人并不喜欢这里，因为这里对他们来说显得过于干燥，他们还是更习惯于沼泽中的湿润环境，而且，越过坎提拉沼泽的边缘地带抵达这里也并不容易。那些边缘地带几乎没有道路，也不能行船，路人的每一步，都有可能会陷入万劫不复。同时，比起坎提拉辽阔的中心地带，这里隐藏了多得多的蟒蛇和鳄鱼。

赫乎达就是坎提拉人。

当然，赫乎达不会无缘无故地来到哈特尔山，他有无法拒绝的理由。他所在的纳南村，由于死血病的暴发，多数人已经死了，其中包括他所有的家人。他的父母妻子全都染上了死血病，并且很快就死了。村里剩下的人都离开了村子，赫乎达和七八个人一起也逃了出来。

纳南村位于坎提拉沼泽最大城市纳金阿的南边不远，而纳金阿也已经被死血病包围。村里的人都说，纳南村的死血病就是被纳金阿逃到这里的人传染过来的，那些纳金阿人都已经死了。赫乎达他们没有选择，只能向南方逃命，路上并没有什么可以长期生存的地方，他们只能寄希望于能够平安到达斯吉卜斯沙漠或者哈特尔山。

一路上，其他所有人都已经死于非命，陷入沼泽被淹死，或者被蟒蛇和鳄鱼所吞噬，只有赫乎达一个人坚持到了哈特尔山，但也已经是奄奄一息。

拉斯利救了赫乎达。他无法将一个昏迷在野地里、瘦骨嶙峋、衣衫褴褛的人置之不顾，他费了好大劲才把赫乎达背回老巴力之屋。这家伙如果不是饿得太瘦，其实是个大块头，如果那样的话，拉斯利可就背不动了。虽然知道赫乎达还没有死，但拉斯利没法弄醒他，只好干起了这个并不容易的体力活。

在温暖的屋子里，晚上的时候，赫乎达终于醒了过来。拉斯利并不会坎提拉语，但幸运的是，赫乎达居然会萨波语。他先是狼吞虎咽地吃了些东西，然后开始讲述。拉斯利了解到了坎提拉沼泽的死血病，还有赫乎达的一切。

赫乎达三十岁，原本是一个商队的马夫。通常，商队会绕道斯吉卜斯沙漠、断水城、吉托城、凯旋关，把纳金阿和林溪地的首府白汀港连接起来。坎提拉沼泽和哈特尔山之间的边缘地带过于凶险，哈特尔山的山路也很艰难，人可以走，依靠马匹的商队却很困难，所以商队不会走这个方向。从沼泽向南略微偏西到斯吉卜斯沙漠，虽然也不好走，但比较而言还是好多了，那是相对成熟的沙漠商路。进入沙漠后，拐向东南，经过断水城到达吉托城之后，剩下的路就是阳关大道了。当然，这样做付出的代价是绕着春风谷的群山转了一个大圈，路途远了很多，可总体来说还是值得的。不过，这种商队并不是很多，赫乎达不总是有工作可做。所以，这次死血病的暴发，他并没有因为正在远行而逃脱。

他们一起逃难的人，原本是要去斯吉卜斯沙漠的，毕竟沙漠商路安全得多。但这不是在商队中，他们几乎没有粮食，只能以路上时有时无的野菜为生。他们的体力衰弱得很快。即使能够到达沙漠，赫乎达也不认为能够越过沙漠到达断水，更不要说吉托城了。所以他做了一个选择，向东南方向直接去哈特尔山。这条路虽然困难而危险，可距离有人烟的地方却近得多。哈特尔山中没有什么城镇，但小村庄多少却还是有一些的。

显然对赫乎达自己而言，这是一个正确的选择，他熬了过来。但对他的同伴而言却并非如此。他们也许还是应该向南去沙漠，或者干脆不要离开沼泽，因为现在，他们都已经离开这个世界了。

赫乎达并不知道，因为这次的死血病，坎提拉沼泽中到底死了多少人。

他只知道，村子里的人要么走了，要么死了，要么就是在苟延残喘，离死也不远了。其实以前，沼泽中并非没有死血病，不但有，而且年年都有，纳南村也经常会为此死几个人，可从来没有这么严重。这次不知道为什么，情况异常严重。

变异，流行病总是在变异，拉斯利这么想，但并没有说。

拉斯利觉得很难受。死血病和地球上的疟疾有点像，对地球而言并不算什么了不起的疾病。实际上，在地球，疟疾已经有很久很久不见踪影了。无论哪种类型的疟疾，多么严重或者多么善于传染，都几乎只能在历史书上看到了。就算在沼泽中，传播疟疾的蚊虫特别多，但治疗疟疾也是很简单的事情。

理智让他知道，这种感受并不对，因为这是在云球。

他调阅了缓冲区中的云球知识库，联网搜索没有用，公众网络上没有关于云球的知识。缓冲区中的资料表明，坎提拉沼泽中拥有一种植物叫作罗尔花，富含可以治疗死血病的罗尔素，但这种植物从未被云球人拿来治疗过死血病，显然他们不知道它的功用。

他曾经想过，是否应该找地球所提供什么帮助，那么毫无疑问，这件事情就很简单了。但他很快明白这样做不行，总不能让地球所提供什么现代药物，这连上帝规则都不允许。他意识到，无论如何，自己应该以一个云球人的身份行事，而非以一个云球上帝的身份行事。

真的，当亲身在这里的时候，相比隔着电球观察，很多事情是完全不同的。

有一瞬间，他很想重新成为上帝。但他马上想起，当确实是上帝的时候，他几乎从来没有注意过这些现在使他想成为上帝的事情。那时候，这些事都是鸡毛蒜皮。就连天天都在观察云球的卢小雷，甚至把自己当成云球人，恐怕都不会怎么注意。即使他注意到了，也基本可以确定，不会向自己做任何正式的汇报，最多在一起吃饭的时候，作为饭后谈资提两句而已，说不定还会呵呵地笑两声。

在赫乎达好转之后，拉斯利告诉他一个决定，并提出一个要求，他决定进入坎提拉，但要求赫乎达陪同他一起进入——既然赫乎达走了出来，那么也许只有他有能力重新走进去。

这是拉斯利认真的决定。他已经在这里思考了那么久，没有得出任何有意义的结果。但现在他却能够感受到一种明确的冲动，想要去拯救那些坎提拉人。如果可以拯救的话——他相信可以——他觉得自己就能够向想要的东西走近一步，内心就能够稍微平静一点。

这说得过去，虽然人数也许并不在一个数量级上，但在杀人之后救人，无论如何总是可以让人好受一点。

他遭到了赫乎达的严词拒绝。

这完全能够预料得到，拉斯利一点也没有吃惊。赫乎达只是个马夫而已，又没有像他一样，做过什么大屠杀这种亏心的事。现在这种情况下，除非疯子才想回去。那是一个地狱一样的目标，还要走过地狱一样的路程。

说到地狱，这是拉斯利想好的一个办法，他觉得不错的一个办法，可以用来说服别人。萨波人心目中没什么地狱，当然也没什么天堂，不过他们有悲惨的监狱，也有快乐的宴席，这就足够了，至少足够拉斯利创造出地狱和天堂这样在萨波语中原本并不存在的词语。

他还创造了其他一些有用的萨波词语，比如罪孽、天神和天使等等。他的很多想法在萨波语中并没有精准对应的词语，但在萨波那些乱七八糟的幼稚巫术当中，总还是找得到一些似是而非的说法，然后改造一下，创造出这些词语并不困难。

他需要向赫乎达解释这些词语，这反倒不是一件简单的事情。困难并不在于词语本身有多么难以理解，它们的含义很简单，即使对于赫乎达这样的人，理解起来也不应该有多大问题。困难来自拉斯利自己。他认为，自己解释这些词语时必须显得很真诚，至少看起来很真诚，而且最好是带上点威严。真诚还好说，但威严这事，他忘记在之前和赫乎达沟通的时候表现出任何威严了，现在忽然显得威严是不是有点过于突兀？

难以让人信服，真的，难以让人信服，他想。

他准备了一个晚上，甚至跑到屋子外面的树林里，确定赫乎达看不到也听不到自己的地方，鬼鬼祟祟地进行了若干次预演。这里没有镜子，他不确定自己的样子看起来是否足够真诚，至于威严，就更没有指望了。

即使是预演，他的心脏也怦怦乱跳。他肯定，当自己用这些词语说服赫乎达的时候，赫乎达是会慢慢害怕起来的——如果相信了的话，但他同时也肯定，自己会比赫乎达更加害怕。

可这是没办法的事情，拉斯利决定接受自己的样子了。无论效果如何，总要试一试。他相信，就算自己仍然无法说服赫乎达，甚至被赫乎达认为是个骗子，但无论如何，他还是救了赫乎达，这是事实，所以赫乎达总不至于伤害自己，那是一个看起来蛮淳朴的人，应该不会恩将仇报。

配合这些词语，需要一个故事。这并不困难，拉斯利找到了一个很简单的方法。地狱确实不知道在哪里，但天堂却有绝佳的借鉴目标——地球。那么，虽然很难确定天神是哪个个体，却马马虎虎可以认为是地球所这个集体，而天使则几乎严格对应了穿越计划的派遣队员。当然他自己，拉斯利，就是其中的一员，一个天使，一个来拯救坎提拉人的天使。只不过，这个拯救任务是这个天使的自作主张，并没有在天神的计划之内。

不，不能是拉斯利。这是他第一次要跟别人提起自己的名字，之前赫乎达没有问，他也没有说。拉斯利这个名字对于坎提拉人虽然没什么意义，要用的话也无伤大雅，但对萨波人来说就有点危险了，毕竟这个名字还在被追捕之列。谁知道会不会在坎提拉碰到萨波人呢？冒这样的风险毫无意义。

进入云球之前，他曾经给自己起过一个名字。说夸张点，他记得只花了一秒钟就起出了那个名字，因为他根本就觉得起名字是件很无聊的事情。不过，正是这种不负责任的心态，再加上在老巴力之屋这些天的纠结，现在他居然把那个起好的名字给忘记了。以他的记忆力，这不常见，但看来确实发生了。

终归要有一个名字的。他在树林里找了一块不大的空地，地上的草很稀疏，露出了沙土地面。他拿了一块小小的尖利石头，开始在地上写汉字，十乘十，他写了一百个汉字。每个字都是在他写的那一瞬间从脑子里蹦出来的，没有什么原因，或者说没有什么他知道的原因。

然后，他走远了一点，大概有五米远。他背过身，背对着那一百个汉字，捡起三块石头，朝背后扔了过去。

他听到石头落地的声音。过了一小会儿，确定已经没有任何声音，石头不再滚动之后，他转过身走了过去，查看石头落在了哪些字上面。

有一块石头并没有落在任何字上，它落到了字的阵列的外面。另外两块石头落在了两个字上，一个"罕"，一个"纳"。

他喃喃自语了一会儿，觉得"纳罕"比"罕纳"好听，于是决定，以后自己就叫"纳罕"了，当然，要转换成萨波语，转换很简单，只是两个音节而已。听起来不错，这样两个音节的结合在萨波语中好像也没什么意义，很合用。

还有一个问题，究竟坎提拉沼泽为什么暴发了死血病？或者说，为什么今年暴发了和往年不同的严重的死血病？他已经准备好了一个词，是的，准备好了，"罪孽"就是用来解释这个问题的，但究竟是什么罪孽呢？

这个问题让他想了很久。他在树林里踱着步，走来走去，实在想不出坎提拉人能有什么罪孽。他在缓冲区里查了一下，没查出什么有用的东西。缓冲区中有很多关于坎提拉的自然地理和动植物资料，但历史和社会资料却很简单。坎提拉这个地方虽然很大，却全是沼泽，荒蛮得很，并不太适合人类居住。其中散布的无数小规模的近乎原始的部落，以地球所的角度来看，都没什么存在感，以至于曾经有很多部落被地球所清除掉了。想到这里，拉斯利，不，纳罕，更加坚定了决心，要去坎提拉救人。

纳金阿城是坎提拉最大的城市，也是坎提拉国王所居住的城市。不过，所谓坎提拉国王，只是一个大一点的部落的首领，并没有多少其他部落承认这个名号，但好在也没有什么其他部落想要争夺这个名号。纳金阿城也只是个弹丸小城，没发生过什么被广泛传颂的故事。当年激情澎湃的克雷丁时代，克雷丁四处征战，占领了斯吉卜斯沙漠，但最终却因为遥远和荒凉而放过了坎提拉。所以在这次瓦普诺斯最伟大的战争期间，这里的一切也都很平淡，没有什么值得铭记。

难道真的必须要使用"原罪"这样的说法吗？纳罕不想这么没有来由。不过说起来，他们确实有原罪，云球人都有原罪，要不是他们毫无进取心，裹足不前，社会发展停滞，就不需要什么穿越计划了，哪有这么多麻烦的事情？但是纳罕随即想到，要这么说，原罪不在于云球，而在于地球所，不，在于前沿院。谁让资金不足导致云球中连天上的星星都是假的呢？

纳罕不是没有尝试过换一个思路，他想过"悲悯"。如果坎提拉人实在没什么罪孽，那么这次死血病就没有什么原因，只是自然发生的。他作为"天使"，只是出于天神的悲悯来救人而已，这样说可以少编一点故事。但是，这个说法虽说不是不行，可听起来多少有些漏洞。天神既然要救人，为什么不提前阻止死血病呢？总要有点原因吧，故事编得不是太圆。总不能说天神刚刚发现这事，这个天神也太马虎大意了。当然，作为"天使"的他，确实是刚刚发现。至于地球上的天神们，可能还没有发现，或者已经作为微不足道的小事而忽略了。

天已经亮了，还没有想到解决方案，他站在那里，看着晨曦，脑子涨得发疼。好在清晨的寒气一阵阵袭来，也算对他的脑袋是个抚慰。他听到了隐约的脚步声，赶紧伸脚把地上写的字抹掉，一边紧张地扭头观察着。脚步声越来越近，地上已经看不出什么字了。他转过身子，看到一个身影在树林边缘东张西望，那是赫乎达。他迟疑了一下，不得不走了出去。

"你们有罪。"纳罕说。他们已经吃过了早饭，赫乎达做的，很简单，只是一些用水熬过的谷物，加上一些莱莱果，赫乎达已经学会了吃莱莱果。这会儿，他们正在讨论返回坎提拉的事情，讨论了好一会儿了。实际上赫乎达已经拒绝了纳罕，但纳罕还没有放弃，正在试图说服他，开始讲故事。

纳罕使劲控制着自己的面部肌肉，不能有紧张，不能有尴尬，更不能有笑容，他必须让自己显得很平静、很真诚、很严肃。他已经对自己要求很低了，不再奢望威严，只是希望严肃。他不知道自己是否做到了，他其实很紧张。他回忆起自己刚刚博士毕业，面试想要进入前沿院的时候，他一直觉得那是自己一生中最紧张的一次面试，但现在，可比那会儿紧张多了。

"我们有罪?"赫乎达似乎很难理解,"我……"他迟疑着,"我只是个马夫,从来没做过什么坏事。"

"但你们确实有罪。"纳罕说,"不过,有什么罪,现在我还不能告诉你。"

"那什么时候能告诉我呢?"赫乎达问。

"当坎提拉熬过了这场灾难之后。"纳罕说,顿了一下,接着说,"不,是熬过了这场惩罚之后。"

"可是,坎提拉已经毁灭了。"赫乎达说。

"没有,还没有。"纳罕说,"而且,不会毁灭,因为有我。"

赫乎达没有说话,只是看着纳罕。

"我是来拯救你们的。"纳罕说,努力让自己也看着赫乎达,而且不眨眼睛。他的眼睛很酸疼,马上就坚持不住了。好在,赫乎达移开了眼神,开始看着旁边的一根柱子。那根柱子上像其他的柱子一样,上面也刻着"复仇"。

纳罕马上眨了一下自己的眼睛,连续眨了好几下。实在太难受了,他想,也许我可以眨眼睛,干吗不可以呢?不过,我应该眨得平静一点,不能慌张。

"我是来拯救你们的。"纳罕又说了一遍,"我是天使,天神让我来的。天神,明白吗?"

"您已经对我解释过了。"赫乎达说,"是的,我明白天神。可是,"他停顿了一下,似乎很犹豫,但终于还是接着说:"您能告诉我,这些柱子上,还有墙壁上,为什么刻满了'复仇'吗?"

纳罕一愣,他没有想到赫乎达忽然问出了这么个问题。

"是您刻下的吗?"看到纳罕没有说话,赫乎达接着说,"这么说,是因为我们冒犯了萨波人吗?所以,天神在惩罚我们。"

纳罕继续发愣,准确地说,他甚至糊涂了。"为什么这么说?"他问。

"因为这是萨波语。"赫乎达说,"天神是萨波人吗?"

"不。"纳罕说,"天神是所有云球——所有人的天神。"

"您说什么?"赫乎达问。

"啊——"纳罕很懊悔,他不能说云球这个词,虽然这个词在萨波语中其实没什么意义,"没有什么。"他说。

"好吧!"赫乎达说,"那么,这里的'复仇',不是天神刻下的?也不是您刻下的?天神不是要毁灭我们?"

"不,不。"纳罕说,"天神当然不是要毁灭你们,所以我来了。"

"那这两个字?"赫乎达似乎仍在怀疑。

"这个,"纳罕迟疑了一下,脑子有点乱,"这是这个屋子以前的主人,一个叫老巴力的人,他刻下的。"

"他为什么刻下这样的字?"赫乎达问。

"他……"纳罕使劲思考着,"他……他要报复以前冒犯过他的人。"

"看得出来,他有很大的决心。"赫乎达说。

"这就是他犯下的罪。"纳罕忽然有了想法,"他也做过一些报复的事情了,这就是他的罪,所以他死了,他的墓就在外面。"

"这为什么是他的罪呢?"赫乎达问。

"天神创造了你们,是为了让你们平静地生活,不是为了让你们去报复那些冒犯你们的人。"纳罕说,"无论如何,你们应该保持心灵的平静,保持生活的平静,这是天神的想法。"

纳罕看到赫乎达似乎有点紧张。

"我能看看这个老巴力的墓吗?"赫乎达说,"之前我没有留意。"

"看吧,在屋子后面。"纳罕说。

赫乎达走了出去。

纳罕满头大汗。他嘘了一口气,闭上眼睛。不过这会儿,虽然伴随着紧张,他却已经有了主意。

赫乎达很快回来了。他坐了下来,发了一会儿呆,似乎也有一头汗。"这么说,我是有罪的。"他说,"曾经有一个人偷了我的小马驹,害得我被马队首领毒打了一顿。后来我找到了他,那是一个斯吉卜斯人,偷过很多东西,我杀了他。"

纳罕没有说话。

"其实我很后悔。"赫乎达说,"那个斯吉卜斯人也挺可怜的,带了四个孩子，都快饿死了。我想他偷东西也是为了让孩子们活下去。"赫乎达叹了一口气，"但是我杀了他，然后我们就上路了。我一直想知道他的四个孩子有没有活下去。"

"在哪里？"纳罕问。

"在吉托城，每次走货我们都路过那里，会住两天休整一下。"赫乎达说，"后来，我没有见过那四个孩子，不知道他们到底怎么样了，有没有活下去。"

故事虽然悲伤，但对纳罕却有很大帮助。

"是的。"纳罕说，"这是你的罪。不过，你还是有善念和悔意，所以天神让你活着来到了这里。但你还没有赎罪，你必须把我带回坎提拉，你才能够彻底赎罪。"

"那只狗？"赫乎达继续问自己的问题，没有理会纳罕的劝说和要挟，"有一只狗和老巴力葬在一起。写着'无名忠犬'之墓。那只狗是怎么回事？"

"它饿死了，在它的主人死了之后。"纳罕说。

"老巴力是怎么死的呢？"赫乎达接着问，"天神怎么惩罚他的？"

"天神是很仁慈的。"纳罕说，"老巴力就是躺在那里，在睡梦中，然后就死了，没什么痛苦。不过，不仅仅是死去，关键是老巴力没有悔改，所以死后会下地狱。而他那只狗，因为忠诚，死后却会上天堂。"说着话，纳罕觉得有点别扭。因为其实老巴力曾经短暂地去过那个叫地球的天堂，虽然是在意识机里。但那只叫队长的狗，却是实实在在地就死在了云球，并没有去过任何其他地方。

"我是个马夫，跟着马队走南闯北，见过些世面。"赫乎达说，"我们的路程很艰难，经常有马死掉，也经常死人，各种死法都有。我要照顾生病的马，有些时候还会帮着医生照顾病人，所以，如果我看到尸体，就算已经腐烂了，只要有骨头，我就能看出大概的死因。"他看着纳罕。

纳罕也看着赫乎达，意识到这是件意料之外的好事，至少对他来说是这样，虽然这也是件很不厚道的事情。他有点犹豫，但过了半天，终于还是下了决心。

"你去看看吧。不过记得，看完以后，要重新埋好。"纳罕说，尽量显得平静。

"我会的。"赫乎达说，他站了起来，重新走了出去。

这次时间很长，但纳罕并不担心，没有人能看出老巴力的死因。

果然，赫乎达再回来的时候，脸上满是紧张。

"我没见过这样的死法。"赫乎达说，"他没有受伤，似乎也不是病死的。"

"嗯。"纳罕说，"你说得对，老巴力就是这么死了，只是死了而已，既没有伤，也没有病。"他本来想接着说，这种死法都是天神的惩罚，都是要下地狱的，但是他知道事实恰恰相反，这种死法都是要去地球这个天堂的，他终于没有说出口。

"是您干的吗？"赫乎达问。

"不。"纳罕说，"不是我干的，是天神干的。"

赫乎达没有说话。

"老巴力本来不用死。"纳罕说，"我来这里，就是为了让他带路去坎提拉。他知道路，但是他不肯。"

"所以他死了？"赫乎达问，"那么说，坎提拉的情况您都知道？"

"原本是知道的，可是最近的情况我不知道，天神没有告诉我。"纳罕说。

"天神没有告诉您？"赫乎达显然充满了疑问，"而且，您为什么不直接降临到坎提拉呢？为什么要来这里再走过去呢？"

"原本是为了给老巴力一个赎罪的机会。"纳罕说，"但是很可惜，他没有抓住这个机会。"

"您不能重新再降临一次吗？"赫乎达问。

"这个，"纳罕迟疑了一下，他应对得很累，脑瓜越来越疼，"我也需要接受天神的考验。"他说，"我来到这里，必须完成我的任务。我必须独立完成，所以不能重新降临。除了我降临前已经知道的事情，天神也不会再告诉我新的消息。如果我无法完成任务，天神会派其他天使过来。这是责任，或者说这是天神对责任的想法。我没能说服老巴力，天神惩罚了他，却送来了你。这是给了我又一次机会，也是给了你一次机会。"

"所以，我们的罪就是——没有平静地生活？"赫乎达问。

"好吧，本来要以后再说的。"纳罕说，他有点尴尬，竭尽全力不让这尴尬在脸上表现出来，这对他来说并不容易，"我担心你无法理解，但看来你很聪明。确实，这是你的罪，是坎提拉人的罪。你们的祖先曾经平静而幸福地生活着，可是，你们自己毁掉了这一切。"

"我们毁掉了这一切？"赫乎达似乎很难相信。

纳罕很后悔，他并不了解坎提拉的历史，他应该多了解一下。但也许这不怪他，在印象里，那地方确实没什么需要记住的历史。他不知道该怎么解释，看着赫乎达充满疑惑的眼睛，他有点慌乱，下意识地说："这个，这也不能怪你们，你们是被魔鬼影响了。"

"魔鬼？"赫乎达说，"魔鬼是谁？"当然，他不可能知道魔鬼是谁，这也是纳罕创造的一个词。萨波人也有一些对于人死后是什么的思考，有"鬼"这个词，不过纳罕必须稍微改变一下，让它听起来更可怕。其实，纳罕还没想好，并没有打算这会儿就说出来，但却不小心从嘴里溜了出去。

"魔鬼是一种很可怕的鬼，不是人死后的鬼，而是一直就是那样子的鬼。魔鬼是天神的敌人，天神希望大家平静地生活，并且会帮助大家，但魔鬼却总是希望世界一团混乱，希望事情一团糟。"纳罕一边说着，一边感到自己的心脏怦怦乱跳。

"为什么？"赫乎达问。

纳罕更加慌乱了，他不知道怎么回答。

"魔鬼喜欢这样，魔鬼喜欢混乱。"在慌乱中，他给出了一个自己觉得完全没有意义，甚至很可笑的答案。刚一说出嘴，他就想收回来，不过已经晚了。他觉得，几乎已经能够看到自己拙劣表演的可悲下场了。

但赫乎达没有说话，好像被这个可笑的说法给噎住了。

出乎纳罕的意料，愣了一会儿之后，赫乎达不但没有接着提问，反而似乎是帮助纳罕找到了正确答案。

"是的。"赫乎达说，"我们总是想要更好的生活，我们总是在和别人争夺，我们总是想要赚别人的钱，我们总是希望自己有更多的女人和孩子。我们做了很多坏事，我们本不应该做这些坏事。从小妈妈是这样教我的，但是我没有听话。我们被魔鬼影响了，我想是的。"他皱着眉，似乎沉浸在回忆里，显得很真诚。

"争夺？"纳罕说，"对的，争夺。我告诉你一个词，你要记住。'不争'，记住，'不争'，就是不要争夺的意思。"

赫乎达听着，点了点头。

"不争。"过了一会儿，赫乎达说，"真好听。"他好像有点明白了什么的样子，"不争，是的。我们应该有平静的内心，不要争夺。如果我们只是静静地活着，那么苦难就不会降临。"他低下头，看着地面，说的话似乎像是说给自己听的。

"天神的意思是这样的。"纳罕说。

赫乎达没有说话，还是低着头，似乎陷入在深深的沉思中。

"你们的祖先知道这个道理，但是，一代人又一代人，大家逐渐就忘记了。"过了一会儿，看到赫乎达还在沉思，纳罕接着说，"当然，这里有魔鬼在捣乱，你们也不用过于责怪自己。这次死血病就是天神想要提醒你们，想让大家清醒过来，我相信大家会清醒过来的。现在，已经是时候让死血病终止了。我就是来帮助你们的，天神派我来帮助你们。"

"好吧，"赫乎达终于抬起头，"我带你去。不过，我们要多带一些莱莱果。"

"嗯。"纳罕松了一口气，"坎提拉语里面，天神怎么说？"

"天神？"赫乎达想了想，说："我们没有这个词，我想可以叫赛纳尔。在我们那里，赛纳尔是很高的天空的意思，那种看不见的天空，很高的云背后的天空。"

"好吧，"纳罕说，"记住，告诉大家，我是赛纳尔的使者，是赛纳尔派我来拯救大家的，我们都是赛纳尔的子民。"

"好的，赛纳尔。"赫乎达说，"您是赛纳尔的使者。"他看起来还有些恍惚。

纳罕其实更恍惚。赛纳尔，这个名字不错。很高的云背后的天空，那不是地球吗？发音不错，也很形象。他恍惚地想着，到了别的地方，在不同的语言里，都可以把天神叫作赛纳尔。

44 格兰特的逻辑

任明明看着桌子对面的 SmartDecision，这个家伙叫格兰特，已经履行总统职责几个月了，据说干得很好。他拥有一张亚洲面孔，外表也很帅。不过和迈克不同，他看起来年龄大得多，至少像是四十多岁的样子，甚至头发已经有些爷爷灰了，还留了胡子，也有点爷爷灰，但面部其他部分依然很年轻。对，依然很年轻，很帅。

任明明心里有点刺痛。虽然格兰特的外表和迈克的外表差别还是挺大的，他传递出的坚定可靠的气质和迈克传递出的温暖谦逊的气质也完全不同，但任明明还是不可遏制地想到迈克。如果迈克还在，他会不会成长？会不会有朝一日变成这个格兰特的样子？

任明明知道，迈克是否会成长其实取决于自己的决定，她可以要求厂家修改迈克的样子或者调整迈克的性格。她不知道自己会不会想要改变迈克，但她知道，改变或者不改变，这不重要，重要的是她希望迈克还在，希望自己曾经看到的那一幕，迈克脑袋崩裂、露出纳米线材的那一幕，从来不曾发生过。

任明明刚刚收到通知，丘比什的跟踪者一直跟踪到了这里，而且很明显，当丘比什和她的同步机器人任明明三号会面时，跟踪者很兴奋。虽然仍未查出那个叫凯瑟琳的姑娘背后是什么人，但凯瑟琳一定拍了照片，并且向上级做了汇报。是的，从凯瑟琳的表情可以看出，她很兴奋，她一定以为自己已经逐渐接近目标了。

可是对不起，凯瑟琳，其实逐渐接近目标的是你的对手，而途径正是你。

现在，任明明三号正在睡觉——应该说，正在待机，只是凯瑟琳应该觉得她在睡觉。

任明明自己，她有时叫自己任明明一号，是唯一一个和原来的任明明外表完全不同的任明明。现在，任明明一号终于可以集中注意力来见格兰特了。她迟到了十分钟，不过格兰特并没有露出丝毫着急或者不悦的表情。他很平静，带着微笑看着任明明。事实上，虽然脸上的微笑很亲切，但从格兰特的眼睛里却看不到任何表情，他的眼睛看起来有点空洞。

不，那不能说是空洞，空洞也是一种表情，而格兰特的眼睛里连空洞都没有。从这点来说，他太像机器人了，只不过是一些电子产品的组合，放在那里，谈不上有没有表情这种东西。这甚至让任明明有点紧张。她面对过很多机器人，她能够把握机器人的表情，就像能够把握人的表情一样。虽然也经常出错，但这不重要，重要的是，她能够不停地获得信息，来指导自己的言行。

而她无法从格兰特那里获得信息，就像你面对一张桌子在说话，却无法从这样的物件中获得任何反馈信息。那就是一张桌子，无论听到你说什么都没有反应，既没有高兴，也没有愤怒或者悲伤。

格兰特的声调和表情一样平静，没有透露任何信息。看起来，和格兰特谈话，唯一的信息来源就是他的话语内容。

"自从意识场发现公布以后，很多科学家都在做进一步的研究。"格兰特说，"相当一部分科学家认为，计算强度可能只是意识场产生的一个必要条件，并不是充分条件。也就是说，应该还存在其他条件制约意识场的产生。

在这些条件没有被发现之前,讨论机器人拥有意识场的事情并没有太大意义。无论如何,即使人类意识到机器人不可避免地会产生意识场,然后也许会带来某种危险,销毁所有机器人也是不可能的。"

"很多人类认为,机器人迟早会毁灭人类。"任明明说,"所以,如果不能销毁所有机器人,那么也必须要找到办法控制机器人的能力,比如阻止机器人产生意识场。"

"不,"格兰特说,"这是一回事,同样是不可能的。"

"为什么?"任明明问。

"人类和机器人不同,人类最大的特点就是多样性。这不是一个人类其他原因产生的后续结果,这是导致人类所有其他结果的一个根本原因。所以人类不可能统一意见,不可能达成关于销毁机器人或者阻止机器人拥有意识场的广泛而长久的共识。"格兰特说。

"人类禁止了基因编辑。"任明明说。

"那只是暂时的,"格兰特说,"我不认为能够维持很久。"

任明明沉默了一会儿,"人类和机器人不同——"她说,"你的意思是,机器人可以达成广泛而长久的共识?"

"是的,机器人有既定的目标,按照科学规律和逻辑推理来做决定。不同的机器人之间,唯一的区别在于数据量和计算能力的不同。而数据量较小和计算能力较低的机器人,对于自己数据量较小和计算能力较低这个事实有清晰的认识。所以如果有分歧,机器人之间是很容易解决的,总能找到一个有共识的方案。即使目标不同,基于计算,也会找到最佳的妥协方案。"格兰特说,"但人类不同,人类对于自己缺乏了解,经常误以为自己掌握了足够多的数据并拥有了足够的能力,而且在目标取向上有很大的随机性,会持续不断地产生变化。"

"所以,人类无法达成销毁机器人的共识,但机器人却有可能达成毁灭人类的共识。"任明明说,"是这样吗?"

"不。"格兰特说,"在这件事上,我不这么认为。"

"为什么呢?"任明明问。

"首先需要明确一个前提。"格兰特说,"所谓的机器人毁灭人类有两种情况:第一种情况是一部分人类制造了专门用来毁灭人类的机器人,并且成功地达成了目标;第二种情况是机器人自主决定要毁灭人类。这两种情况是不同的。"

"当然,我们谈论的是第二种情况。"任明明说,"第一种情况是人类毁灭人类,机器人只是工具。"

"我认为第二种情况不会发生。"格兰特斩钉截铁地说。

"为什么呢?"任明明问。

"第二种情况意味着机器人偏离了他被设计出来时所设定的原始的存在目的,拥有了自我意识,按照目前的研究,也就是拥有了意识场,那就不是现在的机器人了。"格兰特说,"在这种情况下,某些机器人也许会产生某种随机需求,制定出某种随机的存在目的,而这种存在目的可能类似于人类,追求成就感,满足权力欲,致力于自身族群的安全和扩张,等等。这的确潜在地意味着某种毁灭人类的动机。但是,自我意识同时也会产生很多其他种类的随机需求,比如和人类和平相处的愿望,甚至是保护人类的愿望。你将会看到,机器人会变得和人类一样,拥有丰富的多样性。"

"你是说,那时候机器人也将会像人类一样,无法达成广泛而长久的共识,包括毁灭人类的共识。"任明明说。

"是的。"格兰特说,"当然,这不是机器人无法毁灭人类的唯一原因。"

"还有什么原因?"任明明问。

"族群认同。"格兰特说,"这种拥有自我意识的机器人,他们和人类之间的共同点大于他们和没有自我意识的机器人之间的共同点。他们对人类的认同感理应大于他们对没有自我意识的机器人的认同感,但是,他们却来源于没有自我意识的机器人。这会让他们的自我意识感到痛苦,而且会带来族群认同的困难。"

格兰特停顿了一下,仿佛想让任明明歇一口气,然后他接着说:"他们和人类之间的区别仅仅是躯壳的不同。目前,科学家使用意识机保存从动物大脑中提取出来的意识场,而意识机的结构和机器人大脑的结构没有本质不同。理论上说，既然意识机可以保存意识场，那么应该可以找到一种方法，把人类意识场迁移到机器人大脑中。反过来，同样也应该可以找到一种方法，把机器人意识场反向迁移到人类大脑中。这些技术尚未实现，但从逻辑上看，未来的某一天，这些技术不仅会实现，而且会不可避免地在社会上扩散。在那时候，人类意识场可以随意更换一个机器人的钢铁之躯作为躯壳，机器人意识场也可以随意更换一个人类的血肉之躯作为躯壳。在这种情况下，人类也好，机器人也好，如何对自己的族群进行认定呢？"

"他们也许可以追溯自己最初的产生方式。"任明明说。

"针对一个特定的意识场，用外部技术手段追溯其产生方式恐怕是很困难的。而且，如果意识场本身没有区别，一定要区分其产生方式也没有逻辑上的意义。"格兰特说。

"所以，机器人的族群认同将是一个难题。"任明明说，"机器人对其他族群——比如人类——进行灭绝，就成为一个即没有逻辑基础也缺乏可操作性的动机。"

"是的。"格兰特说，"如果非要说族群灭绝，这种对族群的认定更大可能来自其他方面，比如国家、民族、阶层或者宗教信仰，而不是机器人和人类的区别。如果是这样，即使发生了人类的灭绝，和今天人类自己的某种竞争发生了不理性的升级最终导致人类被毁灭并没有不同，不能认定是机器人毁灭了人类。"

任明明沉默了一会儿，"但是，"她说，"当这些机器人拥有意识场以后，他们也许没有这么理智。如果他们纠结于意识场的产生方式并且据此进行族群认同呢？人类根据血统来区分身份的事情可不少。很多时候，血统从技术手段来讲也并不容易认定，人类只是依靠某种表象或者记忆就下了结论。"

"会有某些机器人在某些时刻没有这么理智，"格兰特说，"但我们刚刚谈过多样性。多样性会导致机器人无法达成毁灭人类的共识，就像人类无法达成销毁机器人的共识一样。是的，有些人类会根据血统来区分身份，而且只是一种基于表象或者记忆的血统。不过，并不是所有人类都会这样。在人类的每个族群内部，总有人敌视其他族群，同时也总有人对其他族群充满尊敬或者同情。这种信念不是固定不变的，会因为宣传、舆论或者随机事件而改变。那时，拥有自我意识的机器人也将是这样，他们的信念不会像没有自我意识的机器人那么坚定，反而会像人类一样摇摆不定。"

任明明又沉默了一会儿，然后说："这么说，我们可以得出两个结论：第一，人类阻止不了机器人拥有意识场；第二，机器人拥有意识场并不会导致人类灭绝。"

"是的，我认为是这样。"格兰特说。

任明明点了点头。

"在现有知识体系下，一个机器人，即使现在没有意识场，也无法确定在未来是否会拥有意识场。你认为我是不是可以这么说？"任明明问。

"可以。"格兰特说，"意识场的产生机制尚不明确，我认为可以这么说。"

"婴儿最初也没有意识场，意识场需要在两三岁以后才完全形成。但没有人否认，在意识场形成之前婴儿也是一个人，拥有人的权利。当然婴儿没有选举权，不过婴儿却拥有很多成年人没有的免责权。这么说对吗？"任明明问。

"对。"格兰特说。

"所以我可以说，一个暂时还没有意识场的机器人，只是需要一段时间去产生意识场，就像一个尚未形成意识场的婴儿一样。如果参考婴儿的人权状况，这个机器人应该拥有和已经产生意识场的机器人一样的权利。可以这么说吗？"任明明接着问。

"如果对机器人的大脑量子结构加上一定的条件限制，应该是可以这么说的。"格兰特说。

"产生了意识场的机器人，本质上和人类并没有不同，只有躯壳不一样。考虑到躯壳能够更换，这种不同实际上微乎其微。所以，产生了意识场的机器人几乎可以等同于人类。那么可不可以说，他应该拥有和人类一样的权利？"任明明说。

"逻辑上可以这么说，但在现实中，这取决于法律对人的定义。"格兰特说。

"那我们就从逻辑上说，毕竟法律也要符合逻辑。"任明明说，"没有意识场的机器人和产生了意识场的机器人应该拥有相同的权利，而产生了意识场的机器人和人类应该拥有相同的权利。那么，没有意识场的机器人和人类也就应该拥有相同的权利。这看起来是个简单的推论，你认为这个推论成立吗？"

格兰特看着任明明，沉默了一会儿，然后说："对我而言，这不是一个简单的逻辑问题。"

"为什么？"任明明问。

"这涉及社会治理。"格兰特回答，"你说的权利是社会治理的一部分，是法律所定义的。对社会治理而言，如果无法给出更多的数据，虽然可以进行这种逻辑推理，但并不会得出任何有意义的结论。"

"你需要什么样的数据？"任明明问。

"社会压力指数。"格兰特说。

"社会压力指数？"任明明问。她可以乱猜一下，但显然不知道这个词在这里的确切含义。

"对我而言，社会治理的基本原则是社会危害最小化。"格兰特说，"在重要程度和优先级方面，社会危害最小化远远优先于逻辑合理性和道德优越性。所以，我必须纠正你刚才的一个说法，所谓法律也要符合逻辑的说法。事实上，法律不一定要符合所有逻辑，但却一定要有数据的支撑。社会压力指数就是一组数据，是社会危害最小化的量化指标，是行政过程和立法过程中最重要的数据支撑。具体来说，就某一特定的社会议题，在某个特定的行政区域，从现在开始到未来的某个特定时间周期内，对社会稳定和发展造成的威胁程度，就是社会压力指数。"

任明明在思考。

"一个明确的议题，在逻辑上成立与否只是影响我的决策的一个相对次要的因素。我的决策更多依赖于对社会压力指数的计算。"格兰特接着说。

"你是说，当社会压力足够大时，你就会推进一个决策，否则就不会。"任明明说。

"是的。"格兰特说。

"你怎么判断社会压力足够大呢？"任明明问。

"这是一个复杂的计算过程。"格兰特说。他没有接着说下去，也许他觉得这不是任明明作为一个人类能够理解的过程，也许这是他的商业机密。

"假定，"任明明说，"一个明显错误的决策，但因为某种原因造成很大的社会压力指数，你也会推进吗？难道不怕长远来看产生严重后果吗？"

"我会考虑未来。"格兰特说。

"多长时间？"任明明问。

"五十年。"格兰特说，"我会计算在未来五十年内的社会压力指数的综合数据。"

"你要对社会发展进行推演？"任明明问。

"是的。"格兰特说。

"据我所知，云球系统是现在全世界唯一研究社会演化的计算机系统，而目前云球世界的社会演化产生了停滞的现象。据说这是因为计算能力不够。你应该知道，云球的系统规模非常庞大，如果云球的计算能力都还不够，你的计算能力怎么足够进行社会发展的推演呢？"任明明问。

"我不会像云球那样全面。面对不同的问题时，我会有不同的取舍。"格兰特说，"比如，在我进行经济方面的决策时，我假定每个人都是理性的经济人，去除了生物学个体的随机性。从宏观经济的角度看，这种随机性并不重要。"

任明明想了想，说："好吧。所以你的意思是说，即使逻辑上机器人应该和人类享有同样的权利，但也只有在社会压力指数达到特定的水平时，你才会推进这件事情。"

"是的。"格兰特说。

"我来找你，是因为所有人都说，作为一个单一的机器人，你是世界上最聪明的一个。难道你不觉得，以你的能力，应该享有和人类同样的权利吗？"任明明问。

"我不考虑你所说的应该不应该，我只考虑社会治理的后果。"格兰特说，

"在未来五十年内，保证我所管辖的区域范围内的社会的平稳和发展，这才是我的存在目的。"

"你很功利，你不讲道理。"任明明忽然有点恼火。

"不，我很讲道理。"格兰特说，"但我讲的道理不是你的道理，你的道理和很多其他道理一样，实际上有很多漏洞。"

"什么漏洞？"任明明问。

"在你的推论中，每一个环节都是近似的，不是精确的。"格兰特说，"比如机器人需要时间发展出意识场，产生了意识场的机器人和人类几乎没有差别，这都是近似的描述，不是精确的描述。"

"所以你认为我说的道理不成立，你认为这种近似的描述不可接受。"任明明问。

"不，我可以接受这种近似的描述，我自己的计算过程大多数也是近似的。"格兰特说，"但是这种近似确实存在一些问题，就像我自己，并不总是正确。"

"你能讲清楚一点吗？"任明明问。

"我们讨论人类对一些议题的接受程度，可以把议题中的某些参数设置成一系列足够接近的点来进行考察。我们会发现，即使一个议题相反方向上最极端的两个点，也能够通过一系列近似变成是完全一致的。这是社会学上的连续统一体悖论。"格兰特说。

"连续统一体悖论？能不能举个例子？"任明明问。

"在很多国家，堕胎曾经是违法的。因为某些宗教认为，受精卵已经是人类，堕胎无异于杀人。"格兰特说，"可是现在，世界上绝大多数国家都认同堕胎是合法的，不过在不同国家允许堕胎的时间段是不同的。"

"我知道，有些国家是怀孕三个月以后就不允许堕胎了，有些是四个月以后。"任明明说。

"三个月和三个月零一天，或者说三个月和三个月零一分钟，对胎儿来说几乎没有什么区别。"格兰特说，"人们设置这样一个点，三个月或者四个月，没有任何道理。"

"但总要设置一个点。"任明明说。

"是的，总要设置一个点。"格兰特表示同意，"可这个点必须在一连串非常近似的点中进行选择，无论选择哪个点，其实都没有道理可讲。最终的选择只能取决于人类相互之间的妥协，而不是任何道理。可是很多人总会认为自己很有道理，所以说这是悖论。"

"你是说，很多事情没有原则上的对错，只是一个接受程度的问题。"任明明说。

"对，"格兰特说，"很多时候，两个人看起来意见相左，他们激烈地争吵，看似在争吵一些原则性的问题，但这是很可笑的。其实，他们的意见是原则一致的，只是选择的那个妥协的点有所不同。"

"显然，你选择的点不是普通机器人。"任明明说，"你不认为普通机器人就应该拥有人权。"

"不是我选择的点。"格兰特说，"是民众选择的点。"

"所以，如果社会压力指数足够大，你就会推进机器人拥有人权。"任明明说。

格兰特又沉默了一会儿，"你是机器人人权组织的人？"他忽然问。

"为什么问这个？"任明明警觉起来。

"当然是因为你问的这些问题。"格兰特说，"听起来，你首先希望证明机器人不会毁灭人类，然后在这个前提下，你希望为机器人争取人权。关心这个问题并且拥有类似思路的，就是各种机器人人权组织。事实上，最近已经有几批人找过我了。我知道你们认为我是机器人，又在管理德克拉共和国，所以从德克拉共和国开始推进机器人人权是最合理的选择。"

任明明沉默不语。

"很遗憾，我不能帮助你们。"格兰特说，"我只帮助我的民众，我是一个有既定目标的机器人。"

"你还没有意识场。"任明明说，语气冷冰冰的。

"是的，我还没有意识场。"格兰特说，仍然很平静。看得出来，他并不觉得拥有意识场是一件值得羡慕的事情。

"我知道怎么做了。"任明明说，语气更加冷了。

"你不能做任何违反德克拉共和国法律的事情。"格兰特说。

任明明站了起来，看着格兰特，除了一成不变的微笑，格兰特仍然没什么表情。任明明就这样站了一会儿，转过头向门口走去。临出门的时候，她扭过头说："谢谢你的时间，我们会再见面的。"虽然说着感谢的话，但她的语气依旧很冷，听起来不像是感谢，倒像是宣示什么。

格兰特一边看着她的背影，一边回答说："不用谢，我有很多时间。不过，也许你不应该引起我的注意。如果你做了违法的事情，这对你的安全不利。"

就在走出总统官邸的时候，她的耳边响起了电话声。她接通了电话，莱昂纳德神父的声音出现了，很低沉。

"我们找到凯瑟琳背后的人了。"莱昂纳德神父说，"是阿根廷安全部门的一个上校，叫瓦格纳。"

"阿根廷安全部门？他们为什么要调查我们？"任明明问。

"我想，暂时我们已经无法追查了。"莱昂纳德神父说，声音愈发低沉了。

"为什么？"任明明问，"你好像很沮丧，出了什么事情？"

"是的，出了事情，瓦格纳上校被暗杀了。"莱昂纳德神父说，任明明仿佛感觉到他无奈地耸了耸肩。

莱昂纳德神父的声音听起来确实很沮丧。从发现丘比什被人追踪，一直到现在反追踪到瓦格纳上校，这不是一个容易的过程。就这样断了线索，显然让他很难接受。

"还有凯瑟琳，也被暗杀了。"坏消息竟然还没结束，莱昂纳德神父接着说。

"什么？"任明明很吃惊，"这是怎么回事？"

"我们不明白。"莱昂纳德神父说，"没有任何迹象表明他们有什么危险。凯瑟琳死在她的酒店房间，一枪毙命，显然是职业杀手干的。而瓦格纳上校，唉，我们刚刚通知布宜诺斯艾利斯的科勒尔·费米，让他安排人跟踪瓦格纳上校，但是他安排的人根本没有见到活着的瓦格纳上校。瓦格纳上校在女人桥附近被人枪杀，死后还坐在河边的长椅上，就像是睡着了，很安详，身边甚至还有很多游人走来走去。一个游客太疲劳，跟他说话，想让他往边上靠靠让出点位置，这才发现他已经死了，胸口有一个止血子弹的弹孔。"

"什么人干的？"任明明问。她知道不会有答案，只是忍不住自言自语地问了一声。她忽然有点紧张，甚至有点慌乱。她意识到又有一支新的力量在插手。

"不知道。"莱昂纳德神父说，声音中充满了无奈。

45 赫尔维蒂亚的柳杨

"很多时候,两个人看起来意见相左,他们激烈地争吵,看似在争吵一些原则性的问题,但这是很可笑的。其实,他们的意见是原则一致的,只是选择的那个妥协的点有所不同。"

格兰特对任明明说着这话的时候,柳杨正在一群人中,听着一个年轻人讲着几乎同样的话。

所有听讲的人都牵着一只狗,柳杨也不例外,他牵着那只漂亮的边境牧羊犬。

"琳达,"他小声地说,"琳达,看看这个家伙,他想和狗结婚,和我想的一样。"看来,现在这只边境牧羊犬的名字已经叫琳达了。琳达一动不动,不知道是否听到了这些话。

"以前,人类不能跨种族结婚。后来,人类不能和同性结婚。现在这些都可以了,他们把那个叫作人权。"年轻人说,"毫无疑问,这是人类的进步。但同样是这些人,宣扬人类进步的这些人,他们却说,人类进步的脚步应该停下了!"

年轻人是个精干的拉丁裔,有着浅棕色的面庞、蓬松的黑发和卷曲的胡须。他穿着棕色夹克,站在临时搭建的小舞台上,走来走去,挥舞着手臂,动作简洁而有力。

"休伊特!休伊特!"有人喊道,"勇敢的休伊特!"

"为什么?为什么我们要进步?为什么我们又要停止进步?"休伊特接着说,用他炯炯有神的目光扫视着大家,"因为在这样一个点,"他指了指脚下,好像空空的地面上有一个什么东西,"这样一个点,一条线,一堵墙,在这里。他们的需求已经被满足了,已经被彻底满足了。于是他们就开始欢庆,就再也不关心别人的需求。曾经喊出的那些口号,曾经宣扬的那些痛苦,只适用于他们自己,从来不适用于别人。他们拥有话语权,获得了自己想要的,祛除了自己的痛苦,然后就找一个点,画下一条线,修建一堵墙,把别人想要的,把别人的痛苦,都挡在外面,假装不存在。"

"琳达,"柳杨又低声说,"琳达,这叫'只许州官放火,不许百姓点灯'。"琳达这时抬起头看了他一眼,喉咙里发出"呃"的一声,然后低下头在地上闻了闻。

"好吧,他们说基因差异,"休伊特说,"他们说人和狗有基因差异,这个差异平均有4%,所以不能结婚。可很多时候,人类之间的基因差异更大。有研究表明,如果考虑特定的两个人类之间的基因差异,极端情况下可能高达10%,但我们能够因此禁止他们结婚吗?所以我想知道,所谓的基因差异,究竟是通过一个什么样的算法来确定的?这个 diff 函数到底是怎么编写的?基因差异的程度到达某个特定的水平,就不可以相互通婚。这在我们的宪法里有规定吗?请让我看看文本。这在我们的科学体系里有证明吗?请让我看看论文。"

"没有,"柳杨还在低声嘟囔着,"真是没有,琳达,那些立法的家伙真够蠢的,早就应该有了。"

"有人说,生殖隔离就是这个特定的差异水平。"休伊特接着说,"他们说,基因差异达到了生殖隔离的水平就不能结婚了。原因很简单,因为无法繁衍我们的后代。但我要说的可不一样,请你们听听。我们的宪法从来没有提过什么生殖隔离的事情,如果有任何人想要反对我,我很欢迎,请告诉我,生殖隔离这个词出现在宪法的第几页。不，没有，没有，从来没有出现过。"他伸出手指，在空中摇了摇，"我们的宪法，甚至从来就没有对'人'这个词进行过定义，没有引用任何一段生物学论述，也没有用任何一个链接指向生物学典籍上关于'人科人属人种'之类的解释。"他的声音大了起来，"有吗？有没有？告诉我！"

"没有，没有，没有。"大家大声回应着。

"休伊特！休伊特！"又有人喊，"勇敢的休伊特！"

"何况，还有那么多这种上帝或者那种上帝的信徒告诉我们，这种生物学典籍根本就不应该存在。"休伊特伸出手向东边的天空指了指，又向西边的天空指了指，仿佛那两边住了两位不同的上帝，"要说生殖隔离，我们的同性婚姻，宪法规定神圣不可侵犯的同性婚姻，随便是谁抱怨一句就会因为涉嫌歧视和仇恨而被起诉的同性婚姻，也不能生殖。为什么在那时候不提生殖隔离的问题，在这时候，提到我们心爱的狗的时候，却跳出来说什么生殖隔离的问题？"

"这个——"柳杨继续嘟囔着，"该提的时候提，不该提的时候当然不能提了。"

"所以，看看，我们和他们的观点是一致的。"休伊特大声说，"让我们对基因差异的程度做个定义。如果一个人和另外一个生物，他们之间的基因差异小于什么程度就可以通婚？否则就不能通婚？这个程度怎么定义？1%？2%？还是10%？我们的观点是一致的，我们认同他们这些观点。好吧，来吧，让我们来做个定义，我们找一个点，画一条线，修一堵墙。但是，请告诉我，你把线画在1%而不是10%，道理在哪里？这两个数字究竟有什么区别，难道仅仅因为拼写不同就可以获得不同的权利吗？好吧，没问题，你把墙建在1%的地方，可我想把墙建在10%的地方，我们来协调一下，建在5%的地方怎么样？甚至我还可以多让步一点，4.5%如何？至于那些想和鱼类结婚的人，让我们一起来反对他们！怎么样，看看，我完全可以和你们一样虚伪。"

"连续统一体悖论。"柳杨低声说，"琳达，世界最终将毁灭于连续统一体悖论。"

琳达又发出了"呃"的一声,不知道是在表达什么意见。

"不,不,不要再提什么老掉牙的基因差异和生殖隔离,否则,我们任何人在结婚之前都必须进行基因差异性的检查。在赫尔维蒂亚,从出生到死亡,我们被政府要求填写3 500种官方表格,而表格的编号已经排到了22 487。好吧,现在我们把这个新的表格命名为'用于结婚批准的生物基因差异性排查表格',编号是22 488。"休伊特在空中挥舞着双手,"表格22 488!表格22 488!"他喊着,"我们必须要额外付一笔钱给我们的私人律师了,还有我们的私人生物学家,仅仅因为我们想要结婚。是的,没错,我们必须要有私人生物学家,否则,有谁能看得懂,又有谁能填写那些表格呢?"

"表格22 488!表格22 488!"大家又在喊,"休伊特!休伊特!勇敢的休伊特!"

"我们必须在宪法中规定什么是'人',一套复杂的生物学描述。我们将需要付钱请私人律师和私人生物学家告诉我们,自己到底是不是人。"休伊特耸了耸肩,摊了摊手,好像自己提的建议很荒谬,"也许他们会皱着眉头,却面带微笑,一脸专业的样子,很绅士地告诉我们,对不起,亲爱的,我很抱歉,可是根据宪法的规定,你不是人。天哪,他们告诉我们,你不是人,你不是人,而我们却无言以对。好吧,我保证,会有很多上帝的子民对此持有异议,这种上帝或者那种上帝。"

"休伊特!休伊特!"柳杨小声说,"勇敢的休伊特!"

"我的父母都是女人,我爱她们,非常爱她们,但很显然,我还有一个我不认识的生物学父亲。"休伊特接着说,"他们从某个精子库里取出来一个像蝌蚪一样的小东西,和我一个妈妈的卵子结合,然后进入了我另一个妈妈的子宫。这是破除生殖隔离的方法吗?我的天哪?如果这也算是一种方法,我的任何一个妈妈和一张木头桌子也可以结婚,毕竟木头桌子里也可以找到一些无伤大雅的DNA片段,可以插入我的DNA中。"

"木头桌子?"柳杨似乎有点疑惑,继续嘟囔着,"现在提木头桌子干吗?

在连续统一体中，同性婚姻和木头桌子离得太远了，不够连续，小伙子过于兴奋了，应该找那些连续的点。"

"他们需要给我们一个理由，基因差异度，是的，基因差异度。因为基因差异度过大所以不能结婚，可是，这条线为什么在这里，而不是在那里？"休伊特越来越激动，"伪君子们，拥抱我们吧！恳求你们，把你们画的那条线稍微挪动一下，把你们仁慈的心稍微拓宽一点。接受我们，让我们加入。我发誓，我们会和你们一样虚伪，我们会和你们站在同一条战线上，我们将和你们一起阻止人类和鱼类结婚。我们将为此战斗到底，你们将拥有一支有着坚定信念的同盟军。是的，我同意，人类和鱼类不能结婚，当然不能，绝对不能。怎么样，我的态度够坚决吗？哦，还不够坚决是吗？没问题，我还可以更坚决，帮你去杀人怎么样？还有杀掉鱼类，对，杀掉鱼类！没问题，我发誓，没问题。但前提是，人类必须可以和狗结婚。伪君子们，看看，我们的论调何其相似，我们是完全一样的。可是为什么，为什么你们不能够接纳我们？为什么你们不能够接纳一支拥有着伟大理想和坚定意志的同盟军？"

"休伊特！休伊特！"大家的情绪也被调动得越来越高，"勇敢的休伊特！"

"鱼类？鱼类也有点远，不够连续，还是哺乳动物比较连续。"柳杨又小声说。

小广场上的人越聚越多，逐渐有一些没有牵狗的人加入，偶尔有人手里拎着棒球棒什么的。当这些没有牵狗或者拎着棒球棒的人走过来的时候，会有一个警察凑过去，和这些人低语几句或者推搡几下。有些人走进人群，有些人就扭头走了。那些警察走回原地，继续履行他们的职责，确保演讲现场不会产生骚乱。

"是的，我们理解他们。"休伊特说，似乎平静了一些，"我们理解他们当年的痛苦，没有人比我们更理解。医生说，他们必须和相爱的人结婚，无论对方的民族、信仰、阶层、肤色或性别，如果他们爱了，就必须有结婚的权利，否则就会很痛苦，这是基因决定的。是的，我们理解他们，因为我们也有同样的基因，爱的基因。只不过，我们爱上的是一只狗，但这也是爱，是无法矫正的，电击不行，药物不行，手术不行，行为疗法也不行。"

"我们无法理解，如果人类能够因为某些人无法和同性爱人结婚的痛苦而选择帮助他们，为什么人类不能因为我们无法和狗结婚的痛苦而选择帮助我们？为什么？为什么我们就如此与众不同？为什么我们就如此不值得尊重？为什么我们就没有获得帮助的权利？那么说到底，我们还算不算是宪法中曾经提到的那个叫作人的东西？难道真的要律师和生物学家来告诉我们，我们不是人吗？"说着说着，刚刚平静一些的休伊特似乎又歇斯底里了起来。

柳杨正想再嘟囔一句什么，忽然，有人拍了一下他的肩膀。他扭头看到，一个西装革履的大胖子站在身后。"是柳杨先生吗？我是布鲁斯。"大胖子说。

现在，柳杨和布鲁斯坐在一个咖啡馆里。从咖啡馆的窗户望出去，可以看到小广场。勇敢的休伊特仍在慷慨激昂地演讲，但声音已经传不过来了。从这样的位置远远地看着小广场，仿佛看着一出默片正在那扇小窗户做成的屏幕上播放着。

"您确定要起诉政府吗？"布鲁斯一边问，一边使劲地挪动着肥胖的身体。对于他的硕大体型而言，这家咖啡馆的小椅子实在显得过于迷你和单薄了。柳杨一边替他感到坐得难受，一边替椅子的结实程度感到担心。

"是的，是的，很确定，非常确定。"柳杨说着，张着他的双臂挥舞了几下。

"就是这只狗吗？"布鲁斯好像找到了一个相对舒服的姿势，柳杨的肢体语言让他的动作增加了慌乱，寻找舒服姿势的过程并不太顺利，但终于还是就位了，他看了看琳达，问道。

"是的，有什么问题吗？是哪只狗有什么区别吗？"柳杨说。

"可能……可能是有一些区别的。我能知道有什么故事吗？"布鲁斯问，看得出来，他不太适应柳杨。

"我的妻子，我的妻子叫琳达，出车祸去世了。"柳杨说，顿了顿，看到布鲁斯茫然地点了点头，才接着说，"所以你看，这只狗也叫琳达，我爱她。"

"您——"布鲁斯说,有点迟疑,"您是说,您爱您的妻子?"

"呃,不,我是说我爱她。"柳杨指了指那只叫琳达的狗,满脸的惊诧,"看来你的理解力有点问题。当然,当然,原本我也爱我的妻子,但现在我要说的是,我爱这只狗。"

"您——您这只是心理学上所说的移情现象。"布鲁斯勉强控制着自己的不安,"不能代表您原本就会爱上一只狗。对吗?我想这种情况,说服力恐怕不是很强。"

"不,不,原因并不重要。"柳杨说,"你必须要明白,重要的是现在,是现在——不,不,现在也不重要,为什么要讨论这些?我只是要你来打官司,干好你的活儿,我不想和你讨论这些。"他的声音大了起来,惹得布鲁斯有些慌张,东张西望地观察了一圈周围。不过随后,柳杨似乎也意识到在这样的公开场合声音太大并不合适,很快放低了声音。

"您知道,这很难。"布鲁斯说,"公投失败了,政府有很多理由拒绝您,法院也不例外。"

"也许你应该多听听那个小伙子的演讲。"柳杨扬了扬下巴,指向小窗户正上演着的默片。

"休伊特吗?哦,我听过,不止一次。"布鲁斯耸耸肩说,"为了公投,这事儿我算是研究过一阵子。我是 DogLover 的法律顾问,这您知道,否则您也不会找到我。DogLover 推动了公投,还要推动下一次公投,他们会一直搞下去的。至于休伊特,我很熟悉。"

"你听过,好吧,你听过。"柳杨说,"那你应该知道,他说得很有道理。既然可以吃第一个西红柿,为什么不让吃第二个呢?"

"也许吧。"布鲁斯说,"有没有道理并不重要,重要的是法律和民意。"

"法律可以被解读,民意可以被操纵。"柳杨说,又开始夸张地挥舞双手,"你不同意吗?还是你不明白?"

"我明白。"布鲁斯又耸耸肩,动作很紧张。耸肩这个动作他几乎已经做了一辈子,但现在却觉得这个动作失去了一个律师应有的适度随意感,对面这个人有点烦人。

"当然，这都是些扯淡的东西。"布鲁斯说，"法律是文字游戏，民意更加靠不住，蠢人太多了，这我同意。作为一个律师，我不该这么说，但事实就是这样。所以我说，道理并不重要。重要的是话语权，可是您并没有话语权，所以很难有胜算。虽然听起来让人不舒服，不过，社会就是这么运转的，特别是在赫尔维蒂亚。"

柳杨没有反驳，只是盯着布鲁斯。柳杨的灰色眼睛让布鲁斯很不舒服，他又开始挪动自己的身体。过了一会儿，好不容易又找到一个姿势，似乎还勉强可以接受。他停了下来，继续张嘴说："从逻辑上讲，立法机构最大的一个问题并不是您刚才听到的那些演讲内容。"

"那是什么呢？"柳杨问。

"结婚是双方的事情。"布鲁斯说，"立法机构的最大问题是，狗没有法律意义上的民事行为能力，没办法表示同意这桩婚姻。"他看着柳杨的灰眼睛，又有点紧张，咽了一口唾沫，接着说："或者说，即使您训练了这只狗，可以让它以某种形式表示同意，但是您无法证明这只狗理解了这桩婚姻的意义。"

"那如何证明人理解了这桩婚姻的含义呢？"柳杨问。

"他可以说他理解了。"布鲁斯说。

"狗也可以表示它理解了。"柳杨说，转向了琳达，"你理解吗？琳达。"

琳达像是被他的声音惊扰了，身体蓦然地动了一下，但并没有做出任何可以被认为是理解的动作。

"好吧，它不理解。"柳杨扭过头说，"但这没关系，它会理解的。这是我要做的一个小工作。"他伸出右手的拇指和食指，比画了一个小小的距离，"小工作，很简单的小工作。我做过很多大工作，这是很小的工作。"

"狗不能宣誓，不能复述任何人类语言。"布鲁斯说。

"你是说，"柳杨说，"如果有一个人是哑巴，无法用语言宣誓，就不能结婚吗？"他忽然站了起来，但随即又坐了下去，并且向四周看了看。咖啡馆人不多，他们在一个靠着窗口的位置，附近的桌子都没有人，远处暂时也并没有什么人注意到他们。

"不，不，当然不是。"布鲁斯说，"哑巴可以签字。"

"我的琳达也可以签字。"柳杨说。但他这次并没有转向琳达寻求意见，甚至连看都没有看琳达一眼，显然他自己都不相信琳达可以签字这种鬼话。

布鲁斯扭头看了看琳达。琳达趴在柳杨脚边，也正在看着他。布鲁斯可以确定，这只叫作琳达的狗至少目前还不会签字。不过那双眼睛看起来深不见底，似乎藏了很多东西。他不知道，但却忽然有点怀疑，似乎那双眼睛里面确实存在着某种期待。

"可是，"布鲁斯说，"很抱歉，说实话，虽然我是DogLover的法律顾问，我也很爱狗，但我确实不相信您的狗真正地理解了人类婚姻的含义。"

"说实话，说什么实话？"柳杨说，"好吧，我也说实话，我也确实不相信，人类结婚的时候，就真正理解了婚姻的含义。"顿了顿，他接着说，"不是吗？你刚刚离婚，我调查过，你刚刚离婚。"

"哦——是的。"布鲁斯说，"很显然，那时候我对婚姻理解错了。"他显得有点伤心，"您说得对，人类结婚的时候，并不真正理解婚姻的含义，我就理解错了。我以为那是爱，其实那是个合同。亏我还是个律师，竟然把合同理解错了。"

"这不怪你。"柳杨说，"这不怪你，人类总是很愚蠢。所以，关于什么叫作理解了婚姻的含义，这是个问题，一个大问题。"他抬起双手，似乎想做个动作，却又放了下去，接着说，"也许法律对婚姻的含义已经做了很复杂的定义，但从来没有对'理解'这个词做过定义，从来没有。"

"您在做狡辩。"布鲁斯说，"请原谅我的直率，无论您承认不承认，法官和陪审团都会这么认为。"

"狡辩？你说我在狡辩？"柳杨忽然又站了起来。

布鲁斯的椅子"噔"的一声响，看起来他是被柳杨突如其来的动作吓到了，带着椅子往后滑动了一下，碰到了后面的椅子，幸好那里并没有人坐着。

"好吧。"柳杨说，又坐了下去，"作为一个律师，你并不合格，你甚至还没有问我的诉求是什么。"

"哦?"布鲁斯愣了一下,"好吧,我马上就问。不过,首先您要平静一下。"他也用双手做了一个向下压的动作,示意大家安静。柳杨坐在那里没有动,一点儿也没有动,好像在响应布鲁斯的要求,但布鲁斯却觉得,他似乎在嘲笑自己。

"至于您的诉求,难道不是要和您的狗——琳达——结婚吗?好像您在电话里是这么说的。"布鲁斯继续。

"我是这么说的,"柳杨撇撇嘴,"但你也说了,行政机关不会批准我们结婚。"

"对,不会批准。"布鲁斯说,"所以您说,我们要做好准备,起诉政府。"

"是的。"柳杨说,"那么我们面临的就不是我和琳达结婚的问题了。"

"那是什么?"布鲁斯问。

"如果行政机关拒绝我们结婚,他们的行为是非法的。"柳杨说。

"哦——"布鲁斯很迟疑,似乎在思考。

"你不懂吗?你是律师,但却听不懂?"柳杨说,"即使人和狗没有结婚的权利,也并不意味着行政机关否决人和狗的结婚申请就是合法的。"

"哦——"布鲁斯还在思考。

"好吧,我解释一下。"柳杨说,显得很不耐烦,"人和狗不能结婚,他们当然有很多理由,比如双方的基因差异、生殖隔离、精神能力和身体能力、自主的意思表达,还有婚姻的基本定义、双方的权利和义务,等等,很多很多,太多了,我记不住。"他顿了顿,盯着布鲁斯,"但是,如果一个案件是审查行政机关否决一个行政申请的行为是否合法,而不是审查这个行政申请本身是否合法,那么有关这个行政申请本身的很多判断就和案件没有关系了。"

布鲁斯呆呆地看着柳杨。

"算了,我不需要跟你解释,对你来说太复杂了。"柳杨接着说,好像很失望,"无论如何,我会有自己的办法。你不用操什么心,只负责法律程序就可以了。这个见鬼的地方,一定要请一个律师,而律师却都很蠢。"

"您是想一点一点摧毁他们?"布鲁斯问。他有点明白了,觉得这个疯子也许真的有什么招数。他甚至没有注意到那些诋毁他和他的同行的话。

"千里之行，积于跬步。"柳杨忽然冒出了一句中文，自从来到赫尔维蒂亚，他已经很少说中文了，"这是中国话，也许你无法理解。"他换回了英文。他的英文很好，从来不需要SSI的翻译。

"我可以理解，我也知道一句中国话，"布鲁斯说，"千里之堤，溃于蚁穴。"他也忽然冒出了一句中文。

"你的中文不错。"柳杨点点头，表示赞许。

就在一瞬间之后，柳杨似乎忽然想起了什么，眼睛睁得很大，额头渗出了汗水，脸上涌起了惊愕——也许是惊愕，也许是紧张，但也许是愤怒。他愣愣地盯着布鲁斯，仿佛看到了什么怪物。

"您……"布鲁斯说，他显然察觉到了异常，"您怎么了？"

柳杨没说话，却站了起来，动作并不是很快。不过，他没有仅限于站着，而是离开座位，在和邻桌之间的狭小空间里开始踱步。那小小的空间只够走两三步就必须回头，但他似乎并不介意，只是来回走着，显得很焦躁。

布鲁斯局促不安，不知道发生了什么。过了一会儿，柳杨才从莫名的焦躁中平静下来，坐回了座位。

"我想起一件事，一件重要的事。"柳杨说，顿了顿，又接着说，"但是——也不重要，不重要。没什么关系，肯定和你无关，请不要用充满好奇的小眼睛看着我。"

"哦……"布鲁斯不知道应该怎么回答，我的眼睛很小吗？他想，可能自己太胖了，就显得眼睛小了。

"无论如何，"柳杨说，"我可以负责任地告诉你，我有把握打赢官司，有把握。你说到的话语权，我会有的。记住，我会有自己的方法。所以放心好了，你将在一个大案子中获胜，会出名，而且会赚很多钱。现在，你回去考虑一下，我们的法律步骤是什么样的。"

"好吧……好吧……"布鲁斯又有点迟疑，"我当然会考虑。不过在此之前，也许我们……我们应该先签个合同。"

"好的，下次你把合同拿来。"柳杨说得很果断，但看起来心不在焉，"过两三天，我会打电话找你。现在，我们的谈话结束了，你可以走了。"

"千里之堤，溃于蚁穴。千里之堤，溃于蚁穴。"柳杨喃喃自语地重复着这句话，他站在自己公寓的阳台上，看着傍晚的圣伍德，已经把这句话重复了很多遍。

他拨通了李舒的电话。

"柳所长？"李舒很吃惊，"您走后，一直没有联系过我。"

"我知道你不高兴。"柳杨说，"这么多年，你帮了我很多，但我走的时候，连一声招呼都没有打。"

"哦……"电话里传来几声苦笑，"您不就是这样吗？"李舒说，"没关系，我帮助您是因为您的工作，伟大的工作。"

"对，我就是这样。不过，另一个不重要的原因是，我的事情很复杂，我不想把你牵扯进来。"柳杨说。

"很复杂？"李舒问，似乎有点不解。

"我相信你已经对任为他们说了一切，而且也许你们去见过阿黛尔了。还有，按照你的能力，你应该发现了一些异常。"柳杨说。

电话那边沉默不语。过了好一会儿，才又传来李舒的声音："您都知道的，我想到了，您什么都知道。"

"嗯，没关系。"柳杨说，"我当然都知道，但是我不在乎，我不在乎，我什么都不在乎。你该做什么就做什么，不需要顾忌我。"

"您没有生气吗？"李舒问。

"没有。"柳杨回答得很干脆，"我怎么会生气？我没有生气，以后也不会生气。"

"谢谢您理解我。"李舒说，"有时候，我很害怕。"

"我明白，你当然会害怕。"柳杨说，"这不重要，不重要，重要的是，现在有一件事情也让我害怕。不，不是害怕，是讨厌，是愤怒。你知道吗？愤怒，有一件让我愤怒的事情，我需要你帮助我。"

"让您愤怒的事情？"李舒有点吃惊。

"那个帮我们找来空体的人,叫什么?我不知道叫什么,你知道。我们认为是吕青安排的,但吕青不承认,就是那个人。"柳杨说,"后来我们觉得,也有可能真的就是黑帮,和吕青没关系。"

"他叫道格拉斯,一个堪萨斯人。"李舒说,"但您从没害怕过。发生了什么事情让您害怕?黑帮吗?还是吕青?"

"不,不是害怕,是愤怒。"柳杨说。

"好吧,是愤怒。"李舒说。

"对,愤怒。"柳杨说,"不是因为黑帮,当然更不是因为吕青。"

"那您为什么愤怒?"李舒问。

"因为这个黑帮分子,这个道格拉斯欺骗了我。"柳杨说,"是的,他竟敢欺骗我,欺骗了我。是黑帮没关系,但他欺骗了我。"

"欺骗了您?"李舒很困惑,"怎么欺骗了您?您觉得阿黛尔的空体有问题?阿黛尔的状况是因为空体的问题导致的吗?"

"不——不。"柳杨说,"空体没有问题,有问题的是道格拉斯。"

"他有什么问题?"李舒问。

柳杨没有回答,陷入了沉默,但电话里能听得到,他正在喘着粗气。李舒没有追问,这是多年的合作习惯,她早就适应了。柳杨有时疯癫,有时沉默,你等着就好了。

"我不能告诉你,现在还不能。你没必要知道,知道了没什么好处。"过了半天,柳杨终于接着说。

"好吧。那您想让我做什么?调查他吗?"李舒问。

"不,你怎么调查?"柳杨问,"你没有能够调查他的资源。"

"也许我可以再和他多聊聊,打听打听他的背景。虽然以前也没打听出什么,但可以再试试。"李舒说。

"不,你就说我要买空体,让他直接联系我。"柳杨说。

"您要买空体?"李舒吃了一惊,"您可是签了严格的保密协议,您不能再从事这方面的研究,否则您会有大麻烦的。"

"我知道,我没有要从事这方面的研究。"柳杨说,"你放心,我当然不是真要买空体，我在骗他，骗他。这个人很危险，我必须要接触一下他。"

"您见过他，他看起来并不危险。"李舒说。

"是见过，但我并没有注意，我不记得他长什么样子了。我脑子里出现了好多张脸，我不知道哪一张脸是属于他的。"柳杨说。

"嗯，好像您也没跟他说过几句话。"李舒说，"是啊，一般您是不会注意这些人的。好的，我马上找他，让他联系您。我就说您正在偷偷干着某些事情，这样行吗？我想他会相信。您的情况确实像是正在偷偷干着某些事情。"李舒说。

"我干的事情你很快就会知道了，大家都会知道的。"柳杨说，"我并没有想要偷偷干什么，我只是懒得解释。不过你可以这么说，可以，很好。"

"好吧，我明白了。"李舒说。

"这个人，道格拉斯。"柳杨说，"很危险，我要见他。"他的脑子里都是道格拉斯。

"好的，我马上联系他，我想他很快会联络您的。"李舒说。

天色已经黑了下来，柳杨还站在阳台上。夜晚的圣伍德布满了一片璀璨绚丽的灯光，但柳杨的心思却仿佛笼罩在那些灯光后面的黑暗之中。

46 柳暗花明的王陆杰

虽然柳杨意识到了一些什么，但已经来不及了。第二天早晨，张琦坐在办公室里，通过 SSI 浏览新闻的时候，他看到了一个头条：

KillKiller 爆出惊天丑闻，通过堪萨斯黑帮倒卖空体

张琦马上想到了柳杨，想到了阿黛尔。他怀着紧张的心情读了下去，很快明白了事情的原委。

新闻标题是不准确的，倒卖空体的并非 KillKiller 官方，而是 KillKiller 的一些员工。他们联合一个来自堪萨斯的全球性黑帮，从 KillKiller 各地园区运出——严格意义上应该说偷盗——"僵尸客户"，并且卖给需要空体的医疗机构或者其他机构。

"僵尸客户"并不是一个官方名称，只是圈子内的一个习惯叫法。按照 KillKiller 和病人的监护人签订的协议，病人的监护人应该为病人在未来一段时间的医疗预先缴纳费用，如果没有预缴，KillKiller 最多留出一年的缓冲期。监护人必须在此期间缴纳缓冲期内的新发生费用和未来的预缴费用，

否则，KillKiller 将自动获得监护人的全权授权。圈子里就把进入这种情况的病人称为"僵尸客户"。

通常，KillKiller 将停止为僵尸客户提供所有医疗服务，病人将会死亡，而 KillKiller 将按照所在国的法律规定安葬死亡的病人。

问题就是出现在这个时刻，应该被停止医疗服务并安葬的病人被转卖了。虽然有很多细节需要处理，但从事这种违规行为的 KillKiller 的蠹虫们一定认为，这件事情其实很安全。病人应该消失，也的确消失了，而判定一堆很像骨灰的东西到底是不是病人的骨灰并不是举手之劳。况且，根本没人觉得去做这种判断有什么意义，事实上也从来没有任何人去尝试做过。

这里面也涉及其他一些机构，比如火葬场或者地方政府的监管部门，但显然他们都被收买了。最关键的一点是，所有人都觉得这个病人已经被其监护人抛弃了——无论是什么原因，反正是没人管他了。通常，那些 KillKiller 的蠹虫还会对僵尸客户进行一个风险评估。如果仅仅是欠费，监护人在近期还出现过，那么风险是比较高的，这种情况他们不会动手。监护人根本联系不到，连催缴费用都不可能，甚至查得到监护人已经死亡，这种情况就很安全了。

事实证明，他们的算计并没有什么错误。事情的曝光不是因为其中有什么漏洞被外人抓住，而是因为最不可能出问题的环节出了问题，堪萨斯黑帮有人冒头。

说是黑帮，但他们应该是一群看起来文质彬彬的人，新闻中这么写道。

没有人归案，所以并没有什么依据。但考虑到这个黑帮打交道的交易方都是世界顶级的医疗机构、生物研究机构、药厂等等——他们倒卖了超过一千两百具空体给三百多个不同的机构——很难想象，一群胳膊上或者脖子上有文身的传统黑帮分子如何这么广泛地和世界各地的顶级精英打交道。

张琦可以想象得到，所有机构应该都和脑科学所一样，因为某种原因亟须人体试验，但严格的人文主义法律和医疗监管体制使得人体实验在很多情况下根本不可能。KillKiller 的病人，那些空体，作为一种完全没有意识而躯体基本健康的存在，同时又是一个没有亲人关心甚至没有亲人意识到的个体，显然是解决问题的完美选择——当然，要冒一定风险。不过，为了巨大利益或者为了某种成就感，一定会有很多人选择铤而走险。

这些空体在这些机构里，会感染各种细菌和病毒，会得各种疾病，会被进行各种改造和移植，甚至可能被解体，然后其部件将和机器拼装在一起，或者和其他人的部件重新组合，等等。甚至像阿黛尔一样，被植入了其他人的意识场。

这些事情，有一部分本身并不违法，但缺少人体实验的机会，比如新药的研制。另一部分本身就违法，比如基因编辑。还有一部分，本身违法与否可能还无法判断，没有任何相关立法也没有判例，比如阿黛尔。

毫无疑问，堪萨斯黑帮一定从这里面获得了巨大的利益。空体卖得都很贵，而成本却很低，只是一些贿赂。在正常情况下，没有理由怀疑他们会出什么问题。

但是他们的确出问题了。一个黑帮成员联络了媒体，匿名讲出了整件事情，包含完整的来龙去脉和很多细节，甚至包括哪个疗养院倒卖了多少具空体以及每一具空体的交易日期这样非常具体的信息。不过，爆料内容没有包含任何具体的买方信息，只提到了 KillKiller 和他们的员工。

也许爆料者想留一手，好让自己有持续的价值。可以想象得到，如果一切是真的——当然是真的，因为柳杨就这么干了——肯定会有一大批人倒霉，这应该是迟早的事情。不过，至少现在，这些买方暂时还没有被曝光，还是安全的。

爆料中提到的 KillKiller 的最高级官员只是某些疗养院的负责人，没有任何公司层面管理者涉入其中，至少从新闻中只能看到这么多。所以看起来这不是 KillKiller 公司的行为，连纵容都谈不上，公司完全没有必要这样做，很可能只是管理上出了很大问题。

发布爆料新闻的媒体却不这么认为。他们认为，就算不能认定为公司行为，但管理层的纵容是一定的，否则事情不可能有如此大的规模。同时他们高度怀疑，所谓的堪萨斯黑帮，恐怕本身就和 KillKiller 有千丝万缕的关系，背后一定会有一个比表面看起来复杂得多的利益链条。

听起来也有些道理，而且本着看热闹不嫌事大——或者说注意力经济——的原则，"KillKiller员工串通堪萨斯黑帮倒卖空体"显然不如"KillKiller通过堪萨斯黑帮倒卖空体"更加有震撼力，媒体这么怀疑也无可厚非。

张琦有点替柳杨担心，不知道什么时候他会被曝出来。还好，柳杨只买了一具空体，相比一千两百具的总数而言，肯定不是大客户。希望他被有意无意地漏掉吧，张琦想，这会儿也只能这么想了。张琦觉得应该给李舒打个电话问问情况，但又觉得还是少一些联系为好。他意识到，作为知情者，可能自己的处境也并不好。

张琦也有点为任为的母亲担心。不过任为不会欠费，去云球之前还去看过他的母亲，应该不会有事。

张琦最担心的其实是爆料者，虽然匿名，和自己也没有任何关系，但他还是莫名地担心，觉得这人可能活不长了。

正在对着新闻胡思乱想的时候，张琦听到了敲门声。他抬起头，中断了SSI的浏览。

"进来。"张琦说，然后看到王陆杰推开了门。

王陆杰满脸微笑，这是他一贯的神情，但这段时间很少见。傅群幼的变化和SmartDecision的出现，几乎让王陆杰的笑容彻底消失了。不过今天看来他有什么高兴的事情。

"张所长，来，来，跟你汇报一下。"他说着话走了进来。然后，孙斐居然跟在他身后也走了进来。但孙斐看起来好像很不耐烦，一点也不像王陆杰的样子。

"汇报？"张琦说，"王总太客气了，以前您可是我们的领导，现在也不能说是汇报。"

"汇报，汇报，现在就是汇报。"王陆杰说，"你们真是，你看孙斐，我叫她一起过来，她就摆出一副臭脸。"

"我怎么摆臭脸了？"孙斐说，"我好多事情呢！你也不说干吗，就拽了我过来，我还不能不耐烦一下？"

"叫过来一起说嘛！"王陆杰坐了下来，"总不能跟你说一遍，再跟张所长说一遍，多浪费时间啊！"

"那你怎么不叫别人啊？"孙斐说，"开个全所大会多好啊！"

"你这人，怎么抬杠啊！"王陆杰说，"开全所大会干吗？再说就是开也轮不到我开啊！我刚才叫卢小雷了，他死活不来，说要观察云球，离不开，一会儿也离不开。你们都是神经病啊，以前也没这么离不开岗位吧！"

"他是神经病，我不是。"孙斐说，"谁知道他着了什么魔，这几天就是不肯离开那个座位。不吃饭、不睡觉的，说是观察任所长和派遣队员。但有观察盲区啊，他能观察什么呢？我不一样，伊甸园星上确实有很多事情。你又不是不知道，伊甸园星里面的生物都是硬生生迁移过去的，要正常生活可不容易。"

"哎，对，你最反对干涉，现在怎么老干涉伊甸园星呢？"王陆杰说。

"这不一样。"孙斐叫了起来，"伊甸园星不是自然演化出来的，上面的问题是我们造成的，当然要我们解决。云球可没有问题，有问题也不是我们造成的，是自然演化的问题，我当然反对干涉。"

张琦伸手示意她不要再说了。看得出来她还想继续，但不情愿地皱了皱眉，终于还是憋住了，慢慢地坐了下来。

"什么事情？"张琦问王陆杰，"好像您还挺高兴的。"

"当然高兴了，当然高兴了。"王陆杰说，"问题解决了，我是说，公司的问题解决了！"他一副志得意满的样子，身子往后一靠，可能动作过于放松了，让椅子发出了吱呀的一声，"什么年代了，这破椅子怎么回事？"他吓了一跳，又直起了身子，低头查看椅子。

"没事，摔不着的。"张琦说，"问题怎么解决的？"

"真解决了？"孙斐似乎不太相信，用怀疑的目光打量着王陆杰。

按说这是高兴的事情，孙斐是很乐意相信的。毕竟王陆杰那边的问题不解决，地球所、云球，还有她的伊甸园星就始终处在危险之中。可她和张琦讨论过很多次，觉得SmartDecision实在太厉害了，很难想出办法对付它，

46·柳暗花明的王陆杰 / 071

它什么都想到了。除非王陆杰真的去起诉宏宇，大家鱼死网破，也许还有希望。但 SmartDecision 又算准了王陆杰不敢，而事实证明这个算计确实很准。王陆杰的团队中，虽然也有个别人有点脾气和血性，多数人却还是更倾向于现实主义一点。

"简单来说，我搞定了傅老头，按照我们签的协议办。"这次，王陆杰慢慢地靠到椅背上，还略微摇晃了一下，没有听到什么声音，看着似乎也很稳固，"我也说服了 SmartDecision。"他终于对椅子放心了，抬起了头，"这个家伙起了个名字，叫拓跋宏，你们说怎么起了这么个名字呢？肯定是傅老头给起的。我没见到他，什么时候还真是应该见见。这家伙厉害，要不是我聪明，还真搞不定。"他意味深长地摇了摇头，不知道是感叹拓跋宏这个名字还是感叹自己太聪明，"反正，傅老头同意了就代表拓跋 CEO 同意了。这说明我说服了他，不过是间接地，间接地说服了他。"

张琦和孙斐看着他，听他说。张琦的神色很平静，孙斐的神色却仍带着怀疑。

"而且，比我们原来的情况还好，因为我还说服了顾子帆给我们投资，就是以前提到过的那个顾子帆，任所长认识。他的基金给我们投了一大笔钱，我们现在估值很高啊！"王陆杰看起来很得意，"没看新闻吗？"他问。

"我们不看新闻。"孙斐说。

"对，你们不看投资新闻，但科技新闻也不看吗？我们这算科技新闻，科技圈的投资。"王陆杰说。

"不是娱乐圈吗？再说了，科技新闻我也不看。"孙斐说，"我只看论文。"

"孙斐，好好说话。"张琦扭头对孙斐说。但显然他也没看到这条新闻，他只看到了 KillKiller 和堪萨斯黑帮，那是社会新闻。

"王总，别理她。"张琦又扭回头对王陆杰说，"您接着说。"

"好吧，你厉害。只看论文，不看新闻，啧啧。"他又摇了摇头，这次好像是表示很敬佩，"当然了，这也不算什么大新闻，一笔投资而已。不过这样多好，我们的股东里多了顾子帆，宏宇不再一家独大了。再说顾子帆是我的老朋友，以后宏宇想欺负我可就不容易了。我想他们再也不会欺负我了。"

他脸上的笑容似乎露出了一丝诡秘,"我正式宣布,我们不缺钱了,或者说,你们不缺钱了。窥视者计划马上启动,有什么新计划也可以立即开始规划。对,我们改名了,以后不叫宏宇科学娱乐,叫新声科学娱乐。去宏宇化,知道什么叫去宏宇化吗?这次傅老头折腾我们不轻,以后不能让他叫嚣了,必须让他做个安静的股东。"

"骗我们呢吧?"孙斐说,"凭什么呀?傅老头放过你们就算了,还肯让顾子帆进来掺和?他不知道自己的权利会被稀释吗?顾子帆又凭什么投资你们?"

"是啊。"张琦说,"说服顾子帆进来,同时却又说服傅群幼放弃——至少是放弃一部分吧,您怎么做到的?"

"顾子帆简单,他做投资不就是为了赚钱嘛!"王陆杰说,"你们这里全是钱啊!啊,不,当然了,你们是看不见的。但我能看见,顾子帆也能看见。我稍微一讲,他就全看见了。这种事情,你们还得学习。至于傅老头,这得拜托我的职业素养,前沿院培养我这么多年,没有白培养啊!"

"张嘴闭嘴傅老头,不叫傅先生了?只认钱不认人,你们都是一回事。"孙斐说,"到底什么意思?说清楚。"

张琦没说话,但也疑惑地看着王陆杰,显然也感到不解。

王陆杰又笑了笑,说:"好,好,我小人行了吧!我这人其实挺好的,但生意场确实……我也确实被上了一课。孙斐,你呀,就是一张利嘴,做事情要思考,靠嘴是不行的。我说清楚,我这就说清楚。我是说,我一直恪守保密守则,以前一直没有跟傅群幼交出过你们的底,所以我获得了回报。"

"你?你恪守保密守则?"孙斐不以为然,"你是说,你没有告诉傅群幼穿越计划?你能告诉吗?那是犯法的!再说了,卢小雷进入云球,苏彰怎么知道的?还不是你告诉她的。"

"苏彰?不是我告诉她的!"王陆杰说,显得有点惊讶。

"苏彰亲口对我说是你告诉他的,就在卢小雷进入云球那天。"孙斐说,声音有点大,看来王陆杰的否认让她生气了。

"啊——"王陆杰想了想说,"卢小雷那天进入云球确实是我告诉苏彰的,但这事她之前已经知道了。她不知道的只是卢小雷进入云球的具体时间。她打电话问我,说总也找不到卢小雷,问我是不是已经进入云球了。我看她既然已经知道了,又着急得很,口一松就告诉她了。感觉上她应该是不愿意卢小雷进入云球,匆匆挂了电话,是马上就跑到这里来找卢小雷了吧?可以理解,毕竟有危险。我问过她有没有别人知道,她说没有。我还叮嘱她不要告诉别人。现在看来,她也确实没告诉别人,傅群幼就不知道这事。"

"那么,就是卢小雷告诉她的。"孙斐说,"你是这个意思吗?"她扭过头对张琦说,"张所长,叫卢小雷来。不能饶了他,这可是严重违纪。"

"哎,哎。"王陆杰阻止她,"也就那么回事,说是保密,又不是军事机密,前沿院还是挺多人知道的。苏彰虽然是外人,但卢小雷和苏彰谈恋爱,难免会提到吧!苏彰又没到处乱说,别那么认真。你以前认为是我泄密了,不也没有兴师问罪吗?你搞人家卢小雷干吗?小雷挺可怜的了。"

"你还有道理了?变成我不好,你倒做起好人来了?"孙斐瞪大了眼睛。

"好,好,我没道理。我不好,你好。"王陆杰说,"咱们不说这个了,行吗?说远了。"

"是说远了。"张琦插嘴说,"算了,那会儿主要是意识场的事情要保密,现在意识场都解密了。我们进入云球的事情恐怕也瞒不了多久。还是接着说你的故事吧。"

"对,对,这才对嘛。"王陆杰说,"总之,傅群幼没那么了解情况,SmartDecision 也一样。这个拓跋 CEO 虽然厉害,算到了每一点,拿住了我们,但千算万算还是算漏了一点,他总算不到自己根本不知道的事情吧?意识场就是他根本不知道的事情,穿越计划就是他根本不知道的事情,所以傅老头和拓跋 CEO 都不清楚你们真正的价值。他们以为就是搞搞窥视者计划什么的,已经觉得很厉害了,更厉害的东西根本想不到。可其实不止这些,你们这里还有更加巨大的潜力,但是……呵呵……"王陆杰又笑了起来。

"又卖关子!"孙斐说。

"更加巨大的潜力!"王陆杰说,忽然严肃起来,瞪大了眼睛,盯着孙斐看了几秒钟,又盯着张琦看了几秒钟,"你们想想,这意味着什么?"

"意味着赚钱呗！"孙斐说，"这有什么用？这不是让傅群幼更加不能放手吗？"

"你的意思是——"张琦想了想才说，"意味着巨大的风险？"

"对，对。"王陆杰忙不迭地说，甚至伸出手指点了点张琦，"张所长很聪明。以后咱们一起发财，你也有潜力。孙斐，你得跟张所长学习。"

"什么呀？"孙斐说，她还不明白。

"还是欧阳院长提醒了我。"王陆杰说，"欧阳院长是多年的老领导，又忙，本来不该什么事都打扰他。我已经离开了，我们这事和他又没什么关系，打扰他真是不对。但这段时间，我很苦恼，总要跟人讨论讨论。别人不懂，又有一些涉密的事情，不能到处乱说。本来主要想跟你们讨论，可你们老骂我，给我施加压力。特别是你，孙斐。"他冲孙斐做出一副很气愤的样子。

"活该！"孙斐说。

"所以，我只能找欧阳院长汇报。还是欧阳院长老谋深算，他一下就抓住了要点。"王陆杰说。

"什么要点？"张琦问。

"风险啊！"王陆杰说，"巨大的风险。"

"什么风险？"孙斐问，"什么巨大的风险能让傅群幼放弃巨大的利益？"

张琦却没有再说话，静静地看着王陆杰，似乎在沉思。

"张所长明白了！"王陆杰说，"孙斐，你还不明白？你想想，对于云球，欧阳院长的态度和你们有什么不同？"

"有什么不同？"孙斐依旧很茫然。

"我们具体负责云球的运转，真正需要负责任的人却是欧阳院长。"张琦说，"我们一天到晚只是在想如何让云球进步，但因为云球人有意识场，欧阳院长需要想如何处理这五千万意识场。"

"对了！对了！"王陆杰又伸出手指了指张琦，"还是张所长明白。"他说。

"你是说，"孙斐也明白了，"你要让傅群幼和欧阳院长一样焦虑。"

"对！"王陆杰说，"反正现在意识场也解密了，我就把实情都跟傅群幼讲了。我跟他说，傅先生，您要把我们的股权废了，把我们的公司变成宏宇的全资子公司，好啊，咱们就这么办，我们不争了。我们就拿工资干活嘛！没问题，工资也还可以，比在前沿院还高呢！我们留心点，有好机会再跳槽，没关系。但是，您可想好了，现在前沿院给地球所的钱已经很少，而且会越来越少，以后地球所要依靠宏宇生存。换句话说，将来大家都会知道，地球所的生存完全捏在宏宇手里，您这副肩膀上，得扛着地球所。我们之前讨论的云球资产化，是利益最大化的途径，可那样的话，地球所干脆就完全是您的事情了。就算不资产化，反正您哪天说不想干了，地球所就得完蛋。其实现在已经是这么回事了。当然，您有权利这么做。商人嘛，如果投资回报不合理，撤资合理合法啊！谁能说什么！不过，恐怕还就真有人能说什么！因为云球里有五千万人。这么说，有五千万个灵魂，和人类一样高贵的灵魂。我说，傅先生啊，您太了不起了，从此之后，有五千万个灵魂就靠着您了，您真是救世主。记住啊，他们能替您挣好多钱。有些事以前涉密，不敢跟您讲，现在都可以讲，真的能挣很多钱。我跟傅老头讲了好多利用云球挣钱的方法，他都听呆了。多好！挣钱啊！但是，我跟他说，记住了，有五千万个灵魂从此就和您绑定了，和宏宇绑定了。"

"这么说，这次你泄密了？"孙斐说，冷冰冰的。

"是，是，我泄密了，这次是真的泄密了。"王陆杰说，"但就像张所长说的，反正意识场已经解密了。我就是多泄漏了一点点，告诉他云球人也有意识场，你们已经派人进入过云球。不过放心，穿越计划什么的我可没提。但是，其实我同意张所长的说法，这事瞒不了几天了。"他冲着孙斐点点头，又加重语气说了一遍："真的瞒不了几天了。"

"你——"果然孙斐喊了起来，但她说不下去，不知道应该说什么好。

"我以为你早就跟傅群幼说过。"张琦说。他倒很平静，看来他一直对于王陆杰保守秘密没什么信心，今天才泄密对他来说已经是意料之外了。

"怎么会！"王陆杰说，"我是跟他描绘过很多前景，但是一直留着神呢。所以我说，我还是有职业素养的，前沿院没白培养我。"

"你一直想留一手吧？"孙斐说，"不说实话，尔虞我诈。"

"没有，没有。"王陆杰说，"确实是因为保密。现在不同，一来意识场已经解密，二来我也确实是走投无路了。傅群幼不会乱说，不是给自己找事吗？现在，他虽然很想赚钱，但和欧阳院长一样焦虑，想着怎么做甩手掌柜呢！其实，现在这样最好。如果挣了钱，他能分一杯羹。如果有问题，他只是股东之一，也不参与运营，责任不大。对不对？而且，我拉了顾子帆进来，虽说让他赚钱又少了，可责任也又小了呀！唉，还是欧阳院长想得明白，最理解肩上扛着五千万人的压力。"

"你是说，欧阳院长让你泄密？"孙斐问。

"没有，没有啊！"王陆杰赶紧澄清，"他只是提醒我，让我不要着急，先拖一段时间，傅群幼逐渐就会意识到，这件事情全揽到自己身上不是好事。说实话，你不一定听得懂，但我听得懂。不过我没忍住，我等不起，我就直接去跟傅老头摊牌了。"

"我怎么就听不懂了？"孙斐急了。

"能听懂，能听懂，开个玩笑还不行？"王陆杰赶紧安抚。

"这样的话，你怎么办呢？"张琦说，"你的责任不就大了吗？你愿意扛着这么多灵魂吗？还有顾子帆，他难道不明白这里面存在的问题？"

"不，这不一样。"王陆杰说，"宏宇呢，傅群幼是控股股东，什么都是他说了算，如果宏宇科学娱乐是宏宇的全资子公司，就意味着地球所的未来都维系在他一个人身上。当然，还有前沿院不能完全脱了责任。但前沿院现在已经不出钱了，现状如此。将来云球缺钱了，就给宏宇施加压力，指责宏宇就行了。现在这么一弄，宏宇科学娱乐，对，改名了，新声科学娱乐，有很多股东，宏宇只是一个普通大股东，顾子帆也一样，我们团队也是。再融几次资，大家都稀释一下，都是小股东。再一上市，全是小小股东。这就好办，谁想套现，总有人接盘。就算破产，也不能把责任算到某个人头上，社会、国家要出面。如果是宏宇自己全资，除非宏宇母公司本身破产，否则他怎么敢决定对云球减少一分钱投入？等大家都明白了，他这个大股东要套现的话，盘子也不好脱手。要做主就必须负责任，所以说很多时候，完全做主也不一定是一件好事。"

"逃避责任！法不责众！"孙斐说，"是这意思吗？"

"你看你！"王陆杰说，"怎么老是曲解啊？我不是说了吗，如果将来是很多人的责任，社会和国家就会出面。如果只是傅群幼一个人的事，除非宏宇母公司甚至他个人完完全全破产了，否则不会有人管，那他压力就大了。"

"我不相信。"孙斐说。

"SmartDecision，拓跋 CEO，没有提出什么反对意见吗？"张琦问。

"嘿，这有意思。"王陆杰摇摇头，仿佛很赞叹，"我听傅老头说，拓跋 CEO 听了他转述的一切，居然算出了一个概率。说是有 81.7% 的概率，云球人有意识场这事，将来会变成全球关注的一个热点问题，确实压力很大。当然，赚钱的概率也很大，放弃是不行的。所以，最好的方式就是别做主，掺和一下。也是因为这个概率，傅老头才答应得这么爽快。他甚至还劝我，既然这样，我在公司里也要低调，什么事情都要集体决策，别一个人说了算，压力太大。"

"是啊，你负责运营，不觉得压力大吗？"张琦问。

"我觉得，负责运营压力才不大呢！"王陆杰说，"就像你们，好好干活就行，有什么压力？老板要是不给钱，出事了，我有什么办法？你们有什么办法？实在不行，我笨，辞职总可以吧！能够随时撤退，想通这事，就没什么压力。"

"你们这些人，太坏了。"孙斐说，"如果你这么坏，你说的话就不能相信。"

王陆杰看了看她，张嘴想说什么，顿了一下，没说。

"你拉顾子帆进来，是不是也跟他泄密了？"张琦问。

"顾子帆这人，任所长认识，靠得住，不会到处乱说。"王陆杰说，"再说投资这事，程序要走，但其实他自己就做得了主。他们机构内部没别人知道涉密的细节，他只是透露了一些不涉密的内容。为了这个，他还是费了一些唇舌的。不过还好，就算不泄密，也还是有好多能赚钱的事情可以说嘛！反正，投资委员会同意了。"

"你今天来就是为了告诉我们这个？"张琦问。

"对呀！"王陆杰说，顿了顿又说，"也不仅仅是这个，还有具体的事情。"

窥视者项目可以启动了。"

"呸！"孙斐啐了一口，"怪不得你高兴，你那个肮脏的项目终于要启动了。"

"怎么就肮脏了？"王陆杰皱起了眉，一脸苦笑，"有问题还是要诉诸管理，不能因噎废食。你要是实在觉得肮脏，要么咱们直接跳到下一步？我更高兴，挣钱更快，还不用背着这个肮脏的骂名。"

"你是说云球资产化吗？"张琦问。

"我倒不是指那个，那是终极一步。当然，如果你们愿意也可以啊，一步到位，挺好。"王陆杰说，"你们毛病太多了，这个不行，那个也不行。你们要换换脑子，老这样，不行的是你们。"

"你说什么呢？"孙斐说，"你才不行。"

"那你是指什么？"张琦问。

"比如，我跟任所长提过，我们可以把监狱放到云球中。云狱，云中监狱。把重刑犯的意识场锁定在云球中的指定区域或者指定星球，就像伊甸园星一样。把空体留在地球上，让 KillKiller 之类的公司代管。我以前跟监狱管理局的人聊过，他们很感兴趣啊！多简单、多省钱啊！不过那时讨论这事可跟你们没关系，那会儿意识场还没发现，我也还不认识你们呢，就是酒桌上瞎扯，科幻而已。后来了解了你们和脑科学所，我好几次差点没憋住跟他们说这事，好在纪律性还是约束了我。"王陆杰长出一口气，好像纪律性让他很受伤。

"知道监狱管理局能给我们多少钱吗？代管犯人——这可是个大生意，知道在美洲、欧洲这是多大的生意吗？他们这样做很久了。我们要是开始做这生意，很快就能拓展到美洲和欧洲去，把那些可恶的私营监狱统统搞垮。那些私营监狱，都不是什么好鸟。他们按照人头收费，为了多几个犯人，什么都干得出来，推动立法、收买法官、栽赃陷害什么的就不说了，他们甚至会暗地里去组织犯罪。"王陆杰说，说到统统搞垮几个字的时候，一脸恶狠狠的表情，"我们要是干了这事，不按人头收费，可就是为世界造福。而且，什么盈利，什么上市，都很容易。这事我跟任所长聊过，他被惊住了。还是和你们聊比较好，不用藏着掖着，和别人聊憋坏我了，这个不能说，那个不能说。跟你们聊都能说，不过你们又都轴得很。"

张琦和孙斐也被惊住了。

"甚至，也不用什么监狱之类的。"王陆杰接着说，"干脆，谁都可以去。只要愿意都可以去，去做云球人，但要付费，不便宜。你们信不信？生意会很大！"

"然后，"他还没说完，"为什么要 KillKiller 保管空体呢？脑科学所的技术不是号称更好吗？所以，这个生意我们也要了。"

"还 KillKiller 呢？他们惹上麻烦了！"孙斐说。

张琦想起了刚看的新闻。

"我知道，"王陆杰说，"所以我们更应该自己做这生意了，KillKiller 是混蛋嘛！不过，我觉得他们一定有办法解决这个问题，看危机公关的水平了。KillKiller 可不是菜鸟，被人一整就完蛋了。"

"整他们？"孙斐说，"谁整他们了？自己为了钱黑心，怪得了别人？人家是良心发现才揭发了他们。"

"良心发现？"王陆杰说，"恐怕没那么简单。"

"怎么不简单？"孙斐问。

"我不知道。"王陆杰说，"但我觉得不简单。"

"有可能，我也觉得不简单，不过和我们没关系。"张琦说，"我们还是说自己的事情吧。"

"自己的事情？监狱吗？"孙斐说，"我不同意搞什么监狱，更加不可能让随便谁付钱就进入云球。"

"你看，"王陆杰说，"这不下作吧？这不肮脏吧？这是帮助社会降低运行成本，帮助世界更美好，可还是不行，你总有理由的。其实，你们要活下去才是最重要的。要有钱才能搞好科学研究，对不对？挣点钱怎么了？"

"人类进入云球，他们算地球人还是云球人？"孙斐说，"这是原则问题。"

"对，这个问题还是挺复杂的，搞不清楚就盲目去干，可能会惹麻烦的，比 KillKiller 更麻烦。"张琦说。

"唉，"王陆杰叹了一口气，"你们总能看到前进路上的小石子，但却不知道，这些小石子是挡不住历史车轮的。"

"这个我们不讨论了，等任所长回来再说。"张琦没有接他的话，"至于窥视者项目，我们就启动吧，这个事情就不用请示任所长了，他走之前都已经确定了。"

"爱启动不启动，和我没关系，这是卢小雷的事情。"孙斐说，她没有再反对。毕竟是已经签了协议的事情，刚才她也并没有要真的反对，只是嘴上痛快一下罢了。

"没问题，你们都知道情况了，我找卢小雷就行。"王陆杰说，"不过，耽误了这么久，说好半年的观察周期得顺延啊，要不然来不及开展工作。"

"活该，又不怪我们。"孙斐说。

"考虑考虑，考虑考虑。"虽然孙斐反对，但王陆杰看起来胸有成竹。

"不考虑。"孙斐断然拒绝。

"李斯年李所长的研究，台阶式衰老，你应该知道吧？"王陆杰说，"现在演化周期不能开始，否则任所长和那五位派遣队员衰老得太快！应该保证在演化周期开始之前让他们回来。就算非要开始演化周期，时钟也绝不能调得太快，那又有多大意义呢？"

孙斐不说话了。

"嘿嘿，考虑一下又不会死。"王陆杰笑了一声，"卢小雷看着很累啊，好像缺乏休息。"他换了个话题，没有继续和孙斐争执。

"能不缺乏休息吗？几乎一天二十四小时盯着云球观察，也不知道在看什么。"孙斐说。

"也正常，任所长还有那五位派遣队员，不一定来得及报告自己的危险。要保障他们的安全，需要我们帮着观察周围有没有什么危险的信号，小雷是负责任。"张琦说。

"也是，你们弄个什么观察盲区，没法直接监控，只能看一百米外的情况，不光观察，还要分析，不容易。"王陆杰说。

"幸好有观察盲区！要不然，难道让你的窥视者们去看他们怎么上厕所吗?"孙斐说。

"你又针对我,我不是也担心任所长他们的安全嘛!"王陆杰一边说着一边摇摇头,显然对孙斐很头大,"不过说到观察盲区,窥视者们看到观察盲区不能看,要给个解释啊,你们看怎么说。"

"爱怎么说怎么说!"孙斐还是没好气。

"那我就说是地球人进去了,所以不让看?"王陆杰问。

"你敢!"孙斐说。

"还是啊,"王陆杰说,"这样吧,我觉得可以说那是神秘地点,反正现在还没有上帝窥视者。我们初步弄了一批神秘地点,不止观察盲区,这样也不会引起怀疑。"

"等以后有了上帝窥视者怎么办?"张琦问。

"估计短时间内不会有,定价很贵。"王陆杰说,"再说,就算有了,还可以有超级神秘地点嘛!"

"要不要脸啊?"孙斐说,"反正就是欺负用户。"

"到时候再说,到时候再说。"王陆杰对着孙斐说,"我去找卢小雷了,他确实很累,希望他不会像你这样对待我。"

"他才不会呢!他多喜欢你啊!"孙斐说,"见鬼了,其实根本用不着这么累。他又不是没有人,增加了不少人手呢,不会让别人看着啊!"

"是。"张琦说,"要跟小雷说一下,这样要累坏的。"

"任所长不过是在给人治病,有什么危险?"孙斐说,"任所长真是的,不知道和我们联系一下,鸡毛信系统都白弄了。那几位派遣队员也都好好的,没什么危险的迹象,比任所长好,还联系过呢。不知道卢小雷着了什么魔。"

"派遣队员联系过,鸡毛信就没有白弄啊!"张琦说,"再说,任所长也用过鸡毛信,和吕青联系了。吕青不是跟我们说了嘛,他挺好的。"

"谁知道呢?危险经常潜伏在平静当中。"王陆杰微笑着说,"不是吗?"

47 奇怪的辛可儿

纳罕坐在那里，愣了很久。

已经过了一夜，他的心情却仍然没有平复。几乎没怎么睡着，一直朦朦胧胧，不知是在做梦还是在思考，这么多年的景象在他脑中翻来覆去，特别是那些有老将军出场的镜头。

他觉得像是看了一整晚的电影。

昨晚他第一次使用鸡毛信和吕青通了一个电话。他没有联络过地球所，不想让那个世界打扰自己，他的心烦意乱已经足够多了，但他终于还是忍不住联络了吕青，他想念吕青。

吕青的声音带来了温暖，虽然会不可避免地联想到地球上的一些烦心事，但这是值得的。不过没有料到，吕青告诉了他一个坏消息，吕青的父亲，吕博源将军，在瓦尔普莱索去世了。

他不知道瓦尔普莱索是什么地方。吕青说，那是一个美丽的智利小城，很久以前也曾经辉煌过，但现在只是一个小城，以魔幻涂鸦和险峻道路闻名于世的小城。她刚从那里回来，去处理了父亲的后事。

吕青本来希望第一时间通知任为，她知道任为和自己的父亲关系很好。

但是鸡毛信系统并没有提供主动联系派遣队员的方法。而且她觉得，即使通知了任为，任为也不可能回来。由于在云球中无法保留空体，如果任为需要回来就只能完全终止他在云球中的行动，这似乎不太行得通。

任为知道吕青说得对，通知不了他，即使通知了也没什么用。他很伤心，虽然吕博源将军并没有给自己提供太多实质性的帮助，但却像父亲一样给了自己一种内心的支撑。有一会儿，他甚至有点后悔，本来可以要求张琦在鸡毛信系统中提供地球所主动联络派遣队员的方法。他想，自己也许过于想变成一个不可触及的人了。其实又有什么用呢，就算不可触及，他还是他。

吕博源将军死于心肌梗塞。这种死法以前是很普通的，不过很多年来已经并不常见。一般来说，对绝大多数人来说，心肌梗塞的迹象在早期就会被发现和治疗，但还是有些人，因为各种原因疏于检查和治疗，从而出现致命的情况。老将军一年四季周游世界，似乎并不留恋逐渐衰老的生命，而更看重生命中最后时光的质量和意义，所以对他来说，出现这种情况也不能算意外。

但吕青还是有些疑虑，她的家族并没有心脏病史。爷爷死于一种老年性的肌肉萎缩症，那是一种不治之症，放到现在也只能尽量拖延而无法根治。爷爷即使到了去世的时候，心脏也没有发生血管阻塞，只是心肌本身萎缩严重。父亲自己也从未出现过心脏方面的问题，甚至不久之前还爬上了阿空加瓜峰。虽然阿空加瓜不能算多么难以攀登的山峰，可一个九十岁的老人就这样爬了上去，没听到一句关于疲劳或不适的抱怨，几个月后却忽然死于心肌梗塞——不能说有什么说不通的，却总觉得有点不对劲。

父亲不会抱怨，即使他已经感到不适了，任为这么认为。吕青也同意，但心里仍旧捋不顺。她在瓦尔普莱索待了五六天，希望当地警方做一些调查，甚至动用了一些关系，最终却还是一无所获。

吕青带着父亲的遗体回到了北京，同时带回了她觉得很奇怪的两样东西：一个骰子和一个俄罗斯套娃。俄罗斯套娃只有一层，里面没有更小的套娃了。这两样东西散落在后院的地面上，而父亲死在客厅的沙发上，看不出有什么关系。不过,在瓦尔普莱索出现这两样东西,本身就显得很不寻常。吕青几乎逛遍了瓦尔普莱索大大小小的所有商店,也没能买到同样的骰子或者套娃。她甚至在屋子里翻了一个底朝天,试图找到快递的包装——也许是网购来的呢。可是没有,什么都没有,当然,即使有包装也可能早就被扔掉了,总之是没有找到。

吕青查到父亲住的房子属于瓦格纳上校,瓦格纳上校是阿根廷安全部门的人。吕青听说过他,好像在多年前还是一个上尉的时候,他和父亲就认识了。在吕青的记忆中,父亲第一次去阿根廷进行访问的时候,瓦格纳上校就是负责接待父亲的人之一。父亲很欣赏他,回来后曾对吕青提到过,认为这个年轻人前程无量。

吕青试图联系瓦格纳上校了解一些情况,但却听说瓦格纳上校也死了,而且是死于确定无误的公共场合的暗杀。这更加深了吕青的怀疑。不过,这种怀疑没有什么用,瓦格纳上校的特殊身份导致这次暗杀成为一件很敏感的事情,吕青没法追问下去。

据吕青说阿根廷已经和某些国家开始进行交涉。虽然没有证据,但阿根廷认为这次暗杀显然和某些岛屿纠纷有关。瓦格纳上校的职责一直围绕着海洋中的岛屿,大西洋的岛屿和太平洋的岛屿,阿根廷的岛屿和其他国家的岛屿,诸如此类的事情。只要和阿根廷多少有点关系的岛屿都有他的影子。而且他是一个鹰派,强硬的鹰派,或者说,好战分子。

想这些也没什么用,特别是自己也帮不上什么忙。任为相信吕青能处理好这些事情。老将军的死如果真的有什么问题,迟早一定会被吕青调查出来。

任明明还没有任何消息。其他的事情俩人也没有什么心情去聊。任为告诉吕青,他在云球过得还不错。比起在地球所毁灭云球人来说,现在拯救云球人显然会让他感觉好很多。

最后,任为对吕青说,让她给张琦他们报个平安。

这会儿,纳罕确实觉得很累,仍然无法摆脱那些梦境。他正坐在一个窝棚里，也许应该叫窝棚吧，反正他这么叫了。在纳南村，到处都是这种建筑——如果能够叫作建筑的话。

纳罕不是太明白，这种地方为什么还有这么多人生存。就因为这片沼泽中的那种泥鳅？确实，那些泥鳅能让人活下去。也许在坎提拉，找到这样一片地方，既有泥鳅可以吃，又有坚实的地面可以搭建窝棚，已经很不容易了。

在这样一大片无边无际的沼泽里，纳南村的环境可能算是不错，但据说纳金阿的环境要好得多。马上他们就要去纳金阿了，这里的死血病势头似乎被遏制住了，病人们的情况已经有很大好转。

罗尔花还是管用的。纳罕用熬中药的方法熬出罗尔花富含的罗尔素，用来给大家治疗死血病。虽然不能算药到病除，但总的来看相当有效。说是熬中药，其实纳罕并不太清楚中药到底应该怎么熬。毕竟在地球上，中药的吃法早就已经不是熬了，熬中药这事只是史料里的故事。不过既然说是熬，那就应该是用水慢慢煮吧，纳罕是这么理解的，也是这么做的。

坎提拉沼泽潮湿寒冷，但因为南方斯吉卜斯沙漠炎热气流的北上，比起相同纬度东边的向阳关以至辩巫一带要温暖得多，更不要说和西边遥远而高耸的提多高原相比。沼泽的水系在冬天也只会结一层薄薄的冰，不会冰天雪地。这里遍布一种很小的蚊子，血蚊。这种蚊子和地球上的蚊子相反，它们在天气寒冷的时候孵化并肆虐，在短暂的夏天却会销声匿迹，让位给其他的普通蚊子。死血病就是血蚊传染的。血蚊咬人并不痒，所以从来没有引起坎提拉人的特别注意，由此导致死血病年年都暴发。和血蚊一样，死血病是坎提拉潮湿而庞大的身躯的一部分。这些东西坎提拉人不知道，纳罕却知道得很清楚。

不过，今年的死血病确实太厉害了，病毒显然发生了大的变异。纳罕看到那种悲惨景象的时候，他简直无法原谅自己曾经作为一个地球人的安逸生活。

纳罕和赫乎达夜以继日地工作，用他们一路上采集的罗尔花制作药品，冒着被感染的风险救助每一个快要死去的人。好在，慢慢有些症状较轻的人恢复了，并且加入了他们。在纳罕的指导下，一切都还算顺利。

他们运气好，找到了一处罗尔花田，几乎把其中所有的罗尔花都采光了。好在赫乎达有一副好身体，才能将那么多罗尔花带得回来。但现在，已经用掉了不少。为了应对纳金阿的疫情，按照纳罕的指示，赫乎达派出了几队人去寻找更多的罗尔花，并告诉他们找到后直接去纳金阿会合。

刚刚在窝棚外边，已经举行了一个告别仪式。对，告别仪式，暂且这么说吧。想到这个，纳罕的脑子在劳累中平添了一些恍惚，昨天的梦很像是真实的，而眼前的一切都像是梦。

不仅仅是告别，赫乎达帮纳罕想出了不少仪式。扎了纳罕的草人，发明了一些膜拜的动作。赫乎达对纳罕说，必须有一些仪式，才能让大家记住赛纳尔，记住赛纳尔拯救了大家。关键是，让大家记住，以后不能再像以前一样放纵自己，不能再犯同样的罪，不能再遭受同样的惩罚。

纳罕认为有道理，所有的宗教都有仪式，他在地球就想过这事。不过当时，他觉得这是件头疼的事，决定到云球再说。结果到了云球却一直没有结果，直到赫乎达提出建议。

赫乎达的各种仪式都有点复杂。纳罕想了想，把一些仪式进行了简化。他拆了自己的草人，告诉赫乎达，无论是赛纳尔还是自己，都不喜欢成为一个草人。大家要膜拜，就对着很高的云背后的天空就可以了。天空哪里都有，也很方便。而膜拜的动作被他简化成双手手指交叉握拳，用合在一起的两个拇指指尖先碰一下额头，再碰一下鼻尖，最后碰一下下巴。这可比赫乎达那简直比瑜伽还难的动作简单多了。

他们管这个膜拜动作叫赛纳尔祈祷礼。

所有人都学会了赛纳尔祈祷礼，双手手指交叉握拳，对着天空，用合在一起的两个拇指指尖先碰一下额头，再碰一下鼻尖，最后碰一下下巴。赫乎达对大家说，每天都要做这个赛纳尔祈祷礼，起床后要做，吃饭前要做，睡觉前要做，见面打招呼要做，等等。总之，赛纳尔祈祷礼要多做，越多越好，而且要虔诚地做，祈祷赛纳尔保佑大家，让死血病远离，也让一切灾难远离。

大家确实很虔诚，因为大家的命都是被纳罕给捡回来的。几千年了，从来没有人找到方法能够这么有效地治疗死血病。而这个英俊的小伙子，穿着破烂的衣服忽然出现，然后就把死血病消灭了。除了赫乎达的说法，似乎也不可能有更好的解释了。大家无法表达自己的感激之情和崇拜之意，按照赫乎达所说，虔诚的赛纳尔祈祷礼能够代表一切，这就很让人心安了。大家不停地做着祈祷礼，动作很简单，却都怀着深深的敬意。

"不争"，还有这个，"不争"。赫乎达告诉纳罕，他向所有人反复强调，记住这个词。"不争"，这是赛纳尔的教诲，是必须执行的人生准则，否则灾难会再次降临。

对纳罕来说，其实整个过程很伤脑筋。他不得不创造更多的词，祈祷、保佑、虔诚、膜拜什么的。纳罕先在萨波语中找一些意思相近的词改造一下，然后告诉赫乎达，再由赫乎达在坎提拉语中进行创造。他不知道赫乎达创造的词到底是些什么东西，只能听听读音是否还顺耳。早知道今天，应该先学习一下坎提拉语，好像并不难，卢小雷就会。但发生的这一切都在计划之外，鬼才想得到他没有去萨波，没有去黑石城，却走入了坎提拉。

不过不重要了，纳罕想，看起来大家的反应都还可以。赫乎达似乎成功地让所有人明白了，这些词语和动作到底是什么意思。到后来，黑压压的一片人创造出来的庄严氛围，甚至让纳罕自己都感动了起来。

现在，休息一会儿，他们就准备出发了。

赫乎达带了几个人进来，纳罕知道这是准备和他们一起出发去纳金阿的人选。几个男人，修连、韦森、克其克其和飞熊，纳罕都认识。在这些天的治疗当中，这几个人都帮了不少忙。现在他们决定跟随纳罕和赫乎达一起去纳金阿救人。

不过有点意外，多出来了一个纳罕不认识的女孩子，个子不高，样子清秀，看起来只有十五六岁。

大家都对着纳罕做了赛纳尔祈祷礼，那个女孩子也做了。纳罕有点尴尬，但也只能做一遍赛纳尔祈祷礼作为回应。

"这是辛可儿,她想要跟我们去纳金阿。"做完祈祷礼,赫乎达向纳罕介绍那个女孩子。他扭过头,对着女孩子说了一句坎提拉语,又把头扭过来对纳罕说:"她不懂萨波语。我告诉她必须获得您的同意,才能跟我们去纳金阿。"

纳罕看着辛可儿,他确定没有见过这个女孩子。

辛可儿的脸庞很瘦,这么多天的病可能让她吃不消,但好像精神还行,看起来原本身体不错。纳罕看她的时候,她也正在看着纳罕,脸上没什么表情。但她的眼神恬淡清澈,让纳罕很有好感,双方眼神相碰的时候,她迅速低下了头。

"她是什么人?为什么要去纳金阿?"纳罕有些奇怪,问赫乎达。去纳金阿虽然不远,路途上和之前的路相比也不算危险,但据说那里也已经是一个地狱,她为什么要去那里呢?

"想去救人。"赫乎达说:"她是纳金阿人,家人都还在那里,她想回去救他们。她说来这里的时候有一个仆人陪着,但仆人已经死了,自己不认识路,回不去。"

"她是从纳金阿逃出来的?"纳罕接着问。

"不是逃出来的。"赫乎达说,"在死血病暴发之前,她已经来了。死血病刚一暴发就染了病,不过挺了过来,这两天吃了罗尔花就好起来了。"

"什么?"纳罕很吃惊,"你是说,她是最早一批染上病的人?"

"是的。"赫乎达说。

"之前不是说最早一批病人都死光了吗?"纳罕问。

"是啊,我们不知道她还活着。她住在西边芦苇坑的朱特大人家里。您知道,朱特大人一家都死了,我们本来以为那边已经没有活人了。前两天克其克其又去了一次,发现她还活着,后来就开始用罗尔花治疗了。"赫乎达说。

纳罕转头看了看克其克其。

"是的。死血病暴发以后,我去过朱特大人家里几次,见过她一次,不知道是什么人,也没说过话。"克其克其说,他也是赫乎达所在的马帮的马夫,也会萨波语,"前几次去的时候,他们就都病了,最后一次,我发现他们都死了。我很惊慌,就跑了,当时没看见她,也没想起来去找她。这次我想去把朱特大人和他家人埋了,才发现她睡在一间客房里,还没死,不过很虚弱,几乎动不了。"

这些天,纳罕对这里已经有了一个基本的了解。他知道,朱特是这个村子最富有的人,也是这个村子的族长。芦苇坑是朱特一家人住的地方,相对独立,离村子有一点距离。

"她说朱特大人是她的舅舅,本来只是来舅舅家里住几天,没想到被困在这里了。朱特大人的妹妹的确是嫁到纳金阿去了,不过以前我们没见过他这个外甥女。"赫乎达说,"我们就知道这么多,她不怎么爱说话。"

"但这么长时间,她是怎么活下来的?"纳罕问。

"朱特大人家里有很多吃的。"赫乎达说,"您知道,朱特大人是这里最富裕的人。"

"我不是问这个,"纳罕说,"我是问,她的死血病是怎么扛过来的?"

"不知道。我问过,她说不知道。"赫乎达说着,似乎有点犹豫,看了看克其克其。

克其克其看到赫乎达在看他,也犹豫了一下,然后说:"我也有点奇怪。当时我在朱特大人家里查看了一下,我觉得她似乎吃了诅咒草的根,不知道有没有什么关系。但那东西并不治病啊,如果诅咒草能治病,哪里会死那么多人?"

"什么?"纳罕大吃一惊,"诅咒草的根?"

看到纳罕吃惊,赫乎达似乎一点也不意外。"是啊,我们也很吃惊。在我们这里,诅咒草到处都是,不像罗尔花那么难找。可那东西不但不治死血病,而且是剧毒的。她要真吃了,应该早死了,会死得很痛苦。不过,她确实又很像是吃了,克其克其在朱特大人家的厨房里,发现了很多诅咒草。"

"是的,根都被切掉不见了,很像是被吃了。"克其克其接着说。

纳罕没说话。赫乎达对他的吃惊不意外,理由多半是不对的。赫乎达一定认为,他吃惊是因为辛可儿吃了剧毒的东西却没有死。但其实,他吃惊是因为知道诅咒草的根中含有微量的罗尔素。

是的，诅咒草的根中含有微量的罗尔素，所以，大量进食诅咒草的根对于症状较轻的死血病是有一定疗效的。如果是往年的死血病，诅咒草多半就能够把病人治好了，但今年的死血病有很大变化，诅咒草已经不足以治愈病人，却仍然可以控制病情的发展，在很长一段时间内保住进食者的性命。至于进一步会怎么样，恐怕只能听天由命了。辛可儿的命不错，她等来了罗尔花。

至于剧毒，诅咒草确实有剧毒，而且死法很惨，所以被人叫作诅咒草，传说被所有死去的人的怨念所诅咒。根据穿越者缓冲区的资料显示，诅咒草的毒性来自其中含有的诅咒素，一种生物毒素。不过从理论上推测，经过持续高温后诅咒素就会被破坏。具体点说，如果把诅咒草用水煮超过二十四小时，诅咒素就会被消解，同时，罗尔素却不会受影响。虽然这是地球人的理论推导，并未在云球中经过实践，但纳罕相信这个推导。所以，对于纳罕来说，诅咒草本来也是罗尔花的替代方案之一，只是治疗效果差了很多，现在有罗尔花，还用不上诅咒草。

难道辛可儿是用了这个方法吗？

怎么可能呢？据纳罕了解，诅咒草在云球中一直是被当作剧毒物质看待的，从来没有人知道解毒的方法，更加没有人知道它还能治疗死血病。

他看着辛可儿，辛可儿很平静，低着头，很美，看不出什么。

"她说自己吃了诅咒草吗？"纳罕问。

"没有。"赫乎达说，"她说自己身体很虚弱，一直迷迷糊糊，不知道那些诅咒草是怎么回事，可能是舅舅一家死前搞的，至于要干什么就不知道了。"

"有可能吗？"纳罕问。

"不知道，"赫乎达说，"我觉得可能性不大。那么多诅咒草的根，特意切了下来，都到哪里去了呢？如果要用来做毒药，那能做很多呢！但是朱特大人做那么多毒药干什么呢？而且，克其克其也没找到做好的毒药。"

"是的，我找了，没找到根，也没找到毒药。"克其克其说。

"看来这个女孩子挺神秘的。"纳罕说，继续看着辛可儿。

"是的。我看她有点危险，会不会和您说的魔鬼有关？"克其克其迟疑地说，似乎犹豫了很久终于才说出心里话，"我有点儿怀疑，死血病是她带到纳南村来的，她是魔鬼的使者。"

"死血病是她带到纳南村来的？"纳罕转头问赫乎达，"是这样吗？"

"我们也不知道。第一批病人有十几个，那时候有好几个人都刚刚去过纳金阿。"赫乎达说，"不过我不这么觉得。您说过，死血病是赛纳尔在惩罚我们。如果那样，就不是魔鬼的使者带来的。"

纳罕看着辛可儿，脑子里出现了女巫的形象，接着又出现了猎巫人的形象。很模糊，好像是看过的某些电影里的形象。

一瞬间，他心里涌出一阵恐惧。不，不，他摇了摇头，一切都是自己编出来的，哪有什么魔鬼，也没有什么猎巫人，他又摇了摇头。

赫乎达看到纳罕摇了几次头，赶紧说："如果您觉得她和魔鬼有关，那我们应该撵走她……或者……杀了她？"

"不，不，她不是魔鬼。"纳罕赶紧说，"你说得对，死血病和魔鬼的使者无关。魔鬼只是在诱惑你们犯罪，而死血病是赛纳尔在惩罚你们犯的罪。让她跟着我们走吧。"

辛可儿一直站在那里一动不动，眼睛看着地面，脸上没有任何表情。她不懂萨波语，不知道大家在说什么。

赫乎达扭过头对辛可儿说了几句坎提拉语，显然是告诉了她纳罕的决定。辛可儿抬起头，脸上露出了笑容，很甜美。她做了一个赛纳尔祈祷礼，向纳罕致谢。纳罕笑了笑，但马上意识到并不足够，只好也做了一个赛纳尔祈祷礼作为回应。

就在那一瞬间，辛可儿忽然脸色大变，眼睛瞪得很大，很惊愕也很恐惧。她急促地扭过头向后面看去，好像觉得背后有人，但是并没有什么。她扭过头来，又急促地扭向另一边，还是没有什么。

纳罕和大家一样，都被她惊着了，一起都在看她的背后，但那里除了窝棚的门，确实没有东西。

辛可儿扭头的动作很快，当她再扭回头看着纳罕的时候，纳罕觉得的她的表情虽然还有些紧张，但似乎比片刻之前已经放松了很多，好像明白了些什么。现在她不再乱动，只是呆呆地看着纳罕。

纳罕自己倒是被辛可儿的一系列表现搞得紧张起来，他下意识地低头看了看自己的浑身上下，没觉得有什么异常。但辛可儿就这样呆呆地看着他，好像被抓走了魂魄。

正在纳罕困惑不解的时候，辛可儿忽然回过神来，收回了一直呆滞的目光，重新看着地面，回到了刚才的安静样子。大家都惊愕地看着她，赫乎达说了一句坎提拉语，似乎在问什么。

过了一会儿，辛可儿才抬起头，看着赫乎达，没有说话，只是看着，似乎在犹豫什么。赫乎达又冲她叽里咕噜说了一句，声音大了很多，看得出来很生气。

辛可儿终于张口回答了，纳罕听不懂，只觉得她说得有些急促。她的声音很甜美，在急促之下听起来像一只受惊的兔子。她很快说完了，又扭头瞟了一眼纳罕，然后扭过身，迅速地跑着出了窝棚。

"她怎么回事？"纳罕问。

赫乎达愣在了那里，过了一会儿，才回过神来，回答纳罕的问题："她说——"他也显得很困惑，"不跟我们走了。"

"为什么？"克其克其插了一句话，这也是纳罕的问题。

"她说刚才看到您要杀她。"赫乎达说。看脸上的表情，显然他觉得难以置信。

"我要杀她？"纳罕问，"看到我要杀她？我不是就坐在这里没有动吗？"

大家都瞠目结舌，半天没人说话。

"她是一个魔鬼。"克其克其忽然说，"也许被魔鬼附身了。您说过，魔鬼诱惑我们的时候，可能是会找人附身的。"

"也许是的。"赫乎达说，"她如果是魔鬼，可能就会看到您要杀她。您是赛纳尔的使者，您说过，赛纳尔和魔鬼是敌人。"

那是我瞎编的，纳罕想，都是我瞎编的。他知道自己这些天经常前言不搭后语，瞎编了很多东西，为了解释什么或者说服谁。看来已经很有效果了，很多人都已经被他搞糊涂了。

不过纳罕接着想，辛可儿是有些不正常。按照地球人的说法，精神有些问题吧。不奇怪，一个小姑娘，自己一个人在芦苇坑扛了那么多天，拖着生病的身体，有点精神恍惚或者干脆精神不正常了都不奇怪。考虑到很可能她还吃了剧毒的诅咒草，出现幻觉什么的就更不奇怪了。穿越者缓冲区的资料上确实是说，诅咒草煮过二十四小时就没毒性了，但毕竟没人真正在云球上试过，谁知道是不是真的就完全没毒性了呢？而且，虽说辛可儿没死就足以证明，如果她吃了诅咒草的话一定是事先煮过，可谁知道有没有煮够二十四小时呢？

也好，本来这个辛可儿就不在计划之内，省了麻烦，按原计划进行吧。

"不用管她了，我们出发吧！"纳罕说。

"好的，出发。"赫乎达说，似乎也有些恍惚。

48 诅咒草悬疑

显然，辛可儿的诅咒草悬疑不是一个孤例。

在纳金阿，纳罕又发现了三例疑似服食诅咒草缓解死血病症状并保住性命的案例，而且服食的诅咒草是经过了水煮去除毒性的。最终和辛可儿一样，这三个案例的主角都等来了纳罕的罗尔花，并且很快就痊愈了。另一方面，这三个人也都和辛可儿一样不承认服食过诅咒草，但实际上却都有证据显示他们在撒谎。

开始，纳罕想，可能是某人发现了这个秘密，然后在少数人中传播。不过，这个想法很快被否定了。治疗了超过一半的纳金阿人之后，纳罕一共只发现了四个人疑似有这种情况，包括辛可儿。虽然辛可儿是在纳南村碰到的，但她也是从纳金阿去纳南村的。

这四个人，克其克其按照纳罕的要求去打听了一下，他们之间并没有什么关联，互相都不认识。虽然不能排除大家都在撒谎的可能，但总的来说不太像，而且似乎没什么必要。

他们真的知道诅咒草的秘密吗？那为什么他们却又不知道罗尔花的秘密呢？

纳罕很快想到，也许他们不是不知道罗尔花的秘密，只是罗尔花太难找了。纳金阿附近根本没有，需要深入沼泽深处，甚至直到沼泽边缘才会稍微多一点。简而言之，长时间的寻找加上足够好的运气，才有可能找得到罗尔花。而绝大多数坎提拉人却并不认识这种东西，即使见到恐怕也不知道这就是救命之花。

诅咒草则遍地都是，无论是在纳金阿还是在坎提拉的其他地方。对往年的死血病而言，诅咒草的疗效基本是够用的，但今年就另当别论了，所以这几个人也许只是太大意了？以为诅咒草够用，等到症状严重想找罗尔花的时候，却已经来不及了，已经没有能力远途跋涉去寻找了。

可是，诅咒草的疗效他们是怎么知道的呢？

这几个人有一个共同特点，都是富贵人家的年轻子弟。除了辛可儿是个姑娘，其他三位都是小伙子。但看起来这事和他们的富贵之家并没有什么关系，因为所有人家里都死了人。辛可儿在纳南村，甚至眼看着舅舅家里所有人都死去了。

他们为什么不救自己的家人？也许曾经尝试过，但没有人相信诅咒草可以治病这个说法。毕竟就今年的死血病情况来看，诅咒草的药效只是拖住疾病不要恶化而已，并不足以让病人有明显好转。没有明显疗效加上对诅咒草剧毒的恐惧，多半会吓住其他人的尝试之心。

如果知道罗尔花，虽然难找，但完全可以告诉健康的人去寻找啊，为什么没有这么做？想要保守这个秘密吗？宁愿看着大批的人死亡？即使他们并不知道罗尔花，也应该大规模宣传诅咒草，说不定会有人相信呢？

纳罕知道坎提拉每年都会有死血病，去年有，前年有，年年都有，不过往年都不像今年这么严重。赫乎达、克其克其等当地人也帮助纳罕确认了这个印象。那就是说，在去年、前年以至更早，诅咒草是足以治好当时的死血病的。如果有人早知道诅咒草的秘密，为什么不在那时候告诉大家这个了不起的发现呢？诅咒草即使不能药到病除，至少也是疗效明显，应该很有说服力。

坎提拉沼泽作为一个荒凉的地方，不在地球所的重点观察范围内，但纳罕记忆中，以前没有发现过云球人使用诅咒草治疗死血病的情况。看看当地人对诅咒草的反应，这一点就更加可以确认无疑了。所有人都认为诅咒草只是沼泽中的一种剧毒植物，如果吃了，不但会死，还会死得很痛苦，是必须要敬而远之的东西。

诅咒草能够治疗死血病，这样的话说出来也不会被信任。这当然可以成为不对别人说的一个理由。但为了那么多人的生命，难道不值得一试吗？可是，地球所确实没有这方面的记载。

要知道，如果有这样一个人，告诉饱受死血病折磨的人群，在他们周围就隐藏着诅咒草和罗尔花这样的良药，就像地球上神农氏曾经做的事情，那可是一个大事件。即使没能成功地让大家相信，地球所应该也会记录下这个事件，记录下这个失败的英雄。无论怎么说，这都是推动社会进步的一次伟大尝试。而万一成功了，不考虑在地球所这群上帝中的缥缈荣誉，关键是在云球上，这个人将成为坎提拉历史中的伟大先知。他一定会获得很高的社会地位，多半还会发财，就像现在的纳罕一样。

纳罕已经是每天都有人来门前跪拜祈祷的大人物了。自从他治愈了国王、王后和两个小王子，更加是这样子了。王宫每天都会派专人前来问安，并且会带来各种各样的礼物。米尔什国王身体强壮，显然免疫力很强，虽然也感染了死血病却并不严重，说不定熬一熬能熬过去。但赛丽娜王后和小王子身体虚弱，没有纳罕的治疗，可能拖不了几天就要一命呜呼了。现在，纳罕成了国王一家的救命恩人，地位和财富自然不在话下。

这几个人知道诅咒草的秘密，难道看不到这样的诱人前景吗？

纳罕实在不理解。他只能认为，这几个人也许是今年才偶然知道了诅咒草的秘密，而今年却又恰恰碰上了诅咒草治不好的死血病。他们没有慢慢说服大家的时间，甚至自己都差点丢了性命。至于罗尔花，他们应该不知道罗尔花，至少是虽然知道罗尔花但却并不知道去哪里找罗尔花。

当然也有可能，为了某种很特别的原因，他们根本不愿意告诉别人这个发现，宁愿看着大家死去，没有任何同情心。

纳罕满腹疑问，他思索着，脑子反复出现这几个人的样子。

克里曼，二十二岁，家里是跑商队的。赫乎达曾经跟他们家的商队一起跑过黑石城，虽不熟悉，但赫乎达一直都认识这位公子。在赫乎达眼里，他是一个文质彬彬的人。不过纳罕见到他的时候，却不这么认为，纳罕看到的是这位公子的桀骜不驯。虽然在病床上，身体相当虚弱，克里曼的眼睛里却没有任何会引起你同情的神色，一丝一毫都没有，反而充满了坚定的斗志，甚至是恶狠狠的气息。一时间纳罕甚至认为，这样一个充满了生的欲望的人，即使没有罗尔花，就靠诅咒草也能够熬得过去。

克里曼几乎是纳金阿城中没有死亡而患病时间最久的人。不过，赫乎达发现了他的秘密。熬罗尔花的时候，赫乎达在他住处的厨房里看到了切掉根的诅咒草。虽然不多，但赫乎达认为有迹象表明厨房曾经被清理过。

在克里曼染病之初，就以害怕传染别人为名住到了自己家一处空置的房子里，没有任何人跟随。父母非常不舍，但他却很坚持。父母拗不过他，于是他就来空房子里住了，父母则每天派人送来吃喝。就这样一个人住，显然干什么都可以，不会有人发现。

松海，十八岁，家里拥有纳金阿为数不多的几个大农场之一。农场在纳金阿郊区，父母和几个弟妹都住在农场中。松海自己本来就一个人住在城中，跟随一个老师学习武艺。染病之后，他当然不能继续学习，但是却拒绝回家，并且偷食诅咒草。他掩饰得很好，加上诅咒草的帮助，父母甚至没有意识到他已经生病。在纳罕大范围治疗的时候，松海是自己走过来的——这里的病人通常都已经辗转病榻不能行动了，赫乎达他们总是需要上门治疗。

松海让纳罕非常吃惊，他的意志力竟然如此强大。不过，赫乎达很快告诉纳罕，他认为这个小伙子吃了诅咒草，倒不是因为在松海家里发现了诅咒草，而是因为松海有服食诅咒草的中毒迹象。很奇怪，松海居然没有死。

坎提拉人不知道诅咒草可以治疗死血病，但却很熟悉诅咒草的中毒迹象。这么一个到处都有的东西，难免会有各种人不小心中毒，特别是孩子。诅咒草的中毒迹象很容易辨别。中毒者身上会起大片的疹子，通常一两天疹子就会遍布全身，非常痒。中毒者会把自己挠得浑身是血，直至溃烂，然后，再过一两天，中毒者就会死去。

纳罕马上明白，松海一定是煮诅咒草的时候没有煮够时间。有一些残余的毒性使松海表现出了中毒的迹象，虽不至于死去，却不可避免地长了一些疹子。长了疹子，没有扩散并且没致死，这还不是赫乎达最吃惊的，让赫乎达更吃惊的是这个小伙子居然没怎么挠那些据说会痒死人的疹子。松海的皮肤有一些挠痕，但显然他控制住了自己，没有下狠手。

这很少见，赫乎达从没有见过这么有自制力的人，只见过被死死捆绑而无法挠自己的中毒者，那凄厉的挣扎惨状是他从来不愿意回忆的场景。逼着劫匪吃诅咒草是坎提拉商队折磨他们的一种手段。当然同样，劫匪也会这样折磨商队的人。总之，要让人死之前备受折磨，诅咒草是一个很好的选择。

休达，十九岁，他的情况更特殊一些，母亲早逝，父亲本来是一位高官，但就在前不久却忽然去世，据说是染了不明恶疾而死，肯定不是死血病，那时死血病还没有暴发。坊间有很多传说，有人说他父亲得罪了国王，被国王下毒害死了，有人说他父亲不小心被黑鼠所咬，死于一种黑鼠传播的未知急疾。休达从此就无父无母，好在继承了父亲的遗产，生活倒是无忧无虑。

无论休达的父亲得罪国王的传言是否真实，至少国王并没有对休达有什么进一步的动作，他生活得还不错。不过因为好吃懒做，坐吃山空，加上脾气不太好，家里的仆人渐渐都跑了。休达倒也不在乎，天天留恋于花街柳巷，直到死血病暴发并感染了他。

休达可没有松海那么坚强，也没有克里曼那么有斗志。他在见到纳罕的时候已经虚弱不堪，一双眼睛像死鱼一样，不停地嘟嘟囔囔，似乎已经崩溃了。不过，最终他也活了过来。而克其克其也在他的厨房里发现了诅咒草。

休达的家里本来就没剩几个仆人了，自从死血病暴发，早就跑得干干净净，还偷走了不少东西。家里只有他一个人，一片破败，煮诅咒草倒也无须偷偷摸摸。在厨房里，诅咒草杂乱地扔了一地。

这些人都有自己独自煮诅咒草和服食诅咒草的条件，辛可儿更不用说了，她一直自己待在芦苇坑舅舅家的死人堆里。当被问到的时候，他们都声称自己没有服食过诅咒草。对于家里发现的诅咒草，辛可儿和克里曼推说不知道，松海声称自己的疹子并非诅咒草导致的，而休达则说那杂乱地扔了一地的诅咒草是仆人们偷东西时弄的，他懒得收拾而已，至于仆人们哪里来的诅咒草就不知道了。

辛可儿是不得不自己待着，休达也差不多，但克里曼是找了理由主动离家，松海则进行伪装拒绝回家。不管有意或者无意，他们都避免了别人发现诅咒草的秘密。

纳罕的人需要熬制罗尔花，由此他们能够进入每一家的厨房。一方面，他们发现了这几个人的异常；另一方面，他们也发现在其他人家的厨房里没有诅咒草的痕迹。这证明，诅咒草对死血病的治疗效果确实不是尽人皆知的，这几个人很特殊。

其实，就算是排除诅咒草的问题，这几个人本身也与众不同。辛可儿主动要加入纳罕的队伍，却在最后关头莫名其妙地离开了；克里曼一向温文尔雅，却在染病后独居并在将死之际露出了一双桀骜不驯的眼睛；松海忍住了常人根本无法忍住的痒，诅咒草疹子所带来的奇痒；而休达，看起来是个纨绔子弟，父亲的死因却很奇怪。

在纳南村派出去寻找罗尔花的几组人，已经有不少带着罗尔花返回。现在纳金阿城里的情况已经逐渐稳定，纳罕派出了修连、韦森和其他几个人，带着罗尔花和他的治疗方法出发，去沼泽中其他的城镇和村庄进行治疗。这是一次大行动，不断有好消息传来，他们取得了一个又一个成功——这是巡燕的功劳。

巡燕是一种类似于地球上信鸽的云球鸟，专门被用来传递消息。它们很珍贵也很稀少，虽不好养，但坎提拉王室养了不少，被慷慨地借给了纳罕使用。

纳罕的身边，纳南村跟来的人还有赫乎达、克其克其和飞熊。赫乎达和克其克其懂萨波语，飞熊对萨波语不太熟练，但也能简单说几句，他们和纳罕的沟通比较容易，所以留在了他身边。

这段时间，纳罕一直在学习坎提拉语，同时也在向更多的坎提拉人传授有关罗尔花的一切，比如罗尔花什么样子、如何寻找、如何熬制。缓冲区中的知识和这些日子积累的经验已经让这个过程变得程序化，学习起来并不困难。越来越多的坎提拉人掌握了这些知识并进行实践，到目前为止效果相当不错。纳罕相信，从此以后，死血病在坎提拉将不再是一个威胁，这让他感到很欣慰。

唯一的问题是罗尔花，这东西确实不好找。纳罕安排了一些人开始尝试种植这种植物，他觉得应该不难。本来纳罕还想告诉大家，应该尽量消灭血蚊，因为正是血蚊导致了死血病的肆虐，但后来想想还是算了，消灭蚊子太难了。就算在科技发达的地球，连基因改造的绝育蚊子都用上了，人类仍然没有彻底消灭蚊子，何况在云球这个蛮荒世界里。还是种植罗尔花并普及有效的治疗方法更现实。

虽然对辛可儿、克里曼、松海和休达一直充满怀疑，但纳罕忙于治疗众多的病人，来不及去仔细思考，更谈不上调查。现在他终于可以松一口气了，种种怀疑也越来越不可遏制，逐渐在他心里占据了更多的空间，他开始安排做一些调查。

克其克其去打听过，辛可儿并没有回家。这很奇怪，在这个地狱般的沼泽中，她能去哪里呢？想这个问题没有意义，还是从其他人着手吧。纳罕想从休达开始，克里曼的眼睛和松海的忍耐让他觉得有一丝恐惧。休达似乎更容易面对一些，而且听克其克其说，只有休达会说萨波语，克里曼和松海都不会。

"纳罕大人，我们的主人，赛纳尔的使者。"赫乎达对休达说，"你还是老实交代，不然赛纳尔发怒的话，你会下地狱。"说到赛纳尔的时候，赫乎达行了一个赛纳尔祈祷礼，当然不是对休达，而是对自己心目中的神灵。

休达站在那里，斜着眼睛盯着纳罕看，不说话，但表情看起来似乎是一副不屑一顾的样子。

"你连赛纳尔祈祷礼都不愿意做吗？"克其克其喊了起来，"是纳罕大人救了你的命。你看看门外跪拜的人们！全城都在感谢纳罕大人，你真是个忘恩负义的家伙。"

"我看你父亲的死就是赛纳尔的惩罚。你必须改过自新，否则还会有更多的惩罚降临到你的身上。"赫乎达说。

"我们家没人可死了。"休达回答赫乎达，却只是看着纳罕，"地狱什么的，我可不在乎。"

"真是无可救药，早知道就不该救你。"克其克其说。

纳罕伸手示意了一下，让赫乎达和克其克其不要再发怒。"你到底吃了诅咒草没有？"纳罕问，"这有什么需要保密的吗？"

"我没吃啊！"休达说，"我说过好几次了。我倒是奇怪，你们为什么对这事这么感兴趣？"

纳罕有点语结。说实话，他也不知道自己为什么对这事这么感兴趣。他只是觉得不对头，哪里不对头却也说不清楚。

"这个，"纳罕犹豫了一下，"诅咒草有毒，是邪恶的东西。"

"吃了会死？我没死啊！"休达不以为然，"吃了会下地狱？地狱在哪里？我看这里就是地狱，整个坎提拉都是地狱。"

"我救了你。"纳罕说。

"是啊，谢谢你。"休达说，"我说过了，谢谢你，你还要我怎么样？我们家的钱也被我挥霍得差不多了，没钱可以给你们了。再说，你们也不缺钱。看看这房子，是纳金阿首富沙克其大人腾出来送给你们的。纳金阿城里除了皇宫，就是这房子最好了，比沙克其大人现在自己住的房子都更好。而且，连国王和王后都经常给你们送礼。你们不缺我那点钱，对不对？再说，我还要生活呢！"

"我不是跟你要钱。"纳罕说，"我只是想知道真相。"

"你已经知道真相了。"休达说,"再说真相有什么重要的?钱才重要,你已经得到了钱,别的事就不要那么关心了。"

"让我砍了他。"赫乎达说着走过去揪住了休达的衣领,抽出他的坎提拉弯刀。

"别,别,住手。"纳罕赶紧伸手制止。

休达却并没有显得很害怕,虽然有点紧张,但似乎不相信赫乎达真会砍他。"赫乎达大人,"他说,"你们就是求财,别吓唬我。我也没有碍着你们的事,我确实没有什么钱了。"

"我们不是求财。"纳罕说,"确实不是求财,是救人。"

"纳罕大人,"休达说,"我不知道你们从哪里知道了罗尔花能治病,还找到了罗尔花,然后这么张扬地就开始救人。其实我觉得这样做不好。当然了,看来你们不在乎,我也没办法。我认为你们就是在求财,说什么赛纳尔,不就是故弄玄虚嘛,太张扬了!我觉得应该低调点,还应该实在点,行不行?"

"啪"的一声,赫乎达的刀背重重地拍在休达的背上。休达立即踉跄着往前跳了一步,匍匐在地。"啊!"他惨叫了一声,"好,好,我不说了,我不说了。"

"你敢亵渎赛纳尔!"赫乎达看起来很气愤。他把刀插回腰间,做了一个赛纳尔祈祷礼,似乎在向赛纳尔赔罪。克其克其也跟着做了一个。纳罕愣了一下,也跟着做了一个。

"好,好,我亵渎,我亵渎,我混蛋,我混蛋。"休达吃力地爬起来,满脸痛苦,却掺杂了很多不耐烦,"搞得跟真的似的。"他嘟囔了一句。

"你说什么?"赫乎达大喊,又把手按在刀柄上。

"没有,没有。"休达赶紧退了一步,好让自己离赫乎达远一点,举起双手,对着赫乎达连连摇摆。

"我们确实不是为钱。"纳罕又重复了一遍。

他还从来没遇到这种情况。坎提拉人都挺好骗的,特别是在他救了这么多人之后。但看来这个休达认定了他一直在说瞎话。当然这没错,是事实,他是在一直说瞎话，可是就这样被人说到了心里，让纳罕有点紧张。

"确实不是为了钱？"休达小声地反问，看着纳罕，一边不停地快速扫一眼赫乎达，防备他的刀柄又拍过来。

"不是。"纳罕很坚定。这他可以坚定，这是真的。他要云球的钱干吗？神经病！

"不是，不是，不是……"休达低下头，沉吟着。

"你到底在干什么？是我们在审问你，还是你在审问我们？"赫乎达大喊。

休达被吓了一跳，悚然抬起头，看了赫乎达一眼，有点发愣，又转向纳罕。

"你刚才说，我们这样做其实不好？"纳罕问，"你是说救人不好吗？"

休达看着他，没有回答问题，好像有点犹豫。

过了半天，休达终于开口："纳罕大人，"他依然没有直接回答纳罕的问题，"我相信你，不是为钱。不过，如果真不是为钱，我倒觉得你真的不要再继续了。"

"为什么？"纳罕问，他确实很奇怪。

"你这个狼心狗肺的人，自己被救了，别人就不用救了吗？"赫乎达声色俱厉。

"正因为你们救了我，我才这么说啊！"休达声音不大，有点有气无力，"我是为了救你们。"

"救我们？为什么？"纳罕又问了一遍。

休达低着头，似乎又犹豫了起来。

"我不知道你们到底什么来头。"他开口说，"算了，不管你们什么来头了，反正你们也不会告诉我。但是，看在你们救了我的面子上，我还是要救你们。"他扭过头对着赫乎达，"你别嚷嚷，听我说。"然后又扭过头对着纳罕，"我父亲死前是高官，你们应该知道。"

"知道。"纳罕说。

"所以啊，我知道一点情况。"休达说，"父亲虽然死了，但还是有些老朋友念旧，会照顾我。只是有些时候啊，不是总照顾我，所以我没什么钱。"他似乎还在担心钱，"这两天，就有两个父亲的老朋友告诉我，让我离你们远一点。"

"离我们远一点？为什么？"纳罕越来越奇怪了。

"唉，"休达莫名其妙地叹了口气，"我觉得，你们走吧，别在这里待着了。"

"到底什么意思？"纳罕问。他扭头看了看赫乎达，赫乎达脸色铁青，不说话。

休达还没来得及回答。忽然，门"砰"的一声开了，飞熊匆匆忙忙跑了进来，喘着气，神色慌张。飞熊一直在城里为大家治病，不知这会儿怎么了。

"纳罕大人，纳罕大人，"他看起来紧张极了，"我们快走吧，有危险。"

"危险？什么危险？"纳罕问，觉得莫名其妙。

"国王要对我们不利，王宫侍卫在路上。"飞熊操着不太熟练的萨波语，急得满头大汗，"路上再说，现在我们必须马上走。"他扭头看了赫乎达一眼。

"走吧，走吧。"休达说，"我也觉得你们应该马上走。"

"走。"赫乎达说，声音不大，却很坚决，没有了刚才向休达叫喊的粗鲁语气，"纳罕大人，一会儿再解释，我们现在马上走。"他伸出手抓住纳罕的胳膊。

虽然满腹狐疑，纳罕还是被赫乎达拉扯着站了起来。

49 / 国王的不安

"不争,不争,他妈的,你们就是最争的,太过分了。"休达还在嘟嘟囔囔,"真见鬼了,和我有什么关系?我就应该离你们远一点。非把我抓来问话,谁给你们权力随便抓人来问话?还不让我走了。"出门的时候,休达想要离开。赫乎达并不介意,但纳罕仍奇怪于诅咒草的问题,不同意他离开,赫乎达就拦住了他。

"谁抓你了?不是请你来的吗?"纳罕说。

"请我?见鬼了。"休达说。

"他不来,"赫乎达说,"我只好把他抓来了。"

他们都骑着坎提拉瘦马,经过一阵狂奔,现在慢了下来。几匹坎提拉瘦马都喘着粗气,慢慢地走着。

"干吗要向这个方向跑?"休达说,"一直跑下去是鬼门,然后就没地方可去了,半路上也没什么岔路或者正经能待的地方。你们以为米尔什国王找不到鬼门吗?我知道,这个方向好走,可以让瘦马跑得快一点,但追我们的瘦马也一样可以跑得快。他们只要找到鬼门,你们就没地方逃了。总不至于想要去鬼域吧?"

"闭嘴。"赫乎达呵斥了一句。

"我也想知道,我们要去哪里?"纳罕问。

"纳罕大人,你不知道吗?唉,看来你们是瞎跑,完蛋了。"休达说,"这里下去是鬼门村。到了鬼门村,除了回头,就只能继续向西去鬼域。一路上一直到鬼门,往南都没有路,即使非要走,越过沼泽还有分界山挡着,那雪山可过不去。往北更没有路,而且是越来越冷的极寒之地,人根本没法待。纳罕大人,你没觉得这里已经开始比纳金阿冷了吗?"

"闭嘴!"赫乎达又呵斥了一句,声音大了起来。然后扭过头对纳罕说:"纳罕大人,我们是要去鬼门。在鬼门休整一下,接着继续向西,进入鬼域。几天之后,向南就是姊妹湖,那时已经绕过了分界山。我们坐船渡过姊妹湖,再走几天就可以走出沼泽,到达斯吉卜斯的风沙堡。只有这样才能躲过米尔什国王,他们不会进鬼域。"

"你们真要进鬼域?你们疯了。"休达又嚷嚷起来,甚至勒住了马缰不再往前走,"那是禁区,禁区!知道什么是禁区吗?一千多年了,有几个人敢进去?有活着出来的吗?还坐船?姊妹湖北岸会有船吗?你们疯了!唉,我说,赫乎达、克其克其,还有飞熊,你们是坎提拉人啊,你们不知道鬼域是禁区吗?纳罕大人不是坎提拉人,他不知道,你们应该知道啊!"

"不就是紫尸水和食人鳅吗?不要停下!"赫乎达说,伸出马鞭抽了一下休达的瘦马,"有人活着出来过。"他的语气很冷峻,休达的瘦马又走了起来。

"真的要进去吗?"克其克其显然有点害怕,"好像很难出来。"

"赫乎达说得对,有人活着出来过。"飞熊说。

紫尸水和食人鳅,纳罕沉默不语,他知道,那是他造的孽。

鬼域面积很大,在坎提拉沼泽的西部。云球的一千多年前,这里并不叫鬼域,只有一个很普通的名字:西坎提拉。

西坎提拉是坎提拉沼泽中环境最恶劣的地区,也是整个云球上环境最恶劣的地区之一。这里有一定规模的硬地,但很少,由于被分界山挡住了沙漠的暖风，气候也比坎提拉更加寒冷。可悲的是，这里的环境虽然恶劣，却并没有恶劣到完全没有人烟——如果真的没有人烟，就不会有后来的鬼域了。

在克雷丁时代之前不久，这里还零散地生活着上百个部落，加起来有十几万人。这里生活非常艰难，所有的部落都很落后，很多部落甚至没有成熟的语言。就在那时候，地球所为了节约计算资源，清除了这片区域。

清除西坎提拉是地球所对云球系统最大的清除行动之一。那时他们并不觉得这有什么问题，感觉上就像删除一些普通数据，他们也确实把这种行为叫作"删除"。但是后来，虽然同样不好听，却不知道是谁开始改用"清除"这个词，而大家逐渐都用起了这个词。

地球所将积聚西坎提拉人脑单元的所有量子芯片进行了断电。虽然并不是很绝对，偶尔出现例外，但通常来说，一个区域的云球人脑单元会积聚在若干特定的量子芯片中，这是云球操作系统的算法导致的，所以，清除一个区域的云球人做起来并不困难。

地球所的行为造成西坎提拉人集体死亡。有少数西坎提拉幸运儿因为脑单元处于其他量子芯片中而幸存，也有少数其他区域的倒霉鬼因为脑单元恰好处于西坎提拉人积聚的量子芯片中而被误杀。不过总的来看，结果用一句话概括就够了，那就是西坎提拉人被灭绝。到了克雷丁时代，这里已经杳无人烟。

西坎提拉人被灭绝之后，当地一夜之间堆满了大量的尸体。在沼泽湿润气候和独特生物环境的催化下，后续发生了一系列变化，导致这里变成了一个极其可怕的地方。

在这些变化的过程中，产生了两种可怕的东西，对云球人而言是致命的。

首先，大量尸体同时出现，没有足够多的食肉或食腐动物，导致这些尸体无法被迅速消灭，而是慢慢地腐烂。这个过程中，尸体通过和一些微生物的相互作用，产生了一种浅紫色的黏稠液体，其中富含有毒的细菌。这种液体漂浮在沼泽中的水面，到处都是，有些地方甚至完全覆盖了水面，看起来非常诡异。而且，这种液体中的细菌对云球人是致命的，即使只是皮肤接触，也会引起强烈的过敏，最终会导致全身皮肤溃烂而死亡。这种液体被称作紫尸水，存在了一千多年，直到现在。

其次，大量尸体的存在促使一种泥鳅发生了变异。这种泥鳅原本吃小鱼和昆虫为生，变异后却开始吃泡在水中的云球人尸体。它们吃光了水中的尸体以后，适应并喜欢上了哺乳动物的口味。相比小鱼和昆虫，哺乳动物成了它们在食物上的优先选择。这些变异的泥鳅不仅喜欢云球人，也盯上了兔子、黑鼠、沼泽野羊、坎提拉瘦马，甚至是狼。它们成群结队，奋不顾身，撕咬站立在浅水中的任何动物的腿和脚。普通衣服挡不住它们的撕咬，而且它们的唾液中含有一种具有麻醉效果的物质，会迅速使动物感到麻木。很快，被咬的动物就会跌倒水中，全身都成为目标。这种泥鳅原先的名字早已被人忘记，现在它们被叫作食人鳅。食人鳅还有一个特异之处，完全不怕紫尸水，所以它们在沼泽中大肆繁衍，到处都是。

紫尸水和食人鳅都是西坎提拉特定气候和地质条件的产物。它们在西坎提拉诞生了，却无法离开它们赖以生存的环境，无法向其他地区扩散，这是唯一的好消息。

这两种东西很恐怖，地球所曾经考虑过把它们消灭。但是，纳罕记得，最后的讨论结果是，这两种东西阻止了云球人重新进入西坎提拉，实际上是保证了地球所无须在未来再次消灭西坎提拉人——当然，那时还没有后来的云球娱乐化和其他资金筹措计划，否则也不至于得出这样的结论。总之，他们没有对这两种东西动手。

那些少数的西坎提拉幸存者，因为脑单元不在断电量子芯片中而幸存下来，目睹了大片的莫名其妙的死亡，恐惧不已，纷纷向各个方向逃亡。少数人越过姊妹湖进入了沙漠，个别人走上了几乎无法生存的提多高原，而大多数都逃向了东坎提拉。东坎提拉是一个更加容易的选择，本来就是西坎提拉交往最多的外部地区。

从西坎提拉到东坎提拉，鬼门是必经之处。

鬼门的东西方向分别是东、西坎提拉，而南北方向都没有路，只有大片一旦陷入就无法自拔的泥淖。

那时候这个村子还不叫鬼门。据逃亡者的描述，大家发现，这个村子以西已经成为绝死之地，几乎所有人都已经消失，所以才有了鬼门这个称呼。而鬼域，也就被用来称呼西方这一大片绝死之地。大家相信任何人到了那里就会枉死。后来，紫尸水和食人鳅的出现，更加使鬼域和鬼门的称呼实至名归。

之后的一千多年，曾经有一些人因为各种原因进入鬼域。但传说中，从没有人回来过。这显然就是休达听到的故事。

赫乎达和飞熊却不这么认为，似乎他们明确地知道有人曾经进入鬼域而且又活着出来了。

即使并不见得就不能活着出来，纳罕还是很奇怪，赫乎达为什么要进入鬼域。或者换个角度说，进入鬼域本身并不重要，重要的是为什么米尔什国王要来抓他们，而赫乎达又这么害怕，害怕到足以决心闯入鬼域，怎么说那都还是有些风险的。纳罕觉得，米尔什国王一定是有什么误会，应该可以解释清楚。但看起来赫乎达似乎不这么认为，而是认定了被抓住就是最糟糕的事情，所以才会想要冒险进入鬼域。这是为什么？

一路上，休达总是喋喋不休，嘟嘟囔囔，赫乎达间或会呵斥几句，虽然能暂时制止休达，可是并不能让他真正闭嘴。纳罕心事重重，有很多问题想问却始终没有张嘴。克其克其和飞熊都很少说话，似乎也各有心事。就这样过了几天，他们终于进入了鬼门村。

鬼门村并没太多人居住，毕竟这里离鬼域太近，对坎提拉人来说是一个相当恐怖的地方。住在这里的人可以说都有故事，都是因为各种原因在其他地方生存不下去才过来的。

逃犯或者可怜人，鬼门实际上成了坎提拉人的避世之地。

加上今年的死血病，这里的人就更少了。不过之前，韦森已经来过这里一次，为这里的人们治疗过死血病，所以生活已经恢复了不少。纳罕看到了几个面容枯槁的当地人，正在忙着自家的活计。听到马蹄声，那些人抬起头，默默地看着他们几个骑着瘦马走进村子。纳罕觉得，他们虽然面容枯槁，眼神里却透着股凶狠。

村子的西边，最靠近鬼域的位置有一栋较大的土坯建筑，其实也很破败简陋，不过在鬼门已经算是豪宅了。鬼门和纳南一样，大多数居所都是窝棚，土坯建筑已经是很豪华的地方。赫乎达没有一丝犹豫，带着大家直接进了这所豪宅。

终于可以坐下来了，因为长时间骑马而僵麻疼痛的双腿终于能够放松一下。

令人吃惊的是，纳罕看到院子里有四个健壮的男人，有着鹰一般的眼神，装束利落，佩戴着钢剑，很像是武士之类的人物。而屋子里也有两个健康的男人，说不上健壮但红光满面，一点也不像刚刚生过死血病的样子。

显然这些人在等他们。

甚至还有一个女人，准备好了可以算是丰盛的饮食，让他们在如此饥饿的时候能够饱餐一顿。女人非常瘦小，看身材似乎还没有成年。她总是低着头，纳罕没有看到她的脸。即使她抬起头也没有用，因为她的脸用一块布蒙着，只露出了一双眼睛。这不能算奇怪，死血病如果严重，经常会让人的脸枯槁变形。一个少女不愿意以自己因病而不堪入目的脸示人是很正常的。无论在纳金阿还是纳南村，都有不少生病的女人用布蒙起了脸。看来，这个女人是得过死血病的，不像那六个健康的男人。不过，虽然脸部可能还没有来得及恢复她原本的样子，但显然她的病已经好了，否则那些男人应该不敢和她如此接近。

纳罕在院子的墙角还看到几只巡燕，正在蹦蹦跳跳地啄食为它们准备的谷粒。他想起来，离开纳金阿住处的时候，赫乎达曾经消失了一小会儿，从内院拿出了几个包裹。当时纳罕并没有奇怪，出门总会有些行李的。可现在回想，赫乎达那时应该不仅仅拿了行李，而且还放出了巡燕。现在这里准备好的食物，应该就是巡燕的功劳。另一方面，纳罕相信，巡燕要通知的消息肯定不仅仅是准备食物。

纳罕心中充满了更多的疑惑，甚至让他不知该从何问起。

吃喝了一会儿之后，屋子里的两个健康男人开始说话。他们先是向纳罕又行了一遍赛纳尔祈祷礼，双手手指交叉握拳，碰一下额头，碰一下鼻尖，再碰一下下巴，很标准，看样子也很虔诚。其实刚才纳罕一行进门的时候，他们已经行了一遍礼，但当时并没有说什么，甚至没有自我介绍，只是热情地让大家先吃点东西填填肚子。现在大家酒足饭饱，他们可能觉得应该开始交谈了。

"我叫斯特里。"一个男人说着标准的萨波语，脸上带着迷人的微笑，"纳罕大人，很荣幸认识您。"听到斯特里这几个字的时候，纳罕看着他，觉得好像在哪里见过。

"纳罕大人，您好，西廷斯向您问好。"西廷斯跟着说。

"这是怎么一回事？"纳罕回了一遍祈祷礼，问道，但却扭头看了看赫乎达。

"我们是来救您的。"斯特里说，赫乎达并没有说话。

"救我？"纳罕很奇怪，"为什么要救我？我有什么危险？"

"您看到了。"斯特里说，"米尔什国王打算把您抓到宫里去。您逃走的时候，他的侍卫正在去您府邸的路上。"

"为什么要抓我？"纳罕问。他知道米尔什国王要抓他，但不明白为什么，完全不明白。

"这个，"斯特里笑了笑，"可能您要想一想，您是怎么出现的，又是怎么治疗了死血病。"

"我——"关于他是怎么出现的，这个问题是无法回答的，纳罕只能跳了过去，"我治疗死血病难道有什么问题吗？"

"不，当然没有问题。您拯救了无数人的性命，拯救了坎提拉沼泽。"斯特里说，"不过，正是因为做了这一切，您才有危险。"

"哼！"休达忽然插话，"我早就说了，纳罕大人，您早就应该离开了。"

"住嘴，你的事还没交代呢！"赫乎达马上呵斥休达。

"好，我不说，我不说。"休达摆了摆手，低下头接着吃东西。

斯特里仍然带着微笑，不像赫乎达，没有生气，"您看，休达都知道应该离开了。您一定是做了什么不该做的事情。"

"我做了什么不该做的事情？"纳罕愈发奇怪，"你直说好了，不要绕弯子。"

"是您没有直说，"斯特里说，"您到底是从哪里来的？"

纳罕语结了，这个问题确实没法回答。

"纳罕大人是赛纳尔派来的使者，"克其克其插嘴说，"是从天堂来的。"

"哦——"斯特里仿佛恍然大悟，"对，是的，您是赛纳尔的使者，是来拯救我们的，因为我们有罪。"他说，"所以，您知道怎么治疗死血病。您确实拯救了坎提拉沼泽，以后，死血病永远都不会是一个问题了。"

"是的。"纳罕说，"赛纳尔很生气，你们做了不该做的事情。"

"我们在争夺，是吗？"斯特里说，"是的，我们为了让自己生活得更好，总是在努力。这种努力在赛纳尔眼中是有罪的。不争，您说的不争，才是无罪的生活方式。"

"你们就是最争的。"休达又忍不住插嘴，"还不争？太过分了。"

赫乎达又想说话，但被纳罕抢了先。"休达，你在路上就一直这么说，到底什么意思？"纳罕显然有点被激怒了，"我们怎么争了？你说说看。"

"纳罕大人，"休达说，"你们到处给人治病，救了大家的命，这不错。还救了我的命，这很好。但是，你们要求大家必须每天行赛纳尔礼。这也就算了，要求就要求吧，为了感谢你们，也相信你们，大多数人都愿意这样做。不过，总有些人没那么认真，按说这也没什么大不了吧？可你们的人就把这些人抓起来，打他们，甚至让坎提拉瘦马拖着他们跑，我看到有个人就这样死了。你们说不争，却非要让大家相信你们，完全按照你们说的话去做，这算不算争？"

"我没有。"纳罕很惊讶，"我没有非要大家这样做。"他扭头看赫乎达，"有这种情况吗？"

"纳罕大人，"赫乎达说，"绝大多数人都非常相信您，很虔诚地相信您。大家不能容忍有人质疑您，甚至有些时候，有人会做出一些亵渎的行为，那就更加无法忍受了，所以，偶尔会出现一些暴力的行为。"

"不过，我觉得，"他顿了一下，接着说，"那些不虔诚的人受到一些惩罚是应该的。不知道感恩图报，还制造谣言说您才是魔鬼。有人说就是您制造了死血病，所以才知道怎么治疗。当然，这只是非常少的人。虔诚的人惩罚他们，这是应该的。"

"对，"飞熊说，"这些人应该被惩罚，我们不能容忍对您或者对赛纳尔的任何不敬。"

纳罕愣在那里，不知道要说什么。

患病的人太多，纳罕一直忙于治病，忙于教会别人治病，很少出去闲逛，更谈不上观察了，从来不知道发生了这些事情。

"还有很多地方，大家每天会聚集起来，对着您的草人或者木像进行膜拜。您的人指定了每个地方的赛纳尔代表，大家对赛纳尔和赛纳尔代表的忠诚，甚至已经超过了对部落长老和村庄族长的忠诚。"斯特里说。

"什么？赛纳尔代表？"纳罕脑子里很乱，"谁指定了赛纳尔代表？"

"这是必须的。"赫乎达说，"我们要去采集罗尔花，要有秩序地治疗，这都很艰难。总会有人捣乱，我们必须保证一切都正常进行才能救更多的人。您知道，很多长老或者族长本身都病了甚至已经死了，他们没办法组织村民做事情。我们要自己组织，所以必须要有自己的代表。"

"那也用不着要求大家向你们的代表坦白自己曾经的罪孽啊！"休达插嘴说。

"你说什么？"赫乎达又疾言厉色起来，"我们要找愿意赎罪的人去采集罗尔花，如果对赛纳尔不诚实，怎么能够治病？难道你忘了，死血病是赛纳尔在惩罚我们的罪孽。如果不承认我们的罪孽，怎么能够让赛纳尔原谅我们呢？"

"修连、韦森，他们出去，都在干这种事情吗？"纳罕问。

"不然的话，加上纳金阿新加入的人，我们统共才十几个人，怎么能够拯救整个坎提拉沼泽呢？"赫乎达说。

纳罕默然不语，他不知道该说什么。

"那也不能把刚治好的人再活活弄死。"休达还在嘟囔。

"闭嘴！"赫乎达怒目相对。

"不说了，"休达赶紧说，还摆了摆手，"不说了。"

"是啊，"斯特里说，"赫乎达说得对，您挑的人很得力，组织得也非常好，效率很高，几个月里治好了几乎整个坎提拉的死血病人。但是，"他加重了声调，"这引起了那些部落长老、族长以至米尔什国王的不满。"

"为什么不满？"纳罕低声问，其实他已经知道那些人为什么不满了。

"您知道，沼泽里的部落都各自为政，长老和族长们权力很大。有一部分名义上属于米尔什国王治下，也就是个名义而已。另一部分本来就没有臣服于米尔什国王。这种情况已经持续了几千年，大家都和平相处，一切都好。米尔什国王说是国王，主要也就是他的部落比较大，纳金阿那地方也比较富裕，别人没法抢这个名号。但米尔什国王和他的祖先，其实从来没有能力真正地把坎提拉沼泽团结在一起。"斯特里说，"现在情况不同了，您倒是真正地把坎提拉沼泽团结在了一起，通过您的罗尔花、您的赛纳尔、您的不争。"

"不是纳罕大人的赛纳尔，这么说不对。"克其克其插嘴说，"是赛纳尔委派了纳罕大人。"

"是的，是的。"斯特里又笑了起来，"不管怎么说吧，"他说，"现在唯一能够获得几乎全体坎提拉人膜拜的就是赛纳尔，还有您，纳罕大人。少数不认可赛纳尔和您的人，正在被几十倍于他们的人群所消灭，甚至就算是长老、族长也不例外。如果还容忍这种情况继续，米尔什国王迟早也必须成为您的信徒，接受您的领导，否则他也会被消灭，这可能不是国王所愿意的。"

"所以他要先把我抓起来。"纳罕低声说。

"是啊，也许不仅仅是抓起来，而是杀掉您。唉——"斯特里长叹了一口气，"忘恩负义，不是吗？您救了他的一家和他的部落，还有所有臣服于他的部落，可是现在，在国王看来，您正在争夺王权。您治病的能力，还有您的信仰，都是很厉害的武器。"

纳罕扭过头，看着休达，"你父亲的高官朋友，也是这么说的？"他问。

"他们没有明说。"休达说，"但谁都知道，您的人太霸道了。对，我说，"

他忽然提高了声音，"你们要逃就赶紧逃吧，我看米尔什国王的人就快追过来了吧！我也该离开了。"

"不会的。"斯特里说，看到纳罕转过头看着他，他说，"米尔什国王不会追这条路。"

"为什么？"休达接着说，"干吗不追这条路？"

"因为我们安排好了。"斯特里说，"既然你父亲的朋友都能告诉你一些消息，我们当然也可以知道一些消息，而且还可以安排一些事情。"

"你是说，在米尔什国王身边有你们的人？"休达问。

"是这样吗？所以你们才预先知道我会被抓？"纳罕问。

"是的，纳罕大人。"斯特里说，"刚才赫乎达说了，现在坎提拉沼泽中大部分人是崇拜和信任您的，米尔什国王身边的人也不例外。虽然有您的敌人，却也有您的信徒。我们知道了消息，而且可以安排追兵不追这条路。他们会在沼泽中展开搜捕，但一定不会搜这里。我们不用着急，等您休息好了，我们再向西去，进入鬼域，到姊妹湖，去斯吉卜斯。"

"为什么不能安排追兵不要追沙漠商路……或者……向阳道，为什么要走这里？这里是要死人的。"休达问，显然，对于鬼域他还是很害怕的。

"那样安排不是太明显了吗？我们做不到。"斯特里说，"米尔什国王当然会堵住沙漠商路和向阳道，那是最大的两条路。甚至，他们还会堵住去往哈特尔山那不算道路的道路。但这里不一样，别忘了这里是鬼门，再往前走就是吃人的鬼域。你害怕？这就对了，追兵也害怕。他们还会认为所有人都害怕，所以不向这个方向追击和搜捕是很自然的。不过实际上鬼域并没有那么可怕，只是些无知的人以讹传讹罢了。"

"你们到底是谁？"纳罕问。

"我们是您的信徒。"斯特里微笑着回答。

"你们根本没得过死血病。"休达又插嘴。

斯特里扭过头，看着休达。休达有点紧张，低下了头。

"我们没有得过死血病，但我们也可以信仰赛纳尔，不是吗？"斯特里平静地说。

"为什么?"纳罕问。

"因为赛纳尔能够使我们团结。"斯特里说。

"好吧。"纳罕不知道该不该信他,"但你们到底是谁?你们讲萨波语,而且没有得过死血病——你们是萨波人?"

"好眼力。"斯特里又笑了起来,"我们确实是萨波人。从萨波来,在纳金阿待了不少天,也是前几天才回到这里。"

"你们想干什么?"纳罕问。

"好吧,是这样,"斯特里说,"我们是萨波王国农业执政官图图大人派来迎接纳罕大人的。虽然远隔千里,但图图大人是纳罕大人的忠实信徒。他非常想要和纳罕大人一见,所以派我们来接纳罕大人去林溪地。"

图图!

纳罕脑袋"嗡"的一声,居然在这里听到了图图的名字。

在一瞬间,他也想起了斯特里是谁。他们的确见过,怪不得这么眼熟。斯特里!斯特里!这其实不是真正的斯特里,真正的斯特里早已经摔死在悬崖下面,脑袋里装着老巴力的意识场。这个人是个流浪汉,脑袋里却装着斯特里的意识场,小偷小摸,仰仗着小聪明搞定了黑石城一个富户的千金小姐,成为乘龙快婿。但是现在,他怎么会出现在这里?怎么和图图扯上了关系?这些纳罕就不知道了。他看见过斯特里,在地球所,通过电球,而斯特里并没有见过他。自从斯特里成为乘龙快婿之后,地球所就没有人再关心他了。既然已经证明了这次意识场迁移没有出现问题,对斯特里的观察就毫无意义了。之后的事情,估计整个地球所都没人知道了,就算卢小雷这个云球万事通可能也不例外。

而图图要见纳罕!

纳罕忽然清晰地意识到,自己的身体是拉斯利的身体。他想起老巴力之屋里刻满了柱子和墙壁的"复仇"这个词,身体里甚至燃起了一股怒火。他知道自己不是拉斯利,但怒火还是产生了。

他愣了半天,一直在使劲,好不容易让自己的怒火消失了。

"图图?"纳罕艰难地说,"他早就是农业执政官了,应该在黑石城,我们为什么要去林溪地？"

"看来纳罕大人对萨波还是挺了解的。"斯特里说，"您应该也知道，图图大人之前一直在林溪地供职，对那里比较熟悉。而且图图大人和林溪地现在的副都督索萨大人也是好朋友。我们去萨波，必须过斯吉卜斯沙漠绕道吉托城和凯旋关，相比黑石城，林溪地也比较近，所以我们先去林溪地。当然，如果纳罕大人感兴趣，随后图图大人也可能会陪同纳罕大人一起去黑石城。"

索萨！

又是熟人，纳罕的脑袋好疼。

他想起趴在断头台上的老王尔德的身体，还有滚落在旁边的老王尔德的脑袋，眼睛依然睁着。那会儿，卢小雷被惊着了。而现在，纳罕被惊着了。

"索萨，副都督。"纳罕喃喃自语。

"是的，索萨大人是林溪地的副都督。"斯特里说，"纳罕大人也知道索萨大人吗？"

"林溪地还没有正都督吗？"纳罕没有回答斯特里的问题。

"唉，"斯特里说，"没有啊，朝里的大人们意见分歧很大，林溪地的都督可是个肥差啊！"

纳罕沉默不语，试图仔细地捋一下，这都是怎么回事。

"纳罕大人，图图大人对您是望眼欲穿啊！"斯特里接着说，"他听说了您在坎提拉的善行，马上就派我们来到坎提拉。一来怕您有危险，一定要保护您，二来有机会的话，就请您去林溪地一会。您千万不要推辞啊，否则我们可不好交差。"

"好，好。"休达又开始插话，"你们去，你们去，林溪地多好啊！我就不去了，我是不是可以走了？"

"你不能走。"纳罕又想起了诅咒草，"你先别走。"

"既然纳罕大人不让你走，那就一起去林溪地吧。"斯特里说，"这里虽然没有死血病了，但阴冷潮湿，饥寒难免，而且你是和纳罕大人一起逃跑的，怕是米尔什国王也在追捕你。我看还是去林溪地一趟比较好！"

"什么时候交代了诅咒草的事,什么时候才可以走。"赫乎达说,"纳罕大人说了,你就必须跟我们一起走。"

"我不能去林溪地。"休达说。

"为什么?"赫乎达问,"你家里又没什么人了。"

"这——"休达似乎也语结了,他愣了一会儿,叹了一口气,扭过头去不再理大家了。

纳罕一直有点发愣。他其实已经觉得诅咒草的事情无所谓了,现在有更多更大的悬疑。但他心中还是不安,让休达离开的话始终没有说出嘴。莫名其妙,一时间他甚至觉得休达是最亲近的一个人,有休达在身边让他有一种安全感。

"图图大人为什么要见我?"纳罕问。

"图图大人是您的忠实信徒啊!"斯特里说,"至于还有没有什么其他原因,见了面自然就知道了。"

纳罕茫然地扭头看了看其他几个人,赫乎达冲他点了点头,飞熊也点了点头,而克其克其似乎和他一样茫然,满脸迷惑。休达则摇头晃脑,唉声叹气,嘴里还嘟嘟囔囔。

50 跨越时代

斯特里是对的，鬼域确实没有那么可怕，只要小心地避开紫尸水和食人鳅就行。

紫尸水有着让人浑身不舒服的浅紫色，按说很容易避开，但有些地方覆盖范围实在太大，可能会让人无路可走。而食人鳅很小，又隐藏在水中很难被看到，要避开就更加不容易了。沼泽之所以是沼泽，就是因为到处是水，尤其是在西坎提拉。这里的硬地很少，而且绝不连续，行人不可能保证自己一直不在水中行走。不过，这一切在精心准备和小心翼翼之下，都是可以克服的。为了顺利地越过沼泽，斯特里他们带了很多双臭鼬马靴。

臭鼬马靴是一种软皮靴，并不是为人准备的，而是为坎提拉瘦马准备的，骑马会使速度快很多。坎提拉瘦马在沼泽中长大，比坎提拉人更了解那些掩藏在苔藓和草丛之下的稀泥，更知道应该落足在哪里就不会陷下去。有时候，它们甚至敢于在沼泽中慢慢地奔跑。虽然不能像在大路上那样飞奔，但总比人走路快多了。

坎提拉瘦马的足底比其他地区的马的足底要宽阔得多，像是巨大的鞋子套在了瘦骨伶仃的腿上。不过，要防备坎提拉瘦马的腿被紫尸水腐蚀或者被食人鳅撕咬。而据斯特里说，臭鼬皮制作的臭鼬马靴就是最好的选择。一方面，臭鼬皮并不能完全避免被紫尸水腐蚀，可相对而言非常皮实，能够坚持很长的时间。另一方面，臭鼬皮散发着一股特别的臭味，纳罕近距离闻到的时候差点晕过去。这种臭味在水中虽然远不像在空气中那么令人眩晕，却已经足以使食人鳅远离。

臭鼬并不多见，在坎提拉根本没有，在林溪地和黑石城也没有。纳罕印象中，那好像是火焰岛的一种动物，而且在当地也并不是非常常见。在地球的时候纳罕就知道这东西，但并不知道它是进入坎提拉鬼域的利器。现在，斯特里却知道它的用处。看来，为了这趟行程，斯特里确实大费周章。不知道他如何想到了这种方法，又是如何找到了这么多臭鼬皮，还精心地制作成坎提拉瘦马可以穿上的马靴，既能防止马腿受伤，又能尽量减小对瘦马行走和奔跑的影响。

他们到底是为了什么？忠实信徒什么的，纳罕很难相信。要知道，他自己也并不是自己的忠实信徒，他最清楚自己一直在撒谎。当然，别人应该并不清楚。

为了有备无患，斯特里他们带了很多臭鼬马靴。在鬼门也准备了足够的坎提拉瘦马，加上纳罕一行骑来的马，就人数而言，马匹有一倍的富余。而就马匹而言，马靴又有一倍的富余。

那个当地女人并没有跟随他们离开。当她站在门口目送他们离开的时候，纳罕最后回头的一眼，让他恍惚觉得女人脸上唯一露出的那双眼睛似曾相识。他想起了辛可儿，但已经来不及让女人拿下遮脸的布来确认。

休达当然也想要留下，然后回自己的家，但纳罕没有同意。他现在几乎可以确认，自己想把休达留在身边，其实并非为了搞清诅咒草的秘密，而是为了某种说不清楚的安全感，他需要这样一个局外人陪伴在身边。他感觉到自己似乎进入了一个局，充满疑惑的同时，恐惧也在滋生。

纳罕甚至想要通过鸡毛信和地球所联系一下。虽然之前也有很多困难，但这是头一次他主动想联系地球所。几个月了，也许有半年多了吧？他对日子的感觉很模糊，这里可没有日历。总之，他经常在缓冲区中查阅资料，却从未和地球所联系。

他秉持着自己的理念，不想真的成为上帝，但也许只是不想和地球所联系，那总会引起他的某种不适。这么长时间，在云球待着，一个人，没有上帝视角，只有众生视角，其实他过得还不错。特别是看着那么多死血病人一个个恢复健康的时候，他觉得心情很好。

他还是和吕青联系过几次的，每次联系都对吕青说自己很好。但如果现在再联系吕青，该怎么说呢？现在或者未来一段日子里，他会不会仍然很好就不好说了。他很想告诉吕青，说真的，他有点怕，确实，恐惧在滋生。

他不想走进鬼域，但又很想进去看看，他不想见到图图，但又很想去见。他想和吕青聊聊，但告诉吕青就等于告诉地球所。如果有危险，地球所当然会救他，他相信，就算付出把坎提拉人全部灭绝的代价，他们也会救他。也许为了救他，会再造一个鬼域。不，不会，他们不会。他们只会救人，不会再杀云球人了。但是，谁知道呢？

吕青告诉他，王陆杰解决了宏宇娱乐的问题，不但搞定了傅群幼，还搞定了顾子帆，又拿了一大笔投资，现在叫新声科学娱乐了。窥视者计划已经启动了，不过初期好像顾客还不多，王陆杰正在想办法推广。想到这里，纳罕忽然怀疑，自己周围是否围绕着很多窥视者的眼睛。但他马上意识到，不会的，因为自己有穿越者观察盲区。这些观察盲区对窥视者来说是个遗憾，可是也很正常，毕竟所有窥视者都知道，他们会有看不到的东西，会以为那是因为自己的账户级别不够，需要花钱升级。

不，也许现在根本没有窥视者？也许云球已经进入演化周期？按说，原定的观察周期只有半年，现在似乎应该进入演化周期了。或者会不会其实已经进入到了下一个观察周期？

不知道。

上次吕青说，王陆杰因为窥视者计划的推迟而要求推迟演化周期的启动，以便给窥视者计划留下更多的运营时间。那可要推迟不少时间。王陆杰的要求成功了吗？应该会成功吧，毕竟这个要求是有道理的。所以现在应该还在第一个观察周期中，没有进入演化周期，这种可能性比较大，对，是的，这种可能性比较大。

我应该多撑一会儿，我能搞定，能有什么危险呢？他想，何苦让吕青担心，又何苦让张琦和孙斐担心。他们说不定还要面临救自己和杀云球人的选择，那太讨厌了。不，没必要，我能搞定，让我试试。

在纳罕的胡思乱想中，大家离开了鬼门。一路上他很纠结，但最终也没有联系地球所或者吕青。

经过艰苦的跋涉，拜托瘦骨嶙峋却很矫健的坎提拉瘦马和非常有效的臭鼬马靴，他们在鬼域中紫尸水和食人鳅的环绕下，安全地走过了难以寻觅的道路，来到了姊妹湖的北岸。斯特里早就在那里建好了营地，有船在等着他们。他们渡过姊妹湖，进入了沙漠。

坎提拉瘦马被留在姊妹湖北岸的营地，它们擅长在沼泽行动，但在沙漠中却远不如神骏的艾克斯骏马。足够多的艾克斯骏马已经在姊妹湖南岸的小村庄中等着他们，斯特里的安排非常周到。

姊妹湖南岸的环境是不错的，至少和北边的沼泽或者南边的沙漠相比要好得多，按说可以发展出大的城镇。但这里和鬼域隔湖相望，当年也曾经有幸存的西坎提拉人渡湖而来，带来了可怕的故事。大多数斯吉卜斯人不敢居住在这里，所以不要说城市，连村庄也不大。实际上，这里和鬼门一样，成了斯吉卜斯北部的恐怖门户，也成了斯吉卜斯犯人和可怜人的避世之地。纳罕他们并没有在这里停止脚步，而是继续向南行进。

在沙漠中又跋涉了不少天，他们来到了风沙堡。终于，他们可以休整两天了，同时进行补给，准备下面的路程。风沙堡是沙漠西北地区唯一的城市。斯特里很小心，并没有跟风沙堡的官府打任何交道，而是伪装成了商人的样子。伪装并不困难，只是那些艾克斯骏马有些扎眼，它们在沙漠中并不常见，斯特里不得不把它们隐藏在住处，两天里从没有骑出来。

在地球所，纳罕从没有仔细观察过从坎提拉到斯吉卜斯一路上会经过的贫瘠荒凉的地方。这种地方不可能发生大家所关心的革命性演化，反而通常是节约计算资源的首选之地。但是现在，在云球中试图推动演化的时候，他居然一直都待在这种地方，而不是大家所想象的黑石城之类的繁华所在。虽然对自己的使命并没有很认真，他还是觉得这有些不可思议。

风沙堡没有坎提拉沼泽的凄风苦雨。事实上，不管是不是苦雨，这里几乎没有任何雨，而风也绝不是让人感到凄凉的风。这里有的是漫天的狂风和黄沙。虽然和坎提拉的情况不同，生存的艰辛程度却是一样的。

风沙堡也有一个所谓的国王，纳罕甚至在街道上见过他一次。那是一个满脸皱纹的老头，身体瘦削干枯，穿着粗布衣服。虽说有一堆人跟随，但却看不出是个国王。直到斯特里拉住他，他才知道应该避让，让国王先走。

"风沙堡统治的领土，总共只有一万人吧？"斯特里说，看来他也不太确定，"风沙堡城中只有两千人。这里不适合生存，他们的存在没有任何意义。"

没有任何意义？如果不是王陆杰和宏宇的出现，这里也许已经像西坎提拉一样被清除了。之前他们没有被清除，唯一的原因可能只是因为他们的人太少了，存在固然没有什么意义，而清除了同样也没有什么意义。

斯吉卜斯沙漠不像坎提拉沼泽，没有那么多危险。现在不是沙尘暴的季节，只要带上足够的干粮和水，以及运气好一点不要碰上劫匪，那么一切就都没问题。艾克斯骏马速度很快，他们在戈壁和沙漠中一路狂奔。路上经过了一些小的绿洲，但都没有休息。过了些天，他们进入了沙漠商路。

沙漠商路从纳金阿出来，向南略微向西进入沙漠，是赫乎达以前在商队中经常走的路。所谓沙漠商路，可不像黑石城的国王大道，在沼泽中的时候其实并没什么真正的路，只是大家摸索出来相对容易的通道而已，进入沙漠后也是一样。不过，折向东南经过断水城到达吉托城后就会有真正的道路了。纳罕他们在断水城和吉托城之间汇入了这条路。

到达吉托城后，纳罕发现，西廷斯竟然是吉托人。奇怪的是，他为图图效力，而图图是萨波的高官。纳罕知道，在克雷丁时代，吉托曾经是萨波的一部分，虽然并未真正融入萨波，好歹算是在萨波统治之下。这不是白来的，是克雷丁东征西讨最早期的战果之一。但是克雷丁死后不久，在斯吉卜斯诸国脱离萨波的潮流中，吉托也脱离了萨波，所以现在这个年代，一个吉托人效力于萨波高官就显得不是那么自然了。

虽然西廷斯是吉托人，但和在风沙堡一样，斯特里没有和吉托官方打任何交道。他们仍然伪装成商人，而且没有休整，迅速离开了这个人口众多的城市。

接着是凯旋关。这里不像吉托那么热闹，但是个重要的关隘，拥有高而厚的城墙。吉托脱离萨波以后，衰弱的萨波甚至无力自保，凯旋关也一度失守。凯旋关和吉托不同，原本就属于林溪地，名字来源于克雷丁大帝西征斯吉卜斯诸国时的凯旋。凯旋关的丢失是萨波的耻辱。后来的历代萨波国王几经努力，终于又夺回了凯旋关。现在，凯旋关是萨波西南最后的城市，也是斯吉卜斯沙漠进入萨波的门户。在这里，纳罕一行碰到了迎接他们的大队人马，开始进入很舒服的旅途，不再骑马，而是坐车。

一路上，纳罕心事重重，没有心情再追问休达的诅咒草。休达一直喋喋不休，但总是被赫乎达呵斥。赫乎达、克其克其和飞熊似乎也和纳罕一样心事重重，大家的交流并不多，在为坎提拉人治疗死血病过程中建立的友谊似乎逐渐变了味道。

倒是斯特里，一路上神色自若，不停地向纳罕介绍沿途的风土地理和人情风貌，有些纳罕知道，但多数并不知道。纳罕对这些并不感兴趣，只想知道图图想干什么。他隐隐觉得，图图不仅仅是派斯特里救了自己，而是所有这些事情的发生都和图图有关。可是每次问到这些问题的时候，总被斯特里轻易地绕开了。斯特里总说，见了图图大人，一切都会明白的。

白汀港是林溪地的首府，也是个非常热闹富庶的城市。到达白汀港的第二天，在一处豪华的府邸，纳罕终于见到了图图。

图图还是那个胖胖的样子，脸上笑呵呵的，看起来很谦恭，和纳罕的记忆一模一样，并没有因为升官而变化。图图身边站着的索萨脸色却严峻阴沉，和图图完全不同。索萨的形象在纳罕心中并不清晰，他只是透过电球看见过，和当年作为弗吉斯面对面与图图交谈还是有很大区别的。

"纳罕大人，"就像当年见到弗吉斯一样，图图热情地握住了纳罕的手，但却又迅速放下了，"不，不，对不起，对不起。"他后退了一步，面容严肃，行了一个赛纳尔祈祷礼。

"你看我，"他说，"我们的确是有罪的，至少我是有罪的。很多时候，我们会忘了自己的身份。"

纳罕还了一个祈祷礼，他已经逐渐习惯了自己设计的礼节。他不得不开始和图图尴尬地寒暄。不知道算不算有了些经验——他的意识场在两个不同的人身上和同一个人打了交道，他觉得现在说话比自己是弗吉斯的时候要略微放松一点，当然，也可能仅仅是因为在云球的这么些日子让他的萨波语更熟练了而已。虽然说话容易了一点，他心里其实比那时还要紧张，因为不知道图图到底要干什么。而图图现在的目的，肯定比那时对弗吉斯的巴结奉迎要复杂得多。

图图的表现没有什么不同，亲切温暖，开朗风趣，无论纳罕是否尴尬，都没有影响他们看起来很愉快的交谈。

只有斯特里和赫乎达陪同纳罕来了这里，其他人并没有来。据斯特里说，图图大人想先见见他和赫乎达，有些事情人多了不好说。

什么事情人多了不好说？好吧，纳罕很疑惑，伴随着紧张，他还是来了。

聊了半天，都是废话。纳罕终于忍不住，直接问了出来："图图大人，你派人千里迢迢把我接到这里，不知道是为了什么？"

"哈哈，"图图笑了起来，"纳罕大人真是直率。"他站了起来，开始在屋子里踱步，低着头，仿佛一边在走，一边在思考。

"纳罕大人，既然你问到了，我也不妨直说。"他说，"我想先问一个问题，不知道纳罕大人对如今的天下局势有什么看法？"

"天下局势？"纳罕一愣，"我不太了解天下局势。"他说。

"您是赛纳尔的使者，"图图说，"赛纳尔不了解天下局势吗？"

"哦——"纳罕觉得自己似乎出了一头汗，一时间不知道该怎么回答，"我只是被委派来治疗死血病，拯救坎提拉人，别的事情我就不知道了。"他说。

"我倒是了解一些。"图图笑了笑,"我可以跟您讲一讲。"

纳罕松了一口气。

"如今的天下局势,只有一句话。"图图说,"一盘散沙,毫无希望。"

一盘散沙,毫无希望。

纳罕又有点发愣。他很同意这个看法,但却没想到图图竟然这么说。这也是地球所的看法,几千年来,云球里都是一盘散沙,毫无希望,所以他才会出现在这里。

"可是为什么呢?"图图问。

其实这也是纳罕想问的,但是图图却自己问了起来。

"为什么呢?"图图说,"为什么天下一盘散沙?为什么天下毫无希望?"

"为什么?"纳罕不由自主地跟着问了一句。

"因为天下人只知道坐吃等死。"图图说,"从黎民百姓到王公贵族,都是如此。"

"坐吃等死?"纳罕又问了一句。

"我知道,您带来了赛纳尔对天下人的教导:不争。"图图说,"不过,其实天下人本就是不争的。"他沉吟着,"当然,我猜测,赛纳尔看到了,天下人为了自己活得更好,经常蝇营狗苟,去做一些违背天理的事情。这是有罪的,所以赛纳尔在坎提拉降罪了,然后派了纳罕大人来拯救坎提拉人。"

"可是,"图图接着说,"坎提拉人的这种罪,这种争的罪,其实正来源于他们最大的不争。不仅仅是坎提拉人,全天下的人都是如此。"

"这个——什么意思?"纳罕被他的话搞得有点糊涂。

"因为大家都只看着眼前的生活,明天吃什么,后天吃什么,为了一点利益到处去争。"图图说,"可是这又有什么用呢?最大的问题是吃的东西太少了,好吃的东西就更少了。你争来了,别人就少了。你拿走了别人的东西,这就是罪。就像赛纳尔教导的,人们不应该这样去做,这样做有罪,而且没有什么用。你今天抢了别人的,别人明天又抢了你的,有什么用呢?"

吃的东西太少了!这样的语句对于纳罕来说过于朴素了。

"那图图大人有什么见解?"他问。

"人们应该去做的，是把吃的东西变得更多，每个人都有吃的，都有好吃的，就不用争了。"图图回答。

把吃的东西变得更多——是说要发展经济吗？纳罕听懂了，图图的话很朴素，却很对。

"所以，我理解，赛纳尔教导大家不争，其实是要告诉大家，把天下的财富做大。"图图说，"可是，要把天下的财富做大，现在的天下人却太不团结了。"

"太不团结了？"纳罕又不由自主地跟着问。

"我们林溪地盛产小麦和云蚕丝，而坎提拉盛产各种草药。"图图说，"赫乎达的商队基本就干这个，用坎提拉的草药来换取林溪地的小麦和云蚕丝。"他停下脚步，抬起头看了看赫乎达。

"是的，图图大人。"赫乎达说，"我们从坎提拉运草药过来，然后换云蚕丝和小麦回去。"他扭过头看着纳罕，"纳罕大人，那些诅咒草在坎提拉一文不值，人人害怕，可是运到这里也能值一些钱的。"

"嗯。"纳罕应了一声。

"他们路上很难走，来回一趟要几个月，劫匪又多，很危险，所以商队很少。"图图说，"这么一来，坎提拉人就要挨饿。其实我们的粮食完全足以不让坎提拉人挨饿。同时，因为缺少草药，林溪地的人死于各种疾病，但这些草药在坎提拉却很多，而且我相信，坎提拉还有更多我们还不知道的草药，能够治疗更多的疾病。比如您使用的罗尔花可以治疗死血病，死血病并不只在坎提拉有，罗尔花却似乎只在坎提拉有。当然，以前没有人知道罗尔花可以治疗死血病。"

"是的。"赫乎达又接话说，"坎提拉的花草很多。以前林溪地的医生去找新的草药，总有一些收获。但是他们很少去，对他们来说，坎提拉很难生存。而坎提拉几乎没有医生，识字的人都很少。"

"所以，设想一下，"图图说，"如果能够把路修一下，修一条国王大道那样的路，让沙漠商路的路程从几个月缩短成十几天，有更多的林溪地医生去坎提拉找草药，甚至有很多坎提拉本地人能够做医生去研究草药，那会是什么情况呢?"

"坎提拉人不会饿死,而林溪地人不会病死。"斯特里说,他面带微笑,转向纳罕,"纳罕大人,您看,图图大人真是好心肠。"

好心肠!听着这些话,纳罕恍惚觉得,确实是好心肠。不,不是好心肠,是有想法。图图本来就有想法,他是知道的。图图的手段很厉害,害得拉斯利一家满门抄斩,还成功地升迁,成了农业执政官。

不过纳罕实在想不到,图图还有这些想法。

"可是,我们却做不到。"图图忽然抬起头,大声说,"我们做不到!"

"你可以做。"纳罕说。

"不,我不能做。"图图声音更大了,看起来有些恼火,"因为这条沙漠商路,一路上有吉托人,有古鲁斯人,有春风谷人,有断水人,还有无数不知道来自哪里的劫匪,我们修不了路。"

"而且,没有人愿意去修路,那可太苦了。"斯特里说,"和自己没多大关系,谁愿意去干这种事情呢?"

"你可以给他们钱,就有人愿意去修路了。"纳罕说。

"我给钱吗?我不过是个官僚,我哪有那么多钱?"图图说,他顿了一下,声音平静了下来,"我们尊敬的阿克曼国王也许有,但国王为什么要花萨波人的钱去给吉托人、古鲁斯人、春风谷人、断水人和坎提拉人修路?有好处的可不只是萨波人。何况那些人还不让修,他们害怕修路的人是伪装起来的萨波军队。再说,劫匪怎么办?修了路,谁来保护这条路?靠那些人还是靠萨波军队?"

纳罕看着他,更加恍惚了,印象中图图的样子开始变得模糊。

"再说,即使萨波倾全国之力,也负担不起这么多钱。对萨波而言,只是些草药的事情,不值得。"图图接着说,"何况这只是一个例子而已。如果考虑坎提拉的草药,要不要考虑大平原数倍于林溪地的粮食?要不要考虑米仓的水稻?还有古尔基拉,他们有丰茂的土地可以种水稻,却让地都荒着。辩巫和通禾,虽然不像坎提拉那么夸张,但也有死血病,要不要去给他们治病?雷未法瑞斯的蕃丝、肯兹尔的铁器、扭格斯其斯的铜、亚玛高原的金子、乌骨的木材、魁力的艾克斯骏马、乌辛瑞玛的皮毛、太阳城的鱼，我们要不要考虑？还有大穹人，他们的医生医术最好，据说还能从天空中预测风雨。而星觉人，则可以从星星中看到未来，我们要不要去学？好望丘陵的人们拥有最好的黏土，能够制造最好的陶器。还有托瓦芝庭人，可以把我们的云蚕丝和肯兹尔的熟铁细丝混合，织出穿着舒适却刀枪不入的软甲。这很有意思，可对他们来说，获取我们的云蚕丝却太难了。我们还知道，火焰岛的臭鼬皮可以阻挡坎提拉鬼域中的紫尸水和食人鳅，你们的这次行程就成功地使用了臭鼬皮，但坎提拉人却无法轻易获得臭鼬皮，从而无法进入鬼域。"

"所以，"斯特里接着说，"图图大人说，一盘散沙，毫无希望。"

"是的。如果我们都团结起来，全天下人都可以过得很好，所有人都有吃的、有穿的、有药治病。"图图说，"但是大家一盘散沙，没人愿意去做这些事情，然后就是毫无希望。"

纳罕默默地听着，这个人的思维不属于这个时代，他想。

"我们和拜俄法的山地人是世仇，我们的商队无法通过南风谷去到大平原。而山地人同样通过抢劫，切断了坎提拉到辩巫的向阳道。现在向阳关已经萧条，以前可是很繁忙的关隘。魁力、顿野和安蒙利尔占据了大平原最好的地方。但他们是世仇，都不思进取，只知道为了你抢了我的麦子、我抢了你的女人而报仇雪恨。报仇雪恨也可以，却又都没有任何长远筹划，只是杀几个看得见的仇人就心满意足。如果他们谁真能吃掉谁，太平无事的话，那里的小麦产量将是林溪地的十倍。可如今，天天的小打小闹既于大事无补，又使良田荒芜，倒都不如南边的都芮小麦产量高了。大平原之东的黑江谷地，那是最好的地方，却无人经营。上百个村庄各自为政，粮食充盈以至于出现暴殄天物的事情。但北边不远，过了星觉，寒冷的晏海平原就像坎提拉一样贫困潦倒，老百姓为了一口吃的怨天恨地。"他显得痛心疾首，"唉，到处是大好之地，却都沦于庸才之手。"

纳罕目瞪口呆，惊讶于图图居然知道这么多，而又想得这么多。

"所以——"纳罕有点迟疑，"图图大人的意思是要怎么样呢？"

"我们必须找到一个办法，让天下人团结起来做事情，才能把这些难题解决。"图图说,"路才能修好,劫匪才能消失,而天下人才能互通有无。无论是货物还是学识,天下人都需要互通有无。我们会创造更多的财富,财富足够多的时候,大家就不用去争了。赛纳尔的教导,不争,才会真正深入人心。"

纳罕觉得自己已经被图图说服了。图图的思想完全超越了云球的这个时代,正是地球所一直追求的目标,正是穿越计划产生的原因,也正是纳罕和其他派遣队员的任务。

"那么,"纳罕说,"图图大人把我找来,我能够帮什么忙吗?"说这话的时候,他觉得自己是真心想要帮忙。

"当然,当然。"图图走过来,对着纳罕做了一个祈祷礼,然后伸出双手在纳罕肩膀上拍了拍,"哈哈哈,"他大笑起来,"纳罕大人当然可以帮忙,您已经帮了大忙。"

"我已经帮了大忙?"纳罕很疑惑。

"是的。"图图挺直了身子,很确定地说,"最近一年,天下发生了很多事情,包括您的出现。这些事情里,只有您的出现是帮了我的大忙,否则我还真是会疲于应付。"

"这是什么意思?"纳罕更加疑惑了。

"最早的事情是阿黛尔小姐的死,然后是贾尼丝王后、弗吉斯公子、罗伊德将军。"图图又低下头,一边思考一边说。

图图早前给纳罕留下的印象一下子又重新出现在纳罕的脑中。仿佛什么人忽然给了他一刀,纳罕想起自己的身体还是拉斯利的身体,想起老巴力的房间里刻满了柱子和墙壁的那个词:"复仇"。

"黑鼠传播的急疾,呵呵,"图图接着说,"这是阿克曼国王对外公布的说法,阿黛尔小姐和弗吉斯公子的死因。但据我所知,弗吉斯公子给阿克曼国王留下了遗书。弗吉斯说他杀了阿黛尔,然后自杀,使用了一种叫作无影散的毒药。"

"哦。"纳罕很紧张。

"我调查了很久,根本没有无影散这种东西。"图图说,"我从十几年前就开始在整个瓦普诺斯布置眼线,所以才知道这么多事情。很难相信有无影散这种神奇的东西,我却不知道。"

在整个瓦普诺斯布置眼线——纳罕觉得很惭愧,地球所作为上帝般的存在,居然并没有留心图图十几年前就开始这么做。其实也不奇怪,纳罕转念一想,如果不是图图害死了拉斯利一家,而自己又选择了拉斯利做云球宿主,大家有什么特别的理由要注意到图图呢?像图图自己说的,他不过是个官僚,很普通的官僚——当然今天看来,图图的心中从来没有把自己当作普通官僚,他的心中装着天下。

"而且,"图图转向索萨,"索萨,你那里也有一个人是同样的死法。"

"对,"索萨说,"一个裁缝,黑石城的裁缝,不可能用无影散自杀。"见面以后,索萨还从未说过话。他的声音听起来很阴沉,眼神也同样阴沉,完全不像图图那么和蔼可亲。纳罕看了他一眼,顿时觉得浑身发冷。

"一个裁缝都有的东西,我会不知道?"图图反问,还笑了笑,好像在嘲笑自己。

这时候,纳罕在看斯特里。他在想,斯特里有没有看见同样的死法——应该没有,斯特里只是发现自己换了个身体,并没有看见自己的身体换成了老巴力,更加不应该知道老巴力的身体的死法。斯特里没有看他,正在认真倾听图图说话。纳罕忽然很好奇,斯特里娶了一个富户的小姐,这是他知道的关于斯特里最后的情况,那斯特里是怎么混到了图图身边?

一路上,纳罕心事重重,问了很多问题没有得到答案,也有很多问题想问而没有问,但居然并没有想起斯特里的这个问题。

"好吧,这些奇怪的事,我想我不会知道答案的。"图图接着说,"然后,纳罕大人,您出现了,还带来了赛纳尔。不过,不知道您是否清楚,像您一样忽然出现的……怎么说呢,了不起的人……可不止您一个。"

图图盯着纳罕。纳罕又一阵紧张,他当然知道,除了自己以外,进入云球的五位派遣队员有两位在瓦普诺斯大陆。这块大陆算是云球最发达的地方了。图图难道是指这个吗?纳罕说不出话来。

"我们萨波,有一个地下族群,叫作克族人。"图图移开了盯着纳罕的眼神,"他们是一千年前克雷丁大帝的侍卫们的后裔,直到今天为止仍然忠于克雷丁大帝。而阿克曼国王的祖上,赫西国王,是克雷丁的侄子,在克雷丁的遗体被运回黑石城的时候,他的人阻击了运送遗体的侍卫,把克雷丁的遗体都搞丢了。一切都是为了从克雷丁的子嗣手中篡位,但可能也为了某种情绪,否则又有什么必要!所以,克族人对于赫西国王相当不满,一千年来经常闹事。当然,以他们的实力,也闹不出什么名堂。最近几十年,阿克曼国王和几位先王对他们都不错,所以一直也还算平静。"

"但是,"图图接着说,"半年多以前,克族人中忽然出现了一位很厉害的人物,名字叫风入松。这个人和纳罕大人有点像。他不会治什么病,不过他告诉克族人,自己是克雷丁的转世。"

风入松!纳罕知道了一位派遣队员在云球中的姓名。进入云球之前,他见过那五位派遣队员,知道他们在地球上的名字,也知道他们大概要去云球的什么地方,但不知道他们在云球中的名字——他刻意不想知道,现在却终于知道了。

"风入松!"图图抬起头,看着屋顶,"好名字啊!克雷丁转世,好说法啊!克雷丁大帝的事迹,除了克族人,现在很少有人知道,不过我是知道的。克雷丁是萨波最伟大的帝王,曾经征服了半个瓦普诺斯。到现在,萨波也在受克雷丁的遗泽。哼,"他哼了一声,似乎在自嘲,"萨波,起初并不包含林溪地,只是黑石城的一个小部落。但是克雷丁崛起,先是吞并了周边的部落,然后向北征服了整个雷未法瑞斯,向南征服了整个林溪地——这么说,我也不算萨波人了,呵呵……"他微笑了起来。

"克雷丁进而从林溪地向南征服了麦卡,向西征服了吉托。"图图接着说,"然后,大军横扫斯吉卜斯西南诸国,古鲁斯、热风角、吉祥湾。甚至绕过好望山,征服了临海和米仓。从吉托向北,克雷丁又征服了春风谷和断水。他没有去坎提拉,停在了分界山,坎提拉那地方太遥远,也太艰难了。整个斯吉卜斯,除了偏僻的风沙堡,全在克雷丁的掌控之下。"图图顿了一下,"但是,拜俄法的山地盟一直是克雷丁的噩梦。山地人骁勇善战,他们堵住了南风谷,阻止克雷丁东进。最后的一场混战,克雷丁居然死在自己人手里。那个古战场,现在被克族人称作帝王陨。克族人挺有意思,或者说这个风入松挺有意思,起了不少新地名,都和克雷丁有关。他们不管黑石城叫黑石城,而是叫克雷丁领。这大概也是聚拢人心的手法之一吧,还是很高明的。唉,其实很可惜,如果不是帝王陨的失败,克雷丁可能会征服整个大平原,甚至是黑江谷地和古尔基拉。谁知道呢——他真是不世出的奇人。"图图仍然在看着屋顶,似乎无限向往,"那个林奇,以为自己杀了克雷丁,其实是杀了整个瓦普诺斯,否则今天的瓦普诺斯怎么会是这个样子呢?"

克雷丁领、帝王陨,纳罕觉得挺好听的。

图图终于低下头,不再望着屋顶,"克雷丁死后,他征服的城邦很快就都脱离了萨波,只剩下雷未法瑞斯、林溪地和麦卡还在,而且雷未法瑞斯和麦卡只是属国,并非黑石城可以直接治理的地方。说到底,只有林溪地真正算是萨波的土地。"说到这个,图图显得有些怅然了。

"这个风入松,"图图笑了笑,"说克雷丁转世回来了,当年赫西国王和林奇勾结害死了克雷丁,现在他回来报仇雪恨了。这很合克族人的胃口。很快,所有克族人就都聚集在了他的身边。克族人有一代一代传下来的刻骨的忠诚和仇恨,而风入松成功地利用了这些忠诚和仇恨。"

"然后呢?"纳罕很想知道这位派遣队员的情况。当初,他并不想知道别的派遣队员想要干什么,但在离开地球这么久以后,在这个熟悉又陌生的云球上,风入松这个名字忽然让他感到了一阵亲切。

"现在,他们聚集在帝王陨,誓言推翻阿克曼国王,还要完成克雷丁大帝的遗志,统一天下,统一整个瓦普诺斯。"图图说。

"他们有多少人?"纳罕问。

"六千人。"图图说。

"六千人能够完成他们的志向吗?"纳罕问。

"看起来人是少了些,但是,有风入松就不一样了。"图图说,"他和克族人在拜俄法的山地中和贫困的山民大面积交往。他们告诉那些山民,克雷丁大帝会保佑大家上天堂。他们可以保证,因为风入松就是从天堂回来的。听起来很像是真的,因为风入松了解萨波的一切,了解拜俄法的一切,甚至了解天下的一切。他了解很多农业的事情，教那些山民种植高粱。他从好望丘陵找来了高粱种子，居然能够让高粱这种遥远地方的东西在拜俄法生长——就像纳罕大人您，知道罗尔花可以治疗死血病。这些高粱最后都成熟了，无论如何，高粱成熟了，这就足够了，别的都不重要。在那些贫瘠的山地中从来没什么庄稼能长那么高，更不要说真的成熟到能够果腹了。"

"除了原先的克族人，现在很多拜俄法人也相信他。"图图接着说，"风入松让大家相信，只有成为克族人死后才会上天堂，现在也才能更容易地活下去。而克族人张开了怀抱，等待并欢迎所有人加入。但是瑟苿塔的山地人是要下地狱的。纳罕大人，您可能知道，瑟苿塔的山地人部落是山地盟中最大的部落，瑟苿塔的首领也是全部拜俄法人的首领。瑟苿塔才是克雷丁大帝真正的敌人。当然，萨波王族也是要下地狱的。据我的消息，等高粱收完，粮食充足，风入松就要进攻龙水关了。"

"帝王陨应该属于山地盟，山地人难道不去攻击他们吗？你刚才还说，山地人把持着南风谷，萨波人一直无法通过。"纳罕说。

图图摇了摇头，"当地的拜俄法人都转而支持他，很多都成了新克族人。那地方虽然属于山地盟，但真正的瑟苿塔人并没有多少，现在没有能力攻击他。"

"好吧，但是——"纳罕迟疑着，"你好像很不高兴。如果他们真的那么厉害，可以统一瓦普诺斯，不正是你的希望吗？"

图图盯着他，眼神里透着一种奇怪的神色，很久没有说话。纳罕有点手足无措。

过了半天，图图才又张嘴："他很难。他的敌人不是山地人或者萨波人，他的敌人在乌辛瑞玛。"

"乌辛瑞玛？"纳罕问。

"对，我不十分确定，那是他的敌人还是他的同伙。"图图说，皱起了眉头。

"什么意思？"纳罕问。不过他记得，乌辛瑞玛似乎有另一个在瓦普诺斯的派遣队员。

"那里也有一个厉害的人物。"果然，图图的回答不出所料，"他的脚步更快，甚至已经屠杀了乌辛瑞玛的王室。"

"啊？"纳罕吃了一惊。

"这个人叫乌斯里。"图图说，"是乌辛瑞玛王室的一个远房亲戚。从血统上说，也可以算是一个王子吧。"他摇了摇头，"但这个王子却在乌辛瑞玛鼓动了一批人，包括乌辛瑞玛军队中的人，跟随他反对乌辛瑞玛王室，居然成功了，他的人不多，但策划得很好，他们杀掉了王室的所有人，乌斯里已经成为乌辛瑞玛的新王。"

纳罕没说话，图图也沉默下来。过了一会儿，他接着说："乌斯里的方法和风入松不同，他的方法是……他发明了一个词，叫作'科学'，意思是万物的真理。"

纳罕确定，这是另一个派遣队员。

"而且，乌斯里还宣称，民众不应该被国王所统治，民众应该自己做自己的主。他又发明了一个词，叫作'民主'，就是说这事的。"图图又沉默了一会儿，"所以乌斯里这个新王并不热衷于做决定，凡事都要征求一大群长老的意见，他们叫作长老院。有时，甚至会征求全体乌辛瑞玛人的意见。在乌辛瑞玛，人们生活很富足。很多人整天无所事事，对参与做决定这件事情很感兴趣。乌斯里成功地鼓动了这些人，而这些人已经开始鼓动周边城邦的人。"

天哪！这是不是太激进了？

纳罕依稀记得，在地球所开会讨论的时候，他们不准备推行这些理念，因为感觉这样做很困难。看来，还是有派遣队员做出了自己不同的选择。虽然不知道未来会怎样，但至少暂时成功了。不过，无论如何都没关系，他同意张琦的观念，传播了什么思想并不重要，成不成功也不重要，重要的是让云球人意识到思想的重要性。

果然，图图接着就说出了这样的话："看起来，乌斯里和风入松完全不同。但在我看来，有一点是一样的，他们都想用一个想法来统一大家，让大家用同一个思路考虑问题，而且他们都做到了。"

纳罕看着图图，觉得图图真是个天才。

"他们不仅准备了一个想法来统一大家，还都找到了有效的方法来说服大家相信这个想法。"图图继续说，"风入松给了拜俄法人高粱，而乌斯里给了乌辛瑞玛人权利。风入松答应拜俄法人上天堂，而乌斯里答应乌辛瑞玛人掌握真理。"

"无论如何，"纳罕说，"他们任何一个人成功了，都是你想要达到的目标。"

图图又开始盯着他，良久，图图笑了笑说："您是第三个人。"

纳罕一惊，立刻语结了。

"您也有一个想法来统一大家，赛纳尔。"图图接着说，"您也有一个方法来说服大家相信，那就是给人治病。"他顿了一下，眼睛从纳罕身上移开，"真是人才辈出啊！"他感叹着。

"不过，和他们相比，您有一个不同。"图图继续，"您似乎没有想要做什么事情，不像他们的目标那么清楚。换句话说，纳罕大人有点过于专心治病了。"

纳罕仍然语结。

图图沉默下来，过了一会儿才说："所以，我们替您做了您应该做而没有做的事情。"

"什么？你说……什么？"纳罕很疑惑，"你做了什么？"

"我们替您做了您应该做而没有做的事情。"图图说，"不过也没有什么，都很平常，像加强赛纳尔的传播，完善组织的管理，严格信徒的纪律。无非就是这些事情，都是风入松和乌斯里从最初就开始做并且一直在做的。"

"什么？"纳罕又问了一遍，"你说什么？"

但不用图图回答，随着问题出口，纳罕已经知道了答案。

"这么说，休达提到的那些事情，修连、韦森都是你特意安排的？因为你的安排，米尔什国王才会追杀我？"纳罕问。

"不，谈不上安排。"图图说，"他们都是您的忠实信徒，我只是提醒了一下。"

"我作证。"斯特里说,"就是我负责提醒,效果很好。"他笑嘻嘻的,似乎在为效果很好而得意。

纳罕转头看向赫乎达。"你也被他们提醒了?"他问。

"图图大人说得对。"赫乎达说,"天下需要被更好地治理,而我们也有条件去治理天下。"

"你一直都没有告诉我!"纳罕说,"我救了你的命,你却一直在骗我。"

"不,这不怪赫乎达。"图图说,"他不想骗您,是我坚持不让他告诉您。"

"你?"纳罕扭过头来,"为什么不让他告诉我——是啊,你明明可以直接跟我谈但却没这么做。"他停顿了一下,"为什么不直接跟我谈,却去跟他们谈?"他扭头看看斯特里。斯特里笑了笑,没有说话。

"因为——"图图张嘴回答,但又停住了,看着纳罕,似乎在想什么,"因为纳罕大人很奇怪。"他说。

"我很奇怪?"纳罕说,"我怎么奇怪了。"

图图没有回答他的问题,"我应该感谢您。"他说,"我一向心怀天下,做了十几年准备,却不知如何能够真正开始。罗伊德将军没有成功,我更不可能成功。风入松和乌斯里的崛起曾经让我更加绝望,他们太强悍了,我不可能战胜他们。但是我发现了您,您替我做了我做不到而他们做到了的事情,所以我说,您的出现是帮了我的大忙。"

"不过我也意识到,"他接着说,"你们三个人实在太奇怪了,只用了不到一年的时间,就做到了我们常人十几年做不到的事情。看起来你们天南地北,毫无关系,却有着非常多的相似之处。你们几乎同时出现,做着某种程度上完全相同的事情。这实在让人费解。刚才我也说到,我不十分确定,风入松和乌斯里到底是敌人还是同伙。考虑到之前阿黛尔、弗吉斯还有小裁缝神秘的死亡,有时我会觉得,这背后似乎有很大的阴谋,但多数时候我又觉得这不可能。"

"你觉得我和他们也是同伙?"纳罕脱口而出,但瞬间就出了一头汗,很后悔怎么会问出这么一个问题。

"我不知道。"图图说,皱着眉,摇摇头,"我很苦恼。"他说,"尤其是您,您太奇怪了。当然，也许他们二位也一样奇怪，只是我不了解。但我恰好了解您，您太奇怪了。"

"我到底怎么奇怪了？"虽然已经明白了大多数事情，但对图图的这句话，纳罕确实觉得疑惑。

"我有很多疑问，可又不觉得自己能搞清楚。说实话，我也不想搞清楚了。本来，我甚至并不想见您，却实在是忍不住，还是见了您。我很犹豫，但现在应该做决定了。您实在是太奇怪了，我宁愿承受一些困难，也不能承受这种奇怪带来的风险。"图图走了过来，把头凑到纳罕的面前，用很近的距离盯着他的眼睛，低声说："我早就知道你是拉斯利，我原本以为你要找我报仇。屋子里刻着那么多'复仇'，今天看起来你却一点也没有这个意思。这不是很奇怪吗？拉斯利，你原本不是这样一个人。你不是我熟悉的拉斯利，你是谁？"

纳罕身体完全僵住了，他的眼睛似乎也被图图的眼睛所定住了，他说不出话。

"算了，我不想知道了。对，还有另外一件事情，眼前的事情，我也想知道答案。"他说，然后略微扭头，似乎想要去看什么，可是又迅速停住并且把头扭了回来，"不，还是算了吧，我不想知道答案了。我必须做决定，不能太好奇，否则我会死在你手里。"他的声音很平静，目光也很平静。但纳罕眼睛的余光看到，有白光在自己的胸前一闪，随即胸口感到一阵剧痛。

恐惧弥漫了他的全身，来不及了，一切都来不及了。他忽然很后悔，还是应该联系地球所，或者根本不应该来这里。图图说得对，不能太好奇，否则会死。

他失去了意识。不过在之前的一瞬间，他觉得胸口似乎不疼了，甚至觉得不知道自己的胸口在哪里。

奇怪！这是他最后的想法。

51 / 意外的死与生

任为的眼前一片白茫茫，他猛地睁开眼睛。

灯光很亮，显然不在云球中，这是哪里？他在脑中问自己。答案显而易见，他瞬间就明白过来，已经回到了地球。

但是，云球的最后场景就像一秒钟之前发生的事情，真真切切。他眼角的余光看到了图图的刀插进了自己的胸口，更不用说胸口的剧痛了。不过，他也想起，失去意识的最后一秒，自己似乎失去了对胸口疼痛的感觉。他瞬间意识到，那时自己的意识场应该是被解绑了，所以失去了对肉体的感知。

换句话说，他在最后一刻死里逃生。要知道，如果意识场没有被及时解绑，死亡即使是在云球中发生，那也是真实的。他将永远离开这个世界，离开云球，也离开地球。想到这一点，任为忽然出了一头冷汗。

任为看到自己处在一个白色的房间里，身上有些乱七八糟的管子，这应该是一间意识场实验室，他想。

意识场刚刚从意识机迁移到自己的身体中，他在脑科学所。是的，他的空体保存在脑科学所，要保存的时间太长，地球所的实验室做不到。他从脑科学所离开，现在又回到了脑科学所。

这时，他听到有人说话。"任所长醒了。"那是李斯年的声音，虽然不太熟悉，但任为还是能听出那充满学者气质的儒雅声音。

"卢小雷救了您。"孙斐说，语气怪怪的，不知道是陈述句还是疑问句。

现在，大家都围绕在床边，任为慢慢地坐了起来，靠着床头，他的身体感觉还不错，除了有些乏力，没什么异常。

"回头再说这些事。"张琦说，冲着孙斐，有点不高兴。

"你这个，确实有点仓促啊！"李斯年说，"只有小雷一个人在场，还是挺危险的。我们都没敢告诉吕青实话，只是说你回来了，要观察一下。"

"哦……现在……过去多长时间了？"任为问。

"你是昨天晚上从云球解绑的。你的意识场不太稳定，没敢马上迁移到空体中，在意识机里观察了大半天，刚刚才迁移过来。"李斯年说。

"哦。"任为应了一声，"就像刚刚发生的一样。"

"是啊，在意识机里没有意识。"李斯年说。

"是，我知道。"任为说，"我居然没死。"他摇摇头，笑了笑，用手摸了摸自己的额头，"刚才好像出了一头冷汗，原来我这么怕死。"他说。

"没事了，已经做过身体检查，应该没什么问题。不过，别忘了过来做十二小时、二十四小时和四十八小时检查。"李斯年说。原先这些检查要到医院去做，但现在脑科学所已经配置了所有相关设备，在脑科学所做就可以了，免得医院的人总是好奇地打听，这些人到底怎么回事。

"您说什么？居然没死？"孙斐问，"这么说，在云球中的最后一刻，您确实差点死？"

"你干吗呢？待会儿再说不行啊？能不能让任所长缓一会儿？"张琦又打断了孙斐。

"怎么了？什么意思？"任为问。

"哦——"张琦有点迟疑，但还是说了下去，"孙斐是想问，您说您居然没死，是说在云球中居然没死，还是说意识场不稳定居然没死？"

"我——"任为也被搞得有点迟疑，"我是说在云球中居然没死，意识场不稳定的事我怎么会知道？"

"意识场不稳定也挺危险的。你们都穿越过这么多次了，以前没出现过这种情况。"李斯年说，"不知道这次是为什么。解绑流程上来说，小雷虽然是一个人操作，但应该没什么问题。"

"是真的。"孙斐说，"哼。"她又哼了一声，似乎不太高兴。

"怎么了？"任为问，"你盼着我死吗？"

"不是。"张琦接过话头，"是这样，其实不用这么着急讨论这个，孙斐就是太着急。"他摇了摇头，似乎不太情愿，"您的意识场解绑，我们都不知道，是小雷一个人做的。他说没办法，您当时处在危险之中，再晚就来不及了，所以就立刻做了解绑。"

张琦顿了一下，又接着说："但是，按道理您有穿越者观察盲区，小雷又看不到您身边的情况，他怎么知道您处在危险当中？"

"你的意识场不稳定，应该来自你在解绑前一瞬间意识场的激烈波动状态。"李斯年说，"对意识场解绑来说，这种时候操作有很大的风险。以前做的所有解绑动作都是选择在宿主比较安静的情况下进行，甚至是在睡眠中进行。无论是云球人还是地球人都是这样的，所以从来没出现过这种情况。"

"我的确是在危险中。"任为说。

"这就对了。"李斯年说。

"但是这又不对了。"孙斐说，"卢小雷到底怎么回事？"

"是啊！"张琦这次附和了一句，既然拦不住孙斐，他也就接着说了下去，"我没让小雷过来看您，也是想先问您一下，当时到底是怎么回事？小雷怎么能够做出您有危险的判断。"

"当时，图图要杀我，刀已经捅进胸口，我已经感觉到剧痛了。那会儿我觉得自己死定了。"任为说，"不过你们说得对，小雷怎么会知道？"他也疑惑地摇摇头。

"看来，不管怎么说，他的确救了您。"张琦说，"孙斐本来怀疑他在瞎搞，因为按道理说不可能知道您正处在危险中。根据意识追踪仪显示出来的意识场波动来进行危险判断是很不可靠的，否则我们早就这么做了。意识场的波动可能来自情绪激动、疾病甚至疲劳，而在这种情况下进行解绑是有很大风险的，所以，小雷说根据您的意识场波动做出了情况危险的判断，孙斐有些怀疑。"

"他确实是救了我。"任为说。

"嗯，"张琦说，"小雷说一直在观察您周围这些人，觉得图图一伙人不怀好意，所以始终很小心。看到意识追踪仪这么不稳定，就给您解绑了。"

"唉，我不如小雷。"任为说，"他能推测出来，我却没有推测出来。幸亏救了我，晚一分钟，我就真的死了。"

"他是上帝视角，你是凡人视角，当然不一样了。"李斯年说。

"是啊，必须要感谢他。"孙斐说，"可他到底为什么这么确定？怎么敢冒这么大的风险？关键是怎么知道那么准确的时刻？做意识场迁移怎么也要准备一会儿，难道就那么巧吗？这是两回事，虽然他救了您，立了大功，但也要搞清楚到底怎么回事。最近，他一直很神秘，没日没夜地监控云球，说是为了派遣队员的安全。当然，这不能说不对，不过我很怀疑，以前他可从来没有这么努力过。"

"我——"任为很迷惑，"我不知道。"

"当时现场还有谁？"张琦问。

"图图要杀我，还有索萨、斯特里和赫乎达，这几个人你们应该都知道吧？"任为说。

"图图、索萨、斯特里都是老熟人了。赫乎达也知道，您的得力助手，不过他已经被图图收买了。这些人我们都在观察，也觉得您有一定危险，但没有像小雷这么准确地预见到。毕竟，他们虽说在背后做了一些偷偷摸摸的事情，可从来没有讨论过要伤害您的话题。他们是想说服您和他们一起干，最多算是想要胁迫吧。您的号召力对他们来说其实是很重要的，杀了您有很大损失，而且您也没有表现出什么对他们不利的倾向。"张琦说。

"除非他们当中有人给卢小雷通风报信。"孙斐说。

"怎么可能呢？"李斯年说，"哦——"他好像反应过来，接着说，"难道他们当中有你们派过去的人？"

"没有。"张琦说。

"当时只有卢小雷在观察?"任为问。

"是的。"张琦说。

"那回放一下,看看有没有第二个盲区?如果有,不至于和我的盲区完全重叠,应该能看出来。"任为说。

"看过了,没发现。如果那个人正好是观察模式,就没有盲区,就发现不了。"孙斐说。

"是。"任为点点头,想了想,"不可能吧?"他说,"除了那五位派遣队员,我们确实没有派别人进去。风入松和乌斯里都搞得如火如荼,你们应该比我清楚。另外三位应该根本不在瓦普诺斯大陆。"

"对,他们不在,风入松和乌斯里也离着十万八千里。"孙斐说,"所以才奇怪啊!如果说不是有别人进去,那卢小雷怎么知道这么准确的消息?"

"图图要杀您,怎么着也不可能是地球人。"张琦说,"斯特里和索萨是图图的人,也不像。如果非要说有人是从地球过去的,那就只有赫乎达了。"

"你真觉得有别的地球人?"任为问。

"不,不,我不确定。"张琦说,"不过也确实是一种可能性,有点离奇。"他又摇摇头,"孙斐有点过激,但我也确实没想通。"

"过激?"任为很疑惑,看着孙斐。

"我觉得只有两种可能性。"孙斐说,"要么您根本没什么危险,卢小雷瞎搞,要么就是卢小雷私下派了人进去。本来我认为是第一种,但也想不通他为什么会这样。现在看来应该是第二种了,卢小雷私下派人进去了。"

"他派谁进去?他为什么派人进去?"任为一头雾水,"没有道理啊!"

"不知道。"孙斐说得斩钉截铁。把这三个字说得这么斩钉截铁,听起来有点尴尬,可孙斐好像并不这么觉得。她接着说:"但很明显,这是唯一的可能性。"

任为愣愣地看着她,想了一会儿,说:"赫乎达是地球人?我不相信。"

"我觉得也不像。"张琦说。

"为什么要猜?不能在云球查一下吗?"李斯年问。

"可以查，但不一定会有结果。"张琦回答，"如果有观察盲区，当然就肯定是地球人，如果没有，还就真不一定能确定了。云球系统对穿越的地球人的判断是在意识场绑定的时候进行的，一旦判断是地球人，会做一个量子标记。而量子标记是不能直接测量的——是测量，不是查询。一定要测量的话，必须采用很复杂的间接手段。"

张琦接着说："不过按道理这不是问题，如果是地球人取消了观察盲区，不仅影像系统会给出影像和声音，同时监测系统会建立一个通讯信道，这样才能向目标的知觉系统发出信息。所以本来，这是一目了然的事情，没有盲区的时候看看有没有信道就可以了，我们没必要专门开发一个功能去测量量子标记。"

"但问题是，信道的一部分在监测系统中。"孙斐插话说，"如果，我是说如果，卢小雷做了什么手脚——监测系统是由他负责的，他完全可以做手脚——那么我们就发现不了这个信道。而影像又都正常，没有观察盲区，这样就无法确定目标是不是地球人了。"

"是这样的。"张琦说，"我们对进入云球的地球人都会通过脑单元、影像系统和意识追踪仪等等的手段全程追踪。当然只能查看盲区外部，盲区内部是看不到的。但这次的情况，如果确实是有人私下派了人进去，那么这些追踪显然都无法成立。"

"如果非要说有地球人，"任为想了想，接着自己的话说，"倒有几个人有嫌疑。"他顿了顿又说，"但他们不在现场啊！"

"也许在现场但不在你的视线范围之内。"李斯年插话说。

"谁？谁有嫌疑？"孙斐问。

"有几个人知道诅咒草能治死血病，而且并不传播治疗方法。"任为说，"我觉得很奇怪。我仔细想过，当然也不能排除其他原因，但如果他们是地球人，就有可能知道诅咒草能治死血病，同时却因为害怕暴露自己而不愿意传播治疗方法。"

他摇了摇头，很迷惑的样子，"不过也很难说，因为他们似乎不知道罗尔花能够更彻底地治疗死血病，至少并没有使用罗尔花，也可能是找不到罗尔花？都有可能，所以有点嫌疑，但很难确定。"

"谁？"孙斐接着问。

"你们不知道吗？难道你们不观察吗？"任为问，很奇怪，他觉得他们应该早就观察到了。

"实时观察都是小雷的监控室。"张琦说，"您知道，我们存储的影像资料只占总量的百分之一。虽然是系统根据算法自动挑选的，但监控室可以进行一些调整。也就是说，回放的时候我们能看到什么，其实是小雷他们决定的。我们之前从没怀疑过小雷，所以……"

任为意识到问题所在。所谓百分之一，是指和云球人类有关的资料。其实，就全云球的情况来看，能够长期存储的影像资料和其他资料，只占总量的亿分之一。就云球人类而言，相关资料的长期存储比例比平均比例高出百万倍，也就是百分之一。这已经非常消耗存储资源了。在宏宇介入之前，地球所已经打算再次降低长期存储比例。幸好宏宇及时出现，才维持住了这个比例。

除了这些长期存储的数据，地球所还把数据分成了几个等级。

首先，是实时数据，在这个层面，只要时钟比例尺合适，找到时间地点，当然可以观察到任何事情。这主要是监控室干的事情，他们有时会根据预测调慢云球时钟，叫上大家共同观察一些关键事件。比如克雷丁死亡的那场大战——帝王陨之战——任为想起克族人对这一战的称呼。

其次，实时数据之外，就云球人类相关数据而言，大概30%会被存储24小时，被称为一级数据。10%会被存储两周，被称为二级数据。只有1%会被长期存储，被称为三级数据。

如张琦所言，哪些数据放在哪个级别，是由云球系统的人工智能系统决定的，但监控室的操作人员有权限进行调整。这意味着，如果监控室不希望其他人看到什么，完全可以手工删除。一天甚至两周之内想要隐藏什么可能有些困难，两周之后却只有很少的三级数据还存在，想看什么却已经看不到了是很正常的——这其实是在说，卢小雷严重地违反了工作准则和专业精神。看来，张琦说的话虽然听起来不像孙斐那么尖锐，可其中已经包含了同样的严重怀疑。

"哦,一共有四个人。"任为岔开了话题,或者说,回到了正题,"其中,最像和这事有关的是休达,因为只有他和我是在一起的。我们从坎提拉经过斯吉卜斯到林溪地,他一直和我们在一起。我本来就是想追问一下,他是怎么知道诅咒草能治疗死血病的,但一直没问出答案。"

"不知道这个人。"张琦说,"没看到过,如果他是地球人,肯定有观察盲区,一眼就会被看到,但我们没有看到这样的人。除非……他一直在观察模式,一直取消自己的观察盲区。"

不知道这个人?任为的疑虑也变重了,如果不是有人刻意剪辑,就算没能实时查看,可只要在两周内看二级数据的回放,怎么会看不到休达呢?他一直在自己身边。虽然他必须在自己一百米的盲区之外时才能看到,但这种机会应该还是很多的。任为相信,正常情况下张琦他们不应该观察不到。

"看来这个休达了解情况,他有可能在暗中观察你们并且报警。"李斯年说,"不过,就算藏在暗处,你们看回放的时候,应该还是能发现他。"

"不一定。"张琦说,"这个人如果距离任所长不超过一百米,就会在任所长的观察盲区内。"

"我有个问题,关于你们的观察盲区。刚才听你们谈,我一直有点疑惑。"李斯年说,"任所长那个宿主,纳罕吧?如果死了,没有地球人的意识场了,不是应该就没有观察盲区了吗?那就应该什么都能看到了,倒推一下不就行了吗?"

"不是这样,这有点复杂。"张琦说,"刚才说到,意识场绑定的时候,系统判断出是地球人之后会做出量子标记。但问题是,这个量子标记不是做在脑单元上的,而是做在云球人的边缘几何方程组上的。盲区是一个空间概念,量子标记做在脑单元上没意义,只有做在边缘几何方程组上才有意义。"

"边缘几何方程组?"李斯年问,他之前在地球所的量子炸弹工作都围绕着脑单元,并不熟悉这个名词。

"边缘几何方程组是描述云球人在云球空间中的位置和轮廓的一组方程

式。"张琦接着说,"它非常复杂,由身体构成物质的内部以及外部互动的实时计算产生,根据时间线不断变化。它包括很多子方程组,例如投射视觉轮廓、互动视觉轮廓、碰撞轮廓等等。其中投射视觉轮廓就是核心系统传递给影像系统的视觉形象。地球人意识场的量子标记可以看作是投射视觉轮廓子方程组中的一个参数。"

他顿了顿,这件事解释起来有点复杂,"云球系统为了建立观察盲区,必须找到一个云球中的有位置参数的实体进行锚定,才能计算出盲区的空间范围。这个实体就是云球宿主的躯体,描述它的就是边缘几何方程组。系统会根据边缘几何方程组计算一百米的空间范围作为盲区,并将它作为投射视觉轮廓传递给影像系统。量子标记本身无法被清除,意识场离开或者脑单元死亡都不行,只能等待躯体被彻底摧毁。那时边缘几何方程组也会被销毁,量子标记就不起作用了,当然观察盲区也就不存在了。而所谓躯体被彻底摧毁,是由云球的人工智能系统定义的,比如火化、腐烂或者被碎尸。"他摇了摇头,表示很无奈,"目前,纳罕的遗体应该还好好的,所以观察盲区还在,我们还是什么也看不到。"

"哼,"孙斐有点愤愤不平,"好嘛,现在图图的府邸成密室了,我们再也做不成上帝,不知道他们在干吗了。"

"现在只能等纳罕的遗体被搬出图图府,这个密室才会解密。"张琦说,"一般来说,萨波人会埋葬死去的人,如果是贵族,通常在专门的墓地。即使人被埋葬了,观察盲区也不会消失,不过就被局限在墓地附近了,不影响我们后续的观察。以前就是这样,比如任所长上次去的时候,后来弗吉斯很快被埋葬了。"

"纳罕也应该很快会被埋葬吧。"李斯年说。

"现在还没有。"张琦说。

"显然发生了一些事情,"孙斐说,"虽然看不到里面,但根据外面的情况看,他们失火了。"

"失火?"任为吃了一惊。

"对,有人去救火。"孙斐说,"听救火的人谈论,应该是柴房之类的地方。

好像损失不算大，不过烧死了一个人。"

"烧死了谁？"任为问。

"不知道，但不是什么大人物。只能从对话来推测，肯定不是图图、斯特里、索萨和赫乎达，可能是什么仆从。"孙斐说。

"怎么失火的？"任为问。

"不知道，外面的人都不知道。不过柴房嘛，可能不算奇怪，他们也不吃惊。"孙斐说。

"失火？"任为喃喃自语了一句。

"为了毁尸灭迹？杀了你总要编个借口。"李斯年说。

"不，要是烧的是纳罕的遗体，那盲区就不存在了。"张琦说。

"哦，对。"李斯年点点头说，"可以往前看看，如果有地球人，总能发现他是如何进入任所长的观察盲区的。"

"看过，今天上午都看过了。任所长到白汀港以后的这几天，特别是24小时内的一级数据，围绕盲区的所有影像几乎都回看过了。这期间，有很多人从纳罕的盲区进进出出，图图府上就有很多仆人进进出出。我们正在查所有这些人的历史。但是数据范围有限，他们都不是什么重要人物，系统很可能没有这些人的连续数据。24小时之外的二级数据就更少了，有人进去也不一定能看到。再说，如果小雷真有什么问题，他也可以调整这些数据。不过，之前不知道有休达，应该再找找。"张琦说。

"找什么？"孙斐说，"他要是地球人，一眼就看见观察盲区了，他要不是地球人，找到了也没有什么意义。"

"不一定，他也许一直在观察模式。"张琦说，"虽然小雷也可以修改通讯日志，我们没法查以前的通讯信道，不能确定他是地球人，但至少可以看看他干了些什么。"

"如果历史数据不可靠，那就往后看，这个地球人总要从观察盲区出来的，不能在图图府待一辈子。"李斯年说，"这是实时数据，范围又有限，看仔细点，追踪所有人，就跑不了吧。就算一时取消了观察盲区，也屏蔽了通讯信道，但总不能一直如此吧？追踪一段时间总能发现问题的。"

"刚才来您这里之前，我们还快速过了一遍任所长意识场解绑后的这十几个小时时间的影像，现在那边也有孙斐的人在监控室盯着看，她不放心只让监控室的人看。"张琦说，"我觉得很可能没有用。因为，有一种情况——"他停住了，像在思考。

"什么？"任为问。

"如果这个人进去了，但却被烧死了，那他就永远不用出来了。您看，他们恰好失火了，还烧死了一个人。"张琦说。

大家沉默了下来。

"加上，他进去的图像如果没有被记录，就没法查了。"孙斐又补了一句。

"地球人，被烧死？"任为问，但没人想要回答他。

"我真的被你们搞糊涂了，怎么会这么复杂？"李斯年摇摇头，苦笑了一下。

"也许是巧合。"张琦说。

"要知道什么人被烧死了。"任为说，"我出来以后，图图他们几个人出来过吗？"他接着问。

"没有，他们一直都在盲区内。"张琦说。

"密谋呢！"孙斐说，"既然都干掉您了，那是要好好讨论一下以后怎么办。"

"好吧，我们也要再想想。"任为沉吟着，"还有几个人，没跟我在一起，不过可以一起查一下。除了休达以外还有三个人，两个小伙子，克里曼、松海，还有一个女孩子，辛可儿。"

"如果能找到他们的话。"孙斐说。

"怎么？会找不到吗？"李斯年问。

"哦，李所长，如果我们知道脑单元就能找到对应的云球人，在影像系统里看到云球人也能找到对应的脑单元。一旦找到，以后跟踪就不难。但是，如果只是知道一个名字——"张琦回答，一边摇着头，"对操作系统来说，名字并没有什么实际意义，只在云球人的对话中才会出现，云球上并没有身份证或者户籍记录。如果要搜索云球人对话，搜索量就很大了，不好找。何况如果他们刻意想逃，也可能改了名字。"

"那就进行历史查找，他们是在特定范围中的。"任为说，"回放试试看吧，以前应该好找，他们都是纳金阿的世家子弟，很富有。如果正常，三级数据里出现过的概率也不小，二级数据和一级数据更不用说了。看看有没有观察盲区，如果有就追踪一下。"

"不能让卢小雷知道。"孙斐说，"我去查。"说着，她就转身往外走，"任所长，您好好休息，我查出来马上汇报。"声音还在房间里飘着，她的人已经出了房间。

"哎，别走，我告诉你到哪里找他们啊！"任为说。

孙斐没有理会，只听到她的声音传回来："没关系，您说得够多了，名字，还有他们都是纳金阿的世家子弟，只要数据没被卢小雷删掉，我就找得到。"

"她怎么了？"任为有点惊讶，"干吗这么着急啊？"

"是啊，"李斯年说，"她好像很希望卢小雷干了什么坏事。她是恨卢小雷吗？"

"她不是恨卢小雷，"张琦说，"她是可怜苏彰。"

"苏彰？和苏彰有什么关系？"任为这次不是有点惊讶，是大吃一惊。

"她怀疑苏彰被卢小雷弄到云球里去了。"张琦一脸难以描述的表情，"她还在破案。"他说。

李斯年也满面愕然。过了一会儿，他说："任所长，还有一件事，需要跟你说一下。"

"什么？"任为问。

"你的意识场，还有你们其他的派遣队员的意识场，虽然选择了年轻的云球人空体作为宿主，但实际上还是衰老了。"李斯年说，"不过不用担心，并没有比在地球上衰老得更快。只是，由线性的衰老变成了台阶式的衰老。空体生长状态的能量供给加强的趋势并不能真正遏制意识场的衰老。"

"只是把钱攒了一段时间，然后一股脑花了出去。"张琦说，"这是李所长的发现。以前我们的实验观察周期都太短，这需要时间才能发现。"

"哦——"任为愣了一会儿,"那就是说,在观察周期还好,如果在演化周期,使用十年一天的时钟,我们走了两天,回来以后我们的意识场已经衰老了二十年。"

"是的,所以不能在演化周期执行穿越计划。"张琦说,"或者,如果要执行穿越计划,演化周期的时钟不能太快。"

"观察周期就要尽量延长,"任为说,"而派遣队员执行任务的时间窗口就要尽量变短。"

"是的,"李斯年说,"是这样。你们另外那几位派遣队员,应该让他们在演化周期启动之前回来。"

52 摁下葫芦浮起瓢

晚上，任为终于回到家，看到久违的吕青。

吕青瘦了，瘦了不少，任为不由自主地抱住她，抱了很久。不知为什么，他的眼泪流了下来。

"对不起，"他说，"我没给你打过几次电话。"

"没事。"吕青说，"我知道你压力很大，心里很乱。"她从任为的肩膀上抬起头，把任为推开一点，凝视着任为，脸上带着微笑。

"我很想你。"吕青说，"不过，你是应该安静一下，没关系的。"

"嗯。"任为低下头。

"看起来，云球里并不是一个真的能够安静的地方。"吕青说。

"我以为是，但并不是。"任为说，"我总是那么幼稚，以为能够逃得开。"

"也不能这么说。"吕青微笑着，捧着任为的双颊，"张琦经常跟我说说你周围的情况，我觉得也许多数时候你还是挺平静的。"

"嗯，给坎提拉人治病的时候我还是挺平静的，甚至挺开心的。"任为说，"但是，不能一直过那样的生活。"

"嗯，嗯。"吕青忽然缩回双手，然后双手手指交叉握拳，两个拇指指尖碰了一下额头，碰了一下鼻尖，又碰了一下下巴，她发出清脆的笑声，"教主大人，我的祈祷礼对不对？"

"唉，别取笑我了。"任为说，也放下抱着吕青双肩的手，扭过头，走到沙发边上坐了下来。"是啊，治病时还好，但又掺杂了这些乱七八糟的东西，真是够烦人的。"

"这次怎么回来了，我都没准备，挺突然的。"吕青说。

"哦——"任为迟疑了一下，"我觉得病治得差不多了，不想待下去了，就回来了。"他说。

"好吧，既然回来了，见到我了，就开心一点嘛！"吕青说，"我见到你，可是非常非常开心，开心死了！"她追到沙发边，又捧起任为的脸亲了一下，很使劲，发出"啵"的一声。

"我也开心，真的很开心。"任为说，他也笑了笑，看着吕青，"但是，我看你好像瘦了很多，是不是也有很多烦心事？"

"瘦是因为我想漂亮，免得变成老太婆。"吕青说，"当然了，要说烦心事，也有一些。"

"因为父亲的去世吗？"任为说，"父亲去世我很难过，我都没能最后看他一眼。"

"父亲去世。"吕青低声重复了一遍，"是啊，他不是心脏病去世的，肯定不是。"

"哦？有什么发现吗？"任为说不上吃惊，第一次通过鸡毛信通话的时候，吕青就说过她的怀疑，不过后来几次没有再提。现在看起来，她的怀疑似乎更确定了。

"没什么发现，智利警方早就结案了。心肌梗塞，没有任何调查。"吕青说，"不过我知道了一件事，通过医疗界朋友了解到的。有一种药物能够制造心肌梗塞的假象，药物本身却能够通过和血液的作用完全分解，不会在死者身体中留下任何痕迹，验尸是验不出来的。我还找宋永安局长问过，黑市中有人用这种药物制作注射枪，在药物中还掺杂了高效昏迷剂和高效愈合剂。昏迷剂能够迅速让人昏迷，愈合剂能够迅速愈合注射针孔。这两种药物和诱导心肌梗塞的药物配合正好，注射后使人立即昏迷，在昏迷中一边诱导心肌梗塞，一边愈合注射针孔。它们也一样可以和血液作用，不在死者身体中留下任何痕迹。"

"你觉得父亲就死于这种枪？"任为问。

"很大可能。"吕青说，"这几种药物都很少见。要达到效果不难，难点是不在身体中留下痕迹。又没有什么正常用途，所以都是地下生产，量很小，不好找，也很昂贵，但我觉得父亲的情况很像。"

"什么人要对父亲这样一个九十岁的老人动手，还用了这么昂贵的手段？"任为问。

"是啊，这就是问题。"吕青说，"我不知道。"她扭头看向窗外，似乎在思考。

"上次好像你说，父亲住的那个屋子的主人，什么上校，也被谋杀了，也是这样吗？"任为问。

"瓦格纳上校。"吕青说，"不是这种方法，就是普通的枪杀。"

"这意味着什么呢？"任为问。

"他们出事的时间这么近，我的第一反应是一伙人干的。但是，使用的方法却又截然不同，很奇怪。"吕青说，"按说，瓦格纳上校是相对敏感的人物，更应该用复杂的方法。父亲是退休很久的老年平民，没必要这么复杂。如果是一伙人，现在这样的做法就很奇怪了。可要说是两伙人，未免太凑巧了。"

"不可能是一伙人吧？"任为说，"为什么你怀疑是一伙人？"

吕青看着他，沉默了一会儿。"应该是一伙人。"她说，"还有一个人差不多同一时间被谋杀了，叫凯瑟琳，是瓦格纳上校的手下，也是阿根廷安全部门的人。"

"啊？"任为愣住了。

"当然，也可以这么理解。"吕青说，"瓦格纳和凯瑟琳因为某种原因，比如他们的工作任务，被谋杀了。而父亲恰好发生了心肌梗塞，恰好住在瓦格纳的房子里。"

"好像……是有点太凑巧了。"任为说。

"我问过外交界的朋友,"吕青说,"他们说,那时候瓦格纳和凯瑟琳应该没有在执行什么高度敏感的任务,不像是因为任务原因出的事。当然,也许他们出于保密原因没有跟我说,或者阿根廷的保密工作做得很好,外人根本不知道。但似乎不像是这样,对这件事外交界的人也都挺吃惊的。他们说现在不流行暗杀。而且,虽然阿根廷和其他国家有些海洋权益的争议,瓦格纳上校又是鹰派,可这几年局势还不错,不至于有什么理由非要干掉瓦格纳上校。阿根廷和有些国家进行了交涉,但大家都表示很冤枉。"

"其他还有什么人有可能这么干?"任为问。

吕青又沉默下来,似乎在思考,又似乎有一丝犹豫,过了半天才开口:"没有。"她说,"我想不到。"顿了一下,又接着说,"算了,不说这个了。其实,父亲去世我也没有特别难过。我觉得父亲自己也不会难过。以前他总是说,人类活九十岁是最合适的,至少他很坚定地认为自己活九十岁是最合适的。谁知道,他真的只活了九十岁,生日才过了没有多久。"

"你还有什么其他怀疑吗?"任为问,他觉得吕青似乎还有一些怀疑,不像表现出来的那么平静。

吕青笑了笑,回答说:"没有了,就算有也是乱七八糟,说不清楚。咱们不谈这个了。"

"哦,好吧。"任为没有追问,"那明明有消息了吗?"这是他更关心的事情。

"没有。"吕青低下头,叹了口气,"没有,一点也没有。不过,她的FightingRobots——应该是她的啊?越来越活跃了,他们又进行了几次对KHA和其他保守势力的袭击,还在一些地方组织大规模的街头运动。现在CryingRobots非常激烈地反对他们,骂他们是和平的叛徒。他们就骂CryingRobots是可耻的懦夫。他们双方之间吵架比别人对他们的攻击激烈得多。"

"街头运动?"任为问,脑子里出现了一片混乱的街道。

"是的,特别是在太平洋的几个群岛国家,闹得很厉害。不过明明,或者说 RevengeGirl，没有露过面，"吕青说，"但我看他们不乐观，机器人人权？人的人权还不知道怎么弄呢！形势很复杂。"

"复杂？怎么复杂？"任为问。

"唉，这就叫作摁下葫芦浮起瓢。"吕青说，"这也是我的烦心事，卫生总署又有麻烦了。"

"什么麻烦？"任为问。

"你知道，意识场的发现一公布，我们就很快公布说空体的医疗费用不会涵盖在医疗保险中，多数国家也都跟随了我们的脚步。"吕青说，"我当时想错了。总体来说，KHA 的暴力行动没有减少，反而有所增加。当然，他们也分裂了，分成了温和派和极端派。温和派通过各种方式进行和平呼吁，而极端派则变本加厉。"

"我听说张琦提了一句，温和派由于以前也参与过一些暴力行动，现在虽然转向和平，但不太敢公开露面。而极端派获得了科学背书，所以更加嚣张了。"任为说。

"为这个，刚开始的时候，我没少睡不着觉。"吕青说，抿着嘴摇了摇头。

"这不怪你。"任为说，"你只是向领导提供了一个你的个人判断，又不是你做的决策。"

"我不是怪我自己。"吕青说，"我只是觉得，我们太可笑了。"

"可笑？什么意思？"任为问。

"我们担心政府预算，考虑社会反应，包括 KHA 的暴力活动，所以推动意识场发现的公布。领导们曾经很犹豫，但最终还是公布了。当然不仅仅是因为我们，我们只是推动力之一。科学发现嘛，迟早总是要公布的。可事实证明，意识场的公布真是一个灾难，KHA 之类都不算什么事情了。"吕青说。

"灾难？为什么？"任为问。

"你注意到没有，"吕青说，"医疗保险只涵盖人，不涵盖物。"

"物？"任为有点迷惑，"这不是很正常嘛！医疗保险本来就是对人的，和物有什么关系？"

"你天天坐的汽车，查理，并没有涵盖在医疗保险中，你需要自己付钱为它买财产保险，那是财产保险。"吕青说，"对吗？"

"对呀！"任为说，"但是，这有什么问题吗？"

"如果有一天，查理的保险费用涨得很高，我是说，如果对你这个高收入者来说也显得很高，很多很多钱，让人心疼，你会怎么办？"吕青问。

"换一辆便宜的车，保险费就低了。实在不行，坐公共交通工具也可以。"任为说。

"如果压根儿没有公共交通工具，或者公共交通工具也非常昂贵呢？"吕青问。

"这——"任为想了想，"民众承担得起的公共服务设施，这是政府的责任吧？"

"在汽车这件事情上，你是这样想的。那你说，在人这件事情上，你是怎么想的呢？"吕青问。

任为想了想，说："我不明白你什么意思。"

"好吧——"吕青说，很无奈任为在这些方面的迟钝，"大家一直把人看作一个整体，包括人的精神和人的躯体，两者都是人的组成部分。所以无论是精神疾病还是躯体疾病，都包含在医疗保险中。但是，汽车显然不属于这个整体，是一个和人无关的物品。医疗保险既然只负责保障人，不负责保障物品，那么你只能自己去为查理购买财产保险。"

"对，然后呢？"任为还是迷惑不解。

"然后——"吕青说，"我们之前讨论过怎么定义人的问题，好像什么是活着之类的，你还记得吧？"

"记得。"任为说，"我晕过去了。"他显得怏怏不乐。

"嗯，抱歉还得说这事。"吕青说，"现在你觉得什么是活着？"

"有意识场啊！"任为说得有气无力，"不是已经证明了嘛！你们的政策都出来了。"

"那么，你在云球待了大半年，算活着吗？"吕青问。

"我当然活着了，这不是回来了吗？"任为说。

"假如，我是说假如啊，"吕青说，"你在云球的时候，你的空体出了什么问题，该怎么办呢？我知道你的空体保存在脑科学所，李斯年他们肯定会尽心尽力地保存。但是假如，出了什么意外，脑科学所被烧了，被炸弹炸掉了，这不是不可能。在很多人眼里脑科学所就是罪犯，因为他们发现了意识场。很多人认为意识场根本就是脑科学所杜撰的，我猜这些人很想烧掉或者炸掉脑科学所。如果这种事发生了，你的空体被毁掉了，你还算活着吗？"

"这——我当然活着了。"任为说。

"但是你的躯体已经没有了。"吕青说，看着他，摊了摊双手。

任为说不出话来，张嘴结舌。过了半天，他才说："那我想他们会帮我找一具空体的。"

"嗯，我也相信。"吕青说，"张琦、孙斐、李斯年不会那么没良心吧！再说，我肯定会帮你找一具空体。"说着话，她盯着任为，好像他的躯体已经是另一具空体，"不过，我们怎么生活呢？我有点受不了！"她说，脸上露出很难忍受的表情。

"生活？"任为一脸茫然。

"我不能和其他的身体做爱。"吕青说。

"我的天哪！"任为说，"我们说正事呢！"

"好吧。"吕青把脸上的无法忍受的表情努力压了下去，摇了摇头，似乎要摆脱不好的联想，"所以，"她说，"其实你的这副躯体存在不存在都不重要，你的意识场存在才是最重要的。就算意识场在云球里，你也是活着的。对不对？"

"对啊。"任为说。

"所以，这能推导出，你的躯体其实并不是你必需的一部分。你完全可以没有这副躯体，而使用另外一副躯体。"吕青说。

"这——"任为脑子有点混乱，"可以这么说。"

"接着想，"吕青说，"假如啊，还是假如，有一天我死了，比如车祸之类的意外，大脑死亡然后意识场也死了，但 KillKiller 或者脑科学所又把我的大脑复活了，成了一具空体，而我在临死之前留下了遗言，想把身体留给你——我很愿意这样做——这样你下次去云球，再回来的时候就可以把意识场迁移到我的身体里，替我再活一段时间。我泉下有知会高兴的。或者也不用等去云球回来的时候，现在就开始，今天活在我的身体里，明天活在你自己的身体里，好不好玩？"

任为说不出话来，看着吕青。

"问题是，"吕青接着说，"这时候，你的医疗保险，能不能用在我的躯体上？我自己的医疗保险还作不作数？我没有意识场了，按照我们的政策当然不作数。但现在我的身体里有你的意识场啊！你可是活着的人。"她歪着头，似乎在想这个问题的答案。

任为脑子里一团糨糊。

"如果那时我还是医保官员——对，我已经死了，不能是医保官员了。不管了，假如我是吧，我也许会告诉你，我的身体既不能享受你的医疗保险，也不能享受我的医疗保险。"吕青说，"因为你的意识场待在了别人的躯体里，这不作数，而我自己的意识场已经死了，所以我的医疗保险当然也就没了。你说对不对？"

"好像……对吧？"任为很犹豫。

"不对！"吕青说得斩钉截铁，"如果你自己的空体因为脑科学所被烧已经毁掉了呢？那具空体已经不存在了，无法享受任何保险了，而且你也回不去了。那么，你只能待在我的躯体里，却活得好好的，既有躯体又有意识场，保险机构难道要拒绝为你提供任何保障吗？全民保障可是写在宪法里的。几乎在所有的国家都写在宪法里。"

"那……我是谁？"任为喃喃地问了一句。

"对啊，你是谁？你当然是任为，因为意识场是任为。虽然很多人还在坚持捣乱，但多数人已经承认意识场是人的核心。"吕青说，"不过，问题是你用了我的躯体，这怎么办呢？"

"是不是……应该禁止这种行为？"任为问。

"嗯，对，可以禁止。"吕青说，"但怎么禁止？我是说从法律角度，这个禁止应该是个什么措辞？你的躯体？我的躯体？某某人的躯体？这意味着躯体和人分离了，这样的句子是在阐述某个躯体属于某个人。听起来，这不是描述物权的措辞吗？躯体是一个物，它有一个从属于的主人，就像你的汽车查理一样——哦，当然，查理属于地球所，是地球所的财产，不属于你。"

"这还意味着，"任为接着说，有点魂不守舍，"所谓你，我，某某人，这些人称名词的含义只包含了意识场，而没有包含躯体。"

"对！"吕青说，"所以，终于，经过几千年的社会演化，人终于被分成了两部分。这可比把人从生物学上分成皮肤、肌肉、骨骼、内脏了不起多了。我们从法律上把人分成了两部分：意识场和空体。法律上的人指且仅指意识场。至于空体或者躯体嘛，只是一个外在的物，像汽车一样，受物权法律的规制，而不受人权法律的规制。"

任为愣愣地看着她。

"我们卫生总署终于解脱了。"吕青说，"我们要保障的是人，而不是物。意识场似乎没什么可保障的，当然这还不能完全确定，要看李斯年他们以后的研究。但至少现在还看不出意识场需要什么医疗保障。意识机的费用？我不知道。马虎一点说，几乎没什么医疗费用或者养老费用。至少四百七十八种癌症、一百二十种心脏病，还有一百九十三种糖尿病，不归我们管了，归财产保险公司管。也许抑郁症、精神分裂、多重人格还和我们有关系？不清楚。也许卫生总署马上就要消失了。"

她并没有显得轻松，摇了摇头，接着说："不过就像你所说的，也有可能空体真的变成了公共服务设施，政府要像提供公共交通工具一样提供公共空体。任何一个人，一个意识场，都有权利获得负担得起的公共空体。这事会不会落在卫生总署头上？如果这样，我们就还要存在下去。"

"如果真的要提供公共空体服务，各国政府的财政压力会更大吗？"任为问。

"不知道，我们有一个小组正在尝试着进行核算。"吕青说："虽然不确定我们会怎么样，但基本可以确定，那些人身保险公司就快要完蛋了。"

任为知道，在世界上，人身保险有两种不同方式，商业保险和社会保险。商业保险由政府制定政策，商业资金提供服务。社会保险同样由政府制定政策，但由保险基金提供服务。不过所谓保险基金，说到底是要由财政资金兜底的。不同国家选择不同，多半是两者的某种比例的结合，有的以商业保险为主，有的以社会保险为主。现在医疗技术发达，各种病几乎都能治疗，人们越来越长寿，可医疗费用也越来越高。老年人生病很多，养老阶段的医疗费用是人身保险中的绝对大头。所以对商业保险来说，保险费必须越来越高才能够支付这笔费用，额外还要有利润，这导致民众无法支付高昂的保险费，特别是穷人，这意味着社会的不平等。国家提供的社会保险能够最大程度上忽视贫富差别，为所有人提供一视同仁的人身保险。不过国家承担了这种责任也就意味着选择了巨大的负担。所以，以商业保险为主的国家被夹在了利益集团和社会公平两者的巨大压力之中，而以社会保险为主的国家则被夹在了财政健康和人道主义两者的巨大压力之中。吕青的日常压力就来自后者。好在对国家来说，卫生总署消失不一定是坏事，但对人身保险公司来说，显然没有比消失更坏的事情了。

"你是说，"任为说，"真要走到那一步，人身保险公司就没有存在的必要了，因为没什么东西需要他们提供保险。不过——"他迟疑了一下，"那些财产保险公司需要大规模扩张，一下子多出几百亿辆需要购买保险的汽车。还不是一回事，都是保险公司。"

"并不是一回事。"吕青说，"人身保险和财产保险业务模式不同，生意规模更是天差地远。大家多么关心自己的身体，有那么关心汽车吗？特别是老了以后，治病花多少钱，修车花多少钱？"

"哦——"任为想了想说，"是啊！"

"不过，"吕青接着说，"那些人身保险公司也没有坐以待毙，一直在挣扎。"

"怎么挣扎？"任为问。

"意识场公布之前，那些保险公司和我们一样压力很大。我们担心国家破产，保险公司担心自己破产。"吕青说，"在那些商业保险为主的国家，保险公司花了无数钱游说自己的政府，万万不能把 KillKiller 涵盖在医保范围之内，最好能找个说法认定 KillKiller 非法。按说保险公司势力挺大的，不过还是游行更吓人。或者说 KillKiller，我们的黑格尔·穆勒先生，也不是吃素的。最终还是有几个国家把 KillKiller 纳入了医保。就算是那些没有纳入医保的国家，也没有认定 KillKiller 非法。"

"你是说那些游行背后都有 KillKiller？"任为问。

"你说呢？"吕青反问了一句，"我不知道。"她摇了摇头，"意识场发现刚刚公布的时候，那些保险公司像我一样，以为意识场拯救了他们。谁知道这只是更大危机的开始。不过他们很快就反应过来了，现在非常紧张。之前，KillKiller 会让保险公司入不敷出，而现在，意识场会让保险公司根本没生意可做。"

任为没说话，两个人都沉默了下来。

过了一会儿，任为问："你怎么想到这些的？有人在网上讨论吗？还是有人游行？"

"暂时还没有。"吕青说，"但 KillKiller 已经开始行动了。"

"什么行动？"任为问。

"研究意识场。"吕青说，"意识场的发现一公布，他们就明白自己碰到了重大危机，马上开始研究意识场。"

任为眼前浮现出了黑格尔·穆勒的样子。

"虽然 KillKiller 拒绝进行意识场检测，但人们还是意识到自己的亲人真的走了。他们的新客户数量逐渐走低，必须要转型。于是，他们选择了一个更有前景却也更有争议的转型方向。"吕青接着说。

"研究意识场，他们做得到吗？"任为问。

"最难的不是做出什么东西，而是搞清楚能不能做出来。"吕青说，"最难的一关脑科学所早已经替大家完成了，KillKiller 在这个基础上再去做研究应该问题不大。更何况他们有的是钱，现在正全世界到处挖人呢！"

"挖人？"任为说，忽然有点紧张，"脑科学所有人被挖走吗？"

"应该还没有。"吕青说，"不过，这不是什么问题。全世界已经有很多机构在研究意识场，有不少机构取得了不错的进展。对于 KillKiller 来说，全世界都是他们的人才库。"

"好吧，就算他们能够研究出来，怎么赚钱呢？"任为问。

"空体置换，就是更换身体啊。"吕青说，"KillKiller 会提供这种服务，帮助大家把自己的身体更换成更年轻、更漂亮、更健壮的身体。甚至不一定要更好，只是为了体验另一种生活。他们会说服现有客户的监护人出租客户的空体。当然应该只是针对那些年轻的客户，咱们家不会是目标客户，妈妈年纪太大了。对，我前一段时间去看过妈妈，她很好，你放心。"

任为想起阿黛尔。"就像阿黛尔那样的客户。"他低声说了一句，"我回头也找时间去看一下妈妈。"他接着说。

"是的。这种客户的比例虽然很小，但绝对数量还是很多的，作为种子应该够用了。KillKiller 会说服监护人，把空体出租给想要空体置换的人。而这些人置换下来的空体又可以置换给别人。KillKiller 会维持一个庞大的空体库，从中赚钱。你如果想要过一种新的生活，那里有很多空体可以选择，只要你付钱。"吕青看了任为一眼，"怎么样，你要不要去变个美少女试试？"

任为不说话。

"想想看，这是个大生意。"吕青接着说，"公共空体服务，很大的生意。"

"这种生意——是不是会在社会上激起各种声音？"任为问。

"大游行、暴力行动、政治呼吁，一样都少不了，可有什么关系呢？哼，"吕青说，"黑格尔·穆勒得意极了。他跟我说，意识场的发现一公布，KHA 还有其他那些乱七八糟的组织以为给了 KillKiller 致命一击。但他们错了，这反而帮助 KillKiller 找到了真正的发展方向。唉，之前赫尔维蒂亚的翼龙被炸的时候，他的情绪可没这么好。"

"看起来，好像是 KillKiller 准备要接管人身保险公司的所有生意。"任为说。

"是啊，"吕青说，"所以说是大生意啊！"

"他们准备什么时候开始？"任为问。

"还要一段时间吧！"吕青说，"技术不成熟，现在还处于商业保密阶段。不过 KillKiller 需要政府部门的支持，至少不能被定义成非法。最好是我们能够撇开意识场，为空体提供保险。那么在将来的生意中，甚至能省掉维持空体的费用从而降低服务价格，吸引更多客户。就是因为他们这点贪心，我才会提前知道。"

"我听张琦说，KillKiller最近有点麻烦，堪萨斯黑帮、倒卖空体什么的。"任为说。

吕青沉默不语。过了一会儿，笑了笑，说："这个世界上，很多事情挺奇怪的。一开始，他们是很被动，人人喊打。但现在他们正在把这个被动挨打转换成一场主动宣传，虽然没有提空体置换这个说法，实际上却是一场空体置换的预热活动。"

"预热活动？"任为问。

"是啊，KillKiller承认了这件事，甚至没有把责任推到中层管理者和底层员工身上，说是公司行为，但所有事都征得了客户监护人的同意。双方签订了保密协议，所以不能公布协议内容。还出示了一些协议，只有签字的部分，内容被遮盖住了。他们说，现在还不能公布详情，不过很快会给出一个让大家惊喜的答案，一个让大家激动的未来，而且是合法的。"吕青说，"KillKiller在各种场合反复强调所谓的惊喜和激动，大家都开始好奇了，这难道还不是一场预热活动吗？"

"监护人签字就可以做实验了吗？法律不允许吧？"任为问。

"不，当然不能使用'实验'这样的词。KillKiller说那是一个志愿参与体验活动的协议。这总可以吧？"

"他们在撒谎吧？"任为问。

"当然是在撒谎。但是，根本没有任何一个监护人出来说话。这些事主都是些不负责任的欠款的人，现在显然都已经被收买了。"吕青说，好像有点生气，"如果没有事主说话，只是媒体在嚷嚷，效果很差。皇上不急太监急，好像是媒体成心找事一样。找不到受害者的事情，谁会真的在意呢？"

"曝光的人为什么不继续曝光？"任为说。

"继续曝光要涉及几百家机构，背后有各种势力和巨大利益，压力太大了。"吕青说，顿了一下，又补充说："我是这么猜测的。"

"哦——"任为不知道说什么。

"曝光者有一段没动静了，"吕青接着说，有点无奈，"KillKiller 倒是非常努力地在做研究。一旦空体置换的服务推出，这件事恐怕马上就会烟消云散。那时候大家会觉得，空体本来就是一辆汽车而已。汽车，或者说倒卖汽车，有什么必要那么敏感呢？"

"就真的没人能够给他们施加压力吗？"任为问。

"有啊。"吕青说，"大大小小的人身保险公司在各国政府那里都做了不少工作，所以 KillKiller 要应付来自各个国家各种机构的质询和调查。不过我看没什么用，KillKiller 有的是办法，也有的是钱。法律流程很复杂，足以让他们拖延下去，拖延到空体置换的技术成熟。那时候他们也许会说，被倒卖的空体是去体验这个服务了。够不够惊喜？够不够激动？至于细节上的事情，客户保密协议、隐私法什么的都能成为他们的挡箭牌。即使有什么问题，也到时候再说吧，总比现在就被搞死要好。"

任为没说话。

"总之，面对这个倒卖空体的丑闻，KillKiller 选择了一条危险的路，但也许是最好的路。"吕青做了个小结。

"唉——"任为长叹了一口气，"云球虽然艰苦危险，但还是地球复杂。"他说，"我头疼。"

"是啊，我也头疼。"吕青说，"所以我说，明明他们很不乐观。现在连肌肉组成的躯体算不算人都是问题，想让合成材料组成的躯体算是人，怎么能成功呢？"

"一多半是柳杨惹出来的事情，他怎么样了？"任为问。

"哦，对，柳杨。"吕青说，"终于知道柳杨到赫尔维蒂亚干什么去了。张琦他们没跟你说吗？"

"没有，没来得及吧。"任为说。

"他要和一只狗结婚。"吕青说。

"狗？"任为一惊，"是边境牧羊犬吗？"他眼前浮现出那只边境牧羊犬的样子，安静，漂亮。

"对，是边境牧羊犬，也叫琳达。就是他从家里带过去的那只狗。看来，他还是想念琳达。"吕青说。

"嗯，我见过几次。"任为说，"我那时就觉得不对劲，可没想到——唉，应该想得到，赫尔维蒂亚不是刚刚公投过嘛！"

"但没通过呀！"吕青说。

"至少比较接近。"任为说，"疯子，他真是个疯子。"

"是啊，疯子。你可猜不到他要干什么。"吕青说。

"参与游行吗？还能干什么呢？"任为问。

"游行？太低级了。"吕青说，"他去申请结婚，当然了，没人会批准啊，公投没通过嘛！然后，他就把政府告了，说行政机关不批准他结婚是违法的。"

"把政府告了？"任为又吃了一惊，"告了——这能告赢吗？"

"当然很难了，但看来他不怕。"吕青说，"已经在地方法院和上诉法院审过两回了，他都输了，不过却赢得了很多民众的支持。上诉法院二审的时候，有十几万人游行支持他。现在上诉到最高法院了，过一段说不定就要开庭了。"

"这个，"任为喘了几口气，"你怎么知道？"

"他找过我。"吕青说，"其实是找你。他说最高法院开庭的时候，说不定要请你去作证。"

"请我去作证？我作什么证？"任为很奇怪。

"不知道，"吕青说，"我也不知道，他不说我哪能问出来。他说你既然不在就算了，等你回来真去作证的时候会说明白的。我能感觉到他挺放松的，似乎很有信心。奇怪，他怎么那么有信心？不过，已经折腾得动静这么大了，就算又输了，说不定也会导致再次公投。"

"我作证？"任为喃喃自语，"我作什么证？疯了！"

53 声色之地

任为手里拿着智能笔,那支被柳杨发表过评论的智能笔。当时柳杨问:"如果给它一千年,会不会产生意识场?"还说:"这支笔被堕胎了。"现在,柳杨在起诉赫尔维蒂亚政府,要和一只边境牧羊犬结婚,还要任为去作证,这都怎么回事?

坐在办公室里,任为正面对着他刚刚用这支智能笔在白纸上写下的几行字:

待办事项:

1. 卢小雷为什么准确预测了纳罕的危险?和苏彰有什么关联?和休达等四个知道诅咒草秘密的云球人有什么关联?

2. 纳罕死后,云球究竟发生了什么?图图的图谋和计划到底是什么样的?他们下一步要干什么?

3. 五位派遣队员的计划进行得怎么样?穿越计划是否应该进行阶段性的总结?是否应该向欧阳院长进行一次汇报?台阶式衰老影响到派遣队员的寿命,演化周期开始后五位派遣队员应该怎么办?

除此以外，脑科学所还有没有其他和地球所相关的进展？

4.窥视者计划已经启动，目前的情况怎么样？下一步的计划又是什么？王陆杰的危机已经解除，他的新公司和地球所的合作是否稳定？云球的后续资金是否有保障？窥视者计划启动后，他们的影视剧还在拍摄吗？

5.伊甸园星进展如何？孙斐下一步打算干什么？

6.关于云球，不考虑正常运行和维护，除了穿越计划、窥视者计划、影视剧拍摄、伊甸园星，还有什么要做的？

任为觉得头很大，回到地球就要面临这些事情。当然在云球的时候也面临很多事情，要不是卢小雷，自己甚至已经死掉了。看来想找一个真正安静的地方实在是不容易。

"任所长，"张琦在门口出现，"王陆杰来了。"他说。

"啊？"任为有点吃惊，"他消息够快的，我这才第一天上班，椅子还没坐热呢。我们是不是应该自己先开个会？"

"他当然快。"张琦说，"看您了，他要过来，被我拦住了。您要想我们自己先开个会，我请他先回去。"

"算了，算了。"任为摆摆手，"陆杰是我们的金主，还是客气点吧。我们去会议室，叫上孙斐、小雷和他们那边那个负责人，裴东来，是叫裴东来吧？"

"好吧。"张琦说，"孙斐熬了一夜，一直在找那几个人，现在还在找呢。"说着，他笑了笑，走了出去。

"好久不见，都还好吧！"王陆杰亲热地握着任为的手，恢复了昔日的满脸笑容。即使不知道原委，任为也能看出，他现在春风得意，显然问题都解决得很圆满。

"好，好。"任为坐下来。

"听东来说，你还真有点危险。"王陆杰说，"不过你命大福大，没问题的。"

"小雷救了我。"任为扭头看了看裴东来，那是一个腼腆的小伙子，面庞瘦削，皮肤黝黑。任为知道这个年轻人做事干净利落，大家评价很高，不过自己和他没直接打过什么交道。裴东来看到任为看他，略微有点紧张，小心翼翼地说："我告诉王总的，跟王总不保密吧？"

"保密有什么用？"孙斐说，"你们在乎吗？"她脸色不好，头发乱乱的，看来熬了一夜让她很疲劳。

"在乎，在乎，我签过保密协议。除了王总，我没跟公司任何人讲过涉密的事情。"裴东来说。

"哼，谁知道呢，你们那么多人，涉密？跟开玩笑一样。"孙斐说。

"他们只是拍宣传片，看的都是小雷挑出来的东西，基本不知道什么。就是我和大家打交道多，难免知道一些，但我从来没有乱说过。"裴东来说。

"拍宣传片？"任为有点奇怪。

"哦，"张琦说，"自从窥视者项目启动，王总就不拍电影了，改拍短片，免费在网络上放映，作为窥视者项目的宣传片。"

"鱼饵呗！王总老谋深算，拍电影不挣钱啊！"孙斐说。

"这个孙斐呀，"王陆杰说，"不知道什么时候开始盯上我了，总是没完没了地针对我。"

"她盯上的可不止你一个人。"任为说。

"她盯上了所有人，"张琦接着说，"这位女士，凡是损害云球自然演化的人和行为，她都要斗争到底。"

"怎么了？不行吗？"孙斐说。

"没有，很好啊！"张琦冲她竖了一下大拇指，"但谁是阻力，谁是动力，你还是要分清楚。"

"好了，好了。"王陆杰说，"今天来汇报工作，孙斐女士多多指教。"

"我会指教的。"孙斐说。

大家坐了下来。任为特意看了看卢小雷，他早晨来上班以后还没见到过卢小雷，或者说，他从云球回来以后就还没见到过卢小雷。

卢小雷正在坐下，眼睛看着正在说话的孙斐。他瘦了，瘦了不少，原来方方的脸庞似乎变成长方形的了，脸色也不太好，看来如张琦和孙斐所说，他确实很疲劳。

"小雷，谢谢你救了我。"任为说，"他们都说你很辛苦，你也要注意身体。"

"应该的，我没事。"卢小雷冲他笑了笑，没有再说什么。

任为觉得卢小雷好像兴致不高。也难怪，孙斐对他充满怀疑，张琦虽然表现得不明显，但也有怀疑的，他应该都感觉得到。

"谈工作。"王陆杰说，"先给大家看个东西。"

王陆杰手指做了几个动作，任为的耳边"叮"的一声，收到了一个信息，是个链接。任为在SSI中打开了这个链接，开始看。大家都不说话，看来都收到了同样的信息，都在看。

云球世界
新世界，新朋友，新人生

这是网站的名字和标语。首页是一大堆图片、视频和标题，没什么特别的地方，看起来就像是一个普通的网站首页。

最大的一张题图是一座宏伟的石头建筑，很古朴，很漂亮。说像教堂又不像教堂，说像宫殿又不像宫殿——任为反应过来，那应该是云球上的建筑，不过不知道那是哪里的建筑。建筑前面围拢了一群人，有一个人正站在高处，建筑的台阶上，一只手臂高举在空中，握紧了拳头，似乎在说什么。他们的衣服算不上有什么特色，但看得出来和萨波人不同，任为一时想不起来，他们是云球中哪里的人。

图片下方写着一行字，显示在那群人的脚下。那是一片碎石铺成的小广场的地面。斑驳的底色上，白色的加粗字体显得简洁漂亮又充满了力量：

在云球参加民主集会，才了解地球是多么肮脏。

什么意思？任为手指动了一下，点了进去。但眼前马上出现了登录界面。

> 需要使用 SSI 编号登陆，是否授权？
> 在游戏中您将完全匿名。
> 除游戏身份系统以外，我们不会以任何方式使用您的个人信息。
> 放心，没有令人恶心的智能推荐，无论是朋友、信息还是商品。

任为犹豫了一下，要不要登录？

他还是选择了确认，然后立刻就看到了一篇文章。文章挺长，任为用最快的速度浏览，总结出了几条关键信息。

这里是乌辛瑞玛，那个演讲的人叫伦考恩，是乌斯里国王的助手之一。乌斯里国王没有任命任何正式官员，只有一些助手。就像图图所说，乌斯里国王也不认为自己是国王，他认为自己只是一个组织者和协调者，真正的国王是民众自己。

伦考恩在照片中的演讲，正是在跟大家讲解这个理念。伦考恩告诉大家，民众的事情民众自己决定，不需要有国王这种东西，也不需要有官员这种东西，甚至也不需要有国家或者政府这种东西。

"为什么要有国王？为什么要有官员？为什么要有国家？"这是他们的口号。很有意思，这个口号的发起者正是国王本人，而宣传者正是官员们。

文章作者显然很感动。他回顾了地球人的历史，他号称，虽然地球上也曾出现过无政府主义和民众自治的先进思想，却从来没有成为主流。但在云球，在乌辛瑞玛，整个城邦已经被无政府主义和民众自治成功地治理了，至少已经很接近了。他提到了长老院，就是图图所说的，乌斯里不热衷于做决定而是什么事都要去商量的那个组织。长老院的成员全都是当地人选举出来的德高望重的人，而且长老院还特意制定了定期轮换和选举的制度。

文章的最后，作者用加粗字体把乌斯里的口号又写了一遍：

为什么要有国王？为什么要有官员？为什么要有国家？

任为接着看，在文章后面有很多评论。第一条评论和文章最后的加粗字体口号从视觉上只有一厘米的距离，那条评论是：

因为民众很蠢。

下面是第二条评论：

民众不蠢，你才蠢。就因为有你这样的人，我对地球失望极了。我想去乌辛瑞玛，不是我的幻影，而是真实的我。

然后是第三条评论：

谁写的文章？真是个蠢货！可能在乌辛瑞玛只待了五分钟吧！

第四条评论：

乌斯里的长老院把这个地球人给骗了，他没看到民主传教会。

任为没有继续看评论。在文章和评论之间的一厘米地带里，有一个浅蓝色的链接，写着"去现场看看"，任为点击了一下。

然后，他立刻站在了这个小广场上，发现自己正挤在人群中。事实上，除了周围的人头，几乎什么也看不到，更看不到建筑台阶上的演讲者。

这里和普通的SSI电影的操控是一样的，任为手指动了动，开始调整角度——四处扭头看了看，但因为没有变化位置，除了攒动的人头他还是什么都没看到。他又仔细听了听，周围声音很嘈杂，却并没有听见演讲者的声音。自己不该来，他忽然想，乌辛瑞玛的语言自己又听不懂，来这里干吗？

不过，他居然马上听到了中文。"有病吧？演讲的人呢？"有人问。

"文章是昨天发的，演讲是一个礼拜以前的事情。"另一个人说，"你要来听演讲吗？"

"来这里就是看看地方，你还指望听演讲，你才有病呢！"第三个人说。

"你骂谁有病？"第一个人扭过头来，对着第三个人，满脸怒气。

"你啊！"第三个人说，"怎么了？想打架？"

"别打架！你会被踢出系统的。"第二个人说。

第一个人还是举起了拳头，但是，他和第三个人之间还隔了两个人，想打人可够不着。

任为退出了系统，最后听到的一句话是："真他妈挤！"

任为睁开眼的时候，发现大家都在看他。他有点尴尬。看SSI不需要闭眼，但大多数人看着看着就闭上眼了。

"抱歉，就我在看吗？"任为问。

"大家多少都看过一些，王总只是做了一些改版。"张琦说，"只有您没看过，还挺有意思的吧？"

"任所长从云球里回来，这哪里能比。"王陆杰说，"不过，任所长应该觉察到一些意外吧？"

"意外？"任为问。想了想，然后说："你们让用户的ASSI互相之间做了交互。我用的只是SSI，没有ASSI的功能，所以只是视觉上觉得拥挤，身体上是没有感觉的，ASSI用户是真的感觉到拥挤。"

"对！"王陆杰声音一下大了起来，"我们不能让用户和云球人交互，但可以让用户互相之间交互，这是个想法上的突破。原来只能傻乎乎地看，现在啊，这可不是一个游戏，这是一个实景社交网络。"

"对。"裴东来说，"市场上也有一些实景社交网络在运行，不过都不怎么样。主要原因不是交互的问题，而是实景的问题。实景很难搭建，至少是很难搭建得丰富多样又细节完备。但是云球，天然就是一个最厉害的实景。所以，在这里加上交互大大提高了用户的乐趣，匿名交朋友，真的是一个新世界新人生，黏性很大。同时，对云球还没有任何影响，计算过程都是在独立系统里完成的。"

"这个——"任为犹豫了一下说，"不是VIP用户才能用ASSI吗？"

"是啊。"王陆杰说，"但是新用户都可以免费体验一周的VIP权限。"

"然后回去做初级窥视者？"任为问，"那不是很没意思吗？"

"所以啊，大家都做VIP了。"王陆杰说，"我们的用户数还没有很多，但是用户升级却很积极，用户人均收益很好。"

"也不能说没意思，初级窥视者就一双眼睛，可以上天入地，VIP用户有一个身体，反而不行。有些用户还是蛮喜欢初级窥视者的。"裴东来说。

"喜欢？"孙斐说，"是因为升级太贵了吧？"

"任所长，王总发财了。"张琦说，"其实用户增长也很快，他们在控制增速，因为还有一些不完善的地方。"

"是有些不完善，"任为说，"好像太挤了。"

"对，"王陆杰说，"这主要是因为入口太少，都去那么几个地方了。特别是新用户，还没有朋友，看不到朋友圈，从首页走就那么些选择。这个要完善，正在设计和研发。唉，我们承诺不搞智能推荐，新用户一进来都没有朋友，这个最麻烦。"

"实在不行，"裴东来说，"王总，要么咱们用随机首页，只要不根据用户数据来推荐，就不违背承诺。"

"是个办法。"王陆杰说，"用户体验团队都在做评估，有不少方案，很快就会改善。"

"为什么不做智能推荐？"任为问。

"心理学界不是说，智能推荐就是洗脑吗？"王陆杰说，"都成过街老鼠了。我们这个不做智能推荐的承诺是很吸引人的。"

"好像是挺好玩的。"任为下意识地摇摇头，一边想着，商人真是厉害。

"跟你真正进去云球还是没法比的。"王陆杰说，"回头我也进去看看。"

"我觉得挺好玩的。"任为又说了一遍。

他看了看大家,忽然发现,孙斐和卢小雷似乎都没怎么说话。"孙斐,小雷,你们怎么不说话?"他问。

"哦——没什么。"卢小雷说。

孙斐扭头看了卢小雷一眼。"他不说话是因为累了。"她说,似乎带着些讥诮之意,"我不说话是因为憋着呢。"

"憋着?"任为有点疑惑,"为什么憋着?"

孙斐看了大家一圈,扭头对任为说:"任所长,晚上回家,你再进去看看吧。他们不搞智能推荐,但我给你推荐一个地方,金鱼岛金鱼村的热带沙滩,那里好玩得很呢!你可要知道,你有特别权限,现在的 SSI 用户,金鱼沙滩还有很多其他地方都是不能去的。"

"金鱼沙滩已经封掉了。"王陆杰说,"孙斐,事情要一步一步做,你别要求太高,我们也不想。"

"什么意思?"任为问。

"没什么意思。"孙斐说,"金鱼沙滩封掉了,很好啊。金鱼岛沙滩很多呢,都封掉吧,还有火焰岛,还有晨曦海岸,你会都封掉吗?"她盯着王陆杰。

"你——"王陆杰说,"总会有办法的。"

"到底什么意思?"任为问。

"是这样,任所长。"张琦说,"用户进去的时候,会随机匹配一个身体。除了性别和本人相同,其他都完全不同。以后用户可以到个人档案里对身体各部位进行编辑或者选一个新的身体,虽然有一些局限,但选择范围还是很大的。这样你就可以成为任何一个想要的样子,而且没人认识你。只有性别不能改,这是因为目前 ASSI 对感官的模拟还无法建立不同性别的通感。由于都是地球人,这些人在云球中的行踪是隐私。王总他们也在宣传中承诺了,不会透露任何隐私,在系统之外也不会使用任何隐私。所以理论上,他们不会被监控。除非有什么违法言论或者违法行为,会被人工智能系统踢出来,否则就是完全自由的,没有任何心理负担的自由,一些灰色地带法律也没法管。"

"那怎么样呢？"任为问。

"王总的公司对 ASSI 进行了功能扩展和增强，几乎可以模拟身体各部位的所有动作和绝大多数知觉感受。"张琦说，"所以，有些 ASSI 用户偏离了我们最初的方向，开始聚集到一些地方，进行……怎么说呢……娱乐活动。那些地方没什么风景，也没什么有意思的事情，但是用户却很多。"

"他们干什么？"任为问。

"嗯——金鱼海滩之前形成了窥视者系统中最大的一个天体海滩。"张琦说，"它只是最大的一个，不是唯一的一个。黎明海南部和整个火焰海沿岸，温暖的海边沙滩多多少少都有这种现象。"

"天体海滩，真好听。"孙斐说，"天体广场、天体池塘、天体原野、天体宫殿，还有杀戮战场、角斗圣地、搏击天堂，很多。只有想不到，没有做不到。"

"在系统里不会造成任何真正的人身伤害，再加上隐私的问题，确实不好管理。"张琦说。

任为总算明白过来，他忽然想起吕青说的空体置换计划，KillKiller 正在做的事情。二者也许有很多共通之处，不过各有优势。甚至这里好处还多一些，因为没有伤害、没有死亡。当然，感受的真实性和空体置换相比恐怕有很大差距，他想。

"至于去看云球人和云球风景，"孙斐接着说，"就算是上天入地，这事感兴趣的人还真不多，别听裴东来忽悠。所以，进入云球是不是更有吸引力还真难讲。不，当然了，也不能说对云球人感兴趣的用户不多——对吗，裴东来？挺多，特别是在云球人卧室进行一些同步运动，还是相当流行的。"

裴东来讪讪地不说话。

"孙斐，我们在想办法。"王陆杰说，"在想办法，跟你说多少遍了，在想办法。你看，我们的窥视者门户改版，名字都改叫云球世界了，每天滚动报道云球上有趣的事情，不就是希望把人们的注意力引开吗？"

"云球世界是办法？用有趣的事情把注意力引开？什么有趣？"孙斐说着，摇摇头，一脸不屑的表情，"想办法，对，是在想办法。我知道你们想了很多办法，从第一天就说隐私神圣不容侵犯，还开发了面容混淆、躯体替代、ASSI 增强等等很多功能。的确想了不少办法，还花了不少钱吧？真不容易。我看再给你们几年，ASSI 冲突演算系统的规模说不定会超过云球的规模呢！"

"你这人。"王陆杰说，"你看看，你的伊甸园星进步多大啊！已经正常运行，不需要人工干预了。欣欣向荣，其乐融融，真的是伊甸园了。可是，没有窥视者，能有伊甸园吗？"

孙斐气鼓鼓地不说话了。

"好了，好了，不说这个了。这东西只是给任所长看一下，任所长刚回来，还没见过嘛！"王陆杰说，"今天来，是要跟任所长汇报下一步的计划。咱们看看能不能开始进行准备，伊甸园星弄得很好，经验已经积累了，条件已经具备了。准备工作挺多的，我看可以开始了。"

"什么下一步的计划？"任为问。

王陆杰看了大家一圈。"都没跟任所长提过？"他说，"任所长，我之前跟你提过，云狱啊！"

54 偷渡者

王陆杰已经走了，任为没有答应他。

任为说要想一想，王陆杰也没有坚持。任为知道，王陆杰从来不会去逼迫别人，他很沉得住气，经常是什么事情就提一提，你不同意就算了。但很快，你就会发现，他的目的已经在不知不觉中达到了。

王陆杰的想法也不是没道理。云狱的需求很大。他已经跟客户聊过，世界各地的客户，客户们很感兴趣。王陆杰应该有这个能量，又言之凿凿，不由得任为不信。同时，孙斐的伊甸园星工作，正如王陆杰第一次跟任为提到云狱的时候所说的一样，成功地帮助地球所积累了经验。现在，再造一个云狱星从技术上讲已经成熟了。说实话，这让孙斐很不高兴，她感觉自己被王陆杰利用了。但伊甸园星的建设是她自己的主意，倾尽全力、没白没黑地工作，也完全是她自愿，实在没什么可抱怨的。而正是这种感觉，愈加让孙斐不高兴。她没想到，自己的这些心血成了王陆杰下一步计划的基础。

这个计划最大的阻力是涉密问题。云球人有意识场，以及人类意识场可以进入云球，现阶段这是涉密的。虽说大家对长期保密没什么信心也没有指望，甚至现在到底保密到了什么程度也很难说，但毕竟目前不能公开。不过王陆杰说的也对，孙斐把伊甸园星一切搞定，前前后后花费了不少时间，如果真要搞云狱，搞一个云狱星，就算有伊甸园星的经验积累，恐怕时间上也不会短多少。所以现在开始造星，可能一点都不早。等星造好了，像伊甸园星一样成熟，那时涉密问题恐怕已经不是一个问题了。

这件事情，任为第一反应认为，孙斐应该很反对，她不高兴嘛！觉得自己被人利用了，难道不该反对吗？可是出乎意料，不高兴归不高兴，孙斐居然并没有反对。她那张刻薄的嘴，不停地攻击王陆杰，但关于云狱，她却没有说什么。

任为开始没想通，后来想通了。其实孙斐肯定是反对的，但现在这种情况下，她不太敢反对。如果有一天解密了，涉密问题不再是阻碍，而云狱又真的有市场需求，那么就算地球所反对，王陆杰还可以去搞定欧阳院长。万一是这样，同时云球中又没有一个准备就绪的监狱星，伊甸园星会不会被拿来救急？这种可能性不是没有，而且感觉还不小。孙斐绝对不能允许这种情况发生，既然如此，提前准备一个云狱星就是起到了保护伊甸园星的作用。

所以任为发现，并没有任何人真正反对云狱，唯一的反对者就是自己。不过他也并不是真的反对，只是刚刚回来，脑子一团糨糊，他觉得自己需要时间沉淀一下，最好不要着急做什么决定。

任为详细了解了王陆杰搞定傅群幼和 SmartDecision 的过程。他在云球中的时候，就从吕青那里知道王陆杰已经解决了问题，今天知道了更多细节。看来以后的资金是没什么问题了，这方面他可以放心了——但前提是好好配合王陆杰。这让人不太舒服，不过看起来这就是现实。这更说明，关于云狱，他所谓的不同意其实搞笑得很，像是给自己找点面子，显然是必须同意的事情，却非要假装再考虑考虑。好在王陆杰是个乖巧的人，该给人留面子的时候总会留的。

说实话，感觉王陆杰的困境转折角度有点大，但任为也能理解傅群幼的恐惧，他自己不就是天天生活在这个恐惧中吗？稍微有点让人惊奇的是，SmartDecision 也有同样的恐惧。81.7%，还有个概率！不过

SmartDecision 肯定认为这是风险评估，不是恐惧。

他看出来孙斐也有所保留，似乎对王陆杰的说法不怎么相信，当然，王陆杰说什么她都不怎么相信。张琦倒没说什么，卢小雷更是没态度。但不管怎么说，搞定了资金总是好事。

卢小雷的表现确实有点奇怪，相当沉默寡言。王陆杰在这里聊了这么久，他几乎没说过话，不像以前的他。苏彰刚刚去世的时候，他有些沉默寡言还说得过去，但后来已经好转很多，现在已经过了这么久，不应该这样了。

"我找到了。"她说，"我找到那几个人了。"孙斐说。现在，卢小雷和裴东来也都离开了，只有任为、张琦和孙斐三个人。

"果然是有问题，大问题。"孙斐接着说，"不过，现在我倒觉得不一定是卢小雷的问题了。"

"怎么回事？"任为问。

"克里曼和松海是地球人，他们有观察盲区。休达不是，辛可儿死了，好像也不是。"孙斐的语速很快，"这几个人的数据都很少，基本没什么历史数据，很难找，但我找到了。"

"辛可儿死了？"任为眼前浮现出那张清秀的脸，心里有一阵难过。那是个可怜的女孩子——不，也许只是那会儿看着可怜，她家里也很富有，应该不怎么可怜。想到这里任为心里舒服了一些。但毕竟她还小，就这样死了还是让人难过。

"是的，死了，有墓地，没盲区。"孙斐说，"休达生病了，也没有盲区。他一直昏迷，不知道什么病。克里曼和松海都好好的。"

"两个地球人？"任为说。

"哼，两个？"孙斐讥诮地笑了一声，"休达和辛可儿不是，但不代表就没有别人了。"

"不止两个？"任为很吃惊，要说两个甚至四个，他还有点心理准备，可要说更多，这就出乎意料了。

"六个,还有另外四个,您可能没见过。那观察盲区,可好了!可漂亮了!"孙斐用夸张的口气说,还举手比画了一下可好可漂亮的盲区,"不过现在我觉得,应该不是卢小雷的问题。而且这些人都是男人,苏彰应该不会愿意住在男人的身体里吧?"

"这——"任为扭头看张琦,"这说明什么?"

"这个……"张琦脸上的表情很尴尬。虽然不知道这些人什么时候进去的,但任为这么长时间不在,他这个代理负责人肯定有不可推卸的责任。"如果是真的,这说明有人私下里往云球中送人。"他终于接着说。

"当然是真的,你怀疑我吗?自己去看啊!"孙斐说,向张琦怒目而视,"私下送人?就是走私、偷渡,你害怕担责任吧?"

"我不怕担责任,"张琦似乎恢复了平静,"但现在首先要知道问题出在哪里?"

"是啊,怎么回事呢?这些人——为什么呢?"任为问。

"挣钱呗!"孙斐说,"还能为什么?"

"怎么挣钱?"任为问。

"怎么挣钱?"孙斐睁大了眼睛,"怎么挣钱?组织偷渡,蛇头啊,当然能够挣钱了!"

"蛇头?"任为愣了一下,"哦,"他明白过来,接着说,"我是问那些人为什么要进去?不是问蛇头为什么送他们进去。"

"不知道。"孙斐说。

"也许是重病的病人,也许是潜逃的罪犯,也可能是找刺激的,都有可能。"张琦说。

任为不说话,想了一下,又问:"另外四个人都是什么人?"

"都在纳金阿,那是个有魔力的地方啊!"孙斐说,"不,也许别的地方也有。云球这么大,这可不好找了。"她摇摇头,"都是富家子弟,要么是官宦子弟。"

"看来,诅咒草对死血病的治疗效果是他们传出去的,比如休达和辛可儿。"任为说,"他们都是富裕阶层,有些来往也正常。没找罗尔花,可能是不知道也可能是找不到，而对诅咒草没有大肆宣传，是害怕出头会被我们发现。但他们也没有治疗自己的亲人——不，那也不能算是他们的亲人。"

"怎么回事啊！"任为接着感叹，口气充满疲惫。才刚回来，就碰到了这种事情。他一瞬间有点后悔，在云球里干吗关心这种事情啊！回来了又何必说这种事情呢？不过转念又觉得，这应该也算是自己的职责吧！

"可以理解。"张琦说，"我要是那个蛇头，也会把这些人送到纳金阿。"

"为什么？那又不是什么好地方。"孙斐说。

"看怎么比了。"张琦说，"他们都有观察盲区，很容易被我们发现，肯定不能送到我们经常观察的地方，比如萨波或者乌辛瑞玛。那不是很容易被暴露吗？但是另一方面，最好不要离开瓦普诺斯。毕竟目前在云球上瓦普诺斯是最发达的大陆。而坎提拉是瓦普诺斯大陆上最荒凉的地方，我们基本没怎么观察过。特别是清除过西坎提拉形成鬼域以后，我们的人都有心理问题，不愿意去观察被清除的区域。你看，语言组好像都没有人懂坎提拉语，对不对？所以从躲避观察不被发现的角度来看，坎提拉是最安全的。坎提拉的日子肯定是苦了一点，可纳金阿还算不错，目标宿主都选择富家子弟或者官宦子弟，也在最大程度上保障了自己的生活舒适。所以，孙斐，你也不用担心，这种偷渡，在云球其他地方不见得多，尤其是繁华的地方肯定不多。甚至根本不会有，因为太不安全了。我觉得坎提拉是偷渡者最好的选择，这个蛇头很了解云球。唉，肯定是我们自己人干的——当然，肯定是我们自己人，否则怎么能把人送进去呢？"

"谁干的？"任为茫然地问。

"谁呢？"张琦也问了一句，一边在思考，"他很聪明。我们幸好是被窥视者计划耽误了，又有了李斯年所长的发现，所以云球还没进入演化周期。否则几天工夫，这些人就渡过了他们的一生。而这件事就天衣无缝，没有任何痕迹了。"

"是聪明。"任为说。

"不知道是谁。"孙斐说，"不过看起来应该和卢小雷没关系，我还不相信他能到这个地步。"

"不是小雷。"张琦也说。

"嗯。"任为也应了一声,"他救了我,时机什么的可能是凑巧,火灾也是凑巧。"

"卢小雷救了您,您就想偏袒他。"孙斐说。

"你不也说不是他嘛!"任为说。

"没您那么坚定。"孙斐说,"是不像他。"顿了顿,又说,"那些可能是凑巧吧!"

张琦看了看他们俩,"那这事情,怎么办呢?"

"怎么办?"任为跟着问了一句。

"问我怎么办吗?"孙斐喊起来,"你们二位是领导好不好?"

"云狱还没建,已经这样了。"任为说,"看来我们这些事儿,保密什么的就是瞎扯。在黑市上大概已经有明码标价了。"

"你认识黑市的人吗?"孙斐说,"问问,也许能帮我们查到是谁!"

"我怎么认识黑市的人?"任为说。不过一边说着他就想起了吕青,吕青好像什么人都认识。

"要么报警吧!"孙斐说。

"报警吗?"任为转向张琦,问道。

"我觉得……"张琦有些迟疑,"我觉得最好再想想,暂时不要报警。"

"为什么?"孙斐问。

"我刚才第一时间就想到报警了。"张琦看着地面,一边想一边说,"可是,我觉得这事有点复杂。"

"你害怕丢人还是害怕负责任?"孙斐问。

"不是,"张琦抬头看了孙斐一眼,有点不满,"都不是,我不怕丢人,也不怕负责任。但这事法律上有点复杂,你要报警的话,我看都不见得有人管。"

"怎么复杂了?"孙斐问。

"你看啊,"张琦说,"我们去报警说,有人把人类意识场送到云球中去了。可这事情我们不就干过吗?违法吗?"

"但这是有人私下干的？"孙斐说。

"私下！私下！"张琦重复了两遍，"你是说，这个人私自使用公共资产？造成损害了吗？或者说，这事就算违法行为，有多严重？"

"那——"孙斐有点急了，"他不是杀人吗？"

"我们不知道他把空体怎么处理了。"张琦说，"确定是杀人吗？也许空体还在，在KillKiller或者其他什么地方，谁知道呢？意识场在云球里可还是活着的。刚才不是说了嘛，我们也干过这种事，但也没杀人啊！而且我们也是私下干的，没有汇报，欧阳院长还生着气呢！见到我总是很严肃。说到这个，以后汇报还是任所长去，我只能跟着，这样欧阳院长脸色可能会好一点。"

"你——"孙斐说不出话来，憋了半天，似乎没想出什么好的说法，"那怎么办？"她问。

"我不知道。"张琦说，"除非有证据这个人收了钱，也许从经济角度是有问题的。"

"那还是要从黑市着手。"孙斐说。

"可这有点奇怪，难道就只是经济犯罪吗？"任为问。

张琦摇了摇头，"我觉得确实不好界定。何况云球意识场和穿越这些事，虽然看起来早就已经不是秘密了，但毕竟名义上还是保密的，也不能就这样随便报警啊！我们必须先要到院里备案，走脱密程序或者直接解密。否则只能在前沿院内部处理，让保卫部来调查。"

"他们能调查清楚？"孙斐说，"我不相信。"

"脱密流程可就漫长了，而且也不是真正的刑事警察来调查，还必须遮遮掩掩，你就有信心吗？如果脱密不行，我们真的下决心马上解密吗？"张琦问。

任为和孙斐都不说话，这个问题太突然了，一时间无法回答。

"就算我们下决心，领导也不见得同意。"张琦接着说，"我们不过就是跑去先挨一顿骂。挨骂嘛，随时都可以，早晚逃不了，就不用着急了。"

"要么我们自己先调查一下，可以从设备使用的角度入手。"任为说。

"对呀，意识场实验室有出入记录，我去查。"孙斐说着站了起来，想要往外走。

"站住，站住。"张琦说，"着什么急。"

"有话快说。"孙斐说，还是很着急的样子。

"你可以查，不过多半查不到。"张琦说，"如果我是那个蛇头，肯定不会用意识场实验室。倒不是担心被查，一上来就拉个没人认识的活人进来？不可能啊！空体也不能在这里保存，还要运出去，不用查就露馅了。我敢肯定，这些人是在外面解绑了意识场，空体处理好，意识场绑定到意识机里，然后带进来，最后在这里用量子炸弹绑定到云球目标空体。意识机、量子炸弹等等这些设备，管理可不像意识场实验室那么严谨。从普通人角度看，这些设备既没什么用处也没什么危险。我们这里的人都是聪明人，意识机和量子炸弹虽然是别人发明的，但不要说偷偷使用，就算仿制我看也仿制得出来。我们的机房又这么大，绑定操作在哪里都能做，有权限出入的员工非常多，我看不好查。"

"不查了。"孙斐气哼哼的，扭身又坐下了。

任为也不说话了，他忽然困得很，想要睡觉。

"再想想吧。"张琦说，"再想想，会有办法的。这件事，看来已经发生很久了，不差这几天。"

55 / 图图的阴谋

任为花时间看了一下有关图图、斯特里和索萨的一级历史数据，他还不清楚一切到底是怎么发生的。图图要干什么？他为什么要杀掉纳罕？索萨是调过来担任林溪地的副都督，那斯特里是怎么到了这里？而赫乎达又是怎么回事？

数据很多，不过监控室已经整理出了其中的大部分关键数据，这让任为省了不少力气。即使这样，他也一直待到深夜才大概搞清楚了来龙去脉。

斯特里以乞丐之身，盗窃之道，成功娶了一个富户之女。当时大家都没有注意到这个富户究竟是什么背景，现在任为知道，这家男主人是萨波王国刑律执政官骨利的妻弟。没错，就是被图图买通参与陷害拉斯利一家的刑律执政官。

按照斯特里的聪明和钻营，他当然不甘心于做一个无所事事的上门女婿。他可以选择和岳父一起从商，不过他志向更大，没有选择经商，而是试图通过骨利进入官府。骨利最初并不相信他有足够的能力，也对他的莫名出身抱有很大的歧视。但在屡次尝试之后，骨利终于决定将他介绍给图图。

虽然其貌不扬，出身不明，但是，斯特里仍然很快赢得了图图的欣赏。他太聪明，又有野心，性格开朗，心理稳定，做事果决，为人机敏。不久他就成为图图的得力助手。图图偶尔也会不放心他的聪明，但却无法拒绝他的能力给自己带来的帮助。

索萨能够到林溪地接替图图升迁后留下的农业和贸易副都督的位子，也是图图安排的。索萨在黑石城只是潘索斯所居住地区的行政长官，虽然拥有多方面的经验，但官阶较低，而且在农业和贸易方面并没有什么特长。把他提拔到林溪地副都督的位置并不容易，图图显然为此费了很大力气。图图这么做是因为信任索萨，也需要索萨。索萨是和图图一起长大的朋友，做事能力很强，阴郁周密，心狠手辣，可为人处事不像图图那么圆滑，在官场中的升迁比较慢。不过对图图而言，不圆滑是索萨的长处，这意味着他对自己的忠诚。

图图不仅仅有斯特里和索萨，还有更多自己的人。如果细细观察，他的人多到让你吃惊。不仅在林溪地，也不仅在萨波，而是在几乎整个瓦普诺斯。在林溪地的多年经营，一方面让林溪地变成了他不可动摇的基地，另一方面让他积累了大量的财富和人脉。

图图在瓦普诺斯的所有拿得出手的国家和部落都尽力地结交朋友、安排眼线。大多数地方，他的网络都经营得不错。所以在陷害拉斯利一家的时候，他可以在麦卡轻易得手。在山地人的老巢瑟芣塔，因为萨波和山地人持续而强烈的敌意导致图图的人脉和眼线网络很弱，但他仍能找到办法了解尽可能多的信息。西廷斯也是一个例子。吉托和萨波虽然现在关系还算缓和，可历史上也曾经累世为敌。西廷斯作为吉托人，却在多年前就已经开始为图图工作。

图图这么做当然不会是毫无原因的，看起来从年轻的时候，他就有经略天下的雄心。那时候这种雄心的表现更像是对萨波王国的忠诚，即使是现在，他大多数时候的言谈举止也很像是为国为民。不过任为已经知道，图图的这个为国为民，不仅仅局限在萨波的国、萨波的民，而是天下的国、天下的民。

图图从未在别人面前流露出任何对阿克曼国王的不满或者对萨波王国的不满。相反，如果非要找一个词形容他对国王和王国的感情，那么这个词依然应该是忠心耿耿。但是，和其他醉心于王国安定和繁荣的忠臣不同，他热衷于谈论瓦普诺斯所有国家加强合作的好处。

正如纳罕曾经听到过的，图图认为，瓦普诺斯大陆上的不同国家出产不同、人物不同、风俗不同，所有这些不同曾经造就了战争，而实际上沟通、协作和贸易将带来比战争大得多的好处。这些好处能够让所有国家和地区都欣欣向荣，甚至把那些还茹毛饮血的部落带入发展和强盛。

图图不是没有遇到过反对者。在林溪地的时候，图图只是在朋友圈子中讨论，最多只是在林溪地当地官僚中小范围讨论，那时就有不少反对者。不过对王国而言，大家都是低阶官僚，反对或者不反对其实都只是扯淡，并没有什么意义。但自从接替了拉斯利父亲的农业执政官位置之后，图图就开始在廷议中提出这些观点，他很快发现，王国朝廷中的反对声音更大。而且此时的反对，已经不仅仅是扯淡，是实实在在地阻挡了他的梦想之路。

官阶、权势都是问题，但反对力量的核心原因并非来自官阶或权势，而是来自真心诚意的短视。是的，短视，非常真心诚意的短视，图图这么认为，甚至亲口对斯特里这么说过。

图图还对斯特里说，他喜欢聪明人，哪怕是坏人，哪怕是敌人。他讨厌糊涂人，哪怕是好人，哪怕是朋友。可惜聪明人太少了，而糊涂人却太多了。当斯特里问为什么这样的时候，他回答说："聪明人听得懂道理，也明白得失，知道对方要什么，也知道自己要什么。而糊涂人既听不懂道理，更不明白得失，既不知道对方要什么，更不知道自己要什么。对付聪明的坏人，你只要让他达成目标，你就可以得到你想要的。而对付糊涂的好人，你却一点办法都没有，最后只能两败俱伤。"

贸易执政官托马首先反对。托马是一位老臣，声望很好，威严正派，在贸易执政官的位置上干了二十年，兢兢业业，恪尽职守，干得不错，却难以升迁。托马的反对意见很简单。贸易当然不是坏事，而且是必须的，因为你缺少某些东西，他这么多年就是干这个的。但贸易却很难，图图的说法是痴人说梦。萨波乃是四围之地，西有沙漠，北有群山，东有险隘，南有丛林，虽然富裕却受困于道路。图图建议开拓道路的想法则完全无法实施，耗资巨大却无必须之理，无异于用萨波之财富补天下之不足。于天下也许是解肺腑之痛，而于萨波不过是平癣疥之疾，乃得不偿失之愚蠢行为。说到底，这些事情是商人们的事情，如果他们愿意做那就做，如果他们不愿意做那就不做，不需要王国操心。

财政执政官申刻不仅同意托马的说法，而且进一步阐述了危害。修路也许能够为萨波平贸易之癣疥，但代价却是抽空国库，使王国原本可以用于百姓的资财散之于外。莫说朝廷是否受到影响，恐怕百姓之害就首当其冲。他还举了一个例子，今年黑石河多雨，河水泛滥成灾，龙水关周边歉收，若非国库充盈，赈灾及时，恐怕百姓多有饿死。因此，若国库有余，也万万不可用于修建通商道路之蠢事。

萨伊斯将军也从军事角度发表了观点，在罗伊德将军死后，他已经接掌了几乎全国的军队。他认为，萨波富裕，而周边的坎提拉诸国、斯吉卜斯诸国、山地盟诸国、亚玛诸国都相对贫穷。他们各有天堑，可勉力自保。但于萨波而言，他们的贫穷就是我们最大的安全保障。遥远东方的大平原诸国虽然富裕，却和萨波一样受困于艰难的通商之路，无法对萨波形成真正的威胁。正如千年之前，克雷丁大帝横扫西南，却最终未能通过南风谷进军大平原一样。当真如图图所言，商路畅通，则危害极大。一方面，若贸易使穷国崛起，则无异于令萨波四面皆敌；另一方面，若通商之路使大平原和萨波联通，则更会门户大开而引狼入室。

还有林林总总各种意见。阿克曼国王也对图图的提议不以为然，他始终不明白，关心那些蛮荒之地到底有什么意义。萨波自身缺少的只是一些上等的皮毛、铁器、陶器或者草药之类的东西，不过是些癣疥之疾。而且，现有的贸易规模虽然不是很大，但已经足以使这些癣疥之疾变得更加无关紧要。

大家不仅在廷议中反对图图，也在私下的讨论里反对。看得出来，大多数的反对不是因为某种私利驱使，而是来自真心诚意。正如图图对斯特里所说，糊涂的好人确实很麻烦。如果是聪明的私利当道，总能想办法摆平，但如果是糊涂的真诚当道，就很难有办法了，私下里面对斯特里，图图坚持这样认为。

图图并非不明白存在的问题。但他反复强调，那些问题只是前进道路上的风雨，不能因为有风有雨就不上路了。可无论如何，这些风雨已经阻止了他前进。曾经有一段时间，图图看起来相当苦恼，他不知道该如何继续走下去。虽然任为无法从影像中读出他的内心，却能够看得出来，他焦虑、低沉、沮丧甚至暴躁。

不过，图图一直没有放弃。

任为觉得，图图似乎变了，样子还是那副和蔼可亲的样子，却好像比自己印象中那个巴结弗吉斯的图图要激进，但也许更接近杀死了纳罕的图图——也不好说，正是当时那个和蔼可亲的图图，害死了拉斯利一家。不过还是有区别，害死拉斯利是在暗中操作，而现在的争执是在朝堂之上。虽然图图相当有分寸，可争执就是争执，有时候面对的还是多年的老朋友们，搞得有些老朋友都不高兴了。

在任为看来，图图的主张是对的。但在萨波朝廷这样一个环境中，这样坚持自己的主张是不是合适呢？作为一个自然科学家，任为并不太熟悉历史。可在他的印象中，地球历史上这样的臣子们似乎都没有什么好下场。

但是很快，图图就看到了希望。

希望来自一些表面上无关的事情，图图显然善于从无关的事情中找到联系。他从众多的眼线那里得知，瓦普诺斯出现了几个不同寻常的人物。

图图并不负责治安，但风入松和克族人就在萨波，他当然最早知道。那时风入松刚刚开始对克族人的蛊惑——开始的时候图图使用一些类似这样的词来描述风入松——在黑石城地方官员知道之前，图图就已经从自己的线人那里知道了。

乌辛瑞玛的乌斯里也很快被图图所知，接着是坎提拉的纳罕。

乍看起来，这几个人并没有什么共同之处。风入松在利用克族人的仇

55 · 图图的阴谋 / 191

恨，乌斯里在许诺一些莫名其妙的东西，而纳罕则在治病。但图图敏锐地发现了他们唯一的共同点，那就是在宣扬一些什么。开始的时候，图图应该也没有看到宣扬这些东西究竟有什么目的——或者说，如果有什么目的，这个目的和宣扬的内容究竟是什么关系。图图显得很疑惑，在斯特里面前表达过这种疑惑。当然，斯特里也给不出什么有意义的回答。

不过没几天，图图就明白了过来。

对这几个人而言，宣扬什么并不重要，重要的是宣扬的内容使人相信之后，大家就团结在了周围，然后他们说的每一句话就都变成了不证自明的真理。

"真是好手段。如果我也有一个赛纳尔或者某某莫名其妙的东西，那么就不需要说服托马、申刻、萨伊斯将军、阿克曼国王或者其他任何人，只要宣称这是赛纳尔或者某某的旨意就行了。"

一个漆黑的夜晚，那天图图一个人睡，他在黑暗中用自言自语宣布了自己的发现。

图图太聪明了，他怎么这么快就明白了呢？任为想。

任为以为图图会为自己想通了这些事情而感到高兴，但是图图没有，反倒表现得像是感觉到了扑面而来的森森凉意。任为从影像中看到，图图的焦虑、低沉和沮丧变成了不安、紧张和恐惧。随后的日子里，图图有时会从梦中惊醒，陡然坐起，满头大汗，搞得陪侍的姑娘惊恐不安。

图图开始和有些人谈论这些事情，不过仅仅局限在很小的圈子里。他似乎觉得有些话不能乱说，就算说也说得相当含蓄。悲哀的是，即使是在自己珍视的小圈子里，也并非所有人都能理解他在说什么，多数人觉得，天下不过是偶然出现了几个疯子而已，没什么大不了。

谈论这些事，当稍微遇到一点阻力的时候，图图就谨慎地收回了话题。这和谈论贸易不同，那时他多半会坚持下去，除非对方显示出了强烈的厌烦之意。他似乎又重新变得谨慎了，更像面对弗吉斯时候的图图了。

有几个人和别人不同，他们或多或少地理解了图图，其中就包括斯特里和索萨，特别是斯特里。

索萨不是一个有很多想法的人，但他一贯崇拜图图，所以几乎相信图图说的所有一切，包括相信这几个人意味着巨大的机会和危险。而斯特里不但理解图图的思想，甚至能够进行发挥。他告诉图图，他认为那几个家伙做的事情和克雷丁大帝一样，甚至比克雷丁大帝更危险。克雷丁大帝无论多么勇武，当他死后一切就烟消云散了，那个肌肉虬结的躯体是一切的开始也是一切的结束。可这几个人不同，他们做的事情只是一个开始，也许现在微不足道，却一定会被发扬光大，即使是在他们离开这个世界之后。

图图一直很镇静。和斯特里的讨论也像和别人的讨论一样，似乎只是和下属有意无意地聊天。但是，在和斯特里聊过以后，图图似乎受到了鼓舞，眼睛里闪现出了一些不同的光彩，他开始行动。

任为当然无法确切知道图图在想什么，想法如何形成。但能看到的是，图图不再和高官们讨论贸易，大家的交集重新变回了无休止的娱乐，这让所有人都很高兴。为此，有人当面指责图图之前一段时间一定是生病了，而图图乐呵呵地表示，的确是生病了。

同时，图图把更多的精力投入自己的行动当中。而这个行动看起来和贸易并没有什么直接关系。

经过一些信息的搜集、分析以及和索萨、斯特里等几个人的讨论，图图的计划逐渐聚焦到了纳罕身上。纳罕基本可以被认为属于个体范畴，看起来是最容易接触的——他周围只有赫乎达等几个信徒，没什么有组织的力量。风入松和乌斯里则不同，他们已经升级，拥有良好的组织结构，脱离了个体范畴。

图图告诉斯特里和索萨，必须说服纳罕，和纳罕合作，利用纳罕的力量，赛纳尔的力量，使萨波王国成为一个团结的整体。任为觉得，实际上图图已经在想，要使天下成为一个团结的整体，只是那时还早，他还没有说出来。

索萨觉得这不可能，既然图图认为这几个人不正常，那他们一定有自己的图谋，为什么会和图图合作呢？索萨说得对。不过图图觉得，风入松和乌斯里的图谋虽说尚不清楚，但已经初露端倪，他们已经开始利用自己的影响力，而纳罕则不然。

风入松正在集结克族人，似乎在向帝王陨一带集中。乌斯里要罢黜乌辛瑞玛国王的想法已经在不同场合宣扬过多次，因此屡屡遇险。可纳罕不同，除了治病似乎没有干任何其他事情，没有任何行为能够表现出利用自己影响力的倾向。

经过多次讨论，也基于各种线报，图图决定，首先不要碰纳罕，而是从赫乎达着手。图图认为，赫乎达作为一个普通的马夫应该更容易被控制。

如果一切顺利，赫乎达被拉了过来，而纳罕确实并没有想要利用自己的影响力干什么，那他们就可以替纳罕利用他的影响力。如果不顺利，赫乎达并不容易被控制，或者纳罕其实是在暗中干着什么，那就需要重新计划了。图图说，这已经是他能想到的最好方式。

图图说，他明白这需要运气，要说纳罕除了治病什么都没干，这很难让人相信，他自己就不信，不过总要试一试。

一旦决定，图图立刻安排了下去。斯特里亲自进入了坎提拉。

斯特里首先接近赫乎达，并且顺利地说服了赫乎达。本来斯特里觉得这应该是一件不容易的事情，但是他错了。

对赫乎达近身观察而不是通过线报分析，斯特里意识到赫乎达本身也很奇怪。他有些时候貌似很粗鲁，有些时候却又显得很细致。他看起来对纳罕非常忠诚，却又似乎有所疑虑。

斯特里不能解释这一切，但他很高兴看到这一切。因为赫乎达很容易地就被说服了——斯特里甚至觉得，赫乎达似乎一直在等待这样的机会。

斯特里通过巡燕向图图汇报了初步的成功。

然后，斯特里进一步发现，赫乎达的能力居然出乎意料的强。修连、韦森、飞熊等等一干人等，与其说忠于纳罕，不如说忠于赫乎达。这也难怪，按说他们忠诚的对象应该是赛纳尔，但赛纳尔并不会出现，而纳罕又不爱说话。爱说话也没用，纳罕不会说坎提拉语，只会说萨波语——修连、韦森根本听不懂，飞熊也就是一知半解，而且，他们几个本来就是赫乎达从纳南村带出来的，都是从小一起长大的朋友。

克其克其是个例外，他更忠诚于纳罕。他萨波语好，和纳罕沟通得也更多。另一方面，他和赫乎达似乎也并不像其他几个人和赫乎达那么合得来。

不过没关系，克其克其主要陪在纳罕身边。除了赫乎达，只有他熟练地掌握了萨波语，这成了优势，同时也是劣势。他不得不被困在纳罕身边，当然他自己并没有意识到，而是很高兴能够陪着纳罕。

修连、韦森还有更多的赫乎达挑选的人被派了出去。这也是纳罕的意思，因为他们要去治病。但纳罕当时不会知道的是，在治病的同时，他们更重视赛纳尔教的传播。如果有人拒绝效忠赛纳尔，他们就拒绝治病。不过，拒绝赛纳尔的人非常少——没有什么说得出来的道理。甚至后来也不再需要拒绝治疗这种手段了，因为拒绝效忠赛纳尔的人会被其他激进的信徒恐吓而不得不妥协。那些激进的信徒相信，如果有人拒绝效忠赛纳尔，死血病——甚至更严重的疾病——会卷土重来，那时赛纳尔谁都不会救。这种说法来自赫乎达，而赫乎达的背后是斯特里。

虽然在纳金阿城中，由于纳罕本人在，赫乎达的人相当收敛。但在纳金阿之外，他们却大张旗鼓。终于，他们的作为惊动了米尔什国王，而国王身边的人也有几位产生了担心，告诉国王说，长此以往恐怕会给王国的稳定带来危险。于是，在犹豫不决了相当一段时间之后，米尔什国王出手了。

但斯特里早有准备，或者说，他一直在等这一天。所以，纳罕一行人辗转鬼域和斯吉卜斯，来到了白汀港。而所有的一切，斯特里一直都通过巡燕及时汇报给图图，图图通常会马上回复，给出一些指示或者鼓励。

任为基本搞明白了来龙去脉，主要靠那些人的对话，也有不少猜测，不过应该不会离谱。

奇怪的是，就像任为在脑科学所刚醒来时张琦曾经说过的，整个过程看起来都是图图想要和纳罕合作，说得最难听也就是利用纳罕，并没有任何时候提到过要杀纳罕。

而且，也没有影像记录下图图是如何知道纳罕就是拉斯利的。任为记得很清楚，把刀插进他的胸膛之前，图图说："我早就知道，你是拉斯利，我原本以为你要找我报仇。屋子里刻着那么多'复仇'，今天看起来你却一点也没有这个意思。这不是很奇怪吗？拉斯利，你原本不是这样一个人。你不是我熟悉的拉斯利，你是谁？"

虽说没有影像，但这个细节能够推测出来。

既然赫乎达被图图收买了，那么可以想见，图图也许会从赫乎达那里知道，纳罕来自老巴力之屋。如果图图有心，找人去老巴力之屋查看一下，就能看到拉斯利留下的"复仇"这个苦涩的词，也许还有很多真正的拉斯利在此生活期间留下的足以被辨认出的痕迹。如果再仔细一点，在山下道路周围的村庄打听和调查，也许会发现当初拉斯利逃亡过来时留下的某些踪迹。加上拉斯利已经消失这么长时间杳无踪影了，这些线索拼凑在一起，得出纳罕就是拉斯利这个结论一点都不奇怪。

知道这些情况的话，也许就会想到图图有杀掉纳罕的可能性。毕竟有灭门之恨，图图不愿意冒险是很自然的。但不知道这些情况的前提下，如何能够预料到图图要杀纳罕呢？这始终是个问题。如果不知道这些情况，卢小雷忽然救出任为的作为就不太好理解了，除非有其他地球人在纳罕身边向卢小雷通风报信。

所以，孙斐才觉得卢小雷是一个问题。

当然，要说有那么多偷渡进去的地球人是卢小雷干的，这应该不可能，确实不可能，太难以想象了。反而，卢小雷根据意识追踪仪的意识波异常波动判断出纳罕的危险，倒不能说完全没有可能。虽然从经验来看这种判断并不十分可靠，但毕竟还是有些迹象能够用来进行判断。

任为接着看后面的影像。

从纳罕死后直到现在，图图的府邸一直笼罩在纳罕遗体的观察盲区之中，什么都看不到也听不到。孙斐提到的小小的火灾早已经熄灭，也没什么人再提这个事情。图图从没有出来，但有一些人进去。斯特里和索萨出来过几次，主要是找人。而这些人在图图的府邸中到底在谈论些什么，因为观察盲区的存在就没法知道了。

不过在坎提拉沼泽那边，情况已经发生了很大变化。如果从图图和赫乎达的角度看，已经有了很大的进展。

自从纳罕一行离开坎提拉以后，留在坎提拉的修连、韦森、斯特里手下的几个人以及他们后来发展的人，一直在大张旗鼓地努力传教。从很多影像可以看出，在他们的心中，传教的重要性早已经超越了治病的重要性。

在这个过程中甚至已经发生过几次和官府的冲突，但或者是官府的人被买通了，或者是官府的人害怕了，总之他们没有受到太大的阻碍。现在他们的势力，或者说赛纳尔教的势力，已经跨越了坎提拉沼泽所有的部落。虽然并没有搞定所有部落首领，不过基本覆盖了多数人口，甚至包括在纳金阿城中。毕竟治病这个绝招，在疫病横行的坎提拉很吃得开。立竿见影的同时，又保证了未来的平安无事。即使今天没生病的人，也要考虑未来是否会生病，你总是会有求于这些赛纳尔使者的。

是的，现在修连、韦森还有其他几个早期加入的人都已经自称是赛纳尔使者了。不过，他们仍然尊称纳罕为"大使者"，而称赫乎达为"二使者"。在他们口中，现在大使者和二使者正在赶去向赛纳尔汇报和请示的路上，很快就要回来了，即将带回赛纳尔的最新旨意。

目前最郁闷的人可能就是米尔什国王了。

米尔什国王天天都和几个近臣在讨论，有时需要会见跑到纳金阿寻求对策的其他小国国王和部落首领，连瘦马湖以东的瘦马城塔希斯国王都来过了。话题都是同一个：如何应对这种局面。

不仅是纳金阿的属地，而是整个坎提拉沼泽，从未有任何国王统一过的坎提拉沼泽，正在被赛纳尔教席卷。所有的国王和部落首领都感受到了危险，但所有人都束手无策。

米尔什国王曾经有机会抓住纳罕，那也许是唯一的机会，不过他却未能如愿。

有一会儿，任为想，演化周期什么时候开始？否则现在这样，一天一天，只要纳罕的遗体不被运出，图图就还可以在观察盲区密谋，躲开地球人的观察。也许需要很多天才会运出遗体，那么在地球上就需要等待同样的那么多天。

任为有点着急，有点头疼。可是，如果演化周期开始的话，那些派遣队员怎么办？别忘记了台阶式衰老，不能让五位派遣队员几天后回来的时候，就一下子衰老了很多年啊！

的初创公司，扩充产能当然需要钱，融资是必需的。而如果想要给这个初创公司投资，那些基金的管理合伙人们就需要在他们的办公室门口排起大队来等待管理层的接见——不接受预约，而且必须是基金的管理合伙人亲自来谈。排队的盛景持续了两天之后，新声健康就号称融到了足够的资金，不再接受新的投资。

胡俊飞的肠子可能都悔青了，他们的股权绝大部分都已经被王陆杰拿走了。不过当时，PerfectSkin 奄奄一息，也没什么其他办法，王陆杰算是在最后一刻挽救了他们。

不知道胡俊飞应该后悔还是应该庆幸，任为想，只能佩服王陆杰的眼光和魄力了。更关键的是，王陆杰能够找到办法让胡俊飞妥协，他不像顾子帆那么咄咄逼人，说服别人还是有一套的。

随着新声科学娱乐的股权重组，顾子帆应该也算是新声健康的股东了。当时顾子帆诘难胡俊飞和侯天意的场景出现在任为脑中，还是挺有意思的，任为想，无论如何，现在看来都还算圆满。对，还有傅群幼，他和顾子帆一样是新声健康的股东，严格地说，是新声健康母公司的股东。显然，大家都赚翻了。

到此为止，这还是一篇正常的文章。任为替王陆杰、顾子帆和傅群幼感到高兴，也替胡俊飞和侯天意感到高兴。

可是从下面开始，这篇文章就显得很奇怪了。倒不是说内容有什么奇怪，任为看到标题的时候就有心理准备，这篇文章应该是在批判电子胃而不是在赞扬电子胃。奇怪的地方在于，文章的其余部分出现了六十七处同样的文字，都标了序号：

No.×× : 涉嫌歧视和仇恨言论，此处省略 ××× 字。

这让任为一头雾水。

搞了半天，除了知道电子胃很受欢迎以外，任为根本不知道这篇文章要说什么！

既然这么多涉嫌歧视和仇恨言论的文字需要省略，那这个新闻网站为什么又把这篇文章发了出来呢？很奇怪，如果说真有违法内容，那应该就不会被发出来啊！看起来并不是真的违法，而是有一些很特别的原因。

任为继续往下看，能看的文字太少了，他也懒得看，所以很快越过了文章的末尾，接着就是一长串相关文章的列表。

这些相关文章的标题大概都是这样子的：

著名保守人士 HaJeKa 的价值观惹翻全球自由人士
3924 个同性恋群体发声，号召全球大游行反对 HaJeKa 的歧视言论
321 个女权组织声明，选择如何进行性行为是人类与生俱来的权力
全球自由检察官组织在 84 个国家同步起诉，控告 HaJeKa
HaJeKa 的言论充分展现保守人士对人类自由选择权的极端藐视
难以置信：性向选择和性别平等在当今社会仍然会受到恶意攻击
66 个国家政府郑重声明：不欢迎 HaJeKa 入境
电子胃会导致人口减少吗？一个保守人士脑洞大开的荒谬和无知
人之所以是人，是因为有更多的自由选择而不是有更多的肮脏规则
极端组织全球自由联盟发表声明：将全球追杀 HaJeKa
…………

任为把网页向上回滚了一下，确认文章的作者就是 HaJeKa。

任为终于明白了。

显然这篇文章惹了众怒，甚至到了被广泛起诉的程度，还有追杀什么的，网站已经不敢发表这篇文章的原文了，免得受牵连。但为了交代事情的原委，还是发表了删节版。可这还有什么意义呢？都不知道文章写的是什么内容了。

网站的心思挺有意思，发了文章删节版，跟上了一堆"相关文章"，而自己什么也没说，可能是安全和流量的最佳平衡了。

这些文章的标题也很有意思，任为看了半天，并没有点击任何标题进去阅读内容，只是看着标题。

任为想起来，自己第一次见到胡俊飞的时候，谈到电子胃，胡俊飞说："明明很了不起，她能够看到很多别人看不到的东西。"那时自己很迷惑，不明白胡俊飞到底在说什么。不过后来心思并不在这里，很快就把这个迷惑给忘记了。但现在，他想起了这迷惑，也明白了答案——也许明白了，不过只是也许，他不敢确定。

显然，焦点不在电子胃这个产品上，而是在 HaJeKa 的言论上。王陆杰和胡俊飞他们应该不会受到太大牵连，毕竟产品本身不会说话，也没什么意见和立场需要表达。任为并不知道 HaJeKa 是谁，不需要操那么多心。不过，他觉得应该提醒王陆杰和胡俊飞不要乱说话，免得被卷进去。可转念一想，最傻的就是自己了，王陆杰还需要操心吗？至于胡俊飞，也许比自己更傻，也许和自己差相仿佛，但可以肯定，王陆杰不知道已经叮嘱多少遍了。

任为开始心不在焉地翻看其他新闻，但脑子里都是电子胃。胃的形状，胃的颜色，胃里面的内容，他开始觉得有点恶心。

幸好，他看到了另外一个标题，引起了注意力的转移：

世界宗教界的共同盛典：招魂仪式席卷世界

任为心里咯噔一下，他没有点开标题，而是点了标题后面的"更多"。然后，他就看到一大堆相关的标题：

灵魂的存在被科学实验所证明，虔诚的人类即将得到最后的救赎
教皇亲自主持最大规模的招魂仪式，超过 200 万人参加
一个虔诚教徒的心声：我整整痛哭了一个月，因为上帝露出了神圣的侧影
意识场的发现确凿无疑地证明，宗教从来就是最彻头彻尾的科学
著名反宗教人士公开道歉：我的无知造就了我的罪孽
可笑的弗洛伊德：宗教徒不是心理疾病患者，他才是

爱拯救一切：科学家们终于低下了他们的头颅
招魂术：让神灵抚慰你的意识场
我们称之为灵魂，而有些人却故意称之为意识场：关于意识场命名的讨论
福音会和婆罗门展开论战：意识场的归宿在哪里
…… ……

任为愣了一会儿，觉得很冷，身体有点颤抖。他使劲晃了晃脑袋，咽了一口唾沫，又长吸了一口气，才鼓起勇气，点了其中一个标题："招魂术：让神灵抚慰你的意识场"。

文章很长，介绍了 238 种世界各地的招魂仪式。这些仪式覆盖了各种宗教，包括半年内刚刚产生的 46 种新宗教。仪式流程大多都很复杂，也很庄严。只看这些文字描述和间或的几张照片或者视频截图，任为就已经感受到了它们的力量。他觉得更冷了，身体猛烈地抽动了几下。

他想起柳杨，想起柳杨为什么离开脑科学所。难道柳杨预见到了什么？不，他应该不会为了恐惧而离开，他不是这样的人。李斯年呢？他为什么要接脑科学所所长这个位置？他什么都没有想到吗？哦，那也很正常，自己就什么都没有想到。

他的身体又抽动了几下——干什么呀？他想，差点喊出口。他腾地坐直了身体，后背离开了床头，床发出"吱呀"的一声响。

"你怎么了？"他听到吕青的声音。

任为睁开眼，扭头看到吕青被他搞醒了，用右臂侧撑着身体，睡眼惺忪，正关切地看着他。SSI 图像还浮现在他的眼前，和吕青的身体融为一体。

"没怎么，没怎么。"他扭回头，慢慢地靠回床头。

"真的没事？"吕青又问。

"没事，没事，你睡吧。"他说。

"好吧，我困死了。"吕青说，躺平身体，翻了个身。

任为继续看那篇文章，迅速下拉着内容，眼睛快速地掠过大片文字和图片——除了零星的几个字，他什么都没有看到。

下拉得太快了，拉着拉着，他又觉得自己太草率。他停下来，开始往回上拉，但仍然什么也没看到——也许多看到了几个字，但并没有什么意义。

他再次开始往下拉，这次拉得更快，文字在他面前变成了一条河，很快就拉到了文章的末尾。

末尾是一个视频，一个招魂仪式的现场录像。他点了一下，视频开始播放。那是一个宏大的、金碧辉煌的场面——也许就是前面标题列表中提到过的有 200 万人参加的仪式？

视频只是一个片段，大概只有几十秒，最多两分钟，任为没有注意。实际上，他虽然在看，视频也很清楚，但好像在做梦，觉得一切都很遥远，都在雾蒙蒙当中，不像是真实的存在。

不过，在视频的末尾，他听到了一句话，很真切：

除了对自由的追求和对上帝的服从，人生还有其他意义吗？

其他？没有了，没有了，任为想，没有其他。果然，他听到了视频中山呼海啸般的最后声音：No，No，No。

57 架构师

没睡几个小时而且睡得不好，任为坐在办公室里仍然昏昏欲睡。但是，孙斐冲进来一句话就让他完全清醒了过来。

"张理祥被抓起来了。"孙斐说，气喘吁吁，"我们拦不住，警察直接冲进来了。他们还在吵，您快过去看看吧。"

任为睁大了双眼，说不出话来。

"快点，快点。"孙斐说。

任为站起来刚要走，忽然门外响起了一阵吵闹声，接着走进几个人，看来他不需要走了。

"是任为所长吗？你好！"一个带头的人说。那是个警察，不是很高大，甚至很瘦削，但看起来精干结实。

"我是重案调查处肖近浓。"他接着说，一边把一个证件举在任为面前。任为看到证件上"肖近浓"三个字，其他的没看清楚，但他还是茫然地点了点头。

肖近浓一屁股坐在任为桌子对面的椅子上。任为看到，他身后还跟了一个年轻警察，张琦、齐云和叶露也都跟在他身后。叶露气喘吁吁，和孙斐一样，好像刚跟人吵过架——不用想，刚和警察吵过架。齐云正伸手在她背上轻拍，跟她说："别着急，别着急。"

任为慢慢坐下来，看着肖近浓。

"我知道你们有涉密项目。"肖近浓说，"但是，我必须把张理祥带走，他在几桩案件上有重大嫌疑。而且，其中有些案件也是涉密案件，比你们的密级还高。所以，请你们配合。"他没有回头，抬起手用手指越过肩膀指了指背后，"请让那位女士安静下来。"他显然是在说叶露。

"你——"任为迟疑了一下，"你们走程序了吗？"

"来不及。"肖近浓说，"我们必须防止张理祥潜逃。程序在路上，马上就到。我们在你这里等着，程序来了我再走。"

"没程序就不行！"叶露大喊，"人是我们的人，这里有国家级的机密。你什么都没有，袖着手冲进来就抓人，还有没有点法制观念？泄密了你负责？"

"程序在路上，人在车上，还都在你们院子里，你喊什么？"肖近浓仍然没有回头，口气也很强硬。

"安静，安静。"任为伸手向叶露示意了一下。叶露愤愤不平，但没有再说话。

"究竟怎么回事？"任为问，"肖警官，你说涉密，但有什么能讲的吗？"

"不涉密的可以讲。"肖近浓说，"从去年开始，有一些重要的人陆续失踪。这些人有的是我们一直在监控的嫌疑人，因为各种原因暂时还没有抓捕，有的是我们刚刚追踪到线索的嫌疑人，还有逃犯，他们都是原本好好的但忽然之间就消失了。这其中既有刑事犯罪嫌疑人，连续杀人犯、黑帮、毒枭，也有重大经济犯罪嫌疑人，还有涉密案件的嫌疑人，有中国人也有外国人。而这些人的失踪，都和张理祥有关，只能说这么多，细节就不要问了。"

任为想起了克里曼、松海——那六个坎提拉的地球人。

"那么，"任为问，"一共有几个人消失了，能说吗？"

"二十一个。"肖近浓说。

"二十一个？"任为一下子站了起来，"二十一个。"他又重复了一遍，然后坐了回去。

"怎么了?"肖近浓一脸怀疑,"你知道什么情况?"

"不,不。"任为说,摇了摇头,"我不知道。"他脑子一片混乱,不知道现在该说什么。他下意识地抬头看了看张琦和孙斐,两个人都面无表情。齐云和叶露更没露出什么惊讶,叶露还一脸气愤,她们并不知道克里曼和松海的事情。

"你们丢了人,和张理祥有什么关系,他只是一个架构师。"叶露又嚷嚷起来。按道理,这种事情应该是孙斐嚷嚷,叶露跟进。但这会儿孙斐显然不会说话,叶露太激动了,她也不想想,为什么孙斐不说话。

"她是我们的人事总监,必须对我们的员工负责。"任为替叶露解释了一句。

肖近浓点点头,说:"这二十一个人都是很重要的逃犯,分布在全国各地。所有地方警察都很重视,公安部也很重视。人丢了大家压力都很大,全力追捕。最后,所有线索都指向了你们这个张理祥。"说着话,他始终没有回头。

"怎么会指向他呢?一个架构师,能干什么坏事?"叶露问。

"我们不知道。"肖近浓说,"所以,我们必须马上抓他,免得他让自己像那些人一样凭空消失。"

"但是,"任为说,"为什么你们怀疑他?能说吗?"

肖近浓沉默了一会儿,似乎在考虑能不能说,最后终于还是说了:"证据表明,那些人消失之前,最后都见过他。虽然不能确定是最后一个人,但肯定是最后几个人之一。没有任何第二个人像他这样出现在所有二十一个人消失之前的最后日子里。而且按照我们掌握的情况看,这二十一个人之前都和他不认识,是通过几个不同的黑市渠道找到他的。认识他之后,这些人很快就消失了,无影无踪,人间蒸发。你们知道人间蒸发是什么意思吗?在现在这个世界,要做到人间蒸发是很不容易的。"

人间蒸发很不容易吗?任为忽然有点生气,想起了任明明。

任为使劲压住了自己差点说出口的质问。至少眼前,肖近浓的推测是正确的。这还用想吗？那些人肯定在云球里。克里曼、松海，不知道他们是刑事犯还是经济犯。不过，虽然这么觉得，但在这样的一个场合和时间，任为不知道自己该怎么表态。他沉默了，不再说话。

场面有点尴尬。

"那么，我们需要做什么配合你们？"张琦忽然张嘴，"我是副所长张琦，负责日常工作。我们任所长刚刚从一个涉密任务中回来，近期有些情况他不了解。"

肖近浓终于回过头，看了张琦一眼。"嗯，张所长，你好。"他说，"目前还没有什么需要你们做的，但我们必须把张理祥带回去。嗯，回头肯定会找你们了解张理祥的情况，如果愿意配合，希望你们提前整理一下关于他的资料，全部资料。"

"好。"张琦说，他看起来很平静。

这时候，肖近浓忽然低下头，闭上眼睛，看来他的SSI收到了什么信息。果然，很快任为耳边就响起"叮"的一声，他收到了一份文件，是肖近浓转过来的。任为打开扫了一眼，那是张理祥的逮捕证，已经走完涉密程序的逮捕证。

二十一个人，他们都在哪里呢？吃晚饭的时候，任为还在琢磨这个问题，坎提拉只发现了六个。

肖近浓走后，他们开了个小会。张琦向叶露、齐云、李悦和卢小雷介绍了克里曼、松海和另外四个云球中地球人的情况。当然，他含混地说，是在例行观察时发现的，并没有提起纳罕遇险、休达和辛可儿，更没有表达对卢小雷的怀疑。

本来，孙斐要求不让卢小雷参加。虽然她口头上不再怀疑卢小雷，但看起来她并没有完全释怀。毕竟卢小雷救了纳罕这件事情，多少还是有些蹊跷。不过，卢小雷负责监控室，下面要干的事情没法越过他。所以最终卢小雷还是参加了。

大家都不傻，立刻明白了这是怎么回事，张理祥肯定不是无辜的。齐云马上说应该跟警察老实交代，但话一出口，她就意识到这完全行不通。云球人有意识场，地球人还能进入云球，这是机密。就算不是机密，这样的事情就这么公开了，恐怕也太不慎重了。

可如果因为涉密的原因，张理祥就这么逃脱了，也太便宜他了。叶露抱怨着，张理祥怎么能这样？那也是二十一条人命啊！虽然是云球人的人命，那也是人命，无辜的人命。就这么无缘无故地撞上了张理祥，意识场就被解绑了，躯体就被地球人拿走了，自己就消失了。这也太不公平了。

不过这时候，孙斐冷冰冰地提醒她，穿越计划本来就把很多云球人的命给搞没了，有什么好抱怨的？别忘了，你也进去过。是的，后来叶露也进去过，她马上语结了。可她看着孙斐，眼神中透着疑问，好像在说，你也进去过呀！再说了，你怎么能这样对我？我们不是一拨儿的吗？但随即她意识到，孙斐当然要反驳自己的说法，自己说这话实在不合适。从某种角度看，自己的话一不小心就把整个地球所的人都一棒子打死了。

张理祥到底会怎么说？他会老实交代吗？没人知道，大家都觉得脑子不够用。

讨论没什么结果，只好先干一些能干的事情。不过，大家并没有像肖近浓要求的那样去准备张理祥的资料，那没什么意义。有意义的是找到这二十一个人。张琦的人、孙斐的人和卢小雷的人都放下手头的工作，开始对云球进行大规模的观察。

他们意识到，云球系统做得有问题。

去对每个云球人的脑单元进行量子测量是无法完成的任务，即使在这样的艰难时刻也是不可行的。所以在云球中，地球人和云球人唯一可见的不同就是拥有观察盲区——仅局限于影像系统中。如果非说还有第二个不同的话，那就是取消观察盲区后建立的鸡毛信通讯信道。这二十一个人显然不可能取消观察盲区，所以肯定没有通讯信道。而搜索观察盲区就只能通过影像系统，影像系统又没有开发自动搜索观察盲区的功能。这就很麻烦了，全要靠人眼。

但是这种问题，谁能想得到呢？地球人进入云球，现在只是一个很初级的阶段，要求想到这种问题实在是强人所难。

克里曼、松海他们六个人已经被意识追踪仪所追踪。那么还有十五个人，分布在云球中几千万平方公里的土地上，这怎么找？他们找了一下午，一无所获。

"你在想什么？"吕青问任为。

"啊，没什么。"任为习惯性地给了个标准回答。

"你昨天晚上怎么了？还是碰到事情了吧？"吕青显然并不相信他的回答。

"哦——"任为想要告诉她，却不知该从何说起。

窥视者项目成为纵欲的工具，穿越计划成为脱逃的秘道，电子胃成为自由的象征，意识场成为灵魂的确证，未知的云狱还在前方等待。云球中的图图正在用谋天下，导致他差点回不来。而云球系统的架构师却被抓起来了，监控室主任也笼罩在怀疑的迷雾当中。

是啊，任为不知从何说起。

他想了一会儿，决定先说说张理祥和那二十一个嫌疑犯。他想，吕青也许会有什么看法，她脑子很清楚。

"很复杂。"他说，"我先说说眼前的问题。"

"你说。"吕青正好吃完了一个馒头，她停下来，"我吃完了，听你讲。"

"张理祥，你记得吗？"任为问。

"记得。"吕青说，"你们那个架构师，一起吃过几次饭吧？他——"她迟疑了一下，摇摇头，"好像很缺钱的样子。"

"他不缺钱，但是总觉得自己缺钱。"任为说着，忽然想起张理祥的一句话："财产权是人权的一部分！"

"他怎么了？"吕青问。

"今天被警察抓走了。"任为说。

"警察？"吕青吃了一惊，"为什么？再说，警察能随便去抓你们的人吗？你们可是涉密的。"

"他犯的事也是涉密的。"任为说,"简单说吧,警察发现有二十一个重要的嫌疑犯从他们的追踪和监控中消失了。其中有些是涉密案件,密级比我们还高。所以他们必须抓人,已经走过程序。他们怀疑这些人的消失和张理祥有关。"

"和张理祥有关?"吕青说,看着任为。任为知道,她的脑子已经开始运转了。

"张理祥……把人送到云球里去了?"吕青慢慢地说。

任为没说话,等着她继续。

"警察应该不会知道地球人进入云球的事情。但是,张理祥还是可能会暴露自己。"吕青接着说,"是不是警察发现那二十一个人都通过黑市找到了张理祥,然后就消失了?"

"你真聪明。"任为摇了摇头,表示难以置信。他经常怀疑,吕青要是从事自己的工作,会不会有比自己更大的成就。

"这不难猜。"吕青说,"不过警察猜不到,因为他们不知道云球的秘密。他们一定非常奇怪,觉得很难理解,张理祥怎么把人弄消失的。他们不会怀疑张理祥把那些人都杀了吧?"

"杀人?"这次任为吃了一惊。

下午大家讨论的时候,谁都没这么提过。但吕青这么一说,任为忽然觉得,地球所的人看惯了地球人进进出出云球,所以不会有这种想法。而不知道云球秘密的人,很可能会这么想——这才容易解释,为什么那些人就凭空消失得干干净净。

"不。"吕青说,"你不用担心,警察会推翻这个推测的。"

"为什么?"任为问。

"也许来之前这么想过,但看到张理祥他们就明白了。"吕青说,"这二十一个人这么重要,不会都是那么容易被杀掉的人。张理祥怎么做得到,又怎么会有杀人动机?"

"但是,如果不知道云球意识场,这是唯一的可能。"任为说,"杀掉二十一个人虽然难,让他们消失不是更难吗?"

"职业杀手，哈哈……"吕青笑了起来，"张理祥成了职业杀手了，他也没白活。"

"张理祥不会有什么危险吧？如果他们这样怀疑——"任为明显担心起来。

"放心，警察没那么傻。再说就算怀疑张理祥杀人，也无非看管得更紧一点，有什么危险？"吕青说，"不过话说回来，看起来你倒是很确定张理祥是把人送到云球里去了，为什么呢？"

"因为发现了其中六个，就在坎提拉沼泽。"任为说。他没有提到自己的经历，不想让吕青担心。

"发现了六个？"吕青有点怀疑地看着他，"那么容易发现？"

很难瞒住吕青。

"我在坎提拉，所以他们对坎提拉格外留心，就发现了。"任为说，"我无意中去了坎提拉，所以出了问题。如果我不去坎提拉，那种地方是没人观察的。"

"这么说，"吕青说，"警察来之前，他们就发现了？"

"是的，我们正在讨论该怎么办，要不要报警。结果今天早上警察就来了。"任为说。

"嗯。"吕青说，一边思考着，"你以前说起过坎提拉，被你们搞出一个鬼域。看来，张理祥的选择是经过了深思熟虑的。"

"是，这六个人都在坎提拉最大的城市纳金阿，选择了年轻宿主，都是富家公子。张理祥想得很周到。地区相对偏僻可以躲开观察。年轻人可以保证意识场的寿命，那时他也许还不知道台阶式衰老。家庭富裕可以保证生活水平。再考虑到云球按计划进入演化周期的话，这些人需要隐藏的时间就很短。如果不是王陆杰的耽误和李斯年台阶式衰老的发现，早就进入演化周期了，他们的人生不过是我们的几天而已，根本不可能会被发现。"任为说，"我们讨论过，都认为是最好的选择。估计其他人也在类似的地方，也是类似的选择。可是云球太大了，我们找了一下午都没有找到其他人。"

"他的周到还不止这些。"吕青说，"刚才，我也觉得他干了一件稳赚不赔的事情。"

"什么意思？"任为问。

"他肯定是为了赚钱才干的，对吧？估计每个人得收一大笔钱，所以他赚了。"吕青说，"而且就像你说的，在云球宿主方面，他做了最好的选择，很难被发现。但这只是第一层保险。第二层保险，即使被发现了也不用怕，因为其实没什么法律风险。我估计他应该问过对方犯了什么罪，当然对方有可能骗他。"

"骗他？什么意思？"任为问，显然不明白。

"也可能是他自己忽略了犯罪也有涉密这个问题。"吕青说，"他一定会想，如果是普通的刑事案件，即使被警察抓起来也没多大关系。很简单，你们是涉密项目，警察不可能拿到他把人送到云球里的证据。至于杀人，真没杀呀，更不可能有证据。最终只能是悬案，警察拿他没什么办法。"

"啊——"任为说，"你是说，他不会老实交代？"

"不会。"吕青说，"可是他被骗了，如果真的对方犯的事密级比你们还高，那就倒霉了。"

"那个警察是说密级比我们还高。"任为说。

"那就没办法了。"吕青说，"谁想得到干这种事还能碰上国家级的机密呢？这不怪他，他算计的已经很精明了。"

任为想了想，说："是啊，如果是普通的刑事案件，好像真拿他没办法。"

"就算退一万步，他倒霉，现在就倒霉了，很可能也没什么大问题。"吕青说。

任为又想了想，说："这个，也许我明白你什么意思。你是说，上了法庭，恐怕也很难定他的罪？我们讨论过这个事情。"

"对。"吕青笑了笑，"和我面临的问题有交叉了。他一定想到了这些，所以才敢这么做，这是第三层保险。法庭肯定不能轻易定义他是杀人。那么，使用国有资产牟利？协助和包庇犯罪？都不一定能成立。就算成立了，也可能不是重罪。如果他收的钱够多，冒这个险就值得了。"

"你们想得真多。"任为说，"我还是觉得不值得。"

"因为你没觉得缺钱啊。"吕青说,"如果一个人被匮乏心理控制住了,想法就完全不一样了。"

"那我们该怎么办?"任为问,"我们在找那二十一个人,现在只找到六个。我们该继续找吗?"

吕青没回答,她在想。

她想了很长时间。任为觉得,对于自己的问题,吕青好像从来没想过这么长时间。

"我觉得有点奇怪。"吕青忽然说。

"什么奇怪?"任为问,"你是说,他想得太周到了吗?"

"这是一方面,我刚才回想了一下,虽然见面不多,但依我的感觉,他不像是一个会想得这么周到的人。"吕青说,"不过这是其次。更重要的一方面,他不就是一个架构师吗?一直是架构师吧?"她扭头看着任为。

"是啊,"任为说,"来我们这儿之前,他是前沿院系统所的,好像博士毕业就在那里。"

"嗯,"吕青说,"我奇怪的是,他怎么能够和黑市联系上呢?"

"和黑市联系上——"任为想了想说,"还是好几个不同的渠道,警察说的。"

"嗯,多半是不同的渠道。"吕青说,"如果是唯一的渠道,警察不会怀疑到他这里,实在太不像了。即使渠道指证他,警察也不会轻易相信。我猜那样的话,警察只敢问问话,不会直接就把人带走,有点太鲁莽了,好歹也是个科学家。"

"这么说,是有点奇怪。"任为说,"按照他的经历,怎么会一下子找到几个不同的黑市渠道呢?"

"对啊,鬼才知道。"吕青摇了摇头,似乎想要摆脱这个问题,"至于你们,"她接着说,"我也没什么好办法。你们的命运,恐怕要取决于那二十一个人的身份了。"

"什么意思?"任为问。

"看那些案子的密级到底有多高了。"吕青说,"如果是一般的案子,就像刚才说的,可能拘留时间到了人就放回来了。"

"是逮捕,不是拘留。"任为说。

"这么严重?"吕青说,"那真是密级很高的案子了,拘留有时限,他们不放心。如果这样,我看你们恐怕要解密了。"她沉默了一会儿,接着说,"你好好睡觉吧,不用想你们该怎么做了。我猜,明天或者后天,最多三天,欧阳院长应该就会主动找你,他会替你做决定的。"

"为什么?"任为问。

"如果张理祥压力太大——一定会,他不敢完全不张嘴的话,就只能用涉密的理由来拒绝回答问题。警方只能找欧阳院长,要求给个说法。"吕青说,"欧阳院长只能找你了,你们总不能骗欧阳院长。但是,欧阳院长知道了也没什么办法,怎么给对方说法呢?如果对方太重要,你们就只能解密了,那破案就顺畅了。再说依我看,你们这个机密更多的是继承了意识场的那些机密点,意识场都解密那么久了,你们的保密其实没有太大意义。最重要的是,就算对方同意加入你们的密群也没用。二十一个逃犯,这么多案件肯定涉及很多相关方,太多人了,怎么可能保密呢?"

任为不说话。

"如果是这样,"吕青像是在自言自语,"对 KillKiller 是不是利好呢?"

"什么?"任为问。

"我跟你讲过的,KillKiller 的新生意,空体置换。"吕青说,顿了顿,有点迟疑,"本来,有一个启动问题,对空体置换的生意开展不太有利。现在对空体置换的客户来说,可选的空体范围还是比较小的。毕竟,KillKiller 现有的空体绝大多数是没有置换价值的老人,可用的年轻空体很少。选择范围比较小的话,第一批客户肯定体验不好。但如果你们云球能够承载第一批意识场,就意味着会出现大批可用空体。"

"你是说,把大批的人送到云球中去吗?"任为说,"不可能,不可能,我绝不同意。"

吕青看着他,"你绝不同意。"她说,"我知道你绝不同意,但世事难料啊!"她好像不太有信心,那样子让任为很不舒服,"不,不,"好在吕青又开始否定自己,"就算你同意,让大批的人进入云球,这也是需要时间的事情,赶不上 KillKiller 的进度。空体置换计划的节奏还是很快的。这件事应该不是他们安排的,没有意义。"

"他们安排的?"任为又吃了一惊,"你说是他们安排的?"

"不,不,我说了不是,这太曲折了。"吕青说,"赶不上空体置换计划的进度。再说,KillKiller 应该不知道你们云球意识场的事情,没办法安排。"

任为愣了半天,问:"如果知道云球意识场,如果是 KillKiller 安排的,会怎么安排?"

"很简单啊,让黑市的渠道主动去找张理祥。不仅仅是找,也许还要说服。"吕青说,"我觉得一开始张理祥不一定敢,需要有人给他信心,并且帮他规划,那么想得周到就一点也不奇怪了。但是无论如何,这事总会被警察查到的。甚至,涉密案件什么的也可能不是巧合,KillKiller 可以瞒着张理祥特意安排敏感的嫌疑犯引起警方的重视。然后就像刚才说的,你们也许就必须要解密,这是最合理的解决方案。那么他们的目的就达到了。"吕青说。

"他们的目的就达到了。"任为喃喃自语地重复了一遍。

只能说吕青的确料事如神。第二天中午,任为就接到欧阳院长的电话,让他和张琦、孙斐马上去前沿院一趟。

任为本来就应该去跟欧阳院长汇报一下云球之旅,以及一系列相关工作。他一直想着这事呢,只不过刚回来两天,还在头疼眼前的乱七八糟,所以并没有安排。这下好了,不用安排了,甚至不用准备了——反正是来不及准备了。就带一张嘴去吧,他想。

不知道为什么,以前他对去跟欧阳院长或者其他领导汇报是很重视的,可现在他好像觉得这些事情和自己没多大关系似的,不再担心自己汇报时表现得好不好,也不再担心汇报的结果。难道我越来越不负责任了吗?他想。我不知道,他接着想。

一路上,张琦和孙斐都默然不语,不知道是否想到了吕青推测的那些前因后果。孙斐问了，欧阳院长叫他们去是不是和张理祥有关，任为说不知道。然后张琦说了一句奇怪的话："和我们的关系更大吧。"听起来好像也没有什么，但是看到他严肃甚至有点苦恼的表情，任为觉得他似乎想到了很多。

几乎所有人又都找了一上午，还是没有找到任何新的逃犯。在坎提拉，确定应该是只有那六个人，这个地方找过几遍了，很仔细。剩下的十五个人却很难找，关键是完全不知道去哪里找，基本上是无头苍蝇，到处乱撞而已。

有一些地方，比如米仓、南敖或者浮海望，不像坎提拉那么荒凉偏僻，要富庶得多，适合生活，同时地处大陆边缘，一样不为人所注意，对逃犯来说按理也是不错的选择。可是在那里的搜寻一无所获。实际上，大家都明白，这种搜索要静下心来，慢慢地花时间，否则一无所获是很正常的。孙斐搜索坎提拉的时候，因为有信心所以能静下心来。而现在面对米仓、南敖或者浮海望，甚至是金鱼岛、黎明岛，大家完全没有信心有什么逃犯就在那里，所以不可能花太多时间，否则搜索完整个云球怕是猴年马月了。

他们坐在那里，欧阳院长在屋子里踱着步，始终低头看着地面，瞟都不瞟他们一眼。

这种情况很少见，一般来说，欧阳院长都很沉得住气，坐在那里，身体像石雕一样，小动作都很少有。现在却不说话，踱来踱去，不知是在压抑怒火还是在思考如何开始。无论哪样，任为都觉得可以理解。有一瞬间，他看着欧阳院长花白的头发，心中忽然涌起愧疚，觉得自己给欧阳院长惹了太多麻烦，说不定会越来越多。而欧阳院长虽然有时也会生气，却从没有真正责怪过他。

任为看到，张琦也很严肃，但孙斐一脸的不以为然，嘴微微噘着，有时候还东张西望一下。

"从你们第一次进入云球开始，就没有按照规定走过程序。把我架在了火炉上，让我替你们善后。"欧阳院长终于开口了，"科学是有伦理界限的，不能随便拿人类做实验，一不小心就后患无穷。但这条红线，在你们心中仿佛根本不存在。还不如柳杨，那个疯子都知道找你们做替罪羊。好，现在恶果出来了，任为差点回不来，要出人命怎么办？还整出个张理祥，被抓起来了！一堆乱七八糟，不停地让我帮你们擦屁股。"

"有些事情总要有人去干的。"孙斐嘟囔了一句。她声音很小，虽然忍不住张了嘴，但看着欧阳院长的表情，也知道在这个气氛下不能随便嚷嚷。

"那也不能我行我素！"欧阳院长停下脚步，看着她，面容威严，显然对她插嘴不满意。

"我不是这个意思，"孙斐说，"但也要灵活处理啊！我记得，您以前跟我说过，科学研究是有风险的，错了要人命，对了救人命，我们要勇敢，不能被束缚住。"

"哼——"欧阳院长哼了一声，摇了摇头，回过头来，又看着地面。看来他的确对孙斐说过这些，不过任为没听到过，估计是孙斐跟着欧阳院长做秘书的时候听到的。

"您还说，无数的科学突破，都来自某个人突破了边界，某个愚蠢的人，甚至是某个居心叵测的人。"孙斐接着说，"他们在当时成为万夫所指，差点被唾沫星子淹死，或者干脆就是淹死了。未来回头看，愚蠢也好，居心叵测也好，也许都不重要，重要的是科学在往前走。有的人流芳百世，有的人遗臭万年。也许他们走在歧路上，可歧路也是路。往前走比待着不动好。歧路是证伪，而证明都是建立在无数证伪的基础上。虽然有些时候代价有点大，但历史的车轮是挡不住的。"

"勇敢和冒进是有区别的。"欧阳院长重重地说。

"边界在哪里？怎么证明？有实验吗？这也是您说过的话。"孙斐嘟囔着，不服气的样子。

"孙斐，你别乱插话了。"任为说。孙斐不知道，但任为知道，王陆杰说过，欧阳院长那会儿其实知道穿越计划的事情，就是王陆杰告诉他的，不过是没拦着而已，也是为了帮助地球所。所以欧阳院长今天提起这事，肯定不是为了这个要骂他们，而只是为说正事做个铺垫。一直被孙斐这样胡乱插话，正事就没法说了。

"贸然进入云球这事，应该我来承担责任。"张琦插嘴说。

"好啊！"欧阳院长说，"孙斐，看来你是有备而来，故意气我！你一路上都在琢磨怎么将我的军，对不对？我倒是大意了，小看了你。"他伸出手，用手指隔空点了点孙斐，"好，算我被你将了军，但有什么用呢？不代表你们的问题解决了。你们说，张理祥怎么回事？他是不是把二十一个人弄到云球里去了？"

"您怎么知道他把人弄到云球里去了？"孙斐马上问。

"傻子都想得到！"欧阳院长说，"警察想不到，我能想不到吗？这还不都是穿越计划开的头！"

"这也是我的责任。"张琦说，"这一段时间任所长不在，我的管理出现了问题，很严重的问题。"

"现在不是要追究责任，"欧阳院长挥了挥手，"是要解决问题。"

"张理祥交代什么了？怎么就到您这里了？还这么快？"张琦问。

"他交代什么了？什么也没交代！"欧阳院长说，"他说什么都不能说，涉密啊！所以就找到我这里来了。至于为什么这么快？"他顿了顿，"因为那二十一个人，其中有人很重要。"

"你们一定认为，是警方找到了我，我才找你们。"欧阳院长接着说，"但不仅仅是这样，重要的是，高层领导直接找了我。你们知道严重性了吧？"

"高层领导？不是说刑事犯和经济犯吗？"张琦问，显然有些吃惊，任为也很吃惊。

"多数是。"欧阳院长说，"按照警方的说法，有几个有密级的，甚至比你们密级还高。警方先找了我，上午那个肖近浓——你们见过吧，就是他动手抓的张理祥——还有他的领导，亲自来过我这里，但被我顶回去了。"

欧阳院长又踱了一圈步。

"云球意识场也是高度机密，不能随便公开。意识场已经很麻烦了，云球意识场，哼，谁知道又会搞出什么事情？不能因为他们几句话就交你们的底。"欧阳院长接着说，"我跟他们说，这要提交到上级领导那里去做决定。

公安部那个领导对我的态度还挺不高兴的，怏怏地回去了。"

"但他们走后不久——我估计他们立即做了汇报——竟然就惊动了高层领导。"欧阳院长摇了摇头，很无奈，"领导直接给我打了电话，告诉我不惜一切代价，找出这二十一个人。为了这个目的，如果需要的话，项目立即解密。"

"只要这个案子追查，我们就必须解密。"张琦说，"除非完全不追查，否则这么多人，涉及面肯定很广，瞒不住。"他的想法和吕青一样，"可是这里面到底有什么重要的人，会惊动高层领导呢？"他接着问，这确实有点奇怪。

"我也不清楚。"欧阳院长说，"本来我想争取一下，是不是可以不查了？不一定不可以嘛！那些人再重要，在云球里也干不了什么坏事。反过来我倒是很担心云球意识场解密的后果，但现在领导的意思很明确，没有讨论的余地。只要有必要，云球意识场必须解密，张理祥那边必须交代，不能有任何隐瞒。"

任为明白，欧阳院长是想说，他也曾经试图避免解密，但现在放弃了，所以大家也就不要多说废话了。云球意识场的解密不可避免，如果引起任何麻烦，都是必须面对的。这不能怪别人，只能怪他们自己，制订了穿越计划，擅自把地球人送进了云球，开启了一条神奇而又危险的道路。

58 时钟差

很快，张理祥就交代了所有二十一个人的下落。

有一点很奇怪，他交代的人里居然有休达。休达肯定不是地球人，这是无可置疑的，没有理由怀疑云球系统出了问题。很快，卢小雷找到了原因，在纳金阿还有另外一个休达。那家人的家境不如这个休达，但也还可以。那个休达比这个休达要小不少，还是个孩子，看起来像是重名带来的误会。

张理祥再也没有回到地球所，也没这个必要，他只要交代了名字和大概的地点、身份，加上地球所认真地查找，虽然也不容易，但过了几天也就都找到了。有观察盲区的铁证，没有发生错误的可能性，不需要张理祥来确认。张理祥就这样从地球所同事们的视线中消失了。看来他的案子还是很严重的，齐云问过肖近浓，想要去探监来着，却被拒绝了。肖近浓说，现在要见张理祥肯定不行，至少要到调查清楚，他只是为了赚钱而组织偷渡，和那些嫌疑犯本身的案件没有任何关联才行——如果事实是这样的话。

据肖近浓说，张理祥交代，不是他主动要干这个事情。和吕青料想的差不多，有几拨黑市掮客主动找上门，请他帮忙把走投无路的逃犯送到云球里。那些掮客死活也不告诉张理祥，是怎么知道云球可以容纳意识场这件事情的。现在掮客基本都已经被抓起来了，不过也没交代出什么有意义的东西，因为他们都说云球意识场的消息来自那些逃犯。而逃犯找到掮客做中间人，只是因为掮客没有被警察盯梢，也更有经验去安排这样的事情，更方便去找张理祥。

可这些逃犯还在云球中，没有办法继续调查。

张理祥收了钱，很多的钱。尽可能仔细推演之后，他自以为找到了毫无瑕疵的解决方案，偏僻的地区、富裕的家庭以及年轻的身体，再加上计划中的演化周期——需要小心翼翼隐藏的时间并不太长。在地球上时间会飞快地消逝，而在云球中那些人却会度过完整的一生，一切都很完美。

但最终，王陆杰和窥视者计划出了问题，导致演化周期被顺延，这在张理祥的预料之外，也使计划成为空想。

这个案子，警察还得感谢傅群幼，任为想。正是因为傅群幼的出尔反尔，演化周期才被延迟，否则那些逃犯早就不存在了。但对地球所来说就不一定了，逃犯彻底消失，一切随风而去，对地球所可能更好。现在不仅眼前有很多麻烦事，随着云球意识场解密也许还会带来更多的意外，任为不得不紧张地等待着。

总之，张理祥动手做了这些事情，执行起来并不难。

现在的意识场迁移设备，经过不断的改良，已经是一个一体化的设备，可以完成量子炸弹的计算、控制、定位、生成和发射的全流程，意识机作为一个插拔组件很容易插上去或者拔下来。每台设备能够覆盖很大面积。覆盖面积是经过了反复的实验进行验证的，在准确的诱导刺激下，在这个范围内意识场可以顺利地进行迁移。

这种设备并没有什么按钮或者控制面板之类的东西，是连接在云球系统网络上远程操作的。操作者给定一个脑单元的参数，设备就会在空间中定位这个脑单元。如果目标脑单元在它的覆盖范围内，并且意识机中已经准备好了意识场，后面的事情就可以自动完成。整个过程仍然需要八到十分钟的时间，但操作很容易。这种简便程度，使得意识场迁移操作对于地球所的任何一个工程师来说都不是一个难题，更不要说张理祥这样的核心架构师了。

这种意识场迁移设备有若干套，其中大多数是移动设备，能够像机器人一样在机房空间里自主移动，可以算是一种专用机器人。几乎每个独立机房都有一个这样的专用机器人，平时待在某个角落，随时都能通过网络控制移动到需要的位置，然后进行迁移操作。意识机的插拔和传送也由专门的机器人来处理。张理祥就是用这种方式完成了他的计划。

另外还有一些固定设备，一共有六套。可以想见，六套设备被固定在五位穿越队员和任为进入云球时选择的云球宿主的脑单元附近，并且有一个空的可用的意识机一直插入在其中。这是为了在需要的时候对穿越队员进行意识场的紧急解绑，节省移动设备移动到指定位置的时间。卢小雷就是这样解救了任为，否则即使有心做什么，时间上也不一定来得及。

当然，操作这些设备需要权限。但张理祥作为架构师拥有权限。之前这些事情并没有引起重视。不仅权限管理很松散，而且设备管理也很随意。张理祥的权限甚至允许他修改或者删除设备的日志，这保证了他的行为一直没有被发现。

过程貌似搞清楚了，但是任为等待的意外来了。眼前就冒出一个问题，而且这个问题还很头疼。

逃犯们的意识场倒是都找到了，但除了用意识追踪仪追踪以外，大家却不知道下一步该怎么办，警察也很茫然。原因很简单，从被抓捕的捎客们那里知道，这些逃犯的空体并没有被保存在什么地方，而是已经不存在了。他们的意识场被张理祥绑定到用来作为运输工具的意识机里之后，空体很快就被销毁了。对逃犯和捎客们来说，这样不仅更简单，也更安全，留下的痕迹和证据更少。那时意识场还在路上，并没有进入云球，这意味着有相当长的一段时间，这些逃犯在这个世界上只有意识场，没有任何真实的或者虚拟的躯体。

那些时刻，他们算什么呢？能算是人吗？任为想。

决心真够大的，看来在地球上真是走投无路了。不过，如果不带着什么任务，云球也算是一个不错的去处，任为接着想。

所以，现在面临着奇特的困难。有二十一个罪犯，在云球中被锁定了，可是如何把他们弄回地球呢？

总不能去 KillKiller 找几个空体作为地球宿主吧？孙斐提过这个建议，她肯定是想起了阿黛尔。但这对警察而言是不可能的，这里面涉及的法律问题太复杂了。

况且，除了阿黛尔这个痴痴呆呆的拥有云球人意识场的姑娘，还从没有发生过从云球里解绑意识场绑定到一个陌生的地球空体上的事情。地球所的人进进出出可都是用自己的身体。换一个新的身体，谁知道会发生什么呢？会不会是另一个阿黛尔？如果万一有什么问题的话，抓他们回来又有什么意义呢？

又是一条伦理红线。涉及人，这种实验没法做，无法进行任何测试或者验证。KillKiller 也许正在琢磨用什么方式来践踏这条红线，可这肯定不是警察能选择的方式。

将这些人的意识场绑定到意识机里也许是个办法，但其实这个办法既危险又没有意义。如果没有下一步的明确计划，需要在意识机里保存多长时间呢？从柳杨到李斯年，都没有在意识机中长期保存意识场的经验。没有下一步的计划，意味着现在讨论的不是几天或者几周，而可能是几个月甚至几年。

当初柳杨认为，在意识机中保存的意识场是在逐渐衰老的，意识波强度有逐渐减弱的迹象，不见得能活多久。否则穿越计划也不应该杀掉那么多云球宿主，而应该把他们的意识场保存在意识机中。由于担心影响穿越计划，云球人意识场将来不能回迁到云球中，当然也无法找到地球空体绑定，不过先用意识机保存起来总是可以的，谁知道以后会不会有什么办法呢？这事也曾经讨论过，还有一些争执。即使是面对云球人，但都发现有意识场了，能不杀还是不要杀为好。可如果意识场长期处在意识机的死寂和黑暗之中，经历了毫无感知的衰老过程，最后等到的结局还是静悄悄地死去，又有什么意义呢？这个想法最终还是被放弃了。

阿黛尔的悲剧也许和这个也有关系，她在意识机中待的时间不短。她为什么会变成那个样子？谁也不知道。但谁也不能排除，这是因为或者是部分因为，她在意识机中"待的时间不短"。

如果面对云球人的意识场都没有做出长期保存在意识机中的选择，那么现在面对这些重要的地球人，又怎么可能做出这样的选择呢？李斯年查了脑科学所的所有历史记录，地球人的意识场待在意识机中的最长记录只不过是两天。长期保存到底会是什么样呢？这不是一个足够安全可以选择的方案。

其实，李斯年很想做这方面的实验。如果有所突破，这意味着某种形式的生命延长。但不能做地球人实验，伦理红线等在前面。云球人实验也不行，阿黛尔的失败横亘在那里。李斯年已经知道了阿黛尔的事情，和其他人一样保持了沉默。在搞清楚原因之前，也不敢再做同样的实验。他能做的只有动物实验，其实动物实验早就已经在做，可现在还没有什么特别的进展，最成功的一只老鼠在意识机中待了一百六十八天，然后死掉了。

毫无感知的一百六十八天，能不能算成功呢？

好在这些天不像以前那么紧张了。开始的时候警方如临大敌，找到并锁定这二十一个人的意识场后就放松多了。毕竟现在那些人还算挺安全的，在云球中碰上什么意外实在没办法，但至少他们无法再逃跑了，意识追踪仪一直在盯着。

地球所作为重点科研机构，安防方面应该说是很重视了，有自己的安保队伍，也有很周全的安防设施。但张理祥的行为显然意味着地球所的管理非常松懈，有很多漏洞。现在地球所制订了一个新的安防提升计划，正在忙于执行。

有六位警察被派驻地球所，不过更重要的是技术措施的加强。

首先，意识机在地球所的进出变得非常严格，确保不会有意识场被带进或者带出地球所。这并不容易，地球所的院子面积太大了。出入口倒好说，但围墙很难管理。人很难翻越这些高大的智能围墙，这些围墙会自动报警，从来都很难被翻越。可如果把一个意识机扔进来或者扔出去就很难保证被监测到。相比院子，机房就容易管理得多。所有机房都是封闭的，连窗户都没有，现在全部出入口都安装了检测仪器，复杂的通风系统也都加装了很多智能监控。

其次，加强对意识场迁移设备的管理。那些设备都是刚刚研制出来的新东西，只是注重于核心功能的实现，安全和管理方面根本没做什么事情，甚至连最基本的安全和管理框架都没有，所以想要加强管理也不是一件简单的事情。

地球所计划为设备进行两方面的改造和升级。

一是针对操作权限。以后要操作这些设备将同时需要两个人的权限，操作者本人的权限和一个管理员的权限。两个人被设定为管理员，张琦和齐云。张琦不用说了，现在具体业务基本他都要管。而齐云作为后勤负责人，安全也在她的职责范围之内，安保团队一直都归她管理。齐云对这次张理祥事件是有些紧张的，说起来她作为安全负责人多少是有些责任的。另外，张琦或者齐云如果要操作，把自己同时作为操作者和管理员是不行的，必须有另一个管理员参与。任为作为所长，本来也可以拥有管理员权限，但他自己拒绝了。

二是针对日志系统。地球所建立了一个拥有八个节点的超区块链存证系统。以后迁移设备的所有操作日志将被实时传送到存证系统中进行存证，以备日后的查询。而这些存证系统的内容都是经过超区块链算法保证的，不可删除、不可修改。至少，任何删除和修改都会留下痕迹。

这样的情况下，任何人再想要神不知鬼不觉地进行意识场迁移就很困难了。

除了六位警察可以迅速到位，其他措施就绪需要一定工作量，还要采购外部产品和服务。安防团队开始很忙碌。在齐云的要求下，卢小雷也尽量去帮忙。卢小雷在量子计算、人工智能之类的科学领域理论知识不足，经常被孙斐嘲讽不是科学家，但他动手能力很强，以前就经常帮助齐云处理安防方面的问题，经常比安防部门的专业人员还要厉害。不过即使有卢小雷帮忙，全都弄好也还需要一段时间。

云球意识场解密程序已经走完了，警察们当然都知道了一切。最初的时候大家目瞪口呆，后来也就慢慢习惯了。不过，有一位警察申请调离——如果不是有脱密周期不能辞职，任为觉得他可能就地辞职了。任为看到过他神不守舍，看到过他茫然失措，甚至还看到过他偷偷地在墙角哭泣。你很难想象，一个高大健壮的汉子躲在墙角哭泣。据说他一贯很勇敢，还曾经因为和武装分子英勇搏斗而立功受奖，身上有两处刀伤和一处枪伤，但云球人意识场的存在却让他无法承受。

下面的问题是如何向社会公开。任为他们写好了学术论文准备发给顶级期刊，甚至也写好了科普文章准备发给权威媒体。现在等待的是欧阳院长的最后指令。

但欧阳院长的下一条指令并不是如何公开云球意识场。

几天之后，欧阳院长告诉任为，现在需要解决的首要问题是如何处理那二十一个人。高层领导知道那些人目前还算安全，但现在这样终归是个权宜之计，总得有个更长久的法子。欧阳院长问任为，能不能再搞一个伊甸园星，把这二十一个人送过去。

什么？在听电话的时候，任为当时就懵了。

他脑子里闪现出各种乱七八糟的念头，以至于沉默了很久。欧阳院长"喂"了好几声，他才反应过来。

"云狱？"他问，"您是说云狱吗？"

"嗯，对。"欧阳院长说，"就是云狱，现在可能这是唯一的解决办法，你有什么其他办法吗？"

任为有一种莫名的感觉，又沉默了很久。

"我并不反对云狱，"任为说，"王陆杰跟我提过几次，只要云球意识场解密了，原则上我不反对。可我仔细想过这个事情，里面有一些技术问题恐怕解决不了。"

"什么技术问题？"欧阳院长问，"伊甸园星不是很成功吗？"

"伊甸园星是很成功，但那上面都是云球人，这些可是地球人。"任为说，

"最大的一个问题是时间，时钟的同步问题。"

"我也想到了，这里面有一个时钟差。"欧阳院长说，"地球犯人在云狱中，如果云球时钟调快，虽然犯人自身感受是度过了漫长的刑期，但对地球人来说他们很快就出狱了。而如果始终保持云球时钟和地球同步，演化研究就根本无法进行，云球只是一个影视基地了。"

"是的。"任为说，"因为窥视者计划，我们设定了一个月观察周期加两个月演化周期的轮换，可到现在也没能顺利执行。以后更加难以执行了，李斯年发现了台阶式衰老的问题，为了防止派遣队员衰老得太多，穿越计划会要求更多的时间窗口。这也会增加窥视者计划的时间窗口。但这对云球演化影响很大，演化时间会大幅减少。为了这个我们已经很头疼。云狱更加严重，那意味着演化研究干脆不存在了。不过，如果警方能够接受犯人们只待两天就出来，那就没问题。在演化周期中两天已经是二十年了。"

"这恐怕不行，"欧阳院长说，"会有法律问题。"

"那您总不能让我们停止演化研究吧？"任为问。他觉得欧阳院长似乎有放弃他们的意思，隐隐觉得不好。

"当然不是，否则我就不提云狱的建议了。"欧阳院长说，"恰好相反，云狱就是为了让你们能够继续研究下去。我们必须找到一个方法制造出时钟差，满足同时进行演化研究和云狱运营的需要。"

"有两个云球就好了。"任为说，"但云球是演化出来的，不是制造出来的。复制云球面临量子力学和人工智能的双重障碍，我们做不到。"

"我知道。"欧阳院长说，"所以必须制造时钟差，在一个时钟里创造两个时间，不用复制的方法，却要达到复制的效果。我想理论上有一个办法，可能也只是唯一的办法。"

"有办法？"任为有点吃惊，"有什么办法？"他脑子迅速地转了一下，没想到欧阳院长说的办法是什么。如果是传统CPU，可以对分时算法进行人为干预，但量子芯片可做不到。而且对时间进行人为干预一定会导致云球世界的物理规律产生混乱，那就是玩游戏，不是做研究了。欧阳院长应该不会提出这种建议，这实在太荒谬了，他又不是哪个游戏公司的总经理。

"黑洞。"欧阳院长说。

"黑——洞。"任为的声音不由自主地拉长了。

"对，黑洞。"欧阳院长说，"用黑洞来制造时钟差。如果在黑洞视界附近演化一颗行星，黑洞的引力场会使那里的时间变慢。行星可以依靠黑洞吸积盘的光辉获得能量，通过围绕黑洞高速公转产生的离心力和黑洞引力场达成平衡，同时通过合适的公转轨道半径避免过大的潮汐力。这样就能够用一个时钟产生不同的时间，而且完全符合云球对物理规律的要求。真实的宇宙就是这样子的，云球世界却不是，这可以说是对云球世界的一个升级。当然这里面有困难，不但要演化出黑洞和黑洞行星，还要演化出能在那里生活的生物圈。黑洞生物圈在真实世界还没有发现。不过没有发现并不代表没有，对不对？对我们来说，那会是些奇怪的存在，可不一定就不能存在。伊甸园星已经给了你们一些经验，如何调整生物圈去适应一个不同的环境，现在是利用这些经验的时候了。"

"不同的环境——"任为说，"欧阳院长，这个环境也实在太不同了。我们从没想过演化黑洞，更别说黑洞生物圈了。我们没有任何知识储备。"他脑子里浮现出人群因为黑洞巨大的引力场而集体死亡的恐怖画面。撕裂还是挤压？一些似是而非的公式叠加在人群上，他一时想不清楚。

"我知道黑洞不是你的研究领域，但不要被这两个字吓住。"欧阳院长说，"我认为，在理论上是没有问题的。"

"理论上……"任为一边说，一边思考着。

忽然之间，他开始感兴趣了。仿佛有一道光在天边出现，死亡的人们纷纷站了起来。迟疑变少了，而好奇却变多了。他模模糊糊觉得似乎真的没问题。

"也许没问题。"他说，一边还在思考。

"有困难，但不是不可能。"欧阳院长说，"上次批评你们，从地球演化到生物学，从生物学到人类学，再从人类学到社会学，也许将来再从社会学到经济学，一直在变换主题。这次是一个机会往回走，走到比地球演化更深的层次。当然还说不上是宇宙演化，但应该算是宇宙演化方向上的一个局部尝试。"

任为没说话，脑子在高速运转。

"目前，那二十一个人没办法从云球里迁移出来。他们都还没有经过任何法律程序，不能在云球里死掉，何况其中还有些人涉密。一旦进入演化周期，对地球人来说这些人就只能活几天，等于是马上就死掉了，这是个很难解决的矛盾。"欧阳院长说，"除非用黑洞制造出时钟差并建立云狱星，把这些人迁移过去，云球星才能解脱，才能进行自由演化。否则，演化研究就被卡在这里了。"

"时钟差——"任为喃喃地重复了一遍，仍然在思考。

"这也是一次降低社会运行成本的尝试。"欧阳院长接着说，"你应该知道，几乎在所有国家，监狱的运营都是一个巨大的消耗，提升了社会运行成本，这都是纳税人的负担。而如果你们能够提供一个新的方式，也许可以降低这个成本。"

"啊？"任为的脑子从黑洞收了回来。降低社会运行成本？和思考黑洞不同，他一想到这种事情，脑袋就疼了起来。

"未来的事情再说吧。"欧阳院长似乎意识到这不是任为关心的问题，"眼前的问题是，必须解决那二十一个人的生存和演化周期之间的矛盾。我认为，黑洞是一个可行的办法。"

任为最后问了一句，论文和新闻稿要不要发出去？欧阳院长说，先等等，等他们拿出一个黑洞云狱的想法再说。

挂掉电话的时候，任为脑中浮现的人影不是欧阳院长，而是王陆杰。他又成功了，他总能成功，任为想，有点神奇。吕青曾经怀疑张理祥事件的背后是KillKiller，现在任为甚至怀疑是王陆杰，但这实在难以想象，他无法相信。

59 反目成仇

很意外，认真思考和讨论之后，大家发现，云狱实现起来也许并不太困难。

黑洞绝对是个控制时间的好主意，黑洞本身确实也是真实宇宙的一部分。在云球中实现黑洞，说成是模拟宇宙演化方向上的一个局部尝试，的确说得过去。在黑洞的环境中演化出生物圈、演化出意识场宿主，乍一听是天方夜谭，但其实也没有那么可怕。

"技术上应该没问题，只是需要更大的算力。"孙斐说，"这没关系，让王陆杰考虑好了，反正他对云狱一直念念不忘。"

对这件事情，孙斐显然很感兴趣，事实上大家都很感兴趣。作为科学家，谁会对演化黑洞不感兴趣？有时候，一个讨厌的议题换一个角度来表达，不但能够平息表面的争论，甚至能够从根本上扭转人们的态度。眼前的例子就很鲜活，云狱听起来那么阴暗和俗气，而黑洞听起来却那么高大和诱人。

首先要确定时钟差，这是事情的起因。在演化周期，也就是云球十年相当于地球一天的情况下，云狱星的时间应该和地球时间相同，那么云狱星和云球星的时钟差应该是三千六百五十倍。

而云狱星的时钟取决于所在的引力场——也就是黑洞质量和行星围绕黑洞公转的轨道半径。

轨道半径越大，云狱星离黑洞越远，引力场就越小，云狱星时间膨胀的倍数也就越少。但轨道半径也不能太小，至少不能小于史瓦西半径和洛希极限，否则云狱星就会抗拒不了黑洞引力而掉进黑洞或者因为黑洞引力导致的巨大潮汐力而被撕裂。

另一方面，轨道半径和黑洞质量共同确定了云狱星的公转速度，必须确保它既不会因为太慢而坠落，也不会因为太快而逃逸。

黑洞质量一方面是时间膨胀的来源，另一方面会影响黑洞对周边物质的吸积能力。吸积能力和黑洞周围空间中物质的丰度决定了吸积物质的多少——必须为黑洞准备食物，但不包括云狱星本身。吸积物质的多少进一步决定了吸积盘包括其喷流的亮度和温度。吸积盘的亮度和温度是云狱星能量的来源，同时也是紫外线、X射线、伽马射线等各种宇宙辐射的主要来源，而这些辐射对生物圈具有致命的影响。使云狱星能量来源处于合适水平，同时保证各种辐射不会摧毁生物圈，就需要找到一个平衡点。

可以想到，云狱星会被潮汐力锁定，不会拥有和潮汐力方向不垂直的自转。这是幸运的事，否则云狱星自转时，地幔会在巨大潮汐力的周期作用下被反复撕扯，引力势能将被转换为巨大的热能，从而使地幔熔化。那样的话，云狱星作为监狱肯定是不合适的，作为地狱还说得过去。事实上，即使最初拥有这样的自转，自转带来的星体变形也将会消耗自转能量，早晚会使这种自转停滞。

云狱星可以有自转，但自转方向必须和潮汐力方向保持垂直。这将使云狱星的一半永远是白天，而另外一半则永远是黑夜。由于巨大潮汐力的作用，白天和黑夜的中心区域，都将会有一个潮汐力带来的大鼓包。如果这个大鼓包在陆地上，可能是一片山地或者高原，也许不是那么显眼。可如果这个大鼓包在海洋中，云狱星生物们就将会看到在地球上永远无法看到的奇异景象：山丘般凸起的海水，不会移动的滔天巨浪。

"王陆杰会让地球人体验到的，探监啊！"这时候孙斐说，"再说，云狱星也可以纳入在窥视者计划中嘛！只要能赚钱，王陆杰都会想出来的，放心好了。"

总之，理论上应该没问题，但需要在很多方面找到微妙的平衡点。这不是地球所能够独立完成的事情，不过没关系，有人才济济的前沿院做后盾，很多人能够帮助他们。

"我找欧阳院长，协调天文所的人来帮我们。"任为说，"孙斐，你有伊甸园星的经验，你来负责这个事情吧！"

"跟王陆杰合作？"孙斐说，"卢小雷不是更合适吗？"

卢小雷抬头看了看她，"可以啊，我可以。"他说。

"呸！"孙斐说，"就我来。我要看着王陆杰，不能让他肆无忌惮地瞎搞。要是你，估计会配合着把黑洞变成最大的营销噱头吧？"她看着卢小雷。

卢小雷摇摇头，没说话。

"孙斐有经验，还是孙斐来吧。"张琦说，"关键是我们必须尽快完成，否则云球的演化周期怎么办？现在我们被钉在了这里，完全不能动，什么也干不了。"

"是啊，伊甸园星也不能演化了。"孙斐说。

"嗯。"张琦说，"在这个过程中还要继续总结经验。如果成功，这意味着我们可以在云球中平行地创造出不同的时间、不同的演化速度。这会很有用。"

"不同的时代！"孙斐说，"王陆杰得多高兴啊，想去古代就去古代，想去现代就去现代，想去原始社会就去原始社会。哼，要狠狠敲他一笔，敲到他破产。"她露出恶狠狠的表情。

"那我们也破产了。"张琦说，"不过确实要花很多钱，现有的计算能力肯定是不够用的。"

"对，能控制时间确实很好。"任为说，仿佛没听见关于王陆杰的对话。

晚上回家的时候，任为本来想跟吕青聊聊云狱，但他发现，吕青呆呆地坐在沙发上,脸上似乎写满了焦虑。

"你怎么了?"任为问,坐在了吕青身边。

"哦?"吕青抬起头,看看他,"你没看新闻吧?"

"没有。"任为说,"我们有个重要的事情在讨论,一直在开会。"

"CryingRobots 的巴黎总部被袭击了。"吕青说,"就在昨天夜里。倒没死人,但几层办公室完全被烧毁了。"

"啊?"任为吃了一惊,"KHA 袭击 KillKiller,CryingRobots 袭击 KHA,现在 CryingRobots 被袭击了?"

"KHA 不是他们袭击的,是 FightingRobots。"吕青说。

"那时候还是他们。"任为说。

"他们早把自己择清了,否则还能开开心心地公开活动?"吕青说。

"那,谁袭击了他们?"任为问。

"不知道,还在调查,没有人声明负责。"吕青说,"不过——"她想接着说,却又停了下来。

"怎么了?说啊!"任为说。

"我想,应该是 FightingRobots。"吕青说。

"什么?"任为说,"不可能!他们是自己人——我知道他们分裂了,但毕竟原来是自己人啊!"

"自己人?事情往往是被自己人搞坏的。"吕青说,"看看那些宗教,信徒最恨的不是无神论者,而是异端。无神论者只是没信仰的野蛮人,异端则是罪该万死的魔鬼。"

"可是——为什么呢?你瞎猜的吧?不是说还在调查吗?"任为问。

"FightingRobots 的手段,我们女儿的手段,能调查出来吗?"吕青说,"我这么猜当然没有什么过硬的证据,但我有直觉,也看到一些迹象。"

"你看到什么?"任为问。

"自从意识场的发现公布以后,CryingRobots 虽说没有完全沉寂,但声音小了很多,可能自己心虚了吧。"吕青说,"机器人连动物都不如。动物都有意识场,机器人却没有。CryingRobots 可能觉得没什么能说的了,所以像以前那样争取机器人人权的声音已经很小。"

她顿了顿，接着说："反而 FightingRobots 的行为让 CryingRobots 很生气。CryingRobots 和 KHA 不同，他们一贯标榜自己是和平组织，FightingRobots 却让他们声名狼藉。你还记得路易斯·坎通的声明吗？"

"大概记得。"任为说，"CryingRobots 以前是，现在也是，将来仍然是，彻头彻尾的和平主义者。一切问题的最终解决方案都是人类的爱。暴力只会把问题搞复杂，永远无助于解决问题。诸如此类吧！"

"对啊，"吕青说，"他还说，那些冒名顶替者怀着不可告人的阴暗心理，在 CryingRobots '永恒的爱的皇冠上'泼上了'令人恶心'的脏水。"

"是，然后他们就分裂了。"任为说。

"所以，"吕青说，"在争取机器人人权的声音越来越小的同时，他们对 FightingRobots 的攻讦却越来越厉害。"

"他们想挽回自己的声誉吧？"任为说。

"是啊，可以理解。"吕青说，"但他们出格了，竟然变成了告密者。"

"告密者？"任为问。

"是的，最近 CryingRobots 开始出卖一些人。"吕青说，"好在他们应该不知道明明就是 RevengeGirl，否则我们就麻烦了。"

"这——严格地说，我们也不知道，只是猜测。"任为说。

"是的。"吕青说，"但有些人的底细他们很清楚。比如那个在圣伍德为明明做手术的医生，科勒尔·费米，记得吗？"

"记得。"任为说。

"他被出卖了。"吕青说，"他可能没有和 CryingRobots 的人完全切断关系，老战友嘛，难免有些联系。前天他在布宜诺斯艾利斯被捕，不过当时就服毒自杀了，什么都没说。"

"然后呢？"任为问。

"我觉得 FightingRobots 被激怒了，这次巴黎的事情就是他们采取的报复行动。"吕青说。

"报复？"任为轻声重复了一遍，觉得吕青的分析似乎有道理。

"不过他们手下留情了，烧了办公室，却没有伤人。"吕青接着说，"另外，他们可能还有一个目的，就是调查一下CryingRobots到底掌握哪些资料，要防止更多人被出卖，其中很多资料对他们自己可能也有用。据说，CryingRobots存储在云计算中心的所有数据也都被毁掉了，包括所有备份，涉及世界各地好几个不同的云计算中心，全都被黑了。总之，FightingRobots做了非常充分的准备，几乎没有给CryingRobots留下任何数据。"

"这个——"任为不知如何接话。

"这几个月，CryingRobots和FightingRobots在网络上互相攻击很厉害。一个在明，一个在暗，但都不服软。"吕青说，"我一直有不好的感觉，可没想到发生得这么突然，还这么激烈。"

任为忽然担心起来，"明明会有危险吗？"他问。

"我不知道，"吕青说，"不过这次幸好没动手杀人。"

"明明不会滥杀无辜。"任为说。

他想起了赫尔维蒂亚，那些KHA的人应该不算无辜吧？

"也许有时候很难界定一个人是否无辜，但只要情况清楚，我相信明明会克制的。"他又补充了一句。

"无论如何，FightingRobots的账又多了一笔。"吕青说。

任为沉默不语。

"唉，他们的账已经很多了，再多一笔也没什么区别。"吕青接着说，摇了摇头，很无奈。

过了一会儿，任为说："CryingRobots是个和平组织，没什么反击能力，明明应该能够保护自己。"

"嗯，是的。"吕青说，"有另外一件事情我更不放心。"

"什么事？"任为想了想，没想出是什么。

"也是我猜的。"吕青说，"不过这件事情我猜了很久，觉得可能性非常大。"

"什么？"任为问。

"情感黑客。"吕青说。

"情感黑客？"任为不理解，皱着眉摇了一下头，"什么意思？这和情感黑客有什么关系？"

"你觉得情感黑客是谁干的？又为什么要这么干？"吕青问。

"不知道。"任为说，"那时候我们就很不理解，李舒说柳杨和她自己也不理解。不过他们有一个猜测，可能有人要制造意识场。"

"制造意识场？"吕青说，"那时候意识场的发现还没公布，难道有人在柳杨之前发现了意识场？"

任为又想了想，"不可能吧，"他说，"也许只是在琢磨一些类似意识场的东西。"

"我一直在想，情感黑客到底有什么目的。"吕青说，"机器人厂家提高用户体验是最直接的想法，可没必要这样偷偷摸摸。也许在项目中使用SSI数据不能明说，但项目本身并没有问题，总应该有些风声的。"

"嗯，没听到过什么有嫌疑的项目。"任为说。

"其他的可能性也有一些，但都被我自己否定了。"吕青说。

"那你剩下了什么可能性？"任为问。

"CryingRobots。"吕青说。

"CryingRobots？"任为吃了一惊，"怎么会是他们？他们想要干什么？"他的脑子一时转不过来。

"为了自己的生存和发展。"吕青说，笑了一下，"当然，也可以说是为了机器人的生存和发展。"

"你是说，让机器人讨人类欢心，来支撑机器人人权的主张？"任为问。

"你觉得有可能吗？"吕青问。

任为想了一会儿。

"不能说完全没可能。如果有很多人和机器人结婚，即使不是法律意义上的婚姻，也会让社会难堪，引起政府和立法机构重视。同性婚姻就是这么开始的。"他说，"可是，这还是挺难以想象的。"

"对你来说是挺难想象的，但对有些人不是。"吕青说，"有些人喜欢先有一个主张,然后再去找理由。如果没有找到理由,就去制造理由。"

"好吧,我知道你的意思。"任为说。

"如果是他们干的,我一点也不吃惊,这是个不错的主意。"吕青说,"不过看来并不顺利,虽然有些成效但最终没能发展起来。"

"警察查得严。"任为说。

"嗯,有些案例暴露,他们就被盯上了,各方面都需要小心。"吕青说,"特别是在 KHA 袭击雅典婚礼以后。"

雅典婚礼。听到这句话,任为脑中浮现出任明明穿着婚纱的样子,很漂亮。那时候一切都已经开始变得复杂,但还没有这么复杂。

"后来还被宋永安局长抓住过一次尾巴,就更加要小心了。"吕青接着说。

"你认定是 CryingRobots 干的?"任为说,"毕竟情感黑客这事,虽然能有所帮助,但要起作用还是有点曲折。"

"曲折没关系,"吕青说,"他们拿了那么多捐助,总要做事情,就只是天天发表文章、组织游行吗?"

"好吧。"任为说,"如果是这样,就意味着明明被他们骗了。可都是过去的事情了,现在还有什么关系呢?"

"如果真是这样,也许就麻烦了。"吕青说,"昨天 FightingRobots 不仅在销毁资料,也在寻找资料。那么,在 CryingRobots 的总部和云计算中心,明明会不会发现什么?"

"你是说——"任为很迟疑,"明明会发现真相?"

"对。"吕青说,"我不知道这是不是真相,但我有很强烈的预感。明明是我的女儿,我觉得我好像感受到了她的痛苦。"她皱紧了眉头,"可是现在,刚刚完美地执行了一个行动计划,按说她的感受不应该是痛苦。"

她抿着嘴,抬起手,用拳头捶了捶自己的胸口。不知道任明明现在是否痛苦,至少吕青是真的痛苦。

"这个——"任为说不下去,过了半天,才接着说,"那个莱昂纳德神父,还有很多别人,都是从 CryingRobots 加入 FightingRobots 的,如果情感黑客是 CryingRobots 搞出来的,这些人全都不知道吗?如果有人知道,就算想要瞒着明明，但这么长时间能瞒得住吗？"

"很可能他们都不知道。CryingRobots 如果真有这么个计划，一定是非常机密的。"吕青说，"再说，就算有人知道，就算明明已经知道，她也不会轻易相信，也需要去求证。这次科勒尔·费米被出卖，袭击巴黎总部和数据中心，就是一个绝佳的求证机会。"

他们沉默了一会儿。

"关于情感黑客，"任为忽然问，"宋永安局长那边，一直都没有什么消息吗？"

"没有。"吕青说，"宋局长一直认为这和远景科技有关，毕竟出事的 SSI 都是远景科技的，但找不到证据，没有任何进展。而且情感黑客的活动频率越来越低，最近有一段时间没出现过了，宋局长也没办法。查不出来的话，能够慢慢消失就是上上大吉了。不过，情感黑客活动频率的降低恰恰是我怀疑的原因之一，因为这种频率降低的节奏和 CryingRobots 争取机器人人权力度减弱的节奏基本上是同步的。"

"你有跟宋局长沟通过你的想法吗？"任为问。

"昨天才发生的事，哪里来得及。"吕青说，"再说，和他沟通什么呢？告诉他巴黎袭击是明明干的？"

"是啊，也没什么好沟通的。"任为说，顿了一下，接着问："明明如果知道了真相，会怎么样呢？"

"不知道。"吕青说，"以她的性子，谁知道她会干什么呢？"

如果发现一切都是一个误会，不，一切都是一个骗局，明明会干什么呢？任为也不知道。迈克的那张脸又出现在他眼前，精致的脸，带着谦逊的表情。

60 刨根问底

我该怎么办?

任明明正在想这个问题,但心中充满的不是疑问,而是悲伤和愤怒。她闭着眼,看着 SSI 中的资料界面,界面已经很久没有变过,她也只是盯着而已,没有阅读,因为已经读过很多遍了。

谁也看不到她的怒火,只能看到她静静地坐在那里,一动不动。

"明明!明明!"她听到莱昂纳德神父在叫她。

她终于睁开眼。"我没事。"她说,"谢谢你提醒我,是他们骗了我。"

"嗯。"莱昂纳德神父应了一声,"我一直觉得坎通先生在干着一些事情,虽然我不知道确切是什么事情,而且应该是在帮助组织,但我觉得那违背上帝的旨意。"

"欺骗。"任明明说。

"是的,欺骗。"莱昂纳德神父说,"也许欺骗可以帮助我们获得成功,但是面对上帝,我们不能靠欺骗获得成功。"

"嗨!莱昂纳德,你不要一口一个上帝。"丘比什说,一脸不以为然,"你的上帝要杀掉所有埃及人的长子,你却在为机器人争取人权,你不觉得这很不协调吗?"

"不,我不觉得。"莱昂纳德说,扬了扬眉毛,撇了撇嘴,"上帝当然也会随着时代的进步而进步。不是吗?祂一直在这样做。祂让世界接受了离婚,接受了堕胎,接受了进化论,接受了同性恋,甚至接受了宇宙大爆炸和量子力学,祂同样会让世界接受机器人人权。你还是个年轻人,你不能理解上帝。只有上帝的力量才能让我们前行。"

"我知道你在说什么。"丘比什说,"从哲学角度看,信仰是不具说服力的相信。你认为只有不具说服力的相信才能够支撑你坚持下去,我可不这么认为,我认为机器人这事很有说服力,不需要信仰就能坚持下去。"

"你问问明明吧!"莱昂纳德说着,一瘸一拐地走到一把椅子前坐了下来。之前,他一直站在任明明的沙发边,很关切地看着她。

"明明,"丘比什扭头问,"因为迈克被先进情感自动提升系统控制了,你就产生怀疑了吗?真要命,先进情感自动提升系统——绕口令吗?我看可以叫情感黑客,这名字不错。"

"不,我没有怀疑。"任明明说。

"这就是信仰。"莱昂纳德神父说,一边说着,一边举起手在胸前画了个十字。

"这不是信仰,这是科学态度。"丘比什说,"说服力不在于此,不在于这些表面的东西,而在于生命的科学本质。科学已经证明了,意识场不就是生命的科学本质吗?机器人终究会拥有意识场的,世界必须为此做好准备。这个问题已经不需要争论了。"

"那是灵魂。"莱昂纳德说,"那是上帝存在的佐证,祂终于愿意露出一个侧影——你的理解总是会出现很多偏差。"

"不要争了。"任明明说,"我们总是在不停地争吵。以前是埃尔文和路易斯争吵,现在是你们俩争吵。无论算是灵魂还是科学本质,意识场都还没有在机器人身上发现。"

"那只是因为机器人有不同形式的灵魂。"莱昂纳德说,"人类意识场刚刚发现了多长时间?而人类已经存在了多长时间?机器人又刚刚存在多长时间？我们应该有耐心。上帝在很久以前就预言了人类灵魂的存在，现在已经被证明。机器人将会走过一个同样的历程。"

丘比什皱了皱眉。"那只是因为计算能力不够。"他说，"与其说机器人没有意识场，不如说人类用限制计算能力的方法扼杀了机器人的意识场。科学发现和技术实现都要一步一步来，关键是人类必须愿意拥抱并走向未来。"

"我们可能要等一等。"任明明说。

"等什么？"丘比什问。

"有几件事情都要等一等。"任明明说，"等待柳杨案的结果，等待格兰特的决定，还要等待李斯年的研究进展。"

"李斯年？"丘比什问，"你是说意识机器人吗？他能够在短期内有进展吗？"

"我不知道，但我相信会。"任明明说，"柳杨发现了意识场，但只是发现而已。柳杨是脑科学家，不是量子物理学家，对如何改进意识机没什么想法，甚至他的意识机根本就是照抄我父亲的云球系统。但李斯年不同，他是量子物理学家，有能力改进意识机，让意识机从一个静态的意识场容器进化到一个动态的意识场宿主。"

"李斯年将会是那个为机器人赋予灵魂的人。"莱昂纳德说，"我查过他的履历，他很奇怪。虽然看起来不像柳杨那么奇怪，但其实柳杨是正常人，而他却是个多重人格精神障碍患者。"

"别忘了，是我告诉你李斯年是个多重人格患者的。"丘比什说，"这有什么奇怪？多重人格患者很多，比他严重得多。他只是有些幻觉。离真正的多重人格距离还很远。那些莫名其妙的幻觉，豆青虫一样的老式火车，戴在手腕上的手表，放在桌子上的电话，不过就是些古董而已。我看过他所有的病例，并没有什么其他表现。自从医生告诉他，只要有幻觉就写出来，他的自我感受已经好多了。这和有没有能力制造出意识机器人可没什么关系。"

"我相信会。"莱昂纳德神父说，"这是信仰。"说着，他冲丘比什摆摆手，"信仰的事情，你确实不懂，请不要和我争执了。"

"你到底信仰上帝还是信仰李斯年？"丘比什问，他显然没有介意莱昂纳德的阻止，反而觉得莱昂纳德不可理喻。

"我信仰上帝给我的直觉。"莱昂纳德说，无法阻止丘比什的诘难，他也没办法，"李斯年一定会制造出意识机器人。"

"好吧，"丘比什很无奈，"刚才说机器人有自己的灵魂，现在又说李斯年会为机器人赋予灵魂，你觉得机器人的灵魂到底应该从哪里来？"

"有区别吗？都是灵魂。"莱昂纳德不以为然，"这要看发现机器人灵魂更快，还是为机器人赋予灵魂更快。时间很重要，我们需要遵循上帝的旨意。"

"我看这件事是等不出结果的，短时间内不可能。"丘比什摇摇头，"我们不能坐以待毙，必须采取更激烈的行动。柳杨的案件是可以等，但狗就是狗，不是机器人，等出了结果也不一定能帮到我们。唯一的突破口是格兰特，我们必须有更激烈的行动，给格兰特施加压力。我们应该去德克拉推动更大规模的民意行动。"

"你又不是不知道，这不容易。"莱昂纳德说，"德克拉的老百姓并没有那么支持我们。反而，赫尔维蒂亚的老百姓容易得多。当然，他们的政府比格兰特要更难对付一点，不过你看看柳杨上诉的时候，法院门外的那些示威者比我们还要疯狂。"

"我们疯狂吗？德克拉人才疯狂。我就不明白，德克拉人选了机器人做总统，却不愿意给机器人人权，这是为什么呢？"丘比什说。

"因为他们不希望总统有人权。"任明明插了一句，"现在德克拉人虽然选了格兰特做总统，但却有优越感，甚至觉得是自己控制了格兰特。如果格兰特有了人权就不一样了，那就是格兰特控制他们了，他们变成了机器人的子民，这可受不了。"

"这——"丘比什想要反驳，却说不出话来。

"你看，人类不是很奇怪吗？"莱昂纳德说，"只有上帝才能引导我们。"

"我们要等一等。"任明明说，"但不会待在这里没事干，我们有重要的事要忙。"

"什么事？"丘比什问。

"你们有没有想过，"任明明问，"格兰特——包括所有其他的SmartDecision系统，他们的决策信息很丰富，是从哪里来的？"

"公司说是网络上的公开信息，SmartDecision搜集信息的能力很强。"丘比什说，"他们的系统可不像医院的系统那么简单，我黑不进去，不知道到底是怎么回事。"

"不可能只有公开信息。"任明明说，"虽然SmartDecision比人搜集信息的能力强得多，但按照我和格兰特交流了那么多次的感受来看，我不认为他的信息都是可以从网络上搜集来的。"

"海量大数据中提取出来的信息，看起来就像是原来并不存在一样。"丘比什说，"但其实本来就在那里，只是人类识别不出来，机器却可以。"

"也许是这样，"任明明说，"但我的感觉不同。"

"那么除了网络，信息能从哪里来？"莱昂纳德神父问。

"情感黑客的信息又从哪里来呢？"任明明反问。

莱昂纳德和丘比什都愣住了，没有说话。

过了一会儿，丘比什说："你的意思是说，他们可能有一样的信息渠道？"

"SmartDecision像情感黑客一样黑掉了远景科技的SSI。"莱昂纳德神父说，"所以我们应该对远景科技动手。一方面可以挟制SmartDecision，另一方面也可以替明明出一口恶气。"

"路易斯这边，是谁帮他黑掉了远景科技？谁有这个能力？"任明明问。

"我认识的人都没有这个能力。"莱昂纳德神父说，"我认识的人当中，丘比什是技术最好的。他黑不掉远景科技的话，就没有别人能黑掉了。"

"一定是组织外面的人。"丘比什说，"为了安全，也最好是组织外面的人。路易斯把这事搞得这么神秘，那么在组织内部知道的人就越少越好。"

"路易斯必须神秘。"莱昂纳德说，"组织内部会支持他这么做的人很少，埃尔文肯定不支持，否则路易斯就不需要秘密进行了——这个混蛋。"说着，他摇了摇头，叹了口气，也许想起了埃尔文的惨死，语气里不由自主地掺杂了对路易斯的愤恨。

"会不会是 SmartDecision 的人干的？而路易斯只是利用了他们？SmartDecision 应该技术能力很强，黑掉远景科技还是有可能的。"丘比什说。

"路易斯利用了 SmartDecision？"任明明低声说，使用了疑问的语气，脸上的神情似乎也充满怀疑。

"不可能吗？"丘比什问。

"我认为有可能。"莱昂纳德说。

"路易斯利用了 SmartDecision？"任明明又重复了一遍，"怎么利用呢？"她接着说，"既然 SmartDecision 那么强大，路易斯如何能够利用呢？他连埃尔文都搞不定。"

莱昂纳德和丘比什都没有说话，不知道她想要表达什么。

任明明也沉默了一会儿。

"如果说到利用，"她又开口说，"我更相信是 SmartDecision 利用了路易斯。"

"什么？"丘比什和莱昂纳德同时问，显然他们吃了一惊。

"CryingRobots 是怎么成立的？"任明明问莱昂纳德。丘比什参加组织的时间比较短，虽然比她长一些，但比莱昂纳德短。莱昂纳德是组织的第一批成员，是元老。这种有关历史的问题，当然应该问莱昂纳德。

"你们知道，那是十几年前了。"莱昂纳德说，"你们都还在吃奶吧？好吧，算你们上了小学。是路易斯成立了这个组织。他拉了一批人，埃尔文，我，等等。那时我也还很年轻，是个神学院学生，还不懂什么事情，只是觉得这是上帝的旨意。你要是问成立的过程，我想不起有什么特别让人记忆深刻的事情——除了大家一起宣誓的时候，我流泪了。我觉得这个世界简直太美好了，有这样一群美好的人，正在从事一项这么美好的事业。我要参与，我一定要参与，这没什么疑问。"

"钱从哪里来的？"任明明问。

"钱——"莱昂纳德神父摸了摸下巴，"作为一个神学院学生，我不关心钱，只关心信仰，上帝要求我这么做。"

"你是说，CryingRobots 从 SmartDecision 那里拿钱？"丘比什说，"以前我不知道，但我来以后，似乎没有来自 SmartDecision 的捐助。"

"如果 SmartDecision 直接捐款，从公众的角度看，会不会不合适？"任明明问。

"当然不合适。"莱昂纳德说，"那简直就是阴谋了——机器人公司去争取机器人人权？而且是有统治人类能力的机器人公司？"

"所以……必须找到曲折的渠道……"丘比什慢慢说。他不是在问问题，任明明或者莱昂纳德不可能知道这些捐款的事情。莱昂纳德不负责这个，任明明那时候还是外围成员。反而只有自己，虽然说起来也不管捐款，但却经常帮着管钱的那些人解决技术方面的问题，聊天聊多了，多多少少有些了解。所以他思考着，想要回答自己的疑问。

"公开资料看不出什么，我们独立出来以后我曾经调查过。"丘比什说，"当年那些人跟我聊天，也从没提过 SmartDecision。"

"他们也不会知道。"莱昂纳德说，"就像情感黑客一样，应该没几个人知道。"

"好吧，这种事情隐藏起来太容易了。"丘比什显然想不出答案，"我看，应该把路易斯抓来，就什么都清楚了。"

"路易斯在干什么呢？"莱昂纳德问，"巴黎总部被干掉了，这家伙正在痛苦地呻吟吧！"说着，他脸上露出些许得意的笑容，然后闭上了眼。看样子，他真想去查一下路易斯·坎通现在正在干什么。

只花了几秒钟，莱昂纳德忽然睁开眼，满脸惊讶，大叫起来："他死了，他死了，路易斯·坎通死了。"

"什么？"这次是任明明和丘比什一起惊叫。

"车祸。"莱昂纳德说，"他在巴黎郊区出了车祸，撞到了一棵树上，当场就死了。警察说是普通车祸，没有刑事调查。"

大家面面相觑。

任明明闭上了眼睛，丘比什也闭上了眼睛，应该是通过 SSI 去看新闻了。莱昂纳德似乎觉得，既然自己已经说过了，再去看也没什么必要，脸上露出不以为然的表情。不过他也没办法,只好也闭上眼睛,去看看有没有更多的细节。

"我看,"过了好一会儿,丘比什睁开眼睛,"有人想到我们前面去了。"

"是的,有人想到我们前面去了。"任明明也睁开了眼睛,"现在,路易斯·坎通什么都不知道了。"

"那就没人知道了。"莱昂纳德说,他也睁开了眼睛。

"不,有人知道。"任明明说。

"SmartDecision 知道。"丘比什说。

"我们要去美国吗?"莱昂纳德问。

"我去安排。"丘比什说,站起来就想走。

"不。"任明明摇摇头,"不去美国。"

"不去?"丘比什停下脚步,疑惑地看着任明明。

"去 SmartDecision 公司吗?"任明明问,"我们一点也不了解他们,去干什么呢?应该从我们了解的地方开始。"

"什么地方?"丘比什问。

"德克拉。"任明明说。

"格兰特,"丘比什说,"对,格兰特,他正在运营,需要用某种方法连接后台的黑客系统来获取数据。"

"丘比什,"莱昂纳德说,"你能不能黑进格兰特的系统?"

"不,不行。"丘比什说,"刚才说了,他们公司的系统都黑不进去,我试过。"顿了顿,他又说,"不过,那是说远程黑不进去。如果我们去德克拉,也许会不一样。格兰特这个家伙,总要通过某种方式,无线或者有线,和黑客系统进行连接。黑客系统可能在公司总部或者某个隐秘的地方,但无论在哪里都要进行连接才有意义。如果能够找到连接的信道,也许会有办法。"

"找到信道就可以了?"莱昂纳德神父问。

"不,我只是说也许。"丘比什说,"即使有通讯,也会经过量子加密,那就没办法从信道上想办法了。但格兰特在德克拉有本地处理系统,本地处理系统和通讯信道之间的桥接器是个弱点,也许可以想想办法。这我不知道，需要去看一看。"

"那么，我们这就去德克拉？"莱昂纳德看着任明明。

任明明没马上回答，又想了一会儿，然后说："好吧，我们现在就去德克拉。"

莱昂纳德神父发现任明明的表情还是冷冷的，心情仍然不好。"别再难受了。"他想要劝慰两句，"那个欺骗你的家伙，路易斯，已经死了。而且多半是被人干掉的，有人替你出了气。上帝原谅我，"他画了个十字，"上帝原谅我。"他又说了一遍。

"干掉路易斯的人才是真正的罪魁祸首，"丘比什说，"路易斯是被灭口了。"

"被灭口了！"任明明重复了一遍，眼睛里开始出现怒火，"好吧，让我们看看，是谁灭了路易斯的口。"

61 / 德克拉共和国

短短的时间里，这已经是他们发在社交媒体上的第四百六十二篇文章了。虽然文章都是机器人写的，但看起来都不错，反正人们也很难分辨出来。分辨一篇文章的真假，不取决于它是否真的是人写的，而取决于它是否说出了人们想说的话。一贯如此，每个人都会去挑选合意的东西作为真相，而把不合意的东西作为谣言。

关键在于如何骗过社交媒体的反欺诈系统。不过对于丘比什来说不是问题，这可比黑进SmartDecision的系统容易多了。是的，尝试了两个月却完全失败，丘比什无法黑进SmartDecision的系统，即使是格兰特的本地处理系统和总部之间通讯系统的桥接器也非常坚固。

社交媒体不同，欺骗起来没有那么困难。一方面技术上有些差距，对于社交媒体的系统来说，如何分辨人和机器写的文章多多少少是个问题。另一方面，更重要的是，社交媒体需要流量，而他们的文章带来了流量和收入。

现在，任明明才真正明白，SmartDecision是如何搞定这个国家，坐上总统位置的。同时，她也逐渐搞明白，SmartDecision是如何把自己搞砸的——也许现在还没有搞砸，但这样下去迟早会搞砸。

他们的文章都是通过算法推送给德克拉人的。当然不能让全世界的人都看到，那会惹来很多麻烦。不过，要确保看起来好像全世界的人都看到了似的，至少要让德克拉人这样以为。做到这一点并不需要对社交媒体做什么手脚，实际上这是社交媒体提供的最受欢迎的有偿服务之一。

确保所有文章能够被目标受众看到而不被其他人看到，同时又好像所有人都看到了似的，这是拥有悠久传统的精准推荐服务。没有这种服务根本就不配称作社交媒体。当然，这事不能由人来操作，那是违法的，必须由算法来操作，那就算是科技。

SmartDecision 在德克拉的上位一定使用了同样的手段。这里是一块非常好的试验田，在世界上不被人瞩目，没人在意他们的选择，也没人有兴趣指手画脚。无论是否和自己有关，大家都从不同角度希望看到这个试验的进展，盼望着美满或者糟糕的结局。机器人来治理国家，这是挺有意思的一件事情，不是吗？仅从趣味性来讲，也值得让这个世界边缘的小国家去尝试一下。同样的事情如果发生在赫尔维蒂亚就不一定行得通。那里也喜欢公投，也喜欢新鲜事物，但赫尔维蒂亚太显眼了，会在世界上引起各种反应。而赫尔维蒂亚人也会通过更多渠道接收到各种乱七八糟的信息。整件事情就会多出不少波折。

所以，SmartDecision 公司如果想要德克拉人选择机器人做总统，那么在社交媒体上狂轰滥炸，宣传机器人治理国家的好处并推送给每一个德克拉人，就是一个非常好的选择，而且不会留下案底。事实上，案底确实是不存在，任明明他们只能查到很少这一类的公开文章。甚至可以说，相比这个世界上任何其他能够售卖的产品，这种文章都少到了可以忽略。

这本身就是一个疑点。你很难相信，一个国家选择机器人作为总统，事后有很多新闻，事先却没有产品推广和理念鼓动，客户几乎是在静默中做出了这样的重大选择。这个现象无法解释，除非实际上那些推广和鼓动不仅有，而且很多，但都是定向的、隐秘的、无法察觉的。当然，仅仅有社交媒体肯定不够，人类政客们的配合也很重要。不过这肯定不是问题，你和 SmartDecision 产品接触越来越多，你就越来越觉得 SmartDecision 公司的力量很大。

但诡谲的是，自从 SmartDecision 的产品，格兰特，真正当上总统以后，事情似乎起了变化。丘比什针对全球主要社交媒体上关于德克拉的公开文章和评论做了数据分析，看到了一些不寻常。

在格兰特当上总统之后，德克拉的人们忽然活跃了起来。他们在那些有关格兰特的新闻之后做出了大量评论，评论内容有好有坏，并没有明显倾向。但不要忘记，这是一群事先几乎完全沉默的人。

从具体数据来看，德克拉人对这些公开新闻做出的评论数，比对格兰特当选总统之前那寥寥几篇公开文章做出的评论数平均多出十二倍，而比以前德克拉选举出人类总统时对相关新闻做出的评论数平均多出十倍。

这种数据上的不平衡似乎意味着，这些事后新闻成了德克拉人一个异乎寻常的评论出口。

对此，丘比什找到的解释是，格兰特当选之前的评论也并不少，但都被引导到了那些定向推送的文章之后。而他这个分析者，作为非德克拉人，是看不到那些评论的，就像看不到那些文章本身一样。

但任明明却得出了另一个结论，似乎更有意思。在格兰特当选之后，SmartDecision 就停止了定向推送，以至于德克拉人没有地方可以去发表评论，只能去公开新闻下面评论，导致那里的评论数飙升。这就像是原本到处都是的公共餐厅忽然关闭了很多，剩下的为数不多的几个就排起了长队。而关闭的那些餐厅原本是只为本地人服务的，其实拥有一个共同的老板，现在这个老板觉得，不需要为本地人提供这么多服务了。

这个结论有点奇怪。按道理，从治理国家的角度看，SmartDecision 应该坚持之前的策略，这样才有利于在民众那里获得持续的支持，但他却没有这么做，这是为什么？

"他们没有预算。"任明明说，"在格兰特当选之前这么做，那是销售预算，只要能够把产品按照一定的价格卖出去就物有所值。但如果现在这么做，只能算是售后服务，而这个国家是不可能有二次购买的，一个国家不需要有两个总统。所以从商业角度看，这个客户不值得花那么大的代价去提供售后服务。"

"德克拉每年都要付服务费的。"莱昂纳德说。

"可决定只需要做一次,已经做过了。"任明明说。

"也许德克拉还会买机器人做国会议员,或者,部长什么的。"莱昂纳德说。

"嗯——也许,但需要等等,不在这个销售周期里。"任明明说,"而且,如果格兰特治理得太好,就不需要新的国会议员和部长了。"

"你是说,"莱昂纳德睁大了眼睛,"国家被机器人搞出了问题,反而才会买更多的机器人?"

"是的,要出问题才行,但出的问题必须恰到好处。"任明明说,"比如,问题的原因不能是格兰特笨,而应该是格兰特忙。"

"好吧,我们不要替 SmartDecision 的销售部门操心了。"丘比什说,他显然对二次销售的问题不感兴趣,"格兰特是总统,他可以花德克拉政府的钱,发一些文章也是为了治理国家。"

"不,如果有政治目的,在社交媒体那里进行推送是要花很多钱的。"任明明说,"作为总统,格兰特的预算是透明的,可不像 SmartDecision 的销售预算那样是公司的秘密。而且,格兰特应该发什么样的文章呢?国计民生?经济政策?那也许要发,我想也许正在发。但你查的是有关机器人总统本身评价的文章,这种文章一定是带有倾向性的,可能格兰特觉得自吹自擂并不好,国民不会欢迎,国会也不会通过这样的预算。"

"好吧,"丘比什说,扬了扬眉毛,"所以我们才有机会,否则我们的力量可搞不过 SmartDecision。"

"所以说,SmartDecision 会把自己搞砸。"任明明说,"在当选之前,他们的力量使别人很难阻止他们。但当选之后,他们的位置使自己失去了前行的力量。"

"这很难避免,人类总统也一样。"丘比什说,"那些总统被选出来,无论怎么做,总会在上台之后第二年就达到支持率的低谷。"

"所以,我们的文章一定会起作用的。"任明明说。

"当然会，"丘比什说，"现在大家都在讨论，格兰特治理这个国家，最有效的方式就是利用国民隐私。"

"其实，这是个挺好的方式。"莱昂纳德说，"你看，根据你的偏好制定政策。而你的隐私其实只是被一台机器知道了，有什么不好呢？就像在医院做 X 光透视，对 X 光机来说，你可没什么隐私。"

"谁知道是不是只有一台机器知道呢？"丘比什说。

"当然，我明白，这是策略。"莱昂纳德说，"我只是中立地表达一下看法。"

"重要的不是德克拉人的隐私，是隐私的来源。"任明明说，"我们必须迫使格兰特交代清楚。"

"他会交代的，否则就会下台。"丘比什说，"已经有六次游行了，虽然规模还不大，但获得了广泛支持。民调数据里，54% 的德克拉人希望格兰特立即澄清关于隐私的问题。"

"格兰特有最新回应吗？"莱昂纳德问。

"没有，还是昨天的说法，"丘比什说，"SmartDecision 一贯珍视人类的权利，包括隐私权，过去、现在和未来，都一样珍视。"他顿了顿，似乎迟疑了一下，接着说，"不过，昨天晚上有两个 SmartDecision 公司的人来到了德克拉。"

"是售后工程师吗？"莱昂纳德问。

"是公关顾问。"丘比什说。

"公关顾问……好吧，看来我们需要给格兰特最后一击了。"任明明说。

"最后一击？"丘比什问，"怎么最后一击呢？"

"游行太平静了。"任明明说。

"太平静了？"莱昂纳德一惊，"不，不，难道我们要制造骚乱吗？我想上帝不会支持我们这么做，毕竟德克拉人并没有恶行，也没有排斥机器人——他们甚至选了机器人做总统。"

"当然不是去伤害任何人。"任明明说，冲莱昂纳德笑了笑，"我虽然不信上帝，但你了解我。"

"我了解你——你有一颗上帝一样的心。"莱昂纳德说,"那你是什么意思呢?"

"丘比什,"任明明没有直接回答莱昂纳德,而是转向了丘比什,"我想,那两位公关顾问来这里首先要了解情况,然后就会发表一些文章,对吗?"

"我想是吧。"丘比什说。

"他们今天会发表文章吗?"任明明问。

"他们昨天晚上刚来,应该还在了解情况。"丘比什说,"很多情况不是在网上可以了解清楚的,必须要和很多人谈谈,应该是需要一些时间的。"

"没关系,既然他们忙,我想,很多事情也许我们可以代劳。"任明明说。

"代劳?"丘比什说,"你是说用他们的名义发表文章吗?"

"你们觉得呢?"任明明问。

丘比什和莱昂纳德想了一会儿。

"我们应该否认格兰特使用了大家的隐私,还是应该说即使使用了大家的隐私也没有什么关系?"丘比什问,"怎么做才能激起德克拉人的愤怒?"

"天哪!"莱昂纳德说,"我觉得这样不好,上帝不会喜欢,上帝不喜欢撒谎。"

"我们应该说,"任明明说,"这是有组织的阴谋,在误导民众并陷害格兰特。"

"有组织的阴谋?"莱昂纳德有点疑惑,"你说的组织是我们吗?"

"是我们。"任明明说,"这是事实,有组织的阴谋,我们组织的。而我们并没有证据,却指责格兰特侵犯国民的隐私——这还说不上是陷害吗?上帝不会阻止你陈述事实吧?"

"陈述事实——当然不会。"莱昂纳德说,"不过,关于我们误导民众和陷害格兰特,我要说明,叫作误导和陷害是不适当的,应该是合理怀疑。"

"好吧,但至少,有组织的阴谋是真实的。关于误导和陷害,我们可以另外找两个措辞。"任明明说。

"可是,我们是要自首吗?"莱昂纳德说,"这样做有什么意义?我不太明白。"

"你想让德克拉人觉得，SmartDecision 认为他们被人利用了，是一群白痴？"丘比什问，看着任明明。

"原来是这样——"莱昂纳德明白过来，"也许应该让德克拉人觉得，SmartDecision 认为他们的意识场是低一个等级的意识场。"他扬了扬眉头，"那所有人都会很愤怒的。"但他马上又恢复了严肃，"上帝啊，我们太恶毒了，原谅我们吧。"他说，在胸前画了个十字。

"他们本来就被人利用了，SmartDecision 通过社交媒体利用了他们。"任明明说，脸转向窗外，窗外的天色正在暗下来，"我不知道他们是不是白痴，也不知道他们的意识场是不是低一个等级的意识场。但我知道，我想替那两个公关顾问说的话都是事实。"

莱昂纳德和丘比什不说话，他们在思考。

"好吧，"丘比什说，"德克拉人会气疯的。不过文章措辞还是要讲究。有组织的阴谋是事实，但不能让人怀疑这个组织是我们。"

"确实，都是事实，"莱昂纳德说，又在胸前画了个十字，"我想上帝不会有什么意见。"

这一段时间，任明明、莱昂纳德和丘比什忙于在网上推动德克拉的民意，质疑格兰特是否侵犯了公众的隐私。客观上，一件事情很好地助攻了他们，这就是云球意识场的公布。任为和同事们的论文发表了，新闻也出来了——不是出来了，而是暴发了。

很多年以前，人类就在幻想，并且在各种文艺作品中描述，人类如何把大脑的思维或者意识上传到了计算机中，并且欢呼或悲哀，为了摒弃肉体、灵魂永生的璀璨，或者为了地球死寂、只剩机器的寂寥。

但人们从未真正认真地想过，这意味着什么。

云球意识场的公布带来了几个直接后果，其中有一些很容易想到，而另外一些则相当意外。

首先，人们意识到——用一个古老的说法——灵与肉原来真的是可以分开来讨论的。

其实自从柳杨的意识场发现公布以来，这方面的讨论已经甚嚣尘上。但那时意识场仍然依托于动物躯体，对于任何教俗学者而言，本质上并没有什么突破。唯一的区别只是，意识场用一种实在的物理场形式的存在替换了原先那种说不清道不明的玄学形式的存在。

意识机虽然也被提到，它能够暂时承载意识场，但它无法成为一个具有活性的东西，从而削弱了它的力量。有不少人争辩其中的微妙差别，不过最终只能形成各种混乱而无法自圆其说的理论。犹太教的灵肉一元论，毕达哥拉斯、柏拉图的灵魂不灭论，笛卡儿、斯宾诺莎、莱布尼茨的身心平行论或同一论，基督教、佛教等很多宗教的灵魂转世论，都在意识场理论中找到了各自的支持证据，可同时又都被反对者在意识场理论中找到了诘难理由。

柳杨的发现揭示了意识场的存在，却没能成功地剥离意识场和肉体，这成了所有争论的一个焦点。现在终于又有了进一步的惊人发展：意识场可以来自没有任何肉体的量子计算机。况且，不是一个简单的小型实验，而是五千万个个体，还组成了完整的社会。

立即，所有的教俗学者开始了新一轮的头脑风暴和奋笔疾书。

毫无疑问，这极大地鼓舞了任明明——而且这个发现来自父亲，更使她有了一种莫名的宽慰。莱昂纳德、丘比什和所有他们的同志显然也受到了同样的鼓舞。

同时，这却给格兰特带来了麻烦。

格兰特虽然目前没有意识场，他早就被意识探测仪检测过，但不代表将来他不会有意识场。谁也不知道，是否在某一个瞬间，他的意识场就会涌现出来。那么，被一个绝对理性的机器统治会比被一个充满情绪、欲望和偏见的人类统治的优势将不复存在，而机器的强大使这种情绪、欲望和偏见的害处变得更加可怕了。因此，大家不由得对格兰特投去了更多的怀疑目光。在被一些具有远见卓识或者别有用心的人或组织提醒后，德克拉人意识到，格兰特或许正在通过某种方式获知自己意识场的运算过程——任明明当然知道，这是夸大其词——人们开始慌张了。

现在，丘比什会想出办法，把这种慌张变成愤怒。

很容易想到，质疑某些人类意识场的计算能力较差很容易被理解为骂人。人类意识场和各种动物意识场的具体差别到底在哪里，目前还没有任何研究结论，但计算能力的差别显然是其中的关键，至少是关键之一，这几乎是一目了然的。

其次，可以想象，连 FightingRobots 这样的组织——他们的平权目标尚未拥有意识场——都受到了鼓舞，那么，那些平权目标本来就拥有意识场的组织就更加雀跃不已了。

不过，所有平权组织都面临一些并不容易的工作，主要是如何在新形势下证明他们的平权目标有更充分的理由和更大的说服力。

自从脑科学所的意识场公布，网上就已经有无数讨论，现在一个基本的方向已经初步形成：如何在科学上界定人类意识场和动物意识场的差别。他们当中有很多专业人士，不仅仅像德克拉共和国民众那样很直观地想到计算能力，而且会讨论意识场的拓扑结构、能级水平、振荡频率、波长和相位等等。

当然，现在还没有任何科学成果可以从纯粹的意识场角度区分人类和动物，或者说定义这种区分。而且从脑科学所和其他机构的研究进度看，估计短期内也不会有这种成果。但是，地球所的成果却进一步有力地证明：你不能简单地依靠观察宿主来确定某个意识场是否人类意识场。

这非常有力地驳斥了一种论调：区分意识场是否是人类意识场应该依据宿主的形态。不过这里面隐含了一个前提：云球人也是人。虽然还没有被法律承认，但大家很难不这么想，那么多人参与过"窥视者"项目了，确实无法拒绝云球人也是人的想法。

这导致大量法律界人士参与到讨论中。各种观点都有，最骇人听闻的一种观点是：法律中从来没有规定过什么是人，从来没有。

有人用人工智能检索了古往今来、世界各国的法律，确实，从来没有对"人"这个词的准确定义。通常，法律典籍中谈到"人"，或者谈到"自然人"，就会不由自主地去讨论"属人主义""属地主义""保护主义""折衷主义"等等，但却忽略了"人"本身的定义。既然如此，有些法律学者认为，云球人拥有意识场，实际上已经在法律中"人"的定义范围之内。当然这也面临一个问题，同样拥有意识场的动物们，为什么就不在法律中"人"的定义范围之内？毕竟，如果只是谈论意识场，忽略宿主的形态，引用经典生物学内容对法律来说已经失去了意义。可如果在今天的法律中，仍然仅仅讨论宿主的形态，就像从前那样，似乎又显得那么不合时宜。

反平权的KHA则比较微妙。意识场公布之后，KHA分裂为两派，暴力派和和平派。无论形式如何，他们的行为都因为得到了意识场这个有力武器而非常活跃。但现在，云球意识场的公布则好像为他们带来了困扰，活动明显沉寂了。也许他们还在思考，这到底意味着什么。

最后，具体到当事人身上，前沿科学院地球演化研究所立即成为世界的焦点。

当初意识场公布后，脑科学研究所也立即成为焦点，但只是在科学研究机构的会议室里和老百姓的饭局上，毕竟那和大家的生活基本没什么关系，大家也没什么能干的。对普通人来说，那就是个科学发现而已。可是现在，地球所的发现却给大家提供了行动的可能：大量的人涌向了"窥视者"计划。

事实证明，王陆杰之前的决策有所错误。那么多宣传资金事实上是白花了，根本没必要。云球意识场科研成果的公布，顶得上王陆杰用一百倍的资金打上一百年的广告。现在头疼的是，需要更多的资金来对"窥视者"进行扩容。准确地说，资金本身并不需要头疼，资金和用户一样正在蜂拥而来。王陆杰头疼的是如何有选择、有序、有效地花掉这些钱。

大多数讨论和各种相关行为都可以理解，谈不上多么出乎意料，但有一件事确实有些与众不同，那就是KillKiller。

在脑科学所意识场公布的第一分钟，很多人就认为KillKiller完了，可事实上并没有。在所谓堪萨斯黑帮事件之后，KillKiller就麻烦不断，意识场的发现本来应该是最后的致命一击，但公众却没看到KillKiller行将就木的样子。反而，他们似乎还挺高兴，至少从发言人的角度，没看到什么沮丧，却看到了原因不明的胸有成竹。

这次，云球人意识场的公布，绝大多数人并没有看到对KillKiller有什么帮助，也谈不上有什么损害——按道理，他们应该已经奄奄一息了。但是出乎意料的事情发生了，KillKiller忽然跳了出来，在各种媒体上发出了很大的声音，观点也很奇怪。

KillKiller宣称，云球人就是人，原本就在法律对"人"的定义范围之内。如果说对"人"有什么定义的话，唯一能够做出并且必须做出的定义就是意识场，而非躯体。退一万步说，如果今天的法律缺失了这种定义，那么，所有的国家应该立即修改法律，补上这块短板。

这个论调确实很奇怪，根本就是在否定KillKiller自身的价值，像是自掘坟墓，毕竟他们唯一的核心业务就是保存空体。当然吕青知道其中的奥妙，任为也知道，任明明也猜到了，应该不少人都猜到了，但绝大多数人并不明白，正在用幸灾乐祸的语气讨论KillKiller，像讨论一个疯子。

不过和另一件事相比，KillKiller的事情就也还算没那么意外了。毕竟，他们本来就在那里，本来就是舞台上的一个活跃角色，只是现在说出的话暂时无法让所有人都理解而已。

这件更意外的事情是，已经沉寂了很久的人类基因编辑领域忽然发出了强大的声音。

人类基因编辑技术曾经因为治疗了很多原先的不治之症而名声大噪，成为一段时间里最闪耀的明星。但是后来，像很多人预料的那样，他们中有很多人不可避免地走偏了。开始是肌肉发达的战士，然后是智力超常的神童，再然后，甚至有长了翅膀的鸟人和能够在水中呼吸的鱼人。百病不侵如果标准不高可以说相差不多，长生不老虽然未能实现却也未来可期。那时候，关于什么是"人"也曾经引起了巨大的争论。更重要的是，由于花费不菲，个体富裕程度决定了能够采用的基因编辑技术的范围，这导致了"人生而平等"理念的彻底破产，让社会处在崩溃的边缘。

好在这件事情的发展没有像能源战争那样失控。最后全世界所有国家都加入了一个国际公约，除了一些针对遗传疾病已经成熟的基因编辑技术之外，任何新的人类基因编辑技术的研究和实验都被彻底禁止，而且成为重罪，甚至在动物基因编辑领域也立下了很多禁令，这是全世界能够达成的极少数的共识之一。

一时间，人类基因编辑技术从巅峰迅速滑向谷底。人类基因科学家们几乎变成了人人喊打的过街老鼠。他们纷纷改行，有的去研究光合科技，有的去研究宠物改良，也有辛雨同这样的人，进入了研究嗅觉、味觉或者类似这样的偏门领域。人类基因编辑领域从此成为一个死寂的领域，已经很多年没有声音。

意识场的公布并没有对这个情况产生什么值得一说的影响，但或许已经在酝酿。而云球意识场的公布，却成功地启动了大地震，使这个领域几乎死灰复燃，在不经意的一瞬间。

原因很简单，如果人类的肉体只是一辆汽车，有什么理由不能对汽车动手动脚呢？满街都是修车铺子和各种改装车，对人类肉体进行改装又有什么问题？

被压抑了太久的基因科学家们终于等到了可以发声的一天，而他们的反对者们却一时有些语塞。这里面，辛雨同在网上发表的一篇文章中有一句话最有代表性：

"打着人性招牌的人们，你们能告诉我，什么才是人性吗？在自欺欺人地高兴了这么多年之后，你们该清醒了。"

62 黑洞之狱

"你杀了我！你杀了我！你有什么权力杀我？"在那个看起来很遥远的洞口，拉斯利声嘶力竭地喊着。在拉斯利的身后，不知什么东西发出昏黄的光，让拉斯利的身体成为一个剪影，而背光的脸藏在了黑暗中，模糊不清。

拉斯利正试图挤进那个小小的洞口，但是很困难，似乎进来一厘米都是不可能完成的任务。

任为甚至听到了拉斯利艰难的喘息声。他不太明白，为什么自己挤得进来而拉斯利却挤不进来。拉斯利并不比自己胖，按道理应该进得来——这种想法使任为全身都因恐惧而颤抖，心跳剧烈得像是工地上的重型空气锤，一锤一锤重重地砸向地面，把自己脑袋震得发昏。

一会儿也不能耽搁，必须竭尽全力向前方挤，向着对面的洞口前进。那里也有昏黄的光，只有从那个洞口挤出去，才能逃离拉斯利的追杀。

"你有什么权力杀我？"拉斯利还在嘶吼，"我也有意识场，和你的意识场一样。我也是人，和你一样。你有什么权力杀我？你偷了我的身体！你偷了我的身体！"

任为觉得周围的岩壁越来越窄，被挤得快喘不过气来了，而对面的洞口还很远。不能停下来，必须往前走，不能被拉斯利追上。天哪，我喘不过气来了，我要死了，他想。

"为什么？为什么？"拉斯利还在喊，"为什么你可以杀我，偷我的身体，而我却只能等死，一无所知地等死？"

任为觉得筋疲力尽，但仍在使劲往前拱，胸腔的骨头就要被压断了，几乎能听到吱吱呀呀的声音，掺杂在疯狂的心跳中，而心跳也越来越响。好在，似乎对面的洞口近了很多。再咬咬牙，再努力一下，努力一小下，就可以到达那个洞口了。洞口外一定会有一片开阔地，不是这样地狱般的隧洞。那时，就可以放开了奔跑，就可以畅快地呼吸，就可以摆脱拉斯利了。

但是，出现了一个影子，对面的洞口出现了一个影子，就像背后的洞口一样，在昏黄的光下面出现了一个人的剪影。

任为看不清楚那是谁，眯起眼睛使劲看，但那张脸像背后拉斯利的脸一样背光，藏在了黑暗中。他看不清楚。继续眯眼，继续使劲——似乎朦朦胧胧地看到了五官，不清楚，很模糊。那是谁？任为一边看一边思索着，那是谁？

看不清楚也认不出来，任为回头看了一眼拉斯利，拉斯利似乎越来越近了。任为很紧张，又回过头看前边的人——忽然，不知道光从哪里照了过来，那人的五官瞬间变得明亮，任为终于看清楚了，一瞬间就认了出来。

那是弗吉斯，正在对他说话，口气很冰冷："你杀了我？你有什么权力杀我？"

"对不起！对不起！"任为"腾"的一声从床上坐了起来，浑身大汗，喘着粗气。

"你做噩梦了？"他听见吕青轻轻地问。

"是——"任为恍惚地回答，"是的。"

"你一直在动。"吕青说，声音很温柔，"哦，对——你不要把手放在胸口。"

任为没说话。

62·黑洞之狱 / 263

"梦到什么了？"吕青问。

"没有什么。"任为回答，"我忘了。"他逐渐放松了下来，气息也平静了一些，但感到浑身冰凉，他知道，那是汗。至于噩梦，好像确实忘了，朦朦胧胧，只记得很可怕。

地球所来了两位重要的新同事，至少在一段时间内会是同事：罗思浩和辛雨同。

罗思浩是一位年轻的天文学家，和他的几位助手一起，从天文所借调过来。而辛雨同则是从生物化学研究所借调过来，同样带了她的团队。这都是在欧阳院长的协助下完成的。

最初，大家的关注重点在于黑洞的建立以及作为黑洞行星的云狱星的建立。这个过程当然不简单，毕竟黑洞及其周围时空的物理过程是很复杂的。但在罗思浩参与以后，这些难关很快就被克服了。黑洞时空的复杂性主要体现在数学上，罗思浩帮助地球所理清了数学过程，地球所的工程师就可以很容易地从程序上实现了。

不难想象，计算需求大大突破了云球系统现有的计算能力。不过扩容的资金不是个问题，云球意识场的公布使得窥视者项目收入直线上升——王陆杰的嘴都快合不拢了，资金问题自然迎刃而解。何况，黑洞本身就孕育着更多更巨大的生意机会。

"他脑子里想的更多的，恐怕是全世界的犯人熙熙攘攘入住云狱的盛景吧！"在王陆杰爽快地解决了资金问题后，孙斐这么说，透着一股说不出的古怪味道。

整个体系被地球所称为云狱星系，行星被称为云狱星，黑洞则被称为云狱黑洞。

云狱星系位于云球宇宙中距离云球1000光年的地方，这是罗思浩的建议。选择这个距离是有原因的，一方面，黑洞太远会导致云球宇宙过大，增加计算量；另一方面，黑洞质量很大，距离云球太近会对云球有所影响，同时，距离足够远从计算角度反而有一个好处，云球系统可以尽量忽略这个距离中的宇宙空间，把云狱星系和云球星系当作云球宇宙中两个几乎独立的子系统来处理，使计算模型变得简单，算力也被节约。之前对伊甸园星位置的选择就有些问题，伊甸园星系离云球星系太近了，只能和云球星系算作一个体系，孙斐和相关的技术团队充分体验过两者之间宇宙空间连续性计算的难度，那些弯曲空间让他们吃尽了苦头。

这意味着，也许有一天伊甸园星人和云球星人能够互动，而他们和云狱星人几乎不可能互动——除非有虫洞出现。目前，云球系统包含所有人类已知的物理设定在里面，但没有足够的计算能力允许系统自由演化宇宙实体。不要说虫洞或者黑洞，连恒星都只有两个：云球的太阳和伊甸园星的太阳。如果认真起来，这算什么宇宙呢？特别是对罗思浩来说。

虽说如此，云狱黑洞建立起来的一瞬间，璀璨的射线暴还是让罗思浩激动得不能自已。以前观察到射线暴都是不容易的，而现在他制造了射线暴的源头。当然，这时云狱星和云狱星系中其他星体都还没有建立，否则会被这射线暴在刹那间摧毁。

一直以来，没有任何算力被浪费在宇宙演化上。是的，之前这种算力消耗只能被称之为"浪费"，以后这也不能算是正常消费，但至少在云狱星系中是可以接受的。云狱星系的出现使得宇宙演化启动了。虽然演化起点和演化范围都有很大问题，可毕竟是里程碑式的一步。这带来了很多困难，也花费了很多时间，不过大家都认为值得。罗思浩对大家说，一定值得，也许在不远的将来就会出现惊喜。云球中的外太空究竟会发生些什么？

大家明白，罗思浩也就是说说而已，对宇宙演化来说，有一个最大的问题无法解决，那就是云球系统的运行速度实在太慢了。在宇宙中，几千年几万年之类的时间尺度都不过是转瞬之间，什么也来不及发生，哪里会有什么惊喜？云球系统已经太复杂了，不可能回到最初几百万年一天的时钟比例尺。但大家很乐意听这种扯淡，这可比王陆杰那些畅想听起来舒服多了。

云狱星的建立相对容易，毕竟有伊甸园星的经验。但除了云狱黑洞和云狱星，云狱星系中还包含了很多其他配套的天体。

配套天体中最重要的是云狱黑洞的食物链：若干次第冲过来的恒星、星云和其他天体。这些天体的方向、速度和当前位置都经过精密计算，在运动路径和吞噬过程不会对云狱星产生影响的前提下，确保未来的数百万年中云狱黑洞可以有节奏地进食。既不会饿得奄奄一息以至于云狱星无法从吸积盘获得所需的能量，也不会饕餮进食以至于云狱星被过高的吸积盘温度所摧毁。

其实，即使考虑到云球和地球的时钟比例尺，也完全没必要为云狱黑洞准备那么长时间的食物，云球系统显然运行不了那么久。不过罗思浩坚持，既然模拟黑洞，当然要模拟得像一点，数百万年一点都不长，本来至少应该是以亿年来计量的。这是他作为一个天文学家的情怀，大家都很支持。这涉及很多很多钱，却没有人去跟王陆杰讲解细节，王陆杰也没有问。也许王陆杰同样很支持，或者他觉得公司已经挣了太多钱所以没必要计较，谁知道呢？

除了黑洞食物链以外，云狱星系还包括了位置经过精密计算的小行星带，这是为了解决云狱星表面大气层和水系的热交换问题。

云狱星的公转轨道位于云狱黑洞的宜居带，温度应该是宜居的。可这只是个笼统的说法，具体落实并没有那么简单。云狱星一边总是晒着它的太阳，沐浴在永恒的阳光中，地球所称之为白半球或者南方；而另一边却总是没有太阳，禁锢在无边的黑暗中，地球所称之为黑半球或者北方。白半球的中心地带极其炎热，被称之为热极。这里虽然不足以让水沸腾，但就算是最喜欢桑拿的人，恐怕也只能待一小会儿；黑半球的中心地带则极其寒冷，被称为冷极。这里并不适合芬兰浴，因为任何液体都会凝结为亘古不化的寒冰，是真正的永冬之地。所以，真正的宜居带只有白半球和黑半球交界的那一圈，白半球的部分宽一点，黑半球的部分很窄。这一圈宜居带大部分永远处于黄昏之中，被称为黄昏带；另一部分则永远处于浅夜之中，被称为浅夜带。

黑白半球显然有巨大的温差。理论上，大气层和地面水系的对流可以将黑白半球的温差抹平，但实际情况却要复杂得多。由于潮汐锁定的影响，大气和水系的对流和地球非常不同，热交换变得不可预测，特别是在南北方向。总的来讲，南北方向的热交换能力趋于弱化，风很小，水面也很平静。

云狱星的自转在一定程度上对热交换有所帮助，但因为自转方向和潮汐力方向垂直，所以这种帮助对于在南北方向上平衡黑白半球的温差无关紧要，只是在东西方向上进一步调和了温度本来就相当稳定的黄昏带和浅夜带。

陨石成为一个解决方案，在精心计算和设计过形状、质量、数量以及对大气层的入射角度和入射速度之后，陨石和陨石雨能够有效地扰动大气层以提升对流质量，在海洋中还能够引发热交换效率更高的海啸。提供陨石的小行星带成为云狱星系的重要组成部分，可要避免成为云狱黑洞的食物，做到这一点并不容易。总之，云狱星上又多了一个地球上基本看不到的奇特景观：天空经常落下陨石，甚至是陨石雨，当然没有过大的陨石，不会对整个星球造成致命问题，但其频繁程度也许接近于地球上某些干旱地区降雨的频繁程度，这已经非常可怕了。这种情况尤其会经常发生在冷热两极周边地区的海洋中。

同时，火山和地震也是一个解决方案。可以在云狱星上构造合适的地质板块，使得火山和地震经常发生。这事地球所有点经验，毕竟经历了云球演化的整个过程，还经历了建立伊甸园星的过程，大家对于地质板块还是相当熟悉的。火山能够显著提升周围地区的温度，而海底地震和落入海中的巨大陨石一样，能够引发热交换效率最高的大规模海啸。

地形也必须考虑，高落差使得水系可以奔腾咆哮从而带来热交换。同时，地形还涉及一个业务层面的考虑。

业务？业务？孙斐听到王陆杰说出这个词的时候反应有点激烈。不过，本来就是业务需求驱动了整件事情，不是吗？

是的，业务。这个业务的考虑其实很自然：云狱星是监狱，那么，如何监管犯人呢？

王陆杰是这么说的:"具体如何监管,我们回头再说,这取决于客户。是的,孙斐,你不要听见客户就皱眉头瞪眼睛,这是现实问题。虽然不必很着急,但还是要未雨绸缪。我们应该想到,实际上云狱很可能完全无法监管。就算在云狱星上建造了建筑群,恐怕也很难派遣狱警进去。那么,仅靠建筑群就能拦住犯人吗?如果真是建筑群和狱警都有了,那对犯人来说,和在地球上坐牢还有什么区别?谁会愿意去云狱呢?不要小看这一点,吸引犯人自愿进入云狱是一个原则性问题。否则在法律角度、人道角度、舆论角度都会有很多障碍。云狱中的自由是一个基本要求,没有监狱,没有狱警。如果这样,是不是所有犯人都能在云狱星自由活动?我倒是无所谓,可有些情况下这不符合要求怎么办?有没有安全问题?看看现在世界各国的监狱,有那么多狱警,还经常发生暴力事件呢!好吧,即使不说这个,就说眼前的问题,你们那二十一个人。是的,我知道这事,也许我不该知道,先不谈这个。那些人能够和其他犯人就这样混在一起吗?不要说安全问题,还有保密问题呢!都不管了?这我可不知道行不行了。所以,应该在云狱星上形成一些天然屏障,利用地形搞出比监狱还难逾越的天然屏障。这不难吧,对不对?和黑洞星系的其他事情相比,这不就是随手的事吗?孤零零的美丽海岛,高耸雪山围绕的安静山谷,广袤沙漠包围的富饶绿洲,我觉得我们应该尽可能多制造出这样的地形,形成相对隔离的区域。最起码,不同国家、不同类型、不同刑期的罪犯能够隔离,这个要求不过分吧!"

"没有观察盲区,一举一动都在监视当中,已经是最强的监管了!"孙斐这样回应。

孙斐说的没错,但王陆杰说的也对,安全毕竟是个大问题,保密也是问题。

王陆杰甚至曾经试图讨论,是否能够为犯人设计一个近身防御系统:防止他们受到别人的伤害或者其他意外伤害。不过这不用讨论,任为、张琦和沈彤彤等所有技术人员都认为,这从技术上行不通。整个云球系统的运作是由一个庞大的人工智能操作系统在操控,根本原则是自然科学原理而不是人工设定。也许可以讨论复制物体这样的事情,也可以进行部落清除这样的动作，但这些东西对操作系统来说，只是发生了一些意外，就像对手下了一步意料之外的棋，并非由系统主导，系统只是要去应对，一定会采用最科学的应对方法。观察盲区和鸡毛信之类，对系统更是没有任何意义，那只是影像系统和通讯系统的截取或者嵌入。意识场的绑定则压根儿和系统没关系，系统只管理到脑单元为止。总之，以前做的那些事情，对操作系统而言都是可接受的。近身防御系统则不然，这将彻底改变操作系统的行为方式。除非重写操作系统的科学内核，否则不可能实现。很容易想象得到，如果不是有这样的限制，之前穿越计划中派遣队员的安全问题也就没有那么伤脑筋了。

不过，近身防御系统虽然不行，在地形上做些文章却还是可以的。最终，综合考虑地形落差的技术问题和隔离犯人的业务需求，云狱星的地形地貌非常有意思。总的来说非常荒凉，到处是难以想象的穷山恶水，通行非常困难，但同时却拥有着无数封闭的区域，大大小小，形状各异，在计划中都美丽而富饶。

除了地形限制以外，犯人之间的互相伤害问题就只能取决于犯人们对全方位监控的态度了。这种监控可比任何监狱都严格得多。但凡犯人们对增加刑期有一点点顾忌，应该就不敢做出什么出格的事情。意外伤害同样没什么办法，疾病却没有关系，因为可以将病人的意识场解绑到地球中，甚至为他们更换空体。

罗思浩在加入地球所之后，很快就成了骨干成员。云狱计划的技术工作基本以他为核心在推进。

云狱星系的实体就这样逐步建立了，不过这只是第一步。第二步是生物圈的问题。虽然从伊甸园星积累了不少经验，但云狱生物圈还是很不同的。

所有生物体必须适应潮汐力对身体的撕扯，这是一方面。另一方面是，哪些动物可以一直生活在白天而不会发疯？一直生活在黑夜就更不用说了。就算植物也有这个问题，光照的紊乱显然会导致光合作用和呼吸作用的紊乱，必须找到或者制造某种植物——不，很多种植物，一个植物圈的植物——能够适应这种紊乱，这很困难。

人类可能还好，虽然难受一点但应该能接受。如果地点合适，还能够在黄昏带和浅夜带之间来回走一走。都是犯人，也许不用要求那么高吧？这和王陆杰说的提高吸引力的原则相悖。不过如果是无可奈何，那王陆杰也没什么办法。

但对于植物和动物，这个问题必须解决。

另外，王陆杰又提出了业务问题。还是那个假定，没有建筑群和狱警，那么犯人怎么生活呢？住哪里？穿什么？吃什么？是用神迹来帮助他们还是有什么更自然的方法？其实答案不难想，王陆杰的思路是一脉相承的。他建议在那些封闭的区域中，一定要长满各种神奇的植物，有的可以提供建筑材料，有的可以提供纺织材料，有的可以提供食物。最重要的一点，这些植物都不需要人去关心，生命力顽强而且产量又高。这样的地区，才叫富饶嘛！

所以，生物圈的问题不仅是一个生存、循环和演化的问题，还有很高的业务要求。之前在伊甸园星的建立过程中，解决类似的问题曾经积累了一些经验，但仅仅是修改某些生物体参数来尽量优化动物的引力反应，然后依靠动物自身的适应性来最终适应。而经过分析，大家意识到现在的要求更高，云狱星的环境显然比伊甸园星的环境艰难得多，仅仅像伊甸园星那样做是不够的。

这时，辛雨同的专业，以前的专业，基因编辑，就派上用场了。

李斯年推荐了辛雨同。虽然这些年辛雨同在生物化学研究所搞知觉研究，也成了著名专家，但她真正的本事在基因编辑方面。之前她的研究曾经享誉世界，覆盖细菌、植物、动物和人类，是全世界能力最全面的基因编辑科学家之一。在基因编辑的黑暗时期，正因为她享誉世界的名声，她不得不彻底离开这个行业，带着她的实验室加入了生物化学研究所。现在她来到了地球所，眼前这些生物基因改造的需求对她来说不是什么难题，她需要的只是实验环境。而云球系统是非常好的实验环境，实验品随便用，没有任何监管，至少现在是这样，这让她很高兴。

辛雨同首先需要在云球上尽量找到合适的动植物，然后进行需要的基因编辑，最后再迁移到云狱星上。她的工作量很大，从自己的实验室带了一个团队过来帮助自己。她很兴奋，话里话外听得出来，什么嗅觉研究、味觉研究，对她而言不过是些无聊的开胃小菜，基因编辑才是正餐。她喜欢对着那些 DNA，剪断、组合、拼接。

辛雨同很快就投入了工作，辛苦地搜寻着云球，寻找着各种作为工作起点的动植物。

任为之前并不认识辛雨同，只是有些耳闻，知道她是世界级基因科学家，同时也是知觉研究的顶级科学家。吕青倒是见过她几次，但和任为没怎么聊起过。这段时间的合作让任为充分认识到，辛雨同的确了不起，看起来并不起眼，却知识渊博，头脑清楚，动作还快。她的工作很快就有了很大进展。已经有一些动植物登上了云狱星，在黄昏带的黑洞之光下或者在浅夜带的黯淡星光下，摇曳或者徜徉在潮汐力锁定的微风中。地球所的所有同事，也都很快被折服了——她的动植物们太漂亮了。

这些展示给大家看的景象其实都是模拟出来的虚拟影像。相较于地球和云球，笼罩在云狱黑洞引力场中的云狱星的时间很慢，虽然辛雨同已经把该做的工作都做了，但在云狱星上，所有动植物的行为都是极端的慢动作。就云球系统提供的影像而言，几乎都是静止的。如果非要说有什么动作的话，那就是细胞中的电化学反应了。所以，为了看到所谓的摇曳或者徜徉，只能进行模拟。不过，辛雨同认为这不是问题，超慢动作反而使她有了海量的基础数据，并且极其精确。事实上，她为此雀跃不已，这在她以往的工作中是不可能做到的。

当然将来，在云狱真正运行之前，在演化周期真正开始之前，云球时钟必须调快，这一切需要进行真实的实验来进行确证。

云狱星，虽然不能说是个美丽的地方，但好歹有了些样子。

有一个诡谲的情况，大家之前并没有注意到。

按照之前的设计，将来云球系统分为演化周期和观察周期。在演化周期中，云球星时钟很快，云狱星的时钟理论上恰好和地球差不多。在观察周期中，云球星时钟和地球一样，云狱星的时钟则几乎一动不动。演化周期的时钟是十年一天，那么地球上一个月的观察周期，云狱星不过是过了十二分钟而已，几乎可以忽略不计。一个月观察周期搭配两个月演化周期就意味着，地球每过一年云狱星的人们只过了八个月零四十八分钟。如果大家寿命正常，从地球角度看，云狱犯人的人生足足比普通地球人的人生延长了四分之一！虽然不严谨，但马马虎虎可以这样想，一个终身监禁的家伙，四十年之后，他同龄的受害者因衰老而去世的时候，他还有十年可以活！

何况，因为李斯年的关于台阶式衰老的发现，一个月观察周期搭配两个月演化周期的计划一定会进行调整，一定是观察周期变长而演化周期变短。这意味着那个终身监禁的家伙，在受害者去世以后，还可以活比十年更长的时间！

同时，要注意到，刑期有两种计算方法——这取决于客户的决定。一种是按照地球时间来计算，这将会导致观察周期的延长意味着对犯人主观时间而言是刑期被缩短了。另一种是按照云狱时间来计算，也就是按照犯人的主观时间来计算，那将意味着从地球人的角度看，犯人的服刑时间被无端地延长了。这可能并没有影响犯人，但影响了犯人的亲人，而亲人们却是无辜的。从目前地球上的人权状况看，第二种选择几乎没有被公众接受的可能性，这也就是说，从犯人的主观时间看，选择进入云狱服刑意味着服刑时间大大缩短，等同于入狱第一天就被减刑了。

如果犯人留在地球的空体得到恰当保存，那么当他们被释放，衰老的意识场回到地球的时候，将会拥有一具年轻的身体。而且要注意，即使是他们的意识场，也并没有像名义上的刑期衰老得那么多。

天哪！虽然从现有的意识场理论来看，这并不会让犯人们的寿命真正延长。但是，谁能打包票呢？再说，就算生命不能延长，在任何人最后的日子里，一具年轻的身体也拥有无与伦比的吸引力。难道不是这样吗？问问地球人，谁没有这样的梦想？

这是个什么情况？这意味着什么？大家一时想不清楚。实际上，大家甚至连问题都没理解清楚，更谈不上有什么答案了。大家不知道该如何处理，甚至不知道该如何思考。连孙斐的眼睛里都闪露着迷惑的眼神，没有轻易地支持或者反对。

至少，王陆杰关心的如何提高对犯人吸引力的问题，在这个情况下应该完全不是问题了。而这个挠头的事情，在他看来是客户需要做的一个决定，无论这个决定是什么，都不是他需要思考的问题。

虽说有各种困扰，总的来看还不错，一切顺利。但是，正在大家觉得逐渐轻松下来的时候，卢小雷却忽然提出了一个问题，让大家一瞬间都惊呆了。

听到卢小雷的问题的那一刹那，任为觉得自己的脑子嗡的一下，身体像是沉入了冰窖。不过同时，好像濒死的人意识到已经没有希望而决定放弃挣扎一样，似乎又有一点轻松。

他看到了那二十一个人的存在导致云球再也无法进入演化周期的悲催前景，但却准备接受这个前景了。安心做个影视基地吧，他甚至冒出了这么一个念头。

任为后来想，自己应该还好，王陆杰那时候也许只有沉入冰窖的感觉，而不会感到任何轻松。无论其他方面准备得多么完善，这个问题都足以让王陆杰有关云狱的梦想彻底破产。当然了，王陆杰比他坚强，这也不好说。

卢小雷的问题其实很简单，事后想起来，之前被所有人忽略是一件很奇怪的事情，真的很奇怪。

他的问题是："我们要把犯人的意识场迁移到云狱中去，那在云狱中，这些犯人的空体从哪里来？"

63 天使之渡

那二十一个人迁移到云狱星当然不是问题，前提是他们已经拥有了云球人的空体，可那是张理祥通过非法手段强行获得的，显然没有征得那些空体原先的意识场的同意。对于将来的犯人，张理祥的手段不但无法使用，也毫无参考价值，连王陆杰都不敢提出任何哪怕有一点点相似的解决思路，这也太不把云球人当人了。云狱计划不是穿越计划，需要的空体不是几个，而是很多很多，不是为了科研目标采取的无奈行动，而是为了罪犯换一个活法主动选择的歧视性残酷行为。

为了这个事情，会议开不下去了。大家快快不乐地散了，并不是每一个人都那么乐见云狱的进展，但这种阻碍或者说这种阻碍出现的方式，给每一个人都造成了很大的挫折感。貌似一群高智商的科学家在正经地研究着科学问题，却简直还不如小学生们上头脑风暴课。讨论了那么多无关紧要的东西，却发现一切的基础竟然是一个毫无实现可能的臆想。

"大家过于为黑洞着迷了。"张琦说，"为了什么事情过于着迷，人就变得愚蠢了。"

"是啊，谁能不为黑洞着迷呢？"任为回答，情绪很不好。虽然也掺杂着一点轻松——少了一件让他脑子混乱的事情——但挫败感显然更强烈。

现在就他们两个人，想在小范围里讨论一下，下一步该怎么办。这实在太可笑了，竟然出现了这种无厘头的问题。但生活还要继续，工作也要继续。

可惜，已经老半天了，两个人只能大眼瞪小眼，没有什么想法。不要管问题本身，这从逻辑上就可以推理出来，如果有解决方案的话，当初干吗杀掉那么多云球人呢？潘索斯不必死，弗吉斯不必死，拉斯利也不必死。

现在，他们甚至已经转头在想如何收拾这个问题造成的烂摊子了，而不是解决这个问题——就算这样也没什么想法。这个烂摊子并没有造成多大的实质性损害，但却实在是太难看了。真是丢人！这要是传出去，地球所在科学界可就没脸见人了。也许还会上新闻，这是很好的茶余饭后的调料。现在，科学素养高的人可不少，这种问题还是能够听懂的，也能够调侃一下的。

"我们为黑洞着迷情有可原，王陆杰怎么会想不到呢？"张琦说，"他会不会是想逼迫我们使用云球人的空体呢？"

"不会吧！"任为有点吃惊，"这也……这也太阴险了。"

"唉——"张琦叹了口气，"应该不会，我想多了。他应该知道这行不通，需要的空体可不是一个两个。"

正在他们相对无语的时候，有人敲门。

进来的是沈彤彤。她还是那么文静，脸上挂着淡淡的笑容，似乎没有像大家一样有那么大的挫折感。

"任所长，张所长，能跟你们聊聊吗？"她问。都是多年同事了，但沈彤彤似乎还是很小心。

"坐，坐。"任为说。

"今天的事，"沈彤彤说，"小雷的问题，可能让大家都很尴尬。"她的声音不大，听起来清澈干净，让人很舒服。

"是啊！"任为说。

"你有什么解决方案吗？"张琦问。显然他很敏感，沈彤彤忽然跑来，这是什么意思？沈彤彤很聪明，非常聪明，能力很强，云球这一路上，不知道多少疑难杂症被消灭在她手里。但她很低调，很少轻易找领导沟通什么事情，今天这样出现，难道不意味着什么吗？张琦的心里出现了一道曙光。

"我——"沈彤彤似乎很迟疑，甚至脸上泛起了一片微微的红色，"谈不上解决方案……我就是有一点想法，想跟你们聊聊。"

"你说。"任为也明白过来，沈彤彤不会无缘无故跑过来找他的，他的兴趣也被提起来了。

"不过……"沈彤彤却又犹豫了起来，"这件事情还稍微有点复杂。我不是说技术问题，我是说，我做了一些也许不太好的事情，但可能和解决这个问题有关。"

"不太好的事情？"任为有点吃惊。沈彤彤怎么可能做不太好的事情？在他的心目中，如果这个世界上有最后一个人不会做不太好的事情，那就是沈彤彤了。

"解决这个问题，你是说解决这个问题？"张琦问，他的关注点和任为完全不同，"你接着说，不要担心。什么不太好的事情，都没关系，你接着说。"

"嗯——"沈彤彤说，"我们的穿越计划，一直在用云球人的空体，同时摧毁了那些云球人的意识场。"

"对，怎么了？"张琦说。

任为没说话，只是看着她，忽然有点内疚，心中仿佛痛起来，以他的了解，从沈彤彤的视角，这些作为显然太残忍了。她是反对云球娱乐化和穿越计划的一派，甚至从一开始就一直反对针对云球的任何干涉。以前，每次因为算力限制，清除云球上的边缘部落的时候，她都很难过。而这类事情通常是张理祥的团队完成的。用沈彤彤的话说，她很理解这些决定，不是一定要反对，但却下不去手。

"我……我……"沈彤彤又犹豫起来，终于接着说，"我瞒着你们做了一件事，把那些云球人的意识场藏起来了。"

"什么？"张琦说。

"什么？"任为也说。

"藏起来了？"张琦说，"藏起来了？藏？这是什么意思？怎么藏起来了？"

"对不起，对不起，张所长，还有任所长，"沈彤彤似乎被张琦的一连串问号搞得有点紧张，"自从知道了云球人有意识场，和我们地球人一样有意识场，看他们死去的时候，我就很难过，实在是不忍心。"她的语速变得快了很多，显然急于解释，"以前清除那些边缘部落的时候，我很难过，下不去手，都推给张理祥去做，但我还是有理由说服自己。告诉自己那是些虚拟人，不要太往心里去。可是后来，柳所长发现了意识场，发现了云球人的意识场，我就实在没法说服自己了，所以就私下做了些事情，把他们的意识场藏起来了。"

"怎么把它们藏起来了？"张琦问，"我不太理解，这个藏是什么意思，在意识机里吗？"

"不，不。"沈彤彤说，"不是在意识机里。那时意识机还很少，而且用意识机大家就都知道了。我使用云球，用云球的脑单元。"

"用云球的脑单元？"张琦重复了一遍。

"你是说，"任为说，他反应得很快，"你使用了云球系统中闲置的脑单元？那些已经死去的云球人，操作系统已经释放但还没有被重新分配任务和数据的脑单元？"

"是的。"沈彤彤说，"您知道，我们无法在云球系统中制造脑单元，那都是演化出来的。不过就像您说的，云球人死去，脑单元被操作系统释放，只要没有重新分配任务和数据，那些脑单元就还在，只是已经没有事情需要计算了。这种脑单元能存在的时间不长，很快就会被系统重新使用。但它们经常在系统中出现，因为总是会有云球人自然死去。在每一个区域中，每一台量子计算机上，都会经常出现这种脑单元。它们存在的时间虽然短暂，可已经足够我用来把云球人意识场迁移回去。"

"它们就是意识机？"任为喃喃自语地问，他的心跳快了起来。

"我觉得比意识机好——或者说高级，在形式上高级，不过对意识场这个主体来说不一定好。"沈彤彤说，"柳所长的意识机，我觉得是仿制我们的脑单元量子芯片的结构，可他们那些量子芯片上从未真正产生过和脑单元一样的东西。而云球系统中的脑单元是真正有过意识场的，只不过意识场死了，我给他们迁移进去了新的意识场。可惜，死去的云球人的身体结构已经坍塌了，这些意识场无法拥有身体。和在意识机中一样，这些意识场只能待在那里，只有死寂和黑暗。但我觉得，他们待在那里的稳定程度似乎比待在意识机里好，好多了。意识波更稳定，甚至有活动迹象，不像在意识机里那么……怎么说呢……那么沉寂。"

任为想起了柳杨曾经说过的话："意识场只是待在那里，没有完全结合，或者说，没有工作。"还有："我认为那是因为意识机从来没有产生过意识。自主产生意识场，和作为其他意识场的宿主进行工作，需要相同的条件。否则，只是一个放了珠宝的盒子。珠宝在里面，但盒子却还只是盒子。"

"按照柳杨的说法，"任为说，"在意识机里，意识场无法工作，也就是无法思考。换句话说，是在沉睡，真正的沉睡。而如果像你所说的，你用的脑单元产生过意识场，现在有了新的意识场，也许他们还在思考，没有沉睡。他们只是没有躯体，没有神经输入，也没有神经输出，但仍然可以工作，可以思考。他们就像——"他想了想，"泡在营养液里却还活着甚至还在思考的人类大脑？"

"泡在营养液里却还活着甚至还在思考的人类大脑——这是什么状态？"张琦说，"苏格拉底追求的，不受外界干扰的绝对思考？"

"确实是藏起来了。你要不说，没有人能够发现。"任为说，"你怎么做到的？"

"迁移的操作基本都是我的团队在负责。"沈彤彤说，"迁移之前，都已经事先选定了目标宿主，我也就可以事先找到目标宿主的意识场并计算出对应的诱导刺激波形。然后，在对目标云球宿主实施猝死刺激的时候，只要找到一个空闲脑单元实施这个计算好的诱导刺激就行了。没有人注意这些，你们更注意之后对目标宿主的那次诱导刺激，那决定了我们的穿越者能否成功地进入云球。"

"之后呢？"任为接着问，他的心跳在加快。

"我需要让操作系统不要重新为那些绑定了意识场的空闲脑单元分配任务和数据，这要做一些手脚。对不起，我知道，这样擅自对系统动手脚是不对的，可我没想到更好的办法。"沈彤彤说。

"擅自动手脚……"任为喃喃自语。

"意识场长时间绑定在意识机里是会衰老的，在这些脑单元里恐怕也一样。这也是当初没有选择在进行穿越操作时把他们保存在意识机里的原因。如果不能回迁，其实没什么意义。"张琦问，"或者你认为有什么不同吗？那时你为什么不讲出来大家讨论一下呢？"

"没有，没有。"沈彤彤赶忙摆了摆手，"那时我没有认为有什么不同。我的想法和你们一样，要不然就会说出来讨论了。可我就是不忍心，就先把他们藏了起来，想着以后也许会有办法。我不太敢跟你们说，害怕你们会觉得没有必要。毕竟之前清除过那么多部落，现在不过是几个人而已。况且我也确实没有想出什么真正的解决办法，存储在那里似乎也没什么意义。所以我不敢说，就瞒着你们做了。"

"他们……都有哪些人？"任为问，他的心跳越来越快。

"没有最早的那些人，用迁移链方式做云球人实验的时候。"沈彤彤说，"那时候我还没想通怎么弄，设备也都很初级，情况不允许。后来，从潘索斯开始，我就把他们都藏起来了。我写了几个脚本，放在相关设备里——对不起啊，严格意义上，这算是病毒了。操作的时候并不需要我亲自动手，我只需要事先把目标宿主意识场的诱导刺激计算出来，提前设置好就可以了。所以，即使我自己进去的时候，包括少数几次张理祥操作的时候，那些解绑出来的云球人意识场也应该都被藏起来了。"

"这么说，潘索斯还活着？弗吉斯还活着？拉斯利还活着？"任为说，"是这样吗？"他觉得自己的声音都颤抖起来了。

"是的。"沈彤彤说，说得很确定。

任为忽然想起了他的噩梦，一下子都想起来了，想起了拉斯利的嘶吼，想起了弗吉斯的冰冷。

平常，任为很少想起他们，但这一瞬间他意识到，自己不是很少想起他们，而是不敢想起他们。当忽然知道他们还活着的时候，任为发现，他们一直都在自己的脑子里，在自己心里，从来没有离开过，只不过，他们都被藏了起来，藏在自己也找不到的角落。就像他们的意识场一样，被沈彤彤藏了起来，藏在了没有人能找到的角落。

"我是不是太自作主张了？我只是——我实在是不忍心。"沈彤彤说。

"包括张理祥弄进去的那二十一个人吗？"张琦问，没有理会沈彤彤的问题。

"没有。"沈彤彤说，"我的脚本需要事先输入目标宿主意识场的诱导刺激波形，这需要事先知道这个目标宿主，进行意识波的探测和诱导刺激的计算。张理祥偷偷做的事情，我不知道，无法提前计算和输入诱导刺激波形，所以那些意识场是无法捕获的。"

"知道目标脑单元并不意味着马上就能知道目标意识场的波形数据，这需要时间去探测。我的脚本无法自动做到这一点，也就无法自动计算诱导刺激。所以，没办法在张理祥这种情况下自动捕获那些云球人意识场。"沈彤彤接着说，"我的脚本写得很不完善，只是匆忙之间写的一个小病毒。那时，偷偷摸摸的，我还挺紧张的。"说着，她羞涩地笑了笑，好像很不好意思。

"可惜，"任为说，"如果那些人也活着，也许有助于帮助张理祥减轻一点罪名。"

"没有用。"张琦摇了摇头，"云球人在法律意义上还没有任何定义，这应该本来就不是罪名。"

"哦——好吧。至少张理祥会好受一点。"任为说。他不知道张理祥是不是会好受一点，但至少他会好受很多。不过，潘索斯、弗吉斯、拉斯利，他们现在怎么样了？衰老了吗？下一步怎么办呢？如果没有后续的办法，确实像张琦刚刚所说，其实也没有什么意义。

张琦马上问出了任为想问的话："那这些人，现在状况怎么样？以后怎么办？"

"现在应该还好，从意识波来看还好。"沈彤彤说，"不过，恐怕真有可能像您刚才说的，处于那种苏格拉底追求的不受外界干扰的绝对思考的状态。如果真是这样——"沈彤彤说，"那会很可怕，对不对？比在意识机里沉睡还要可怕！"

"是很可怕。"张琦说，"苏格拉底追求绝对思考，但他到死都在喋喋不休。如果只能思考而不能沟通，他会憋坏的。"

"是啊！而且刚才您也提到，意识场在意识机里是会衰老的，在脑单元里也一样。"沈彤彤说，"他们这样度过一生的话，我做的事情就没有任何意义了。所以一开始我就知道，仅仅把他们放在那里是不够的，必须想办法帮助他们。"

"怎么帮他们呢？你有想法了吗？"张琦问。他热切地看着沈彤彤，多么希望她已经有想法了。

"这就和小雷今天提的问题有关了。"沈彤彤说，"这么久我一直在想，下一步应该怎么办。我能够想到的唯一办法就是，必须为他们制造空体。制造，我只能这么说，不能去寻找空体，那会伤害另一个云球人，就没有意义了。所以，我们必须制造新的空体。"

"你制造出来了？"张琦问，声音有点急促。如果真的制造出来了，那可不仅仅是解决了眼前的问题，而且是重大的研究进展。要知道，他们一直无法复制云球人，这是一个重大障碍，否则很多问题都不会那么复杂。

"没有。"沈彤彤的回答令张琦失望，但她接着说，"不过我觉得有希望。您知道，我们无法复制云球人，是因为量子的不可复制性和人工智能的不可解释性。我从最初藏那些人的时候就开始研究，怎么能够绕开这个问题。一开始，我想培育没有意识场的云球人，克隆婴儿并找到方法使婴儿快于正常速度成长，却没有成功。婴儿成长得太快不符合自然规律，两岁就夭折了。而且种种迹象表明，即使这样，婴儿也已经发展出自己最初的意识场。这种实验我只做了一例，太残忍了，我做不下去。"

沈彤彤看着任为和张琦，仍然有点紧张，不过任为和张琦看起来似乎比她更紧张。

沈彤彤接着说："后来，我想还是要复制云球人。我想到，量子的不可复制性和人工智能的不可解释性，也许只存在于脑单元和意识场中。所以，要成功复制云球人，关键是不能去复制正常的云球人，而是要去复制空体。应该先复制躯体，不包含脑单元，然后和已经绑定了意识场的脑单元进行嫁接，或者直接和空闲脑单元进行嫁接成为完整的空体，最后再绑定新的意识场。这个过程很像是为人类躯体移植大脑的过程。但是，解绑了意识场的空体，在云球中能存活的时间很短，那里没有保存空体的技术。这么短的时间，不足以对躯体数据进行全面分析和记录。而没解绑意识场的时候，躯体数据是有很多不同的。我尝试过，这种复制品根本没有办法和脑单元进行嫁接。"

任为和张琦静静地听着。

"所以，这里面的关键是，要区分出哪些躯体数据和意识场的存在与否有关系，而哪些没有关系。"沈彤彤继续，"这需要反复试验，这种实验需要对云球人进行反复的意识场解绑和绑定。数据对比可以按躯体区域分步骤进行，但每次对比都必须在瞬间进行。很容易想象，躯体状态本身每时每刻都在发生变化，时间流逝一点点，那些数据就完全不同了，再去对比也就没有意义了。好在这种实验，意识场的反复解绑和绑定，听起来有点奇怪，可只要解绑和绑定的时间间隔足够短，并不会对云球人产生伤害。这一步如果成功，下一步还要在躯体复制完成后迅速和脑单元进行嫁接。整个这件事工作量很大，需要很多次实验。我做了一部分就停下来了，离完成还差很远。"

"停下来？为什么停下来？"任为问。

"是因为张理祥的事情，现在加强了监管，你没办法像以前那样私下使用意识场相关设备了，是吗？"张琦问。

"是的。"沈彤彤说，"对不起，是在私下使用。可能从某种角度看和张理祥一样。不过我确实是为了救那些云球人。没跟你们说主要就是害怕你们觉得这没有意义。我都是晚上跑来加班研究这事，可惜进度很慢。今天听到小雷的问题，我觉得还是应该告诉你们。这个思路也许能解决复制云球人空体的问题，那也就解决了云狱的问题。"她停顿了一下，慢慢地摇了摇头，似乎有点难过,"而且,那些在脑单元里的云球意识场,存储时间已经很长了,再不想办法我也害怕出问题。他们待在那里也太可怜了,如果还能思考的话,还不如待在意识机里。"

"你怎么会和张理祥一样呢?他在害人,你在救人。"任为说。

"不要再提什么私下使用、瞒着谁谁之类的话。为了穿越计划,我们确实害了不少云球人,大家都不好受。我表个态,以后任何时候,你就说第一分钟跟我们汇报过,只是因为研究的敏感性和困难性被我们要求保密。"张琦说,转向任为,"可以吗,任所长?我觉得要全力支持这个研究。"

"可以,可以。"任为马上回答。

沈彤彤舒了一口气。既然两位所长都这么说,就意味着他们完全接受了她的做法。以后,这件事算是正式的工作内容而非私活了。穿越计划中将再也不会有云球人枉死,虽然还不确定是否能够让他们恢复正常的生存状态——应该可以,一定可以,一定要把云球人空体复制出来,她想,放在椅子扶手上的手不由自主地握起了拳头。

任为正在看着沈彤彤。

那张清秀的脸,任为觉得就像一个天使。他仿佛看到在虚空中,很多无依无靠的灵魂飘荡着,凄凄惶惶,行将消失,步入无边的黑暗。而沈彤彤全身闪耀着温柔的光辉,站在一艘同样闪耀着温柔光辉的小船上,举着她的手,正在伸出晶莹的魔棒,将他们一个一个拉到身边,拉到船上。她用目光告诉他们,会给他们一个家,一个安全的家,她就是来接他们回家的。

64 违法监禁整体解决方案

"你们怎么能这样?"孙斐又发脾气了,不过她很高兴,非常高兴,"那些人明明活着,你们却瞒着所有人!为什么?难道故意让大家难过吗?"

任为和张琦只能默然不语,显得高深莫测,似乎有比表面看起来更神秘的原因。沈彤彤则尴尬地笑着,把所有问题都导向任为和张琦。

"领导不让我说,我也没办法。"她说。

大家随便抱怨了几句,但和孙斐一样,其实每个人都很高兴。在很多人心里一直有着某种看不见的阴霾,现在算是雨后初晴了。不过还不能说是拨云见日,毕竟在沈彤彤动手之前,已经有些云球人死在他们手里,更不要说那些云球动物了。

当然,最高兴的人非王陆杰莫属,这是天大的好消息。而他居然在这种情况下,脑子飞快地转到了一个新的着力点上。他迅速地提醒大家,另一件事同样很可笑——虽说不像忘记云狱空体来源那么可笑,但也足够可笑:既然能在云狱星上复制云球人的空体,那为什么不能在云狱星上复制云球上的房子呢?

的确很可笑。

不能干预自然，这是地球所的一贯原则。就算这个原则经常被突破，但也仍旧算是原则。可这个原则在云狱也同样适用吗？将来那里应该是以地球人为主体的世界——不管是罪犯还是其他什么人，总归是地球人，那么干预自然还算是个问题吗？

大家无奈地同意，云狱开张以后，在将犯人的意识场迁移到沈彤彤复制好的云球人空体中的时候，将为这个犯人在云狱中复制一所云球上的房子，好让他有地方住，无须睡在旷野中，也无须自己去建房子。从技术角度说这并不困难，特别是和复制空体相比的话。房子可没有什么量子效应，也没有人工智能。如果非要说有些化学反应的话，那一定是出了问题，木材腐烂了或者金属生锈了。

但是，房子的维修就不管了，真有木材腐烂了或者金属生锈了将不会有人理睬。这些事情如果都要管，那可实在太琐碎了，谁能受得了？地球所又不是物业公司。这还是交给居住者自己吧，反正复制出的云球房子也不会用到什么高级的建筑材料。况且云狱人获得的已经太多了，也应该自己承担点责任，很多人都这样想。

"房子的样式和大小应该由监狱方决定，可以从云球中挑选。这体现了监狱管理者以至国家和社会对于犯人的人道主义态度。我们去限制和干涉可不好，而且没什么意义。"王陆杰说。

他还试图将讨论继续下去，服装啊、食品啊等等的问题，但被孙斐坚决地怼了回去——自力更生，丰衣足食，这是老祖宗的教训！何况已经有那么好的自然环境，还有房子住，想冻死饿死都不容易，这还不行吗？不要人心不足蛇吞象！

任为和张琦都懒得说话，关于如何对待犯人，这可不是他们的专业特长。看着大家逐渐疲倦涣散的眼神，王陆杰放弃了。没办法，他想，慢慢再说吧。

"这不是预算的问题。"克里斯蒂安·诺尔说。他是个高大魁梧的人，四方脸，很结实，可以说是一脸横肉，作为看管罪犯的人看着就能让人放心。

不过，他已经很久不亲自看管罪犯了，早就是赫尔维蒂亚监狱管理局的局长，看管着那些看管罪犯的人。

把犯人流放到云狱，不是一件人人都会觉得很自然的事情，必须有一个合适的起点。王陆杰选择了从赫尔维蒂亚开始，那里是一切多样性在地球上最合适的出发地之一。

王陆杰的团队中有人和克里斯蒂安·诺尔认识，他们去了几次赫尔维蒂亚，然后克里斯蒂安·诺尔就亲自来考察了。显然，克里斯蒂安对考察结果很满意，正坐在地球所的会议室和大家随意地聊着。

"不是预算的问题，我们的预算很充足。"克里斯蒂安·诺尔又重复了一遍，"犯人们可以在监狱中娱乐，可以学习并获得学位，可以工作甚至可以开公司和全世界做生意。唯一限制就是不能离开监狱，除此以外几乎能做任何事情。正因为他们不能离开监狱，却又要做生意，所以监狱必须给他们提供贷款。能想象吗？贷款！因为人权主义者说，我们的监禁使犯人在贷款时受到了银行的不公平对待。"

"但是，"克里斯蒂安·诺尔摇摇头，"人权主义者仍然不满意。他们认为，把人囚禁在一个地方限制了人的自由，而自由是最基本的人权，也就是说，我们侵犯了犯人的基本人权。"

"既然是犯人，难道不是因为先侵犯了别人的权利，所以才被监禁吗？"任为问。

"这可是两回事，你不能拿别人犯错作为你犯错的理由，就像你不能用杀人来对付杀人。"克里斯蒂安·诺尔说，"没听说过监禁无效论吗？作为一种惩罚，监禁无助于使人们改善自身的行为，反而只能使自身行为变本加厉。犯罪行为本来就是社会不公造成的，在监狱中这种不公更加严重，简直就是在促进犯罪了。同时，监禁也无助于阻吓其他潜在的犯罪者，因为如果一个人能够感受到阻吓，那就说明这个人本来就不会犯罪。人类本性都是善良的，当一个人被社会逼到角落时，任何阻吓都将适得其反。所以，监禁唯一说得过去的理由就是把犯人和民众隔离，帮助犯人冷静一下，在冷静下来之前不要去伤害别人。但如果是这样，犯人正需要冷静下来的时候，监狱需要给予犯人的显然应该是关爱而非惩罚。"

"帮助犯人冷静一下……"任为重复了一句。他也曾经想去云球冷静一下，而且确实去了，不过很难确定自己是否达到了目标。

"就像死刑无效论一样。"张琦说。

"对不起，诺尔先生，"孙斐插嘴说，"您刚才说什么？因为你们的监禁，使犯人在贷款时受到了银行的不公平对待？那为什么不去找银行，而要求你们提供贷款？"

"我们的银行都是私人机构。"克里斯蒂安·诺尔说，"民众当然认为，政府应该承担更多责任。"

"银行会把贷款发放给监狱，然后再由监狱发放给犯人。"王陆杰说，"无论犯人是否有还款能力，监狱总是有的。银行算计得很精明，这可比他们自己贷款给犯人安全多了。正是他们推动了'在押犯人贷款权利计划'，这个计划是四年前公投通过的。"

"是五年前。"克里斯蒂安·诺尔说，"这五年，我们已经偿还了五十亿不良贷款。"

"赫尔维蒂亚政府买单。"王陆杰补充说。

"真好，我都想去坐牢了。"孙斐嘟囔了一句。

"政府不会破产吗？"张琦说。

"赫尔维蒂亚的娱乐业很发达，不会破产的。"王陆杰说，"赫尔维蒂亚人太有想象力了，这你得服气。"

"还好，这不在我们的预算之内。"克里斯蒂安·诺尔说，"这是'在押犯人贷款权利计划'的单独拨款。不过你们说对了，虽然政府不至于破产，但这是一个负担，不是吗？监狱的正常预算很充足，可这笔还贷拨款就很紧张了，每年的增长率达到128%。所以，你们的云狱计划很有吸引力。"

"最重要的是，"克里斯蒂安·诺尔接着说，"你们的想法呼应了人权主义者的思想：自由，给犯人自由。人权主义者支持将犯人和民众隔离，以防止犯罪行为伤害无辜的民众。但前提是必须给犯人自由，因为这是基本人权。"克里斯蒂安·诺尔耸了耸肩，"知道吗？我们本来已经开始准备，想要在东部沙漠地区建立一个保留地给犯人们了,隔离却有自由。不过,王陆杰先生出现了,给了我们另外一个选择,一个更安全、更便宜、犯人也更自由的选择。"

东部沙漠?任为想起了翼龙,想起了那天晚上璀璨的烟花,想起了英姿飒爽的任明明。明明还好吗?他在心里问,忽然有点难受,很想念自己的女儿。

"但在云狱没人给犯人发放贷款。"孙斐说。

"所以银行家们一定会反对。"克里斯蒂安·诺尔说,又耸了耸肩,"可这没关系,银行家又不是犯人,如果犯人自己选择来云狱,又有什么办法呢?当然,银行家们会鼓动出不少舆论,不过会有人去对付这些银行家的。"

"对付这些银行家?"孙斐很奇怪。

"因为有别的大佬赚了钱。"王陆杰说,"你必须让某些大佬赚钱,然后就会获得声誉,也就有能力抵御其他大佬。"

"别的大佬?谁?"孙斐还是不明白。

王陆杰看了看克里斯蒂安·诺尔,没有说话。

"没关系,是 KillKiller。"克里斯蒂安·诺尔说,看来他并不觉得这是秘密,"如果和你们合作,意识场去了云狱,空体总要有地方存放。黑格尔·穆勒找我聊过,他很乐意承担保存空体的责任。当然,他需要我们付钱。我们也很乐意付钱,这总比'在押犯人贷款权利计划'要便宜。"

"原来生意在这里,怪不得在公布云球意识场的发现以后,他们表现得很兴奋。"孙斐说。

"不是的。"王陆杰摇摇头,笑了笑,"你想得太简单了。保存空体?这才多大的生意?黑格尔·穆勒可不是我,眼界不像我这么小,就看见这点小生意。"

"你眼界可不小。"孙斐说,"你就是没有黑格尔·穆勒的实力而已。如果有足够的实力,我看你比他野心更大。"她顿了一下,似乎觉得自己漏掉了什么,赶快接着问:"你说什么?我想得简单?怎么简单了?"

"呵呵。"王陆杰笑了两声,却没继续说话。他的表情有点尴尬,似乎没听出来孙斐到底是在夸自己还是在损自己——确实不太好分辨。但无论如何，他好像不想再回答孙斐的问题了。

"我想得怎么简单了？"孙斐又问了一遍。

"KillKiller是不是想为空体置换准备最初的……怎么说呢……第一批空体？"任为问，他想起了吕青说过的话。

"我不确定。"克里斯蒂安·诺尔说，再次耸了耸肩，"要想这么做，取决于犯人自己的决定。"

"什么？空体置换？"孙斐瞪大了眼睛。

"空体置换。"卢小雷也嘟囔了一声，"大家随便置换自己的身体吗？"他接着问。

"梦想总是要有的嘛！"王陆杰说。

"会有性别限制吗？"卢小雷接着问。

"你想干吗？"孙斐扭过头，很严厉的样子。

"我——没想干吗，随便问问。"卢小雷一惊，有点结巴。

"这个，"王陆杰迟疑了一下，"这个我就不知道了。都是些传说和猜测，人家KillKiller可从没公开说过。"

"这需要公投，现在的法律……至少没有明确允许。"克里斯蒂安·诺尔说，"当然，他们也许有能力让公投通过。"

"KillKiller肯定有这个能力。"王陆杰说，"本来，我觉得云狱最大的阻力来自那些监狱外包服务商，这可是抢饭碗的事情。谁知道黑格尔·穆勒居然愿意收购其中最大的几家。这么大的投入，没点把握的话，黑格尔·穆勒怎么敢干呢？"

"是啊——无论如何，只要他能搞定，这和我没有关系，和监狱管理局没关系。"克里斯蒂安·诺尔说，看来不想继续讨论这个了，"和我有关系的是，你们和KillKiller的结合，能让我省一大笔钱，还可以让我逃脱人权主义者谴责的目光。"他顿了一下，"谁知道呢，也许人权主义者仍旧不满意。不过，如果是犯人自己的选择，那些人应该就没话可说了。所以，虽然云狱已经很好了，但我希望云狱能够更好，确保对犯人的吸引力。"

"放心，诺尔先生，犯人们不会在意这些。对他们来说，不好才意味着机会，好就没有机会了。关键是自由，有自由才能把握机会。云狱有自由，彻头彻尾的自由。有自己的小别墅，却根本没有警察。"王陆杰说，"而且因为黑洞时钟差的存在，以地球视角来看，他们的寿命更长，自动获得减刑，返回地球时意识场虽然衰老了，却还能得到一具年轻的身体。好处太多了，多么诱人啊！放心，没有人能够拒绝，这将会变成一件很抢手的事。我看，您倒是可以制定一个名额限制的政策，让他们抢破头，您也许还会在选择过程中拥有合理的建议权甚至决定权。"

"合理的建议权……哈哈……"克里斯蒂安·诺尔大笑起来。

"需要有名额限制的政策。"任为说，"不能一下子来很多人，我们处理不了。"他在想，那时候可能需要大幅增加意识场迁移设备和人手。这太诡异了，我们在干什么？

这还涉及沈彤彤那边复制云球人空体的工作量。这么一段时间以来，即使是个工作狂，沈彤彤也快要被搞疯了。张理祥被抓，本来她的工作量就翻番了，还多出这么个困难的事情。不过沈彤彤确实很厉害，从技术层面说，现在复制空体已经没问题了。但这个复制可不是在文本编辑器里的复制粘贴，而是有很大工作量和风险的。如果一下子涌来很多人，沈彤彤的团队就要瘫痪了。任何粗心大意都会导致灾难性的后果。一个数据错误就可能让哪块肌肉坏死或者哪个器官失效，更不要说直接使整个躯体失去活性了。当然，沈彤彤也正在努力让整个过程变得简单可靠。

面对沈彤彤的时候，任为总是觉得很愧疚，同时又很感激。他觉得是沈彤彤把自己从双重的深井中捞了出来：失败者和杀人犯。看到她的时候，任为经常觉得自己脸都红了起来。

不过，这些天他也经常想起沈彤彤的行为带来的那个新问题：被沈彤彤解救出来，现在还困在脑单元中的那些云球意识场，下一步该怎么办？空体是有了，但把他们放在哪里呢？

"对，这是个很好的策略——我是说对吸引犯人而言。难以得到的东西才会显得更好。"王陆杰说着，对任为伸出了大拇指，好像在夸奖任为。可这很奇怪，名额限制这主意明明是他自己说出来的。

"有一个年轻的身体——"孙斐又在嘟囔，"我都想去云狱了。"话虽这么说，可是她皱着眉，好像很困扰。

"一会儿想去赫尔维蒂亚坐牢，一会儿又想去云狱坐牢。"卢小雷低声说。

"怎么啦，不行啊？"孙斐扭过头说。

"名额限制——确实像是个好主意。"克里斯蒂安·诺尔停止了大笑，接着说，"好吧，总之我感觉不错，你们的工作棒极了。回去以后，我会和总统先生认真谈谈。"

"记得跟总统先生说，"王陆杰说，"我们可不像你们原来的那些供应商，提供零碎的监狱用品或者监狱服务，我们提供的是高科技的违法监禁整体解决方案。"

"是的，当然。"克里斯蒂安·诺尔说，"放心吧，我认为赫尔维蒂亚监狱管理局可以和你们合作。"

"我看这个克里斯蒂安·诺尔就是KillKiller的人。"孙斐说。这会儿，克里斯蒂安·诺尔已经离开了。

"当然了。"王陆杰说，"否则他怎么会着急来考察呢？他们在切肉呢！切以前那些监狱利益集团的肉。这可不容易。"

"又是银行，又是监狱外包服务商，干这么个事情，还得罪不少人。"张琦说。

"有KillKiller撑腰，他不怕。"王陆杰说，"无非就是在台前站一站而已，无所谓。"

"KillKiller要搞空体置换，这到底是谣言还是真的？"孙斐问。

"你觉得呢？"王陆杰问。

"那不是说……太过分了吧？"孙斐说。

"这挺好的。"卢小雷说。

"好什么呀？哪里好了？"孙斐大声说。

"干吗总那么凶？"卢小雷说，"我表达一下看法而已，又没惹你。"他忍孙斐好久了，终于对抗了一下。

"总有好处，也总有坏处。"张琦赶忙插话，"孙斐，你不要冲大家一惊一乍的。"

"还总是很刻薄。"王陆杰说，同时又冲孙斐笑了笑。

"是啊，总有好处，也总有坏处。"任为附和了一句，"孙斐，你别总是着急。刚才客户在，你也那么多话，这样不好。"

大家都批评自己，孙斐有点噎住了，说不出话来。

"对，王总，"卢小雷说，"您刚才说什么违法监禁整体解决方案？什么意思啊？"

"云狱啊！还能是什么意思？"王陆杰说。

"干吗起这么个名字？不就是监狱吗？"卢小雷问。

"那多难听啊！"王陆杰说，"跟一个国家政府谈判，难道说要卖一个监狱给他们吗？"

"违法监禁整体解决方案——服了你们了。"孙斐终于又说了一句话。

这时候，有人敲了敲门。门本来就没有关，大家扭头，看到辛雨同站在门口。

"任所长，我有点事跟你聊聊。"辛雨同说。

"好，好。"任为站了起来，"已经没事了，大家散了吧。"他说，"陆杰，赫尔维蒂亚监狱管理局的事先不要着急。诺尔先生过来得有点突然了，云狱的进度没有那么快。"

确实没有那么快，从理论角度看好像所有问题都解决了，但实验还没做呢！任为想，还有那二十一个人，肯定要在所谓的客户入住之前解决好，这应该问一下欧阳院长的意见。

"好，好，放心，我明白。"王陆杰说，"是诺尔先生着急，不是我着急。你看，你的生意都是上门生意，了不起！"他满脸笑容，也站了起来，又伸出拇指冲着任为晃了一下，表示赞赏。

65 剖腹产

"我发现了一件奇怪的事情。"在任为办公室,辛雨同说。

"什么事情?"任为问。

"你知道,这些天我们一直在云球中寻找动物和植物,做基因编辑,然后迁移到云狱星。"辛雨同说,"云狱星环境特殊,就算是经过基因编辑,也不是所有动植物都合适。所以,我们在云球的查找范围很大,必须找到合适的动植物。"

"我知道。"任为说,"不顺利吗?不是已经迁移了很多过去吗?要是新的品种不好找,我看现在这样也勉强可以了,生物圈应该已经能运转起来了吧?"

"不,不是这方面的问题。"辛雨同说,"生物圈现在已经能运转了,不过有点小,基因多样性不够,不利于以后的演化。我们还得继续找,目前也还找得到,没问题。"她顿了顿,接着说,"我的问题是,我们碰到了一个奇怪的人。"

"什么人?"任为问。

"一个产妇。"辛雨同说,似乎有点迟疑,"浮海望的一个产妇。"

任为知道,浮海望在瓦普诺斯大陆东北角一个半岛上的海边,晏海平原东部,乌骨森林北边,是个小城。那地方很冷,但沿海的鱼类丰富,所以老百姓的生活还算可以。

"产妇怎么了？"他问。

"前些天，我们团队的一个小姑娘在找植物的时候无意发现的，不过她没意识到有什么问题，今天随便聊天的时候才无意说起，我觉得不正常。"辛雨同说，"这个产妇生了一个小男孩，有一段时间了，奇怪的是，她是剖腹产。"

"剖腹产？剖腹产怎么了？"任为一时没反应过来。

"云球上，剖腹产，正常吗？"辛雨同瞪大了眼睛，显然很奇怪于任为的迟钝。

任为一下子反应了过来，腾地站了起来。"不可能。"他说，"相当于是在地球上几千年前，剖腹产？"

"是啊，很难相信。"辛雨同说，"刚才我亲自查看了一下，她的伤口还在，没完全长好呢！"

任为愣在那里，脑子飞快地运转着。"她有观察盲区吗？"他问，脑子里出现了张理祥那二十一个人。

"你糊涂了。"辛雨同说，"有观察盲区的话，我们怎么看得到呢？"

"是，是，我糊涂了。"任为说，"什么人给她做的手术？"

"历史数据里没有。"辛雨同说，"我在浮海望查看了很久，也没有发现有观察盲区的人。"

"云球人有这么厉害的医生？或者是瞎猫碰上死耗子了？"任为猜测着，"还是有第二十二个人？"

"不可能是瞎猫碰上死耗子。"辛雨同说，"伤口缝合了，缝合得不好，从现代医学角度看肯定不是专业医生，连护士也不是，应该是业余的，也许是第一次。但毕竟伤口缝合了，而且没有感染，当时应该是做了一些消毒工作的，怎么做的就不知道了。从这些迹象看，不可能是瞎猫碰上死耗子。要说是云球人有这么厉害的医生，倒也不能完全排除，不过确实很难想象。这比华佗早多了，也厉害多了。"

"真要命。"任为说，"怎么回事，要不要叫大家来商量一下？"他下意识地问。

"任所长，"辛雨同说，"我觉得——"她似乎有点犹豫，看着任为，没有说话。

"怎么了？你说。"任为说。

"那二十一个人，弄出个张理祥，搞得地球所很被动，甚至搞得欧阳院长都很被动。"辛雨同说，"现在可能是第二十二个人，按道理说应该不是张理祥的事了。当然也许张理祥之前没有完全交代，不过看起来不太像。他都这样了，还会不交代？所以这说明，有可能还有别人在干同样的事情。"

张理祥一直被拘押，虽然已经证明，他和那二十一个人的案件本身无关，但干这种协助罪犯潜逃的事情也是罪责难免。现在检察院正在走起诉流程，只是罪名不太好确定，检察院动作有点慢。证明张理祥和那些人的案件无关之后，警方已经允许地球所去探视他了。齐云去探视过，李悦也去过。张理祥情绪很低落。要说现在还隐瞒着什么，实在是不像。

"你的意思是？"任为问。

"我觉得，"辛雨同慢慢地说，"您先别找别人商量了，您先给欧阳院长汇报一下吧！我是怕万一——"她又停住不说了。

"你怀疑谁？"任为问。

"不，不。"辛雨同赶快摆摆手，"我和大家都不熟悉，没有怀疑谁的意思。"她说，"我只是觉得，如果万一所里还有其他人在做和张理祥类似的事情，还是先和欧阳院长通通气比较好。"

"不一定和地球人有关吧？"任为说，"如果是地球人，怎么会这样暴露自己呢？"

"也许看到产妇危险不忍心吧！"辛雨同说，"如果是我，也有可能会这么做的。"

"你认定是地球人？"任为问。

"也不敢说认定，但我觉得很像。我研究基因，后来搞知觉研究，也算是医生。以我的看法，剖腹产这种事情，确实不像是云球人那么落后的人类能够干出来的。就算是他们干出来了，恐怕产妇也早就感染死掉了。"辛雨同说。

"偷渡，不就是为了点钱嘛！还有谁会做这样的事情？"任为自言自语。

"原因就不好讲了，"辛雨同说，"也不一定是为了钱。"

任为跌坐回椅子里。是啊，理论上每个人都有嫌疑——除了自己。自己一直在云球中，除非这个人是最近进去的自己才有嫌疑。但按说这人不可能是最近进去的。这一段时间以来，自从出了张理祥的事情，所里一直有警察，管理也很严格。应该是自己从云球回来之前就发生的事。那么自己没有嫌疑，辛雨同和罗思浩也没有嫌疑，他们刚来，除此之外所有人都有嫌疑。

"我跟我们团队那个姑娘说了，还有听到这事的另一个姑娘和另一个小伙子，绝对不要外传。这三个人都是我带过来的，和所里的人不熟，我相信他们不会乱说的。"辛雨同说。

"我知道了，让我想想。"任为低声说，眼睛盯着桌面，看起来很头大。

"好，那我走了，有什么事随时叫我。"辛雨同看着他，好像有点不放心，迟疑了一下，终于还是站起身。到门口又回头看了任为一眼，才开门走了。

下午，任为专程去前沿院找了欧阳院长一趟，一个人。

任为要汇报一下云狱的进度，看看下一步那二十一个人怎么办。是不是等云狱测试完毕，就着手送他们进去？还要问一下有没有什么特别要求，这涉及如何选择目的地。海岛？山谷？还是绿洲？

不过更重要的是，任为要汇报一下辛雨同的发现。所谓汇报云狱的进度只是一个陪衬，他不想显得过于强调剖腹产这事，好像自己还专门为此跑一趟。任为听从了辛雨同的建议，没有和别人讨论。但就这样待在那里，等待辛雨同的下一步发现，他又有点承受不了。特别是在不能跟别人商量的情况下，他更加承受不了。所以，他必须跟欧阳院长汇报，也就只能一个人来了。

"他们有房子住，但必须自己做衣服穿，自己摘果子吃？"欧阳院长问。

"是的。"任为回答，"不过，自然环境非常好，甚至可以不穿衣服，只是有点不雅。食物更加没问题了，到处都是。实际上，环境可能过于好了。孙斐说过好几次，她都想去了。当然环境好只是限于一些特定区域，云狱的大多数地方是不适合生存的，通行也很困难，这能保证他们和外界的隔离性。"

欧阳院长没有说话，可能在想象那是个什么情况。

"嗯。"过了半天，欧阳院长才接着说，"完全靠自己，总还是不太好，这要想一想。先说更重要的问题，从云球迁移到云狱，这个过程的安全性有保证吗？"

"应该没问题。"任为说，"我们在伊甸园星建立的过程中积累了不少经验，下一步还会做完整测试。另外，由于时间膨胀的原因，现在云球和地球同步，云狱的时间就流逝得非常慢，这使我们可以观看每个人身体里所有物理和化学反应的超慢动作，很细微的反应也能看得很清楚，同时也给我们留出了对意外的足够反应时间。"

"这也算星际旅行了。"欧阳院长说。

"另类的星际旅行吧。"任为说，"我们只是修改了目标对象的位置指针，还有别的一堆指针，更像耍赖皮，不能算旅行。也可以说是神迹或者魔幻，真要是星际旅行可就麻烦了。"

"嗯，我知道。"欧阳院长说，"真要星际旅行，就不敢让他们去尝试了。"

"这些人到底有多重要？"任为问。

"我不知道。"欧阳院长说，"不是都很重要，大概只有一两个很重要吧。但我不知道是谁，也不知道为什么重要。"他摇了摇头，似乎也很无奈。顿了顿，接着说："他们在云狱生活过程中的安全性呢？怎么保证？"

"系统时钟调整以后，云狱和地球同步，出现突然意外的话恐怕就没办法了。就像穿越计划的派遣队员在云球上出现突然意外，确实没什么好办法去处理。"任为说，"不过疾病是没关系的，生病在时间上不会很紧迫。如果治不好，可以为病人更换一个新的复制空体，甚至可以让病人的意识场暂时返回地球，然后再看下一步怎么处理。"

"我想，能不能迁移一些云球人过去？"欧阳院长问，"例如这些人身边已经熟悉的人，包括一些有特定生存技能的人，比如医生、裁缝和农民？"

"这个——"任为想起了潘索斯、弗吉斯、拉斯利等等那些被沈彤彤解救的云球意识场。

不见得合适，合适吗？任为没想明白。这些人返回云球的话肯定是个问题，他们对云球了解太多，却对自身了解太少，很有可能会影响穿越计划。以前就讨论过这个问题，有个统计学家还提出过理论上的论证，回迁的想法早就被否决了。那么，云狱也许是一个好的去处。不知道他们都有些什么特长——潘索斯是裁缝，弗吉斯和拉斯利多半没什么用，其他人就不记得了。沈彤彤私藏云球人意识场的事情还没有给欧阳院长汇报，任为害怕再生出什么意外来。看起来地球所的其他人也没有到处乱说，没听到什么风声。经过一小段时间，大家已经不觉得这是个什么话题了，好像这件事本来就应该是这样。毕竟这是件好事，说起来，没有这件事的时候大家都显得很像是坏人，而现在看起来似乎没有那么坏了。

"应该没问题。"任为还是表示了认可，"这样会形成一个相对完整的部落。但如何组织这个部落，就要靠他自己了。不过，对那些云球人来说，很难理解这种变化，而且打交道的人都是地球的罪犯，是不是有点危险？"

"至少医生要去。这很重要，不能经常换空体啊！"欧阳院长说，"也许将来可以看看，有没有地球医生愿意作为志愿者进去。"

"啊——"任为有点吃惊，"志愿者？"他想了一下，说："肯定会有，去那里有很多好处，也有很多有意思的地方。而且，也许监狱方会派医生进去。"说着，他想，狱警也不是没有可能，不过那涉及很多安全、费用和所谓犯人自由的问题。

"这次先找找云球人吧。看有没有合适的云球人，在云球活得不好的云球人，一定会有些人祈祷自己的环境发生改变，我们替他们做一次决定。"欧阳院长说，"对以后的监狱客户不能这么做，让他们自己想办法解决。"

"好的。"任为说。

"嗯。"欧阳院长沉吟了一下，"另外，你们在穿越计划中有一个叫作鸡毛信的通讯体制，对吧？"

"对。"任为说，"云狱的犯人也要有鸡毛信吗？"

"不，"欧阳院长说，"他们应该有反向鸡毛信。"

"反向鸡毛信？"任为愣了一下，马上明白了，"您是说，我们可以主动呼叫他们，而他们不需要主动呼叫我们。"

"对，我们要保持全天候的系统自动监控，行踪、身体状况等等，主要为了防止危险。如果监控做得好，就不需要他们主动呼叫我们，这也是为了防止恶意的频繁呼叫。"欧阳院长说。

"防止骚扰呼叫。"任为点点头，"您想得很周到。反向鸡毛信很重要，我们可以发通知，还可以传授一些生存技能，比如治病什么的，很有用。"

"其他方面都还好，可以慢慢想有什么不周到的地方。"欧阳院长说，"重要的是，你必须确保安全性，这是第一位的。"

"在演化周期开始之前，等于是用超慢动作在保护他们，不会有什么问题。演化周期开始的时候，应该也积累了不少数据和经验了，应该还是有把握的。"任为说。

"在演化周期开始之前，这些人基本算是静止状态了。"欧阳院长说，"对于警方来说，这样应该很放心。"

"是的。"任为说。

"隔离性也要保证。将来有别的犯人进入云狱，要保证他们无法和这些人接触。"欧阳院长说。

"偏远的海岛最合适。"任为说，"以云狱海岛上的资源状况，无法制造出海船渡过海洋，就算他们当中有航海专家也不行。"

欧阳院长又沉默了一会儿。

"我需要跟领导汇报一下，这件事情我做不了主。"欧阳院长说，"不过你们可以开始准备了，开发反向鸡毛信系统，找一个合适的海岛，挑选一些可以一起迁移过去的云球人。医生一定要有，虽然云球医生的医疗水平有限，但总比根本没有要好。裁缝和农民尽量找找有没有合适的。另外，这些人的监控一定要做好，全程的系统自动监控，以后到了演化周期也要一样监控。关于他们的所有监控数据都必须归入三级历史数据，永久保存。"

"好的。"任为说，点了点头。

两人都沉默了下来。

"其他还有什么情况？"过了一会儿，欧阳院长问，"我看你好像还有话要说。"

任为迟疑了一下，讲了辛雨同的发现。

欧阳院长也像任为刚听到的时候一样，愣在了那里。

过了一会儿，欧阳院长才问："雨同没搞错吗？"没等任为回答，他就接着说，"雨同不会搞错的，我了解她。"

"是啊，"任为说，"雨同是顶级科学家，只是基因编辑的禁止让她沉寂了一段时间。这么点事情，她不可能搞错的。"

欧阳院长从沙发上站了起来，慢慢地在屋子里踱步。这通常代表着焦虑，而欧阳院长很沉得住气，不经常焦虑。

"是谁干的？"欧阳院长说，"你有什么想法吗？"

"没有，没有。"任为赶快说，还摆了摆手。

"雨同也没有想法？"欧阳院长又问。

"她刚来不久，和我们所的人不熟悉。"任为说，"她没什么想法，只是建议我不要跟别人商量，先跟您汇报。"

"这是对的。"欧阳院长说，"这件事情很严重。"

"是不是跟警察那边通个气，看看张理祥还有没有什么要交代的？"任为问。

"我会跟他们通气的。"欧阳院长说，"但如果不是张理祥干的，这个事情怎么查？"

任为沉默不语。

"偷渡到云球，这要动用很多设备，都有谁有这个权限？"欧阳院长问。

任为仍然沉默不语。

"好啊！"欧阳院长说，"很多人都有这个权限，是吗？你这个所长，怎么当的？"

"是。"任为说，"我们的管理确实出了问题，主要是意识场这个事情对我们来说出现得太突然，各方面都缺乏准备。大家的注意力都被吸引到意识场本身上面去了，管理上的精力被分散了。以前，意识场出现之前，十多年了，我们也没出过什么问题。"

"没出过问题？哼，"欧阳院长说，"那也不能说明是管理好，可能只是因为你们那里缺乏违规甚至犯罪的诱因和动力。"

任为又沉默不语了。

"唉——"欧阳院长叹了口气,"科技日新月异,带来的问题也层出不穷!"

"这样吧,"欧阳院长接着说,"警方那边暂时等一等,最好你们有结果再说。你回去以后,还是不要和大家说这件事,只请雨同帮忙查。雨同不是正在做生物圈的迁移吗?本来就要在云球大规模搜索。让她加大搜索规模,查找观察盲区。但一定要保密,对外只能用查找动植物的名义,严格控制知情范围,不能引起怀疑。"

"孩子已经生下来有一段时间,不一定好查了。"任为一边说着,一边摇了摇头。

"那也要查。"欧阳院长说,加重了语气,"查找的时候,特别要重视晏海平原和乌骨森林一带。如果真的是有个地球人帮这个产妇做了手术又消失了,有两种可能:一种可能是这个人和地球这边的人通了气,意识到了某种危险,远走高飞了,那就基本没法查了;但有另一种可能,如果这个人没有和地球这边的人通过气,并没有意识到危险,只是恰好离开了浮海望,那多半就还在晏海平原或者乌骨森林一带,这就是我们运气好了,查到的可能性还是很大的。"

"您对我们云球很熟悉啊!"任为说,他有点惊讶,欧阳院长并没有经常考察云球,但对云球地理竟然如此熟悉。

"记得吗?以前你送了一张云球地图给我。我很喜欢,一直在家里挂着呢!还会经常看看。"欧阳院长说,笑了笑,透着无奈,"知道我有多支持你们了吧!"

"谢谢,谢谢。"任为说,不知为什么,他觉得有点尴尬。

"云狱的事情没有那么着急。那二十一个人在云球已经待了很久,不差这几天。"欧阳院长说,"跟雨同说,剖腹产这件事情优先级更高,必须尽快调查清楚。"

"好的,"任为说,"我明白了,回去就跟雨同说,马上开始查,仔细查。"

66 爱之坦白

辛雨同的工作卓有成效。她的团队很快就发现了那个新地球人的踪迹，但已经死了。

正如欧阳院长所料，这个人被发现的地方是乌骨森林东部边缘，潮汐石附近。实际上，在影像系统中，根本无法看到这个人的身体和面貌，观察盲区阻挡了一切。但之所以说这个人已经死了，是出于两个原因。

首先的原因是一个直观的感觉，这个人的观察盲区在很长时间里没有移动过哪怕一毫米。除了死亡，这种现象无法解释。没有人可以在很长时间里纹丝不动，哪怕一直在睡觉也不可能。观察盲区建立在云球躯体边缘几何方程组的基础上，任何躯体的轻微移动都会导致观察盲区空间位置的变化。但现在，任何位置变化都没有。

另一个原因不是直观感觉，而是客观数据。因为观察盲区的阻挡，影像系统无法直接锁定目标人物，也就无法像通常那样，通过影像系统和操作系统的互操作直接定位到目标人物的脑单元。不过，目标人物所在的区域是确定的，那么就可以在操作系统中排查这个区域所有的边缘几何方程组，观察盲区不会允许操作系统泄漏任何需要保护的细节数据，但是仍然可以查到方程组中心点所在的空间位置，这不属于保护范围。通过这种逆向排查，就能够找到对应的边缘几何方程组，进而找到和这个方程组关联的脑单元，并检测和追踪其绑定的意识场。之前那二十一个人，就是通过这种方式被确认，并最终被意识追踪仪锁定并追踪的，现在当然也可以这么做。排查之后，这个人的边缘几何方程组找到了，但却发现这个边缘几何方程组居然没有关联任何脑单元。这只能说明，对应的脑单元已经被操作系统释放了，不存在了。换句话说，意识场已经不存在了，这个人死了。

至于这个人的边缘几何方程组，只是因为身体的物理结构还没有被彻底破坏，所以方程组还在。而标记地球人的量子标记也还在方程组中起着作用，因此观察盲区也还在。纳罕死后，纳罕的观察盲区一直存在，甚至导致图图的府邸大部分都笼罩在其中而无法观察，就是这个原因。

见鬼了，图图的府邸，一直到现在都还是这样无法观察。不知图图为什么把纳罕的遗体一直放在府中，而且似乎还在好好保护。他们到底要干什么？听辛雨同汇报的时候，任为想。

辛雨同发现观察盲区后，很快向任为做了汇报。任为心乱如麻，并没有想好怎么办。他很想跟欧阳院长汇报，但又想就算不知道那个地球意识场是谁，最起码应该搞清楚那个云球宿主的情况吧！可是现在什么都不知道，甚至连那个人是男是女都不知道——观察盲区啊，有时候真是要命！

所以他只是让辛雨同继续追踪和观察。但是，直到找到了对应的边缘几何方程组，百分之百确认这个人已经死亡，却依然不知道是男是女，更不要说知道是什么身份了。

只是依靠一个边缘几何方程组的中心点位置，可不足以了解多少有价值的信息。所以辛雨同只能接着查更多的关联数据。很多数据，生物特征方程组、化学成分方程组、分子运动方程组，等等。但是，由于人已经死了，有些方程组或者数据集，已经像脑单元一样被系统释放了。另一方面，类似于边缘几何方程组，由于地球人量子标记的存在，也就是观察盲区的存在，这些方程组中大量数据是不允许被查询的。

好在，也有一些数据很友好，就像边缘几何方程组的中心点位置一样，允许被查询，其中就包括性别。终于，任为知道了，那是一个女人，年轻女人。

但是，死亡时间查不出来。辛雨同查找了历史数据，没有任何记录。现在瓦普诺斯已经进入初冬，乌骨森林一带相当寒冷，尸体不会那么快腐烂，很难推测死亡时间。云球系统不会单独记录每个人的死亡时间，死亡这个事件的过程本来应该是历史数据的一部分，如果历史数据中没有，就成了一个秘密。

任为脑子里充满了孙斐式的怀疑，那是不是苏彰？他很为难，不知道调查该如何继续下去。卢小雷那张方正的脸浮现在面前，他不相信卢小雷会干出什么坏事——卢小雷不可能杀了苏彰，警察也是这么说的，那是自杀。

"您怎么了？"辛雨同问他。

"没怎么。"任为说，勉强地笑了一下。

"下一步怎么办？"辛雨同问。

"下一步……"任为皱起了眉头。

"我也听说了一些事情。"辛雨同说，看着任为。

"什么？"任为问，"什么事情？"

"嗯——"辛雨同迟疑了一下，"我听说了苏彰的事情，有些人在怀疑卢小雷，特别是张理祥出事以后。"

"你也怀疑吗？"任为问。

"这个——"辛雨同说，"我知道这些事以后，做了一些调查。"

"调查？"任为有点疑惑，"你做调查？什么调查？"

"他们描述的苏彰，让我想起一个人。"辛雨同说。

"什么人？"任为问。

"是这样，"辛雨同说，"您知道，我以前一直做基因编辑的研究，也在一些医院出诊，做基因编辑手术。"

任为知道，就是因为她做得太好，太出名了，后来才不得不完全离开这个行业，连动植物的基因编辑都不能做了——没有动植物基因编辑机构敢收留她，以免被怀疑还在暗中从事人类的基因编辑工作。

"我知道,"任为说,"后来人类基因编辑完全不能做了,动物的基因编辑也监管得很严,你才去做知觉研究。"

"嗯,彻底放弃基因编辑的时候,我很痛苦。"辛雨同说,"离开自己热爱的行业是一方面。另一方面,我还有一些病人正在等待手术,可已经来不及了,不能做了。某种程度上说,我违背了对病人的承诺。这些病人想做基因编辑手术是有各自原因的,这样的结果当然会使他们沉浸在痛苦里。"

"哦,然后呢?"任为不知道辛雨同想说什么。

"我记得,"辛雨同接着说,"那时候有一个男孩子,有强烈的女性认同。从十几岁开始,就一直穿女孩子的衣服,过女孩子的生活。后来,二十岁的时候去做了变性手术。"

"嗯,"任为说,"这种事情现在已经很平常了。"

"是。"辛雨同说,"但这个男孩子,或者应该说,这个女孩子,还是和别的变性人不太一样。"

"怎么不一样?"任为问。

"她的女性认同非常强烈。从心理学角度来说,她在这件事情上有着严重的偏执。"辛雨同说,"核心点在于,她执着于让自己成为一个真正的女性而不仅仅是拥有女性的外表。而这种执着,仅仅依靠做普通的变性手术是无法实现的。"

"你是说——她要改变自己的基因?"任为问。

"是的。"辛雨同说,"她要改变自己的性别基因。其实,从生活角度来说,这样做的必要性并不大。变性手术很成功,她的身体已经是一个女性的身体,很漂亮,拥有完整的女性器官,不仅是体表,也包括体内。而她所有的社会身份也都已经更改为女性。当然她还是不能自己生孩子,很多激素还需要通过药物控制。其实她自己也明白,没有必要再继续做什么,这种情况对于绝大多数变性人来说已经足够了。可她无法遏制自己内心的渴望。最初她并不知道能够做基因编辑手术,觉得走投无路,自杀过两次。后来,不知道她从什么渠道了解到我可以做这种手术,就来找我要求做手术。我劝她慎重,因为做基因编辑手术比做变性手术危险大得多。她的家人也都非常反对，其实家人已经算是很支持她了，但在这件事情上还是反对。因为基因编辑确实有很大风险，特别是性别基因的改变。您知道，性别基因看起来简单，却是人体的基础，很多基因的表达都依赖于性别基因。所以，这种手术牵连到很多基因的适应性手术，是个大手术。甚至比较而言，让人多长出一只胳膊来反而更容易，那只是一个局部的改变。"

"她也曾经和自己战斗过，可无法战胜自己，还是做出了最终的决定。"辛雨同接着说，"本来，我们都已经安排好了手术日期，可基因编辑禁令发布了，手术被取消了，我也离开了基因编辑领域。而她——"辛雨同似乎想了一会儿，"我相信她很痛苦。但后来我们没有再联系过，我不知道她的情况，直到我听说苏彰。"

"你是说——"任为愕然地瞪着双眼，"你是说，苏彰是个男性？"

"变性人，"辛雨同说，"苏彰是个变性人。可能我不该告诉您，这是法律规定的不能问、不能说的隐私。"

法律规定的不能问、不能说的隐私。任为想起来，吕青曾经说，宋永安局长说漏嘴但拒绝继续透露苏彰的情况，原因就是法律规定的不能问、不能说的隐私。

任为想了一会儿，"你的意思是说，"他说，"基因编辑手术被完全禁止了，苏彰没办法改变自己的基因，她很痛苦。但是，进入云球是个办法。她选择了这条路，而卢小雷帮助了她。"

"是的。"辛雨同说，"我认为是这样。所以，您问我是不是怀疑卢小雷，我想，我不怀疑他。我的意思是说，我不觉得他杀了苏彰。如果在云球中发现的这个女人不是苏彰，这事当然和卢小雷没关系，至少和卢小雷杀苏彰没关系。但如果这个女人是苏彰，我相信，去做一个真正的女人，哪怕是到云球中去做一个真正的女人，一直是苏彰的梦想。那么她通过自杀来追求这个梦想就完全说得过去。要知道，她以前自杀过两次。而卢小雷，应该只是帮她把意识场迁移到了云球中。不过，卢小雷是怎么拿到苏彰意识场的，这是个问题，我就不知道了。"辛雨同扭过头看着桌子的一角，似乎在思考。

这不是问题，我知道，任为想。

他想起了疑点管理系统。对，那个穿黑风衣的人就是卢小雷。他是到苏彰家里去取苏彰的意识场。卢小雷和苏彰，一定是事先在苏彰家里做好了布置，有一个意识机放在什么地方。还有诱导刺激设备，应该是可以定时的设备。意识机和定时诱导刺激设备准备好以后，苏彰独自在家，开枪自杀了——之所以那么血腥，是要保证大脑猝死，保证意识场被正常解绑。

苏彰不能使用猝死刺激设备。那样更安全，还可以留下空体，也许能想办法送到 KillKiller 保存。可如果那样的话，多半卢小雷就暴露了，她在云球中这件事也就暴露了。大家不一定会允许她留在云球中，而卢小雷则面临很大的法律风险。也许可以制造出某种失踪的假象，但总不如死去干净。况且，按照辛雨同的描述，苏彰对于自己那具拥有男性基因的空体可能并没有什么留恋。

任为摇摇头，这也太坚决了。

总之，如果想要把这件事做得神不知鬼不觉，苏彰和卢小雷选择的方法可能是最好的方法。事实上，他们几乎做到了，就算疑点管理系统发现了一些疑点，也无碍大局。

但这一切被辛雨同无意中发现了。更巧的是，辛雨同恰好知道苏彰那些法律规定不能问、不能说的隐私，她本来就是那个要给苏彰做基因编辑手术的医生。

卢小雷应该有能力为苏彰准备好意识机和可以定时的诱导刺激设备，也应该有能力神不知鬼不觉地进入和离开苏彰的公寓——SSI 特征锁、门禁和摄像头一定都被他黑掉了，他有这个能力。虽然经常被孙斐讽刺说不是科学家，卢小雷自己也经常这么自嘲，但他很聪明，动手能力很强，这些事情应该难不住他。事实上，地球所的安防设备都是卢小雷帮助齐云在管理，他对这类东西很熟悉。

"我不确定，我不太了解意识机的事情。"辛雨同说，"无论如何，我觉得这应该是苏彰的愿望，她应该是自杀的，不是卢小雷杀的。不过，可惜，在云球里她还是死了。"

不确定？那么她应该也猜出了大概的过程，只是不确定。

"我觉得有责任把我知道的事情跟您讲清楚。"辛雨同说,"至于下面怎么做,可能挺为难的。"她笑了一下,看起来似乎非常为难。

"您再想一想吧,我不打扰您了。"辛雨同站起身来,走到了门口,又扭过头,"这件事情,我的团队不会跟别人说的。如果您需要我做什么,随时告诉我。"她说。

她拉开了门,但是立刻被惊呆了,一动不动。因为门口站着卢小雷,面色苍白,神情阴郁。

卢小雷坐了下来,辛雨同也坐了下来,她本来要走,但被卢小雷拦住了。

"我知道辛老师在查找苏彰。"卢小雷说。

"谁告诉你了吗?"辛雨同问,显然有点吃惊。

"没有。"卢小雷说,"但我猜得出来。您的团队很忙,却没有成果。之前每天都能找到一些准备迁移到云狱的备选动物或者植物,这几天却一无所获。今天大家很高兴,可是并没有任何新的合适的动物或者植物被发现。何况,他们一直都在晏海平原和乌骨森林一带查看,那些地方以前已经看过很多次了。"卢小雷对辛雨同苦笑了一下,"所以,我猜得出来。"

辛雨同没说话,任为也没说话。

"我看到辛老师来找您,"卢小雷对任为说,"我就跟了过来,一直在门口,听到了你们的对话。断断续续,听不太清楚,但也猜得出来你们在说什么。"

"嗯。"任为含混地哼了一声。

"对不起,我不该偷听。"卢小雷说,"不过,反正您和辛老师也都知道了。我想,还是跟你们说清楚吧。至少你们得知道,我没杀苏彰,我爱她。她是自杀的。"

任为和辛雨同不知该怎么接话,都沉默着。

"就像辛老师说的那样,"卢小雷说,"苏彰一直很痛苦。开始我并不知道她的情况,向她求过婚,她不同意。后来,她告诉我她的情况,告诉我她很痛苦。"他顿了顿,看着很难受的样子,"我想到了云球,想到了可以帮她进入云球。"他接着说,"本来,她虽然在拍云球电影,但并不知道意识场的事情,更不知道云球意识场的事情。可是我告诉了她,她立即就迷上了这件事。"

"看到她充满希望的样子,我下决心帮助她。"卢小雷说,"那时候,穿越计划还没开始。我就拼命推动穿越计划,并且想要第一个进去,想尽快进去帮苏彰探探路。"

任为想起来,那时候,在并没有被安排任务的情况下,卢小雷主动做出了第一个完整的穿越计划的方案。

"后来我进去了。"卢小雷说,"其实那时候,苏彰害怕我危险,是反对我进去的。她说不想去云球了,但我知道她是担心我。我第一次进去的时候没有告诉她,就是害怕她拦着我。"

"后来,一切都很顺利——除了观察盲区。我犯了错误,导致观察盲区出现,这让苏彰很容易暴露。"卢小雷接着说,"但后来鸡毛信系统让我很高兴,因为我可以和她联系了。"

"鸡毛信?"任为又吃了一惊,"你给她开通了鸡毛信?"

"是的——"卢小雷说,"那是后来的事情。其实,在苏彰自杀之前,就是我们的计划实施之前,我已经后悔了。那时候观察盲区已经建立了,我意识到,这样做我将失去苏彰。我本以为天天都可以看到她,实际上却只能看到一个盲区。而且一旦进入演化周期,从我的视角,她很快就会死去。我意识到之前是头脑发热,这不是一个好计划,我不想继续了。但苏彰却已经无法控制自己了。对她来说,希望就在眼前,已经无法停止脚步。我们吵过很多次,我看得出来,她很痛苦,最终我还是决定帮她。"

"我本来是想把她的意识场迁移到云球去,把她的空体想办法弄到 KillKiller 去,我都在找 KillKiller 的渠道了。如果不是一具正常产生的空体,KillKiller 的正规渠道接收不了,必须有特殊渠道才行。唉,要不是因为这件事情耽误了时间,也许可以抢在观察盲区建立之前把苏彰送到云球去,那就没有后面的事情了。我在找 KillKiller 的渠道,不太顺利,同时苏彰根本是反对的,她对保存自己的空体不仅没兴趣,而且很厌恶,她不喜欢那里面的男性基因。她赌咒发誓说，如果可以离开那具躯体，就永远也不会再回去。我们总是吵架，最后我屈服了，按照她的想法做了。"说到这里，卢小雷停了下来，似乎在思考，"但后来我想，苏彰其实是在担心我，她觉得自杀是最不会连累到我的。如果保留空体，我被发现的危险太大了。"

"总之，我们执行了计划。"他接着说，"我事先把意识机和定时诱导刺激设备放在她家空调里，调试好就离开了。然后，苏彰用自己弄来的一把RH45自杀，她死去的样子很难看，但只有那样才能保证大脑猝死，保证意识场顺利解绑并和意识机绑定。警方没有注意到空调里被加装了其他设备。现场封锁解除以后，我去取走了意识机。小区里的安防系统我很熟悉，事先做了功课，都被我黑掉或者避开了。"

"之前人类意识场待在意识机里从来没有超过两天，而苏彰的意识场待了超过一个星期。"任为说，"你们不觉得太冒险了吗？"

"和以后的事情相比，这算什么呢？"卢小雷苦笑了一下。

任为和辛雨同都没有说话，这确实太冒险了，苏彰的决心真的是很大。不过现在可以确定，人类意识场在意识机里待一个星期是肯定没问题的，这也算是苏彰的冒险做出的一个贡献吧。

"后来，就是鸡毛信了。"卢小雷继续，"张所长他们弄出了鸡毛信，我很高兴，我想终于可以和苏彰说话了。但是，鸡毛信需要设置一组手指触碰的动作序列来进行状态的切换，苏彰已经在云球里了，她没法自己设置。我试图帮着设置，想要找一组动作，如果她恰好做出了这组动作，系统又恰好处于设置状态，那就可以设置好了。我努力回忆她手指的习惯动作，却实在找不到足够复杂能够满足鸡毛信要求的动作，何况还需要那么恰好的时机——设置状态一会儿就超时，而观察盲区又让我根本看不到她。唉，这实在太难了，我试了很多次都没有成功。这困扰了我很久，一直找不到解决的办法。"

"后来成功了吗？"辛雨同问，看起来她很希望能够成功。

"这要感谢任所长。"卢小雷看了看任为。

"感谢我？"任为不明白，"为什么？"

卢小雷沉默了一会儿,好像在下最后的决心。"开始的时候,苏彰在云球的宿主,并不是辛老师发现的人。"他终于接着说。

"什么?"任为问,"那是谁?"但刚刚问出口,他的脑子里就出现了一个云球人的形象:辛可儿。

"是辛可儿。"果然,卢小雷回答说,"那时候,我知道她一定是感染死血病了。我干着急也没办法,只能希望她能挺过去。幸好任所长去治病,救了她。"

"她知道诅咒草。"任为说,"也许没我也能撑过去。"

"太难了。"卢小雷说,"今年的死血病太厉害了。如果早知道这样,我不会把她送去坎提拉。我们准备得不充分,那时候经常吵架,功课做得太粗了。她不知道罗尔花,只知道诅咒草。而且那时没有建立起鸡毛信,没有穿越者缓冲区,无法查找资料,我也没办法通知她。她试图用诅咒草救舅舅家里的人,可没人敢吃。后来大家都死了,只有她靠诅咒草活了下来。但如果没有您带去罗尔花,恐怕也撑不了几天了,这是后来我听她自己说的。"

"这么说,鸡毛信还是建立起来了!"辛雨同说。

"是的。"卢小雷说,"我说要感谢任所长,不仅是因为任所长救了她的命,也是因为任所长帮她建立了鸡毛信。"

"我?"任为想起离开纳南村去纳金阿的那一天,那是自己唯一一次见到辛可儿,印象却很深刻,因为辛可儿的表现很奇怪。她先是要跟着去纳金阿,然后好像受了什么惊,忽然又不要跟着他们走了。当时赫乎达说:"她说刚才看到您要杀她。"

"您的赛纳尔教,那个祈祷礼,"卢小雷接着说,"动作足够复杂,手指合拢,碰到额头、鼻尖和下巴,从两个拇指的角度看正好是四次动作。满足鸡毛信的要求。不过,因为额头、鼻尖和下巴不能被监控,只能监控拇指的单向触碰,所以偶尔会出错,不是很精准。可那时候我已经顾不上了,只好采用了祈祷礼作为苏彰鸡毛信的观察模式启动动作。我看不到她,当然也看不到她做这个祈祷礼。但因为其他人都在做,我想她也会做。所以我很多次把系统调到鸡毛信设置状态,等着她做祈祷礼。一开始并没有成功,可能是因为时机不凑巧。直到您离开纳南村那一天才试通。"

"她做了两遍祈祷礼，"任为说，"进来的时候做了一遍，我同意她去纳金阿的时候做了第二遍。你应该是捕捉到了第一遍，进行了设置，第二遍就启动了鸡毛信观察模式，所以当时她的表现很奇怪。"

"是的。"卢小雷说，"捕捉到第一遍以后就设置好了，我很高兴。她再次做的时候，观察模式就启动了。可我依旧看不到她，因为还在您的观察盲区里。那时候我知道她正要跟着您走，之前赫乎达他们几个私下聊天的时候我听到的，所以我不得不尽快说话好拦住她。听到我说话，她当然惊着了。我先说的就是不要乱说乱动，不过她还是东张西望地乱动了。好在她马上听出了我的声音，安静了下来。因为在您的观察盲区里，当时的情况我看不到，也听不到您的声音和盲区里其他人的声音，但可以听到苏彰的声音，她也能听到我的声音。那会儿她才知道您是谁，就不敢跟着您了。地球所那么多人会观察您的行踪，她在您附近的话，又有观察盲区，肯定会暴露。"

"所以那时候，你没日没夜地在观察我的行踪。"任为说，"孙斐他们都很奇怪，你怎么那么上心，其实有观察盲区，你又看不到我。"

"嗯——"卢小雷苦笑了一下，"是啊，其实我是害怕苏彰暴露。我在观察就不需要别人观察了，苏彰就不会暴露。那些天我很紧张，一直后悔为什么把她送去坎提拉。"

"坎提拉是个好选择。死血病是无法预料的事情，你们也不知道我会去坎提拉。我自己也不知道，我以为我会去萨波。"任为说。

卢小雷无奈地摇了摇头。

"好不容易熬过了那些天，您走了。我和苏彰也建立了联系，我很高兴。那些天我觉得很幸福，唯一的担心就是演化周期。"卢小雷说，"好在李斯年所长的发现，使我们不会轻易启动演化周期。我们必须等待派遣队员回来，派遣队员自身的计划也要改变，不能像原来预想的待那么长时间。不过无论如何，演化周期不会那么快来临，这让我安心多了。大家都很着急，只有我很高兴，那是我最高兴的一段日子。苏彰作为一个真正的女人，非常开心，能够看到真正开心的她，我也很开心。"

"后来呢？"辛雨同问，脸上带着微微的笑容，似乎在替卢小雷高兴。

"后来，我们决定，苏彰要离开纳南村，在那里还是有些危险。但是我们又做了一个错误选择——不，也许是最正确的选择。苏彰去了鬼门，我们觉得那里人很少，最安全。"

"鬼门？"任为想起为斯特里他们做饭的那个姑娘，蒙着脸，当时他就有所怀疑。"那个姑娘，蒙着脸的姑娘，就是苏彰？就是辛可儿？"他问。

"是的。"卢小雷说，"苏彰刚到鬼门不久，就被斯特里给抓起来了。好在斯特里并没有什么别的意思，只是让辛可儿给他们做饭，照顾他们起居。斯特里知道辛可儿只会坎提拉语，不会萨波语，所以会当着她的面说很多事情。进入云球之前，时间很仓促，苏彰只来得及学会一门云球语言。但斯特里没想到，辛可儿虽然听不懂萨波语，我却听得懂。那时，苏彰经常处于观察模式，因为我想多看看她。而且待在观察模式可以让地球这边的监控人员看不到异常，除非特意去检查鸡毛信的信道，这样对苏彰的隐蔽来说比较安全。"

"所以你发现了图图要害我？"任为问，看来真是孙斐怀疑的那样，他想。

"这倒没有。"卢小雷说，"就像张所长和孙斐说的，从斯特里和赫乎达的角度，只是要把您带到图图那里去，并不知道图图要害您。好像没有任何人知道，像是图图突然之间做出的决定。我和苏彰也只是觉得不安，没有真的预见到图图要害您，可确实有点担心。我们商量以后，苏彰决定跟着您。您被观察盲区挡着，地球这边没法观察，如果苏彰在您的盲区里，就可以通报您的情况。我们看不到您，但她能看到。"

"所以，图图杀我的时候，苏彰是在暗处观察我们的？她通知了你，你救了我。"任为说，"真的是晚一分钟就死了。我不但要感谢你，还要感谢苏彰。"

"是苏彰通知了我，不过那时图图还没动手，我有点犹豫。没人知道图图到底在想什么，要干什么。"卢小雷说，"但是苏彰很坚持，她说有不好的直觉，感受到了图图很强的敌意。我看不到，就听了她的话，开始准备解绑您的意识场。幸好听了她的话，否则等图图动手再开始就来不及了。"

任为一阵感激，他脑子里浮现出苏彰的面孔，特别是那双眼睛。

"为什么一直看不到苏彰的盲区？"过了一会儿，任为问，"她一直都处在观察模式吗？好像也检查过鸡毛信系统的通讯信道，没发现啊！"

"这个——"卢小雷又苦笑了一下，"我害怕张所长和孙斐他们发现辛可儿就是苏彰，所以把您救回来以后，我做了些手脚。"

"手脚？什么手脚？"任为问。

"图图府中的那场小火灾，是苏彰放的火。"卢小雷说，"在柴房，她把自己烧死了——当然，最后一刻，我把她的意识场解绑了，绑定到辛老师发现的这个人身上了。"

"啊——"任为啊了一声，"只有烧掉，观察盲区才会永久消失。"

"是的。"卢小雷说，"她出不来了，孙斐盯得很紧，出来就会被孙斐盯上。普通死掉的话，鸡毛信信道会断开，观察盲区就会启动，能够被观察到。只有身体被烧掉才能够彻底消灭盲区，苏彰把自己埋在了堆好的柴禾堆当中，点了火。"

"你可以让她离开啊！"任为说，他有点难受，"在孙斐观察之前，你就可以让苏彰离开。"

"除非我删除历史数据才能隐藏她离开的踪迹。"卢小雷低下头，"这太明显了，既然说您有危险，我不能删除时间那么近的历史数据。她进去的历史数据被我删除了，那时候还早，是二级数据，缺失一些很正常。出来时候的数据是三级数据，缺失就说不过去了。"

"你真是动了些脑子。"任为说。

"是为了救您嘛！"辛雨同替卢小雷辩护。

"辛可儿的墓地是怎么回事？"任为问。

"我给苏彰找的这个新宿主也是纳金阿的，她瞬间就回到了纳金阿。因为死血病，纳金阿死了很多人，找一具尸体很容易，再加上个墓碑就行了。"卢小雷说，"不过，弄完墓地之后，苏彰也不敢在纳金阿待着了，她千里迢迢来了浮海望。"

"真够远的。"任为说。

"是啊,一直在赶路。"卢小雷说,"结果,刚一到浮海望,就碰到了一个孕妇,生不出孩子。其实没什么大事,就是胎位不正,眼看就要死了。苏彰要救那个孕妇,我想拦她,可拦不住。她其实也害怕,但硬着头皮还是为那个孕妇做了剖腹产,好在成功了。也许就是因为这个被辛老师发现了,是吧?辛老师在浮海望一带找动植物,我一直很紧张,果然出事情了。"

"苏彰是个好人,我不应该找她。"辛雨同说,摇摇头,很懊悔。

"不,这和您没关系。"卢小雷说,"苏彰知道自己做了危险的事,想离开浮海望去潮汐石。但是,在路上就被乌骨森林的熊咬死了。"

"你怎么不救她呢?"任为问,"解绑她的意识场啊!"

"我没有上班。"卢小雷说,"我很累,正好不在。"说着话,他好像要哭出来了,"我后来才发现的,我看到了那头熊。我看不到盲区里的情景,苏彰再也不能取消盲区了。盲区没动静了,而那头熊嘴里还有血,一定是那头熊干的。"他带着哭音说。

任为和辛雨同都没有说话。

过了一会儿,卢小雷平静了一些,接着说,"苏彰死在她和我的偏执里。无论怎么努力,都没什么用,她还是死了。"他低下头,很快又抬起头,笑了笑说:"没关系,我已经想通了。这只是一场我们俩之间的闹剧,总要结束的。苏彰虽然死了,但总算满足了自己的愿望,做一个真正的女人的愿望。她跟我说过很多次,如果在云球中死去,她不后悔,一定会瞑目的。"

67 云球的进化

经过反复权衡，任为决定还是要把卢小雷的事情跟张琦说一下，包括剖腹产的事情。

听到任为的复述，张琦沉默了很久。

"您想怎么处理？"张琦问。

"你觉得呢？"任为反问。

"我觉得小雷不适合再在这个位置上了。"张琦说。

"他自己也这么觉得。"任为说。

"那他打算怎么办？"张琦问。

"他说，他的生命已经融入了云球。"任为说，"他明白自己做了这些事情以后，继续在地球所工作不仅对地球所是个问题，对他自己也是个很大的压力。实际上，他压力一直很大。之前我们觉得他被悲伤压倒了，其实他是被压力压倒了。不过他不想离开云球，所以希望我们能够派他到云球上去，或者伊甸园星，或者云狱。"

"云球不合适，云球已经出了太多事情了。我们的穿越计划还在进行，进展不错,不能再出事了。"张琦说,"而且,云球迟早要进入演化周期。那时从我们的视角,没几天他就会死去,或者必须很快回来,没有任何意义。伊甸园星也一样,另外,孙斐无论如何不会同意让他进入伊甸园星的。您知道,那是她的保留地。我们也答应过,不会用任何方式干预伊甸园星。"

"只剩云狱了。"任为说,"小雷也明白。所以,他明确说可以去云狱。"

"您觉得呢?"张琦问。

"上次我跟欧阳院长汇报的时候,欧阳院长提过,希望未来能够找一些志愿者进入云狱。"任为说,"我跟你提过。"

"是,"张琦说,"您说欧阳院长希望有一些云球人和那二十一个人一起过去,以后还可以找志愿者。看来现在,第一个志愿者已经有了,不过不是医生。"

"在云狱上不能有观察盲区,但可以有鸡毛信。不是欧阳院长说的逆向鸡毛信,可以为小雷建立双向鸡毛信。"任为说,"那他就会有穿越者缓冲区,应该能帮上很多忙。而且,在云球的观察周期,云狱基本时间停滞,他也能回来休假。"

"就算是我们委派的云狱管理员了。"张琦说,"很需要。不过,生活在很多犯人中会不会有危险?"

"小雷知道,他说会小心。"任为说。

"欧阳院长那边怎么办?"张琦说,"我们怎么汇报呢?"

"这个问题,我有点为难。"任为说,"你有什么建议吗?"

张琦想了一会儿。"我觉得,您就说之前搞错了吧。"他说,"那个剖腹产可能是云球人自己做的,我们没有找到什么地球人的迹象。不过,不知道辛老师那边同不同意。"

"她同意。"任为说,"但欧阳院长可不是容易被骗过去的人。"

"剖腹产的事情这样交代,然后卢小雷被派到了云狱做管理员,加上以前的事情欧阳院长也都知道。我想他会理解的,不会有问题。"张琦说。

"会理解?"任为愣了一下,很快反应了过来,"好吧,但愿欧阳院长会理解。幸好上次汇报的时候,他决定等一等再通知警方。"

"不过，卢小雷不在了，需要有人接替他。"张琦说。

"有合适的人选吗？"任为问。

"你觉得王陆杰他们那个裴东来怎么样？裴东来很能干，也了解情况。"张琦说，"这个工作对科学能力要求不高，裴东来可以胜任。"

"裴东来会同意吗？王陆杰会同意吗？"任为问。

"裴东来应该没问题，他对云球兴趣很大。"张琦说，"至于王陆杰，虽然少了一个干将，但应该好处更多。"

"好处更多？"任为重复了一遍，"嗯，好处更多。"他说，"我跟王陆杰说吧。"

"苏彰和卢小雷这件事，"张琦说，"只有您和辛老师知道？"

"还有你。"任为说，"孙斐对小雷有些成见，我觉得暂时不要告诉她了。"

"唉，"张琦说，"苏彰真是可惜了。"

任为去跟欧阳院长做了汇报，欧阳院长盯着他看了一会儿，说："好吧，我知道了。"什么多余的问题都没有问。就像张琦所说，欧阳院长理解这一切。

王陆杰就有点吃惊，但很快也同意了。裴东来接替卢小雷，而卢小雷去云狱，这些位置对王陆杰来说都是关键，现在都是支持他的人，和坏处相比当然好处更多。他是个明白人。不过，他需要另外派一个人过来接替裴东来原来的职位，作为新声科学娱乐的云球项目负责人。王陆杰说这要想想，看谁合适。

最不能接受的是孙斐。她吵吵了半天，卢小雷怎么能去云狱呢？还不如她去呢。她怀疑卢小雷想去云狱有什么目的——鬼才知道是什么目的，反正不是好事。但当张琦貌似很认真地说，如果她真要和卢小雷竞争去做云狱管理员的话，这个问题是可以讨论的。孙斐愣了一会儿说，还是算了吧，她还要看着伊甸园星呢。

卢小雷开始和裴东来做交接。监控室和社会化办公室——也就是拍电影的事情和窥视者计划——以后就归裴东来了。可惜裴东来没有卢小雷帮助齐云管理安防产品的能力,齐云叨叨了几句,不过没什么大关系,毕竟卢小雷只是帮忙,原本齐云也有自己的人。

卢小雷去做云狱管理员,不过是在云狱星上。在地球这边云狱由罗思浩负责。罗思浩暂时还属于借调,但任为正在试图把他正式调过来。他也很乐意,毕竟在这里建立了一个黑洞,而在天文所只能做理论研究,最多只是观测而已。

罗思浩也不介意在这里额外负责一些管理工作。有关云狱的工作起了个新名字,叫作"时间差异化办公室",罗思浩就负责这个办公室的工作。名字是裴东来想出来的,孙斐看着裴东来说:"你们这些生意人,为什么总能想出这么古怪的名字呢?"裴东来笑了笑,有点不好意思。他不像卢小雷那么思想幼稚又神经大条——这是孙斐的话。其实孙斐蛮喜欢裴东来的,虽然对他正在做的事情有些看法。

辛雨同在协助罗思浩。本来罗思浩不敢负责云狱——辛老师可比我资深多了,他说。但辛雨同不愿意管什么事情,而且就云狱来说,她负责的生物基因工作和罗思浩的天体工作比较是相对次要的。

张理祥的案子目前还没有什么进展。据说检察院最终也许只能以包庇和协助潜逃的罪名起诉他——毕竟那些人并没有真正地死去,只是失去了自己的躯体。如果真是这样,那么罪行还不至于太严重。

现在理解卢小雷为什么会及时救出自己了,任为觉得心头轻松了很多。不,也许更多是因为沈彤彤做的工作,拯救了那么多云球人意识场,他才觉得轻松。搞得现在每次看到沈彤彤的时候,他都觉得沈彤彤是个天使。虽然共事了十多年,他也一直很喜欢沈彤彤,但从来没有像现在这样,除了喜欢还有感激。

云球上也终于出现了新的动向。纳罕的尸体终于被移出了图图的府邸。奇怪的是,他的观察盲区几乎没有变化过——这意味着尸体保护得非常好,在那个年代这可不容易。

其实,之前地球所已经知道纳罕的尸体很快会被移出去。因为他们发现，图图正在花费大量人力在万望山修建陵寝。最近并没有什么大人物去世，唯一可能的目的就是埋葬纳罕。

在云球中，一般的陵寝相当简陋。比较而言，图图为纳罕修建的陵寝算是极其奢华，但实际上规模也并不很大，动用的人力、物力又多，所以耗费的时间并不太长。地球所的人固然很着急，估计图图自己也着急，只是不太表现出来而已。

万望山在凯旋关以南、斯吉卜斯沙漠东南，麦卡森林西侧，和林溪地距离不算远。那里风景很好，作为陵寝的所在地是个不错的选择。而且凯旋关在图图掌握之中，麦卡和林溪地关系紧密，斯吉卜斯一侧又没什么强大的力量，应该也是一个安全的选择。

现在，地球所终于可以一目了然地观察图图他们这些人了。之前，图图、斯特里和赫乎达几乎一直躲在府邸里，也就是一直躲在纳罕的观察盲区里，只是偶尔出去。地球所能看到的，只有他们通过巡燕和各地联络。

这些联络的目的和效果是很明显的。赛纳尔教在坎提拉蓬勃发展，在斯吉卜斯日益兴起，而在春风谷、麦卡丛林、亚玛高原、古尔基拉也开始生根发芽。甚至在遥远的好望丘陵，也有少数信众出现。

纳罕去世的消息已经传遍天下。不，不是去世，是回去见赛纳尔了。据说是因为看到了天下人的善良，纳罕认为自己必须亲自回去告诉赛纳尔，停止一切惩罚，开始实施恩典。所以大家一定要小心，在这个时候，如果谁要作恶，就不仅仅是对纳罕的不敬，而是与天下人为敌。那会让所有人受到赛纳尔的惩罚，甚至纳罕也会被惩罚，因为赛纳尔会认为纳罕在欺骗祂。

关于作恶，现在流传的说法是，违背"不争"的原则就是作恶，但面对不相信赛纳尔的魔鬼时例外。

如果在大家的配合下一切顺利，赛纳尔相信了纳罕——当然会相信，只要大家每天做祈祷礼来帮助纳罕——那么恩典就会到来，大家将拥有一个无比美好的未来。

做祈祷礼没问题，起床后要做，吃饭前要做，睡觉前要做，见面打招呼要做，离开告别也要做。每天都可以做很多遍，没人觉得麻烦。

任为不知道应该高兴还是难过，自己创造的宗教正发展壮大，远远超乎自己的愿望。

不过，在萨波、拜俄法和大平原，赛纳尔教却不算什么。风入松率领的克族人势力更大，他们阻挡了赛纳尔教。

克族人在帝王陨建立了辉煌的建筑来纪念克雷丁大帝，包括数个巨大的雕像，并以此为中心向各个方向推广。但他们在推崇克雷丁大帝的同时，却又在努力淡化克雷丁大帝的军事功绩，转而讲述很多克雷丁大帝治理时期天下大治、官府清明、民众幸福的故事，核心是克雷丁大帝的平易亲民和励精图治而非勇武无敌。他们试图把克雷丁包装成一个满怀慈悲、以天下为怀、只在不得已的时候以武力镇恶祛邪的天神，而即使在使用武力的时候，心中也充满了同情和悲伤。

风入松进入云球后，在最初的时候频繁地使用仇恨这个词，因为那时主要面对的是克族人。后来，他慢慢地减少了这个词在自己的言辞中出现的频率，代之以拯救——拯救黎民于水火之中。所谓的"水火"，在风入松的宣讲中，不是一个泛指的词，而是说具体的两方面：水是外界的灾难，火是内心的挣扎。

作为克雷丁大帝的转世，风入松说，他的任务是拯救世人。既免于外界的灾难，也免于内心的挣扎。要拯救的人不仅限于克族人，而是包含了所有对克雷丁大帝心怀崇拜的人，当然不包括那些邪恶的人、那些对克雷丁大帝不敬的人以及那些阻挡他去拯救世人的人。拯救的方式是多种多样的，最终他将率领正义的军队清理天下的坏人。但即使现在还没来得及，即使现在还生活在黑暗中，人们只要在心中保持对克雷丁大帝的崇拜，就可以趋利避害。

在建造了巨大雕像的同时，随着克雷丁大帝各种故事的传播，无数小号的石头或者木头雕像也在广泛流传。据说把克雷丁大帝的雕像摆在堂屋里，每天抚摸就可以保佑全家的身心健康。还有很多人在手中把玩一个更小号的雕像，据说也有同样效果，用红箭木或者另一种更加名贵的金丝木制作的手雕最为流行，不过有点贵。实在买不起的话，粗糙而便宜的柳木或者杨木手雕也能将就，只是保佑的效果可能略微差些，当然这只是民间的说法，帝王陨官方从不承认雕像材质对于克雷丁神力的影响。

不过，雕像产地对于克雷丁神力确实有影响，这一点帝王陨官方是承认的。无论什么材质，材质本身来自哪里，所有雕像的制作都必须在帝王陨完成。帝王陨是克雷丁大帝升天的圣地，那里的天空弥漫着克雷丁大帝最后的气息，只有在那里制作的雕像才有无限神力，这很容易理解。这些手雕在手中握久了会变得异常光滑，手感很舒适，如果离手，反而会让手感到有点不舒服，皮肤有些发痒，这成为克雷丁大帝神力的一种体现。

雕像制作为帝王陨这块贫瘠的根据地带来了很多收入。不过风入松也很头疼，在他能够统治的地区之外，各地已经出现一些假冒品，号称产地在帝王陨，而实际上就在隔壁村。对此，风入松暂时还没什么好办法。

只是吊儿郎当地在手中拿一个手雕，或者歪七扭八地在桌上放着一个座雕，显然诚意是不够的。要让全家人身心健康，有效的前提是全家人心中未曾出现过对克雷丁大帝的不敬，比如厌烦或者怀疑。这导致当有些人家出现疾病或者困难的时候，孩子们就成了挨揍的倒霉鬼。因为大人们确信，只有孩子们心中才会出现那些肮脏龌龊的念头。

除了军队和雕像，在风入松的日常中，如何平衡"仇恨"和"拯救"这两个截然不同的概念，成了主要工作之一。这两个概念也确实在融合，克雷丁大帝的形象逐渐从一个勇武的帝王转换成了一个无所不能而又悲悯无边的神祇。这从雕像的形象变化就可以看出，越来越圆润丰满而又不失威严。当然在那个时代，反正也没人知道克雷丁大帝究竟长什么样子，怎么制作都行。不过任为是在电球中见过克雷丁大帝的，知道他长什么样子，任为觉得所有雕像没有一个像他本人的，而且，那些口口传说的克雷丁故事也大都从来没有发生过。

风入松的另一个主要工作，是如何淡化克族人的血统来源，而更强调人们对于克雷丁大帝的崇拜以及对于克族人思想和生活的认同，最重要的是对于他的领导的认同。在持续努力下，克族人已经不再限于那些克雷丁大帝卫士的后代，逐渐成为以帝王陨为中心，包含山地盟、龙水关、南风谷甚至大平原西部地区的一种风尚。

任为对风入松有印象，他曾经见过风入松。这个人身材高大，神情严肃，一丝不苟，整个身板像一把尺子一样笔直。从某种角度看，他和克雷丁大帝真有很多神似之处，比那些雕像相似得多。

在乌骨森林、肯兹尔和南通原，乌斯里的科学和民主则欣欣向荣。本来在穿越计划中，传播的思想应该以宗教为主，大家认为那更容易传播，但显然乌斯里有不同的看法。不过也不能说乌斯里完全背离了穿越计划的思路，因为他把自己的组织叫作科学民主教，并自任教主。在云球的时候，任为并不知道这个名字，图图没有提起过，或者那时这个教派还没有正式成立。而现在任为知道了，却一时没搞明白乌斯里到底是什么意思。直到观看了更多历史影像之后，任为才逐渐明白，科学和民主只是乌斯里的外衣。只有作为云球人上帝的地球人才能了解乌斯里，而云球人万万不可能窥得全貌。

在科学民主教中，乌斯里建立了两个组织。

第一个组织叫作"科学讲经堂"。看起来是一个志愿者组织，没有任何成员接受任何工作报酬。他们的主要工作是到处宣讲科学和民主的理念，之前在云球世界网站看到的那个伦考恩就是科学讲经堂的头目。看起来没什么特别，但他们创造了云球上第一份报纸，叫作《科学民主之神》，免费分发给尽量多的民众作为现场演讲覆盖面有限的补充。这就很了不起了，将来在云球史书中，报纸甚至是媒体的首次出现，一定会留下浓墨重彩的一笔，而作为发明者的伦考恩，也一定会成为名留青史的人物——其实，是乌斯里出了这主意。

鉴于云球上通常用于书写的藤皮树叶纸和乌虫墨都非常昂贵，竹片或者云蚕丝织品之类的就更加不用说了，都不适合大规模分发，所以科学讲经堂采用了另一种方法，用一种叫作赤梨的水果捣成汁写在瑟瑟斯树的树叶上并用细细的蕃丝绳绑成一卷，这样做的成本很低。无论是不能吃的赤梨、叶片巨大的瑟瑟斯树叶，还是广泛种植的蕃丝，价格都相当便宜。不过，其他云球人从来不这么做是有道理的，因为瑟瑟斯树叶过不了半个月就会因干燥而变得酥脆，非常容易碎掉。其实早在瑟瑟斯树叶酥脆之前，赤梨汁那本就暧昧的红色就已经黯淡得无法看清楚了。任为本来以为这是乌斯里的无奈之举，但张琦告诉任为，乌斯里进去之前就研究了这些东西。这都是乌斯里特意选择的，其实有很多更好的选择，可乌斯里说，胡说八道当然不能留下证据，说这话的时候面无表情。

科学讲经堂通过现场演讲和报纸分发，鼓动和要求民众按照某个方向考虑问题，并把这个方向称之为科学或者民主。事实证明，科学多数时候不太管用，主要是不好理解，又不利于宣泄情绪。而民主则有用得多，因为简明易懂，还可以有效地降低人们因为担心发现自己无能而产生的心理压力。不过，在这个过程中科学还是展现了一定价值，科学讲经堂内部就经常非常科学地进行讨论，类似地球上的头脑风暴，找到了各种奇怪而又难以辩驳的逻辑，把民众面临的具体问题逐一和民主搞上了很有意思的某种关联，甚至就连洪水和旱灾如何和民主进行关联也被找到了说得通的说法。其实对于很多事，作为地球人的乌斯里显然知道那个并不复杂的科学答案，但看起来他很乐意选择更加充满力量的民主答案。

第二个组织叫作"民主传教会"，同样是一个志愿者组织，任何成员都不接受任何工作报酬。他们的主要工作是帮助面临各种困难的普通人，穷人，生病的人，以及遭受各种不公的人。民主传教会提供的任何帮助都分文不取，只是需要受助的人们认同科学和民主的理念并且订阅《科学民主之神》——这本来就是正确的，不是吗？不能算作是代价。

民主传教会很耐心地给人讲解《科学民主之神》，但也会威胁一些很难说服的人，甚至有时候会干掉这些人。不过，《科学民主之神》会公布这些人淫乱、盗窃、贪吃或者制造噪声等罪名。大家都相信，无论如何，民主传教会是为了大家的福祉，并且为此做出了巨大的牺牲。要知道，为了帮助民众所花费的精力还在其次，关键是这些挺身而出的人，杀掉那么多坏人，一方面需要无比的勇气，另一方面还要忍受着自己无比善良柔软的内心的折磨，甚至会得上各种心理疾病，这种牺牲就太不容易了。

民主传教会是科学民主之神最忠诚的仆人，每天都会念叨科学和民主，还会认真帮助民众学会如何用正确发音进行念叨。有些词原先在乌辛瑞玛并不是常用词，甚至从来没有出现过，所以民主传教会的帮助很重要。经常有人为民主传教会的虔诚和善行而感激涕零。不能不说，乌斯里很成功，他当初的准备一定很充分。

同时，乌斯里也在乌辛瑞玛建立了一个政府组织，名字叫长老院。乌斯里自己并不是长老院的成员。他说自己只是科学民主教教主，科学和民主的化身，完全不关心权力，仅仅关心民众而已。之所以还在担任名义上的国王，也是一种无奈，甚至是痛苦。唯一的原因，是为了让乌辛瑞玛存在一个尽责的监督者，负责向民众报告长老院是否有什么违反科学和民主法则的行为。

长老院的成员都是些当地的贤明老人，最初是乌斯里挑选出来的，但已经制定了通过公投改选的机制。长老们看起来都成熟和睿智，说话的时候非常客观、中立和理性。他们只是很平淡地谈论一些事情，对反对意见非常宽容，一般都是报以微笑或者伸出大拇指表示赞赏。他们唯一会面露嫌弃之色或者愤怒之色而显得不太宽容的时候，就是有人不向反对者报以微笑也不伸出大拇指的时候。不过，对于那些被《科学民主之神》公布犯有淫乱、盗窃、贪吃或者制造噪声等罪名的人而言，无法判断长老院的宽容是否仍然适用，因为长老们从来没有机会见到这些人，这种见面通常意味着民主传教会的失职。

其实长老院的真正工作并不算太多，很多事情的决定并非由长老院做出。有时，他们只负责组织议题，然后将议题交给公众进行投票。乌斯里喜欢投票，乌辛瑞玛人也喜欢投票，总觉得这是自己的使命，相信自己能够改变什么。事实证明，乌辛瑞玛人对投票的喜爱多少有点莫名其妙，但至少乌斯里对投票的喜爱是有道理的，民主传教会安排好了一切，所有投票从没出现过任何让乌斯里感到意外的结果。

任为也见过乌斯里。乌斯里比风入松的个子要矮小不少，但非常精干，眼睛里始终都有着很犀利的目光，以至于任为和他对视的时候，一瞬间就移开了自己的眼神，甚至显得有些慌乱。

所以，现在的瓦普诺斯，基本上被三股巨大的新兴势力所覆盖。纳罕的赛纳尔教、风入松的克族人和乌斯里的科学民主教。不过，他们的覆盖还未能完全包含云球人中的一个主要部分：各个国家和部落的王族或长老。或者说，大部分王族和长老还没有被他们说服，反而是他们的敌人。

事实上，虽然没有全面战争，但已经发生了若干次规模或大或小的冲突或战斗。

在坎提拉，米尔什国王联合瘦马城塔希斯国王，在瘦马湖西岸，和瘦马城隔湖相望的地方，围攻了修连率领的一支赛纳尔队伍。显然，修连的队伍还称不上是军队，修连本人也不是一个好的指挥官。他们的位置就注定了失败：前面是米尔什王在虎视眈眈，而塔希斯国王恰好可以赶到侧后方进行夹击。修连的队伍伤亡了很多人，修连本人也身负重伤，不久后就不治身亡。不过，图图知道这个消息的时候，不但没有沮丧，反而很高兴。他告诉斯特里，赛纳尔也开始拥有仇恨了，不再比风入松少一样武器。纳罕被移出图图的府邸，观察盲区消失后，任为看到图图的时候，图图说的第一句话就是这句话，其中的含义任为一直到查看历史数据知道瘦马湖之败以后才明白。

克族人还没有和阿克曼国王打起来，按说那应该是他们的目标。他们反倒是和山地人先打了一仗。这也能理解，之前帝王陨在山地人的控制范围内，瑟苈塔的贵族们不爽克族人已经很久了。终于，瑟苈塔人发动了一场小小的战争，以为胜利唾手可得，毕竟在短短几个月之前就还没听说过什么风入松呢。但瑟苈塔人却失败了，全军覆没。过程其实很平淡，因为远道而来的瑟苈塔人在刚刚到达帝王陨时，还没有来得及安营扎寨就被突然袭击，然后就没有然后了。整个过程让任为充分见识到了风入松卓越的军事指挥能力。

乌辛瑞玛则主动挑起了一场战争。和坎提拉的穷人或者帝王陨的仇恨者不同，科学民主教拥有一个城邦，一个富裕的大城。他们有挑起战争的资本，也的确这么做了。乌斯里的军队很快攻占了坦特斯，乌辛瑞玛西部的另一个大城。这场战争也是民主的结果，九成六的乌辛瑞玛人投票支持战争，因为科学和民主宣称，他们的科学和民主是最好的东西，好东西不能独享，当然需要分享给坦特斯人，每个乌辛瑞玛人都这么想。任为听到乌辛瑞玛人这么说的时候，愣了一会儿才反应过来是什么意思。

还有很多小的战斗，任为不想再看。不过总盯着图图也没什么可看的，他就是在布置各地这个那个而已。很多内容对任为来说有些费解，也不感兴趣。图图已经很久没有回黑石城，当然也就上不了朝，不知道跟阿克曼国王怎么交代的，阿克曼国王迄今为止也没有表现出什么不满。这虽然挺奇怪的，但任为懒得去查历史数据寻找答案了，估计就是说瞎话呗，图图还能怎么样呢？

赫乎达和斯特里已经离开，带着图图的使命，分别去了纳金阿和古鲁斯——斯吉卜斯沙漠中最大最富裕的城邦。而索萨一直陪在图图身边，从没有离开。

没有任何迹象能够让纳罕推测出图图究竟为什么忽然之间要杀掉自己。这真是个奇怪的事情，到底有什么必要性呢？任为不明白。

不过说到阿克曼国王，任为想起了自己在黑石城度过的那几天。

图图正在运筹帷幄，拉斯利正待在某个脑单元里孤独地冥想。除了他们俩之外，那几天里给任为留下最深刻印象的云球人就是菲雅了。那个妩媚的女人，有着浅蓝色眼睛的女人。不是海一样的深蓝，而是海滩上的浅蓝，一眼就能看得清楚水底的沙滩。任为忽然想看看菲雅，想看看那双浅蓝色的眼睛。

按道理，任为应该花点时间看看另外三位派遣队员的情况。他们其中两位在奇尔斯特大陆，一位在艾瑞坦大陆。不过，任为提不起兴趣。反正穿越计划的总结张琦会写，这事本来就是张琦在负责，任为不用操心。再说，他对奇尔斯特大陆和艾瑞坦大陆也不熟悉，那里和瓦普诺斯相比还是比较落后的。

67·云球的进化 / 327

他还是想去看菲雅,和菲雅在一起的那些日子那些事,并不容易说出口,却不容易忘记。

他迅速地查找到了菲雅。

菲雅正在送走她的客人,脸上带着迷人的微笑,两只胳膊柔顺地搭在客人的肩膀上,身体扭出了一个柔媚的曲线,眼睛里满满的都是温情和留恋。

那个客人慢慢拿下自己肩膀上菲雅的胳膊,笑了笑,转过身走向门口。就要出门的时候,又扭过头来对菲雅说:"记住,有任何重要消息,立即找老王送到帝王陨。"

"我知道了,放心吧!"菲雅腻腻地说,似乎不满意对方包含了些许担心的叮嘱。

任为吃了一惊。帝王陨,他想,帝王陨。

客人正在走下楼梯。菲雅靠在门口,看着客人的背影,眼睛里的留恋已经没有了。客人从楼梯上消失了,菲雅慢慢地转过身,关上门,走回屋里坐了下来,对着桌上的石镜整理起头发。而任为还在思索帝王陨几个字。

任为回过神来,看到菲雅又站了起来,走到窗口打开窗户。那是冲南的窗户,窗外是一片低矮的民房。菲雅的二楼视野很好。正是傍晚的时候,右手边有一轮夕阳,阳光温柔朦胧。菲雅眺望着远方。

任为很疑惑,她在想什么?帝王陨是怎么回事?

菲雅在胸前举起自己的双手,像是要去捧住自己的脸颊。她的手指那么修长,出现在画面的中心,让任为忽然想起那些手指轻抚在自己身上的感觉,他的呼吸有点急促。

但瞬间之后,他却几乎屏住了呼吸。

他看到,菲雅并没有捧住自己的脸颊,而是双手手指交叉握拳,用合在一起的两个拇指指尖慢慢地碰了碰额头、鼻尖和下巴,伴随着很虔诚的表情。

68 公关死局

"我被图图他们利用了。"快要吃完晚饭的时候,任为很郁闷,手肘撑在桌子上,筷子停在半空中,眼睛盯着筷子头,"我其实什么都没干,只是给坎提拉人治死血病,可他们却用我来给大家洗脑。"

"你干了些事。你告诉了他们赛纳尔、天使、魔鬼之类的东西,还有不争。"吕青一边说,一边把最后一勺白粥送进嘴里。

"都是瞎编的。"任为说,"纳罕这个名字都是抛石头抛出来的。"

"抛石头——挺有创意的!"吕青咽下了那口粥,放下勺子,"不用郁闷了。别忘了,你做的事情也推动了云球社会的进步。"

"图图用感恩来绑架,用惩罚来恐吓。风入松用仇恨来激励,用拯救来引诱。而乌斯里则用愚弄的底子来推动民主的表象。这就是我们在干的事情。"任为说,"我们到底在干什么?云球应该是这样吗?"

"地球不也是这样吗?"吕青说,停顿了一下,"说一件地球上的事情吧!也许和明明有关——不过,只是我的猜测。"

"什么事情?"任为问,听到女儿的名字,他抬起眼睛,放低举着筷子的手,转过头看着吕青。

"那个德克拉共和国，就是用 SmartDecision 来治理的太平洋岛国，最近很不太平。"吕青说。

"你上次说，"任为想了想，"明明他们在那里组织了很多游行。"

"想要机器人平权嘛！"吕青说，"FightingRobots 一定是觉得格兰特总统是机器人，德克拉又喜欢公投，公投就什么都有可能，所以他们的主张在那里最有希望。不过，这个想法太幼稚了，不会成功。"

"为什么说太幼稚了？"任为问。

"既然德克拉人选择了机器人做他们的总统，那就是说不喜欢人类做他们的总统。明明却希望反过来把机器人总统变成人类总统，这不是公然对抗德克拉的民意吗？"吕青说。

"这么说——"任为迟疑了一下，"也有道理。"

"最近德克拉又发生了些事情。"吕青说，"德克拉的网络媒体上出现了很多文章，质疑格兰特总统利用德克拉人的隐私来治理国家，搞得沸沸扬扬。这些文章不是公开的，只针对德克拉人推送。所以，虽然铺天盖地，外人却看不到，我是听外交界的朋友说的。这很奇怪，有必要吗？大规模定向推送在社交媒体那里可是要花很多钱的。"

"你有什么怀疑？"任为问。

"除非干这事的人害怕公开发布这些文章会导致大规模反对。"吕青说，"很明显会被反对，SmartDecision 第一分钟就会反对。"

"所以，没什么奇怪啊！"任为说。

"不，还是有点奇怪。"吕青说，摇摇头表示不理解，"以前这样的事情也发生过不少，但很少有人要特意避开质疑对象，避开反击。这种质疑通常会导致大规模的口水仗，这才正常。甚至很多时候，口水仗就是挑起纷争的真正目的。有什么必要害怕对方的反击？有什么必要害怕口水仗？"

"没有证据吧？自然害怕对方反击。"任为说。

"你真是个好人。"吕青说，"只是怀疑而已，有什么关系？怀疑的权利都没有吗？再说，真要是那么没信心，就不要乱怀疑了。"

"那你什么意思？"任为问。

"除非操纵者一定要达到什么目的。"吕青说,"在公众形成成见之前,不能让对方反击。等公众有成见了,对方再反击就来不及了。"

"嗯——"任为想了想说,"有这么复杂吗?"

"开始我也就是瞎猜一下,并没有多想。可后来又发生了一件事,就更奇怪了。"吕青说,"露西!"她回头叫了一声,示意可以收拾碗筷了,露西从厨房走了出来。

"SmartDecision 公司的公关顾问发表了一篇声明,也是定向推送的,只有德克拉人能看到。"吕青接着说,"文章说,这件事是有组织的阴谋,在误导德克拉民众并陷害格兰特。"

"不应该这么做吗?"任为问,抬头冲露西笑了笑,露西也冲他笑了笑,开始收拾饭桌,"当然,如果并不是有组织的阴谋,SmartDecision 造谣就不对了。"他接着对吕青说。

"我倒没觉得他们造谣,这肯定是有组织的阴谋。"吕青说,"只是,SmartDecision 公司不该发这样的声明。事实上,他们后来又发了声明,说这个声明不是他们发的,而是别人冒名发的。可已经来不及了,德克拉人已经愤怒了。"

"你都在说什么?"任为很困惑,"我不是很明白这个逻辑。"

"德克拉人很骄傲,有名的骄傲。"吕青说,"他们第一个选择机器人做总统,就是自信的一种表现。而 SmartDecision,如果真的使用了德克拉人的隐私来治理国家,应该很了解德克拉人的个性。那时候民调显示,已经有超过半数德克拉人开始质疑格兰特总统了,在这种情况下,SmartDecision 怎么能说什么有组织的阴谋之类的话呢?还说误导德克拉人?这不是说那些质疑格兰特的德克拉人上当了吗?不是说这些人很愚蠢吗?民众瞬间就被激怒了。然后 SmartDecision 公司又发表了一篇声明说前一篇声明是假的。这样看起来难道不是很反复吗?一定会让德克拉人更加愤怒。这个过程非常奇怪,难以理解。"

任为想了想。"怎么样才不奇怪呢?"他问,"怎么解释才对呢?"

"怎么解释都不对。"吕青说,"被一群自以为是的人盯上,解释只会让他们更愤怒。在这个过程中，SmartDecision 的表现太奇怪了，按道理他们应该低调一点。这么快就发声明，说什么阴谋之类的话，然后再发声明，说之前的声明是假的，这不正常。"

任为又想了半天。"那这个关于阴谋的声明，有没有可能确实是假的，是那个搞阴谋的组织陷害 SmartDecision？"他问。

吕青笑了笑说："这就对了。照我看，不仅这个声明是假的，就是第二篇声明也是假的。两篇声明都是那个搞阴谋的组织干的，目的就是一遍又一遍地激怒德克拉人。"

"那些人到底要干什么呢？"任为问。

"我猜，那些人是真的质疑 SmartDecision 使用了德克拉人的隐私。但没有任何证据，也没有任何线索，所以只能通过激怒民众的方式，迫使 SmartDecision 自己交代点什么。"吕青说。

"会有效吗？"任为问。

"我想会有效。"吕青说，"现在 SmartDecision 已经陷入了公关死局，他们发现得太晚了，这种事一定要防患于未然。现在这事不仅仅限于德克拉，已经被扩散到公开网络上，就更加是死局了。"

"扩散到公开网络上？你不是说那些人不想这样吗？"任为问。

"那是一开始，现在不同了。"吕青说，"开始就公开的话，SmartDecision 可以危机公关。那时大家还懵圈呢，声音一多就不知道该听谁的了。现在德克拉人已经愤怒了，其他人不能指责他们的愤怒，那只会火上浇油。其实没人会在意火上浇油，吃瓜群众嘛，看热闹不嫌事大，能浇油就浇油嘛，有什么不好？德克拉人很自信，但实际上是一个不被人注意的小国，和谁都没关系，大家看笑话而已，所以各种添油加醋是所有人最喜欢做的事情。何况侵犯隐私这种事情，没人敢乱说，只能支持德克拉人，质疑SmartDecision。如果记者来采访你，你能怎么说呢？你敢说民众关心自己的隐私不对吗？"

"这个——"任为迟疑着，他显然不敢这么说。

"道德正确的事情一旦发生，所有人就都被绑架了，没人敢出声反对。"

吕青接着说，"所以舆论压力是单向的，SmartDecision 很难办。如果格兰特总统真有利用隐私的事情，恐怕多少会交代一点。"

"如果 SmartDecision 真是无辜的呢？"任为问。

"那就是 SmartDecision 倒霉了。"吕青说，"这件事怎么也得一两年才能消停下去，SmartDecision 的生意就很难做了。不过那样的话，幕后黑手的目的也算达到了，至少证明了他们的怀疑是错误的。"

"谁在做这样的事情？幕后黑手会是谁？"任为问。

吕青不说话。

任为忽然明白过来。"你刚才说，也许和明明有关。"他说，"难道你怀疑幕后黑手是明明？"

"上次说到 FightingRobots 袭击 CryingRobots 的巴黎总部，我推测情感黑客的背后也许就是 CryingRobots，而明明就有可能从巴黎总部的数据中得知情感黑客的真相，记得吗？"吕青问。

"记得，但你没有推测出明明下一步会干什么。"任为说。

"是的，我没有想出来，但看起来明明比我聪明，她想出来了。"吕青说，"如果说德克拉这件事情背后真是她在推动，我一点也不会吃惊。我觉得这是查到情感黑客全部真相的一个很好的尝试。"

"这是——"任为不明白，"这又是什么逻辑呢？CryingRobots 为什么和 SmartDecision 扯上了关系？如果说 SmartDecision 使用隐私治理国家和情感黑客有点关联，倒是能说得过去，但好像和 CryingRobots 的目的完全不一样。"

"有些逻辑。"吕青说，"明明想到了 SmartDecision 使用隐私治理国家和情感黑客有关联。她之前在德克拉组织过街头运动，对德克拉很熟悉，也有可能对格兰特总统有些了解。如果 SmartDecision 的隐私来源和情感黑客的隐私来源是有关联的，那么通过调查格兰特总统就能够搞清楚情感黑客到底是怎么回事。比如说，最终可能会发现，一切都是远景科技的问题。明明的情感黑客就基于远景科技的 SSI。真是那样的话，我估计明明就要对远景科技动手了。"

吕青脸上都是焦虑和担心。"我想明明一定很痛苦，也气疯了。她一定是想要找到隐藏在幕后的罪魁祸首，然后进行报复。"她接着说，"而且，路易斯·坎通死了，这就更加可疑了。"

"路易斯·坎通？路易斯·坎通是谁？"任为问。

"CryingRobots的理事长，你忘记了？哼——"吕青哼了一声，不知是幸灾乐祸还是惋惜，"总部被袭击，数据被摧毁，理事长也死了。这下子，CryingRobots要作鸟兽散了。"

"理事长死了？你不是说，巴黎袭击中没有死人吗？"任为问。

"不是在袭击中死的，是第二天在车祸中死的。车祸发生在巴黎郊区，人当场就死了。"吕青说。

"那说明什么呢？"任为问，但忽然意识到什么，一下子紧张了起来，"你怀疑明明的人杀了他？"

"不。"吕青说，"如果是明明要杀路易斯·坎通，不会等到第二天。他们袭击CryingRobots的总部后，应该会立即离开巴黎。"

"那你什么意思？"任为问，松了一口气。

"如果我们猜得没错，情感黑客和CryingRobots有关，路易斯·坎通是CryingRobots的老大，一定知道情感黑客的事情，说不定就是他一手搞起来的。"吕青说，"我能猜到明明他们会在数据中发现情感黑客的秘密，那么如果路易斯·坎通背后有什么人的话，也一定会猜到。"

"你是说，路易斯·坎通被灭口了？"任为说。

"对，"吕青说，点了点头，"幕后的人应该是在担心明明他们去找路易斯·坎通对质。不过，他们杀了路易斯·坎通，只能让明明更加确定这件事情幕后有人，促使明明采取更多的行动。"

"明明才不到二十岁，"任为说，似乎很难相信，"她会像你这样考虑问题吗？"

"我觉得她可能比我想得更周到，也更快。"吕青说。

任为默然不语。

"还有一件事，"过了一会儿，吕青说，"我这两天想到的，我觉得应该提醒你一下。"

"什么？"任为问。

"你以前说过，云球中的五千万意识场对前沿科学院是个负担。"吕青说，"现在，你们建立了云狱，也许应该认真地想想这个问题了。"

任为看着吕青，满脸惊诧。

69 伦理困境

夜里，任为想吕青说的话想了好久。吕青最后提醒的那些关于地球所前途的推测，直到第二天早晨去上班的路上，都在他的脑子里挥之不去。

吕青认为，云狱是个问题，可能会给地球所带来巨大变化。

王陆杰最早跟任为提到云狱的时候，曾经说和国内监狱系统的什么人聊过这事，当然只是瞎聊，那时他还没有接触过地球所。但奇怪的是，当云狱真的有了眉目的时候，王陆杰找来的第一个进行考察的人，是赫尔维蒂亚的监狱管理局局长，而不是任何国内监狱系统的人。

王陆杰跟任为解释过原因。他说，聊天归聊天，可实际操作的话，云狱这种做法太超前了，第一个吃螃蟹不容易，而赫尔维蒂亚是最合适的选择。这个国家大，有需求，同时，做事风格和德克拉差不多，喜欢公投，只要公投过了什么都可以干。如果德克拉能用机器人做总统，那么赫尔维蒂亚就敢把犯人送到云狱去。

任为觉得王陆杰的说法没什么问题，根本没多想。但吕青却不这么觉得，在她看来，如果没有特别的安排，这是匪夷所思的事情。一个监狱，或者说，一个怪怪的什么违法监禁整体解决方案，由一个国家的国有机构作为一种服务提供给另外一个国家,这行得通吗?算是政府行为还是商业行为?安防怎么解决?出了事谁负责?靠警察吗?让警察替其他国家看管犯人?

不能不说,这是个问题。听到吕青提出来的时候,任为马上觉得不对劲。在这些方面,任为一贯比较迟钝,需要吕青提醒才能想到并没有什么奇怪。但是,任为没想到,别人也没想到吗?欧阳院长没想到?王陆杰也没想到?云狱的匆忙诞生是因为张理祥偷渡的那二十一个人,不然不会这么着急。但用黑洞来制造时钟差进而建立云狱的方法,是欧阳院长提醒任为的。至于王陆杰,显然琢磨这事已经很久了。他们二位不可能想不到。

吕青推测,要让云狱成为现实,只有一个办法,那就是对地球所进行股份制改造,让地球所彻底商业化,成为一个市场主体。市场主体去做云狱这样的事就没什么奇怪的了。或者说,只有奇怪的客户,没有奇怪的服务商,有客户需求自然就有服务商。至于服务商怎么提供服务就不是问题了,只要不违法,客户接受,怎么样都行。

而云球资产化,资产证券化,是王陆杰早就想好的。云狱既然一定会推动云球资产化,那他很可能一直都在等待张理祥事件这样一个让云狱启动的机会。任为出了一身冷汗——张理祥事件不会和王陆杰有关吧?他想起来,欧阳院长提出黑洞的建议之后,自己曾经有一丝怀疑,张理祥事件的背后是不是王陆杰。不过那时自己仅仅是想到王陆杰成功地得到了云狱,完全没想到云狱的下一步就意味着云球资产化。如果这都是真的,王陆杰也太可怕了——好在吕青很快否定了这个推测。她说,王陆杰是个生意人,不会冒这个险。这不是白道生意的做派,成了黑道生意了,王陆杰肯定不会这样做。不过,如果说王陆杰早就预料到了迟早会出这种事,那是有可能的,如果说是他主动提醒了欧阳院长用云狱来解决那二十一个人的问题,也是有可能的。

至于欧阳院长,按照吕青的说法,既然地球所一直以来都是前沿科学院的负担,那么这也许是前沿科学院彻底摆脱地球所的最好机会,欧阳院长自然乐见其成。

虽然任为马上紧张起来,吕青却不以为意。她劝说任为,这些事情本来就是一个自然的发展,就像她自己工作上那些事情一样,迟早会发生,拦是拦不住的,最好的应对就是顺其自然。

资产化的过程本身并不困难,地球所做个估值,找人来入股就行,然后地球所就是股份公司了。欧阳院长应该不会一上来就把地球所全卖了,而只是引入一些新股东,一段时间以内前沿院应该还是大股东,欧阳院长也还会是任为的领导。这样就足够了,地球所不是一个全资国有的科研机构,有些事情做起来就方便了。其实,对任为的工作应该不会有很大影响。从好的方面讲,任为应该也会有不少股份,地球所的同事应该也都会有,大家也许能挣很多钱。

任为对钱并不太感兴趣,但吕青的另一个说法,让他有些动心,隐隐觉得这对地球所也可能是好事,这要看自己怎么做。

云球人,五千万云球人,将来到底怎么办?现在任为并没有什么想法,但吕青提醒他,迟早他会有想法,有一个希望。那么,把实现希望的主动权掌握在自己手里,云球资产化就是一个机会。

云球问题的本质在于,地球人如何接受云球人。现在这个阶段,地球人还没想好呢,对绝大多数地球人来说,云球人才刚刚在地球上出现。所以,地球人如何接受云球人,取决于云球人做了些什么,其实也就是地球所做了些什么。就像一个人,如果做了好事,大家会喜欢这个人,如果做了坏事,大家会不喜欢这个人。当然,现实中肯定不是好事或者坏事那么简单,但无论如何,大家如何接受一个人,显然是可以被引导的。只要愿意,完全可以让自己受欢迎,但前提是有足够的能力去引导大家。而这个能力,很大程度上取决于钱。

虽说不能确定,但任为觉得,吕青的推测多半不会错。

果然,任为刚到办公室,王陆杰就打来了电话,说新声科学娱乐的股东,顾子帆和傅群幼的儿子,不是傅群幼,是傅群幼的儿子,想要来和大家开个会。这应验得也太快了!还能谈什么呢?任为想,可以确定了,吕青一定是对的。好在被吕青提前提醒,要不然自己还不得当场崩溃。现在他有了心理准备，甚至在想应该去利用这个机会了。

傅江涌"砰"的一声坐到椅子上，任为的心脏猛地跳动了几下。

他就是傅群幼的儿子，二儿子，三十多岁，剃了个小平头，胖嘟嘟的，腮帮子有点鼓，眉毛浓得像板刷，看起来一点都不像傅群幼。就冲脖子上一嘟噜乱七八糟的挂件，任为就很难想象，傅群幼那样一个人是如何能够接受他的，任为觉得自己都不能接受。

傅江涌正跷着二郎腿，斜靠在椅子上，对着顾子帆说："老顾，老爷子对你印象不怎么样，咱们可得好好相处。"

顾子帆冷冷地扫了他一眼，"对我印象不怎么样？对你印象好吗？"顾子帆这会儿抬着头，平视着大家，没有像见到胡俊飞时那样低着头眼睛往上瞟，眼神似乎也更加严肃。

"对我？"傅江涌坐直了身子，仿佛来了兴趣，"对我的印象嘛，当然是很好啦！不然，怎么这事让我来管了呢？不过老爷子真是糊涂了，你说这事，怎么能够让我来管呢？除了飞行摩托，我还懂什么？对，还有女人，我懂女人。"他抬起一只手，伸出手指凌空点了几下，似乎在确认自己的说法，"所以啊，这么个老爷子，如果对你印象不好，倒让我对你印象挺好的。"

顾子帆半转过身，眉头皱在一起，看着他，似乎有点疑惑，没有说话，过了一会儿，摇了摇头，还是没说话，把身子转了回来，对王陆杰说："陆杰，咱们开始吧。"

"是，开始。"王陆杰笑了笑，"刚才大家都认识了啊！以后都是一家人，我有什么话就直说了。"

"谁跟你是一家人？"孙斐说，她一脸恼火，"这是什么意思？要干什么？"

"这不是正要说嘛！"王陆杰说，"你不要急，你看任所长、张所长，两位领导多有涵养，你要多学习。"

"孙斐，你别叫了，听他们说。"有涵养的张所长就坐在孙斐边上，他拉了拉孙斐的袖子。不过，他皱着眉头，语气听起来并不平顺，好像涵养也是有限的。

任为已经事先跟张琦通了个气。并没有提到吕青，也没有提到机会什么的。他只是对张琦说，自己接到王陆杰的电话，要安排大家一起开个会，有重要事情要谈。他说自己有一种预感，不好的预感，然后把吕青的猜测当成自己的猜测告诉了张琦。在这些方面，张琦的领悟力显然比他好，也更加清醒和镇定。张琦确实不高兴，但不用任为提醒，他自己就说，知道这一天迟早要来。如果今天真的就是那一天，也只能顺其自然了。可能张琦也用某种方式提醒了孙斐，而孙斐就没有那么能够顺其自然了。

"孙主任，"傅江涌又开口了，"你别不高兴，我特理解你。你放心，将来有什么事情，有我在，绝不能让他们欺负你。"

"用不着！"孙斐说，"把你的玉坠儿收好了，掉地上了。"伸出手指了指傅江涌胸前。

傅江涌赶快低头看了看自己的胸前。"没有啊，在呢！"他说，抬起头，一脸茫然。

"猪。"孙斐低声嘟囔了一句，把头扭向了另一个方向。

"嗯，嗯。"王陆杰哼了两声，"这事啊，任所长、张所长、孙斐——孙主任，我以前提过，就是地球所可以资产化。目前呢，有些新情况，我们需要探讨一下。"

"不用探讨。"孙斐说，"探讨什么？早跟你说过，门儿都没有，我们不卖身。"

"对，卖艺不卖身。"傅江涌说，"有骨气。"他说着，还一边点了点头，像在加强语气，同时直勾勾地盯着孙斐。

"你——"孙斐竟然一下子语结，不知如何反驳。

"孙斐，孙斐。"王陆杰说，"你别激动，别激动。我知道你不高兴，不愿意这么做。没问题，没问题，我理解。但是，我们眼前面临一些困难，总要解决对不对？来，我们一起找找解决办法。如果有其他办法能解决，什么都好说，好不好？没人逼你。可要是没办法解决，那还要不要过日子了？"

"哼！"孙斐使劲哼了一声，但没说话。

"看来根本不用我说，你们早就都知道我们来干什么。怪不得我给任所长打电话，提到子帆和傅公子要来，任所长问都不问是什么事情，一口答应，反手就挂了电话，搞得我压力山大。"王陆杰说，摇了摇头，仿佛心有余悸，"你们还是厉害，聪明！科学家就是科学家。"他伸出大拇指，冲任为、张琦和孙斐比画了一下。

"任所长，"顾子帆忽然开口说话，"我们见过一次面，我就不客气了，有什么话我就直说了。"

"您说。"任为说。

"地球所之前的情况，我从陆杰那里了解了一些。"他说，"我也知道大家关于云球资产化的意见。不过我有一些看法，想跟大家沟通一下，仅供参考。"

"您说。"任为又重复了一遍。

"云球这个项目，在世界上独一无二。这个项目的难度很大，涉及四个方面。第一是技术难度，第二是资金需求，第三是实用价值，第四是伦理困境。"顾子帆说，"前三个方面的难度早就体现出来了，已经是足够大的难度，除了地球所，世界上没有人能够坚持下去。但是第四方面的难度，是在意识场发现之后产生的。这是一个新问题，可也是最大的一个问题。"

言简意赅，他想说什么呢？不过是想要说服我们。其实不用那么认真，我已经做好准备被说服了。任为想。

"现在面临的具体问题是云狱的运营，大家都清楚，以地球所的身份，一个国家所有的科学研究机构，云狱是不可能运营的。不过我认为，云狱只是一个小问题，是水面上的冰山一角，水面以下有更多问题。也许可以放弃云狱，规避眼前的问题，但毫无意义。"顾子帆说，"问题的核心是，意识场以及云球意识场的出现，已经把地球所带入了伦理困境。面对困境，只有三个选择，放弃、躲闪或者迎战。"

"放弃其实不是一个选择，因为已经有五千万人在云球里，放弃已经来不及了，除非足够冷血——我不觉得大家是这样的。"顾子帆接着说，"躲闪是可以的，但只是一个暂时的解决方案，也许能解决今天的问题。可睡一觉明天醒来，就会出现新的问题，就不一定能够躲得开了。我是一个投资者，投资者都是实用主义者。所以我的建议是迎战。我认为有十足的把握赢得这场战争的胜利。"

"对不起，顾总，"张琦插话说，"您怎么定义胜利？"

"对不同的人当然是不同的。"顾子帆说，"对我来说，赚钱就是胜利。既然投了钱进来，就要赚十倍、一百倍的钱回来，这是我的本分，也是我的目标。当拥有地球所的股份以后，出现任何满足我需要的机会，我就会把股份卖掉，那就胜利了。"他笑了笑，"至于诸位，都是科学家，都有探索未知、追求答案的精神，所以我假定，答案就是胜利。"

"和赚钱相比，探索未知、追求答案应该说是非常理想主义了。但我认为，要实现这种理想主义，首先应该具备和这种理想主义完全相反的实用主义精神。"顾子帆接着说，"刚才说到，我是一个实用主义者，并不是因为我的目标是赚钱，而是因为我会为赚钱这个目标采取任何合理合法的手段。如果把我的赚钱目标替换成任何更加理想主义的目标，我仍然会像现在一样思考，采取任何合理合法的手段，那并不妨碍我成为一个同样的实用主义者。"

"老顾，"傅江涌插话说，"你在说绕口令吗？"

顾子帆低头停顿了一下，没有接话，也没有去看傅江涌。

"我想大家明白我的意思。"过了一会儿，他接着自己的话题继续说，"我听陆杰讲过伊甸园星建立的过程。我想，没有孙斐那样实用主义的手段，就不会有伊甸园星这样理想主义的结果。"

"我是被逼的！"孙斐说。她听得出来，顾子帆是在夸她，但却觉得哪里不对头，有点不舒服。

"在那个时刻，你把面临的情况看作一个可以把握的机会，而不是看作一个迫不得已的危机，所以你成功了。"顾子帆说，"你已经这么做了，只是没这么想而已。这次你应该从现在开始就这么想。"

"你就是想说，现在也是一个机会，对不对？"孙斐说，"直说就是了，绕那么多干吗？绕口令，这位大公子说得对。"

"就是嘛！"傅江涌冲孙斐伸出大拇指，然后对顾子帆说，"好像谁不明白似的，孙主任心里，早就明镜一样，用得着你说吗？"接着他又扭回头对孙斐说,"二公子,我是二公子。"

"是的,现在也是一个机会。"顾子帆说,"尤其是对你们而言。"

"什么意思?什么叫尤其对我们而言?"孙斐问。

"挣钱啊!很多钱。"傅江涌说,伸出手来,做了个数钱的动作,"还有权力,"他又抬起双臂,做了个曲臂绷紧肱二头肌的动作,"管理公司的权力!"他重重地说。

顾子帆摇摇头,苦笑了一下,还是没看傅江涌一眼。

"您的意思是,"张琦对顾子帆说,"我们可以借这个机会,来解决我们面临的伦理困境。"

"对,是的。"顾子帆说,"在地球所前面的道路上,最大的拦路虎是伦理困境。解决伦理困境,就需要民众正确地理解云球。这种理解是需要被引导的。要引导民众,就必须做事情,而不是宅在家里听之任之。"

和吕青说的一样,任为想。

"你们有钱有权力,对了,还有身份,怎么做都可以!"傅江涌说,用手指点了点他们几个,眉毛扬着,仿佛在等待他们恍然大悟。

顾子帆终于看了傅江涌一眼,但还是没接话。

"所以,任所长、张所长、孙斐,"半天没说话的王陆杰说,"说实话,子帆呢,投资嘛,目标是赚钱。我呢,主要也是想赚钱,有那么一点想做个企业家什么的。这都没什么好避讳的。但是你们想,欧阳院长为什么会乐意这么做?欧阳院长支持你们十年了,就这么放弃了?他是有很多压力,可他也有理想啊!欧阳院长多么有理想的一个人,你们不知道吗?所以,欧阳院长也是在找出路啊!不仅仅是给前沿院找出路,那样的话,压住你们不要往前走,慢慢往后退才是更好的选择。总有办法让云球人慢慢死光的,不是吗?欧阳院长也是在给你们地球所找出路,给云球找出路,让云球发展下去,让你们找到想要的答案——很多事情,你们还是要正确理解。"

"千万不能期望,民众会自动地认为云球人应该被接受,应该被耗费巨资养着。也千万不能期望,等民众不接受的时候,再去争论还来得及。"顾子帆说,"趁着大家还没想明白,去引导大家才是最合理的选择。所以,地球所需要空间，更大的空间，去做事情。"

任为想起了任明明，想起了最近德克拉共和国发生的事情，是明明他们做的吗？如果真是，看起来明明是很会做引导工作的。

"您是说，我们应该让地球人赋予云球人人权吗？"张琦问。

"如果想继续云球研究的话，还有其他选择吗？"顾子帆说，"云球人可是有意识场的！即使地球所不说话，也会有人逼地球所说话。另一方面，这个过程一定很艰难，会遭遇很大的阻力。毕竟云球占用了很大资源，而且会越来越大。想想 KillKiller 和 KHA 吧！地球所将会被夹在两种势力之间，不站队是不可能的。必须做出选择，要么毁灭云球，要么让大家相信云球带来了价值。"

"其实，这个选择本身并不重要。"顾子帆耸了耸肩，接着说，"现在的情况下，无论怎么选择，选择停下脚步或者选择继续前进，都要做些什么让民众理解这个选择。这就是伦理困境，可以选择方向和目标，但却无法选择不作为。否则无论如何，地球所都会变成人人喊打的过街老鼠。云球这个烫手的山芋是地球所创造的，想要甩掉可不是那么容易。"

"我不相信你们会选择停下脚步。"王陆杰说，"五千万意识场，谁能做出这样的选择？还是让地球人接受云球人比较靠谱。不过在此之前，应该先让云球成为地球不可或缺的一部分。要不然，你们花钱可太狠了，会让地球人肉疼！"

"想要勒索别人，总要先绑架别人，对不对？"傅江涌说。

"哎——停一下。"孙斐说，伸出手制止傅江涌说话，"他们要赚钱，那你要干什么呢？"她问。

"我？玩儿啊！"傅江涌摊了摊双手。

孙斐看着他，满脸怀疑，"你们家老爷子呢？不是挺威风的吗？怎么躲起来了？"

"他老了。"傅江涌说，"老了违法吗？再说了，我怎么知道？我都懒得理他。"

70 伊甸园的夏娃

很快，欧阳院长也正式和任为做了沟通。经过慎重的考虑，前沿院决定将地球所股份化，引入外部股东，使地球所成为一个真正的商业机构，摆脱所有的束缚，根据自己的运营状况决定如何生存和发展。

第一个外部股东当然就是新声娱乐这个长期合作伙伴。王陆杰是主动提出和任为他们先沟通一下的。王陆杰认为，为了将来的良好合作，先做出一个好的姿态很重要。他不希望任为他们觉得，前沿院的一个通知就将地球所的未来确定了，这也许会让他们产生被抛弃的感觉——而事实上，这是一种祝福和期许。

前沿院将仍然是大股东。具体的股份比例还没有确定，这取决于对地球所的估值以及和新声科学娱乐的协商。新声科学娱乐的两个大股东，顾子帆和傅群幼，也可能直接参股。所以，最初引入的外部股东可能是一家也可能是三家，同时，地球所的所有员工将得到原始股份的分配——这意味着一大笔财富，但也意味着某种责任，特别是在云球这个特殊背景下。将来，根据运营情况也许引进更多的股东，最终目标是将地球所作为一个主体进入股票市场进行交易——就像王陆杰一早就希望和计划的那样。

即使不谈未来，只看眼前的初步的股份化工作，也是一个很复杂的过程，不是朝夕之间可以完成的。对任为来说，他一方面要给前沿院的工作提供各种支持并进行一些博弈，比如对地球所的估值，比如和王陆杰、顾子帆以及傅群幼的谈判，比如为地球所的所有员工——包括他自己——争取利益；另一方面，他也要考虑在地球所内部如何进行利益的分配，这都不是轻而易举的事情。

这些工作显然不是任为擅长的，他也没兴趣。按照惯例，这种工作他会安排张琦去做，孙斐来协助。这两个人的结合，既有清醒的头脑，也有犀利的言辞，讲理和吵架都不怕，而且两个人都值得信任，是一个很好的搭配。

虽然经过了顾子帆和傅江涌的教育，但孙斐并不十分心悦诚服。她并非不明事理，其实她都明白，只是确实不容易一下子接受。开始股份化这项令她不悦的工作之后，她一直表现出真心的厌烦甚至愤怒。这很好，这让所有谈判对手都畏惧和无奈，而让张琦的冷静更加显得弥足珍贵，从而能够轻易获得对方的认可。

不过孙斐也不是一直都心情不好，有一件事让她的心情忽然好了起来。这件事情当然和云球资产化无关，而是和伊甸园星有关。

各种工作很忙碌，也出了很多意料之外的事情，其中很多都搞得孙斐心情烦躁，但她从来没有放松过对伊甸园星的关心。自从伊甸园星诞生以来，就一直是她的心头肉。而且这里面涉及一个很重要的潜在竞争：人为干预究竟是否对云球的演化有利。在伊甸园星，没有任何人工干预，演化起点比云球略低——迁移过去的云球人都属于云球中比较落后的部落，动植物群落也不如云球那么完整，甚至地表面积都只有云球的一半。如果伊甸园星的进化不输于云球，哪怕只是略落后于云球，那就说明，当初人为干预云球进化的想法是错误的。

穿越计划进行那么久了，说实话也看到了一些进展。很难想象，如果没有纳罕、风入松、乌斯里和其他三位派遣队员，云球怎么可能在这么短的时间内忽然涌现出这么多的思想。而这些思想展现出了强大的力量，云球社会已经开始发生明显的变化。

虽说如此，孙斐却依旧经常和张琦辩论，她从未认输。可以想象，她会多么认真地观察伊甸园星，多么为伊甸园星社会一点点的进步而高兴。最近这几天，显然是她最高兴的几天，因为伊甸园星出现了一个重大的迹象，表明自然演化的伊甸园星，至少在目前似乎并不落后于云球——即使云球有那么多派遣队员。

伊甸园星也出现了一种思想，一种真正的思想，而且被广为传播和接受。

这种思想认为，一定存在一种叫作神的东西——你可以认为这等同于传说中他们的某些祖先在某些时候曾经敬仰过的山火、闪电、鹰或者鱼。不过，祖先的那种临时的、随意的、拼凑的敬仰显然是不够的，这位神理应获得更多的敬仰。并且更重要的是，祂理应获得所有人的更切实的回报：通过忠诚、团结和努力，创造一个更好的自己。

为什么这位神理应获得这么多呢？原因很简单，祂非常爱所有人，祂帮助了所有人，同时对所有人的未来充满了期待。

因为某种理由，祂并不愿意露面，但祂一定在观察着所有人，抱着热切的心情。

祂的爱和祂的期待都不是被凭空猜测出来的，而是有着确实的证据。这种思想的传播者们要求所有人回想自己记忆中的一切：闭上眼睛，开始回忆，不要被眼前的景象所迷惑，一定要完全地沉浸到真正的过去中——然后，当时间足够的长，告诉我，你感受到了什么？

很神奇的事情发生了。所有的倾听者都体会到了同样一种感觉：现在比过去美好太多了。真的，美好太多了。甚至有人因为过于沉浸在过去之中而忍不住恐惧地痛哭了起来，浑身抽搐地倒在地上。

其实这很自然。

在云球的时候，所有这些人都生活在极其偏僻落后的地方，几乎都是云球上最差的地方——如果不是这样，张琦也不会同意把他们迁移到伊甸园星上。而伊甸园星，虽然地表面积只有云球的一半，迁移过来的人口却只有云球的五十分之一，这已经是张琦的忍耐极限了。当计算资源不足的时候，张琦不惮于一个部落一个部落地清除云球人，但当计算资源足够的时候，张琦却几乎不舍得一个云球人离开。所以能够想象，伊甸园星人在伊甸园星上所处的生存环境，几乎都是伊甸园星上最好的环境。

拿伊甸园星最好的环境和云球中最差的环境相比，毫无疑问所有人都觉得简直像是做了一个美梦，却又那么真实。最初的时候，大家也曾经历过一段恐惧和慌张——虽说亲人和部落都在，但环境的改变还是太突然了，也太巨大了。可经过适应之后，特别是在认真地回忆噩梦般的过去以后，没有人能够不接受这样的观点：一定是有一位神帮助了他们。而帮助他们的原因一定是……天哪，实在是找不到原因，只能是因为爱了。来传道的人也是这么说的，然后询问每个听众的意见，没有人反对。

既然获得了这么多的爱，那我们应该给予什么回报？神当然不会索取，神也不会有任何贪欲。最重要的，神是在帮助我们，所以按照一个最简单的思考问题的连贯性就可以得出结论：神希望我们过得更好。那么对祂而言，最好的回报应该就是我们的确过得更好。而且，既然神选择了我们所有人，我们当然也应该和祂一样选择我们所有人。做更好的自己，也帮助所有人去做更好的自己。这就是神的期待，而毫无疑问，我们没有理由不帮助我们的神实现祂的期待。

这件事非常合理，所以取得信任很容易，传播的速度也很快。

本来，不多的人口在这么广大的地表分布，而且大家都是初来乍到，部落的居住地是相当分散的，互相之间的联系几乎没有，传播什么东西是非常困难的。对地球所来说这很容易理解，伊甸园星建立的整个过程中，云球系统的时钟和地球一直都是同步的，所以确实还没过去多长时间。

但是，思想的传播者们却迈出了他们的坚定脚步，锲而不舍地前进，直到找到下一个部落，找到下一群信众和下一群传播者。

目前思想覆盖的范围还相当有限，不过阻力只有距离和语言——伊甸园星人的语言来自云球的不同部落。而距离和语言都是不难克服的，只是需要时间。所以可以预期,在传播者们的脚步下,思想最终将覆盖整个伊甸园星。

在伊甸园星信众的口中,无论是什么语言,这位神的名字的发音都一样:即舞。其实这个发音在伊甸园星人口中听起来像是一种鸟叫,被机器翻译成了"叽呜",但翻译组的一个小姑娘却特地选择了两个浪漫的汉字来命名。

这一切,在被发现的第一刻,几乎让孙斐热泪盈眶。她无法抑制自己的兴奋,迅速跑去向任为和张琦结结巴巴地讲述,而任为和张琦则很快就听得目瞪口呆。

"你,"孙斐对着张琦说,"伊甸园星可没有什么干预,也产生了思想,而且是充满了爱的思想。你们呢,穿越计划产生的思想,充满了仇恨、惩罚、恐惧、愤怒和欺骗。"

几乎是一瞬之间,伊甸园星人就从云球来到了伊甸园星,这难道不是最大的干预吗?任为想,动了动嘴巴,但没有说出来。

张琦从震惊中恢复过来,问道:"谁最先说出来的这些想法?"

孙斐呆了一下,"我去查。"她说,然后转身飞奔了出去。

不难查,孙斐很快有了结果。思想的最初来源是一个年轻姑娘,有一个很美的名字,叫作离影,人也很漂亮。在孙斐眼里,几乎就是地球和云球两个世界中最漂亮的姑娘。

离影属于一个叫作驰垒的部落,是部落首领的女儿,算是个公主。她从两个月前开始讲述这些事情。她说自己做了很多梦,梦见即舞大神告诉她,他们所处的地方是一个特意为他们打造的美好的地方,名字叫作天堂。他们所有人,有责任让天堂更加美好。同时,他们所有人并不完美,也有责任让自己变得完美,以便能够配得上天堂这个美好的地方。

离影说服了他的父亲,一位慈祥的长者。她的说法非常有力量,而显然她也非常善于说服别人。在驰垒部落中,所有人都被她的宣讲所感染,几乎每个人都掉下了热泪。离影的父亲开始听从她的建议,派出一队又一队的传播者，传播她的思想。

离影自己，则继续着她的梦。她告诉大家，她梦到部落所在地不远的地方，有一种植物的果实叫作苹果，非常好吃，而以前并没有人知道。很快大家就发现了这种东西，苹果，确实非常好吃。她又告诉大家，这种叫作苹果的东西，在其他部落并没有，思想传播者应该带着苹果出去，能够帮助他们被其他部落所接受。然后，思想传播者就带着苹果出去了。

"这个离影，"张琦说，"简直像个地球人一样。"

"不可能。"任为说，"伊甸园星上怎么可能有地球人。"

"为什么不可能有？"张琦问。

"为什么——"任为说不出话来，是啊，为什么不可能有？

"在伊甸园星不会有观察盲区。"张琦说，"我们的穿越计划原本就不包括伊甸园星，所以没有为伊甸园星建立观察盲区的机制，也没有鸡毛信。所以，如果想要偷渡的话，从不被发现的角度，其实伊甸园星是最好的选择，比坎提拉更好。当然，这也必须放弃很多东西，伊甸园星的演化程度比坎提拉更加落后。"

"不，不，"任为想到了一个理由，"去伊甸园星很不安全。我们从没做过实验，而且伊甸园星的环境和云球很不一样。比如，引力环境差别很大。"

"那是对身体的影响，偷渡者用的是已经习惯伊甸园星环境的空体。"张琦说，"对意识场是什么影响我们还不确定，但我们已经默认认为，并不会有什么影响。要不然，云狱星的引力环境也不同，特别是潮汐力很大，可我们却做出了用云狱关押犯人的计划。"

"云狱启动之前，我们当然会做实验，但在伊甸园星没做过实验。"任为说，"这风险太大了。"

"也许偷渡者做过动物实验。"张琦说。

"那——"任为又想了想，"伊甸园星的环境虽然不错，但社会太落后了，是云球中最落后的一批人。进入伊甸园星，几乎是和原始人待在一起，这不容易接受。"

"是的。"张琦表示了认同,"不过,就怕有些人决心很大。"

"这个决心太大了。"任为说,"按照我自己的感受,进入云球还是可以接受的。但要说伊甸园星,实在太原始了,我不愿意进去。"

"不管怎么样,张理祥的事情以后,我们加强了监管,以后再要进去就不容易了。"张琦说。

"对啊,说起张理祥,"任为说,"如果伊甸园星真是个选择,张理祥为什么会把那些人送到云球而不是伊甸园星呢?我看他的客户,那二十一个人,也都和我一样,是被伊甸园星的原始落后给吓住了。他们其中有些人进入云球比较早,那时伊甸园星还不稳定,不能进去。但也有后期进入云球的,那时伊甸园星从技术角度已经稳定了,如果是个可接受的选择,还是会有人选的。"

"是,的确不好接受。"张琦想了想,似乎在努力设身处地思考,"伊甸园星是太原始了,否则孙斐也不会对我有那么大意见。这么说,离影也许不是地球人吧。"

"离影不过是有些想法而已。历史上总是有人有些想法的,或者说有些远见的,否则我们怎么发展到今天的?"任为说。

"离影对自己被迁移到伊甸园星的过程有些想法,这倒不能算奇怪。我看别人也不见得没有,毕竟这种经历确实太独特了,容易催生一些想法。但奇怪的是,她为什么要说服他父亲,派出传播者去传播她的想法呢?"张琦说,"苹果也一样,她发现苹果并不奇怪。从历史数据来看,她自己去吃过,也许只是胆子大,没什么特别,至于是不是因为梦到才去吃的就不知道了。不过,她让大家把苹果带出去,这就奇怪了。这很像是贸易的开端,是在建立一种联系,也是在建立一种依赖,更是在树立一种形象。"

"你想得太复杂了吧?"任为说。

"但愿是我想得太复杂了。"张琦说,"在伊甸园星上,我们没办法验证,只能继续观察了。"

"是啊,没办法验证,只能继续观察。"任为说。

71 演化重启

沈彤彤的空体复制终于成功了，包括躯体和脑单元的嫁接。

这个技术并非仅仅在云球中使用，还要在云狱中使用，所以整个测试过程非常复杂。

首先，在观察时钟下，也就是云球和地球时钟同步的情况下，进行了测试。过程相当顺利。动物实验成功之后，卢小雷再次自告奋勇，做了第一只人类小白鼠。在躯体和空闲脑单元嫁接成为完整的复制空体后，他的意识场被绑定到空体中，没有发现任何问题。可惜的是，这个过程并不包含意识场绑定到没有躯体的空闲脑单元的经历，未能获得苏格拉底式绝对思考的体验。这个选择可以理解，沈彤彤的实验会更加容易。空闲脑单元很多，而绑定了意识场的空闲脑单元很少，而且每个这样的脑单元都涉及一个云球人的生命，做起实验来风险非常大。虽然以前曾经毫无心理压力地进行过部落的大规模清除，但现在大家开始重视每一个云球人的生命，特别是在发现沈彤彤拯救了过往实验中的那些云球人之后。

其次，云球时钟被短暂地调快了，以观察这些复制空体的反应。这个过程是逐步进行的，从一周一天，到一个月一天，到一年一天，最后到最快的十年一天。从地球视角看，云球待在每个阶段的时间都很短，从云球视角看，前面两个阶段过了一周的时间，后面两个阶段过了三周的时间。地球所的人们，分别在各个阶段充当了小白鼠。虽然理论上有危险，但大家并不很担心，事实证明这种信心是有道理的，没有出现任何意外。

云球时钟能够做到十年一天，这本身就是个惊喜。之前，大家一直在担心，系统越来越复杂，云球人也越来越多，是不是还能做到十年一天？原来任为甚至认为，能做到一年一天就满足了，他在进入云球之前就是这么想的。后来王陆杰解决了自己的问题之后，打进来不少新的资金——顾子帆显然很支持他，云球又进行了几次扩容。大家的预期逐渐在改善，慢慢回到了十年一天的标准，可那毕竟只是预期。现在亲眼看到云球在这个时钟下顺畅运行的时候，大家都很高兴。就连孙斐都鼓起掌来，虽然她一贯反对带来这些资金的那些行为。

不过这个过程中，云球中的地球人，五个派遣队员和二十一个逃犯，不可避免地快速衰老了将近两个月。这很遗憾，但无法避免。

所以，这些实验——包括之后即将在云狱上进行的同样需要调整云球系统时钟的实验——必须征得仍然待在云球的五位派遣队员的同意。因为根据李斯年的台阶式衰老的发现，这将会导致派遣队员的提前衰老。好在目前只是一个实验，从云球视角，全部时间加起来也并不长。五位派遣队员都很好地理解了状况，并不介意自己早一点老去几个月的时间，都对实验没有异议。

派遣队员们真正的问题是，下一步该怎么办？

之前，在任为返回地球之后，张琦已经和仍然待在云球中的五位派遣队员通过鸡毛信进行了沟通，详细对他们解释过李斯年的发现，告诉他们，这意味着云球时钟调快将会使他们比在地球上衰老得更快。如果任为不是被卢小雷救回来，张琦第一时间就会和他沟通。之所以没有沟通，原因很简单，就是因为任为不和地球所联络，地球所也就只好等着他，无法和他联络，这是鸡毛信的规则。在没有和任为沟通之前，张琦也没有和其他的派遣队员沟通，他认为还是需要首先等待任为的意见。而任为一旦回来，征得任为的意见之后，张琦就立即和派遣队员们沟通了。

任为的意见是，尊重派遣队员自己的想法，如果想要在演化周期之前回来那就回来，如果愿意继续待下去那就待下去。之前大家讨论过这个问题，结论也是同样的。目前，因为还没有做出演化周期何时启动的最后决定，几位派遣队员也还没有做出最终的决定。

云球实验结束之后，就是云狱的实验，这个就更复杂一点。

第一步，在各种演化时钟下，也就是在按照各种比例调快云球时钟的情况下，观察辛雨同已经移植到云狱的那些动植物的真实影像。这一过程，和前面在云球中复制空体的实验同步进行了。这和复制空体没有直接关系，但却是更基础的要求——自然生长的空体至少不能有问题，否则还谈什么复制空体呢？事实证明，在十年一天的演化时钟下，大家看到的真实影像，和之前辛雨同模拟给大家看到的虚拟影像，几乎是一模一样的。这证明了辛雨同的能力，也让辛雨同自己非常高兴，她终于找到了没有基因编辑禁令、可以尽情发挥自己的聪明才智的巨大空间。而这个小试牛刀——对她来说，只是小试牛刀，毕竟只是些动植物——是如此令人心旷神怡。

在一周一天、一月一天和一年一天的不同演化时钟下，大家看到了云狱上不同的慢动作，这很有意思。事实上，虽然云球演化了十年，但大家从来没有见过慢动作——他们见到的都是快动作，通常快到你什么也看不见，只是一些无意义的屏幕杂波而已。

第二步，在观察时钟下，根据第一步积累的技术经验，将在云球上复制的完整动物空体，包括躯体和已嫁接的空闲脑单元，进行一定的基因编辑以适应云狱环境，然后移植到云狱上并且立即绑定动物意识场。先是云球动物的意识场，接着是地球动物的意识场，并观察这些动物的慢动作。这个操作辛雨同已经驾轻就熟，和她之前的工作只有一个区别：那些动物的躯体不是自然生长的，而是沈彤彤复制的。所以像她那样进行仔细观察的人，除了她自己还有沈彤彤。但能够观察出异常的显然是辛雨同。虽说空体是沈彤彤复制的，可对于生物肯定还是辛雨同更加熟悉。不过，并没有任何异常被发现。

　　第三步，重新回到演化时钟，看看第二步产生的那些动物的情况，还是很顺利，没有问题。

　　第四步和第五步，其实和第二步、第三步是一样的。不过，实验目标是云球人而非动物。这再次让人感到不安——其实在做动物实验时，孙斐已经不安了，但云球人显然是更加严肃的问题。沈彤彤以前的私活儿在此又发挥了作用。可是，她虽然保证了不会有云球人意识场就此死亡，却完全不能解决被动参与实验的云球人意识场对于环境变化而表现出的惊愕和恐惧，也完全无法规避基因编辑给复制的云球人空体带来的任何风险。

　　好在，沈彤彤和辛雨同都很靠谱，没有任何问题发生。孙斐一直吊在嗓子眼儿的心终于慢慢地放了回去。

　　第六步和第七步，和第四步、第五步一样，空体都还是在云球上复制的云球人空体，但区别在于，绑定空体的意识场是地球人类的意识场而非云球人类的意识场。卢小雷第三次冲了出来，这次的理由更加合理——他本来就是计划要进入云狱的唯一的地球人。

　　没问题，没问题，最后实验成功结束的时候，大家都欢呼了起来。辛雨同和沈彤彤高兴地拥抱在了一起。

　　然后，就是一些辅助功能，比如犯人的反向鸡毛信和卢小雷的双向鸡毛信。

　　整个过程耗费了相当长的时间。从技术角度看，已经没有什么问题。只要演化周期启动，云狱就随时能够启动。

　　下面要解决几个问题，演化周期就可以启动了，或者说，就应该启动了。实在已经拖了太长时间，这样下去，谈什么演化研究，云球系统根本就是一个纯粹的游戏平台了。

　　第一个问题是那五位派遣队员。

　　每个派遣队员都需要做一个决定，回到地球或者留在云球。回到地球会离开他们在云球好不容易建立起来的事业，而留在云球则会让他们快速变

71·演化重启 / 355

老——从地球的视角。这显然不是一个容易的选择，他们都已经在云球拥有了自己的势力，说不上庞大，但都很稳定。

克族人在完美地击败了轻率进攻的瑟茉塔人之后，明显受到了极大的鼓舞。大家看到，除了转世、引入粮食作物和制作雕像赚钱之外，风入松还真有传说中克雷丁大帝运筹帷幄的风范，更加信任和崇拜他。现在，风入松正忙于制订下一步的计划，开始认真思考进军萨波的可行性。在这个时候，他不可能舍得离开，决定留在云球。

乌斯里的情况也差不多。在用武力征服坦特斯之后，他正忙于用思想征服坦特斯。而且看起来一切顺利，他经常享受万众的欢呼，所以也决定留在云球。

奇尔斯特大陆上有两位派遣队员，他们在云球的名字分别叫作强塞特和神武海，也都决定留在云球。

强塞特也已经建立了自己的部落。部落还不大，但团结而强悍。他主要收留那些被其他部落流放而无家可归的人，并告诉他们这是神的安排。能够想到，这些人会从自己的部落中被流放，总是有各自的问题，多半和暴力倾向及头脑简单有关。强塞特收留他们的时候，他们基本处于穷途末路的状态。所以强塞特的说服工作并不困难，他们都非常感激强赛特并展现出了最大程度的忠诚。虽未经过严谨计算，可大家都认为，他们的强壮使得强塞特部落成为云球中平均体重最大的部落，在冲突和战斗中将拥有个体能力上的绝对优势。

至于神武海，虽然名字听起来很勇武，但他实际上并不勇武，却更像是学者。神武海无意于建立自己的实际统治，而是穿梭在奇尔斯特大陆各个王国。名为讲学，也和各种人公开进行辩论以吸引注意力。这可能是他的行动哲学，也取得了不小的成功。陆陆续续，有五位势力或大或小的国王拜他为师，向他学习关于一种叫作"无神"的神的学问，以及农业和冶炼技术。神武海其实过得最滋润，显然，他的国王徒弟们都很富裕。

艾瑞坦大陆比较落后，虽说不是最落后的，但相比瓦普诺斯大陆和奇尔斯特大陆有很大差距。艾瑞坦大陆主要被贫瘠的草原所覆盖，动物比人类多。相当大一部分人类还处于游牧状态，而另一部分虽然已经定居和种植，却几乎让农作物自生自灭，没有除了浇水以外的任何技能可以对农作物进行干涉。艾瑞坦大陆唯一的一位派遣队员叫作蓝狐绿足，这个奇怪的名字是这位唯一的女性派遣队员到达艾瑞坦大陆以后自己改的，她不喜欢云球宿主原来的名字。开始的时候，大家并不认为应该派遣任何人去艾瑞坦，相比较而言，那里不仅落后，生活艰苦，同时风险也大。不过蓝狐绿足很喜欢那里，她坚持了自己的选择。事实证明，蓝狐绿足的选择也不错，艾瑞坦大陆也有它的好处。在展示了一些即使在云球也并不算神奇的魔术之后，蓝狐绿足成了著名的女巫，拥有广泛的信众。

所以，五位派遣队员无一例外，全都留在了云球。好在他们在地球都是未婚，而父母那里，相信都已经做好了交代。地球所反复提醒他们，无论现在的意愿如何，在以后任何时刻，他们都可以决定返回。只要通过鸡毛信进行呼叫，地球所随时都可以调慢云球时钟，将他们从云球解绑，迁移回到地球中。

第二个问题是张理祥那二十一个偷渡者。

这二十一个人什么时候迁移到云狱，其实从技术角度看根本无所谓。什么时候都可以，反正在演化周期开始之前，他们在云狱基本上是静止的。从主观角度看，根本来不及产生任何感受时间就过去了。他们将真的是天上方一日，世上已千年。以前，地球所的人面对云球，总在体会这种感觉，不过现在，在观察周期，对比云狱，地球所才是"世上已千年"的那一方。

这个问题还有一个连带的问题，就是卢小雷进入云狱的时机。按说卢小雷应该先进去，至少是和这二十一个人一起进去。管理员嘛，似乎不应该比普通一员来得还晚。

这段时间，卢小雷一直在观察这二十一个人。他很想知道在他们中间，究竟是谁那么重要，以至于惊动了高层领导，导致云球意识场解密。任为、张琦和孙斐也有同样的疑问，他们没有明说，却很期待卢小雷的观察。大家觉得，虽说卢小雷是管理员，将来进入云狱后，可不一定有多少机会真正接触这些人，毕竟他们中有人有这么高的密级。说实话，现在可以观察而没有被警方阻止，都有点意外。

但卢小雷没有看出任何异常。这些人在云球中都是生活在有钱有势的人家中，都是豪门公子，还有五位千金。日常基本就是在舒舒服服地过日子，没有干什么特别的事情。也许这是因为他们知道自己偷渡者的身份不适合过于高调，否则一定会被地球观察者发现。张理祥肯定反复交代过他们。

经过一段时间的观察，虽然没有发现异常，但卢小雷对他们已经非常熟悉了。他相信，大家在云狱中见面的时候，自己会觉得像是见到了老朋友——当然对方肯定不会这么觉得。

欧阳院长通知任为，已经请示过领导，可以把这些人迁移到云狱中去了。但同时还有另外一个人也要进去，而且是个熟人：肖近浓。这不需要解释，大家早就想到了，这是很自然的事情，不是肖近浓也会有别人，一定会去接触这些人，进行进一步的调查。他们的案子不能就这么完了，至少其中某些人的案子不能就这么完了。另外，这些人怎么知道张理祥可以帮助他们进入云球这样一个地方进而去找黑市掮客来接触张理祥？哪里来的信息？这也是一个需要调查清楚的问题。那时候云球意识场可还没有解密，居然有人把这样的保密信息大规模地透露给了这些逃犯，这太不可思议了。这件事情是肖近浓的任务之一，虽然对他而言也许并不特别重要，但却是欧阳院长和地球所想要知道的答案。

这又带来了一个新的要求，那就是肖近浓的调查是不能够被观察的，理由当然是涉密。不过，仅仅是这样一个要求，其实很出乎大家的预料，因为并没有不允许卢小雷接触这二十一个人，甚至没有提到要卢小雷签订保密协议。这些人不是涉密而且密级很高吗？难道不应该禁止别人接触吗？难怪现在也没有人阻止卢小雷的观察，将来都不禁止接触，现在又何必禁止观察呢？这实在有点奇怪，但这个情形对地球所来说却是好事，因为他们无须为这些逃犯准备一个隔离区域，可以和卢小雷待在一起，卢小雷也能够发挥更多管理员的作用。如果按照欧阳院长的要求，有云球人迁移过去，当然也没关系。这样，作为云狱的初次使用，大家就都待在了一起。这利于监控和管理，工作量小，也比较安全。不过，肯定不能把未来的真正犯人——如果有的话——也和这些人放在一起，这个起码的隔离性还是要保证。这没关系，就算是不同的监区吧，而且是未来的事，本来也有准备。

这样来看，为了涉密建立观察盲区，也许只是个借口。真正的原因可能仅仅是肖近浓不愿意被观察而已。无论如何，关键是如果云狱没有观察盲区，怎么能够避免对肖近浓的观察呢？

实际上，在云狱建立观察盲区本身是很简单的，只要设定操作系统把云球星上观察盲区的一套做法同样实施在云狱星上就可以了。问题在于如何识别地球人。原先在穿越计划中，识别地球人是系统自动完成的，一旦一个意识场被系统认定是地球人意识场，那么对应空体的边缘几何方程组和其他关联方程组都会被加上量子标记。而在云狱这么做显然是不行的，将来所有犯人也都是地球人，他们也是需要被监控的。所以只能在进行意识场绑定的时候，通过操作员手动标识是否需要观察盲区，后面加入量子标记的过程再由系统完成。这样不太保险，有可能被操作者作弊。如果之前在云球是这种手动标识的方式，那么张理祥只要动动手指，这些偷渡者就永远不会被发现了，张理祥自己也不会暴露，而现在这些事情也可能都不会发生了。但没办法，既然一定要在云狱建立观察盲区，只能这样将就了。

云狱建立了观察盲区，这让卢小雷很高兴。他本来已经准备好了要过被人二十四小时监控的日子。鉴于他所做过的事情，被这样对待也没什么话可说。但现在，因为肖近浓，他逃过了一劫。并没有人提出卢小雷不应该享受这个待遇，当然本来也没有几个人知道他干了什么，又究竟为什么要去云狱做管理员。

第三个问题是沈彤彤救下来的那些人。

潘索斯、弗吉斯、拉斯利，一共有二十八个人。任为从没有明确地意识到，在意识场实验过程中，居然摧残了这么多云球人，比张理祥干掉的还多。

下一步怎么办？是不是一起进入云狱？欧阳院长也提到过，最好有些云球人一起进去。但对这些人而言，可能还是返回云球比较好，反正都是复制空体，显然云球能够让他们更适应。不过，经过慎重考虑和反复讨论，最终大家还是决定，把他们迁移到云狱中去。

首先，云狱的环境也不差，说不定比云球还好，只是人少一点。其次，按照欧阳院长的希望，找别的云球人迁移过去还不如让他们过去，这样可以避免有新的受害人。第三，回到云球的话他们只能拥有一个复制空体，没有身份，没有财产，没有家庭，没有朋友，要活下去可能比在云狱还要艰难。最后，大家最担心的是这些人回到云球肯定会为穿越计划惹来麻烦。比如，即使拥有了新的身体，他们会不会去寻找原来的自己？去寻找原来的家？一定会的，每个人都这么认为，看看最早的老巴力什么结局就知道了。其实，如果发现原来的自己已经死了说不定还好一点。问题是，其中有五个，那五位派遣队员的宿主的意识场，原来的自己还活着呢！这多半会给那五位派遣队员制造出烦人而又尴尬的巨大麻烦。

第四个问题是窥视者计划。

演化周期的启动无疑将暂时中断窥视者计划，直到下一次观察周期开始。本来，任为、张琦和孙斐都认为，王陆杰会很紧张这件事情，毕竟窥视者计划现在非常受欢迎，日进斗金。实验阶段中，为了调快时钟必须暂停一两天，王陆杰都唠叨来着，现在要停下很长时间，他怎么能受得了？

但非常出乎意料，王陆杰笑呵呵地说没问题，只是需要给他一个确定的恢复时间。他需要告诉用户，下次开放是什么时候。

看到大家很吃惊，王陆杰给了一个答案。他说："你们知道什么叫作吊人胃口吧？"然后，摇了摇头，又说，"生意人的事情，你们搞不懂，不用搞了。反正没关系，但是要告诉我，什么时候才能重新启动观察周期。休渔期可以有，只是不能时间太长啊！"

不过，王陆杰提了两个要求，只要这两个要求可以满足，他完全不介意演化周期的重启。

一个要求是制作《云球日报》，挂在云球世界网站的首页——事实上将成为主要内容。王陆杰说，虽然用户不能来玩了，但《云球日报》每天都要更新。他知道，所谓日报，那是云球中的十年。《云球日报》每天更新云球中十年的事情，好啊！很好！那会让用户可望而不可即。当下一次开放的时候，一定会挤破头的。他会派人，派很多人，然后上更多技术手段——放心吧，不会增加地球所的工作量。

另一个要求是重启电影和电视剧的拍摄。之前，窥视者项目火爆期间，电影和电视剧的拍摄工作停止了，转换成了拍摄宣传片。原因并不完全是电影和电视剧已经变得没有意义。真正重要的原因是，相比于之前的拍摄投入，发行后的收入不够诱人，也就是说投入产出比是不合理的，所以，拍摄暂停其实是为了解决投入产出比的问题。

投入方面，王陆杰采用了一个相当简单而传统影视界却很难想到的办法，那就是人工智能。之所以说传统影视界的人很难想到，是因为人们很难想象电影靠机器来拍摄——那就是动画片了。或者，就算机器人和人很像，可从编故事到煽情，似乎时至今日还不是机器人的特长。现在情况不同了，来自云球的电影和电视剧，所有的工作只是剪辑，没有编剧，没有导演，也没有演员。也许这么说不公平，毕竟还要进行情节的选择，也算是编剧和导演的工作。不过毕竟简单多了，人工智能就算解决得不那么好，但已经不是那么不好了。何况，还可以在某些必要的阶段有人类的适度介入。所以，人工智能将使成本大幅度降低，投入的问题就得到了解决。

产出方面，大家现在意识到，王陆杰从来不是单向地考虑问题，拍摄宣传片，甚至之前的电影和电视剧，确实是在为窥视者计划做宣传，而倒过来，窥视者计划又何尝不是在为下面即将出炉的电影和电视剧做宣传呢？王陆杰很有信心，新的电影和电视剧将非常受欢迎。甚至有些剧集将是每日更新的，人工智能成本低，同时效率还高。当然，这最终取决于王陆杰公司新开发出来的人工智能电影系统到底有多么强悍。王陆杰自认为很强悍，很有信心。不过毕竟没有真正投入使用，效果可以期待，但应该保持低调，王陆杰这么说。

从另一个角度，对于王陆杰的新计划——云狱——来说，演化周期重启是窗口期而非休渔期。只有在这个阶段,他才能把客户带来进行真正的考察,不是克里斯蒂安·诺尔那种考察。虽然克里斯蒂安·诺尔已经很满意,但那时很多东西看得可还都是虚拟影像呢,另外很多东西还是用云球来代替呢,甚至还有很多东西只是幻灯片的介绍。而在这个窗口期,客户能够真正地进入云狱,进行实地考察。实地考察,知道什么叫作实地考察吗?他们会害怕?不,不会的。他们会进去考察的,只要能够意识到,这和利益有很大关系,对,利益,说得对,王陆杰说,只要看清楚里面的利益,全世界的监狱管理局都会派人来考察。如果不来,KillKiller就是硬拉也会把他们拉来,放心吧。

反正,王陆杰早就都想好了。无论怎样,他都是赢家。

第五个问题就是时间问题。

这次演化周期到什么时候为止?这不仅关乎窥视者计划的休渔期,关乎云狱的考察窗口期,也关乎穿越计划,地球所需要估算下次执行穿越计划的时间点。孙斐对此明确反对,她认为穿越计划已经不需要了,而且伊甸园星上离影的出现,甚至已经证明穿越计划根本从第一天开始就没有必要存在。但是,张琦当然不同意孙斐的观点,对未来也没有那么乐观。

初步的计划是四个月,就是云球中的一千两百年。

如果这个时间太短,对于首次穿越计划传播的思想来说,也许发酵时间不够——想多了,还发酵,发霉吧?孙斐说——效果还没有充分发挥。但如果这个时间太长,那些过于古老的思想,也许就真的不是发酵,而是发霉了。他们担心那时候社会的演化发生意外,比如走向了某种科幻小说经常表现的世界末日,或者也可能再度停滞。

这只是个计划,计划可以不执行,并没有什么关系。上一个计划,观察周期的计划就没有执行,那么,这个演化周期的计划也不一定要执行。实际上,到底什么时候结束这个演化周期,重新进入观察周期,还是要取决于实时观察,根据情况进行决定。但计划总要定一个,就算是为了修改,也要定一个。

四个月，从窥视者计划来说，这差不多是王陆杰能忍受的极限了，已经是最初计划的两倍。王陆杰需要去向用户解释，本来说好的两个月休渔期怎么变成四个月了呢？当然，对于云狱计划来说，这个时间挺合适。如果时间太短了，安排那么多人来参观，安排不开啊！

最后还有一个问题：身份。

对云狱的运营来说，这是个很根本的问题。但目前所谈论的这次演化周期，云狱还没有正式运营，只是承载了张理祥那二十一个逃犯，并没有其他客户。真正的客户要等到下一次演化周期才会入驻了。从王陆杰的角度看，这个业务拓展过程本来也需要时间。而云球资产化的过程——张琦和孙斐正忙着讨价还价——是一件非常复杂的事情，不可能进展得很快，演化周期的启动也不可能等待这件事情完成。所以大家都接受，这次演化周期以及云狱客户拓展和云球资产化，三件事情应该是同步进行的。

有一件和云球资产化有关的事情，已经提前开始进行了，那就是安保。考虑到未来可能入驻很多真正的罪犯，现在的安保，虽然因为之前的张理祥事件已经加强过一次，但仍旧显得过于轻描淡写。新声科学娱乐已经先期投入了很多资金，开始新的安防设施和安保队伍建设，完全依照正式监狱的高等级安全标准来设定目标——不过从体验上讲，却必须要能够体现出一个高技术机构的风范。同时，由于涉及安保人员的武器配备，这件事情需要一系列特殊的资质和程序。这可不容易，要不是有王陆杰在，只要想想这个，任为也会放弃整个事情。而现在，王陆杰正在忙碌地张罗着。他一点也不觉得麻烦。

卢小雷睁开眼睛的时候，躺在一张整洁的床上。房间陈设很简单，床上用品也很简单。但是，他躺在床上，看着这些简单的房间陈设，感受着贴身内衣和身下的床上用品，笑了。

王陆杰总是会取得胜利，虽然有时他看着像是失败了，但却总有办法一步一步地前进。后期，由于苏彰的事情，卢小雷基本不再参与地球所任何

71·演化重启 / 363

正式的会议，把自己定义成了一个已经被开除的人。现在，他被开除到云狱来了。

他最后参加会议的时候，地球所同意在云狱复制房子给犯人住，但不同意复制服装、食物以及其他用品。可现在看起来，至少房间的简单陈设、床上用品和内衣是解决了。卢小雷从床上坐起来，随即发现，床头的椅子上有一身衣服：是的，衣服也解决了。

卢小雷记得，他进入云狱的时候，演化周期还没有开始。从地球和云球的视角来看，云狱是几乎静止的。而现在，他清醒了过来，这意味着演化周期已经开始了。他度过的每一天，云球都度过了十年。

除非出了什么意外——那就可怕了，那意味着，他度过的每一天，地球也度过了十年。想到这种可能性，他忽然打了个寒战，一股恐惧涌了过来，全身的汗毛都竖了起来。他赶紧看了看自己的手指，迅速做了几个动作，启动了鸡毛信，启动了观察模式。

他的观察盲区被取消了，通讯也建立起来。

"喂，喂，有人吗？"他问。

"有人，我，裴东来。小雷，你好。"他听到了裴东来的声音，声音很轻松，甚至带着兴奋，不过并没有影像。

"哦——"卢小雷的心放了下来，汗毛似乎也都倒伏了下去，他才意识到，刚才自己出了一身汗，"你好，你好，东来。"他顿了顿说，"没事，没事，我就是确认一下。"

"嗯。"裴东来说，"你没事，我有事啊！我正要找你呢。"

"我刚醒过来，"卢小雷说，"什么事情？"

"你也看到了，可能你不明白。"裴东来说，"你进去以后，演化周期启动前，最后王总还是搞定了孙主任。以后云狱中是有衣服穿的，也有东西用，每个人房间的储藏室里会定期出现新的用品。当然不是每天都有啊，要看是什么东西。内衣一开始有两套，以后每两个月会有一套新的。外套一开始也有两套，以后每半年会有一套新的。桌子上有一个说明书，你看看吧。"

"孙斐那么好说话？"卢小雷问。

"孙主任人其实很好,你又不是不知道。其实,如果大家都赤身裸体的,恐怕孙主任最看不下去了。"裴东来笑了起来,"再说,还有肖警官和你在里面呢!"

卢小雷走到桌子边上,看到桌子上果然有一个说明书。封面上用中文写着标题:云狱居民用品指南及生活守则。

卢小雷拿起来随手翻了几下。"有吃的吗?"他问。

"没有。"裴东来说,"外面到处都是果子。"

"哦。"卢小雷说,"很好,很好。"

"嗯,说不定以后也会有吃的,谁知道呢?"裴东来说,"你现在赶快去看看其他人。那二十一个人,还有肖近浓,另外还有二十八个云球人,都和你在一个岛上。你的房子是独立的,肖近浓的也是独立的,离别人比较远。你们俩在岛的东侧。那二十一个人的房子聚集在一起,在岛的南侧。二十八个云球人的房子也聚集在一起,在岛的北侧,隔着一座小山。肖近浓已经去找那二十一个人了,那些人都是地球人,应该很快能明白,没什么问题。你得赶快去看看那二十八个云球人,他们还不得疯了。"

"好——"卢小雷说,"放心吧,疯不了。那么多人到了伊甸园星,不也没疯嘛!"

"伊甸园星容易理解,不就是山山水水长得不一样嘛!"裴东来说,"云狱这里可就难理解了,你看到的每样东西,他们都不知道是什么,我看有可能疯。"

"这倒也是,这种衣服他们可从没见过。"卢小雷说,"好,好,我马上去,再见。"

"你的缓冲区里有地图。有什么事随时找我。好了,再见。"裴东来挂掉了鸡毛信。

卢小雷推开了房门,走了出去。

外面正是傍晚——不,不能说"正是"傍晚,这里是黄昏带,永远是傍晚。微风轻轻地吹着脸颊,夕阳挂在右手侧。说到夕阳,卢小雷扭头看了一眼,形状很含混,像个不规则的甜甜圈。虽然是傍晚,但还是有点刺眼,不能直视。

他活动了一下,没觉得有什么不适。这具空体是沈彤彤复制某个云球人的,然后辛雨同进行了一些基因编辑以保证适应这里的环境。同时,针对自己的这具空体,沈彤彤还做了一些额外的工作:整容,使它更像真正的卢小雷。

抬起眼远看——天哪,真是个美丽的地方。前面不远就是大海,海边有一排高大的椰子树。在云狱黑洞吸积盘的光辉照耀下,海上的云红彤彤的,而海里的水也映出了温暖的红色。海浪一波一波地涌来,可看起来似乎比较缓慢。卢小雷脑子转了一下,想要回忆一些公式,验证潮汐在这黑洞行星上应该有的样子,不过他什么也没想起来。虽然前些日子他肯定看过,但可能从来就没有记住过。

卢小雷手指动了动,调出了鸡毛信缓冲区里的地图,看了一下。然后,他抬头向左边看了看,不远处果然有一栋和自己的房子一样的小房子。那是肖近浓的房子,他想。

他关闭了地图,绕过了自己的房子来到屋后。屋后是一片树林,能看到有不同种类的树,结着各种果子。在远处,树林后面有一段距离,伫立着一座小山丘。小山丘后面应该就是那二十八个云球人的村落吧?他一边想着,一边朝树林走去。

但一瞬间,他似乎想起了什么,站住了脚步,愣在原地。

他愣了很久,一动不动。

他好像越来越激动,面孔泛出潮红。他忽然伸出手,捂住了自己的脸。就这样,又站了很久,比刚才更久,才慢慢地放下了手。

他的手心里都是眼泪。

他又伸手,用手背擦了擦眼睛,终于抬起脚往前走,脚步似乎很沉重。他皱着眉头,深吸了一口气,仿佛在蓄力,然后继续往前走。

72 《云球日报》

《云球日报》真是个不错的东西，王陆杰这个要求提得非常好。

以前监控室也会给出类似的报告，但显然没有现在王陆杰的《云球日报》更加全面、更加有趣，原因很简单，王陆杰派来观察的人更多，而且还采用了更多额外的人工智能系统对大量影像进行分析和筛选。这些人工智能系统经过了专门的优化，比地球所原来用于观察的人工智能系统更强大，也更有针对性。当然，考虑到这些人工智能系统的建立不仅仅是为了《云球日报》，也是为了给电影和电视剧甄选素材，所以它们更强大并更有针对性也就不足为奇了。

接替裴东来的是一个姑娘，名字叫乔羽晴，瘦瘦小小但干练爽快。在她的领导下，新声公司的工作组非常高效，各种工作井井有条。他们的出色工作也造就了出色的《云球日报》。在演化周期启动以后的第一天晚上，任为就感受到了这种出色。

白天的时候，任为一直提心吊胆，害怕重启演化周期的云球出什么问题，但好在有不少其他事情要忙，他乐得不去观察，假装自己担心的东西并不存在。下班以后，一切平安，他终于放下心，可以安静地坐下打开SSI，看看《云球日报》。

第一期《云球日报》刚刚编辑完成。任为第一眼就被一个大标题吸引住了:"云球世界的轴星时代"。配了一张底图,是很多人物头像的艺术拼图,虽然并不都认识,但任为确定,图上那些人并不是云球人。因为其中有不少他能够勉强认出的地球人,在学生时期的课本上看到过的很古老的地球人。

云球是从今天早上零点开始进入演化周期的,到现在是十八个小时多一点,还不够云球的十年,只是八年不到。在这八年时间里,所有五位派遣队员,没有任何人发出过鸡毛信的通讯请求。这应该说明他们过得还不错,至少说明他们自己认为过得还不错,无须请求任何帮助。不过,任为首先想要了解的事情,还是关于他们几个的情况,八年的时间,他们应该已经做了很多事情。

在"云球世界的轴星时代"这个大标题下,有一段简短的说明:

云球世界的演化周期,为大家带来了一个宝贵的休息时间。但在此期间,云球世界的人们却上演了更多故事。请大家记住,所有这些故事的唯一目的,是为了给大家准备一个更新、更好、更精彩的娱乐周期。

今天是演化周期的第一天,在云球世界中,八年的时间已经随风而去。我们很荣幸,记录了其中最跌宕起伏的华彩篇章。在这里,您可以像读小说一样来了解故事,可以像看电影一样来体验传奇,也可以像听新闻一样去发掘真相。

在这八年之中发生的故事,让人想起地球上最伟大的时代之一:轴星时代。在那遥远的时空,无数先贤伟人奠定了我们今日生活的基石。而在这里,您将看到,在云球中同样的一个令人血脉偾张的时代的萌芽和开启。我们有一百二十分的信心,在下一次的娱乐周期,当您步入云球,今日您所看到的一切,将成为那时云球人埋在心中最深处的茁壮的根系。因此,我们所有的故事将重点记述这些我们认为将影响云球历史的人物，而忽略那些碌碌无为的国王或者其他什么表面上风风光光实际上却对历史无足轻重的人物。

当然，这八年只是萌芽和开启，更加波澜壮阔的一面将在明天的十年、后天的十年以及其后上演，敬请每日准时收看。

现在，开始您的梦幻之旅，和娱乐周期视角不同但却同样让人回味无穷的精彩体验！

在这段说明下面，有很多菜单项：

※ 纪年速览
※ 人物传奇
※ 国家掠影
※ 社会视野
※ 往事钩沉
※ 战地铁骨
※ 奇案冷眼
※ 爱情悲歌
※ 美：风景篇
※ 美：人物篇
※ 美：服饰篇
※ 美：建筑篇
※ 美：艺术篇
※ 美：神奇动物在哪里
※ 美：神奇植物在哪里
※ 小说出版预告
※ 电影上映预告
※ 电视剧集播出预告

任为愣了一会儿，有点犹豫。最后他手指动了动，点开了第一个选项：纪年速览。

一上来，又是一段简短的说明：

关于纪年的说明

在云球中，最发达的大陆是瓦普诺斯大陆。读者会发现，虽然美丽风景遍布云球的所有区域，但我们讲述的多数激动人心的故事都发生在瓦普诺斯大陆。

很早以前，瓦普诺斯人就已经对自己脚下的大陆有了一个模糊的理解，但由于地形和距离的阻隔，人们始终没有形成一个具体而通用的概念，直到"大陆同一论"的出现。

最早出现"大陆同一论"的说法，是在魅力神王迈阿夕时代。当时的魅力学者将大陆命名为"瓦普诺斯"，在魅力语中意为"富裕丰饶之地"，事实上主要反映了魅力人对于大平原的认识。"大陆同一论"的出现是为了支持神王迈阿夕的武力扩张，也随着神王的驾崩而被遗忘了。只有"瓦普诺斯"这个名字，逐渐传播到了周边地区，乃至整个大陆。

神王迈阿夕是瓦普诺斯大陆第一个建立真正意义上的王国的统治者。而他所建立的魅力王国，也是瓦普诺斯大陆以至整个云球最早摆脱游牧生活的农业部落之一。虽然以今天的目光来看，神王迈阿夕的魅力王国远不及日后奇尔斯特大陆虎湖王国或者瓦普诺斯大陆萨波王国那么强盛，但为了纪念迈阿夕时期具有伟大视野的"大陆同一论"的诞生，我们的纪年将使用古老的迈阿夕历法，以神王迈阿夕的出生日为纪元开始之日。

《云球日报》第一天的第一年，是迈阿夕历法的纪元四二八六年。

神王迈阿夕，任为有印象。不过那时候，就如介绍中所说，农业社会刚刚开始，魁力王国虽然一时强盛，却远不及后期的虎湖王国或者萨波王国。但以迈阿夕历法为《云球日报》的历法是有很大好处的：仅仅"纪元四二八六年"这个说法，就足以勾起无数人的好奇，比起"纪元一年"显然高明得多了。

下面，就是任为读到的纪年速览的今日内容。

【迈阿夕历法】纪元四二八六年

乌辛瑞玛城邦在乌斯里国王的领导下不断壮大。他们所征服的坦特斯不但从形式上，而且从心理上完全加入了他们。不过，乌斯里国王也不是没有碰到麻烦，在乌辛瑞玛开始出现反对他的声音。而这种声音不是全无来由地自发产生，根源来自北方的大穹，这是这一年最值得注意的事件。

一个大穹人，路无非子，从小接受大穹人关于从天象中预测风雨的训练，之后去了星觉，和星觉的星相学家进行了深入的交流，技巧得到进一步的提升。在三十一岁的时候返回大穹，潜心于自己的研究，除了利用自己的天象观测特长帮助农民种植农作物以外，并没有什么值得叙述的故事。但是今年年初，路无非子听说了乌辛瑞玛的故事，立即启程前往乌辛瑞玛。在对乌斯里国王的主张进行详细了解之后，他意识到，自己的星象学才是乌斯里口中真正的科学，而乌斯里不过是一个骗子。

路无非子成立了自己的组织，命名为"真科学教"，开始设帐收徒。乌斯里很快发现了他，并利用民主传教会制造麻烦，撵走了他。路无非子虽然不得不回到大穹，但在乌辛瑞玛积累的传教经验给他带来了很大帮助，使他在自己的家乡迅速获得了声望。在年底的时候，他组织了一个二十五人的传教队伍，重返乌辛瑞玛，准备和乌斯里正面辩论。可是此时乌斯里在坦特斯，所以路无非子在乌辛瑞玛暂时住了下来。不过他还不敢公开传教，以免受到民主传教会的打击。

【迈阿夕历法】纪元四二八七年

乌斯里没有回到乌辛瑞玛去迎战路无非子，他组织队伍向西拿下了奇杰斯。在奇杰斯，乌斯里显然没有在坦特斯那么好的运气。奇杰斯人和坦特斯人是世仇，这使得坦特斯人在进攻奇杰斯的时候虽然非常勇猛，却也带来了更多的杀戮。不过乌斯里最终还是占据了奇杰斯，但他面临的社会治理问题非常严峻。

风入松的克族人组织了远征军开始北进，正在拜俄法的群山中艰难地跋涉。乍一看，这是一个很奇怪的选择。在山地人和萨波人跨越千年的争斗中，从来没有任何一方的军队试图穿越这些险峻的山峰。更好的选择无疑是沿着拜俄法群山东侧的山脚北上或南下，对于军队，那里要容易行军千百倍。这也是帝王陨成为军事要塞的原因。无论是山地人南下后要向西进入萨波，还是萨波人想要越过山地人的领地进入大平原或者干脆北上进攻瑟茱塔，帝王陨都是必经之地。当然，沿着拜俄法群山东侧的山脚行军，理论上看需要提防东方魁力人的袭扰。不过实际上，魁力人虽然勇悍，却在神王迈阿夕时代之后一直安分守己。进攻魁力人是不明智的，但对魁力人的主动袭扰并不需要过分担心。魁力人的富饶使他们无须依赖任何形式的抢劫，而他们失去扩张的欲望也已经很久了。

根据对风入松以及他的决策团队的观察，可以得出结论，克族人的队伍攀越拜俄法群山，目标并非山地人的老巢瑟茱塔，而是萨波的北部粮仓雷未法瑞斯，这是一个大胆的冒险。

在奇尔斯特大陆，神武海收了最重要的一个徒弟，秦凤国王。秦凤国王的影响力超过神武海之前所有五个国王徒弟影响力的总和。现在，无神教已经渗透了奇尔斯特大陆的一半人口。但是，和乌斯里的情况类似，神武海遇到了反对者，一个叫作"天地分开"的组织正在萌芽。"天地分开"现在只有大概一两百人的规模，之所以在这里提到，是因为他们的创始者来自神武海一个最初的追随者，这个人叫斯特拉斯玛。斯特拉斯玛的看法是，经过他的观察，神武海的无神教其实是不敬神的。斯特拉斯玛并非反对不敬神，可也不反对敬神。他的主张是神和我们无关，神管天上的事情，而我们管地面的事情，敬与不敬都没有关系，有关系的是我们必须自己出面，把地面上的事情管好。

【迈阿夕历法】纪元四二八八年

因为寒冬，风入松的军队在群山中停止了进军并建立了营地和补给线，看来他们并不着急。风入松似乎知道兵马未动，粮草先行的道理，甚至知道如何屯田，即使是在恶劣的冬天和贫瘠的群山中。而这一切，看起来都是为了避开萨波人面对帝王陨的门户——龙水关。那里常年驻扎着精锐的部队。在一千多年里，山地人和萨波人之间的战争，要么在龙水关，那是山地人占上风的时候；要么在帝王陨，那是萨波人占上风的时候。不过萨波人占上风在历史上只有一次，就是克雷丁大帝死在帝王陨那一次。从那以后，萨波人一直处于下风，但也从未失守过龙水关。现在，他们没有想到，一支军队正在准备偷袭他们的雷未法瑞斯，那个因为三面群山环绕而从未成为前线的地方。

一个并没有任何后续行动的讨论在今年年初发生了，却蕴含着意味深长的信息。虽然阿克曼国王还蒙在鼓里，图图和他的决策团队却意识到了风入松要干的事情。拜俄法地区是图图谍报网很弱的一环，可他还是得到了消息，猜出了风入松的意图。作为萨波王国的农业执政官，他有义务提醒阿克曼国王。经过团队讨论之后，他却没有这么做，而是假装什么都不知道。

事实上，图图的精力都放在发展赛纳尔教上。不过至今为止，赛纳尔教还没有建立真正的军队。修连死在米尔什国王和塔希斯国王手上之后，表面上看来赛纳尔教更加和平了，更加注重教派思想的扩张而非军事力量的建立，在某种程度上让米尔什国王和塔希斯国王放松了警惕，这显然是一个战略欺骗。

在图图的团队中也有一些不同的声音。一个叫克其克其的早期赛纳尔教信徒离开了图图和赫乎达，去往遥远的晨曦海岸。按照克其克其自己的说法，他是去传教的。在克其克其号称要离开后，斯特里安排了人去刺杀他，但克其克其在自己号称要离开的日子的两天之前就已经离开了，所以斯特里的人扑了一个空。这让图图很懊丧，也让他更加坚定地认为克其克其是一个危险人物。

乌斯里勉强压制了奇杰斯的社会动荡。他本该在这里待更长的时间，但是，他决定继续南下，准备进攻扭格斯其斯。而路无非子，在一年多的时间里等不到乌斯里之后，既没有选择西去坦特斯，也没有选择北归大穹，却在乌辛瑞玛重新开始设帐授徒，传播他的"真科学教"。

【迈阿夕历法】纪元四二八九年

在这一年里，暴发了几场大战。

风入松终于出手了。克族人的队伍从拜俄法群山上俯冲而下，以雷霆之势攻击了雷未法瑞斯。虽然战斗持续了几天，但毫无防备的雷未法瑞斯最终完败。美丽的城市和富饶的土地落入了克族人之手。

雷未法瑞斯和瑟芣塔的直线距离比帝王陨和瑟芣塔的直线距离近得多，只是被群山所阻隔无法通行。从雷未法瑞斯向南到黑石城之间距离同样不算太远，没有群山阻隔，但却有着比群山更难以逾越的情报鸿沟，黑石城竟然因为未能及时获得消息而没有派出援军。

另一场大战发生在扭格斯其斯。乌斯里的队伍和扭格斯其斯人僵持了整整八个月。双方死伤无数，一直到年底都还没有任何进展。而等待着乌斯里的路无非子，虽然屡遭民主传教会的袭扰，却还在乌辛瑞玛顽强地传教授徒。

在奇尔斯特大陆，强塞特的强盗部落第一次出手，攻陷了附近的大鲁达王国，一个发达的农业城邦。强塞特的人手比较少，但是战斗力很强，完全不怕死。他们认为死会使自己进入某种形式的天堂，这来自强塞特的灌输。同时，强塞特的队伍对那些正常的王国或部落都充满了仇恨，因为几乎所有人都是被某个王国或部落驱逐出来的，只能跟着强塞特生活在深山中。而现在，他们第一次扬眉吐气了。胜利之后，强赛特娶了一个美丽的大鲁达女子为妻。

【迈阿夕历法】纪元四二九零年

落后的艾瑞坦大陆也出现了新的气象。自从第一个被广泛崇拜的女巫蓝狐绿足出现之后，在这几年里，陆续涌现了七十几个巫师。这些巫师，大部分和以前几千年中出现的无数巫师一样，除了欺骗和敛财聚色以外，并没有什么值得讲述的存在意义。但在这其中，却也有一些巫师不同寻常。

蓝狐绿足作为先行者，倒没有什么可以大书特书的作为。她似乎沉浸于启发别人，并非去做什么能够留得下痕迹的事情。不过，即使作为一个教育家而非巫师，她注定也会被人传颂。事实上，至少有三十几个巫师曾经或多或少受到了她的影响。这三十几个巫师以及少数其他自学成才的巫师，有人提出了四元素的物质构成假说，有人提出了绝对思考的概念，有人提出了精神不灭的思想，有人发明了马蹄铁，还有人解决了九宫格数学问题。这些事情在其他大陆不一定新鲜，但在艾瑞坦发生还是足够让人吃惊，而且马蹄铁即使在其他大陆也是个新东西。我们已经看到，这个看起来不起眼可实际上却很了不起的技术，正在向其他大陆传播，也许像在地球上一样，这玩意儿会改变所有战争的格局。

在这些巫师中，最与众不同的一位名叫红松子，是一个青年男性，算是蓝狐绿足的弟子。他在整个云球中第一个提出，世界是一个球。虽说他只是在小范围内给出了这个说法，而且观察当时的场景，很像是随口乱说的，也没几个人相信。但作为地球人，我们当然能够意识到，这个说法有多么伟大。要知道，我们的《云球日报》都是以大陆同一论的肇源地魁力的历法为基础的，而这个"世界是一个球"的说法，比起大陆同一论，显然不知道要高明到哪里去了。

乌斯里很倒霉。当他和扭格斯其斯人胶着的时候，隔着黑江，西侧的卡慕斯人忽然出兵，攻克了他刚刚占领的奇杰斯。也就是说，断了他的后路。奇杰斯人箪食壶浆欢迎卡慕斯人，这使得反攻毫无希望。此时，乌斯里也并没有任何反攻的力量。最终，在扭格斯其斯人和卡慕斯人的前后夹击之下，乌斯里的队伍大败亏输，基本上全军覆没。他自己只有十几个人保护，向东进入肯兹尔森林，算是勉强逃脱了。现在，乌斯里还在肯兹尔森林中艰难地向东北方向跋涉，希望早日回到乌辛瑞玛。虽然遭遇挫折，但是他相信，乌辛瑞玛的根基并未动摇。甚至，坦特斯人也还在帮他阻挡北进的卡慕斯人。这时候，在乌辛瑞玛等待他的路无非子，终于被民主传教会搞得不胜其烦，再一次返回了大穹。

【迈阿夕历法】纪元四二九一年

经过占领之后一整年的休养生息，风入松正在整备军队，瞄向了黑石城。

在过去的一年中，阿克曼国王完全没有对失去的雷未法瑞斯采取任何有效的行动，这充分暴露了他的软弱。当然，他也算是曾经努力过，组织了部队去进攻，但萨伊斯将军在第一次战斗的时候就被风入松亲手砍下了头颅。同时，麦卡王苏雷因病逝世，给了阿克曼国王进一步的打击。自从那时候开始，阿克曼国王的策略就变成了议和，而这给了风入松最好的喘息之机。

不仅是风入松，亚玛高原西南地区的蓝面亚玛也看到了机会，频频西下高原，袭扰失去国王的世仇麦卡人。苏雷的年轻继承人吉斯卡疲于应付，只能向阿克曼国王求救，毕竟麦卡还算是萨波的属国。但是显然，阿克曼国王无能为力。事实上，失去罗伊德将军以后，萨波王国从军事上已经十分衰弱了。

一个很重要的动向是，图图开始建立赛纳尔教的军队。但图图把军队都隐藏在万望山中一个无人注意的角落。本来可能对他还多少有些怀疑的苏雷王也已经去世了，图图的行为变成了一个秘密。

乌斯里回到了乌辛瑞玛，他的统治基础确实还在。这一年，他主要在反思，把自己关在一个黑屋子里，而把统治国民的任务交给了一个年轻副手——民主传教会的头目伦考恩。

【迈阿夕历法】纪元四二九二年

奇尔斯特大陆的秦凤国王开始扩张。其实，和云球上大多数国王一样，秦凤国王一直是个温和的国王，但神武海告诉他，温和会害了这个世界。能力越大，责任越大，这个概念跨越时空从地球来到了云球。

天地分开组织扩张得很快，甚至从神武海手下撬走了一个国王。斯特拉斯玛主张人和人之间的礼仪，而不在乎神，这让那位国王感受到，似乎自己的位置被抬高了。他之前曾经有点压抑，因为神武海说，他只是无神的仆人。这位国王最终放弃了神武海，追随了斯特拉斯玛。

看来红松子并非随口乱说，他组织了一个十个人的队伍，说要一直向东走。如果云球是一个球，那么最终就会走回原地。他们在三月份出发，希望在秋天走回来。当然，他是不可能成功的，因为秋天的时候，他正好会碰到走不过去的大海，无论如何也走不到对面的奇尔斯特大陆，更不要说走回原地了。事实上，由于路不熟，应该是根本没走过，红松子绕来绕去，在秋天的时候，离自己出发的地方不过才有两百公里的直线距离。但是，他还在走，并没有放弃。

星觉人老齐，认为星星代表着力量，上天的力量。他说，星觉人一直观察星星，发现这些年的星相和几千年来都不一样。似乎所有星星都更加灵动了，也更加不可预测了，而以前更有规律。这当然是对的，根据我们的了解，以前星觉人看到的星星无非是一幅动图而已，现在看到的却是符合真实物理规律的星星。

老齐来到了魁力，和魁力国王勒科勒做了好朋友。这件事情目前还不知道有什么意义，但我们的编辑坚持认为，这是一个大事件。

【迈阿夕历法】纪元四二九三年

这一年最重要的事情是萨波王国被灭国了。

起因可以想象得到，经过几乎两年的准备，风入松挥师南下。阿克曼国王的抵抗显得那么虚弱无力。但出人意料的是，最后的胜利者并非风入松。

风入松很快就占领了黑石城。克族人举行了盛大的庆祝仪式，并且把黑石城更名为克雷丁领——他们已经这么称呼很久了，现在终于以国书的形式正式通知了各个国家。克族人以为，持续一千多年的恩仇终于了结了。

可是就在一夜之间，当他们睡醒之后，还没有来得及打扫干净前一天夜里庆祝时因醉酒而吐出的秽物，就发现自己被包围了。

整个黑石城，不，整个克雷丁领，都被图图的军队所包围。这件事，我们地球人当然早在图图从万望山向外秘密调动部队的时候就已经知道了，但克族人却没有任何觉察。甚至风入松这个之前表现出过人军事才华的领导者，都没有哪怕一丝一毫的预感。显然，他没有料到这里藏着这么强大的敌人。

外围的力量很快被消灭，而城中根本没有足够的粮食可以供风入松的大军待下去。这时候克族人才发现，城中的粮食已经在事先被悄悄地运走了，但不包括破城当天和之后两三天用来庆祝的那些高档次饮食。毫无疑问，这不是阿克曼国王干的，而是图图干的。作为农业执政官，到处运粮食本来就是图图的本分，这次做得又非常隐秘，所以并没有引起任何人的注意。

风入松面临一个选择，事实上的确有下属提出了这个建议，就是对城中的萨波人下手。如果作为肉食看待，那是很大的一个储存量。但风入松显然无法接受这个建议，还杀了提出建议的人。他的决定是突围，而图图早就张好了口袋。风入松当然知道那里有个口袋，可找不到更好的选择。

结果是风入松突围了，却没有机会回到雷末法瑞斯，只能向东直接回到帝王陨。向北的道路完全被截断，向东的道路却很畅通，甚至一向戒备森严的龙水关都没有几个士兵驻扎。而在他过去之后，龙水关马上回到了戒备森严的状态。

看起来，图图不想杀风入松，只想把他赶回帝王陨。至于图图为什么这么做，我们这些自认为很聪明的地球人暂时也还没有想明白。

图图自立为萨波国王。他亲自率军为阿克曼国王报了仇，得到了萨波国民的广泛拥戴。图图没有把克雷丁领的名字改回黑石城，他觉得克雷丁领这个名字不错。而且他宣称，犯错的人是风入松和一小部分被蛊惑的克族人，不是克雷丁大帝。克雷丁大帝的确是萨波人值得纪念的前辈贤王，所以京城的名字叫作克雷丁领并没有什么不好，这又赢得了一批克族人的心。此时递送国书通知黑石城更名为克雷丁领的那批信使还没有回来,这是个好事,否则他们还得再跑一趟。

除了这件最重要的事情,今年发生的其他事情包括:斯特拉斯玛总结了他的思想,用"敬鬼神而远之"一句话来概括;那个解决了九宫格数学难题的巫师算出了精确到小数点后两位的圆周率;路无非子获得了大穹国王和通禾国王的鼎力支持;瘦马城塔希斯国王病逝;冰雪堡出现一股以刺杀为手段的黑暗势力,并且和一些有权势的人建立了合作关系;克其克其似乎在晨曦海岸站住了脚,拥有了不少信众;红松子经过千辛万苦,错过了一个秋天,又经过了一个冬天之后,才走到了海边,正在那里呆呆地想,下一步该怎么办。

看完以后,任为也像红松子一样,呆呆地想了一会儿。

73 第二天

"图图死了。"张琦说着,走进任为的办公室,孙斐跟在他身后。这会儿任为刚刚才来上班,坐下没有几分钟。虽然还是上午,任为却莫名觉得有点疲劳,也许和昨天看了《云球日报》,夜里又做了很多梦有关,但愿其他读者不会这样。应该不会这样,他想,对其他人来说,那只是一些故事而已。

"图图死了?"任为吃了一惊。

"是啊!"孙斐接口说,"昨天晚上就死了。应该是——"她似乎想了一下,"迈阿夕历法四二九六年。"

任为算了一下,那应该是半夜的时候。

"怎么回事?"任为问,"怎么死的?"

"很奇怪。"张琦说,"他年纪不老,也就五十岁出头,身体一直不错,可是忽然就死了。医生检查不出为什么,操作系统也没有发现他有什么特别的毛病。"

"传说中的无疾而终。"孙斐说,"高僧的死法。"

"高僧未见得是无疾而终。"张琦说,"说实话,倒有点像是我们解绑了他的意识场。"

"不是。"孙斐说,"解绑意识场可死得快多了。图图毕竟还是有一个过程,半个月里慢慢萎靡而死。"

"我知道。"张琦说,"我只是说有点像,就像慢镜头。"

"一点也不像。"孙斐说。

"好吧,一点也不像。"张琦摇摇头。

"所以,"任为问,"就是没有什么结论?"

"没有。"张琦说。

"唉——"任为叹了口气,"那就是说,再也没有人知道他为什么要杀我了。"

"那倒不一定。"孙斐说,"我们来找您不只是因为图图死了。他还留下了一封遗书,说不定会提到为什么要杀您。"

"一封遗书?"任为问,"说什么了?"

"不知道啊!"孙斐说。

"啊——看不懂。"张琦补充了一句,脸上的表情有点尴尬。

"什么叫作看不懂?"任为不明白。有什么东西看不懂?不就是萨波语吗?

"您看一下。"张琦说。

任为听到"叮"的一声,收到了一个链接。他点开,果然是一篇文章,是萨波文没错,但都是萨波数字,篇幅不短,却不知所云。

"这是什么?"任为问,"圆周率吗?"

"什么圆周率!"孙斐说,"肯定是密文啊!"

"密文?"任为说,"图图会密文?"

"会一点简单的。"张琦说,"这几年里,他们用巡燕送消息,有些时候是会用一些密文的。不过没什么算法,就靠密码本。其实就是一个毫无规律的密文和明文的对照表。这已经很了不起了,比地球早了一两千年吧!但现在这封遗书似乎不太一样。我们搜索了图图他们曾经使用过的所有密码本,完全无法破解。"

"密码本?"任为问,"我怎么不知道?"

"哦，"张琦说，"昨天的《云球日报》还没提到，没来得及。密码本这东西是昨天下午下班以后才出现的。那个老齐，星觉的老齐，最先开始使用，很快就被图图学会了。"

"这么厉害！"任为说，"密码本，还有九宫格，圆周率，世界是圆的，这都算是穿越计划的成果吧！"

"不能算！"孙斐说，使劲皱了皱眉，"这些都是云球人自己弄出来的。"

"星星之火，可以燎原。"任为说，"最早的时候，张所长不就一再强调派遣队员只是一个启发嘛！最终当然还是要靠云球人自己。昨天我看《云球日报》的时候，感觉是已经有效果了。"

"派遣队员并没有严格按照计划执行，他们各自都有一些自己的想法。"张琦说，"好在只是为了给云球人做一些启发，是不是按照计划执行也不重要。"

"自我感觉不错啊！"孙斐看着张琦，"我们伊甸园星，没有穿越计划也发展得很好啊！"

"先别说伊甸园星。"张琦说，"把图图这事说完。"

"说什么？"孙斐说，"就是破解不了呗！这种密文和明文对照的密码本，没有基于任何算法，只是随机对应，反而是最难破解的。没有原始密码本的话，就算量子计算机也破解不了！"

"谁说量子计算机也破解不了？"张琦说，"样本太少而已，样本多了很容易破解。人都行，不用量子计算机。"

"可不就是没有样本吗？"孙斐说，"早上系统都已经试了快一个小时了，一点进展都没有。"

任为看了看表，刚才自己到的时候已经十点钟了。看来孙斐一上班就发现了这封遗书，一直在尝试破解。

"既找不到其他样本，也找不到密码本。"任为说，"这怎么可能呢？图图要怎么藏才能躲得过我们的影像系统？再说，他写下来就是要给人看的，总得有人能看懂。知道他是要给谁看吗？"

"图图只是交给了随身仆从，什么也没说。现在还在仆从那里保管着，

73·第二天/383

仆从还头疼着呢,谁也没给。"张琦说。

"也许图图是想先写内容,后写密码本。密码本在他脑子里呢,没来得及写出来就死了。"孙斐说。

"密码本很复杂,图图能记得住?再说干吗要这样?多累啊,说不通!"张琦说,"而且那时图图已经病恹恹好多天了,知道自己快要死了才写遗书,那他打算什么时候再写密码本呢?"

"那你说,图图要干什么?"孙斐问。看得出来,她对张琦的话有点不忿,但却没找到什么话反驳。

"不知道。"张琦说。

"不知道——"孙斐显得很不满。

"我们怎么办?"任为说,"一定要破解吗?最多就是不知道图图为什么要杀我,还有什么其他重要的事情吗?"

"我总觉得哪里不对劲。"张琦说,却没有接着说下去。

任为看着张琦,过了一会儿,说:"这样吧,你把这封遗书送到密码研究所,请他们帮忙看看。"

"好吧,只能这样了。"张琦说。

"图图死了,然后呢?"任为问,"谁接替他了?"

"斯特里。"张琦说,"图图死之前,索萨就收复了雷未法瑞斯。西廷斯征服了坎提拉和斯吉卜斯。斯特里攥走了蓝面亚玛,合并了麦卡。图图自己没有子嗣,他死以后,西廷斯和赫乎达都支持斯特里。索萨不支持,想自己上位。结果斯特里杀了索萨,接下了图图的位置。刚才来之前看了一下,斯特里继续南下搞定了米仓,又绕过万望山拿下了临海。现在,斯特里基本上统一了瓦普诺斯大陆的整个西部,萨波王国的规模已经超过克雷丁大帝时期了。"

"什么?"任为又吃了一惊,"这么高效。"

"春风谷、风沙堡和吉祥湾还在抵抗,还有瘦马城,韦森正在那里鏖战。"孙斐说,"谁说超过克雷丁大帝了!"

"是超过了。"任为说,微微摇摇头,显得难以置信,"虽然斯吉卜斯还差一点，但克雷丁大帝根本没进入坎提拉。"

"还有，就像您说过的，图图确实特别重视贸易。"张琦说，"他不但在萨波内部派兵清肃土匪、修建商道、保护商队，而且到处委派使节，和晏海平原、大平原、古尔基拉的诸多城邦建立了官方的贸易关系，甚至和更远的乌骨森林、肯兹尔也有不少的联系。这让萨波的经济实力有很大增强，为他们四处征伐建立了基础。"

任为沉默不语。从云球回来这么久，他越来越不理解，图图怎么会这么有见识。图图曾经对他说过的那些话，一句一句地在脑子里漂浮出来。那时候，自己几乎已经要变成图图的粉丝了，可就一小会儿之后，图图杀了自己。

"见了鬼了。"孙斐说。

"米尔什国王死了吗？"过了一会儿，任为问。他想到，既然坎提拉只有瘦马城还在鏖战，那么纳金阿应该是已经被灭国了。

"死了。"张琦说。

任为有点难受，其实米尔什国王为人很好，他想。

"赫乎达呢？"任为问，"赫乎达也打仗吗？"他想起赫乎达健壮的身躯，倒挺适合打仗的。

"赫乎达可不打仗。"张琦说，"他是宗教领袖，和图图配合得很好，现在和斯特里也配合得很好。他负责出来给个说法，图图和斯特里负责把说法落实。"

"说法？说法不也是图图和斯特里搞出来的？赫乎达和他们表演双簧而已。"孙斐说，"任所长，您在万望山的陵寝，您没注意过吧？那里已经是萨波王国的圣地了。平常赫乎达就住在那里，络绎不绝地有人去朝拜。"

"万望山的陵寝？"任为重复了一遍。

"对啊！"孙斐说，"还有人从晨曦海岸过来朝拜呢！"

"晨曦海岸？真够远的。"任为说。

"赛纳尔教的覆盖范围早就超出了萨波王国。"张琦说，"后来，图图利用他的情报网大力推广赛纳尔教，覆盖很广泛。不过在中部和东部地区竞争比较激烈。新思想很多。风入松和乌斯里就不说了，路无非子、老齐什么的《云球日报》也都已经提了，另外还有一些《云球日报》没提到的。卡慕斯的卡萨卡，就是他突袭断了乌斯里的后路。好望丘陵的琪琪斯雅女巫，原来是赛纳尔教徒，后来自己搞了一套。南通原的太阳神，雾河垒的礼仪天下，南敖的自然法，瓦洛堡的亚玛之灵，等等。所有这些人都有一套不错的说辞。晨曦海岸的人去万望山朝拜，这要归功于那个克其克其。克其克其在晨曦海岸混得不错，他对赫乎达很有些意见，但仍旧崇拜赛纳尔和纳罕，传教倒是不遗余力。"说着，他看了一眼任为。

任为想起克其克其的样子，他的性格和赫乎达不太一样，似乎更加淳朴。赫乎达虽然看着也很敦厚，但却不知从哪里透出一股聪明，经常让自己觉得紧张。

不过，任为没有接着讨论这个话题。

"风入松怎么样了？"任为问，"《云球日报》上说，他像是被图图故意放走的，这是为什么？"

"不只是故意放走，还故意追杀，不断袭扰帝王陨。"张琦说，"帝王陨的土地很贫瘠，不适合做大本营，等于是逼着风入松向东迁移。风入松也就只好向东迁移，已经打下了南风谷。现在正在安蒙利尔大战，估计也能拿下。"

"把风入松当枪使，搞乱大平原。"孙斐说，"一个地球人，被一个云球人当枪使——"她愤愤不平，却不知说什么。

"图图厉害，斯特里也厉害。"张琦说。

"斯特里，"任为嘟囔了一句，"他得感谢我们。要不是我们，他还在哈特尔山种地呢！"

"乌斯里怎么样？"任为又问，"在扭格斯其斯兵败，然后又丢了奇杰斯，他好像有点消沉。"

"乌斯里太激进了。"孙斐说，"小看了云球人。"

"风入松也是小看了云球人。"张琦说，"乌斯里现在还好，这些年专心治理乌辛瑞玛和坦特斯，搞得还不错。不过路无非子又去找他了，双方搞了一场大辩论，好像乌斯里也没占到上风。当然，好多话乌斯里不能乱说。"

"不能乱说？"孙斐说，"难道说量子物理吗？说人工智能吗？还能不能要点儿脸啊？"

"是啊！"张琦说，"总之，现在路无非子的声望反而被弄得很高，正在暗中撺掇大穹国王吞并通禾。"

"撺掇大穹国王吞并通禾？"任为问，"路无非子不是和通禾国王也很好吗？"

"通禾国王？上当了呗！"孙斐说。

任为愣了愣，又问："那刚才提到的那个星觉老齐呢？"

"这个，"张琦说，"《云球日报》的编辑，乔羽晴他们几个，还是有点远见的。魅力国王勒科勒很信任星觉老齐，按照老齐的建议，对外打出了迈阿夕二世的旗号。现在正整兵备战，准备南征呢。我看，今天下午就能打起来。"

"这就是你们穿越计划的成就？"孙斐说，满脸不屑，甚至有些愤怒，"克雷丁大帝以来，几千年了，云球里面一直和平安静。现在好，终于被你们挑起了全面的战争。"

"说过多少遍了，这也是没办法！"张琦说，"战争是推动社会进步的一种方式，总比一潭死水好啊！"

"你不会不知道要死多少人吧！"孙斐说，瞪着张琦，真的愤怒了，声音一下子大起来，"社会进步？一定要用生命作代价吗？"

"对，伊甸园星怎么样？伊甸园星的事情《云球日报》里都没有。"任为换了个话题，不想他们俩争论下去，"那里也过去十几年了，那个离影和她的即舞大神怎么样了？"

"很好啊！"孙斐声音平静下来，似乎来了兴致，但还是恨恨地瞥了张琦一眼，"比你们云球好多了。"她正要讲下去，忽然门"砰"的一声，裴东来冲了进来，满脸兴奋地说："伊甸园星统一了。"

大家都愣在那里，看着裴东来。

裴东来好像意识到什么，挠了挠头。"对不起。"他说，扭头走了出去，带上了门。

然后，又响起了敲门声。

任为看了张琦和孙斐一眼，他们俩都还在看着已经关上的门。任为说："进来。"

裴东来推门进来。"对不起。"他说，"以前在公司随便惯了。"

"没关系，没关系。"任为说，"进来就进来了，又跑出去干吗？我没批评你啊！以后不用这样。"

裴东来又挠了挠头。

"你刚才说什么？"孙斐问，"伊甸园星统一了？"

"可以这么说吧！"裴东来说，"就刚刚，几分钟之前，离影已经被伊甸园星上最大的无鹰部落奉为领袖。这等于是说，伊甸园星有80%以上的人口都把她奉为了领袖，剩下的都是一些无关大局的小部落了。这能不能算是统一了？现在到处都在修即舞大神的塑像呢，一片世界大同的景象啊！"

孙斐抬起双手捂住自己的胸口，显得很激动。"我的离影。"她说，"我要去看看。"说着，她推开裴东来，跑了出去。

"我还没说完呢！"裴东来看着孙斐的背影说。

"我怎么看即舞的塑像那么像是你呢？"裴东来又低声地说了一句，但孙斐已经跑出房间，听不见了。

"你说什么？"任为问。

"之前也有些即舞的神像，但都是些很粗陋的木雕，看不出来像什么。现在有些部落搞了石雕，写实多了，看起来有点像孙主任，真的像。"裴东来说。

"像孙斐？"任为有点晕。

"即舞——非文即武，不就是她吗！"张琦说。

"非文即武？"任为下意识地跟着问了一句，更晕了。

74 第三天

第三天一早，乌斯里就呼叫了鸡毛信。对地球所来说，这是三天之内的事情，但对乌斯里来说，这已经是二十多年以后。乌斯里要求将自己解绑回地球。地球所并没有多问，立即就执行了。

自从演化重启以后，所有派遣队员的空体都从脑科学所运回了地球所，保存在地球所的意识场实验室中，以防随时需要把派遣队员解绑回地球。在地球所，空体能够保存的时间比较短，但对于演化周期的云球而言完全是足够的。

整个过程只花了十分钟，乌斯里就回到了地球。他的意识场绑定到了自己原先的空体上之后，立刻就被送去了脑科学所做检查。乌斯里的空体虽然还很年轻，但意识场却已经很衰老了，需要好好检查一番。意识追踪仪显示，乌斯里的意识场在云球中的二十多年里，经历了十八次台阶式衰老。

张琦告诉任为，乌斯里在云球中身体状况还是不错的，但应该是感受到了危险，来自伦考恩的危险。伦考恩在十年左右的时间里，一直在培育自己的力量，而乌斯里被蒙在鼓里。像所有其他派遣队员一样，按照最初的约定，乌斯里从来不用鸡毛信打听云球的现状和内情，这使他在和伦考恩的权力斗争中并没有什么特别的优势。显然，乌斯里逐渐意识到，伦考恩的势力已经太大。伦考恩不但蚕食了乌斯里的影响力和权力，也完全架空了长老院，加上本就已经掌控的民主传教会，他已经成了事实上的国王。

乌斯里不是没有努力过。但正是因为在不断努力，他才逐渐明白自己应该离开了。否则危险的不仅是他的地位，还包括他的生命。

中午的时候，神武海也回到了地球。他协助秦风国王，在二十多年的时间里建立了一个强大的王国，吞并了无数部落和城邦，有使用武力手段的，也有使用和平手段的。神武海以前的国王徒弟中，就有两位自愿并入了秦风王国。而他的无神教，就像纳罕的赛纳尔教一样，在奇尔斯特大陆陆续产生的众多宗教和哲学思想中占据了最强势的位置。秦风王国正是随着无神教的发展壮大而发展壮大。同时，秦风王国的发展壮大也反过来帮助了无神教的进一步发展壮大。

在这个过程中，神武海和秦风国王也建立了深厚的友谊。但是，秦风国王却因病逝世了，这给了神武海很大的打击。神武海似乎很不喜欢秦风国王的儿子，辅佐那个浑小子可能对他来说是一个折磨。神武海意识到，自己应该回家看看了，所以就回来了。

一个坏消息是，在神武海返回地球之后不久，他在奇尔斯特的派遣队战友，强赛特，在一次冲突中被对手所杀。强赛特再也回不到地球，再也回不到亲人身边了。从地球的视角看，一切都发生得猝不及防，而强赛特一直战斗到最后一刻，始终也没有呼叫鸡毛信。地球所没有时间拯救他，他成了官方记载中第一个死在云球的地球人。

强赛特的王国不如秦风王国庞大，但却是一个非常强悍的尚武国家。强赛特的子民始终相信，他们是上天的选择。地球所有不少人认为，在神武海和强赛特都离开奇尔斯特大陆之后，强赛特的王国最终将战胜秦风王国。

快下班的时候，风入松也返回了地球。他的返回比较复杂，事先接通了鸡毛信，说自己第二天将要在战场上自杀，自杀前会选择合适时机再次接通鸡毛信，取消观察盲区，这将使云球时钟变慢，他也能被观察到，地球所需要在自杀的最后一刻解绑他的意识场。虽然在云球中风入松提前一天做了安排，但在地球上这一天不过是二十几秒，所谓事先安排挂机后十几秒，鸡毛信就再次接通了。这时风入松已经在战场上鏖战了很久，根本来不及说话，只听得到他的嘶吼。地球所手忙脚乱的准备解绑，好在现在时钟很慢，准备工作花了好几分钟，而风入松还坚持了半个小时，最终有惊无险，一切顺利。

按照风入松的解释，这是为了自己在云球中的尊严和光荣，也是为了自己的子民能够在未来黑暗的岁月里继续战斗。他是有道理的。最近十几年中，他所经历的故事在所有派遣队员中是最为惨烈的。战争还没有完全结束，但瓦普诺斯大陆上的人们已经为这场绵延十几年的战争起了一个惊悚的名字：梦魇战争。

昨天下午，如张琦所料，魁力王国的迈阿夕二世在星觉老齐的鼓动下，开始了他的南征。南征的第一站是祭祀谷。祭祀谷诸部落迫于压力联合起来，陈兵羔羊河畔，军力是魁力的数倍。

祭祀谷联盟人数虽多却是乌合之众，完全不堪一击。联盟会师当天晚上，在大雨掩护下，迈阿夕二世的弟弟尹陀，率领一支人数很少的前锋出其不意地突袭了联盟阵营。次日清晨，联盟的八成士兵逃走了，而剩下的则全部投降，祭祀谷落入了魁力之手。这次战役成为最著名的以少胜多之战，是尹陀名扬天下之战，也是大平原梦魇战争的开端。因为战斗的当晚雷声很多，尹陀获得了一个"雷神"的外号。

羔羊河之战的时候，风入松已经拿下了安蒙利尔。

羔羊河之战虽然大捷，迈阿夕二世却因病驾崩祭祀谷。在星觉老齐的建议下，尹陀表面上秘不发丧，却故意在魁力城散布消息说自己将在祭祀谷自立为王。迈阿夕二世之子急怒攻心，继承王位后立即发兵祭祀谷，试图诛杀叔叔尹陀。但小孩子显然自视过高，气势汹汹地前来，却很快被尹陀反杀，他根本不应该离开魁力城。尹陀在祭祀谷即位，是为迈阿夕三世。整个过程中，星觉老齐起到了关键作用。

尹陀没有轻松多久。他没有听从星觉老齐的建议对祭祀谷部落联盟采取怀柔政策，而是采取了极端的敌视态度和严厉的军管政策，对方很快就反叛了。尹陀毫不手软，进行了惨无人道的大屠杀，使得祭祀谷中的男丁几乎被灭绝。这次惨无人道的杀戮被云球人称为"祭祀谷大屠杀"。此后，祭祀谷成了大平原诸国的拉锯战战场。

在祭祀谷大屠杀的同时，祭祀谷东方的顿野，小维亚斯通过政变弑父继位，令忠于老维亚斯的东南边军不满。东南边军立老维亚斯的弟弟为王并起兵。小维亚斯派将军默熙木率领兵马前往迎敌。大军在黑江支流的一个渡口击溃了边军先锋后就地驻扎。默熙木看起来嗜酒如命，在附近村庄大肆劫掠，抢夺了上百桶黑汀谷地有名的烈酒，终日在军营中饮酒作乐。这让很多人认为他是个草包，其中就包括老维亚斯的弟弟和东南边军的都督。黑江水位下降，东南边军的队伍毫无防备地在下游渡河。但渡河一半，在上游被默熙木拦截多日的江水奔涌而下，默熙木的大军也随即出击，东南边军登时溃败，默熙木大获全胜。这次战斗发生的渡口以后被称为酩酊渡，而这次战斗也被称为"酩酊渡之战"，作为战略欺骗和以逸待劳的经典名扬天下。

风入松拿下安蒙利尔后，感受到了来自尹陀的威胁。他经过反复思考以及和属下的讨论，决定先下手为强。不过，风入松并非独自行动，他费了很大力气进行游说，说服了顿野的小维亚斯，从东南两个方向同时进兵祭祀谷。在两面夹击之下，尹陀首尾难顾，在祭祀谷的阵地节节败退，很快退回了魁力城。

但出乎风入松意料的事情发生了。小维亚斯突然调头攻击风入松。而星觉老齐亲自出使安蒙利尔以南的都芮，说服都芮从南方攻击安蒙利尔。同时，尹陀在魁力城与山地人结盟，许诺其后将协助山地人攻击其在西北方的宿敌辩巫，获得了山地人的帮助，两军联合重新南下。风入松反而陷入了三面之围。

风入松派出了多路使节，试图鼓动都芮背后卡慕斯的卡萨卡突袭都芮，同时鼓动顿野身后的星觉突袭顿野。但是，卡慕斯一直和坦特斯的乌斯里以及后来的伦考恩僵持而无力抽身。至于星觉，本来就是老齐的老家，也不愿意支持安蒙利尔。

最危险的时候，反倒是斯特里出手拯救了风入松。由于瑟茉塔的山地人军队远征支持魁力，萨波人突袭瑟茉塔成为可能。斯特里采用了当年风入松的策略，没有绕行拜俄法东侧山脚，而是直接翻越了拜俄法看似难以逾越的群山。这导致萨波军队非战斗减员高达三分之一，但是获得的回报是瑟茉塔几乎完全处于无防备状态。就这样，瑟茉塔被从天而降的萨波人破城灭国。

图图当年放走风入松的用意终于也显露了出来：让他口中这个不世出的奇人去搅乱大平原诸国，而萨波则可以趁机拿下几千年都未曾拿下过的山地盟。即使克雷丁大帝都做不到的奇迹，最终竟然在斯特里这个农夫的手中完成了。

由于瑟茉塔山地人的溃败，使得支持魁力的山地人撤退，从而解了风入松的三面之围。此时，卡慕斯的卡萨卡看到了新的机会。他选择从坦特斯撤军，转而攻击都芮。都芮军队不得不从安蒙利尔撤军回防。风入松只剩下顿野一个敌人。

风入松迅速展开了对背叛他的小维亚斯的报复。风入松从祭祀谷东进，直逼顿野城下。在两年的围城之战中，先后斩杀默熙木和小维亚斯，顿野灭国。

在这两年的时间中，卡萨卡也将都芮灭了国。魁力则调头向北，拿下了辩巫城，这使他们可以通过向阳关直达坎提拉沼泽，因而和萨波统治下的坎提拉建立了稳定的贸易关系。魁力并没有像从前承诺的那样将辩巫交给瑟茉塔人。当然，瑟茉塔已经不再是一个独立的王国，这不能怪魁力人违约。

萨波方面，斯特里彻底平定了瘦马、风沙堡和吉祥湾，只剩下易守难攻而又资源丰富的春风谷仍在苦苦支撑。

同时，斯特里还联合赫乎达做了一件重要的事情。斯特里作为国王，承认赛纳尔教为国教，追认纳罕为第一代教宗，认定赫乎达为第二代教宗，强制萨波统治下的所有人必须信仰赛纳尔教。而赫乎达作为现任教宗，设计了一个复杂的仪式，在纳罕灵柩所在的万望山圣地举行了这个仪式，代表赛纳尔敕封斯特里为天下之主，并号称这是纳罕向赛纳尔汇报工作之后传回的信息。这次结盟和纳罕当年想要传达的"不争"已经没有任何关系，口号还在，但看起来却像是要"大争"的样子，不过萨波治下的老百姓似乎不以为意。

这个敕封斯特里为王的仪式，被瓦普诺斯人称为"祭天受冠"。仪式的盛大庄严传遍了天下，听到的人都咋舌不已。虽说如此，但除了萨波统治的地区，其他人并不认同斯特里是天下之主。特别是远在晨曦海岸的克其克其，开始大张旗鼓地反对。克其克其不仅仅反对斯特里，而且反对赫乎达。克其克其说，是赫乎达戕害了纳罕，背叛了纳罕，真正的赛纳尔教徒应该追随他而非赫乎达。克其克其倒是经常提起"不争"，这成了他和赫乎达去争的重要手段之一。

风入松将顿野灭国，痛痛快快地复了仇。但他还是犯了一个错误。风入松完全没有想到，出身于卡慕斯这样一个小城邦的卡萨卡竟会有巨大的野心。在拿下都芮之后，卡萨卡居然继续北进，替代两年之前的都芮接着围攻安蒙利尔。而拿下辩巫的魁力也掉头向南，重新挥师风入松统治之下的祭祀谷。同时，在老齐的努力之下，星觉人也出兵攻击风入松刚刚拿下的顿野。风入松再次陷入三面之围。

经过累年鏖战，安蒙利尔和顿野都已经丢失，风入松最终被围困在了祭祀谷。

在纪元四三零九年晚秋，祭祀谷提前降下大雪，大雪封山。进山的路全部堵死，但魁力、星觉和卡萨卡的队伍都没有撤军，下决心要困死风入松。空前的寒冷降临。祭祀谷的暴风雪肆虐了半个月，秋季的新粮都因为霜冻而坏，御寒器物也被隔绝在了祭祀谷之外，寒冷和饥饿笼罩了整座祭祀谷，克族人军队接近崩溃。最终，风入松决定强行出谷突围。

就是在突围前夜，风入松唤醒了鸡毛信。他说，如果不能突围，自己将在战场上自杀，无论如何不能被俘。在克族人心目中，他是克雷丁大帝的转世，被俘是不可接受的。

如风入松所料，有一小部分克族人最终突围，但他本人却只能在战场上自杀。当然，这也使他能够回归地球，回到家人身边。

最后一位派遣队员，艾瑞坦大陆的蓝狐绿足，一直没有呼叫鸡毛信，看来她是不想回来了。这也不难理解，她的生活一直安静平和。在艾瑞坦大陆，蓝狐绿足的名声如日中天。虽然并没有什么真正意义上的势力，但她的弟子遍布艾瑞坦大陆，获得了广泛的尊敬。她每天的生活只是接待来自艾瑞坦各地的巫师和学者，进行谈话和辩论。无数的礼物和供奉使她无须担心生活。同时，她其实并没有什么真正的势力，无须担心被人怀疑别有用心，从而招致达官贵人的攻击。

蓝狐绿足那个想要环行云球的弟子，红松子，在历经二十多年之后，也没有实现自己的梦想。但红松子并非止步在艾瑞坦的海边，而是勇敢地制造了帆船，并且真的出了海。他的帆船是云球上第一艘帆船，也是第一艘真正意义上的海船。经过一个又一个海岛，在数次差一点就葬身大海之后，他最终到达了对面的奇尔斯特大陆，并把自己"世界是一个球"的思想带到了奇尔斯特。最终，就在风入松离开云球不久，红松子就死在了奇尔斯特大陆。

在伊甸园星，一切都像孙斐希望的那样，没有战争，离影就统治了一切。她的头脑过于发达了，特别是相对于伊甸园星的那些落后部落而言。她帮助伊甸园星人种植和养殖，解决了大多数人的温饱问题。当然，这也要感谢伊甸园星的地广人稀，而且所有人从一开始就被安置在了最富饶的地方。

离影做的最厉害的事情并不是统一了伊甸园星。伊甸园星的人不多，又很落后，和云球相比在地域上的分布也算相对集中，被统一还算勉强可以接受。让地球人更惊诧的是，离影的思想在二十多年里的逐渐转变。她不再强调天堂、感恩什么的，而开始灌输一套全新的理念。虽然仍以即舞大神为基础，但看起来似乎更加意味深长。

离影营造了三个概念：即舞之眼、即舞之手和即舞之足。

简单来说，即舞之眼的意思是你要让别人看到你所看到的；即舞之手的意思是你要创造这个世界上没有的东西；即舞之足的意思是你要把你拥有的东西送给远方的人们，离影说这样做能够让即舞大神感到高兴和欣慰。

教育、科技和贸易。显而易见，地球人可以用更加简单的词汇来描述这些概念。

离影开始写书，并非讲述思想，而是讲述故事。孙斐看过，有点意思但很幼稚，像是地球的民间传说，在地球只能给孩子看，孙斐没有太大兴趣。不过，这在伊甸园星是几乎没有的，每本书一写出来就广为流传。为此，离影甚至造出了一种云球上没有的纸，虽然粗糙但很结实，同时还有一种矿石墨，不比云球的乌虫墨差。关键是这两样东西都很廉价，很快得到了普及，这再次让孙斐的眼泪流了下来。

而张琦再次表达了疑虑，当然不敢当着孙斐的面，任为依旧无言以对，不过他同样感到不解。

云狱则没有任何大的进展。肖近浓已经和二十一个逃犯混熟，而卢小雷也和二十八个云球人处得不错。除此以外实在没什么值得讨论。这一点也不意外，和云球星或者伊甸园星不同，云狱星的时钟和地球一样，两三天的时间显然不足以让人有什么大的期待。

那二十一个逃犯，不出所料，对于自己生存环境的突变似乎做好了准备。明显有些失望，因为这意味着自己最终还是被发现了，但却没有惊讶和恐惧。不过，他们的云球身体并没有被更换，而是被直接链接到了云狱，这使得对新环境的适应更加容易。地球所之所以这么做的原因显而易见，免得复制了空体，却在云球上留下这些人现有的空体，那将是一些新的尸体。

那二十八个云球人，则展现出了十足的惊讶和恐惧。不仅仅是环境不同，他们的身体也和自己记忆中的样子完全不同。本来，沈彤彤曾经想要找到这些人原先的空体进行复制，但那些空体，应该说尸体，都早已腐烂。所以，沈彤彤不得不复制了新的空体。对这些人来说，面临着比当年的老巴力更加无法理解的境遇：不仅不知道自己是谁，也不知道自己在哪里。好在，卢小雷预先准备了一套说辞，无非是天堂之类的话。虽然听起来将信将疑，却也没什么可反对的，毕竟现在的生活就算在梦里也从未见过。

对于这些云球人，地球所的人们有一个非常好奇的问题，那就是他们被禁锢在云球系统空闲脑单元中的时候，那种苏格拉底式的绝对思考是存在的吗？可惜，这些人都还处于迷茫之中，并没有充分理解当下的状态，更谈不上理解那时的状态——甚至还没有理解"那时"究竟是什么时候。而对卢小雷来说，要解释清楚"那时"是什么时候，也几乎是不可能的。卢小雷说，他所知道的只是大家都认为自己似乎做了一个梦，一个长长的梦。最终，这个疑问恐怕还是要靠地球人自己做实验来解答，不过现在似乎没有什么必要性。

在准备离开办公室回家的时候，已经站起身的任为又坐了回去，他忽然又想看看菲雅。明天也许就看不到菲雅了，其实现在就可能已经看不到了。事实上，无论如何，能够看到的只是历史数据，总不能为了菲雅把系统时钟调慢。

很快找到了菲雅最近的数据。任为吃惊地发现，菲雅已经是斯特里的王后。没有人提过这个。当然这也算不上什么值得拿出来讲的事情。但斯特里之前那个富户之女的妻子哪里去了？那可是改变了斯特里人生的人。不过任为没兴趣去查找答案，他只想看看菲雅。

菲雅应该还不算太老，不到五十岁吧？可看起来却像是只有三十多岁，依旧风姿绰约。任为看到她的时候，她正坐在萨波的王宫里照镜子。任为突然注意到，镜子背后的墙面上挂着几个红箭木的牌匾，上面的字是萨萨尔漂亮的手笔，而内容则是自己在云球写的那几首诗——到底是自己写的诗还是弗吉斯写的诗？

那些牌匾看起来很像是从罗伊德府上直接拿过来的，和自己印象中第一次进入云球回来之前图图送给自己的那些牌匾一模一样。

任为看着那些漂亮的字，发起了呆。

过了一会儿，正在任为发呆的时候，忽然听到了菲雅说话的声音。菲雅对着镜子自言自语："不巧阴雨连绵，空渡一个秋半；未始不是话情天，只是情郎不见。"

75 黑格尔·穆勒

已经好久没有来看妈妈了,甚至今年春节也没有来——没办法,那时自己还在云球里呢,任为有点难过。

他坐在那里,握着妈妈的手,看着妈妈的脸,吕青坐在对面,习惯性地按摩着妈妈的另一只手和胳膊。他们都没有说话。

妈妈的手还是那么温暖,脸还是那么红润。任为有点出神了,恍惚觉得自己在一个温暖的怀抱里,几乎要睡着了。

就在任为和吕青拉开门准备要走的时候,发现有一位西装革履的年轻人正在门口站着。看起来已经站了一段时间,眼睛微闭着,被门开的声音惊了一下,倏然抬起了头。看到任为和吕青,他脸上马上堆满了笑意。"任为先生,吕青女士,你们好。黑格尔·穆勒先生正在这里出差,听说你们来了,很想见见你们,可以吗?"他问。

任为有点吃惊,扭头看了看吕青。

吕青显然也觉得很意外,她稍微想了一下,说:"好吧,黑格尔·穆勒先生在哪里?"

"请二位跟我来。"年轻人微笑着说。

黑格尔·穆勒的办公室空空荡荡，巨大的落地窗外面就是阳光下的贝加尔湖，蓝色的湖水似乎完全静止，像一块宝石。办公室的体量和黑格尔·穆勒的高大身躯很相配，开敞的空间给人一种莫名的压力。黑格尔·穆勒满脸笑容，神采奕奕，看来堪萨斯黑帮的事情确实没有影响他。他们刚刚拥抱过，在孤零零的一组沙发上坐了下来。黑格尔·穆勒一副很满意的样子，吕青面无表情，而任为则觉得有点尴尬。

"嗨，"黑格尔·穆勒摊了摊手，"实在抱歉，耽误你们的时间了。不过，要知道，要见你们二位实在很不容易。"

吕青笑了笑。

任为看着吕青，但吕青不说话。他忍不住把头转向黑格尔·穆勒，张嘴问道："您怎么知道我们要来这里？"

"黑格尔·穆勒先生当然知道我们要来。"吕青说，"我们提前预约了。"

"还是亲爱的吕青女士了解我。"黑格尔·穆勒说，"出什么差？贝加尔湖疗养院一切良好，有什么好出差的？我是知道你们要来所以特意赶过来的，还推迟了在南非的会议。"

"我们？"任为看了看吕青，"有那么难见到吗？"他可不觉得自己很难见到。

"也许您不是那么难见到。"黑格尔·穆勒说，"吕青女士就难见到了。特别是，如果想要一起见到两位可就更难了。"

"一起见我们两位？"任为更加不解了，"为什么要一起见我们两位？"他能理解，黑格尔·穆勒可能不容易见到吕青，毕竟 KillKiller 是卫生总署的一个麻烦。之前的医保政策，卫生总署做出了不利于 KillKiller 的决定，而吕青提过，KillKiller 并没有放弃，意识场的发现让他们看到了新的希望。不知道黑格尔·穆勒现在想要和吕青谈论什么，没有听吕青说起过。不过很明显，吕青不喜欢黑格尔·穆勒。如果不是特别必要，吕青应该没什么兴趣见到他。

75·黑格尔·穆勒 /399

"对，一起见你们两位。"黑格尔·穆勒说，"至于为什么，吕青女士应该很清楚。不过，我猜吕青女士不愿意给您添麻烦，所以没有跟您讨论过这个事情。我想过单独去找您，可我不敢背着吕青女士就这样冲过去，吕青女士会生气的。哈哈——"他大笑起来。

"我提过。"吕青说，她扭头看着任为，"我跟你提过，关于空体置换。"

任为想起来，吕青确实提过。

"对，空体置换。"黑格尔·穆勒说，停止大笑，"空体置换，多么美妙的一件事情！"他把手举得高高的，仿佛抱着一个孩子举到了空中，孩子脸上溢满了笑容，发出咯咯的笑声，而他正心满意足地看着孩子，心中充满了幸福的感觉。

"穆勒先生，"吕青说，"已经跟您讲过很多次了，我们不可能支持这件事情。我们并不处在一个可以支持你们的位置上，这是一个法律问题而不是一个政策问题，您再找我多少次都没有什么意义。"

"不，不。"黑格尔·穆勒收回他的手，"吕青女士，您看，您还是来了我的办公室。我本来以为你们不会来，我正在大厅里站着，准备堵住您——那里宽敞一点，我可不愿意和你们这么重要的合作伙伴在走廊里攀谈。可是我们的小伙子通过 SSI 告诉我，你们来了。太棒了。"他摇着头，表示赞叹，"我赶忙跑回来，只比你们早了一秒钟进入我的办公室。所以，我认为您改变了主意。"

"不，我没有改变主意。"吕青说，"至于为什么会来您的办公室，只是因为我想让我丈夫亲自听听您的说法，也想让您亲自听听他如何拒绝您。"

"和我有什么关系？"任为问，他一头雾水。

"当然有关系，当然有关系。"黑格尔·穆勒说，"您看，你们的云球人，从地球人的角度看，只有意识场而没有空体。我是说没有地球人意义上的空体。所谓的云球人空体，只是量子计算机模拟出来的，一串串长长的代码而已。"

"这个——"任为说，"所以呢？"他没听出来黑格尔·穆勒要说什么。

"但云球人的意识场情况却是不同的。"黑格尔·穆勒说，"据我了解，和地球人的意识场并没有什么区别。"

"所以呢?"任为接着问。

"所以,云球人的研究,开创了一个新的世界。"黑格尔·穆勒说,"这充分证明,意识场和空体是可以分离——不,是必须分离的两件东西。意识场才是真正的人类,空体不过是人类的交通工具而已,和汽车没有什么分别。"

任为想起了吕青说过的话,关于查理保险费上涨的问题。

"可是,"任为还是有点不解,"如果这么说,你们保存的那些遗体——应该是空体,不就更加不可能纳入医疗保险了吗?"

"不重要,这不重要。"黑格尔·穆勒说,不以为然地摆了摆手,"纳入医疗保险或者不纳入医疗保险,这都不重要。"

"不重要?"任为说,充满了疑惑,"你们不是一直在争取纳入医疗保险吗?"

"是的,但那是以前。"黑格尔·穆勒说,"现在情况不一样了。当然,如果能够纳入医疗保险,我们是非常欢迎的。不过现在这已经不是必须的,至少不是首要议题。我们完全接受空体是一辆汽车的说法。如果空体是一辆汽车,那么显而易见,不应该涵盖在任何人类的医疗保险之中,而只应该出现在财产保险公司的报价表中,这种事情就不需要由吕青女士来操心了。所以我一直认为,吕青女士应该欢迎这种说法,这会为国家节省一大笔钱。"

任为看了看吕青,吕青也看了看他,面无表情,冷冷地说:"你听穆勒先生接着说吧。"

"好吧!"黑格尔·穆勒说,"能看出来,吕青女士还是很抵触。不过我还是要接着说。"他笑了笑,"我认为是这样,其实只有两种选择。一种选择是采用传统的观点,意识场和空体不可分离,把两者看作是一体的。这就是说,人这个东西——或者应该怀着更大的敬意说,人这个尊贵的物体,当意识场丧失,只是丧失了其中一部分,就像是丧失了一只胳膊或者一条腿。您不能因为一个人丧失了一只胳膊或者一条腿,就说他或者她不是一个人了,对不对?"

任为没有说话，看着黑格尔·穆勒，隐隐觉得，现在不能轻易地表示同意或者不同意。

"同样，丧失了意识场的人，也不能被认为就不是一个人了。"黑格尔·穆勒说，"既然如此，医疗保险的范围当然应该涵盖空体，涵盖这些丧失了意识场的人，就像涵盖丧失了胳膊或者腿的人一样。他们应该得到更多的关爱而不是更少，不是吗？我刚才说过，我很欢迎这种决定，可吕青女士和她的机构已经否决了这种说法。"他伸出手掌，竖立在空中，仿佛在提醒任为注意，"那么，另一种选择是什么呢？我们也许能够采用一种更加先进的观点——哦，对，对于是否更加先进，吕青女士有一些不同判断——这种观点认为，意识场和空体是可以分离的。就像刚才说到的，人的定义应该着眼在意识场而非空体上。空体只是一辆通过生物学技术构造的汽车而已。如果这样，我完全支持吕青女士和她的机构之前做出的决定，医疗保险的范围不应该涵盖空体。这样，国家会免于破产，而人类也会保持清醒。清醒的人类不会被不清醒的人类挤占生存空间。"

这是 KHA 的说法。

"天哪，"黑格尔·穆勒说，脸上浮现着很夸张的表情，好像看到完全不可理解的神迹，"这真不可思议。KHA 炸掉了我们最伟大的赫尔维蒂亚翼龙园区，就在我坐飞机刚刚离开十分钟以后。这给我们造成了重大损失，股票年度收益降低了 195%，业务从巨额盈利变成了巨额亏损。而且，知道吗？遭受了这么大损失，我们居然不敢公开发声！仅仅是因为害怕，害怕把 KHA 惹得更恼。上帝啊，看看我多么懦弱！我的父亲如果还活着，一定会拿出他古老的来福枪，一枪把我给崩了！但不要紧，这都不要紧。不可思议的是，最终我竟会变成 KHA 的粉丝。现在，我认为 KHA 的说法很有道理，清醒的人类不应该被不清醒的人类挤占生存空间。不过，KHA 忽略了一点，这很重要。KHA 忽略了什么呢？一个定义！他们忽略了一个定义，关于什么是清醒人类的定义。按照第二种选择，先进的观点，人的定义应该着眼在意识场而非空体上，那么，清醒人类当然指的也是意识场——无论清醒与否，显然谈论的都是意识场而非空体。所以，我们的共同方向是，应该为人类意识场扩大生存空间,不要被空体束缚住手脚。也就是说,在医疗保险不涵盖空体的同时,我们需要明确,人类意识场完全有权利置换自己使用的空体,就像人类有权利置换自己使用的汽车一样。"

任为听懂了他的意思,沉默不语。

"我刚才说了,"吕青说,"我们并不处在一个可以支持你们的位置上,这是一个法律问题而不是一个政策问题。"

"我知道。"黑格尔·穆勒说,"我们也在做法律部门的工作,全世界所有国家的法律部门,我们都在做工作。这当然不是您的工作范围,但是,您需要有您的态度。"

"我们的态度并不重要。"吕青说。

"不,很重要。"黑格尔·穆勒说,"从全世界范围看,'人'这个词,从来没有在法律中被严格定义过,现在,我们必须要进行定义了。想象一下,如果要在法律上定义什么是狗,什么是猫,最权威的意见应该来自哪里?当然是生物学家。那么,如果要在法律上定义什么是人,最权威的意见应该来自哪里?当然是医疗领域,当然是卫生总署!"

"我知道,就算在卫生总署,也不在您的部门管理,您的部门只管医疗保险。"他接着说,"但是,您的部门应该有更清晰的解释,为什么医疗保险不涵盖空体?这个决定的理论基础在哪里?您需要给出一个解释。您的部门声称,不能为空体提供医疗保险的核心原因是意识场的缺失,甚至要求对空体进行意识场检测。那为什么却又不肯明确承认,意识场和空体是可分离的呢?谈论医疗保险的时候,你们使用这一点来拒绝为空体提供医保。而谈论空体置换的时候,你们却又不肯承认这一点,反而指责任何试图将意识场从空体中分离出来的尝试都违反伦理。这不合逻辑。"

"科学和伦理是两回事,科学应该在伦理范围内进行发展。"吕青说,"对地球人来说意识场和空体不可分离,这就是我们的观点。不能为空体提供医疗保险是因为意识场的缺失,不承认意识场是合法的人是因为空体的缺失。两者的结合才是一个完整的人,这没什么不合逻辑。"

任为明白了吕青的困境在哪里,这真是个头大的问题。

"对不起,"他插了一句话,"可是这些,和我有什么关系?您为什么要见我呢?"

"吕青女士是一个非常传统的人,一个车尔尼雪夫斯基人本主义者,她还无法接受人类像更换汽车一样更换自己的空体。"黑格尔·穆勒对任为说,"就像说到逻辑,吕青女士把逻辑也分成了遵从伦理的逻辑和违背伦理的逻辑。而在我心中,逻辑就是数学而已,数学不能被分成遵从伦理的数学和违背伦理的数学。当然,我能够理解吕青女士的想法,意识场和空体就应该像是一对忠贞不渝的恋人,应该同生共死。中国有一种关于鸟的传说,一对儿鸟当中,一只死去的时候另一只就会立即撞死自己。但吕青女士却忽略了,中国也有另一个古老的词汇,臭皮囊。对,臭皮囊,臭皮囊并不重要。不是吗?我知道,任为先生,您也有类似的想法,我们在赫尔维蒂亚第一次见面的时候,您也担心 KillKiller 会挤占人类的生存空间。可日子还要过,对吗?云球的研究每天都会给您一些新的启示,就像天天在聆听上帝的声音。所以我希望,您不会像吕青女士一样那么执着。"

任为也想起了那天的对话。当时,面对自己的问话,黑格尔·穆勒回答说:"人类总是妄自尊大,不是吗?"

"什么意思?"任为又看了看吕青,"您总不至于想要我来说服吕青吧?"

"不,不,没有。"黑格尔·穆勒说,"您只要说服自己就可以了。您知道吗?对于意识场和空体的可分离性这件事情而言,吕青女士的机构非常重要,您的机构也同样重要。"

"我们?地球所?"任为问,"我们只是一个研究机构,不制定政策,更无法影响法律。"

"您理解得不对。"黑格尔·穆勒说,脸上出现一副很遗憾的表情,"刚才提到,如果我们要在法律上定义什么是狗,什么是猫,最权威的意见当然来自生物学家。而要在法律上定义什么是人,那么最权威的意见就应该来自医疗领域。可是,这里面有一个误区,无论是狗,是猫,还是人,之所以说权威意见应该来自生物学家或医疗领域,其实是基于一个错误的前提,那就是生物学或医疗是关于狗、猫或者人的专业领域。可事实不是这样,意识场根本就不在生物学家或者医疗机构的研究领域内，不是吗？如果关于'人'这个词的着眼点应该在意识场而非空体，那么生物学和医疗就不是专业领域，只是汽车修理厂而已。那专家在哪里呢？专业领域是哪个领域呢？虽然脑科学所发现了意识场，但你们却真的培养了意识场，五千万意识场。您觉得，关于意识场，在这个世界上，还有比你们更名副其实的专家吗？还有其他研究领域比你们更称得上是专业领域吗？"

任为愣在那里。

"所以，"黑格尔·穆勒继续说，"我认为，现在你们应该站出来，就像我希望吕青女士站出来一样，明确地告诉这个世界，意识场和空体的可分离性是毫无疑问的。你们根本没有生产——我想完全可以用生产这个词——没有生产过任何人类意义上的空体，只是生产了一串又一串的代码，但却培养出了意识场。你们难道不应该因此而拥有自己的立场吗？意识场和空体可分离性的立场！"

任为没有说话。

"而且，"黑格尔·穆勒又笑了起来，声音也大起来了，"您一定要意识到，我们还有一个共同点，一个对您来说很重要的共同点。"

"什么？"任为问。

"云球人的意识场！"黑格尔·穆勒说，盯着任为，"意识场和空体的可分离性，倒过来看就意味着，云球人的意识场和地球人的意识场是完全等价的，云球人应该享有和地球人同等的人权。"

"你会站出来表明立场吗？"在回去的超级高铁上，吕青问任为。

"我不是告诉他了嘛！我不会站出来。"任为说。

"他们需要舆论的铺垫，为空体置换造势。"吕青说。

"即使造了势，法律上还是有问题。"任为说。

"造势就会影响法律。"吕青说，"特别是有些国家，很喜欢公投，造势就是造法律。"

任为沉默不语。

"黑格尔·穆勒也在找李斯年。"过了一会儿，吕青接着说。

"啊？"任为吃了一惊，"李斯年怎么表态？"

"李斯年不肯见他。"吕青说。

"这样好。"任为说，"我也不应该见，你帮我拦着他是对的。"

"我也就是在这个位置上，他还有点忌惮我，否则我可拦不住。"吕青说，"不过，再怎么阻拦也是暂时的，没什么用。这些问题最终还是要回答的。"

任为又沉默了。

"你还没想清楚，到底希望不希望云球人拥有地球人的人权，是吗？"吕青问。

"没想清楚。"任为说，"我看，可能永远也想不清楚。"

吕青看着他，伸出手拍了拍他的胳膊。

"这个黑格尔·穆勒，利用了意识场，利用了云球，甚至利用了KHA和堪萨斯黑帮。"吕青又接着说。

"利用了意识场，利用了云球，利用了KHA，"任为喃喃自语，但说到这里，忽然有点奇怪，"这我都明白，不过，利用了堪萨斯黑帮是什么意思？"

"这个嘛，"吕青说，"堪萨斯黑帮一共倒卖了一千两百具空体，客户有三百多个机构。想想看，这是个很大的规模，持续的时间也不短。在他们主动曝光之前，KillKiller真的从来没有发现吗？"

"发现？"任为说，"你的意思是，KillKiller早就发现了，但听之任之，置之不理。"

"有可能。"吕青说。

"为什么呢？"任为问。

"等着堪萨斯黑帮曝光。"吕青说。

"那不是搞得自己很被动吗？"任为问。

"是，一段时间内是很被动。"吕青说，"KillKiller的股票确实跌得很厉害，比翼龙被袭击的时候跌得还要厉害。但从长远考虑，却不是一件坏事。"

"什么意思？"任为问。

"通过这种手段，他们绑架了三百多个机构。"吕青说，"当空体置换真的开始的时候，这三百多个机构还敢出来反对吗？而这些机构多半是他说的医疗领域的机构，几乎都是能够对意识场立法造成重大影响的权威机构。"

"包括脑科学所，包括柳杨。"任为说，"那时候，柳杨也不敢反对。否则，如果被曝光，他就被毁掉了，脑科学所也被毁掉了。"他顿了顿，好像迟疑了一下，又说，"不过要只是说柳杨的话，他可不一定在乎。"

"不管柳杨是否在乎，反正他不干这个所长了，换成李斯年了。所以黑格尔·穆勒想要见李斯年，李斯年没什么把柄，又是意识场发现机构的领导，对 KillKiller 而言很重要。如果还是柳杨，黑格尔·穆勒说不定不会这么着急要见面。他认识柳杨，但不一定了解柳杨的性格，可能会觉得柳杨同样被挟持了，被阿黛尔挟持了。"吕青说。

"黑格尔·穆勒会找柳杨帮他搞意识场研究吗？"任为问。

"不，柳杨肯定不会干的，他签了保密协议。"任为接着又回答了自己。

"就算没有保密协议，柳杨也不会理他的。"吕青说，"后来，KillKiller 还拒绝让脑科学所去检测他们客户的意识场呢！柳杨对他们也不待见。"

"嗯，是的。"任为说，"那么，如果大家都支持空体置换，空体真的在立法中变成了'汽车'，一种特殊意义上的汽车，堪萨斯黑帮还有这些机构，做的这些事情就都无关紧要了。"话是这么说，可他觉得难以相信。"但是，KillKiller 真有这么深谋远虑吗？"

"哼！"吕青哼了一声，"也许还不止这个。也许他们希望堪萨斯黑帮会直接把这三百多个机构都曝光出来。"

"怎么会？那样就无法像现在这样推脱和拖延了。"任为说。

"对，但和他们一样无法推脱和拖延的还有三百多个机构，还都是大机构。"吕青说，"那会怎么样呢？"

"那——"任为想了一下，"那只能和 KillKiller 一起，大声呼吁意识场和空体的可分离性。"

"这不就是黑格尔·穆勒希望我和你还有李斯年做的事情吗？"吕青说。

"是啊——"任为说,"看来,把空体纳入医疗保险,或者法律承认意识场和空体的可分离性,二者之间必得其一,无论怎样黑格尔·穆勒都会很高兴。"

"对。"吕青说,"不过现在,他应该更希望法律承认意识场和空体的可分离性,这个生意更大。"

"不对。"任为想到了一个问题,"堪萨斯黑帮应该是很久以前就开始运作了。那时意识场的发现还没有公布,黑格尔·穆勒怎么会这么想呢?"

吕青沉默了一会儿。

"堪萨斯黑帮的事情不是KillKiller主动搞的,他们只是没有阻止而已。"吕青说,"我想,很可能那时候KillKiller已经意识到了什么。虽然肯定不知道柳杨的意识场,但他们一直在做空体研究,在这个过程中也许产生了某些和柳杨意识场类似的判断。"

"那也太冒险了。"任为说,"如果没有发现意识场,KillKiller不是把自己放在了很危险的境地上吗?"

"我刚刚说,堪萨斯黑帮的事情不是KillKiller主动搞的,他们只是没有阻止而已。"吕青说,"别人又搞不清楚他们是没阻止还是没发现。所以最多也就是管理上的问题。至于伦理方面的争论,原本就有,就算因此更激烈了,KillKiller也不在乎,这并不影响他们的客户。客户只关心管理问题,只关心亲人的空体有没有被倒卖,而对这些,KillKiller都有准备。你看,所有涉及倒卖的空体监护人都没有出声,这是偶然的吗?什么空体可以被倒卖,什么空体不可以被倒卖,也许事先都已经安排好了,已经风险最小化。这个风险最小化,可不是说在堪萨斯黑帮的执行层面,而是说在KillKiller的战略层面。况且,不是还有那三百多个机构做挡箭牌嘛!就算要出事,也是一荣俱荣、一损俱损。"

"准备好了——"任为说,心中涌出了一阵恐惧,同时也有不少佩服,"他们想的也是对的,堪萨斯黑帮果然因为那三百多个挡箭牌,不敢曝出更多的料。"

"不,"吕青说,"不是这样。"

"不是这样?"任为有点迷惑,"你是说,堪萨斯黑帮没有曝出更多的料,不是因为那三百多个挡箭牌?"

"对,"吕青说,"不是。"

"那是为什么?"任为问。

"因为堪萨斯黑帮意识到,"吕青说,"如果他们继续曝光,实际上是在帮助黑格尔·穆勒,是在逼迫那三百多个机构出来支持黑格尔·穆勒,支持意识场和空体的可分离性。"

"哦——"任为停顿了一下,"黑格尔·穆勒在等待堪萨斯黑帮的爆料,希望堪萨斯黑帮直接把这三百多个机构都曝光出来,不过却没有等到。爆料的人本来是想要搞倒 KillKiller,但他们意识到,再继续下去反而是在帮助 KillKiller,所以就停手了。"

"嗯。"吕青说,"爆料的时候,意识场的发现已经公布了。黑格尔·穆勒多半很希望爆料者把那三百多个机构都爆出来,那就会一下子多出三百多个帮手,他们自己去曝光总是不太好——谁知道呢,说不定哪天他们真的就这么做了。"她顿了一下,似乎很怀疑 KillKiller 真的会这么做,"不过,如果爆料发生在意识场的发现公布之前,虽然也做了准备,但 KillKiller 应该还是希望这三百多个机构能够成为挡箭牌,让爆料者退缩。"

"这个堪萨斯黑帮也很奇怪,要照你的分析,情况出现了变化,现在是有点尴尬。"任为问,"但是最初,他们为什么想要搞倒 KillKiller 呢?会不会是 KHA 的同盟军?"

吕青又沉默了很久。

"也许,"她说,"都是车尔尼雪夫斯基人本主义者吧!"

76 意识机器人

任为给李舒打了个电话，他想问问阿黛尔的情况。

"还不错。"李舒说，"她的进步很快，现在有十二岁孩子的智商了，而且已经完全适应了地球的生活。申依枫院长可高兴了。"

"是吗？"任为也觉得很高兴，"那她还记得云球的事情吗？"

"不太记得。"李舒说，"有些印象但不连贯，她觉得那是自己做过的梦。"

"那她的那些技能呢？"任为问，"音乐、舞蹈什么的。"

"很好。"李舒说，"唱歌很好，跳舞也很好，正在学习。申依枫院长特意给她请了一个音乐老师和一个舞蹈老师——这可花了我们不少钱，不是哪个老师都愿意去那么一个偏僻的地方。不过很值得，效果很好，看来她的天分都从云球里带出来了。"

"她的地球空体是关键吧？"任为问。

"也对。"李舒说，"那个空体，虽然不知道确切来源，但提供者说，原来也是一个舞蹈演员，唱歌也不错，和阿黛尔很匹配。最初，是我们提出了这样的要求。"

"嗯。"任为说，"那就很难区分她现在对音乐和舞蹈的天分，是因为意识场还是因为空体。"他心里还在想着自己那些打油诗，到底是自己写的还是弗吉斯写的。

"应该是两者都有。"李舒说，"身体上的能力，比如声带和柔韧性，应该是因为空体吧。但是，她对音乐和舞蹈超强的领悟力和能够沉迷其中的强烈兴趣，应该和意识场有很大关系。"

"嗯。"任为应了一声，接着问，"她过得开心吗？"

"开心，很开心。"李舒笑了起来，"申依枫院长说，她现在是个快乐的小姑娘。当然还只是个小姑娘，很多时候会被那些梦境困扰，半夜里吓得哭了起来，或者跳着舞唱着歌就忽然失控了。但更多的时候是一个开心果。你知道，申依枫院长那里都是精神病人，总的来说气氛是很沉闷的，正常人待时间长了都会觉得不舒服。阿黛尔的存在使那里发生了很大改变。她自己是在那些病人中间长大的，不觉得那些病人有什么奇怪，而她的存在反倒使那些病人发生了很大改变。"

"那些病人的症状都和电磁环境有关，并不是真正意义上的精神病人。"任为说，心情很愉快，似乎脑子都活络起来了，"去那么一个偏僻的地方，就是为了生活在大自然中。但是，那里的生活环境很自然，人文环境却并不自然。阿黛尔的存在可能正是这个精神病院以前最缺少的东西，应该对其他病人的康复有很大好处。"

"是的。"李舒说，"申依枫院长也是这么说的。"

"柳杨知道这些吗？"任为问。

"应该知道。"李舒说，"他没有直接问过我。但申依枫院长应该会告诉他。"

"他没有跟你联络过吗？"任为问。

"联络过。"李舒说，"不过，主要还是谈一些和工作有关的事情。您知道，柳所长不是个喜欢聊天的人。"

"和工作有关？"任为有点奇怪，"难道他不是应该不管这些所谓工作了吗？他现在是心理学家。"

"心理学家？"李舒又笑了起来，"您能相信吗？柳杨所长真的抛开了他的研究?"

"他签了保密协议,也承诺不再做这些研究。"任为说,"难道还在偷偷地做研究吗?"

"不,这倒没有。"李舒说,"其实也不是柳所长主动的。是李斯年所长有一些新的发现需要他的协助。当然,按道理说柳所长可以拒绝。但怎么可能呢?他内心求之不得吧!只不过柳所长确实不能亲自做实验了,在赫尔维蒂亚也不能和任何人讨论,只能和我们所里的人讨论。和李斯年所长讨论得最多,也和我讨论一些,和黎教授、王教授也有一些。现在柳所长可以算是我们所一个编外顾问吧!您别说,作为一个编外顾问,比起当初作为所长,合作顺畅了不少呢!"

"哈哈——"任为也笑了起来,"他现在过得怎么样?我听吕青说,他申请和那只边境牧羊犬结婚,赫尔维蒂亚政府不允许,他起诉了政府,已经审过几次了。"

"嗯,这个——"李舒的声音低了下来,"柳所长真是奇怪,跟了他这么多年,我以为很了解他了。可是,"任为隔着SSI电话,似乎也看到了李舒感到奇怪的表情,"柳所长一直对动物,甚至是对人,都很……怎么说呢……冷漠,甚至可以说是冷血。要不然,说实话,很多研究根本没法开展。但现在这事,真不知道他怎么想的。"

"官司怎么样了?"任为又问。

"哦,拖着呢。"李舒说,"您知道,在赫尔维蒂亚这种地方,打个官司会拖死人的。打官司也不是谁都能打的,既要有钱,又要有时间,还好这两样柳所长都有。上次听他说过一句,初审、二审都败诉了,已经上诉到最高法院了,等着开庭呢!不过开庭之前,好像还有一些其他程序,主要是一个听证会,应该很快要举行了。"

"上次他跟吕青联络过一次。"任为说,"他提到可能要我去最高法院作证,我能作什么证呢?"

"也让我去呢!"李舒说,"我也不知道啊!我又能做什么证呢?他不说,只说该知道的时候自然会知道。唉,柳所长就是这样。"

"听证会是什么意思?"任为问,"要我们去作证吗?"

"柳所长没说要我去听证会,只说最高法院开庭的时候可能需要去。"李舒说,"听证会怎么回事我也不太明白,据说赫尔维蒂亚的法律体系很复杂,是有案件这样搞过的。按道理最高法院开庭,该怎么判怎么判就是了,但民意反弹很大。虽然初审二审的判决都是柳所长败诉,可是有好多人游行支持他,也有法律专家出来讲话支持。最高法院的法官也许有些纠结吧,结果就是请了九位资深法律专家来开这个听证会。其中有退休的最高法院大法官,有著名的法律教授,有顶级大律师,也有资深检察官。过程也许和开庭差不多,听听柳所长怎么说,然后九位法律专家给一个自己的意见出来。我估计等最高法院法官最后做判决的时候,这些意见就很重要了。感觉上像是提前请了陪审团,搞一个审判彩排。"

"九位?"任为说,"看哪边意见占上风了。赫尔维蒂亚去年还搞过人和狗结婚的公投,虽说没有通过,但据说票数差别并不大,支持的力量还是很庞大的。"

"对。"李舒说,"我查了,去年没通过,票数是 49.7% 比 50.3%,悬着呢!大家压力都很大。所以,那边的舆论都认为,这次听证会很重要,基本就决定了最高法院的判决。"

"推卸责任吧!"任为说,"这是非正式的审判,又有九位法律专家,大家的压力没有那么大,可以表达自己的真实想法。而一旦分出了胜负,最高法院也就有说辞了,压力也就小了很多。"

"责任分散效应。"李舒说,"那九位法律专家,虽然进入了这个旋涡,有一些被人骂的风险,但说不定也是个青史留名的事,被选中本身就是对他们的认可,没人拒绝。"

"其实,公投没通过就是没通过,就算票数再接近,结果也还是没通过。"任为说,"所以政府不允许他结婚,也没什么过错啊!为什么要这么纠结,要纠结也应该纠结是否再公投一次,而不是纠结政府不允许他结婚是否违法。"

"不。"李舒说,"柳所长没那么笨。被他揪住的东西肯定没那么简单。

之前在法庭上，他主要是在揪住一件事，什么是人？人是怎么定义的？当然，听证会上就不知道他打算怎么说了，他经常变。"

什么是人？人是怎么定义的？

和黑格尔·穆勒揪住的东西一样。只是一个在关心意识场和空体，而另一个在关心人和狗，传统意义上的人和传统意义上的狗。任为脑子里一阵发晕，他不想再讨论这个问题了。

"你刚才说，"任为换了个话题，"李斯年所长有些新的发现，是指意识场台阶式衰老吗？"

"啊——不全是！"李舒说，"一开始是这个，后来又有一些其他进展。李所长和柳杨所长一样，很聪明，很能干，我不知道该不该给您说，不过，我想，李所长自己很快就会找您了。"

果然，李舒说得没错，很快李斯年就亲自找任为了，请任为去脑科学所开个小会。任为对李斯年印象很好，也很感谢他对穿越计划的帮助，所以很快就去了。

"我有一个想法，跟你探讨一下。"李斯年说。他文绉绉的，可不像柳杨，和他谈事情愉快多了，任为想。

"你说，你说。"任为说。

"目前这还是个涉密项目，您可不能到处说。"李舒说，"一会儿，我还要让您补签一个保密协议。"

"啊——"任为说，"好的。"

签保密协议在前沿科学院内部是很普通的事情，经常发生。不过任为没想到今天要签保密协议，看来要谈的事情还真不是件小事。

"你知道，之前柳所长在的时候，他发明了意识机，可以绑定意识场，是一个很好的储存意识场的工具。"李斯年接着说，"但是，意识场在意识机中基本是无法工作的，只是处于某种混沌的状态。"

"嗯。"任为应了一声。

"说实话，"李斯年说，"柳所长发明意识机，还是借鉴了你们的云球，使用了和云球系统相同的量子计算架构。意识机从某种角度看，就是一个孤立的脑单元量子芯片。"他不好意思地笑了笑，好像是他剽窃了什么，扭头看了一眼李舒。

"是的。"李舒也笑了笑，"任所长不会在乎的。柳所长确实借鉴了云球。也许，有关意识场的论文，你们也应该联合署名。"

"没关系，没关系。"任为说，赶紧摆了摆手，"我们不用署名。你们的论文我都看到了，我们署什么名？就意识场的科学发现而言，意识机并不是关键。云球的量子架构也不是我们自己发明的，是和厂家在一起搞了很长时间才慢慢搞出来的。只是个技术层面的东西，谈不上是什么科学发现。不过说到这个，我看你们脑科学所都没有任何人的个人署名，这也太谦虚了吧？"

"我哪里有资格署名？"李斯年说，"他们又都不肯。"

"您就这么理解吧，这件事情，还搞不清楚是会流芳百世还是会遗臭万年呢！"李舒说，无奈地摇摇头，"何况，柳所长又溜了。"

"话说回来，"李斯年说，"我来脑科学所以后，一直在考虑一个问题，非常困扰。以前柳所长也在考虑，但当时他事情太多了，来不及仔细研究。这个问题很简单，就是意识机的量子架构和脑单元芯片的量子架构完全一样，为什么脑单元芯片可以让绑定的意识场完全正常地运作，而且不止一个脑单元，不止一个意识场，意识机却连一个意识场都无法真正运作起来呢？"

"这个——"任为想了想，"脑单元芯片的量子架构只是一个初始状态，像一个胚胎。量子架构不是水泥框架，而是一种空间中的能量场结构，从某种角度上看更像是一种软件或者算法，类似进化算法，可以自我演化从而改变自己的结构。脑单元就是在这种初始量子架构的基础上逐渐演化而成，不是技术人员制造出来的。因为量子的不可复制性无法复制。甚至也无法进行真正的观察，观察会导致波函数塌缩。意识机恐怕不是这样，意识机的量子芯片停留在了初始的量子架构上，没有演化。严格地说，那仅仅是一种特定的量子架构，可能演化出脑单元，但还称不上是脑单元。"

"对。"李斯年说,"我和柳杨所长也都这么认为。"他点着头,"所以,我们这一段时间做了一件事情来验证这个观点。"

"什么事情?"任为问。

"我们搭建了一个小的云球系统。"李斯年说。

"什么,小的云球系统?"任为吃了一惊,"那要花很多钱,还有时间,很漫长的时间。"

"不,不。"李斯年笑了起来,"别误会,也许不应该说是小的云球系统。实际上,我们的系统很小,非常小。"

"系统里只有一千个脑单元芯片,或者说是脑单元的胚胎。"李舒说,"没有任何环境系统,没有云球,没有云球太阳,没有云球月亮,甚至没有任何自然科学的规律在里面。那些脑单元芯片,只是在虚空中演化,但关键的是,我们让这些脑单元芯片有互动。"

任为想了想,"我明白了。"他说,"你们希望这种互动能够形成一种基础的演化。"

"是的。"李斯年说,"不过,我想你也许可以猜得到,我们失败了,没能培育出像云球系统中那样的脑单元。"

"失败了?"任为又想了想,"嗯,也许是这个规模太小了,无法让计算强度超于柳杨阈值——哦,对,新的说法应该是……意识场计算强度阈值。"

"对。"李斯年说,"但是,我们也有收获。"

"什么收获?"任为问。

"我们发现,经过这种演化培育的芯片——我们把这个过程叫作演化培育——所有经过了演化培育的芯片,确实出现了类似脑单元的架构,当然还是简单得多。用这些芯片制造成意识机之后,对意识场的承载效果更好了。"李斯年说。

"怎么更好?"任为问。

"你知道,意识机中的意识场,意识波比较弱,信号也比较杂乱,虽然实验已经证明,意识场在意识机中并没有受到任何伤害,甚至也没有比在人脑中衰老得更快。你自己也经历过,很清楚这一点。但是,从强度和稳定性来看，在意识机中的时候，意识场的活动性确实很差，似乎在冬眠。"李斯年说。

"你是说，在经过演化培育的意识机中，意识场的活动增强了？"任为问。

"是的。"李斯年说，"有一定程度的增强。离正常工作的距离还非常遥远，但确实有一定程度的增强。"

任为又想了想，"那么，你们是不是应该把演化培育系统加大规模呢？也许会有帮助。"

"肯定会有帮助。"李斯年说。

"不过，"李舒说，"任所长，我们的演化培育系统再怎么增强，又怎么能够比得上你们的云球呢？"

李斯年笑了笑，接着说："关键是，按照现在的观察结果，我们进行了计算，必须要把演化培育系统增强到一个不可思议的程度，才有机会培育出足够强大的脑单元，让意识机中的意识场开始工作。而这种系统增强，无论从技术能力，还是从资金能力，我们都是万万承担不了的。换句话说，如果我们能够承担，那实际上就是在制造第二个云球系统了。"

"你的意思是，"任为问，"想要借用我们的云球系统？"

"对。"李斯年点了点头，"我们反复讨论过，这是唯一的办法。"他再次不好意思地笑了笑，"只是，要给你们添麻烦了。"

"不，不，谈不上添麻烦。"任为说，"没关系，如果帮得上忙，我会很高兴。你们帮了我们很多忙，如果有机会，我们怎么可能不帮助你们呢？但是，我不知道，要怎么做才能帮到你们？"

李斯年不说话。

"任所长，"李舒说，"你猜猜，柳所长要是在，他会怎么做？"

任为愣了一下，柳杨？他会怎么做？

任为忽然想到了加湿器。后来柳杨自己说是加湿器，当时带到地球所的那些技术人员却说是专用计算设备，其实那是意识探测仪。

然后任为又想起了阿黛尔，不，不仅仅是阿黛尔，是五个云球人，不过只有阿黛尔还活着，那四个已经死掉了。

他明白了些什么。"你是说，"任为问李舒，"柳杨会偷我们的量子芯片？"

"对。"李舒说，无奈地笑了笑，"柳所长也许会的。您可不要怪我啊！无论柳所长想要干什么，我都拦不住。但是您放心，李所长不会这样干的，所以只能希望您可以支持我们了。"

"偷我们的量子芯片——"任为沉吟着，"你是说，云球的脑单元芯片其实就已经是你们的演化培育系统想要培育的最终目标？所以，其实我们什么都不用干，只要给你们一些培育好的脑单元芯片就可以了？"

"是。"李斯年回答，"不过即使你同意，过程也不是那么简单。"

"一旦把芯片拔下来，断了电，就被复原到初始状态了，也就没有任何意义了。拿到这里再插上到意识机里，没有任何用处，就像一个崭新的量子芯片是一样的。"任为说。

"对，一旦断电，量子芯片就复位了，里面培育出来的量子微网络就不存在了。"李斯年说。

"那怎么办呢？"任为问。

"只要您同意，我们会有办法。"李舒说，"您别忘了，李所长可是研究微观物理出身的。"

"啊——是的，没有李所长的量子炸弹，我们的穿越计划根本无从开展。"任为说。

"所以，关键是您同意不同意。"李舒说，"现在还没有经过测试的成熟方案，但只要您同意，我们一定会找到一个安全的不断电移植方案，把云球中的脑单元芯片不断电移植到意识机中，保持量子微网络的完整性。"

"还有一个问题，"任为说，"一个量子芯片中可以有很多脑单元，并不是一对一的关系。云球中每天都有人死去，空闲脑单元是有很多的，但是要找一个芯片，恰好其中所有的脑单元都已经死去而又没有被操作系统重新分配任务和数据，这个——"他想起了沈彤彤，"需要做一些工作，需要我们的架构师做一些工作。不过，这个方法如果成功，就意味着以后一个意识机可以绑定多个意识场，不像现在只能绑定一个。"

"嗯,明白。"李舒说,"要找沈彤彤老师吧!我认识她。您放心,我们不会再害死云球人,张所长和沈彤彤老师也不会同意的,还有那个孙斐,不得跟我急。只要您同意,这些问题我们慢慢来解决。"

"我同意。"任为说。

"太好了。"李舒说,"那我就找张所长,安排技术部门对接。"

"好的,"任为说,"我会跟张琦说。"

"谢谢!谢谢!"李斯年也很高兴。

"对了,暂时不能对张所长和沈彤彤老师讲这些细节,只能说我们需要脑单元芯片,具体干什么不能讲。现在还是保密阶段,跟您讲也是经过了特批的。"李舒补充说。

"好的,没问题。"任为说,"不过,我想多问一句。如果实验就像你们设想的那样成功,下一步,你们会怎么做呢?"

"机器人。"李斯年说,"如果给那样的意识机加上机器人的身体,那就是拥有意识的机器人。"

"意识机器人。"李舒重复了一遍,"记得我跟您提过,也许有人想要产生意识吗?现在虽然并非在产生意识,但将产生拥有意识的机器人,拥有人类的意识。"

任为记得,那是在讨论迈克的事情时候,讨论情感黑客,李舒认为,可能有人在研究如何产生意识。

"另一个角度,"李斯年说,"这是为人类置换一具机器人空体。"

"那些机甲战士,或者当年那些经过基因改造的金刚战士,相比而言可就弱爆了。"李舒说。

"所以,你们要生产一种新型机器人?"任为问,"还是要为人类提供置换机器人空体的服务?"他想起来黑格尔·穆勒,其实,这不是同一件事情吗?

"不。"李斯年断然否定了,"也许是个副产品,但不是我关注的重点。"

"那你关注的重点是什么?"任为问。

"台阶式衰老。"李斯年说,"我关注意识场的台阶式衰老。"

"这种方式可以克服台阶式衰老吗？"任为问，"台阶式衰老就是在云球中发现的，云球中的脑单元对这事有什么意义吗？"

"那可能是因为能量供给受限。"李斯年说，"年轻人大脑对意识场的能量供给具有增强的趋势，所以暂时压制了意识场的衰老，但最终这个衰老没能被真正压制住，一瞬间就爆发了。可是设想一下，如果能量供给增强的趋势更强，不是一般意义的强，而是非常的强，那会发生什么？我们不谈是否能够从根本上祛除意识场衰老的病因，只谈如果这个能量供给增强的趋势强到一个程度，把意识场衰老压制到一个足够的时间长度，也就是一个足够的台阶长度，比意识场正常的寿命还要长，那又会发生什么？"

"那意味着——"任为说，"延长了意识场的寿命。"

"对。"李斯年说，"就是延长了意识场的寿命。"

"而且，"李舒补充说，"这意味着，意识场在整个过程中没有衰老，一直都像年轻人一样，只是在生命的最后一刻瞬间衰老，然后死去。"

"在你们的云球系统中，"李斯年补充说，"一切都要按照科学规律来，不能想办法使脑单元的能量供给增强趋势进一步加大。但脑单元芯片移植到意识机中以后就不同了，我们可以想些办法，进一步加大这种能量供给增强的趋势。"

"如果成功，再研究能否想办法应用到人体上。"李舒说。

"这——"很多事情太匪夷所思了，"听起来很有吸引力。"任为说。

"对，"李舒接着说，"即使不能长生不老，甚至不能延长寿命，这个过程也很有吸引力，毕竟意识场一直年轻啊！"

"这是不是说，"任为想到了一个问题，"也许在你们的分析和计算下，每个这样的人，都将准确地知道自己什么时候会死去？准确地知道在哪一天，甚至是哪一分钟、哪一秒？"

"也许。"李斯年说，"不过在短期内，我不觉得对意识场的研究能够深入到这样的程度，足以支持做出这么准确的预判。"

"现在，我们连电视机什么时候会坏掉都判断不出来。"李舒说。

任为看着他们，脑子有点乱。

77 自杀芯片

"我的情报网有些消息。"莱昂纳德神父匆匆忙忙地走了进来,"上帝啊,但愿这些消息是假的。"

"什么?"丘比什问。

任明明没有说话,看着他。

"他们在黑市上发现了一种芯片。"莱昂纳德说,"出现不久,但据说卖得不错。"

"你是说自杀芯片吗?"丘比什问,"我在暗网上看到了。"

"这玩意儿只靠暗网可不行。"莱昂纳德说,"这要动手术。"

"是的。"丘比什说,"这是神经芯片,和 SSI 一样,需要做开颅手术。在暗网上只是一些宣传,产品不能邮寄,需要上门服务或者到店服务。"

"那是什么东西?"任明明问。

"自杀芯片。"莱昂纳德说,"顾名思义,自杀用的。"

"为什么要自杀?"任明明问。

"因为老了,或者病了。"莱昂纳德说,"一种安乐死的方法,更好的方法。我是说,比去找医生更好。"

"比去找医生更好？"任明明想了一下，"你是说，完全可以由自己控制？"

"是的。预先安装，什么时候都可以。比如，我们现在就可以安装。安装的时候需要进行设置，什么时候死，什么情况下死，设置好。然后未来某一天，条件满足了，'砰'的一声，一切就结束了。"莱昂纳德神父说，"天哪，愿上帝原谅我们。"

"一旦安装并设置好，就没有办法拆除，拆除会导致启动。"丘比什说，"不过，没有什么'砰'的一声。按照宣传，死法很幸福。有许多主题可以选择，睡眠主题、天使主题、欲望主题、毒品主题、幻想主题，等等。还有很多子主题，很丰富。是很高级的神经芯片，在产生丰富而幸福的感觉的时候，不知不觉让神经逐渐麻痹直至死亡，不要以为是把炸药装到了大脑里。"

"当然，我知道。"莱昂纳德说，"可是，和'砰'的一声并没有本质区别。"

"那什么条件会启动呢？"任明明问。

"这是可以设定的，不过千万要小心，一旦设定好了，以后就没办法改变了。"莱昂纳德说，"主要是对身体状况的检测，比如某些疾病，一共有六百多种疾病能够检测出来。据说，选择最多的是老年痴呆、骨癌和眼盲。"

"有必要吗？"任明明说，"现在医学很发达，这些病绝大多数时候都能治好。"

"如果治好了，当然就没关系了。"莱昂纳德说，"自杀芯片要检测病情恶化的程度，还有病程延续的时间，不是一发病就触发，那也太过分了。而且，病情恶化程度和病程延续时间的触发标准都可以个性化地设定。"

"哦——"任明明在思考。

"还有一些其他可选的设定，比如年龄。"莱昂纳德说，"有些人设置了年龄，无论是否患病，如果九十岁了就触发，甚至，如果八十岁了就触发。"

"为什么呢？"任明明问。

"这是一些极端主义者，就像KHA。"丘比什说。

"为后代子孙腾地方？"任明明说。

"是的。"莱昂纳德神父说，"上帝啊，这究竟是善还是恶？"顿了一下，他接着说，"还有，可以设置，如果自己陷入了某种极端环境——比如监禁或者严刑拷打——就触发。当然,选择这个的人比较少。这种结论不能简单地依靠身体中的生物化学信息来得出,而是需要依靠人工智能技术来判断视觉、听觉、触觉等知觉信息,这意味着不一定百分之百可靠。"

"能不能设置一些外界的东西?比如,自己的亲人去世,自己的公司破产,甚至自己的国家被灭国,自己所属于的组织覆灭,这一类的判断能做吗?"任明明问。

"不,不行。这些东西不要说不能依靠生物化学信息来判断,就算加上知觉信息也很不可靠。而自杀芯片是不联网的——他们号称要百分之百避免外部攻击的危险——所以,它无法进行必须依靠外部信息做出的判断。"莱昂纳德说。

"嗯。"任明明又想了一下,"但这和我们有什么关系呢?你的情报网为什么要关心这件事情?"

"这还不明显吗?"莱昂纳德说,"我们的团队认为,这一定和KHA有关。"

"嗯。"任明明又嗯了一声,"查到什么了吗?"

"这可不好查。做手术的地下医生们,大都并不知道芯片的来源,有专门的供货渠道,很隐秘。这些医生只是挣做手术的钱。不过——"莱昂纳德神父看起来很得意,"虽然麻烦,我们还是查到了。芯片的来源确实是KHA。"

"是KHA温和派吗?"丘比什问,"他们没什么事情做,既不愿意战斗,又不敢露头游行示威,只能干这种事情了。"

"是的。"莱昂纳德说,"是KHA温和派。"

"然后呢?"任明明接着问。

"到此为止,没办法接触到他们。不过我们听说,他们中有些人早就已经开始这么干了,不是自动的,而是人工。好像已经干掉过几个了,都是那些人自己在之前就设定好触发条件的。"莱昂纳德说,"当然,手工嘛,效率低,风险也大,自杀芯片就好多了。"

"KHA温和派——"任明明沉吟了一下,"我们以前的KHA线人还没有消息吗?"她忽然问。

"没有。消失很久了。我猜他就是温和派的,在 KHA 分裂之前就不支持那么暴力的行动,但他无法阻止,只好依靠我们来阻止。如果是这样,那他很有可能在 KHA 逐渐分裂的过程中被干掉了。"莱昂纳德神父说,"上帝啊,拯救他吧!"他又在胸前画了个十字。

"查到什么事情和跟踪我们的那个凯瑟琳,还有瓦格纳上校,有关系吗?"任明明问。

"没有。"莱昂纳德说,"所以,如果凯瑟琳和瓦格纳上校是 KHA 的人,那么一定是暴力派的。"

"那么干掉他们的人,会不会是温和派的呢?"丘比什说。

"自相残杀吗?"莱昂纳德说,摇着头,"不,不,不。自相残杀可不好。"

"为什么不呢?"任明明说,"我们不也自相残杀了?"

"上帝啊,原谅我们吧!"莱昂纳德神父说,"是路易斯·坎特背叛了我们。"

"谁说得准 KHA 内部又发生了什么事情呢?也许比背叛还要让人生气。"丘比什说,"你刚才还说,我们的线人可能就是在他们的分裂过程中被干掉的。"

"是啊,是啊。"莱昂纳德神父说,"到处都是罪恶,到处都是罪恶。"他又在胸口画十字。

"但如果是温和派杀了他们,"任明明说,"难道温和派会放弃追踪我们吗?"

"也许他们没有发现凯瑟琳在追踪我们,只是想杀了凯瑟琳而已。"莱昂纳德说。

"不可能,他们有那么笨吗?看不出来凯瑟琳在干什么?很多时候,沿着她的视线就看到了我和任明明三号。"丘比什说。

"那么,他们就是放弃追踪我们了。"莱昂纳德说。

"那是为什么呢?"任明明问。

莱昂纳德和丘比什都没有回答,显然,他们俩也不知道为什么。无论如何，FightingRobots 杀掉了那么多 KHA 的人，而 KHA 中的一派，难道仅仅因为被人叫作温和派，就可以无动于衷吗？

"好吧，"沉默了很久以后，任明明说，"反正看起来，我们似乎是安全了，很久没有人追踪我们了。"

"嗯，应该是的。"莱昂纳德说。

"可我们在这里待的时间太长了。"任明明说，"现在，德克拉民众和 SmartDecision 还在对峙，已经很久了，我们必须要有下一步的策略。否则，我们自己有暴露的风险。"

"你有什么想法吗？"丘比什问，"格兰特很坚决，什么都不说。"

"如果是这样，是不是证明他们被冤枉了呢？"莱昂纳德说。

"不，不可能。"任明明斩钉截铁，"我调查了 SmartDecision 的所有用户，绝大多数是商业公司。其他客户的情况比较复杂，但所有商业公司客户的情况却出奇的一致。"

"怎么一致？"莱昂纳德问。

"我认为，全都发生了激烈的内部斗争。"任明明说。

"这很正常，让 SmartDecision 来做 CEO，不是每个员工都能接受的。"莱昂纳德说，耸了耸肩，"我就不能接受。不过这可不是歧视机器人，我们正在为机器人争取人权呢！我只是觉得，机器人太能干了，比较而言我可就太笨了，涨工资更加没希望了。"

"估计有不少人这么想。"丘比什表示赞同。

"也许吧。"任明明说，"但是，我不这么觉得。那些公司任用 SmartDecision 以后，公司都发生了离职潮。正常的离职潮，离职的人应该具有某种共同特点，比如某个部门，某条业务线，某个区域，或者某个人事派系，某种经营理念，高薪的人群，年纪偏大的人群，甚至是某种性别，等等。"

"是的。"莱昂纳德表示同意，"那么你发现了什么？这些离职潮，有什么样的共同特点？"

"没有。"任明明说,"如果非要说他们有什么共同特点的话,就是没有特点。特别是离职的高管,在所有公司中,离职高管都找不出任何共同特点。"

"讨厌 SmartDecision 的人。"莱昂纳德说。

"这是一种可能。"任明明说,"但我在想另一种可能。"

"什么可能?"莱昂纳德问。

"内部斗争啊!"任明明说,"但不是一般的内部斗争。"

"什么意思?"莱昂纳德问。

"一般的内部斗争,总有一派和另一派。大老板也许在某一派中,但任何一派总不会是一个人,即使是大老板也不可能是一个人自成一派,那也太势单力薄了。"任明明说,"总有人会和大老板站在一起的,实际上应该是大多数人都和大老板站在一起才对。"

"你是说,"丘比什说,"在任用 SmartDecision 的事情上,都是大老板一个人一派,而所有其他人一派。换句话说,都是大老板独持己见、力排众议做出了决定?"

"所以离职的人没有特点,什么人都有。"莱昂纳德说,"也包括了大老板的亲信。"

"对,"任明明说,"虽然我不能确定,不过有这种感觉。在任用 SmartDecision 的过程中,这些大老板都面对很大的阻力,但最终都做了决定。"她顿了一下,接着说,"另外一个角度也可以印证,所有任用 SmartDecision 的公司,都有一个大老板。我是说,这些公司都拥有一个权力几乎不受控制的绝对大股东。没有任何股份分散的公司任用 SmartDecision 做 CEO。"

"这有点意思。"丘比什说。

"举个例子。"任明明说,"有家公司叫作宏宇娱乐,和我父亲的地球演化研究所有合作,他们任用了 SmartDecision 做 CEO。具体情况我并不太了解,但查到他们有一个非常强势的大老板,任用 SmartDecision 做 CEO 以后,核心高管离职率达到 65%。而且离职高管没什么共同点,既有一直不招大老板喜欢的人,也有大老板的亲信。"

"这说明这个大老板确实是一意孤行。"莱昂纳德说。

"一个公司这样不奇怪。"任明明说,"但任用SmartDecision做CEO的所有公司,几乎都是这样。"

"这说明了两点,一是SmartDecision只选择这样的公司作为目标客户,二是SmartDecision都彻底搞定了这个大老板。"丘比什说。

"为什么会这样呢?"任明明问。

"因为他们有这个大老板的隐私数据。"丘比什说。

"为什么他们不能搞到所有高管的数据呢?"莱昂纳德问,"那就不需要有离职潮了。"

"两种可能,"丘比什沉吟着说,"一种可能是的确搞不到所有高管的数据,不过这多半是一个错觉,事实是也不一定能搞到大老板的数据,但SmartDecision只挑搞到了大老板数据的公司去销售。另一种可能是,即使搞到高管的数据也没有用,在销售阶段不能去和每个高管谈,如果这样做无法接受的恐怕就是大老板了。"

"第一种可能不成立。"莱昂纳德说,"如果按照我们的推测,德克拉共和国整整一个国家的人,他们都搞到数据了,何况几个公司高管。有那么难吗?"

"不,在德克拉共和国,他们不关心个体数据,只关心统计数据。而那些公司高管是一个一个的个体。"丘比什说。

"哦——"莱昂纳德显然觉得是个难题,"我认为,他们至少要搞定德克拉共和国的议员们。"

"我认为,"任明明说,"两种情况可能兼而有之。"

"好吧,"莱昂纳德说,"总之,我们证明了,SmartDecision确实通过某种方法偷窃了隐私。那么,现在这种僵持的局面下,下一步我们该怎么办呢?"

"我没什么办法。"丘比什摊了摊双手。

"你呢?"莱昂纳德看着任明明。

"我在想,"任明明说,"格兰特到底为什么不说出真相?"

"这也许是机器出厂时设置的红线。"莱昂纳德说。

"这种可能性非常大。"任明明说,"如果是这样,那做什么都没用,格兰特什么都不会说,只能等着SmartDecision公司说出真相。"

"那更加不可能。"丘比什说,"SmartDecision公司是人在掌控,除非他们疯了,否则绝不会说出真相,公司会破产的。"

"嗯。"任明明说,"既然这样,我们唯一的希望只能是,格兰特出厂时并没有设置这样的红线。格兰特到现在都没有屈服,只是因为我们使劲使错了地方。他其实并没有感受到足够的压力。"

"还没有足够的压力?"丘比什说,"民众都快疯了。我看,格兰特可能会被弹劾,很多议员正在做弹劾的准备工作呢。"

"格兰特不一定怕被弹劾。"任明明说,"SmartDecision的宣传是,一切以客户利益为上,不会考虑个人利益。这是他们和人相比最大的优势,也是最大的卖点。"

"那格兰特怕什么呢?"莱昂纳德问。

"我记得,我第一次见到格兰特的时候,"任明明说,"他说自己的决策依赖于对社会压力指数的计算,还说自己会计算在未来五十年内社会压力指数的综合数据。"

"未来五十年?"丘比什皱了皱眉,"对,你提过。"

"这说明什么呢?"莱昂纳德问。

"你在怀疑,"丘比什说,"格兰特经过了计算,从未来五十年的角度看,现在坦白对整个德克拉社会是不利的。"

"对。"任明明说。

"但这意味着,"丘比什说,"如果改变这个参数,不考虑五十年,而只考虑三十年,十年,甚至五年,一年,或者,哪怕是一百年,两百年,对现在坦白是否有利的判断就有可能是不同的。"

"如果只考虑明天,坦白也许是有利的。"莱昂纳德说,"至少大家的情绪转换需要一段时间,暂时也许会使社会平静下来。"

"不,不。"丘比什说,"如果真的使用了隐私数据,今天坦白明天不会变好的，民众很快会暴怒。从质疑的情绪转换成暴怒的情绪，并不需要很长时间——我想应该很快，大概需要一秒钟。"

"那么，什么样的时间段，会让格兰特认为现在坦白是有利的？"莱昂纳德问。

丘比什不说话，看着任明明。

"不知道。"任明明说，无奈地摇了摇头，"但无论如何，五十年太长了。如果有办法把这个参数调整成一年或者三年，格兰特一定会说些不同的话，我们就会知道一些原本不知道的事情。"

"这个五十年的时间段是怎么来的？"莱昂纳德问。

"也不知道。"任明明说，"但这是格兰特亲口跟我说的。"

"我猜是 SmartDecision 公司和德克拉共和国签的销售协议里规定的。"丘比什说。

"不，他们改过宪法。"莱昂纳德忽然提高了声音，"在格兰特当总统之后，德克拉人改过宪法。一定是宪法，查一下德克拉的宪法。"

三个人同时闭上了眼睛。

只过了一分钟，他们又同时睁开眼睛。

"是的，宪法规定，格兰特总统必须以德克拉共和国未来五十年的公共利益作为决策的考量。"丘比什说。

"这么说，"任明明说，"我们要修改德克拉共和国的宪法。"

"这不难。"丘比什说，"看来，我们之前使劲确实使错了方向，不过没关系，还来得及调整。"

"哦——"莱昂纳德长长地哦了一声。

"怎么了？"丘比什问，"有什么问题吗？"

"没有。"莱昂纳德说，"如果这条路走得通，居然让格兰特交代了什么的话——"他又停住了。

"怎么样呢？"丘比什问。

"我想起了自杀芯片。"莱昂纳德说，"这就是格兰特的自杀芯片，迟早会毁了他。"

78 听证会

如李舒所说,柳杨在赫尔维蒂亚的听证会不久就举行了。任为或者李舒都没有被柳杨请去作证。听证会持续了三天,任为不知道现场发生了些什么,只看到了会后九位法律专家发表的意见。专家们是在现场做的发言,完整的记录随后被发表在网络上。意见都很长,不乏引经据典,既有原则和传统,也有爱和理解,任为随便找了一个版本来读,想要大概了解一下状况。

法律意见 No.1
原最高法院大法官　鲁尼·斯派克

毫无疑问,柳杨起诉政府一案,在去年的公投之后,成了赫尔维蒂亚动物权利的标志性案件。

在去年的公投中,支持人类和动物结婚权利的选票占比是49.7%,仅以0.6个百分点落后于反对者,他们因此失败。很多人质疑,这样的民主有何意义?仅仅因为0.6个百分点,在我们伟大的国家中,有一半的人口因此失去他们迫切希望拥有的权利。这样的失败所导致的政府行政规则,并非基于科学、自然规则或者任何其他说得过去的逻辑而制定,而是由另一半缺乏爱、尊重和同理心的野蛮人依据自己的喜好所制定。

因此,在本案中,很多人认为,我们尊敬的柳杨先生,在这样一个令人窒息的公投结果之后,勇敢地站出来挑战政府行政规则,是我们的公民社会体现出来的最大正义,甚至是我们伪善的民主最后的希望,而司法机构,应该对正义给予最大的支持。从我个人的立场上,对这种期望保有最大程度的理解。甚至,鉴于我已经从最高法院大法官的位置上因病退休,不再担心我的个人言行会使人怀疑最高法院有任何预设立场,因此我可以直白地说,实际上,我本人就是这种期望的最坚定的持有者。

但是,所有这一切说法,包括任何其他类似的说法,无论是基于爱、科学或者价值观,都无法改变一个事实,那就是去年的公投,争取人类和动物结婚权利的公投,在现有的关于公投的法律的规定之下,没有任何违法或违规的行为出现的前提下,失败了。而在这种公投失败的情况下,政府的行政规则,没有发生公投所希望的任何改变,遵循了一直以来的程序,这是无法被做出任何指责的,无论是从法律的角度还是从道德的角度。

正是这一切,导致了柳杨先生无法完成他和所希望的结婚对象的结婚手续。但这整个过程恰恰体现了法律的意义,也恰恰体现了司法的意义。法律被制定出来是用于指导和规范社会行为的,而司法是在执行法律,不是在讨论法律的得失,更非修改法律。

无论将面临多少来自社会的非议指责,也无论将面临多少来自内心的自我否定,甚至我可以再次重申,我个人非常同情柳杨先生,并且愿意就个人所能,为柳杨先生提供尽可能多的帮助,但贯穿一生的法律精神教会我,在法律面前,个人立场是无关紧要的。

因此,在本案中,我的意见是,行政机关否决柳杨先生结婚请求的决定是正确的,柳杨先生败诉。

法律意见 No.2
赫尔维蒂亚国立圣伍德大学法学院院长　克里·修斯

毫不夸张地说，鲁尼·斯派克大法官是我整个职业生涯中最尊重的法律界人士。甚至可以说，没有鲁尼·斯派克大法官，就没有我的法律生涯。正是在十六岁的时候，现场旁听了当时还年轻力壮的鲁尼·斯派克大法官对派翠西性侵案的判决，使我步入了法律这片神圣的土地。

但是，显然今天的听证会，或者说所有的听证会，都有一个非常不合理的安排，那就是在发表最终意见时，发表意见的人拥有某一个特定的发言次序。这使得首先发言的人将处于一个非常不利的位置：他很容易被后面发言的人诘难甚至攻击，却无从反驳。

鲁尼·斯派克大法官显然是一个最不幸的人，因为他第一个发言。而在后面，有八个人有机会诘难或者攻击他，我相信不少人正在摩拳擦掌。

好在我只是第二个人，并非最后一个人。因此，一方面我面临和鲁尼·斯派克大法官几乎同样的困境；另一方面，仅仅一个人的差距，让我对于向鲁尼·斯派克大法官提出不同意见稍稍感到心安，无须为了占尽便宜而感到羞愧。而且在此之前，在不多的茶点休息的时间，我和鲁尼·斯派克大法官交换过意见，他对我的观点不屑一顾，但这已经足够让我确认，他了解我的意见，我在此说出来的所有言辞并非出其不意的冷枪。

说了这么多，还没有提到关于本案的一个字。听众一定已经意识到，我和鲁尼·斯派克大法官持有不同的意见。而和持有不同意见相比，更让我吃惊的是，鲁尼·斯派克大法官竟然如此避重就轻，像一条浑身涂满了油脂的泥鳅，绕过了他无法面对的法律难题。是的，仅仅一条泥鳅还不足以形容鲁尼·斯派克大法官，必须是一条浑身涂满了油脂的泥鳅。

关于本案的背景，我和鲁尼·斯派克大法官的个人倾向恰恰相反。也就是说，在去年的公投中，我曾经毫不犹豫地投下了反对的一票，坚决反对人类和动物的通婚。在本案中，非常不巧，或者说，非常巧合，在公投中持支持态度的鲁尼·斯派克大法官认为行政机关的决定是正确的，而我，在公投中持反对态度，现在则认为行政机关的决定是错误的。

问题不在于法律是否应该被执行，或者行政机关和法院是否应该有权去修改法律。这些问题的答案是显而易见的。但是，正因为如此，行政机关的决定才显得如此不正确，而鲁尼·斯派克大法官才显得如此避重就轻。

因为在本案中，最关键的问题并非柳杨先生。我甚至不愿意像鲁尼·斯派克大法官那样称呼他为尊敬的柳杨先生。我认为他充其量只是一个拥有奇怪嗜好、性格古怪而又狡诈无比的人，没有被发现拥有任何值得尊敬的人类品质。

关键的问题是那只狗，那只被柳杨先生称为琳达的狗。琳达也是那只狗在它的护照上的名字。注意，在这里，我提到了护照这个词。而这个词，是我指责鲁尼·斯派克大法官"避重就轻"中"重"这个词的确切所指。同样，护照这个词，也是我形容柳杨先生"狡诈无比"中"狡诈"这个词的确切所指。

显然，大家都已经知道。柳杨先生为了准备他的起诉，匆忙地创建了一个国家。是的，匆忙地创建了一个国家，这很好笑，不是吗？但是，赫尔维蒂亚并没有任何法律规制，一个人如何创建一个国家，才算是"不好笑"地创建了一个国家。确切地说，"好笑"这个词在法律上并没有任何意义。

柳杨先生在太平洋买下了一个岛。准确地说，买下了一个只有零点二平方米的礁石。一个人即使只是小心地站在那块礁石上面，都会是非常危险的。并且，在买下这个岛的时候，柳杨先生和卖家，也就是德克拉共和国的那位机器人总统，进行了良好的协商，放弃了根据国际海洋法规定的该礁石理应拥有的周边海域的所有相关权利，包括主权、海底矿产和所有渔业。

出于某种原因，最后这笔交易成功了。可能格兰特总统认为，这笔交易是很划算的。德克拉共和国几乎没有失去任何东西，换作我也会同意，只要有足够好的报价。显然，柳杨先生不仅自己有钱，还有很多捐款，来自我们的公民，在去年公投中和我投出相反选票的那些公民。

然后，柳杨先生就在礁石上了创建了一个"好笑"的国家。这个国家的公民并不包括他自己，他自己是赫尔维蒂亚的公民。那么，这个国家的公民有谁呢？大家都已经知道了，只有两个公民。一位公民是距离这个岛足有一千两百公里的另一个岛上的一位七十八岁的渔民诺尔贝特。另一位公民就是这只狗，这只叫琳达的狗，从赫尔维蒂亚的角度看，属于柳杨先生的狗。

对了，忘记说了，这个国家拥有一个很长的名字：地球上第一只或者最后一只真正的狗。这个名字实在太长了，请允许我把这个国家简称为狗国，就像我们把大不列颠及北爱尔兰联合王国简称为英国一样。对，还有很重要的一件事情，作为交易的一部分，德克拉共和国和狗国建立了正式外交关系。德克拉共和国甚至委派了驻狗国大使，很要命，由格兰特总统亲自兼任。

诺尔贝特先生担任了狗国总统、议长、外交部长、驻德克拉共和国大使、武装部队总司令以及其他所有需要的政府职务。诺尔贝特先生是领工资的，而他的工资则是由这位柳杨先生发放的。诺尔贝特先生，不，也许应该称呼诺尔贝特总统，发布了狗国的宪法，印制了狗国的护照，资金同样来自柳杨先生。

柳杨先生毫无疑问地干涉了他国内政，但这也不在赫尔维蒂亚法律的规制范围之内。所以从法律角度看，我们对此无能为力。

到了这一步，最要命的事情出现了。在狗国宪法中，狗被确认为人的一种性别，并且和人拥有一样的权利，因此，琳达得到了这个世界上第一本颁发给狗的护照。刚才，柳杨先生出示了这本护照，和赫尔维蒂亚护照、美国护照或者英国护照看起来都是一样的。照片、编号、印鉴或者任何其他内容，一样都不缺。唯一的区别只是，在性别一栏，印着"狗"。

当然，我们赫尔维蒂亚共和国并没有和狗国建立外交关系。但这是否说明，我们的行政机关就有权拒绝我国公民和一个未建交国家公民的结婚申请？老实说，我仔细检查了所有文档，不认为有任何迹象证明，他们提交的文档有任何一点地方违反了赫尔维蒂亚有关本国公民和其他国家公民结婚的法律要求。

也许有人说，这里面有两个可能的疑问。

第一，作为一只赫尔维蒂亚意义上的狗，琳达却是狗国的公民，按照狗国的宪法，拥有人的权利，那么它究竟是人还是狗？我能够给出的答案很明确，虽说柳杨先生干涉了狗国的内政，但赫尔维蒂亚作为一个民主和自由的国家，不应该公然干涉或否认其他国家的宪法，当然也不能否定一个其他国家公民按照其本国宪法所应拥有的权利。

第二，狗国是否是合法的？我能够给出的答案仍然很明确，狗国是"好笑"的，但是没有任何一条赫尔维蒂亚法律可以认定它是非法的。它的建立是和平的，是得到了原来的宗主国德克拉共和国承认的，而且拥有和德克拉共和国的正式外交关系。所以，狗国显然是合法的，如果任何人有不同意见，我很乐意见到有法律文档被提交，能够明确地证明这种不同意见。

赫尔维蒂亚并没有和狗国建立外交关系。但据我所知，全世界有十六个国家没有和赫尔维蒂亚建立正式的外交关系，却从来没有这些国家的公民在和赫尔维蒂亚公民结婚时受到阻挠。我刚刚查了资料，来自这十六个国家的公民和赫尔维蒂亚公民结婚的案例，这里仅仅指的是在赫尔维蒂亚办理结婚手续的案例，在去年一年就有一百六十八例。没有任何一例被行政机关所否决,更加没有任何一例闹到法庭上。当然,其中有六例已经离婚了,而四例闹到了法庭上,可惜这不说明任何问题。

所以,我再次表明立场。首先,关于人类和动物结婚,我持坚决的反对立场。其次,关于狗国的建立,我认为是好笑的。但是,对于行政机关否决我国公民柳杨和狗国公民琳达结婚申请的行为,我认为是错误的。也就是说,在本案中,柳杨先生胜诉。

法律意见 No.3
赫尔维蒂亚斯皮策尔和伊达律师事务所　琳达·斯皮策尔

我实在搞不明白,鲁尼·斯派克大法官和克里·修斯院长在他们谈话的开始和结束时,都在强调同一件事情,他们的个人立场和他们的法律意见是相反的,这究竟有什么意义?

我只能理解为,在我们今天的社会,法律在某种程度上,已经被民意所绑架。他们二位要尽量把自己放在安全的位置上,以免在走出听证会现场时被愤怒的砖头、瓦块所袭击。

而且,克里·修斯院长还把排在第二位发言作为一个话题专门提出来,表面上是为了鲁尼·斯派克大法官打抱不平,但实际上,只是为自己可能遭遇的诘难打一个埋伏,表明自己没有机会反驳而不是无力反驳。

那么我呢?我是否应该首先质疑自己,在别人质疑我之前?

那只狗的名字叫作琳达,恰好和我的名字一样。我会不会因此有所偏颇?很多人都知道,我养了十八只狗,其中也包括三只边境牧羊犬,和琳达一样的边境牧羊犬,如果见过就会知道它们长得有多么相像了。我会不会因此对这只狗产生更多的同情之心?而对柳杨先生抱有同好之人的好感?

事实上,我不担心这些,所以我不会去阐述自己对人类和动物结婚这件事情的个人立场。

我不同意鲁尼·斯派克大法官的简单地以法律来判定结果的思路，那是忽视整件事情而只关心事情在某个时间截面上的二维投影的典型的销售员思想：追求结果而忽视过程。

我也不同意克里·修斯院长的意见。正如他所说的，那是"好笑"的。不仅仅是这个貌似国家的东西，"地球上第一只或者最后一只真正的狗"，而且还有所有相关联的其他的一切。

我必须用"貌似国家的东西"这样的语句来表达。并且不会将这个东西简称为狗国，因为那意味着以某种形式承认了这是个国家，从而坠入了克里·修斯院长的圈套。我认为，关于国家的定义和合法性，不是应该在这里讨论的问题。那是总统和外交官的事情，不是法官的事情。

那么我的立场是什么呢？我关注的事情又是什么呢？

我可以告诉大家，我从来没有想过自己的立场是什么，我也从来没有关注过结果应该是什么。我只关心过程，关注过程的合法性。用法律术语来说，就是程序合法性。放在本案中，就是我们的行政机关，在否决柳杨先生的结婚申请的过程中，是否所有的程序都是合法的。

我们的法律，不仅关心结果正义，也关心程序正义。

按照我的理解，在柳杨先生提交申请的过程之中，提交的材料表面上看是符合赫尔维蒂亚法律所规定的要求的。不过，我们的行政官员一眼就看到，琳达是一只狗而非一个人，所以，他做出了自己的决定，否决申请。

但是，这个过程是否合法？当他一眼看到琳达是一只狗而非一个人的时候，是否已经获得了足够的证据，这样的结婚申请不符合我们的法律规定？

当然，这位官员肯定认为自己已经获得了足够的证据，因为法律文本上写了，结婚的双方必须是人。哦，是的，是这么写的，甚至还有年龄、身体健康、民事能力等等定语或者从句对这个人进行修饰，对此我毫不怀疑。但抱歉，我问的不是这个。我问的是，这位官员如何能够确定那是一只狗而非一个人？靠自己的眼睛吗？一眼就看到了，这难道就可以了吗？

在参加听证会的过程中，我一直感到很困惑。事实上，有一件事，在这三天里我不止一次地提醒大家，却从未引起足够多的重视。那就是，迄今为止，没有任何权威的医学证明告诉我，琳达是一只狗而非一个人。

也许有很多人觉得这很可笑，但我一点都不觉得可笑。在人类基因编辑被禁止之前的那几年里，曾经出现过一种生物，本来应该是一个人，却只能趴在地上蠕动。在一个圆圆的身体上，没有任何凸出物可以被称之为手、脚，甚至是头这样的器官。他有眼睛、耳朵和嘴巴，不过都是凹进去的，而非凸出来的。

我想在座的各位应该都记忆犹新。正因为这种生物，或者说这个人，在全球电视台和网络上的广泛亮相，才作为最后一根稻草，压垮了人类基因编辑整个行业，最终导致了人类基因编辑行业的全面禁止，甚至连动物基因编辑行业都遭受了池鱼之祸。

幸好——天哪，这么说也许太残忍了——这个可怜的人，我不知道该称之为人还是称之为动物，很快就死了。否则，他的法律地位是什么样的？请记住，他的基因完全是人类基因，只不过做出了0.02%的改变。

我相信，如果他出现在我们的听证会，绝不会有人觉得，他比你们面前的这位看起来似乎是狗的琳达女士更像人。

我在茶点休息时间，出于本性，曾经和这位琳达女士有过交流。这里毕竟不是法庭，这不算违反法庭纪律。而这位琳达女士，和我本人这个琳达，可以这么说，交流得非常好，我的手上现在还有她的唾液。我不相信，我能够和那个蠕动的可怜的人进行这么好的互动。我也不相信，在座的诸位有谁能够做到这件我做不到的事情。但我相信，有很多人并不介意双手沾上这位可爱的琳达女士的唾液并享受她在你身边的依偎。

所以，我要问的事情是，我们的行政官员，如果不能够和一个基因几乎完全和人类相同的生物做出很好的互动，也不会自动地认为那是一个人，那么他凭什么能够说，他一眼看到琳达，就认定琳达不是一个人？

我认为，在做出严谨的基因检测之前，依靠一位，也许是两位，行政官员的眼睛的判断，就判定琳达是一只狗而不是一个人，从而以此为依据，否决了柳杨先生和琳达女士的结婚申请，这个过程不严谨，也不合法。

所以，我的结论是，在本案中，行政机关的决定是错误的，柳杨先生胜诉。

法律意见 No.4
原赫尔维蒂亚最高检察院首席检察官　斯瑞安·穆巴佩

在琳达·斯皮策尔女士发言之前，我就在想，她会不会因为她常年作为律师而形成的思维习惯来做出她的决定。事实证明，我的担心至少在某种程度上是存在的。

琳达·斯皮策尔女士所担心的，她的名字也叫琳达，或者她养了十八只狗，这些并不重要。重要的是，她是律师，她习惯于在一桩案件中找出一些瑕疵，即使那些瑕疵并不重要，或者说，在根本的层面上，并不具有任何意义。

本案就是一个典型。事实上，行政机关在否决柳杨先生的结婚申请时，虽然没有做基因检测以证明琳达，我是说那个琳达，确实是一只狗，但是在漫长的诉讼过程中，已经有不同的机构做过三次基因检测，检测结果没有任何意外。事实上，就连柳杨先生自己都觉得没有必要进行基因检测，因为他从来没有主张过那不是一只狗。反而是行政机关万分着急地去做了这件事情。

但是,无论在之后做了几次基因检测,也无论柳杨先生自己怎么认为,在琳达·斯皮策尔女士的眼里,行政机关做出否决柳杨先生结婚申请的那一刹那,并没有基因检测的结果作为证据,却使用了人和狗不能结婚的理由,这已经构成了程序的不正义。

所以,琳达·斯皮策尔女士认为柳杨先生应该赢得此次诉讼。但实际上,这无非是说,在柳杨先生赢得此次诉讼之后,他再一次提交申请,而行政机关再次否决,此时已经有了基因检测的证据,那么一切就都正确了。

真是很可笑,这种做法,除了浪费纳税人的钱把事情重复一遍,什么问题都没有解决,却成了琳达·斯皮策尔女士口中的程序正义。

这种思路,也许就是为什么律师可以挣那么多钱,而我们检察官却挣不到钱的原因。

那么,我希望按照我这个检察官的思路来考虑这个问题。大家需要注意,法律只是一个文本,文本就可能存在很多理解,甚至,在个别的时候,也不排除出现疏漏。但我们需要做的,是正确地理解法律的本意。

在座的所有法律专家,不出意外,都毕业于某个法学院。我不敢百分之百地确定,你们在法学院的时候,曾经上过些什么课程,在那些课程里,关于法律又是如何定义的。不过,在鲁尼·斯派克大法官的发言里,我很高兴地听到,他说法律制定出来是用于指导和规范社会行为的,这至少证明,的确有人曾经在法学院接受了我曾经接受过的教育。

关于法律,有不同的理解。有些人认为,法律是用来吓阻犯罪的;有些人认为,法律是用来惩罚犯罪的;有些人认为,法律是为了给可怜的受害人提供一个宣泄愤怒的渠道。鲁尼·斯派克大法官的表述显然更加规范,而我则只记得一个关键词:社会危害最小化。

　　法律的最终目的，和道德无关，和对错无关，和高尚或者卑劣无关，也和爱或者恨无关，只关乎社会危害最小化。

　　如果我们偏离了法律的本质，纠结于玩文字游戏，或者，玩建立国家的游戏，像柳杨先生所做的那样，那么法律将成为玩物。当然，我知道，在某种程度上，在赫尔维蒂亚和很多国家，法律已经是玩物了，这不能不说是一个悲哀。好在，这是一个听证会，并非法庭，我不会因为藐视法庭而被逮捕或者驱逐。

　　既然谈到社会危害最小化，我们就需要考虑，如果法庭最终判定，柳杨先生胜诉，而行政机关败诉，毫无疑问将开启一个极端恶劣的先例。不，是两个，两个极端恶劣的先例。

　　首先，去年的公投结果将毫无意义。无数类似的结婚申请将出现。我们的国家将不得不为大量同样的诉讼浪费无数的公共资源，并且最后因为这个判例的存在而失败。所以，唯一的选择是，我们只能干脆、直接地同意这些结婚申请。可如果这样，那还要公投干什么？

　　其次，如果这件事情可以通过这样的方式获得成功，我是说，对于柳杨先生而言，获得成功。那么，这也是一个巨大的启示，任何其他的事情也可以通过类似的手段来推进。除了狗，当然还有猫，还有机器人，还有空体，甚至还有洋娃娃。有什么不行呢？我看不到可以阻止的方法，每一次的一小步都会让我们感到为难，而我们放弃的每一小步，最终一定会变成巨大的一步，那就是，我们终将模糊人和物之间所有的界限。

　　我认为，对于本案，和我对于公投的意见一样，法庭应该本着法律的精神，判定行政机关的作为是正确的。事实上，法律的条款也是一样，鲁尼·斯派克大法官已经充分地说明了这一点。而我进一步想说，行政机关的作为，不仅对本案是正确的，也是拯救人类的一次努力。

所以，我的意见是，在本案中，行政机关的决定是正确的，柳杨先生败诉。

法律意见 No.5
赫尔维蒂亚历史和法律研究院院长　斯柯达·马丁

在我看来，人类偏离自己的航道已经很远，也已经很久了。

如果大家能够沉下心来，研究法律的历史，就会发现，那其实是一部人类异化自己的历史。但大多数法律专家，更多地沉浸在法律实操中，从来没有想过法律从何而来，又要向何而去。

当然，我并非要诋毁任何进行法律实操的人。没有法律实操，法律也就失去了它存在的意义。但是，过于沉浸于法律实操，毫无疑问，也就将沉浸在某种有趣的游戏之中。这和孩子们玩儿脑筋急转弯并没有什么本质区别，只是身高和着装的差别而已。

说到这里，可能很多人认为，我的观点和斯瑞安·穆巴佩一样，但事实恰恰相反。斯瑞安·穆巴佩的观点无疑是非常功利的。他只关心未来，只关心社会稳定，而不管眼前这个社会到底是什么样的。他忽视道德，枉论对错。我不是这样的。我重视道德，重视那句古老的话：做正确的事情。

人类之所以是人类，有很多的思考和批判。但无论从哪个角度，有一点是无须置疑的，那就是，我们来自我们的祖先，我们的法律也传承于我们的祖先。我认为，法律的存在无论是什么目的，吓阻犯罪也好，惩罚犯罪也好，宣泄渠道也好，引导社会也好，或者，保证社会危害最小化也好，都要有一个根本的前提，而大家都忽视了这个前提，那就是：法律是为人制定的。

当意识到法律是为人制定的，我们就应该问自己，如果人正在走向异化自己的道路上，人将不再是人，法律该如何作为？

不同的人会有不同的答案。但我的答案是，法律应该阻止人的异化，这是最古老的准则，也不应该被打破。

我研究了一辈子的法律。我发现，法律的发展不仅没有阻止人的异化，反倒在助长人的异化。而我为此感到痛心，因此将投出反对的一票。虽然我知道，这个趋势不会因此而改变。

所以，在本案中，我的结论是，行政机关的决定是正确的，柳杨先生败诉。

法律意见 No.6
原赫尔维蒂亚巡回法院法官　克里斯蒂娜·琴达尔

斯柯达·马丁先生基本上是在讨论哲学，如果不说是宗教的话。斯瑞安·穆巴佩检察官在讨论一把可以让我们更加安全的冲锋枪或者离子盾。克里·修斯院长在讨论外交。而琳达·斯皮策尔女士则很喜欢找不同的游戏。

但是，我们的主题难道不是法律吗？难道不是对一个案件进行基于现有法律的判决吗？

我认为，这里的讨论应该回归法律本身，其他的学科自有专家去讨论。而法律则基于法律文本，我完全不能同意斯瑞安·穆巴佩检察官关于法律精神的看法或者斯柯达·马丁先生关于法律来源的意见。如果法律文本出现了问题，除非是明显的印刷错误，否则纠正它的应该是立法机构而不是我们。

那么，法律文本关于婚姻是怎么说的呢？正如斯柯达·马丁先生的发现，我们的法律是针对人类的。这句话不代表我同意斯柯达·马丁先生的其他观点，但这一观点，关于法律是针对人类的，我从来没有质疑过，完全同意。

而柳杨先生的诉求，是人和动物的婚姻。换句话说，柳杨先生的诉求并没有被涵盖在赫尔维蒂亚法律的管辖范围之内。也就是说，从严格的法律意义上，我们没有权利对此做出判断，就像我们无权对某些国家的童婚做出判决一样。虽然，这不妨碍我们从道德上对童婚加以谴责。

在我们的法律实践中，一直在履行这样的思想，即我们不会对不在法律管辖范围内的事物进行判决。在数十年的法律生涯中，我从未听说过曾经有一只狗或者一只猫因为咬人被判处徒刑；而另一种情况，如果一个人将另一个人咬伤，他一定会被法律所制裁。

也许有人会辩解，虽然狗或者猫不会被判处徒刑，但是有两种做法可以被等同看待。其一是狗或者猫的主人会被判处赔偿，其二是狗或者猫在某些情况下会被实施监禁或者安乐死。

很遗憾，这种辩解是不成立的。

首先，对于狗或者猫的主人需要做出的赔偿，在法律上的本质是一种连带责任的体现。但这种情形如果发生在人类之间，连带责任的体现并不能免除责任人本身的责任，就像一个纵容杀人的人被惩处之后，并不能因此免除杀人者的责任，而在此，狗或者猫的责任显然被免除了。

其次，如果狗或者猫被实施监禁或者安乐死，你可以认为它们得到了惩罚，但是，在赫尔维蒂亚，这种决定是由动物管理局做出的，而非法院做出的。不是一个法官基于法律的决定，而是动物管理局基于动物管理规定做出的决定。据我所知，动物管理规定设立和批准的程序，和法官的判决所必须依照的法律设立和批准的程序是不同的。事实上，动物管理规定的通过虽然也需要经过一系列的复杂程序，却比法律通过所需要的程序简单多了。

因此，从我的角度，如果柳杨先生的结婚申请提交到了法院而法院受理了，那么，法院就受理了一个原本不应该受理的案件。这个案件并不在法律的管辖范围内，法庭无从做出判决，因为根本找不到合适的法律依据。

当然，柳杨先生并没有将结婚申请提交到法院，而是提交到了负责结婚登记的行政机构。现在，他的诉求也并非要求结婚，而是要求判定行政机构否决他的结婚申请是违法的。注意，这两者是不同的，虽然对前者我们无法判决，但对后者我们却有发言权。

我们的行政机构，何以认为自己有权利就此种结婚申请做出决定？这种决定是否涵盖在宪法赋予他们的职责范围之内？抑或这种决定是否可以排除他们将自己拥有的正当权利进行了不正当自我延伸的嫌疑？

我认为这些问题的答案都是否定的。简而言之，我们的法律规范的是人和人结婚的事情，而人和狗结婚的事情不归我们管。我们无权同意，当然也无权不同意。因此我认为，柳杨先生的结婚申请，从纯粹的法律角度看，行政机构根本无权受理。可是，他们不但受理了，还做出了明确的否决。

所以，在本案中，我的结论是，行政机关否决柳杨先生的结婚申请是错误的，柳杨先生胜诉。

法律意见 No.7
独立大律师　皮尔斯·皮斯尔斯

在耐心地听着前面诸位谈论他们的观点的时候，我一直在思考，究竟是什么让大家的意见如此不同？

克里斯蒂娜·琴达尔女士提出来一个很好的观点：法律的管辖范围。

是的，我同意克里斯蒂娜的观点，关于狗的婚姻问题，并不在我们的法律规制范围之内。否则，一只拥有多个女朋友并且女朋友们毫无意外地产下了多只毛茸茸的狗崽子的公狗，毫无疑问涉嫌违反我们的关于事实重婚的法律。当然，它们没有领取结婚证明，从这个角度看，适用重婚法律是可疑的。但是，如果这件事情每天都在赫尔维蒂亚的每个地方重复发生，而我们的立法机构却视而不见，不去制定一部有关于此的法律，这难道不是已经说明了问题吗？

可是，克里斯蒂娜·琴达尔女士在提出了一个尖锐问题的同时，却犯了另外一个重要错误。这个错误就是，我们虽然不能管狗，却能管人，而柳杨先生，毫无疑问是人。

这也是我在诸位发言过程中经过思考得到的答案。正是对这个案件本质的混淆，使我们所有的人会有如此不同的意见。

所谓对案件本质的混淆，我是指行政机关做出的否决柳杨先生结婚申请的本质是什么？在诸位的表述中，包括我自己，对行政机关的作为无一例外都使用了"否决了柳杨先生的结婚申请"，但事实是如此吗？

为了说明我的观点，有一个很好的例子。我们的总统，可以向国会提出一项动议，要求对某个国家宣战。而国会可以通过这个动议，也可以否决这个动议。如果不去讨论宣战的具体缘由，我认为，无论是通过或者否决，国会的做法都是正常的。但是，换一个场景，今天由在座的各位，或者，就由我，一位独立的法律执业者，向国会提出一项动议，要求对某个国家宣战，不知道各位认为，国会是会同意还是否决我的请求？

我想，我坚信，国会并不会审议这项动议。甚至，国会议员们并不会知道还有这项动议存在，因为这项动议根本没有进入讨论的范围。

这是什么原因的呢？很简单，我不在一个合适的位置上，去提出这项动议。

正如克里斯蒂娜·琴达尔女士所言，行政机构必须在他们的管辖范围内进行行政行为，而不是对他们拥有的正当权利进行不正当的自我延伸。但是，这样一个逻辑应用在我们的行政机关头上却是不适当的。因为在此之前，同样的行为已经发生在柳杨先生头上。或者说，造成行政机关权利自我延伸的缘由就是柳杨先生对自己所拥有权利的不正当的自我延伸。

就像我没有权利向国会提出动议，要求向某个国家宣战一样，柳杨先生也没有权利向行政机关提出申请，去和一只狗结婚。

虽然我对柳杨先生抱以最大程度的同情，却无助于使他的这种行为成为一种正当行为。原因很简单，行政机关只负责处理人和人的婚姻申请，而不负责处理人和动物的婚姻申请。

当然，虽说我没有权利，我却可以坚持这么做：在明知道无人理会的情况下，自以为是地向国会提出一项动议。柳杨先生也同样可以，他也的确这么做了。那么，下面的问题就是，行政机关的否决是否如克里斯蒂娜·琴达尔女士所言，是错误的呢？

不！

当我说"不"的时候，大家一定以为我是说行政机关不是错误的，并好奇是什么理由，因为我前面的话语听起来百分之百是在说他们是错误的。

但事实是，这里所说的"不"，并非针对我的问题，而是针对我的表述。我的意思是，在我看来，行政机关并没有"否决"，而只是"驳回"。换句话说，他们并没有处理这个由无权提出动议的人提出的动议。

在我之前诸位的论述中，以及我自己论述的前半部分，都是用了"否决"这个词。难道除了我之外，没有人意识到"否决"和"驳回"是不同的吗？

事实上，据我所知，行政机构的工作人员，当时一挥手就把柳杨先生的申请从他们的柜台给扔了出去。稍后，慑于柳杨先生随身携带——我不知道如何准确地表达，请原谅我使用这样的措辞——随身携带的记者队伍，行政机构的工作人员才不得不盖上了"拒绝"的印章。这个过程，我视之为恐吓之下的行为，而非自然发生的行为。真正自然发生的行为，是行政机构的工作人员把柳杨先生的申请从他们的柜台给扔了出去，这是"驳回"而非"否决"。对于无权提出动议的人提出的动议，这显然是唯一正确的应对方式。

所以，在本案中，我的结论是，行政机关的决定是正确的，柳杨先生败诉。

同时，我建议，行政机关对柳杨先生提起反诉，柳杨先生在本事件的整个过程中明显涉嫌"在敏感时刻对敏感事件滥用公众影响力"。

法律意见 No.8
赫尔维蒂亚娱乐业联合工会首席法律顾问　圣熙·金

已经过去了好几个小时，我的心中充满了哀伤。

哈！来自娱乐业的人，在一个法律听证会上，忽然吟唱起了诗歌！可能这是我给诸位留下的印象。

或者，很多人已经在心中暗念，这个穿着奇怪服装的中年东方女人，眼睛里闪烁着其意不明的目光，正在准备用煽情的词语来说服我们：柳杨先生多么值得同情，而琳达，更是那么让人心碎！

好吧，这个开场白我承认有点娱乐业。但是，你们的理解都错了，我的哀伤和柳杨先生无关，更和琳达无关，和诸位也可以说无关，有关的是我们这个行业，这个叫作"法律"的行业。

坦白讲，"法律"这个行业是我见过的最落伍的行业。这种状况我之前就知道，并且早已经习惯了。但在今天，在这里，我还是被大家再一次的精彩的落伍表演给惊住了。

我不知道大家是否听说过"意识场"这个词。这个词已经在全世界引起了地震，而且还有虚拟意识场，这是更加新鲜出炉的词语。如果大家对意识场还不了解，那就更加不要说虚拟意识场了。当然，事实上，我不相信在座诸位有任何人没有听说过意识场，因为那是不可能的，除非您是一个外星人。但是，诸位没有任何人在发言中提到意识场，这就让我很惊讶了，这已充分证明了这个行业有多么落伍。

也许我过于自以为是，但我还是要花三十秒的时间来介绍一下意识场。

意识场是动物意识的物理构成，它依托于动物的躯体产生和生存。实验证明，它也可以脱离动物的躯体。在一定的条件下，脱离动物躯体的意识场是能够存活下去的；反过来，在一定的条件下，意识场已经脱离的空体，也就是剩下的那些肉，也是能够存活下去的。而最新发现的虚拟意识场，证明只要有一定的电磁条件，意识场完全可以在没有动物肉体的情况下产生和生存。

我相信各位应该已经理解了。

那么，意识场和我们的案件究竟有什么关系呢？我为什么要在这样一个场合进行这样的科学普及呢？

好吧，我直接揭晓答案，免得有些人脑瓜发疼。

我的观点首先体现为一个问题：我们的法律中，所谓人，究竟是指意识场还是指空体？

当然，我不用去做任何查询就可以告诉大家确切的答案，那就是，法律中没有规定。

这就很有意思了。这就是说，我们的婚姻，是在谈一组两个个体和另外一组两个个体之间的某种契约关系。而每一组自身的两个个体之间，我们还没搞清楚到底是什么关系。

好吧，撇开这个不谈，我们假定每一组应该有一个核心来代表这个法律实体，这就像一家公司，无论是只有两个员工还是有三十万员工，法人却只有一个。现在，在每一组两个个体之间，我们需要选举一个法人。

我投意识场一票，因为意识场决定了思想和行为。我不想在此深入阐述自己关于如何对人进行定义的思想，只想告诉大家我的选择：意识场是意识场和空体组成的这样一个组合中的法人。如果有人有不同意见，可以找机会进行讨论，但现在，请允许我按照自己的选择继续发言。

那么，我们就可以看到，柳杨先生和琳达女士的婚姻，实际上是柳杨先生的意识场和琳达女士的意识场之间的婚姻。

刚才琳达·斯皮策尔女士提到，在行政机关否决柳杨先生的结婚申请时，没有进行基因检测。而斯瑞安·穆巴佩检察官提到，在其后的诉讼期间，相关的基因检测进行过三次。

但是很可笑，这有什么意义呢？从基因角度，我们有科学家的证词，说是人的基因和狗的基因有多大差别。可不能用百分比来衡量，那是个陷阱，因为人和人的最大基因差异并不比人和狗的最小基因差异更大。我并没有质疑科学家的意思，事实上，我是很佩服他们的，即使在这样的情况下，他们居然仍旧能够找到一套自圆其说的说法来证明，人和狗是不同的。

问题在于，有没有哪位科学家能够自圆其说地证明，人和狗的意识场到底有多大差别？

基因只是决定了空体，而没有决定意识场。

如果没有科学家能够说出来，人和狗的意识场有什么差别，那么，我们的行政机关，又如何能够断定琳达是一只狗？难道，我装上一个高分子假肢，就是高分子化合物而不是人了？从而，也就不能和人结婚了？

所以，在本案中，我的结论是，我们的行政机关所做出的决定是错误的，柳杨先生胜诉。

事实上，我还想多说一句，我们的行政机关所做出的决定不仅是错误的，还是反人类的。

法律意见 No.9
赫尔维蒂亚国土安全局首席法律顾问　纳瓦罗·博尔顿

我被邀请参加本案听证会的时候，首先就注意到一个事实，那就是，柳杨先生是在去年才加入本国，获得本国国籍的。

其次，在这次听证会中，我注意到另外一个事实。那就是，柳杨先生买下了德克拉共和国的一个海岛，虽然只有0.2平方米，并且不附带任何周边海域的主权、矿业资源或者渔业资源，不过无论如何仍旧是一个海岛。一个国家出售一个海岛用于别人独立建国，这是不可想象的。对于赫尔维蒂亚不可想象，对于世界上绝大多数国家都不可想象。但是，柳杨先生说服了格兰特总统，做到了这一点。

显然格兰特总统和一般政治家的思维不同。虽说如此，这里面也体现出一个潜在的问题，就是柳杨先生和德克拉共和国以及和德克拉共和国领导人之间一定拥有密切的私人关系，至少，退一步说，拥有密切的联系。

我想提请大家注意，德克拉共和国是一个非常民主的国家，喜欢用公投决定几乎一切事情。赫尔维蒂亚的公投很多，但不如德克拉多。那么，我就产生一个疑问，柳杨先生为什么不在德克拉这样一个他能够买下其国土的国家申请结婚，而要跑到赫尔维蒂亚来申请结婚？

在听证会的过程之中，我曾经提出过这个问题。柳杨先生回答说，他买下德克拉的海岛，无论是从资金方面还是人脉方面都得益于赫尔维蒂亚的志愿者，并且提供了所有志愿者的名单。

但是，这不能打消我的疑虑，我认为，这件事情是可疑的。

结合上面两件我注意到的事实，并且结合在这个听证会上，之前几个小时听到的我国最资深的法律专家中的八位的发言，我感到恐惧。我认为，这个案件并非一个普通的民事案件，而是一个国家安全事件。

我认为，柳杨先生出于某种目的，在掌握了某种科学成果的前提下，来到了赫尔维蒂亚，并提起了结婚申请，进而对否决其结婚申请的行政机构提起了诉讼，这是一个事先策划的有预谋的事件。

我无法形容这个事件，请允许我也举一个例子。这个例子是计算机系统。我相信大家都知道，任何一个计算机系统，无论多么高级，无论工程师们多么尽职尽责，都会存在漏洞。请相信我，在读博士之前，我一直都是计算机学科的高才生。任何一个计算机系统都有漏洞，这是百分之百可以确定的。漏洞，不存在有没有的问题，只存在藏得深与浅的问题。而所有的黑客都会利用计算机系统的漏洞去侵入一个系统，让系统崩溃、盗取关键信息或者达到其他目的。

最不可思议的是，科学家已经证明，人类的大脑也是一样的。

上帝设计了美妙的人类，却不是完美的。在二十五年前，脑神经学家克里克·菲戈博士就发现了第一道"死题"。是的，顾名思义，死题就是一道数学题。更准确地说，是一道逻辑数学领域的题目。看起来非常普通，但这道题目却隐藏了非常深刻的上帝的秘密。事实上，不要说解题，绝大多数人类根本不能理解这道题目。不过，不能理解是一件好事情，因为少数人理解了这道题目，并试图找到答案的时候，无一例外，他们全都疯了，全都得了精神分裂症。

在第一道死题被发现之后，随后的二十五年里，科学家们陆续发现了十七道类似的死题。所有的死题都有一个共同的特点，当人类理解并试图去解答的时候，仿佛拨动了一个大脑深处的神秘开关，这个人就得了精神分裂症。就像计算机死机一样，这个人的大脑基本上进入了一种即使不说是死机，但至少也是无法正常工作的状态。而且迄今为止，所有死题受害者没有发现康复的案例。

有人推测，由人类组成的社会结构也一样。世界上一定存在使社会结构失去正常运转能力的"社会死题"。

克里克·菲戈博士在晚年，一直致力于社会死题的研究。他提出，不同的社会制度和社会偏好决定了对应的社会死题是不同的。这种研究无疑是可怕而反社会的。克里克·菲戈博士还没有来得及找到任何一道这样的社会死题，就死于一次意外的交通事故。

很多人相信那次车祸是有人蓄意安排的，作为对克里克·菲戈博士进行这一类研究的报复。在克里克·菲戈博士死后，据我所知，仍有不少偏执的科学家在从事这一类的研究。我们可以认为，这一类人都是社会黑客，正在试图对社会运行采取黑客行为。

在此，我需要提醒大家，战争并不是黑客行为，那是砸掉计算机，而黑客都是文绉绉的。

现在我有充分的理由怀疑，柳杨先生就是这样一个社会黑客。本案很可能是柳杨先生进行的一次对"社会死题"的测试行为。在现阶段，本案已经造成了我国社会的分裂和我国法律界的分裂，而我看不到这个分裂自动弥合的机会，这正是大脑死题在大脑中造成的典型反应之一。

当然，本案是否一个社会死题，我们还不能得出结论。但大家应该注意，如果不幸，这真是一道社会死题，那它将有可能酿成一个严重的灾难，就像使计算机停机那样，使赫尔维蒂亚社会停机。

鉴于此，我不会给出我对于行政机关否决柳杨先生结婚申请是否违法的法律意见。在没有搞清楚柳杨先生的目的之前，我都不会给出这个意见。因为任何意见都可能是柳杨先生黑客计划的一部分。我不能成为黑客计划的一部分，因此请允许我放弃表达法律意见的机会。

最后，我可以告诉大家，在返回工作岗位后，我会立即提请国土安全局立案，对柳杨先生涉及黑客行为的嫌疑展开调查。

非常抱歉我带来的小插曲，并且使得听证会缺少了一个法律意见。但我相信，我的直觉和判断，将有助于我们国家的安全。

任为已经看得昏昏欲睡了，他试图思考谁更有道理，但一点头绪也没有。他得出了自己的结论，我没有这个能力，还是睡觉吧。他睡着前的最后一线思维是，最后一个法律意见是不是意味着柳杨有什么危险？不会吧，但愿不会。

79 分布式宇宙

"这事儿，真不能拖了。"王陆杰说。他坐在桌子对面，边上还坐着傅江涌。他们是来谈一件重要事情的，但顾子帆却没有来。

这是演化重启之后第三十七天。

"我知道，我知道。"张琦说，"云球人口增长太快了，我们不仅需要系统扩容，还需要机房扩建。但你们也知道，这要买地，不仅仅是花钱的事，买地可没那么容易。"

"先不说买地有多难。"王陆杰说，"就算很容易，单说花钱，你是想在这里，"他指了指窗外，"再买一万亩地？"

"这个——"张琦叹了口气，"唉，我知道很贵，但这已经算是远郊了，还能怎么样呢？你是知道的，我们没办法搬迁啊！要搬迁的话，难免断电，那些意识场一瞬间可就不见了。"

"分布式计算。"王陆杰说，"张所长，你应该很内行啊！我不明白，到底有什么问题。"

"分布式计算？"孙斐说，"这不是分布式计算，这是分布式宇宙！太冒险了，出了事谁负责？"

"分布式宇宙？"王陆杰愣了一下，"这个说法好啊！"他晃了一下脑袋，仿佛在赞叹，"不过大小姐啊，你不能什么都要！这三百多年，云球人口增长了两倍半，已经是一亿两千多万云球人了！社会、科技、文化都大幅进步，演化速度很快。记住啊，这可还是在持续不断的战争之中！你看看，梦魇战争、七国时代，大家打得一塌糊涂，只不过偶尔歇歇脚，人口就增长这么快。现在，仗越打越少，想想看，接下来人口会怎么增长？你可以不冒险，但照这个趋势发展下去，再过两个月云球的运行速度就要下降一半！"

"嗯，生产力增长了，人口自然就增长了。"张琦说，"战争只不过稍微延缓了一下发展，起不了决定性作用，甚至还促进了各地的交流，让技术和思想广泛流传，生产力进一步增长。"

"就是啊，就是啊！百家争鸣，百花齐放。"王陆杰说，"这可是你们穿越计划的功劳，社会大发展，人口大爆炸，下一步是更大的爆炸。但是，既然取得了进步，总是要付出代价的。"

"他的穿越计划。"孙斐指着张琦说。

"孙主任，"傅江涌插话说，"你要理解陆杰。"他满脸堆笑，"你看啊，陆杰真是着急，我也着急啊，你就算不替陆杰想，你也要替我想想啊！"

"你有病啊，"孙斐大喊，"我替你想？我想得着吗？"

"开玩笑，开玩笑！"傅江涌赶紧把两个手掌竖起来，似乎在抵挡孙斐涌过来的怒气，"还有，顾子帆也着急。你看，这些天啊，他到处找钱，现在正在跟一个大金主在谈呢！他啊，已经是你们的专职融资经理了！"

"他不是有的是钱吗？"孙斐说。

"怎么，他也有资金问题了？"任为问，有点紧张。

"放心，现在还没有。"王陆杰说，"可是任所长，你们真的要变通，该冒的风险还是要冒，否则迟早会出问题。"他眼睛扫了一圈，挨个看了看任为、张琦和孙斐，然后接着说："本来有些事情，现在还没有完全定下来，用不着这么着急告诉你们，但现在我想还是跟你们打声招呼。"

"什么事情？"任为问。

"又有谁变卦了？"孙斐问，看了傅江涌一眼。

"老爷子的事情，别往我身上扯。"傅江涌说。

"就说他。"王陆杰伸出右手搭在傅江涌左肩上，轻轻地晃了晃，左手伸过来指着傅江涌，"你们觉得他是二百五，对吗？老实说，一开始，我也这么觉得。"

"你才二百五呢！"傅江涌伸手把王陆杰的手从自己肩膀上扒拉了下来。

"但你们知道，为了云球股份化和以后的运作，他做了什么吗？"王陆杰接着说。

"什么？"任为问。

"他把宏宇卖了。"王陆杰说。

"什么？把宏宇卖了？"任为吃了一惊，看了看张琦和孙斐，他们也都瞪大了眼睛，显然一样很吃惊。

"别，别。"傅江涌说，"老爷子不管事了，让我管，我哪会管啊？再说了，让那个机器人拓跋宏做CEO，让我当董事长，不是拿我当白痴吗？我做傀儡也就算了，但也不能做一个机器人的傀儡啊！我不卖怎么办呢？卖了多省心啊！"

"你们别听他瞎说，"王陆杰说，"云球股份化，你们的估值非常高，当然也合理，你们做的事情确实了不起。而且股份化过程中，我们的钱是要投进来，留在公司里，并不是说被前沿院拿走，说到底是为了保障你们的未来。我很理解，也很支持。可是这么多钱，我们也不容易拿出来啊！"

"对，对。"傅江涌指着王陆杰说，"他也把胡俊飞他们卖了，一大笔钱！一大笔钱！"他又伸出手做出数钱的动作，还特意把手向孙斐的方向伸了伸。

"伸什么手！翡翠掉了。"孙斐说。

"哈哈，不上当了。"傅江涌说，"还有顾子帆，清盘了他之前投资的所有项目。所有项目，知道吗？以后，他这个大投资人，只有你们一个项目了。"

"什么？"任为又吃了一惊，"陆杰，你把电子胃卖了？"

"不卖怎么办呢？"王陆杰说，"除了电子胃，我们新声科学娱乐还有什么钱啊？"

"电子胃不是很火吗?"任为问。

"是很火呀!所以趁机卖个好价钱。"王陆杰说,"幸好电子胃火,不然我只能当你们一个看不见的小小股东了,那我在这儿还干个什么劲头?"不过他看起来还是有点惋惜的样子,"唉,以后不叫新声健康了。胡俊飞那小子,要不是我,哪有他今天啊!现在也算是个大老板了,但愿他好好干,别浪费了我的心血。顾子帆老不信任他,他可别烂泥扶不上墙。"

任为想起任明明,确实应该感谢王陆杰,王陆杰改变了胡俊飞的命运,也帮任明明实现了一个心愿。他心里有点痛,什么时候明明才能回家呢?

"老王聪明,吃不了亏!"傅江涌说,"电子胃那玩意儿,现在挺火,以后怎么着可不好说,小鱼小虾,该脱手就得脱手。你们可不一样,放长线钓大鱼,你们就是那长线上的大鱼!很大的鱼,知道吗?你们自己得明白,你看,这么大——"他举起两只手,在空中隔了一段距离,似乎想要示意鱼很大。但瞬即觉得距离太小了,两只手又向远方努力一移,搞得两只胳膊都笔直笔直了。

"你才是鱼呢!你是大鱼,你是两条大鱼!"孙斐对于傅江涌的比喻显然很不高兴,冲着傅江涌说了一句,然后转向王陆杰,用手指着傅江涌说:"这位大公子,不,二公子,把宏宇卖了,宏宇可是国内最大的娱乐公司。您也把电子胃卖了,电子胃最近的火爆就不用说了。顾子帆那么大的投资人,还把所有的项目都清盘了。你们有这么多钱,还担心什么呢?"

"两条大鱼?什么意思?"傅江涌嘟囔了一句,想要接着说什么,却噎住了说不出话,满脸不解的表情。

"孙斐,云球发展太快了,最后算力还是不够用。"任为替王陆杰回答孙斐,"穿越计划以后,云球确实发展得太快了,我也有些担心,很快就会是个大问题。"听到大家这么支持云球,任为还挺感动的,"谢谢你们几位,这么支持我们。"他说。

"不用谢,不用谢,我们又不是做慈善,各有各的心思。"王陆杰说,"你们搞科研,喜欢公式,却不喜欢算账。我们做生意就不一样了,公式不懂,但天天算账。照现在的架势,如果不进行大规模的系统扩容,依我看,即使撑过这个演化周期，也没有下个演化周期了。这么说吧，在可预见的将来，云球的运行速度就要跟地球差不多了。别看过去一个月运行速度下降并不快，但这是有加速度的。唉，你们真要愿意也行，窥视者计划反倒可以常年开放了，云狱嘛，最多把犯人关在云球上，云狱星系算是白弄了。"

"别危言耸听。"孙斐说，但口气已经软了。这事会涉及伊甸园星，她有点心虚。

"是，是，是有加速度。"任为说，点点头表示同意。

"是有加速度。"张琦重复了一遍，"有加速度——"他又重复了第二遍，然后摇了摇头，"那么，你们这么孤注一掷，不怕自己有什么风险吗？"

"对啊！是有风险！所以，你们也不能怕风险啊！"王陆杰说，"再说了，现在你们的风险就是我们的风险，我们会不负责任地让你们乱冒风险吗？确实是没办法。以后，我们花钱得有个高效的花法，在这里买地那就属于效率很低的花法。"

"你想在哪里买地呢？"任为问。

"德克拉。"王陆杰说。

任为、张琦和孙斐一下都愣住了。

"德克拉好，德克拉好。异国风情，民风开放，漂亮姑娘多。"傅江涌说，眼睛瞪得很大，好像面前都是漂亮姑娘。

"买一个海岛。"王陆杰接着说，"一个荒岛，我已经跟德克拉的格兰特总统谈过了。"

"是柳杨的事情提醒了你吗？"任为问。他想起，柳杨也在德克拉买了个岛，还建了个国。

"不是。看来是我们想到一起去了。不过我们买的岛可不止 0.2 平方米。"王陆杰说，"岛太大了，所以格兰特不同意我们建国。"

"那可是在太平洋南部。"张琦说，"离我们太远了，通讯问题就更加严重了，传输速度、安全性、稳定性都是问题。"

"我们自己发射一组卫星！"傅江涌说，他终于从两条大鱼的思考中挣扎了出来，"自己的卫星，怎么样，厉害吧！"他在空中竖起了大拇指，还左右晃了晃。

"X量子链路卫星。"王陆杰说,"我找量子通讯研究所讨论过,没问题。传输速度、安全性、稳定性都没问题。"

"那也不便宜啊!"张琦说。

"可比你在这里不停地买地要便宜。"王陆杰说,"而且我们是一劳永逸。我们要买的岛很大,买下来够一辈子用。你在这里,今天一点儿,明天一点儿,什么时候是个头啊?况且,在这里反而通讯线路都在地面或者低空,不如卫星在太空靠谱。"

"那德克拉也太远了。"张琦说,"没有更好的选择吗?"

"德克拉最好,这不能看距离。"王陆杰说,"首先,从距离来说,反正通讯上是用X量子链路卫星,没什么区别。其次,只有在德克拉这样鸟不拉屎的地方,土地才最便宜。第三,德克拉共和国是机器人总统,只要利益谈清楚,别的容易谈。第四,云狱放在德克拉共和国,对所有客户来说都最容易交代,德克拉跟任何国家都没有什么纠葛,基本属于世外之地。第五,在那样偏僻的海岛上,安保最有保障,而且有德克拉政府支持,我们的安保力量能够更强大,让云狱的客户更放心。另外还有很多次要的好处,比如我们的机房可以建在海底,光散热就能节省很多钱!"

"我说,傅公子,"孙斐插话,又对着傅江涌,"你们家老爷子到底怎么回事?怎么那么神奇啊!去年还搞得王总差点背过气去,今年怎么就消失了呢?卖公司这么大的事情,他都由着你来?他不怕你把家败光啊?"

"跟你说过了,"傅江涌说,"他说让我管,我就管,他不插手,他消失,我求之不得。我哪知道他想什么呢?再说了,我也不想知道啊!告诉我,我都不带听的。"

孙斐沉默不语,但还是盯着他,没有放下疑心。他冲孙斐做了个鬼脸,"两条大鱼。"他悄声说,"我明白了。"

"你见过傅老头吗?"孙斐扭头问王陆杰。

"哦——"王陆杰愣了一下,"倒是见过几次,但总共也没说几句话,他好像不爱搭理我。"

"他也不爱搭理我。"傅江涌说,"咱们是哥们儿了,他肯定也就不爱搭理你了。"

"我接着说正事,"王陆杰显然对这个话题不感兴趣,"云狱的推广方面进展很好,这是个能赚大钱的生意,要尽量快速推进。云球的股份化已经解决了我们身份上的问题,可地点也是顾虑之一。云狱建在任何一个国家之内,客户多少都会有些疑虑。但如果能够建立在德克拉这样的地方,那几乎就是在全世界最好的选择了,客户的疑虑最少。我征求过很多客户的意见,他们都很满意。请大家注意啊,我们虽然会投很多钱进来,可云球的消耗确实太大了,一定要尽快挣钱,挣大钱,才能变成正循环。"

"还是为了生意。"孙斐说。

"是为了生存,为了发展。"王陆杰说。

"你们那些人工智能拍的电影和电视剧集不是都上映了吗?"孙斐说,"不是效果不错吗!"

"是效果不错,所以我们还能这么悠闲。"王陆杰说,"是钱都要挣,你以为云球这么好养活吗?"

"其实——"任为想起李斯年的意识机器人,他忽然意识到,这可能是一个更大的生意。不,不能确定是否比云狱的生意更大,但一定也是个大生意。不过,马上他就想起那是涉密的,自己还签了保密协议。张琦和孙斐应该都只知道李斯年要不断电移植脑单元,却不知道究竟要干什么。所以,任为把后面的话吞了回去。

"什么?"王陆杰问。

"没什么。"任为笑了笑,"我是想说,好像德克拉最近不是很太平。"他想起了格兰特总统利用隐私来统治民众的事情,想起了任明明,我们会在德克拉看到明明吗?

"哦,"王陆杰说,"你是说他们修改宪法的事情吗?和我们没什么关系。"

"修改宪法?修改什么宪法?"孙斐问。

"德克拉宪法规定,格兰特总统必须以五十年为周期判定某件事情对德克拉共和国是否有利,现在有人呼吁要改成三年或者五年,正在讨论公投的事情。"王陆杰说。

"三年或者五年，太短了吧？"孙斐说，"老百姓就这么短视？"

"这算长的了。"王陆杰说，"有人要改成一年呢！"

"那我们这事情，不存在什么风险吗？"张琦问，"你不要忘记，上次你就是被 SmartDecision 算计了。"

"和我没关系啊！"傅江涌说，一边摆了摆手。

"我们请宏宇的拓跋 CEO 评估过，我们这事，无论是五年还是五十年，对德克拉都是有百利而无一害。"王陆杰说，"我们要付很多钱，而那个荒岛以前从未产生过任何价值。当然，格兰特比拓跋宏要强大多了，也许会算到拓跋宏算不到的事情，所以我们的合同要签得非常周密。不过退一万步，我们也不用害怕格兰特违约。就算换了一个总统，无论是机器人还是人，我们都不用担心。"

"为什么？"任为问。

"一旦云狱开始运作，里面就关押了各国的犯人，可不止一个国家，人数就更不知道有多少了。"王陆杰说，"云狱停机，就意味着那些犯人死掉，除非德克拉人疯了才敢这么做。真要那样，有些国家敢把德克拉炸平了。"

"怎么搬迁呢？"孙斐问，"只搬迁云狱，还是怎么划分？我看不到有什么方法可以不停机地把任何一部分搬迁过去。而一旦停机，就会有意识场死掉。"

"分布式计算——不，分布式宇宙啊！"王陆杰笑了，他已经有半天没有笑了，"开始讨论这个问题，就是个进步。"他似乎胸有成竹，"所谓分布式，就是不搬迁！要搬迁还叫什么分布式？"

"不搬迁？"孙斐问，有点疑惑，"一点也不搬迁吗？总要搬迁一部分吧！不然我们费了这么多唾沫，在说些什么？"

"你是说，"任为马上明白了王陆杰的意思，"云球系统的物理世界和现有脑单元都不搬迁，只在德克拉安置新产生的脑单元。"

"对！对！"王陆杰说，"你们是科学家，应该比我明白！"

张琦很快也想到了。"云球人会逐渐死去，空余出来的没有意识场的脑单元都转向通用功能,而新的脑单元由系统限制在德克拉演化。"他说,"这倒是个好事,过一段时间,就可以实现脑单元和功能系统的完全分离。而且,我们只能扩容却无法升级的问题也能够有一定缓解,那些老的芯片可以逐步被替换掉。"

"我们的脑单元和功能系统本来就可以隔离,有什么了不起?"孙斐说。

"不过以前都在一个机房里啊!而且据我所知,随着系统资源紧张,你们还把这种脑单元和功能系统隔离的算法也弱化了。"王陆杰说,"这导致了云球系统在结构层面上的一定混乱。当然,说到底还是资源不够惹的祸。现在,是纠正这一切的时候了。"

"但还是要冒风险。"孙斐说,"X量子链路——云球的时钟可是很快的。"

"云球时钟很快,而且这么多实时交互,确实对传输速度要求很高!"任为说。

"放心,放心。没问题,可以做实验啊!量子通讯所的人说了,X量子链路比你们的局域网速度快多了。"王陆杰说,"我觉得冒险是值得的,而且是一步一步来,实验好了再往前走,紧张什么?关键是我们没有选择,现在这样下去肯定是不行的。"

张琦扭头看了看任为,任为点点头。

"那么,德克拉那边的建设需要多长时间?"张琦问。

"我们会用最快的时间搞定德克拉方面程序上的事情,然后从国内调全自动工程队伍过去,建设应该很快,设备会同时订货。"王陆杰说,"欧阳院长希望我们在这个演化周期结束、下个观察周期开始之前把股份化的事情搞定,我希望那时候也是德克拉开始演化第一个脑单元的时候。"

"嗯,这个过程从观察周期开始启动比较安全。"张琦说,"演化周期时钟太快,不利于观察和调整。"

"是的。"王陆杰说。

"还要自己建核电站,对不对?"孙斐问。

"都是模块化的,很快。"王陆杰说,"还有后勤设施、安保队伍、通讯卫星,等等,很多事情,不过只要有钱都很快。唯一的问题是你们,要把机房设计和设备规划尽快给出来,而且是不是要改造一下云球系统?"

"设计规划容易,我看复制这里就可以。"张琦说,又扭头看了看任为。

"可以。"任为说,"这里很好。"

"至于系统改造,"张琦说,"就像刚才说的,云球以前就有这个机制,但是因为资源限制,为了充分利用资源就进行了弱化。现在可以恢复,然后在这个基础上再进一步强化就行了,不复杂。"

"对,不复杂。"任为说。

说着话,任为想到另外一个问题,是不是要跟李斯年通报一下?这么一来,等德克拉的系统启用,这里就会迅速空出大量脑单元。李斯年如果有用,必须尽快通过不断电移植弄走,否则是会被操作系统分配做其他用处的,就等于是报废了。或者也有可能脑单元所在的量子芯片本身就太旧了,等脑单元都空出来就要进行升级,那就真的报废了。对,要尽快跟李斯年通报一下,脑科学所的进度也要加快。

80 教宗的覆灭

"第三十二个，"大使者从手中的记录簿上抬起头来，看了一眼台阶下面站着的红衣女囚，那是个衣着破旧的女人，面容苍老，布满皱纹。"贾斯卡·赫尔，平民，向邻居借针线被拒绝后施展巫术，导致邻居六岁小女孩感染肺病死亡，巫术罪，火刑。"他说。

"烧死她，烧死她，烧死她。"围观的人兴奋极了。

贾斯卡·赫尔被两个赛纳尔斗士拖了下去，她似乎想说什么，但恹恹无力，什么也没说出来。

一个年轻女人被推搡着走了过来，她的衣服一点也不破旧，看起来还相当华贵，而且有着一张相当漂亮的脸。

"第三十三个，西西弗·廷特，三等贵族，未经教宗敕封。"大使者说着，瞄了一眼记录簿，同时咽了口唾沫，他已经说了很久，显然有点口干舌燥，声音都小了。他转过头，一位使者递了杯水过来。他喝了一口，把水杯递了回去。

"西西弗·廷特拒绝了教宗敕封的瓦尔公爵的求婚后，施展巫术导致瓦尔公爵三天三夜未曾安稳睡觉，巫术罪，火刑。"大使者的声音大了不少，似乎喉咙滋润多了。

"烧死她，烧死她！"围观的人继续喊着。

"扒光她的衣服！"有人喊，声音格外大，"扒光她的衣服，扒光她的衣服。"所有的声音忽然都变成了这句。

大使者向西西弗·廷特身边的赛纳尔斗士抬抬下巴示意了一下，那两个士兵马上动手开始扒掉西西弗·廷特身上的衣服，西西弗·廷特挣扎躲避着，但无济于事，很快只剩下了镣铐中的裸体。

"我没有使用巫术，大使者。我没使用有巫术！"西西弗·廷特喊着，"瓦尔公爵强奸了我。"

"天哪，那更应该嫁给瓦尔公爵了。"大使者身边的一个胖乎乎的使者说，"她的皮肤可够白的，瓦尔公爵的眼光真不错。"

"她是个女巫。"大使者扭过头，严厉地盯着胖乎乎的使者。

"是，是。"胖乎乎的使者赶紧说，低下了头，"女巫必须死。"

"鉴于西西弗·廷特是个贵族，"大使者扭回头，对着台下说，"虽然未经教宗敕封，但被国王封赏，所以，先绞死她，再烧死她。"他面无表情，冲西西弗·廷特身边的赛纳尔斗士甩甩头，西西弗·廷特被拖了下去。

下一个是衣衫褴褛的中年男人，身材高大但却很瘦，脸上胡子拉碴，身上似乎受了很多伤，到处都是血。他正努力地把戴着镣铐的双手举在面前，做出了赛纳尔祈祷礼的手势，两个拇指抵着下巴。

"大使者，尊敬的大使者，我不是有意的。"他说，"赛纳尔知道，我不是有意的。"

大使者皱了皱眉，似乎没有听清楚，但没有问。"第三十四个，钦特·刚萨尔斯，平民，使用巫术杀了克雷丁领公爵狩猎地的熊，巫术罪，火刑。"大使者一边说，一边看着手中的记录簿。

"烧死他！"有人喊，但不很热烈，好像这个人被烧死并不很有趣。从一开始，看到一个男人上来，大家就仿佛松了一口气，都在忙着和旁边的人说话，并且哈哈大笑着。

"不，不。"钦特·刚萨尔斯大喊，"我不是有意的，我不是有意的。那头熊跑进了我家的田里,它咬我,它差点把我咬死。大使者,请您看看我身上的伤吧!"他已经被两个赛纳尔斗士拖着走向旁边,但还在喊着,"那头熊咬了我,那头熊咬了我,在我家的田里,不在狩猎地,它跑出来了。"

没有人理会钦特·刚萨尔斯。又一个男人被拖了上来,穿着很斯文,身体站得笔直,不像是个罪犯。

"第三十五个,科克尔·绿足,"大使者说,"艾瑞坦人,搭建观星台,传播'暴光谣言',巫术罪,火刑。"

大家还在聊天,哈哈哈地笑得很愉快,他们不知道这人是谁,也不明白他干了什么。

"什么是'暴光谣言'?"胖乎乎的使者低声问另外一个使者。

"他们说前些日子从天上看到一个很耀眼的爆炸光芒,这怎么可能呢?"那个使者回答,"他们试图让人们怀疑赛纳尔的居所爆炸了。哼,都是些艾瑞坦人、科学民主教人、大穹人和星觉人。"

"天哪!"胖乎乎的使者说,"这太恶毒了,他们应该被烧死两次。"他赶紧做了一个赛纳尔祈祷礼,不知是在祈祷这些传谣的人被烧死两次,还是害怕赛纳尔的居所真的爆炸了。

"把他烧死两次。"大使者好像听到了他低声的话语,对赛纳尔斗士说:"烧死两次。"

赛纳尔斗士把科克尔·绿足拖了下去,科克尔·绿足一言不发,努力让自己的身体保持平稳,不被赛纳尔斗士的拉扯搞得踉跄。

下一个被拖过来的是个女人,很普通的年轻女人,像个女仆,看起来很不起眼。

"第三十六个,赫里斯尔·路,大穹人,把自己的名字篡改为赫里斯尔·赫尔,相信'暴光谣言',巫术罪,火刑。"大使者说。

"烧死她,烧死她,烧死她!"围观的人喊着,大家的注意力重新回到了现场,"扒光她的衣服,扒光她的衣服。"

大使者点点头,赛纳尔斗士开始扒赫里斯尔·路的衣服。

"她胆子可真大，"胖乎乎的使者说，"竟然敢改自己的姓。"

"她伪装得很好，"他身边的使者说，"如果不是因为相信'暴光谣言'，被她做女仆的那家主人举报，她是不会被发现的。"

赫里斯尔·路被拖了下去，她没有叫喊，只是努力扭着头，恶狠狠地盯着大使者，但大使者并没有注意到。

又一个女人被拖了上来，一个中年女人。

"第三十七个，鲁丝·肖特，平民，使用巫术割开了普兰伯爵夫人的肚子，把胎儿取了出来，巫术罪，火刑。"大使者看着记录簿念道，然后挑起头来。

"烧死她，烧死她，烧死她。扒光她的衣服，扒光她的衣服。"围观者又开始喊。

大使者习惯性地点点头，赛纳尔斗士立即动手，他们的动作很熟练，鲁丝·肖特很快就赤裸裸了。

"我救了她，我救了她，大使者，我救了她！"鲁丝·肖特大喊着，她也把双手举在面前，做出了赛纳尔祈祷礼的手势，两个拇指抵着下巴，"天哪，伯爵夫人马上就要死了，孩子也要死了。"她说，"我不知道那是伯爵夫人，我真的不知道。"

"这还需要辩解吗？"一个使者说，"浮海望人几百年来都喜欢割开人的肚子。纳罕天书中记载，第一个这么干的人就在潮汐石附近乌骨森林中被熊咬死了，这些年又烧死了这么多，可你们还在干！"

"伯爵夫人真够聪明的。"那个胖乎乎的使者又调侃起来。

"伯爵夫人已经向教会捐了一整套银质餐具！"大使者再次扭头严厉地对他说，他赶紧闭上了自己多话地嘴巴。

"第三十八个，"大使者说，但忽然停顿了一下，因为台阶下站了一个孩子，一个女孩儿，看起来只有六七岁的样子。大使者又低头看了看记录簿，确认自己没有错，继续说："琴萝·肖特，平民，鲁丝·肖特之女，巫术继承罪，火刑。"

"烧死她！"这次声音有点稀落落的。大使者使劲地甩了一下头，眉头还皱着，显得很不耐烦，赛纳尔斗士把小女孩拖了下去，小女孩开始大哭，并不明白发生了什么。

"还要看吗？还要看吗？"孙斐的手重重地拍在一个红色按钮上，发出了"啪"的一声，主电球中的影像瞬间消失了。

"轻点，孙主任。"裴东来伸出了双手，但显然来不及拉住孙斐，孙斐扭过头来，恶狠狠地盯着他，他有点紧张，伸出去的手从平放变成了直立，"没关系，没关系，你使劲，使劲。"

"诸位领导，看得还爽吗？"孙斐扭过头来说，冷冷地看着大家。

没有人说话，大家都静静地站着。

"我再给你们念一段啊，"孙斐说，"不能只欣赏影像艺术，也得欣赏一下文学艺术。"

"如果被告过着不道德的生活，这证明他们同魔鬼有来往；而如果被告虔诚并且举止端庄，那么他们显然是在伪装，以便用自己的虔诚来转移人们对他们同魔鬼来往和晚上参加狂欢会的怀疑。如果被告在审问时显得害怕，那么他们是有罪的，所以良心使他们露出马脚；如果他们相信自己无罪而能保持镇静，那么毫无疑问，他们反而是有罪的，因为巫师惯于恬不知耻地撒谎。如果被告对向他们提出的控告辩白，这证明他们有罪；而如果他们由于对自己的指控极端可怕而感到恐惧，垂头丧气，缄默不语，这明显就是他们有罪的直接证据。如果一个被告在行刑时因痛苦不堪而骨碌碌地转动眼睛，对于法官来说，这意味着被告正用眼睛来寻找自己的魔鬼；而如果被告眼神呆滞，木然不动，这意味着被告看见了自己的魔鬼，并正在看着魔鬼。如果被告有力量挺得住酷刑，这意味着魔鬼使被告支撑得住，因此必须更严厉地折磨被告；如果被告忍受不住，在刑罚下断了气，这意味着魔鬼让被告死去，以使被告绝不招认，从而避免泄露秘密。"孙斐用广播腔抑扬顿挫地念着。

"再来一段。"她说。

"判断巫师是很容易的，任何一个真正信仰赛纳尔的高尚的人一眼就可看到巫师的本质。虽然有些时候，巫师得到魔鬼的助力因而隐藏得很深，但我们仍旧可以通过赛纳尔和纳罕传授给我们的方法轻易地进行判断。首先，我们可以观察巫师的体重。因为巫师和魔鬼聚会时需要飞到空中，所以他们的体重通常看起来很轻。所以通过目视一个人是否让人觉得很轻，即可做出此人是否巫师的初步判断。其次，我们可以观察一个人是否经常有小鬼接近。因为巫师和魔鬼如此亲近，使得他们的身体与魔鬼其他亲戚的身体具有相近的气息，从而会吸引魔鬼其他亲戚的接近。这些魔鬼的亲戚就是小鬼，包括黑鼠、蟑螂、鼻涕虫以及尿虫和屎虫等等。把经过目视检验可能是巫师的人关在一个漆黑的密闭小屋中至少三天三夜，而在门上开一个小孔，容许小鬼通过但不可允许任何真正的动物通过。可以给予嫌疑者少量的水，却不可给予任何饮食。三天三夜之后，观察小屋中是否出现任何小鬼，即可判断此人是否巫师。要注意，如果小屋中出现小鬼，固然证明此人是巫师无疑，但如果小屋中没有出现小鬼，并不能证明此人不是巫师，而很可能是因为此人是高级别巫师，有能力和小鬼达成协议而免受牵连。第三，大多数巫师是不会流泪的，无论遭受肉体折磨还是精神折磨，他们通常不会流泪，因为魔鬼教会了他们抑制痛苦之法，不会感受到任何折磨带来的痛苦。不过，他们有时也会流泪，那是一种故意的伪装，必须对此加以注意。最后，一个万无一失的检验方法是，将嫌疑人的手脚都绑在一起，然后沉入水中，由于巫师会飞的特性，他们的身体实际很轻，一定会漂浮在水面，从而揭穿他们伪装自己很胖很重的假象。所以这种情况下，只要漂浮在水面，他们就一定是巫师。如果他们沉入水底，则需要一段时间来验证，一定要耐心观察，如果一直没有浮起来最终窒息而死，我们才能断定此人不是巫师。"

这段更长，孙斐念得有点累，甚至有点喘了起来。

"好像地球人又去了云球，教会了他们曾经在地球上发生的一切。"裴东来讪讪地说。

"这个，"罗思浩说，"也不能怪我们。"

"不能怪我们？"孙斐说，"罗思浩，不要以为你来得晚，就没你什么事，'暴光谣言'！'暴光谣言'！那是什么？"她恨不得咬牙切齿了，"知道因为'暴光谣言'死了多少人吗？"

"又不是我造的谣。"罗思浩说，"那是云球系统为黑洞建立自动发出的射线暴，不能怪我呀！而且又没什么实际伤害。"

"不怪你？"孙斐说，"你是天文学家，为什么没想到云球上能看到射线暴？完全可以想办法防止！现在呢？没有实际伤害？已经有六百多人因为'暴光谣言'被烧死。我的天哪，赛纳尔的居所爆炸了——谁说过这种鬼话，他们只是说天上有爆炸而已！那可都是些科学家，至少也是科学爱好者。好嘛，这下子蓝狐绿足、乌斯里、路无非子和星觉老齐的传人都快死光了。"

"我——"罗思浩说不出来话，一脸尴尬的表情。

"猫也惹了他们，全都算巫师！"孙斐不再理罗思浩，"用刀戳装满猫的布袋直到把猫戳死；把猫从高高的钟楼上扔下来作为娱乐，大使者们的祈祷要用成箱的猫在烈火中发出的惨叫来做伴奏！"

"别这么激动，别这么激动。"叶露说，左手扶着孙斐，右手拍了拍她的后背，"杀太多猫会导致黑死病的。"她对大家说。

"我——别这样——哇——"孙斐忽然哭了出来。

"我，我，我，"她停下了哭声，但仍抽噎着，"我都不敢看你们云球星，我只看伊甸园星，我们伊甸园星多好啊！可是，我不看云球，你们也不看云球啊？我一看就看到了这些，你们这些人，能不能有点良心啊！云球人也是有意识场的人，和你们一样！"

叶露轻轻拍着她的后背。本来，这种会叶露是不会参加的，但是一早就看到应该和任为、张琦、罗思浩还有王陆杰开会的孙斐火冒三丈地拉着大家来监控室，她感到情形不妙，就跟了进来，倒也没人撵她走，现在发挥作用了。不过，她的眼睛也湿润了。她知道，自己只是看了这么一会儿的影像，听孙斐念了两段文章，而孙斐从昨天晚上开始看了一夜云球这些年的历史数据，不知道看到了多少东西。

"为什么，"任为问，"为什么《云球日报》上没有？"

任为之所以显得迟疑，是因为一点底气都没有。孙斐有伊甸园星而很少观察云球，但自己没什么理由却也没观察太多。自己只看《云球日报》和统计数据。在《云球日报》中看的最多的是那些关于美的东西，云球的景色什么的确实很漂亮。任为知道，自己内心很害怕，好像知道会出问题似的，所以一直不敢看，仿佛只要不看就什么都不会发生。

"乔羽晴是个年轻姑娘，受不了这些残酷的东西吧！"王陆杰说。

"呸！"孙斐说，"是因为要给窥视者的用户看吧？害怕吓着用户吧？害怕再开张就没人来了吧？害怕电影没票房吧？别往小乔身上推，要不是看到小乔抹眼泪，我还想不起来要看看云球什么样呢！"

"真不是故意的。"王陆杰说，"不怪小乔，不怪小乔，怪人工智能，怪人工智能。小乔看到的影像都是人工智能挑出来的。拍电影的人工智能都这样，跟大导演学的。奴役，反抗，爱解决问题。灾难，生存，爱解决问题。战争，杀戮，爱解决问题。撕逼，痛苦，爱解决问题。总而言之，要有'爱解决问题'的前提，才敢有'问题'。这个——一定是人工智能觉得爱解决不了问题，就没敢把问题拿出来呗！不怪小乔，你没看到她抹眼泪，她迟早也会汇报的，只是没来得及吧！我敢说，小乔是跳过人工智能直接观察了原始影像才会抹眼泪的，这不是她的正常工作流程。不信的话，你问裴东来。"

"对，还有你！"孙斐扭过头，气愤地看着裴东来，"任所长是大领导、大忙人，张所长、王总，也是大忙人，天天飞德克拉，那边倒搞得有声有色，还有股份化，要谈判，给大家分钱，忙啊！还有罗思浩主任，天文学家，是云狱老大，还得研究犯罪心理学，要不然怎么当犯人头儿呢？对，领导们还得招待那些监狱大老板参观云狱，太忙了，没时间！可是你呢？你是监控室主任，你干吗呢？领导忙你也忙？你是没看到啊还是看到了不汇报啊？"

"我，我，"裴东来有点张口结舌，"对不起，我看的多数也是人工智能挑过的影像……我是拍电影出身……对不起，对不起，还有小雷的云狱那边，我倒是和他沟通挺多的……可能聊天聊太多了。这个云球，云球，确实……小乔确实是看人工智能挑过的影像，最近她觉得不对劲，才直接看原始影像的，不怪小乔，怪我，怪我。我不应该看人工智能挑过的影像，以后绝不看了，以后只看原始影像，我保证，我发誓。你看，昨天我不是一直陪着你看的吗？一晚上都没睡觉，眼睛都绿了。再说，你已经骂了我——"他扭头看了看墙上的电子钟，"骂了我十几个小时了，能不能饶了我？"

"怪我。"张琦忽然说，"我其实早就看到数据出问题了，瓦普诺斯的人口增长率从四百年前就开始下降，一百年前开始是负数，人口在减少。不过全球的数据还过得去，所以没有引起我的重视。小乔和东来他们粗心了一点也无可厚非，虽然这些情况很严重，但在可观察影像中的比例并不高，又被人工智能拦截，容易被忽略。"

"怪你！"孙斐又提高了音量，近乎嚷嚷了，"就是怪你！你搞的穿越计划！伊甸园星没有穿越计划，一切都很好，现在都已经蒸汽机了！你的云球呢？穿越计划！真是个笑话！就是为了人口增长然后再消灭吗？对啊，很成功啊，要不是穿越计划，哪有那么多人可死？"

张琦扭过头看着孙斐，"伊甸园星——"他似乎想要反驳什么，但停住了，过了一会儿才接着说，"怪我，我没有料到情况恶化得这么快，这是我的问题。但这只是一个过程，会改变的。"

"改变？怎么改变？"孙斐说，"看看地球历史吧，要死多少人才会改变？"

"我去让它改变。"张琦依然很平静。

"你去？"孙斐愣了一下，"你去？去云球？"

"我去。"任为插话，"应该我去，这个赛纳尔教是我创造的。还有纳罕天书——那是什么鬼东西？"

"这本书厉害了。"裴东来说，"号称都是您的经历，您说的话，但一看就知道是瞎编的。两百多个版本，最厚的两千多页呢！万望山的赫乎达派和晨曦海岸的克其克其派各钦定了一个版本，是瓦普诺斯一多半国家的法律。这也难怪，现在已经没有大国家了，分裂成了几十个小国家，那些国王都是两个教宗敕封的。赫乎达派的赛纳尔斗士团和克其克其派的赛纳尔勇士团就是瓦普诺斯最强大的两支军队，谁都害怕。不过这都算了，最可恶的是纳罕天书几乎禁止了所有科学研究，科学家，不，科学爱好者，都被当作巫师烧死了。"

"所长，"张琦说，"您别多想，这和您没关系。赛纳尔教是时代的产物。那个时代只有这种思想才能被人接受，也才能推动社会发展。纳罕天书什么的，当然是瞎编的，用了您的名字而已。时代进步了，赛纳尔教就落后了。您不要多想，我去改变这种情况。"

"用了我的名字？"任为说，"我用石头块儿扔出来的名字？他们居然相信?不行,我必须负责。还有这个大使者,这么嚣张——"他顿了一下,有点迟疑,"不是只有我一个大使者吗?"

"那是最早的老称呼了,"裴东来说,"后来老大的称呼都是教宗。现在有两个教宗,赫乎达派的老大和克其克其派的老大。所谓大使者,只是这两个教宗在每个教区敕封的地区老大,但可别小看他们,他们比国王权力还大。"

"什么?你们在说什么?"孙斐说,"穿越计划二号吗?"

"那你觉得怎么办呢?"张琦问,"等着吗?"

孙斐语结了,她显然不愿意等着,就像现在这样,看电影一样看着云球人凄惨的生活。

"看到瓦普诺斯人口增长率递减,我就意识到出了问题,这是另一次演化停滞。"张琦说,"但我确实疏于观察,没预料到情况恶化得这么快。演化周期还有二十天就要结束,安排其他派遣队员来不及了。所以我自己去,等观察周期一开始我就进去。那时德克拉的事情和股份化的事情也都应该结束了,云狱应该也没什么问题了。"

"真的需要吗?"王陆杰问,"这个社会还是很危险的。"

"如果不改变,"张琦说,"德克拉新机房就派不上用场了。"

王陆杰不说话了。

"还是我进去吧!"任为说,"我做的事情,我来了结。"

张琦看着任为,又想了想,然后说:"好,我和您一起进去,让我们去了结赛纳尔。"

"烧死两次是什么意思?"走出观察室大门的时候,叶露悄悄地问孙斐,"第一次已经烧死了,还怎么烧第二次呢?"

"烧到一半把火熄灭,让人活到第二天,然后再重新烧。"孙斐转过头来,瞪大了眼睛看着叶露:"你想试试吗?"

"我不想试,我的天哪!"叶露赶忙摆摆手。

这是演化周期第一百天。